다시,
그리스신화
읽는 밤

Drawings by Lis Watkins

인류 최초의 영웅들과 함께 떠나는 색다른 인문여행

다시,
그리스 신화
읽는 밤

데이비드 스튜타드 지음
이주만 옮김

중앙books

Published by arrangement with Thames & Hudson Ltd., London,
Greek Mythology: A Traveller's Guide from Mount Olympus to Troy © 2016 Thames &
Hudson Ltd., London
This edition first published in Korea in 2017 by Joongang Books, Seoul
Korean edition © 2017 Joongang Books

차례

그리스 신화의 주무대

마케도니아   • 펠라

아이가이 •

디온 •
올림포스 산
오사 산

라리사 •

코르푸 섬   이구메니차 •   페라이 •   • 이올코스
도도나 •   펠리온 산
에피라 •   파가세틱 만

프레베라 •

레프카다   스키로스

에우보이아
섬

델포이 •   아울리스 •   Rhamnous
칼리돈 •   테베 •
이타카   파트라 •   시키온 •   코린트스 •   엘레우시스 •   브라우론
케팔로니아   네메아 •   아이기나   아테네
            엘리스 •   미케네 •   미데아   수니온
자킨토스   올림피아 •   아르고스 •   • 트로이젠
                            티린스 • 나우플리온
펠로폰네소스
            메세니아 •   스타르타 •   키클라데스
            필로스 •   아미클라이   제도

에게 해
렘노스
아토스

이오니아 해   타이나룸 곶   말레아 곶

크레테

키프로스 섬

파포스 •

보스프러스 해협

키지코스

다르다넬스 해협

사모트라게

차나칼레

트로이

테네로스

트로아스

레스보스

프리기아

스미르나

이오니아

사모스

에페

라트모스산

노스

미코노스

델로스

스

낙소스

틀로스

리키아

파로스

레톤

크산투스

산토리니

크노소스

다 산

딕테산

아기아 트리아다

파이스토스

지중해

0   200 km

0   100 miles

우리는 모두 작가이자 여행가다

신화는 우리 인류의 상상력이 만들어낸 최고의 이야기다. 또한 신화는 인류의 역사 속에 스며들어 인간과 인간, 국가와 국가 사이의 이야기들을 간직한 채 여전히 생명을 이어가고 있다. 신화를 빚어낸 그리스의 자연 경관은 여전히 우리 곁에서 살아 숨쉬고 있으며, 고대 그리스의 시간은 여전히 멈추지 않은 채, 수많은 창조적 이야기들의 오리지널로서 존재하고 있다. 신화들은 후대에 전해져 낯선 탐험의 장소에 대한 정보로서, 과거의 이야기를 재창조해내는 소재로서 그 역할을 달리하여 작가이자 여행가로서의 우리들의 상상력을 자극하고 있다. 나를 지도했던 교수 로버트 오길비 Robert Ogilvie의 시는 이러한 나의 생각을 분명하게 드러내고 있다.

내 나이 한 살이었을 때, 실링스톤에서,
유월의 어느 날 오후 당신은 제게
호메로스를 읽어주셨지요.
이제 스무 살이 된 지금 나는
겐트에서 호메로스를 읽고 있어요.

겐트에서 실링스톤까지는 멀어요.
이십 년이란 세월이 걸렸으니까요.
또렷하게 보이는 이타카 섬은 가깝군요.
오늘 그곳에서 당신을 만날 거예요.

나는 이 책을 통해 탐험과 재창조의 역사를 일군 인류의 상상력에 찬사를 보내고자 한다. 또한 그리스 신화와 역사를 그리스의 곳곳과 연결 지으면서 그리스 본토는 물론, 에게 해의 섬들과 고대 그리스에 속했던 터키의 유적지를 둘러보고자 한다. 우리가 앞으로 만나게 될 유적지들은 오늘날 모두 여행이 가능한 곳들이다. 물론 반드시 여행을 떠날 필요는 없다. 그리스 신화는 그 이야기를 받아들일 준비가 되어 있는 곳이라면 어디에서든 무럭무럭 자라나고 있기 때문이다.

그리스 신화와 그 주변의 이야기들은 창조적 작가로서의 우리들에게는 상상력을 자극하는 재료가 될 것이며, 탐험가로서의 우리들에게는 훌륭한 여행가이드가 될 것이다. 더불어 각 장에서 전하고 있는 고대 도시의 현재 모습을 통해 단순히 독서를 목적으로 둔 사람들도 오늘날 그리스의 정취를 간접적으로 느낄 수 있을 것이다.

인류의 역사가 곧 신화다

고대에는 신화를 이야기하거나 들을 수 있는 기회가 넘쳐났다. 그리스에서는 문자가 도입된 기원전 8세기 이후에도 대부분의 아이들이 부모나 조부모 혹은 유모를 통해 신화를 들으며 자랐다. 철기 시대에는 음유시인들이 만찬 자리에서 서사시를 낭송하곤 했다. 고전 시대에는 제전의 승자를 위한 자리에서 가수들이 신화를 인용한 찬가를 지어 불렀으며, 리라 연주가들은 사라진 영웅의 시대를 떠올리는 이야기로 가득한 사랑 노래를 불렀다. 극장에서는 시민 합창단이 전설적인 업적들을 기리는 찬가에 맞춰 춤을 추었고, 배우들은 영웅을 연기했다.

최초로 그리스의 구전 신화를 문자로 옮긴 호메로스의 서사시에서 그 흔적들을 확인할 수 있다. 《일리아스》에서 아킬레우스는 트로이의 막사에 머무는 동안 '인간이 이룬 위대한 업적'을 노래했고, 《오디세이아》에서 파이아케스 출신의 음유시인 데모도코스는 트로이 전쟁 이야기뿐 아니라 올림포스 신들에 관한 이야기로 청중을 즐겁게 했다.

특히, 데모도코스의 노래들은 크게 두 줄기로 나뉜다. 하나는 '현실 세계'와 상호작용하며 필멸의 존재들로 그려지는 "영웅들에 대한 이야기"다. 신화 속의 배경으로 등장하는 트로이, 미케네, 스파르타, 필로스, 칼리돈, 크노소스 같은 마을과 도시 들은 실제 역사적으로도 번영했다. 고고학 연구를 통해 신화들이 기원전 1500~1200년경의 후기 청동기 시대를 비교적 정확히 반영하고 있다는 사실이 확인되었다. 20세기 중반 선형문자 B 점토판들을 해독한 결과, 청동기 시대 사람들이 초기 형태의 그리스어를 구사했다는 사실, 신화의 지명들이 실제 지명과 일치한다는 사실이 밝혀진 것이다.

일부 신화가 고고학 증거와 거의 일치한다는 이유로 많은 사람들이 신화의 '역사적 사실성'을 열정적으로 신봉한다. 고대에는 트로이 전쟁이 실제로 일어났다는 것을 의심하는 사람이 아무도 없었다. 헤로토토스와 투키디데스 같은 역사가들도 트로이 전쟁을 사실로 받아들였고, 기원전 5세기부터는 트로이 전쟁이 그리스가 페르시아에 맞서 처음으로 승리를 쟁취한 사건으로 인식되면서 그리스 세계에서 더욱 중요한 의미를 띠었다. 그 결과 트로이에서는 크세르크세스와 알렉산드로스 대제 같은 역사적 인물들을 위한 제사를 올리기도 했다. 한 사람에게는 트로이의 패배에 대한 복수를, 다른 사람에게는 트로이를 다시 한 번 물리칠 수 있기를 기원했을 것이다.

한편 그리스와 이후 로마의 저명한 가문들은 자신들이 트로이 전쟁 영웅들의 후손이라고 주장했다. 알렉산드로스는 자신이 아킬레우스와 헤라클레스의 후손이라고 말했고, 율리우스 카이사르와 아우구스투스는 아이네이아스와 안키세스를 자신들의 선조라고 말했다. 이는 자신들의 조상이 노르만 혈통이라고 자랑하는 일부 영국 사람들이나, 건국의 아버지들과 자신들의 조상을 연결 지으려는 일부 미국 사람들의 시도와 일맥상통한다.

창조의 질서를 세운 이야기

데모도코스는 또 다른 축인 "신들에 대한 이야기"도 노래했다. 광활한 우주를 배경으로 펼쳐지는 그리스 신화의 많은 이야기들 중에는 우주의 창조 과정을 묘사한 신화들도 있다. 헤시오도스는 비교적 짧은 길이의 서사시 《신들의 계보》에서 그리스 신화와 근동 신화 들을 혼합해 창조의 과정을 요약했다. 그 시 속에서 세상은 카오스라는 빈 공간에서 탄생하며, 신들은 여러 세대에 걸쳐 패권을 다투었다. 때로는 아들이 아버지를 거세하거나, 힘을 약화시켜 최고의 자리를 장악하기도 했다. 그중 다수의 신들은 복수, 무법, 운명, 조화 같은 추상 개념들을 의인화한 존재들로서, 고대의 세계를 채워나갔다.

이러한 창조 신화들은 여러 문화권에서 공통적으로 나타났으며, 수천 년 전에 인류가 처했던 환경과 그 속에서 자신들이 차지하는 위치를 이해하려는 노력에서 기인한다. 대표적인 소재가 인류를 징벌하기 위해 혹은 멸하기 위해 신이 일으켰다는 대홍수 이야기다. 믿음이 강한 부부를 통해 다시 인류가 번성한다는 이야기는 근동 지역 전반에 걸쳐 자주 등장하곤 한다. 또 세계 주요 종교에서는 대부분 한 여인(이브 혹은 판도라)이 인류에 불행을 가져왔다는 가부장적인 설명을 공통적으로 제시한다.

인간의 보편성을 담은 이야기

그리스 고유의 신화는 인류의 공통된 세 가지 테마를 품고 있는 경우가 많다. 첫 번째 테마는 부모에 의해 버려진 갓난아기가 왕위를 계승하기 위해 돌아온다는 설정이다. 고대에는 다양한 이유로 아기들이 버려지고 목숨을 잃었다. 그렇게 버림받았던 아기가 죽지 않고 훗날 장성한 후 복수를 한다는 이야기에는 바로 현실에 대한 두려움이 반영되어 있다. 오이디푸스 신화를 비롯해 이올코스의 펠리아스 왕과 필로스의 넬레우스 왕뿐 아니라 트로이의 파리스 왕자 이야기의 핵심적인 줄거리이기도 하다. 어머니 다나에와 함께 상자에 갇혀 바다에 버려졌던 페르세우스 이야기도 이 테마를 조금 변형한 이야기다.

두 번째 테마에서는 고대 그리스인의 또 다른 불안감을 반영한다. 바로 문자에 대한 두려움이다. 그들은 문자에 신비한 마력과 사악한 힘이 동시에 깃들어 있다고 생각했던 것 같다. 히폴리토스와 벨레로폰에게 구애했다가 퇴짜를 맞은 여인들이 오히려 무고하기 위해 주로 편지를 이용했다는 이야기에 바로 그러한 두려움에 대한 생각이 담겨 있다.

세 번째 테마에서는 모험을 떠난 주인공이 역경을 극복하고 타국에서 공주의 사랑을 얻는다는 설정이 등장한다. 페르세우스와 안드로메다와 같이 평화로운 결말을 맞이하는 이야기도 있지만, 이아손과 메데이아, 테세우스와 아리아드네와 같이 비극적인 결말을 맞이하는 이야기도 있다. 때로는 전혀 뜻밖의 전개로 이어져, 오이디푸스처럼 저주를 피하기 위해 미지의 세계를 여행했다가 자기도 모르게 고향으로 돌아가 이국의 공주가 아닌 자기 어머니를 아내로 삼기도 한다.

사물과 장소에 깃든 의미

신화들 중에는 자연의 현상이나 기원을 설명하는 것들도 있다. 주로 특정한 현상을 설명하려는 시도에서 비롯한다. 이를테면, 히아킨토스라는 아름다운 청년을 무심코 죽인 아폴론이 '아이 아이'(통곡하는 소리를 나타내는)라는 글자를 히아신스 꽃잎에 새겼다거나 까마귀가 아폴론의 심기를 건드린 탓에 검은 깃털을 갖게 된다는 이야기들이 있다.

각 도시에서 행해지는 제례의 기원이나 원주민의 혈통을 설명하기 위해 지역 신화를 접목하기도 한다. 전성기의 그리스는 스페인에서 인도까지 영향력을 끼쳤고, 흑해에서 나일 강에 이르는 광대한 영역을 아울렀다. 사람들은 공통된 언어와 종교적 신념 덕분에 어느 정도 일체감을 느끼면서도 지리적으로 멀리 떨어져 있던 탓에 자연스럽게 각 지역의 토착 신화를 탄생시켰고, 다시 변형에 변형을 거듭했다. 이에 대해선 맹목적인 애국심과 뛰어난 상상력의 결합으로 보는 관점이 있는가 하면, 고대 종교나 신화에 대한 단일한 교리의 부재에 따른 다양화로 보는 관점도 있다. 즉 한 가지 신화에, 한 가지 정설만 존재하는 경우는 없었다. 심지어 신의 탄생에 관해서도 여러 가지 설이 있었다.

테베에는 전설적인 카드모스 왕의 건국 신화가, 아테네에는 포세이돈과 아테나 여신이 서로 아테네를 차지하려고 다툴 만큼 사랑을 받았다는 이야기가 전해진다. 델포이, 델로스, 엘레우시스 같은 지역에서도 그 지역의 신성성을 강조하는 데 신화가 이용되었으며, 이곳에서 불렸던 찬가들은 신도들과 신화 사이의 유대를 돈독히 해주었다.

신화는 일부 수정되기도 하고 아예 개작되기도 했지만, 새로운 이야기와 전통적인 이야기가 갈등 없이 공존했다. 이를테면, 기원전 6세기 서정시인 스테시코로스는 《팔리노디아》(취소하는 시 - 옮긴이)에서 스파르타의 헬레네가 트로이에 간 적이 없고, 신들이 헬레네를 이집트에 숨기고 그 대신 혼백을 트로이에 보냈다고 썼다. 이로부터 한 세기 뒤에 아테네의 에우리피데스는 그의 작품 속에 스테시코로스의 이야기와 이보다 더 일반적이고 오래된 신화를 번갈아가며 모두 인용했다.

문학과 미술의 영원한 영감의 원천

고대 그리스인이 탄생시킨 다양한 신화들은 그들의 삶 구석구석에 스며들었다. 하지만 현대를 사는 우리가 그리스 신화에 대해 알고 있는 지식은 몇몇 문헌과 미술품에 불과하다. 게다가 본래 작품에서 대부분 사라지고 남은 일부, 그것도 단편적으로 존재하는 작품들의 대표성을 확신할 수 없는 것이 현실이다.

하지만, 현대에도 여전히 명맥을 이어오고 있는 작품들을 보면 그리스인이 신화와 문학의 관계에 대해서 그들만의 관점을 갖고 있었던 것을 확인할 수 있다. 이집트와 북아프리카, 근동뿐 아니라 그리스 신화에 모두 친숙했던 역사가 헤로도토스(기원전 5세기)는 이렇게 썼다.

이 신들이 저마다 어디서 생겨났으며, 그들이 언제나 존재했는지,
그들이 어떻게 생겼는지 헬라스인이 알게 된 것은
말하자면 엊그제의 일이다.
왜냐하면 헤시오도스와 호메로스는 나보다 기껏해야 400년 전에
살았던 것으로 여겨지기 때문이다. 헬라스인을 위해 신들의 계보를 만들고,
신들에게 이름을 붙여주고, 신들 사이에 직책과 활동 영역을 배분하고
신들이 어떻게 생겼는지 우리에게 말해준 것은 이들이기 때문이다.

헤로도토스의 주장에서 몇 가지 잘못된 점을 찾을 수 있다. 먼저 호메로스와 헤시오도스는 시기적으로 그와 훨씬 더 가까운 사람들인 반면, 신화의 기원은 그가 생각한 것보다 훨씬 더 오래되었기 때문이다. 하지만 신화와 신들에 관한 세부 내용을 확정짓는 데 초기의 서사시 시인들이 크게 기여했다는 판단은 정확했다. 호메로스는 다양한 신화들을 익히 알고 있었고, 다양한 설들은 분명히 동시에 존재했다. 물론, 단편이긴 하지만 호메로스가 아닌 다른 시인들의 초기 서사시들도 적잖이 남아 있었다. 트로이 전쟁을 노래한 작품도 있고, 테베를 노래한 작품도 있고, 이아손과 아르고호 원정대의 모험을 노래한 작품도 있다.

기원전 7세기부터 레스보스의 사포, 스파르타의 티르타이오스Tyrtaeos와 알크만Alcman, 테베의 핀다로스Pindaros 같은 서정시 시인들은 신화를 자주 언급했다. 다만, 그 내용이 너무 모호한 탓에 현대의 독자들이 그 의미를 이해할 수 있는 경우가 드물 뿐이다. 기원전 6세기부터는 아테네와 그리스 세계 전역에서 신화를 수백여 가지 비극 작품의 소재로 삼아 글로 기록하거나 연극으로 각색했다. 알렉산드로스 대제의 사후인 헬레니즘 시대에는 수많은 학자와 시인 들이 알렉산드리아 도서관에 모여 신화를 연구하고 개발하고 변형했다. 이들 중에는 사물과 현상의 기원을 설명하는 신화들을 모아《아이티아Aetia》를 집필한 칼리마코스가 있고, 또 현대적 방식으로 참고문헌을 정리한《아르고나우티카Argonautica》를 집필한 아폴로니오스 로디오스Apollonios of Rhodios가 있다. 기원전 2세기의 아폴로도로스 같은 산문 작가들도 신화를 수집하고 간소화했으며, 그 과정에서 곤욕을 치르는 경우가 잦았다. 베르길리우스와 오비디우스 같은 로마의 시인들은 그들의 목적에 맞춰 그리스 신화들을 선별해 개작하기도 했다.

서기 2세기에 이르러 그리스의 여행가 파우사니아스는 그리스 신화에 매료되었다. 다양한 지역 설화를 담고 있는 그의 책《그리스 이야기》는 그리스 신화를 전파하고 이해하는 데 크게 기여했을 뿐 아니라 지금은 소실된 과거의 미술품이나 공예품의 존재까지 알려주는 유용한 작품이다. 그중 하나가 스파르타 근처 아미클라이에 있었던 아폴론의 왕좌Throne of

Apollo였다. 이 왕좌에 있던 조각상들은 칼리돈의 멧돼지 사냥과 파리스의 판결 같은 다양한 신화를 표현했다고 한다. 또 다른 작품은 올림피아의 헤라 신전에 있었던 키프셀로스의 상자Chest of Cypselos였다. 기원전 7세기에 만들어진 것으로 이 상자의 측면과 뚜껑에는 트로이 전쟁, 아르고호 원정대, 헤라클레스의 12가지 과업, 오디세우스의 항해, 테베를 공략한 일곱 장군, 테세우스와 페르세우스의 모험에 나오는 여러 장면들이 다양하게 새겨져 있었다.

도시와 자연의 이야기를 담다

신화에 등장하는 조각상이 신화와 지리상 위치를 연결하는 데 도움을 주기도 한다. 올림피아 제우스 신전의 동쪽 페디먼트pediment(건물 입구 위에 자리한 삼각형 장식 부분 – 옮긴이)에는 올림피아 근처에서 열렸을 것으로 추정되는 펠롭스의 전차 경주를 준비하는 모습이 새겨져 있으며, 아테네 파르테논 신전의 서쪽 페디먼트와 서쪽 메토프metope(신전에 아직 남아 있는 부분 – 옮긴이)에는 아테네의 아크로폴리스가 무대인 신화가 새겨져 있다. 자연 풍물도 신화와의 연결 고리를 제공했다. 아테네의 아크로폴리스에 있는 올리브나무와 바위에 생긴 세 개의 홈은 포세이돈의 삼지창 흔적으로 알려져 있으며, 이를 통해 아테나와 포세이돈이 아테네를 두고 경쟁했다는 신화에 사실감을 더해준다. 터키의 마니사에는 통곡하는 여인처럼 보이는 니오베의 바위가 있다. 이 지역에는 아르테미스와 아폴론에게 자식들이 도륙당한 것을 애통해하다 돌로 변한 니오베 신화가 전해 내려온다. 델포이에는 고대 그리스인이 지구의 중심이라고 생각했던 자리에 바위가 놓여 있다. 이 바위는 크로노스가 그의 아들 제우스인 줄로 착각하고 집어삼켰던 돌과 동일시되어 숭배되었다.

신화와 신화의 생명체들이 이와 같은 자연 풍물과 함께 실재한다는 믿음은 널리 퍼져 있었다. 미풍과 목초지, 샘, 강. 이 모든 곳에 정령이 깃들어 있었다고 믿은 것이다. 이에 따르면, 나무의 님프 드리아데스Dryades는 오크나무에 살았고, 산의 님프 오레이아드는 깊은 산속 동굴에서 지냈고, 바다의 님프 네레이데스Nereides는 바닷속에서 살았다. 또한 고대의 많은 도시와 자연은 신화와 떼려야 뗄 수 없는 관계였다. 멧돼지 사냥은 칼리돈의 무성한 협곡과 연결되고, 아프로디테의 탄생은 키프로스 섬의 반짝이는 바닷가와 연결되며, 미노타우로스의 죽음은 크노소스 왕궁과 연결되었다.

인류 최초의 이야기와 함께 떠나는 색다른 인문여행

그리스 신화에는 보편성이 깃들어 있다. 고대로부터 오늘날에 이르기까지 많은 사람들이 알고 있는 익숙한 인물들이 등장하고, 흔히 악몽에서나 만날 것 같은 끔찍하고 극적인 상황에 수시로 처하는 그들의 이야기에 우리는 오늘도 마음을 빼앗긴다. 로마인을 통해 재창조된 그리스 신화들은 중세의 암흑시대를 거치면서도 사람들에게 기억되었으며, 르네상스 이후로는 문학과 미술, 음악에 지대한 영향을 끼칠 뿐 아니라 고대 그리스인은 가본 적도 없는 머나먼 대륙에까지 전파되었다. 게다가 그리스 신화는 영화, 텔레비전, 컴퓨터 게임 같은 오늘날의 최신 문화에도 깊이 스며들어 고대 세계에 별로 관심을 보이지 않았던 이들의 일상에도 영향을 끼치고 있다. 시간의 지루함도 잊게 만드는 탐험과 재창조의 서사들을 통해 다시금 새롭게 그리스 신화를 읽고 미처 발견하지 못했던 재미를 찾아 색다른 여행을 시작해보자.

I

올림포스 산:
세상의 모든 이야기가 시작된 곳

올림포스 산은 영원불멸한 신들의 영원한 고향.
어떤 강풍에도 끄떡하지 않고,
폭풍우에 젖는 일도 없으며, 눈 내리는 구름도 접근하지 못한다오.
저 꼭대기는 구름 한 점 없이 고요한 하늘이 열려 있고,
순결한 빛 속에 잠겨 있다오.
신성한 신들은 이곳에서 세세토록 행복한 나날을 보낸다오.

— 호메로스, 《오뒤세이아》, 6권 41행 이하

올림포스 산자락과 바다로 둘러싸인 비옥한 평야지대에 자리 잡은 디온 Dion은 온갖 생명이 약동하는 대지다. 울창한 숲에는 떡갈나무, 물푸레나무, 포플러나무, 잣나무, 플라타너스, 아그누스카스투스(순결나무)가 우거졌고, 새들은 대나무 가지에 사뿐히 내려앉아 즐겁게 지저귄다. 나무 꼭대기에서는 산비둘기들이 소곤대듯 울고, 저 멀리 까마귀 떼의 울음소리가 하늘을 가른다. 호숫가에는 잠자리들이 수면 위를 낮게 비행하며 물에 잠긴 신전의 기둥 주위를 맴돈다. 풍화작용을 거친 신전의 돌들 위로 맑은 물이 흐르고, 거북이 몇 마리가 일광욕을 즐기듯 미동도 하지 않는다. 고대인들이 처음 길을 놓았을 때의 당당한 모습을 뽐내며 곧게 뻗었던 도로는 이내 무성한 잡목에 자리를 내어주고, 그 사이사이 들장미와 흐드러지게 피어난 아스포델(수선화)이 바다처럼 이어진다. 시선을 돌려보니 극장 쪽으로 아네모네와 양귀비꽃 물결이 넘실거린다. 그리고 야외극장 좌석 너머로 올림포스 산이 우뚝 서 있다. 가까워 보이지만 사실 꽤나 멀리 떨어져 있는 올림포스 산은 험상궂으면서도 온화한 얼굴을 하고 있다. 운무에 뒤덮인 산봉우리에서 한참 떨어진 산비탈에는 포도송이들이 벌써 주렁주렁 달렸다. 이 산이 바로 그리스 신들이 거주한다는 전설의 영지다.

모든 이야기의 서막

그리스인에게 올림포스 산은 절대적 힘을 지닌 신들의 권좌였다. 이 산을 고향으로 삼은 신들은 하늘과 땅은 물론, 그곳에 살아 숨 쉬는 모든 생물을 다스렸다. 우주를 지배하는 신들은 거대한 가계를 이루었고, 논쟁을 벌이며 자존심을 세우다가 고초를 겪곤 했다. 신들은 변덕을 부릴 때도 있고 헌신을 다할 때도 있었지만, 자신들의 권위를 지키는 일에서만큼은 한결같아서 권위에 도전하는 인간이 있으면 무자비하게 응징했다.

올림포스 신들이 처음부터 우주를 지배한 것은 아니었다. 맨 처음에는 카오스(혼돈)만 있었다. 아무 생기 없는 암흑만이 끝없이 펼쳐진 광대한 진공. 고대 그리스의 서사시인 헤시오도스Hesiodos는 천지 창조의 과정을 이렇게 묘사했다.

맨 처음 생긴 것이 카오스였고, 그다음 눈 덮인 올림포스 산 꼭대기에 사는 모든 불사신들이 안주하는 넓은 가슴의 가이아(대지)가 생겨났고, 땅 아래 깊숙한 곳에 거하는 으스름한 타르타로스가 생겨났고, 사지를 나른하게 만들고 인간과 신을 통틀어 가장 영리한 두뇌와 정신마저도 마비시키는 신, 신들 중에서도 가장 잘생긴 에로스(욕정)가 생겨났다.

생기를 불어넣는 영과 형태가 생겨나고 나서 다른 존재들이 속속 태어났다. 카오스에서 밤과 낮이 생겼고, 대지에서 '자신과 대등하며 무수한 별들이 빛나는 하늘, 우라노스'가 나와 대지를 모조리 덮었다. 대지는 날로 바뀌었다. 헤시오도스의 설명을 들어보자.

가이아는 긴 산들을 낳았고, 숲이 우거진 산골짜기는 님프(요정)들이
거주하는 아름다운 처소가 되었다. 가이아가 교합의 즐거움에 기대지 않고
홀로 폰토스를 낳았으니 파도가 일렁이는 바다다.
그 후에 가이아가 우라노스와 동침하고 오케아노스를 낳았으니
깊은 곳에서 소용돌이치는 대양이다.

이렇게 해서 평평한 원반 모양의 대지를 대양의 물이 에워싸며 우주의 형태가 갖춰졌다고 고대 그리스인들은 상상했다. 대지 아래에는 죽은 자들의 처소가 될 지하세계인 타르타로스(하데스)가 놓여 있고, 창공에는 우라노스가 펼쳐져 있었다.

하늘과 대지, 그리고 그 자식들

우라노스가 내린 비를 맞고 잉태한 가이아가 티탄이라는 신족을 연이어 낳았다. 테미스('신성한 전통')와 므네모시네('기억')처럼 추상적 개념을 의인화한 티탄들은 그리스 종교 사상에서 중요한 역할을 담당한다. 레아처럼 다음 세대를 생산한 티탄도 있었고, 사납고 기괴하게 생긴 티탄들도 있었다. 키클롭스가 그러했다. "거만하게 우쭐거리는 키클롭스는 제우스에

게 천둥도 주고 불타는 번개도 만들어주었다. 그들은 모든 점에서 신과 같은 존재였으나 이마 한가운데 눈이 하나밖에 달리지 않았다. 그래서 키클롭스('눈이 둥근 자')라고 불렸다." 티탄 가운데 가장 무시무시하고 강력한 자는 '아버지의 원수이자, 일그러진 마음의 소유자'인 크로노스였다.

하지만 우라노스와 가이아의 자식들은 아무도 햇빛을 보지 못했다. 우라노스가 이제 막 태어난 그들을 대지의 깊숙한 곳에 감춰버렸기 때문이다. 그렇게 많은 자식들이 다시 자궁 속으로 되돌아오자 몸이 비대해진 가이아는 배를 움켜쥐며 고통스러워했다. 결국 될 대로 되라는 심정으로 가이아는 가장 단단한 돌로 낫을 만들고 나서 자녀들에게 누가 자신을 도울지 물었다. 어머니를 돕겠다고 나선 자는 크로노스뿐이었다. 가이아는 크로노스의 손에 낫을 쥐여주고는 밤이 되면 우라노스가 사랑을 나누려고 자기 몸을 덮쳐올 테니 그때까지 기다리라고 했다. 헤시오도스가 그린 바에 따르면, 크로노스는 왼손을 내밀며 "오른손에 쥐고 있던 톱니처럼 날이 선 낫으로 부친의 남근을 잘라내 등 뒤로 냅다 던져버렸다." 이때 떨어진 핏방울들을 가이아가 받아들여 복수의 여신과 거인족을 낳았고, 바닷물 속에 떨어진 남근에서 거품이 솟아나 키프로스 섬의 파포스 해안에 닿은 후 성욕과 사랑의 여신 아프로디테가 태어났다. 키프로스 섬은 아프로디테가 즐겨 찾은 곳이다.

이제 또 다른 신들이 등장한다. 밤은 두려운 존재들을 낳았다. 곧 그들은 바로 노년과 기아, 전쟁과 살인, 불화, 거짓말, 비난, 그리고 범법자들을 정확히 응징하는 네메시스(응보), 그리고 "필멸할 인간들이 태어날 때 그들에게 행운과 불행을 점지하고, 신들과 인간들의 범법을 추적하는 무자비한" 운명이었다. "이들 여신은 죄지은 자들을 매섭게 응징하기 전까지 결코 노여움을 풀지 않는다."

폰토스의 자녀들 중 맏이인 네레우스(때때로 '바다의 노인'이라 불린다)와 같은 상냥한 신들도 있었다. 네레우스의 딸들(네레이스)은 "안개 낀 바다에서 파도를 잠잠하게 만들고, 거세게 불어오는 바람들을 달랠 수 있었다." 하지만 정말 무시무시하게 생긴 존재도 있었다. 팔이 100개나 달린 브리아레오스, 죽은 영웅들의 영혼을 저승으로 데려가는 날개 달린 정령 하르피아이('낚아채는 자'), 반쪽은 '볼이 예쁜 소녀'이고 다른 반쪽은 얼룩덜룩한 모양에 배가 터질 듯 부풀어 오른 뱀 에키드나, 그리고 영웅들의 손에 죽임을 당하기 전까지 인간들을 괴롭혔던 괴물들인 스핑크스, 히드라, 키메라가 있었다. 시냇물과 강물이 콸콸 솟아오르고, 산들바람이 불자 헬리오스Helios(태양)가 태어났고, 셀레네Selene(달)가 태어났다. 그리고 첫 에오스(새벽)를 맞았다.

올림포스 - 신들의 무대

창조 과정에서 크로노스는 자신의 누이인 레아를 끊임없이 덮쳤다. 레아는 딸 셋(헤스티아, 데메테르, 헤라)과 아들 둘(하데스와 포세이돈)을 낳았다. 하지만 크로노스는 자식이 태어나는 족족 모두 집어삼켜버렸다. 자신의 아들 손에 권력을 빼앗긴다는 예언을 들었기 때문이다. 이에 여섯 번째 아이를 수태한 레아는 그녀의 부모인 우라노스와 가이아의 조언을 따라 크레

기원전 6~5세기의 델포이에 있던 시프노스인의 보물창고에 있는
북쪽 프리즈frieze(내벽에 둘러진 띠 모양의 장식 부분 - 옮긴이)에 새겨진 부조. 사자가 끄는
전차를 탄 테미스를 포함해 신들과 거인족의 싸움을 묘사하고 있다.

타 섬으로 도망쳤다. 레아는 그곳 산꼭대기(고대인들은 이 산을 이다Ida 산과 딕테Dicte 산으로 추정했다)에서 아들을 낳아 깊은 동굴 속에 숨겼다. 동굴 입구에서는 무장한 쿠레테스가 창과 방패를 두들기며 아기의 울음소리가 들리지 않게 했다. 그런 다음 레아는 포대기에 싼 돌을 아기인 양 크로노스에게 건넸고, 그는 의심 없이 곧바로 집어삼켰다.

신들은 금방 어른이 되기에 그 아기는 오래지 않아 크레타 섬을 떠나 술을 따르는 시중으로 변장해 아버지의 궁전에 들어갔다. 그는 교묘한 꾀를 써서 신을 잔뜩 취하게 만들었다. 크로노스는 맨 먼저 포대기에 싸인 돌덩어리를 토해냈고, 이어서 다섯 자식을 차례차례 토해냈다. 크로노스는 뒤늦게 사태의 전말을 파악했지만 자신의 운명을 피할 수 없었다. 여섯째인 제우스가 자신을 권좌에서 끌어내리기 위해 온 것이다.

제우스와 크로노스는 10년 전쟁을 벌였다. 크로노스에게는 아틀라스와 티탄들이 있었다. 제우스는 크로노스가 타르타로스에 가둔 키클롭스들을 구출한 후 다섯 남매와 함께 연합군을 구축했다. 전쟁은 제우스의 승리로 끝나고 티탄들은 대부분 타르타로스에 유폐되었다. 한편 크로노스는 죄를 용서받고 죽은 자들의 천국인 엘리시움을 다스렸다는 설도 있다.

하지만 티탄들에게는 가이아가 낳은 스물네 명의 거인족 사촌들이 있었고, 이들은 차후 복수를 도모했다. 거인족은 올림포스에 오르기 위해 산들을 찢어내어 근처에 있는 오사Ossa 꼭대기에 펠리온 산을 쌓았고 우주는 또다시 전쟁에 휩싸였다. 올림포스 신들은 이번엔 헤라클레스의 도움으로 거대한 적들을 겨우 굴복시켰다. 그리고 신들을 전복하려는 반란은 더 이상 일어나지 않았다.

인간을 닮은 신, 신을 동경한 인간

그리스 신화에서는 올림포스를 둘러싼 남신과 여신 열두 명이 이야기의 중심을 이룬다. 그리스인들은 올림포스 산꼭대기에 청동으로 기초를 세운 신들의 처소가 있고, 신들이 대부분 인간의 형상을 하고 있다고 상상했다. 이 때문에 기원전 6세기 후반 또는 5세기 초반의 철학자 크세노파네스는

기원전 5세기에 만들어진 아테네 파르테논 신전의 프리즈.
헤라 여신이 면사포를 들어 올리며 제우스를 바라보고 있는
장면을 묘사하고 있다.

이렇게 지적했다. "만약 소나 말이나 사자한테 손이 있어 사람들처럼 신의
모습을 그릴 수 있다면, 말은 말처럼 생긴 신을, 소는 소처럼 생긴 신을, 사
자는 사자처럼 생긴 신을 그릴 것이다."

　　신들은 사람과 똑같은 감정을 지녔고, 그리스 청동기 시대의 위계질
서를 반영해 신들의 세계에도 왕과 왕비, 영주, 왕자, 공주 들이 있었다. 하
지만 필멸의 존재인 인간은 비록 그가 가장 강력한 통치자라 할지라도 신
들과는 사뭇 달랐다. 우선 신들은 혈관에 이코르(신성한 피)가 흐르고 있는
불사신이었다. 또한 암브로시아('불사의 음식')를 먹고, 넥타르('불로의 음
료')를 마셨다. 새, 동물, 남자, 여자 등 마음대로 겉모습을 바꿀 수 있었고,
지상 어디든 힘들이지 않고 이동하며 좋든 궂든 인간들과 교류했다.

　　고대 그리스 문학에서 올림포스는 대개 그리스 북동쪽에 위치하는 산

을 가리킨다. 때로는 지상에서 멀리 떨어진 천계의 성지로 묘사되기도 한다.《일리아스》에서 호메로스는 헤라가 아테나와 함께 전차를 몰고 제우스를 찾아 떠나는 장면을 그리는데, 여기서 헤라와 아테나는 자신들의 신성한 천궁을 떠나 지상의 산등성이로 내려간다.

> 헤라가 채찍을 휘두르며 서둘러 말을 몰자
> 하늘의 문들이 깊은 신음을 토하며 저절로 열렸다.
> 계절의 여신인 호라이 자매는 신성한 하늘과
> 올림포스의 구름문을 지키며 이 문을 여닫는 임무도 맡았다.
> 두 여신은 채찍으로 말들을 재촉하며 구름문을 통과했다.
> 올림포스에서 가장 높은 산꼭대기에는 크로노스의 아들 제우스가
> 다른 신들한테서 멀찍이 떨어져 홀로 앉아 있었다.

그리스인들은 신들이 올림포스 산에 모여 회의를 하거나 연회를 즐긴다고 상상했다. 그리고 파르테논 신전의 프리즈에 신들의 신성한 회의를 놀랍도록 자세하게 그려냈다(이 부조는 델포이에 세워진 시프노스인의 보물창고 프리즈에서 영감을 받았다). 그 부조에는 헤라가 자신의 전령 이리스로부터 소식을 전해 받는 동안 제우스가 옥좌에 앉아 그 모습을 지켜보는 장면이 그려져 있다.

절대불멸의 신성한 왕

하데스와 포세이돈, 그리고 제우스는 각각 하늘과 대지, 바다, 그리고 지하세계(저승)를 누가 다스릴지 결정하기 위해 제비를 뽑았다. 결국 제우스가 대지와 하늘을 얻었다. 황금 홀을 오른손에 쥔 제우스는 오늘날 스테파니 Stefani 봉으로 불리는 올림포스 산꼭대기에 앉아 신들과 인간을 지배했다. 올림피아에 세워진 제우스 신상에 영감을 주었다고 하는《일리아스》의 한 구절을 보면 제우스의 위엄이 잘 나타나 있다. "크로노스의 아들, 곧 짙은 눈썹의 제우스가 고개를 숙이니 절대불멸의 신성한 왕의 고수머리가 흘러

내렸다. 그러자 거대한 올림포스 산이 흔들렸다." 이 위대한 천신天神에게
는 한 번 내려치면 일대를 초토화시키는 벼락이라는 강력한 무기가 있었
으니 그럴 만도 하다. 제우스는 눈부시게 번쩍이는 순수한 에너지가 (안전
하게) 의인화된 신이므로 벼락이야말로 제우스의 진정한 본질이라고 생각
하는 이들도 있었다.

기원전 470~460년 아티카의
적화식 항아리에 새겨진 그림.
제우스의 왼손에는 화신인
독수리가, 오른손에는 무기인
벼락이 쥐어져 있다.

모든 신들에게는 그들을 상징하는 화신이 있었다. 제우스의 화신은 독수리다. 힘들이지 않고 눈부시게 하늘을 비상하는 독수리는 제우스의 전령이기도 하다. 기원전 5세기경의 그리스 시인 바킬리데스Bacchylides는 신과 독수리 사이의 유대감을 이렇게 묘사했다.

> 번개처럼 날아올라 황갈색 날개로 끝이 보이지 않는 창공을
> 가로지르는 저 자신만만한 독수리는
> 너른 영토를 지배하는 천둥의 신 제우스의 전령일진저.
> 세상의 모든 작은 새들은 두려워 날카로이 울며 흩어지네.
> 우뚝 솟은 산들도 폭풍우에 쉴 새 없이 일렁이는 바다도
> 그를 저지하지 못하나니 서풍에 깃털을 나부끼며
> 광대한 대지 위로 날개를 곧게 펼친 채 비상할 때면
> 모든 인간이 그를 우러러보네.

제우스와 헤라, 그들의 자녀들

티탄과의 전쟁에서 승리를 쟁취하고, 올림포스 신들의 왕으로 등극한 제우스는 (크로노스의 전철을 밟아) 자신의 누이인 헤라를 아르고스 부근에서 유혹해 아내로 삼았다. 그들의 결혼은 천상이 아니라 지상에서 이루어졌다. 하지만 헤라는 제우스의 연이은 불륜행각에 괴롭기 그지없었다. 제우스에게 불만을 품은 이들은 헤라 혼자만이 아니었다. 호메로스가 전한 바에 따르면, 헤라는 몇몇 신들과 결탁해 제우스를 결박했다고 한다. 그리고 제우스는 바다의 님프 테티스의 도움으로 브리아레오스를 소환한 끝에 겨우 매듭에서 풀려났다. 브리아레오스는 팔이 100개라서 아무리 복잡한 매듭이라도 거뜬히 풀 수 있었다. 크게 진노한 제우스는 반역을 공모한 혐의로 포세이돈과 아폴론에게 트로이의 성벽을 짓는 노역을 시켰고, 헤라에게도 가혹하게 복수했다.《일리아스》에는 제우스가 헤라에게 내렸던 벌을 회고하는 대목이 있다.

올림포스 산 : 세상의 모든 이야기가 시작된 곳

그대는 두 발목에 모루를 하나씩 달고,

두 손목은 끊어지지 않는 황금 수갑으로 결박당한 채

저 높은 곳에 매달렸던 일을 잊었소?

그대가 안개 낀 하늘에 매달리자

올림포스 전역의 신들이 분노했으나

그자들은 당신을 풀어줄 수 없었소.

제우스는 다시는 반역을 꾀하지 않겠다는 신들의 맹약을 받고 나서야 헤라를 풀어주었다.

한편 제우스와 헤라가 낳은 세 자녀 중 유일한 딸 헤베('젊음')는 전혀 모난 데가 없이 수더분했다. 하지만 《일리아스》를 보면 제우스는 아들이 자 전쟁의 신 아레스에게 이렇게 호통을 친다. "올림포스에 사는 신들 중에 네가 제일 밉다. 너는 싸움을 즐기니 전쟁과 폭력만을 일삼는구나. 네어미 헤라를 닮아 성미가 모질고 굽힐 줄을 모르니 봐줄 수가 없다. 내 말로도 네 어미를 겨우 통제할 정도인데 말이다."

또 다른 아들 헤파이스토스는 더 큰 골칫거리였다. 헤라는 절름발이로 태어난 아들이 보기 싫어 올림포스 산봉우리에서 저 멀리 바다에 던져 버렸다. 바다의 두 님프 테티스와 에우리노메가 그를 구해 동굴에서 키웠고, 자라는 동안 헤파이스토스는 "그들의 해저 동굴에서 브로치며 나선형 팔찌며 컵과 사슬, 청동으로 된 아름다운 장신구들을 만들었고, 그 주위에서는 오케아노스의 물결이 요란한 소리를 내며 거품을 일으켰다"고 한다. 시간이 흘러 아들을 되찾았을 때 헤라는 아들이 지닌 재주를 알아보고 그를 올림포스 산에 받아들여 자신의 장신구들을 가공하는 일을 맡기고는 아프로디테를 아내로 맺어주었다. 일설에 따르면, 헤파이스토스는 헤라에게 복수를 하기 위해 한 번 앉으면 옥죄어 옴짝달싹하지 못하는 옥좌를 선물했고, 이후 디오니소스Dionysos가 술과 말로 설득하고 나서야 모친을 풀어주었다고 한다.

제우스는 헤라보다 더 그의 아들을 탐탁지 않게 여겼다. 한번은 제우스와 헤라의 싸움을 지켜보던 헤파이스토스가 헤라의 편을 들자 제우스는 그의 발을 붙잡아 올림포스 산 아래로 내동댕이쳤다.《일리아스》에서는 이때 헤파이스토스가 하루 종일 지상으로 추락하다가 렘노스 섬에 떨어졌다고 전한다. 후에 헤파이스토스는 다시 올림포스로 돌아가 대장장이로 일했다. 호메로스에 따르면, 헤파이스토스는 아리따운 처녀처럼 생기고 "감각과 지능, 음성과 힘을 쓸 줄 아는" 황금 시녀를 만들어 조수로 쓰면서 황금바퀴가 달린 세발솥을 만들었다. 후대의 저자들은 헤파이스토스의 대장간이 에트나 산 밑의 시칠리아에 있다고 기술하기도 한다. 이토록 손재주가 뛰어났음에도 불구하고 헤파이스토스는 놀림거리가 되곤 했다. 헤파이스토스가 연회장에서 절뚝거리며 돌아다닐 때나 아내가 그의 동생 아레스와 바람을 피운 사실이 알려졌을 때도 신들은 '흥겹게' 웃었다.

제우스와 헤라는 걸핏하면 서로 싸우는 관계였지만 또 한편으로 제우스는 헤라의 매력에 쉽게 홀리곤 했다. 제우스는 사모스 섬에서 헤라와 초야를 보내면서 하룻밤을 300년이나 늘릴 정도였다. 호메로스는 올림포스의 침실에서 그리고 훗날 트로이 근처 산봉우리에서 헤라가 매혹적인 차림으로 제우스를 유혹한 날을 묘사했다.

> 그가 헤라를 품에 안으니 그들이 서 있던 땅에서
> 이슬을 머금은 클로버와 크로커스, 히아신스,
> 어린 새싹들이 파릇파릇 풍성하게 돋아나
> 그들을 굳은 대지 위로 높이 들어 올렸다.
> 그들이 폭신한 자리에 함께 누우니
> 웅장한 황금 구름이 그들을 둘렀으며
> 그 구름에서 이슬이 방울방울 떨어졌다.

새로운 시대의 시작

지상에서는 여러 시대가 흘렀다. 질병이 없고 땅에서 곡식이 저절로 자라던 황금시대는 가고, 갈등과 다툼이 끊이지 않던 은의 시대를 거쳐 청동기

올림포스 산 : 세상의 모든 이야기가 시작된 곳

시대가 왔다. 하지만 청동기 시대에 태어난 인류는 이내 타락에 빠지고 말았다. 그 가운데 리카온Lykaon이란 자는 아르카디아의 산꼭대기에서 자신의 아들을 제우스에게 제물로 바치고, 일설에 따르면 연회에서 아들의 인육을 제우스에게 대접했다. 이 같은 야만에 격노한 제우스는 리카온을 늑대로 만들고, 그의 무고한 아들 50명을 불태워 죽였으며, 인류를 없애버리기로 결심했다.

제우스는 칠흑 같은 먹구름을 끌어모아 폭우를 퍼부었다. 강들이 포효하며 그리스의 대평원을 휩쓸었다. 대홍수로 인류가 익사할 처지에 놓였지만 티탄 신족의 프로메테우스는 필멸의 존재인 자신의 아들 데우칼리온Deucalion이 그렇게 죽어가는 것을 두고 볼 수 없었다. 그는 아들에게 방주를 만들어 식량을 가득 싣고, 판도라의 딸이자 그의 아내인 피라Pyrrha와 함께 피신하라고 조언했다. 그 덕분에 데우칼리온과 피라는 무사히 살아남았다. 정직하고 경건했던 두 사람은 죽어야 할 이유가 없었다. 제우스는 이를 보고 분노를 가라앉혔다. 꼬박 아흐레가 지나 물이 잦아들었고, 파르나소스 산봉우리에 방주가 안착했다. 제우스는 두 생존자에게 산 위의 돌들을 집어 들고 등 뒤로 던지라고 조언했다. 그러자 데우칼리온이 던진 돌들은 남자가 되고, 피라가 던진 돌들은 여자가 되어 이전 세대보다 고결한 인류가 태어나기 시작했다. 세월이 흘러 데우칼리온과 피라도 자녀를 낳았다. 그들의 딸 중 하나인 티아Thyia는 제우스의 아들을 낳았으니 바로 마케돈이다. 마케도니아라는 지명은 여기서 비롯되었다.

대홍수에서 살아남은 데우칼리온은 제우스의 은혜에 감사하고자 올림포스 산 아래 디온에 제단을 쌓았다. 새 시대가 열리고 쌓아올린 첫 번째 제단이었다. '디온'은 고전 시대나 헬레니즘 시대에 특별한 성지로 통했다. 실제로 '디오스Dios'는 '제우스Zeus'의 소유격 형태로서 디온은 말 그대로 제우스의 도시라는 뜻이다.

시인들의 영원한 영감
올림포스 산에는 티탄 신족의 므네모시네와 제우스 사이에서 태어난 딸들인 무사이(영어로는 '뮤즈'라 하며 그리스어 '무사'의 복수형이다 – 옮긴이)도 살았다. 디온에서 가까운 올림포스 산 북쪽 사면에 있는 피에리아Pieria도 무사이가 거주하는 곳 중 하나였다. 그리스의 지리학자 파우사니아스Pausanias에 따르면 본래 무사이는 세 명이었으나 헬레니즘 시대에 이르러 그 수가 아홉으로 늘었다고 한다. 칼리오페Calliope는 서사시, 클리오Clio는 역사, 테르프시코레Terpsichore는 춤을 관장하는 등, 아홉 명의 무사이는 각각 특정한 분야를 주관했다.

무사이도 숙적을 징벌하는 데 거침이 없었다. 헤라가 날개 달린 세이렌 자매Sirens를 설득해 무사이와 노래 대결을 시키자 무사이는 세이렌들의 깃털을 모조리 뽑아 자신들의 화관으로 만들어 머리에 썼다. 피에리아의 왕 피에로스Pieros의 아홉 딸들도 무사이와 노래 대결을 했다. 무사이의 노래에 모든 창조물은 경탄하며 숨을 죽였지만, 피에로스의 딸들의 노래에 세상은 거대한 어둠으로 뒤덮였다. 대결에서 패배한 소녀들은 무사이에게 벌을 받아 새로 변하고 말았다. 또 한번은 트라키아의 리라 연주가 타미리스Thamyris가 도전장을 내밀었다. 타미리스는 무사이가 지면 자신과 차례대로 동침할 것을 요구했으나 결국 대결에서 이긴 무사이는 그의 눈을 멀게 하고 노래 솜씨도 빼앗아 버렸다.

헤시오도스는 서사시《신들의 계보Theogony》에서 테베 인근의 헬리콘 산에서 만난 자비로운 무사이들이 자신에게 신들의 탄생을 노래할 것을 지시했다고 주장한다. 그는 이렇게 노래한다.

올림포스에서 아버지 제우스의 위대한 마음을 기쁘게 하며,
조화로운 목소리로 현재 존재하는 것들과
앞으로 존재하게 될 것들, 그리고 과거에 존재했던 것들에 대해 노래한다.
그들의 입술에서 감미로운 목소리가 지칠 줄 모르고 쏟아지니
천둥을 내려치는 아버지 제우스의 저택이 백합의 향기가 진동하듯
무사이의 목소리로 가득 차 미소 짓고, 그 소리가 눈 덮인 올림포스의
여러 봉우리들과 불사신들의 궁정에 메아리친다.

무사이의 영감은 시인들에게 더할 나위 없이 소중했다. 이 여신들 덕분에 시인들은 신들과 머나먼 과거의 영웅들에 대해 확신에 찬 목소리로 노래할 수 있었다.

무사이는 그리스 신화에 묘사된 신들의 중요한 회합에 자주 등장한다. 펠리온 산에서 거행된 펠레우스와 테티스의 결혼식, 그리고 테베에서 거행된 카드모스와 하르모니아의 결혼식에서도 무사이는 리라를 연주하는 아폴론의 뒤를 따라 노래하고 춤을 추었다. 무사이는 장례를 치를 때도 등장한다. 《일리아스》에서 아킬레우스를 애도한 장면은 특히 유명하다. 고대 그리스의 서정시인 핀다로스의 《비가Dirges》에 등장하는 한 대목을 살펴보자.

> 무사이는 아들들의 주검을 영면에 들게 하려고 노래했다.
> 첫째 여신이 탄식하며 리누스Linus를 애도했고,
> 둘째 여신이 히메나이우스Hymenaeus를 위해 비가悲歌를 불렀으니
> 그는 결혼 첫날 누웠다가 운명의 여신에 의해 명부로 보내졌다.
> 셋째 여신은 이알메누스Ialmenus를 위해 애가哀歌를 불렀으니
> 그는 무정한 질병에 쓰러져 기운이 쇠하였다.
> 하지만 황금 칼의 오르페우스는……

신마저 반한 천상의 음악

오르페우스는 디온 인근의 핌플레이아Pimpleia에서 태어났다. 이 도시는 오르페우스 평생에 걸쳐 긴밀하게 얽혀 있다. 오르페우스의 어머니는 무사이 중 가장 연장자인 칼리오페였다. 그의 아버지는 아폴론이라는 설도 있고, 피에로스의 아들인 오이아그로스Oeagros 왕이라는 설도 있다. 오르페우스의 음악은 신들과 산천초목을 움직일 정도로 뛰어났다. 기원전 5세기 그리스의 시인 티모테오스Timotheos는 오르페우스가 피에리아에서 처음으로 리라를 연주했다고 얘기한다. 그의 리라 연주는 매우 정교했고 그의 목소리는 참으로 감미로웠다. 고대 그리스의 시인 에우리피데스의 표

현을 빌리자면 "올림포스 산 첩첩산중에 울려 퍼지는 오르페우스의 음악에 나무들도 마법에 걸리고, 숲속 짐승들도 마법에 걸렸다." 산천초목이며 바위며 짐승이며 그의 음악을 들으면 모두 그를 열렬히 따랐고 산속 시냇물조차 그의 음악을 듣기 위해 물길을 바꿨을 정도다. 키코네스인이 사는 트라키아 땅 숲의 님프인 에우리디케Eurydice('공평한 정의')는 그와 사랑에 빠졌고, 둘은 서로에게 매료되어 결혼했다. 하지만 얼마 지나지 않아 재앙이 들이닥쳤다. 에우리디케가 다른 님프들과 꽃을 따 화환을 만들다가 무심코 잠자는 뱀을 건드린 것이다. 에우리디케는 독사에게 발목을 물렸고 그 자리에서 숨을 거두고 말았다. 슬픔에 빠진 오르페우스는 가슴이 미어지는 애가를 불렀고, 산천초목이 함께 울었다. 괴로워하는 그의 모습을 더는 견디지 못한 무사이가 그에게 저승을 다스리는 하데스를 찾아가 에우리디케를 되돌려달라고 간청해보라고 조언했다.

오르페우스는 두려움도 떨쳐버리고 땅 밑 깊숙이 내려갔다. 저승 문전에는 머리 셋 달린 사나운 개 케르베로스Kerberos가 버티고 있었다. 오르페우스는 부드러운 자장가로 개를 달랬고, 곧 하데스 왕 앞에 서게 되었다. 오르페우스는 거기서 비가를 부르며 잃어버린 아내에 대한 연모의 마음을 쏟아냈고, 어린 나이에 목숨을 잃은 아내를 돌려주십사 간청했다. 그의 음악은 하데스의 얼음 같은 마음마저 움직였다. 영원토록 형벌 받는 죄인들의 혼백도 그의 노래에 마음을 빼앗겼고, 복수의 여신들의 얼어붙은 마음도 녹아내렸다. 하데스는 오르페우스의 요구를 들어주는 대신 한 가지 조건을 달았다. 고향으로 돌아가는 동안 오르페우스가 앞장서서 걷되 두 사람이 지상에 도달하기 전까지 절대 뒤를 돌아보면 안 된다는 것이었다. 오르페우스는 어깨 너머로 들리는 에우리디케의 가벼운 발걸음 소리를 들으며 계속 걸었다. 마침내 희미한 햇살이 눈앞에 펼쳐졌다. 오르페우스는 기쁜 마음에 걸음을 멈추고 아내의 발걸음 소리에 귀를 기울였다. 그런데 아무 소리도 들리지 않는 것이었다. 에우리디케가 자기를 따라오는지 확신이 서지 않았다. 오르페우스가 충동을 이기지 못하고 뒤를 돌아보는 순간, 에우리디케는 입가에 슬픈 미소를 띠며 하데스의 명령에 따라 왔던 길로

기원전 640년 아티카의 적화식 항아리에 새겨진 그림.
오르페우스는 광분한 여성들에게 공격을
당하면서도 리라를 놓지 않고 있다.
침을 뱉는 여인도 있고, 돌을 던지는 여인도 있다.

되돌아갔다. 결국 시커먼 어둠이 그녀를 집어삼킨 것이다.

　이제 오르페우스에게 삶은 무의미했다. 그에게 남은 것이라곤 잃어버린 에우리디케를 노래하는 일뿐이었다. 하지만 그의 음악에는 여전히 거부할 수 없는 매력이 있었고, 그가 연주할 때마다 여인들은 그와 사랑에 빠졌다. 오르페우스가 마침내 디온에 이르렀을 때 욕정에 눈이 먼 여인들은 미친 듯이 달려들어 그의 몸을 할퀴고 찢어버렸다. 열정이 가라앉고 나서야 여인들은 자신들이 오르페우스의 사지를 갈가리 찢어버렸음을 깨달았다. 일설에는 오르페우스가 여인들의 욕정 때문에 죽임을 당한 것이 아니라 아폴론을 숭배하고 디오니소스를 무시했기 때문이라고도 한다. 이에 질투심을 느낀 디오니소스가 자신을 추종하는 여성 광신도들을 풀어 동이 틀 무렵 산꼭대기에서 오르페우스를 죽이게 했다는 것이다. 또 어떤 이들은 오르페우스가 제우스의 벼락에 맞아 죽임을 당했다고도 한다.

무사이가 그의 시신을 수습해 디온에서 마지막 의식을 치렀다. 파우사니아스는 지역 주민들의 말에 따라 디온에서 올림포스 산 방향으로 여러 마일 떨어진 곳에서 오르페우스의 유골이 담겨 있는 항아리가 상단에 놓인 기둥을 발견했다. 그에 따르면, 디온에서 오르페우스를 살해한 여인들은 그의 피를 씻어내리려고 헬리콘 강으로 달려갔다. 그러자 강물은 살인자들을 혐오하며 땅속으로 가라앉았다. 그렇게 강물이 가라앉았다고 하는 곳에는 오늘날 목가적인 풍경의 작은 호수가 자리하고 있다. 한편 오르페우스의 사지는 갈가리 찢겨 흔적을 찾을 수 없었지만, 머리는 강물에 떠내려가면서도 노래를 멈추지 않았다. 그의 머리는 물결을 타고 레스보스 섬으로 흘러들어갔으며, 섬 주민들은 깊이 예를 갖추어 그의 머리를 땅에 묻어주었다. 그리고 무사이가 오르페우스의 리라를 올림포스 산으로 가져가자 신들은 리라를 하늘의 별자리로 올려놓았다.

오르페우스가 지었다고 알려진 찬가들과 가르침은 오르페우스 밀교의 근간을 이루었고, 이 신봉자들은 인간의 영혼이 사후에 환생한다고 믿었다.

올림포스와 디온의 과거와 현재

성스러운 기운으로 가득 찬 올림포스 산봉우리들은 고대 시대에는 필시 금단의 구역이었을 테다. 그 시절에 올림포스 산 정상에 오르려 했다는 사람에 대해서는 기록이 남아 있지 않다. 고대 도시 디온은 기원전 413년경 아르켈라오스Archelaos 1세 시절에 마케도니아 왕국에서 중요한 성지로 부상했다. 1세기 전만 해도 마케도니아는 변방이어서 알렉산드로스 1세는 자신이 헤라클레스와 아르고스 왕족의 후손임을 주장하고 나서야 올림피아 제전의 참가 자격을 얻을 수 있었다. 하지만 아르켈라오스 1세는 디온을 그리스 세계에서 가장 위대한 성지로 변모시켰다. 그는 제우스를 위한 신전과 경기장과 극장을 세웠고, 선수들의 축제이자 제우스와 무사이에게 헌정하는 '올림피아 제전'을 디온에서 개최했다. 노년에 아르켈라오스 왕의 빈객으로 궁정에 머물렀던 에우리피데스의 실전失傳하는 작품《아르켈라오스》도 디온에서 공연했을 것으로 보인다. 그가 쓴《박코스 여신도들 Bacchae》과《아울리스의 이피게네이아Iphigenia in Aulis》도 디온 극장 공연을 염두에 두고 썼으리라.

기원전 4세기에 필리포스 2세Philippos II는 승전을 축하하며 디온에서 장대한 기념식을 거행했다. 그와 그리스 신들과의 관계는 상당히 복잡했다. 기원전 336년 왕실 결혼식이 끝나고 수도인 아이가이Aegae의 한 극장에서 축전을 거행한 필리포스 2세는 올림포스 12신상 행렬의 13번째로 자신의 조각상을 세웠다. 그리스인에게 이 같은 행위는 신들에 대한 '불손'으로 비쳐졌을 게 틀림없다. 따라서 이날 필리포스 왕이 암살당했을 때 그리스인은 눈 하나 깜짝하지 않았을 듯싶다.

기원전 334년 필리포스의 아들 알렉산드로스는 페르시아 침공에 나서기 전에 디온에서 대대적인 축제를 열어 희생제를 올리고 각종 경기를 개최했다. 그는 극장 근처에 거대한 천막을 세우고 푹신하고 기다란 의자 100개를 배치해 연회를 베풀며 참모와 장군들의 사기를 북돋우었다. 알렉산드로스는 같은 해에 그라니코스Granicos에서 승리를 거둔 뒤 전투에서 쓰러진 25명의 기병을 기념하는 청동상을 디온에 세우도록 그리스의 조각가 리시포스Lysippos에게 지시했다. 알렉산드로스는 기원전 332년 혹은 331년에 이집트를 정복하고 시와Siwah를 찾아 신탁을 듣고, 자신이 제우스의 아들이며 디오니소스와 헤라클레스와는 이복형제 사이라고 주장했다. 알렉산드로스가 연이은 원정에 성공하며 그리스 문화를 전파함에 따라 인도에서도 올림포스 신들을 섬기게 되었다. 그는 히파시스(현재 인도의 베아스) 강변에 올림포스 신들에게 바치는 거대한 제단 열두 개를 세웠다. 이때 자신을 위한 제단을 따로 만들지 않은 것은 현명한 처사였다.

기원전 220년 아이톨리아 동맹은 로마와 연합해 디온을 파괴하지만, 필리포스 5세는 빠르게 마케도니아 왕국을 재건했다. 필리포스 왕은 디온에서 출정식을 갖고 남쪽으로 진군하지만 기원전 197년 키노스케팔라이 전투에서 로마인들에게 패배했다. 이후 페르세우스Perseus 왕은 북쪽으로 진군했다가 기원전 168년 피드나Pydna에서 로마의 루키우스 아이밀리우스 파울루스Lucius Aemilius Paulus에게 대패했다. 로마인들은 일찍이 올림포스 신들을 받아들여 로마의 신들과 동일시했다. 이후 로마 종교와 융화하며 조금씩 바뀌기는 했지만 원형을 보존한 그리스 종교와 신화는 북쪽과 서쪽으로 퍼져 나가 멀리 브리튼 섬까지 전파되었다.

기원전 31년 디온은 로마 식민도시가 되었고, 줄곧 번성해 서기 346년에는 주교도시로 발전했다. 서기 393년에 테오도시우스Theodosius 황제는 기독교를 국교로 선언하고 이방 종교를 금하는 칙령을 선포했다. 이에 따라 디온은 큰 타격을 입었고, 3년 뒤에는 알라리크Alaric 왕이 이끄는 고트 족에게 함락 당했다. 이후 디온은 여러 차례 지진과 홍수를 겪으면서 폐허가 되어 오랜 세월 버려졌다.

1806년에 영국인 윌리엄 리크William Leake가 디온을 처음 발견했지만, 1928년이 되어서야 본격적으로 고고학적 조사가 이루어졌다. 1992년의 발굴 작업으로 고대 도시 디온과 무사이의 흥미로운 연관성을 찾아낸 것은 가장 중요한 발견 가운데 하나다. 디오니소스의 로마식 빌라 유적에서 발견된 '수압식 오르간hydraulis'은 기원전 1세기 것으로 현존하는 가장 오래된 건반악기다.

주요 연대와 유적지

BC 500년경	디온에 있는 '메가론' 양식의 신전들. 이는 올림포스 신을 경배했던 흔적들이다.
BC 413년경	아르켈라오스 1세는 디온 주변에 외벽을 쌓고 중요한 성지로 부흥시켰다.
BC 407년경(?)	디온 극장에서 에우리피데스의 《아르켈라오스》가 상연된 것으로 추정된다.
BC 348년	필리포스 2세가 올린토스Olynthos를 점령하고 제전을 열었다.
BC 338년	필리포스 2세가 카이로네아Chaeronea 승전을 기념한 제전을 열었다.
BC 334년	알렉산드로스 대제가 페르시아 침공에 앞서 희생제를 올렸다.
BC 220년	아이톨리아 동맹이 디온을 약탈했으나 이내 재건되었다.
BC 31년	로마의 식민도시가 되었다.
AD 396년	알라리크 왕이 이끈 고트족이 디온을 함락했다.
AD 1806년	윌리엄 리크가 디온을 '발견'했다.

그리스 북동부 카테리니Katerini 남쪽에 위치한 디온은 E75 고속도로에서 약간 떨어진 곳에 있다. 높이 2919미터의 올림포스 산이 바람을 막아주어 아늑한 포도밭 사이로 난 길을 빠져 나가면 디온이 나온다.

마을 부근에는 아름다운 고대의 유적지 공원이 있다. 매표소에서 공원 안으로 들어가면 오른쪽에 보이는 '신성한 호수'를 지나 갈림길이 나온다. 앞쪽에는 '메가론' 양식의 데메테르 신전이 보인다. 오른쪽으로 난 길을 따라가면 복원된 극장이 보인다. 그리고 그 옛날에 알렉산드로스 대제가 천막을 쳤던 목초지를 가로지르면 오른쪽으로 길이 22미터의 석회석 제단이 있는 '올림포스 신 제우스의 신역 Sanctuary of Olympian Zeus'이 있다. 고대에 소 100마리를 제물로 바치던 제사 헤카톰베를 치르던 곳이다. 근처에는 로마의 극장 '오데온Odeon' 유적이 있다. 왔던 길로 다시 돌아가서 오른쪽으로 직진하면 제우스 제단과 신전이 있는 '지극히 높으신 제우스의 신역Sanctuary of Zeus Hypsistos'이 나온다. 과거에 이 신전으로 통하는 길에는 상단을 독수리로 장식한 대리석 기둥이 죽 늘어서 있었다. 강 너머 멀지 않은 곳에 일부 물에 잠긴 '이시스 신역Sanctuary of Isis'이 있다. 여기서 작은 길을 따라가다가 현대식 도로를 건너 옛 성벽을 통과하면 한창 발굴 중인 고대 도시 디온으로 들어선다. 시계 방향으로 돌아가면 로마의 공중목욕탕과 초대 기독교 예배당이 보인다. 이어서 흉갑과 방패 모양의 조각이 새겨진 로마 시대의 건축물 정면이 남아 있는 인상 깊은 '대로Manin Avenue'를 지나 디오니소스의 로마식 빌라를 비롯한 거대한 주거지 유적으로 이어진다.

오늘날 디온에 있는 고고학 박물관은 유적지에서 발굴한 수압식 오르간, 모자이크 장식물, 해시계, 그리고 이시스 신상과 지극히 높으신 제우스의 신상 같은 유물들을 소장하고 있다.

2
수니온 곶:
바다의 신에게 바친 땅

먼저 위대한 신 포세이돈에 대해 노래하리니,
그는 대지와 황량한 바다를 뒤흔드는 해신海神이시며
헬리콘 산과 광활한 아이가이 해를 지배하신다.
신들은 대지를 뒤흔드는 그대에게 갑절로 영예를 주었으니
곧 말들을 길들이고 배들을 구원하는 능력이라
대지를 붙드시는 검은 머리의 포세이돈이시여!
다정하게 오시오소서 신성하신 이여, 우리 선원들을 구하소서!

– 《호메로스 찬가》, 포세이돈 편

기원전 5세기의 청동상.
삼지창(현재 유실된 상태)을
들고 서 있는 포세이돈의
상으로, 수니온 곶 북쪽
바다에서 발견되었다.

수니온 곶 언덕에는 잔잔한 노을빛 아래에서 선원들을 유혹하는 세이렌들처럼 포세이돈 신전이 바다를 향해 들어서 있다. 매끄러운 열주列柱 사이사이로 비스듬히 들어오는 석양을 받아 버터처럼 황금빛 자태를 뿜내는 대리석 표면, 서늘한 그림자를 만들어내는 매끈한 대리석 기둥에는 여전히 온기가 남아 있는 느낌을 자아낸다. 신전 계단을 총총거리는 자고새 두 마리가 키룩키룩 울며 고요함을 깨뜨릴 뿐 신전은 고요하기만 하다. 언덕 아래에서 기다란 너울이 오고 가며 바위에 부딪혀 하얀 포말이 부서지고, 고요함 속에 바다가 속삭이는 소리가 최면을 건다. 푸른 수면 위로 비스듬히 쏟아지는 태양빛이 굴절되어 바다는 눈부시게 반짝인다. 그리고 저 멀리 희뿌연 수평선 쪽에 보이는 크고 작은 섬들은 망망대해를 품은 키클라데스 제도다. 바다를 관장하는 해신에게 어째서 이 수니온 곶이 신성한 땅인지, 지진을 일으키고 말들을 길들이는 신 포세이돈에게 바치는 신전을 왜 이곳에 세웠는지 절로 고개가 끄덕여진다.

대지마저 뒤흔드는 포세이돈의 영지

제우스와 형제들이 아버지 크로노스를 물리치고 전리품을 나눴을 때 포세이돈은 바다를 차지했다. 제우스가 천둥치는 구름을 불러 모아 지상에 벼락을 내려치듯 포세이돈은 지진을 일으켜 대지를 바다처럼 요동치게 할 수 있었다. 포세이돈이 주관하는 동물이 말馬인 것도 어느 순간 돌변하거나 요동치는 움직임과 관련이 있을 것이다.

포세이돈은 바다 밑 궁전에서 바닷물을 지배했다(대지를 둘러싼 거대한 강인 오케아노스는 그의 영역이 아니었다). 이 궁전은 예로부터 수니온 곶의 북쪽, 그러니까 그리스 내륙과 에우보이아Euboea 섬 서북쪽에 있는 아이가이Aegae 마을 사이에 위치한다고 알려져 있다. 고대 그리스의 지리학자 스트라본Strabon은 아이가이 해(에게 해)가 고대에 포세이돈 신전을 자랑하던 이 마을 이름을 따서 지어진 것이라고 주장했다. 호메로스는 포세이돈의 궁전을 이렇게 노래했다.

찬란한 황금 궁전이 세워져 있었다.

이곳에서 포세이돈은 황금 갈기가 흘러내리는

청동 발굽의 날랜 준마 두 필을 전차에 비끄러맸다.

전신을 황금으로 두른 그는 공들여 만든 황금 채찍을 쥐고

전차에 오르더니 파도를 가로질러 나갔다.

그러자 바다 생물들이 별안간 그들의 은신처에서 나와

그들도 익히 알고 있는 해왕의 주위에 모여 껑충껑충 뛰었다.

흥에 겨운 바다도 둘로 갈라지며 그의 길을 터주었다.

그래서 말들은 가뿐하게 속도를 내었고 청동으로 된 차축은

물에 젖지도 않았다.

그리스인은 이 대목을 읽을 때 필시 포세이돈이 삼지창을 휘두르는 모습을 떠올리지 않을까. 지중해 어부들은 오늘날에도 삼지창(혹은 작살)으로 고기를 잡고 있다. 고대 미술품에서 삼지창을 든 신은 예외 없이 포세이돈이다.

해신이 사랑한 여인들, 그리고 슬픈 이야기들

포세이돈은 바다의 님프 암피트리테Amphitrite와 결혼했다. 하지만 그의 구애는 보통의 격식에서 벗어난다. 일설에는 낙소스Naxos 섬 근처에서 네레이데스(네레우스의 딸들)와 춤추는 암피트리테를 본 포세이돈이 첫눈에 반해 유괴했다고 한다. 또 일설에는 포세이돈을 마다한 님프가 동쪽으로 달아나 아틀라스에게로 가서 숨어 있었다고 한다. 이에 포세이돈은 돌고래를 보내 님프를 설득했고, 일이 성사되자 신들은 돌고래를 별자리로 만들어 영원히 기억하도록 했다. 하지만 아내에 대한 포세이돈의 열정도 그의 외도를 막지는 못했다. 포세이돈은 무수히 많은 여인들과 애정행각을 벌였다.

여성과 남성, 신들과 인간을 비롯해 100명이 넘는 포세이돈의 연인들 중에는 가이아(둘 사이에서 소용돌이로 묘사되는 카리브디스를 낳았다)와 올림포

스 여신 아프로디테, 자신의 누이인 데메테르도 있었다. 대부분 포세이돈을 마지못해 받아들였다. 데메테르 역시 포세이돈이 접근하는 게 싫어 암말로 변신해 아르카디아의 왕 온키오스Onkios의 말들 사이에 숨었다. 하지만 이 변신은 현명한 작전이 아니었다. 말들의 신이기도 한 포세이돈은 데메테르를 추적해 수말로 둔갑해 자신의 욕망을 채웠다. 데메테르는 포세이돈과의 사이에서 두 아이를 낳았다. 아르카디아 지방의 밀교에서 섬기는 여신을 지칭하는 데스포이나Despoina('여주인')라고 불리는 딸과 바람처럼 날래고 사람처럼 말을 하는 신마神馬인 아리온Arion이다.

　여신보다 지위가 낮은 정령급의 님프들도 포세이돈의 눈에 들어 불행한 결말을 맞는 경우가 많았다. 해신인 포르키스Phorcys의 두 딸, 스킬라Scylla와 메두사Medusa가 그런 경우다. 암피트리테는 남편이 아름다운 물의 님프 스킬라와 놀아난 사실을 알고는 연적이 자주 찾아 목욕하는 못에 독초를 풀었다. 스킬라는 물에 몸을 담근 순간 몸이 변하는 것을 느꼈다. 상반신은 아름다운 여인 그대로였지만 허리 아래로는 뱀처럼 목이 긴 개의 머리가 여섯 개나 나왔다. 입을 벌리면 세 줄로 난 이빨이 가득하고, 다리는 열두 개에, 물고기처럼 꼬리지느러미가 달려 있었다. 극심한 충격에 빠진 스킬라는 좁은 해협 근처 동굴을 거처로 삼고, 해협을 지나는 선원들을 잡아먹으며 살았다(다른 설화에는 바다의 하급 신 글라우코스Glaukos가 스킬라를 사랑하자 적개심을 품은 마녀 키르케Kirke가 스킬라에게 마법을 걸었다고 한다).

　포세이돈의 애정 공세를 받은 포르키스의 또 다른 딸 메두사는 미모가 뛰어났다. 포세이돈이 아테나 신전에서 메두사를 덮치자 아테나는 격분했다. 포세이돈에게 분풀이할 길이 없었던 아테나는 메두사에게 모든 화를 쏟아냈다. 저주를 받은 메두사는 멧돼지처럼 거대한 송곳니가 나고, 아름다운 머리칼 대신 뱀들이 꿈틀대는 흉측한 괴물로 변했다. 이후 메두사와 눈을 마주치는 이들은 모두 돌로 변하고 말았다. 아테나는 메두사가 아이도 갖지 못하게 만들었다. 메두사는 아르고스의 왕자 페르세우스의 손에 목이 잘리고 나서야 포세이돈의 두 자녀를 낳았으니 거인 크리사오르Chrysaor와 날개 달린 말 페가소스Pegasus다.

포세이돈과 아테나는 도시들을 놓고 주도권 싸움도 벌였다. 펠로폰네소스 동북부의 트로이젠Troezen 시는 마지못해 공동으로 소유했지만, 아테네 시를 두고 벌인 시합에서 아테나가 소유권을 차지하자 포세이돈은 화가 나서 근방의 트리아시오 평원Thriasian Plain에 홍수를 일으켰다. 이 사태는 제우스가 직접 중재하고 나서야 진정되었다.

포세이돈은 도시의 소유권을 빼앗겨 분풀이를 하기도 했다. 트로이 성벽을 쌓은 대가로 약속한 보수를 받지 못하자 포세이돈은 바다 괴물을 보내 트로이의 왕 라오메돈Laomedon의 딸을 삼켜버리라고 했다. 또 아르고스 지배권이 헤라에게 주어지자 포세이돈은 그해 내내 이 지역의 물줄기를 거둬들여 물이 말라붙게 만들었다(오늘날에도 이 지역은 가뭄이 심하다). 코린토스Korinthos의 지배권을 놓고 벌인 싸움에서도 포세이돈은 절반의 승리에 만족해야 했다. 헬리오스가 아크로코린토스를 차지하는 것을 받아들여야 했고, 자신은 이스트미아 항구를 포함한 도시의 저지대를 차지했다. 그의 신전에서 가까운 이스트미아에서는 2년마다 그를 기념해 제전이 열렸다. 한편 고대에 포세이돈의 이름을 딴 도시는 단 두 곳이었다. 그리스 북부의 포티데아Potidea와 이탈리아 남서부의 포세이도니아Poseidonia다. 포세이도니아는 오늘날에는 로마식 이름인 파에스툼Paestum으로 불린다.

일설에 따르면 아이게우스Aegeus 왕은 날마다 수니온 곳 언덕에 서서 테세우스Theseus의 배가 돌아오는지 지켜보았다. 아들이 미노타우로스Minotauros를 무찌르고 흰 돛을 달고 무사히 귀환하기를 바라고 바랐다. 하지만 아버지의 눈에 들어온 것은 검은 돛이었다(테세우스가 흰 돛으로 바꾸는 것을 깜빡한 것이다). 아이게우스 왕은 아들이 죽었다고 생각한 나머지 슬픔을 이기지 못하고 바닷물에 몸을 던졌다. 그때부터 이곳 바다는 아이가이 해(에게 해)라고 불렸다고 한다(지명의 유래에 대해서는 이 같은 설명이 그리스 지리학자 스트라본의 견해보다 더 널리 받아들여졌다).《오디세이아》에서 필로스의 네스토르 왕은 그리스 함대가 트로이를 침공한 뒤 어떻게 돌아왔는지 기록했다.

우리가 아테네의 신성한 수니온 곶에 다다랐을 때였소.

질주하는 배의 키를 잡고 있는 메넬라오스의 키잡이를,

포이보스 아폴론이 부드러운 화살을 날려 죽였다오.

그는 오네토르Onetor의 아들 프론티스Phrontis,

폭풍이 날뛸 때 배의 키를 잡는 일이라면

인간의 모든 종족 중에서 가장 뛰어났던 자였소.

하여 메넬라오스는 갈 길이 바쁜데도 그곳에

머물며 전우의 장례식을 집행하며 예를 갖추었다오.

수니온 곶의 과거와 현재

아티카의 최남단에 있는 수니온 곶은 아테네인에게 역사적으로나 문화적으로 상징성이 큰 곳이자 전략적 요충지였다. 헤로도토스가 전한 바에 따르면 아테네인은 수니온 곶 언덕 정상에 포세이돈 신전을 건설 중이던 기원전 5세기 초에 4년마다 한 번씩 제전을 개최했고, 신성한 삼단노선을 타고 아테네에서부터 수니온 곶까지 항해했다. 수니온 곶에서 열린 이 제전의 세부 사항에 대해서는 알려진 바가 없다. 아이기나(현재 에기나) 섬 사람들은 기원전 490년에 제전이 열렸을 때 "매복해 있다가 신성한 삼단노선을 나포해 거기에 타고 있던 아테네 지도자들을 다수 붙잡아 쇠사슬로 결박"했다고 한다. 이러한 기록이 아니었다면 수니온에서 열린 제전에 대해서는 전혀 몰랐을 것이다. 그 후 얼마 지나지 않아 아테네인은 일종의 보복 조치를 가했다. 아테네에서는 아이기나 섬에서 망명한 사람들이 수니온에 정착하도록 허용했고, 이들은 자신들이 태어난 나라를 상대로 해적질을 일삼았다.

기원전 480년 늦여름, 크세르크세스가 이끄는 페르시아 병사들이 그리스를 침공했고, 수니온 곶은 그리스의 운명이 뒤바뀌는 역사의 현장이 됐다. 완공이 되지도 않은 신전을 페르시아가 불태운 지 몇 주 만에 그리스 함대는 살라미스 전투에서 페르시아 해군을 격파했다. 그리스인은 페르시아 삼단노선 세 척을 획득해 승리를 감사하는 뜻에서 하나는 살라미스에,

또 하나는 포세이돈의 신역神域 이스트미아에, 나머지 하나는 수니온 곶에 봉헌했다. 그리스인은 포세이돈 신전이 불타고 남은 언덕에 그 함선을 보란 듯이 전시했다.

기원전 444년 페리클레스Pericles가 주도한 아테네 재건 사업의 일환으로 파괴된 신역을 복원하는 사업이 수니온 곶에서 시작되었고 4년 뒤 포세이돈 신전이 완성되었다. 비록 오늘날에는 폐허만 남았지만, 본래의 모습은 지금도 아테네 아고라에 온전한 모습으로 서 있는 헤파이스토스 신전과 거의 동일하다고 추정된다. 수니온 곶에는 포세이돈 신전뿐 아니라 북쪽으로 낮은 언덕 위에 아테나 신전도 있었다. 메넬라오스의 키잡이였던 프론티스의 사원도 아마 이 경내에 있었을 것이다.

기원전 412년 펠로폰네소스 전쟁을 치르면서 아테네인은 수니온 곶을 요새화시켰다. 헬레니즘 시대에는 줄곧 군사 기지로 사용되었으며, 포세이돈 신전 아래쪽 해수면 높이에 선박 창고가 들어섰다. 로마제국 시대에 이르자 수니온 곶은 쇠락했다. 이곳에 있던 아테나 신전은 서기 1세기에 해체되었고 후에 아테네 아고라에 다시 세워졌다(아테나 신전의 이오니아식 주두 두 개가 아고라 박물관에 전시되어 있다). 2세기의 지리학자 파우사니아스는 그리스를 답사한 사실을 토대로 《그리스 이야기Description of Greece》를 집필했다. "수니온 곶은 그리스 본토에 있으며 아티카에서 아이기나 섬과 키클라데스 제도 쪽으로 돌출해 있다. 수니온 곶을 돌아서 왔다면 항구와 함께 곶 정상에 있는 아테나 신전이 보일 것이다." 물론, 여기서 말하는 아테나 신전은 포세이돈 신전을 가리킨다.

서기 4세기 후반, 비잔티움 제국의 아르카디우스Arcadius 황제가 '아직까지 온전히 남아 있는 신전들을 지체하지 말고 하나하나 모두 철거하라'고 지시했을 때 위풍당당한 포세이돈 신전도 버려졌다. 그리고 수니온 곶은 해적들의 소굴이 되었다. 1810년 이곳을 찾은 영국의 계관시인 바이런Lord Byron은 "마니 반도 사람들 스물다섯 명(해적)이 …… 절벽 아래 동굴에서 그리스 선원들을 인질로 붙잡고 있다"고 기록했다. 하지만 바이런은 해적들에도 아랑곳하지 않고 포세이돈 신전 기둥에 그의 이름을 남겼으며,

'돈 후안Don Juan'이라는 시에서 보이듯이 이렇게 수니온을 칭송했다.

수니온의 대리석 신전 위에 나를 세워 달라
파도와 나 이외에는 아무 것도 없는 곳,
나와 파도가 속삭이는 소리를 막을 자 없으리니 ……

신화의 배경: 수니온 곶

주요 연대와 유적지

BC 8세기	사람들이 수니온에 정착했다.
BC 500년경	포세이돈 신전을 짓기 시작했다.
BC 490년	수니온 곶을 향하던 아테네인의 삼단노선이 아이기나 섬 사람들에게 공격 받았다.
BC 480년	아직 완공되지 않은 포세이돈 신전이 페르시아 병사들에게 파괴되었다. 살라미스 해전에서 획득한 페르시아의 삼단노선을 포세이돈에게 봉헌했다.
BC 444년	포세이돈 신전과 아테나 신전을 복원하는 작업에 착수했다.
BC 412년	수니온 곶 주위에 요새를 구축했다.
AD 1세기	기존의 아테나 신전을 해체하고 아테네에 재건했다.
AD 2세기	파우사니아스가 포세이돈 신전을 아테나 신전으로 오인했다.
AD 4세기	포세이돈 신전을 폐쇄했다.
AD 1810년	영국의 계관시인 바이런이 수니온 곶을 방문했다.

아테네 근교에 있는 수니온 곶의 환상적인 경관은 일몰 시간대에 펼쳐진다. 투어버스를 이용하면 편하게 다녀올 수 있어 특히나 인기가 많다. 협소한 언덕에는 늘 관광객들이 붐비지만, 비성수기에는 호젓한 분위기를 만끽할 수 있는 곳이다.

신전을 바라볼 수 있는 근처 식당과 주차장을 지나면 매표소가 나오며, 계속 이어지는 작은 길을 따라가면 아테나 신전 토대(단, 출입 금지)를 훑어볼 수 있다. 계단을 오르면 옛 요새의 성벽을 지나 포세이돈 신전(내부 출입 금지)을 마주하게 된다. 또 서쪽 아래 만으로 이어지는 길을 따라가면 아래에 세워진 선박 창고를 내려다볼 수 있다. 식당에서는 수니온 곶 정상까지도 올라갈 수 있다. 언덕 정상에서 바라보는 신전과 바다의 경관은 보는 이의 숨을 멎게 만들 정도로 아름답다. 바위 언덕이 급경사를 이루고 있으며 울타리가 쳐져 있지 않으니 조심해야 한다.

3
엘레우시스 :
신비로운 의식의 양면성

수많은 것들을 지배하는 하데스는 불사의 말들을 황금 전차에 비끄러맸다.
페르세포네가 전차에 오르자 곁에 선 헤르메스가 고삐를 잡아당겼고
그들은 전속력으로 달려 안뜰을 벗어났다. 그들은 순식간에 기나긴 길의
막바지에 다다랐다. 바다도 강들도 풀들이 무성한 계곡들도 불사의 말들을 방해하지
못했으니 높이 솟은 산들도 매한가지였다. 페르세포네를 태운 전차는
거칠 것 없이 하늘을 가르며 나아갔다. [엘레우시스에 도착한] 헤르메스는
아름다운 화관을 쓴 데메테르 여신이 거처하는 향기로운 신전 근처에 이르러 고삐를
잡아당겼다. 헤르메스와 딸을 보고 데메테르는 기쁨에 취해서 알록달록 그늘진 숲속을
실성한 여인처럼 내달렸다. 페르세포네는 어머니의 자애로운 눈길을 보고
수레에서 펄쩍 뛰어내려 어머니에게 달려가 두 팔을 목에 두르고 힘껏 껴안았다. ……
그리고 엘레우시스에서는 대지가 생명의 싹을 틔우고 …… 이윽고 봄이 오면 여문 밀
이삭들이 바람에 고개를 흔들 테고 그러고 나면 기름진 고랑에는
이삭이 주렁주렁 매달린 밀단들이 층층이 쌓일 것이다.

– 《호메로스 찬가》, 데메테르 편, 374~389; 450~456

역사적으로 엘레우시스 평원은 풍요로운 대지였다. 저 옛날에는 성소 위로 나지막이 솟은 암벽에 서면 새들의 지저귀는 소리와 벌레 울음소리가 맑고 투명한 하늘에 울려 퍼지고, 반짝이는 해안 너머로 연한 옥빛의 살라미스 섬과 저 너머로 펠로폰네소스 반도의 들쭉날쭉한 산등성이까지도 희미하게 보였을 것이다. 산자락 아래에서부터 바다 쪽으로 황금빛 밀밭이 길게 펼쳐져 있고, 농부들이 오가는 오솔길 옆으로는 크로커스, 아네모네, 붓꽃들이 색색의 향연을 펼치고 있었을 것이다.

이제 그런 풍광은 볼 수 없다. 오늘날 엘레우시스 주변 지역은 산업화가 낳은 살풍경한 지옥도를 연상케 한다. 화학 공장 굴뚝에서 내뿜는 연기, 원유를 정제하는 공장에서 솟아오르는 불꽃, 해안에 정박한 컨테이너 선박들과 유조선들, 운치 없는 창고와 전시실, 그리고 콘크리트로 덮인 대지에 사방팔방 무질서하게 지어진 수많은 주택과 사무실, 게다가 아테네로 향하는 고속도로 위에서는 차량들의 경적 소리만 요란하게 들릴 뿐이다. 하지만 고대 세계에서 가장 초월적인 의식에 속하는 엘레우시스 비의의 본산지인 이곳 주변 유적지에는 그 위엄과 경이로움을 짐작하게 하는 흔적이 남아 있다. 엘레우시스 비의는 곧바로 데메테르와 페르세포네의 신화와 연결된다.

어머니의 여신과 죽음의 사자

데메테르는 어머니를 상징하는 여신이었다(이름 자체에서 데메테르의 지위가 드러난다. '메테르meter'는 '어머니mother'를 뜻하며, 접두어 '데-de-'는 보리를 뜻하는 크레타 방언 '데아dea'나 대지를 뜻하는 도리스 방언 '데dē'와 관련이 있는 것으로 보인다). 비옥한 대지는 데메테르의 소유였다. 그리스인은 천신인 제우스가 비를 뿌리면 대지가 이를 받아들여 곡식이나 꽃을 풍성하게 생산한다고 생각했다. 대지가 생명을 잉태하듯이 제우스의 누이인 데메테르는 제우스와의 사이에서 딸을 한 명 낳았다. 그 딸이 바로 '죽음의 사자'인 페르세포네다. 많은 이들은 이 이름을 금기시했기 때문에 그저 '처녀'라는 뜻의 '코레Korē'라고 불렀다.

최근 암피폴리스Amphipolis에서 발굴된
헬레니즘 시대 분묘의 모자이크. 전차를 몰고 와 페르세포네를
납치하는 하데스 곁에서 헤르메스가 달리고 있다.

지하세계를 지배하는 신 하데스는 자신과 페르세포네가 가까운 친족
(조카)이라는 사실(제우스와는 형제 사이이고 데메테르도 하데스의 누이였다)에
개의치 않고, 페르세포네를 납치해 아내로 삼으려고 마음먹었다. 하데스
는 심지어 자신을 도와달라고 제우스를 설득했다. 하데스와 제우스의 계
획은 결실을 맺었다. 그날 페르세포네는 "어머니 곁을 떠나 …… 오케아노
스의 딸들과 함께 이슬 머금은 풀밭에서 꽃을 따며 놀았다. 장미, 크로커
스, 사랑스러운 제비꽃, 붓꽃과 히아신스 그리고 수선화도 있었다."

제우스는 향기로운 꽃송이가 100개나 되는 수선화로 페르세포네를
유혹했다. 페르세포네가 그 꽃을 따려고 몸을 숙이자 땅이 쩍 갈라졌고, 황
금 전차를 탄 하데스가 지하에서 나타나 처녀를 낚아챘다. 하데스는 자신
을 구원해달라며 제우스를 애타게 부르는 처녀를 데리고 지하세계로 쏜살
같이 사라져버렸다.

데메테르는 아흐레 밤낮을 먹지도 마시지도 않은 채, 두 손에 횃불을 들고 실성한 사람처럼 딸을 찾아 헤매고 돌아다녔다. 수소문 끝에 헬리오스로부터 자기 딸한테 무슨 일이 벌어졌는지 전해 듣고 격분한 데메테르는 올림포스를 등지고 떠났다. "괴로움에 마음을 쥐어뜯으며 인간들의 세상을 헤매고 돌아다녔다. 그 어떤 사내도, 어여쁜 처녀도 데메테르 여신을 알아보지 못했다. 그러다 마침내 데메테르는 엘레우시스를 지배하는 현명한 왕 켈레오스Keleos의 향기로운 저택에 가게 되었다."

데메테르와 페르세포네의 나머지 이야기가 펼쳐지는 무대가 바로 엘레우시스다. 켈레오스의 딸들은 노파로 변신한 채 우물가에 앉아 비통해하는 데메테르를 불쌍히 여겨 궁으로 데려왔다. 하녀인 이암베Iambe가 음탕한 농담을 던지며 데메테르의 기분을 달랬으며, 양가죽을 씌운 의자를 내주고 보리와 박하를 섞어 만든 발효주인 '키케온kykeon'을 권했다. 기운을 차린 데메테르는 그들의 호의에 보답하고자 궁전에 머물면서 켈레오스의 아들 데모폰Demophoön의 유모가 되기로 했다. 심지어 여신은 데모폰을 불사의 존재로 만들어주고 싶어 했다. 낮에는 신들의 음식인 암브로시아를 소년의 몸에 바르고, 자신의 신성한 숨결을 불어넣었고, 밤에는 자신이 베푼 마력을 단단히 지키려고 활활 타는 불길 속에 소년을 던졌다. 그런데 어느 날 이 장면을 목격한 소년의 어머니가 괴로워하며 비명을 질렀다. 마음이 상한 데메테르는 그 일을 단념하고 자신의 정체를 드러냈다. 그러고는 엘레우시스에 자신을 모시는 신전을 세우라고 일렀다.

그 어떤 것도 데메테르의 관심을 돌리지 못했으니 여신은 또다시 페르세포네를 찾는 일에 집착했다. 《호메로스 찬가》에서는 데메테르를 이렇게 묘사한다.

어여쁜 딸을 애타게 찾느라 갈수록 쇠약해졌다.
여신은 대지 위의 모든 인류가 괴롭고 잔혹한 세월을
보내게 만들었으니, 땅이 그 소산을 내놓지 않았다.
이는 풍성한 수확을 주관하는 데메테르가 곡식을 감춰버린 까닭이다.

엘레우시스 : 신비로운 의식의 양면성

소들이 경작지에서 헛되이 쟁기를 끌었으며,

보리씨가 헛되이 뿌려졌다. 제우스가 이를 눈치채지 못하고

사태의 원인을 깨닫지 못했다면 여신이 고통스러운 기근으로

지상의 모든 사람을 멸절시켜 올림포스 신들이 더는

인간의 제사를 흠향하지 못하게 될 뻔하였다.

제우스는 자신의 안위를 걱정해 하데스에게 페르세포네를 돌려주라고 설득했다. 하지만 지하세계의 신 하데스는 제우스의 요청을 들어주기 전에 페르세포네가 "꿀처럼 달콤한 맛의" 석류 알을 먹도록 유혹했다. 그것은 데메테르가 염려했던 계략이었다. 여신은 딸과 상봉하자마자 이렇게 물었다.

딸아, 네가 지하세계에 있는 동안 음식을 입에 댄 적이 있더냐?

…… 아무것도 먹지 않았다면 이제 사악한 하데스에게서

온전히 벗어난 것이며, 너는 나와 네 아버지, 모든 필멸의 존재들이

숭배하는, 폭풍의 신 제우스와 지낼 수 있다.

하지만 무엇이라도 음식을 먹었다면 너는 대지의 깊숙한 곳에 돌아가

그곳에서 한 해의 삼 분의 일을 보내고, 나와 올림포스 신들 곁에서는

삼 분의 이를 보내야 한다. 대지가 온갖 종류의 달콤한 향기를

내는 꽃들로 만발할 때마다 너는 어두운 지하에서 다시 부활하리니

이는 신들과 필멸의 인간들을 위한 기적이 될 것이다.

이후로 그리스에서는 여름 뙤약볕에 그을린 대지가 아무런 소산도 내놓지 않다가 9월이 되면 다시 생명을 틔웠다. 데메테르는 엘레우시스 사람들에게 보답하는 의미로 (데모폰과 같이 데메테르가 잠시 양육했던) 트립톨레모스 왕자에게 경작하는 기술을 가르쳤고, 켈레오스를 비롯해 그의 아들들에게 여신을 섬기는 신비의식을 전수했다. "이는 무시하거나, 위반하거나, 누설해서는 안 되는 것이니 신들 앞에서는 그 혀를 삼가는 것이 첫째로 꼽

는 경건함이라. 지상에서 이 의식을 목격하는 필멸의 인간은 복되도다. 하지만 이 가르침을 받지 못한 자들에게는 사뭇 다른 운명이 기다리나니 그들은 컴컴한 어둠 속에서 시들고 말리라."

베어낸 곡식에서 깨어나는 새 생명의 상징, 신비의 의식

엘레우시스 비의Mysteries(그리스어로 '신비의식')에서 행해지는 일은 그 자체가 신비에 싸여 있다. 비의 입문자인 '미스테스mystes'는 무슨 일이 있었는지 누설할 경우 죽임을 당했기 때문에 그들의 체험담은 기록으로 남아 있지 않다. 그러니까 우리는 문헌 속에 에둘러 표현한 것들과 그림에서 묘사된 내용을 토대로 비의가 의미하는 바를 재구성해야만 한다.

엘레우시스 비의는 남자나 여자나 자유인이나 노예나 차별 없이 모두에게 열려 있었다. 신비의식에는 두 단계가 있었다. 첫째, 소제전小祭典은 대략 2월과 3월에 해당하며 '꽃의 제전'이라는 의미인 '안테스테리아'로 불리는 봄에 거행되었다. 처음에는 엘레우시스에서 거행되었으나 기원전 5세기부터는 아테네에서 거행되었다. 일설에는 데메테르가 특별히 헤라클레스를 위해 신비의식을 거행해 그가 켄타우로스를 살해한 죄를 씻어냈다고 한다. 먼저 신참자들은 각자 데메테르와 페르세포네에게 새끼 돼지를 제물로 바쳤고, 일리소스Ilissos 강물에 몸을 정화하는 의식을 치렀다. 그런 다음 찬가와 춤, 교의가 혼합된 의식을 치렀는데, 이는 18개월 후 엘레우시스에서 거행할 대제전에서 일어날 일을 미리 이해하는 기반이 되었다. 단, 같은 해에 신비의식 두 단계를 모두 치르는 것은 허용되지 않았다.

9월에 거행되는 대제전大祭典은 아흐레 동안 진행되었으며, 신성한 이 기간에는 휴전을 맺었기 때문에 순례자들은 비교적 안전하게 엘레우시스로 이동할 수 있었다. 먼저, 사제들은 군복무를 갓 시작한 아테네 청년들을 대동하고 엘레우시스에서 아테네까지 행렬을 지어 성물들을 운반했다. 성물은 아고라에 있던 엘레우시니온Eleusinion 신전에 잠시 보관했다. 의식에 참가하는 이들은 다음 날 바다에 나가 몸을 씻으며 자신을 정화했고, 각자 새끼 돼지를 희생 제물로 바쳤다. 아마도 자신들의 죄를 돼지가 모두 흡수

한다고 믿었던 것으로 보인다. 사흘 뒤 입문자들은 호화로운 예복을 차려입고, 도금양 가지로 만든 관을 머리에 두르고, 아테네에서 22킬로미터 떨어진 엘레우시스까지 열을 지어 행진했다. 많은 이들이 춤을 추기도 하고, 데메테르에게 농담을 던졌던 이암베를 기념해 상스러운 농담을 던지기도 하고, 이아코스Iacchos의 목상木像을 행렬 선두에 내세우고 걸어가며 그를 찬미했다. 이아코스는 포도의 신 디오니소스를 구현한 것으로 이미 기원전 5세기 초에 디오니소스는 데메테르와 페르세포네의 비의에서 중요한 위치를 차지했다. 빵과 포도주를 나눠먹는 성찬은 이만큼 역사가 길다.

본격적인 신비의식은 이틀 뒤에 열렸다. 금식하면서 제물을 바치고, 정화 의식을 마친 입문자들은 새 옷을 차려입고 의식이 거행되는 텔레스테리온Telesterion이라는 사원으로 들어간다. 이곳은 열주가 늘어선 거대한 회랑으로 역사적으로 수차례 확장 공사를 거친다. 그곳에 들어간 이후에 구체적으로 어떤 의식을 치렀는지는 우리가 알 수 없지만, 입문자들은 먼저 환각제 역할을 하는 '키케온'(데메테르가 마셨던 보리와 박하를 섞어 만든 발효주)을 마셨을 가능성이 크다. 신비의식 중에는 기원전 525년 엘레우시스에서 출생한 비극 작가 아이스킬로스Aeschylos가 제작한 화려한 의상과 이글거리는 횃불 아래 (《호메로스 찬가》의 데메테르 편에 나온 사건을 토대로 구성한) 신화를 드라마로 생생하게 재현하는 시간이 있었고, 입문자들이 여기에 참여한 것으로 보인다. 페르세포네를 찾아 나선 이야기를 시작으로, 페르세포네의 이름을 부를 때마다 거대한 징 소리가 울리고, 마지막에는 내면에 자리한 성소의 문들이 열리고 찬란한 빛에 둘러싸인 여신의 현현을 체험했을 것이다. 플루타르코스Plutarchos는 엘레우시스 신비의식의 분위기를 짐작하게 하는 기록을 남겼다.

신비의식에 참여한 입문자들은 처음에는 서로 몸을 밀치고
소리를 지르며 혼돈의 지경에 빠져 있다가, 신성한 의식이 거행되고
계시의 순간이 오자 일순간 고요함 속에 몰입했다.
철학도 마찬가지다. 초기 단계에는 수많은 이들이 확신에 차서

기원전 440년의 대리석 부조.
엘레우시스 비의의 여신들인 데메테르와 페르세포네가
어린 왕자 트립톨레모스를 사이에 두고
서 있는 모습을 양각으로 새겼다.

엘레우시스 : 신비로운 의식의 양면성

공론을 벌이고, 어떤 이들은 평판을 높이려고
거칠고 공격적인 논쟁을 벌이지만, 최종 목적지에 도달해
마치 영혼의 문이 열리듯이 찬란한 빛을 본 자들은 누구나
전혀 다른 몸가짐을 취하기 마련이니
바로 고요함과 경외심이었다.

플루타르코스는 신비의식 과정과 죽음의 유사성에 관해서도 썼다. 처음에는 혼란에 빠지고, 그다음에는 두려움에 몸을 떨다가, 찬란하고 경이로운 빛을 본 여행자는 비옥한 평원에 도달한다. 그리고 그곳에서 사람들은 춤을 추고 거룩한 계시를 받는다.

더없이 거룩한 계시를 받는 순간은 아마도 땅속에서 나온 곡식 더미가 들어 있는 함을 들어 올리는 의식과 관련이 있었을 것이다. 베어낸 곡식이라 죽은 생명일지라도 그 안에는 새 생명이 들어 있다. 더불어 이 모든 단계를 거친 입문자에게는 그 영혼이 승격되었음을 알리고, 씨앗처럼 죽은 뒤에 다시 태어나리라고 선포하는 의례가 이어졌을 것이다. 엘레우시스 비의가 그토록 강력한 영향력을 지녔던 것은 사후 세계와 부활에 대한 가르침과 관련이 깊다. 피타고라스와 플라톤 같은 철학자들을 비롯해 많은 그리스인은 인간과 동물의 영혼이 윤회한다고 믿었다. 요한복음에서 그리스도는 유월절을 맞아 자신의 임박한 죽음과 부활을 예루살렘에 있는 '특정 그리스인들'에게 암시하기 위해 엘레우시스 비의와 동일한 비유를 사용한다. "내가 진실로 진실로 너희에게 이르노니 한 알의 밀이 땅에 떨어져 죽지 아니하면 한 알 그대로 있고 죽으면 많은 열매를 맺느니라." 입문자들은 마지막 날 금식하며 죽은 자들에게 경의를 표하는 의식을 치른다. 그리고 고향으로 돌아가는 길에 입문자들은 (엘레우시스에서 발굴한 한 비명에 따르면) 아마도 다음과 같은 가르침을 곰곰이 되새겼을 것이다. "우리는 거룩한 신들로부터 아름다운 비의를 전수받았노라. 필멸의 존재들에게 죽음은 더는 두려워할 대상이 아니라 축복이다."

엘레우시스의 과거와 현재

엘레우시스의 역사는 적어도 기원전 15세기까지 거슬러 올라가며, 이 신비의식은 《호메로스 찬가》가 쓰인 기원전 7세기경에 이미 해당 지역에서 명망을 얻고 있었다. 기원전 6세기 중반에 엘레우시스는 아테네에 병합되었지만, 이후에도 엘레우시스 사제들은 계속 신비의식을 관장했다. 아테네의 '참주tyrannos'인 페이시스트라토스Peisistratos는 통치하는 동안 그리스 전역은 물론, 그리스 밖에서도 입문자들이 제전에 참여하도록 격려하고 신비의식을 부흥시켰다.

기원전 480년 페르시아인이 침략해 아티카의 신역을 불태웠다. 엘레우시스도 예외가 아니었다. 하지만 며칠 후에 그리스 해군은 엘레우시스 맞은편의 살라미스 만에서 페르시아 해군을 격퇴한다. 그때가 바로 엘레우시스 비의의 제전이 거행되고 있을 때였다. 헤로도토스는 전투가 벌어지기 전에 벌어진 일을 이렇게 기록한다. "엘레우시스 쪽에서 행진하는 사람들 3만 명이 일으키는 구름 먼지가 [보였고] …… 들리는 함성 소리는 엘레우시스 비의 때의 이아코스 찬가 같았다. …… 먼지 구름이 하늘 높이 솟구쳐 살라미스를 뒤덮었으니, 그곳에는 그리스 함대가 정박해 있었다."

아테네인은 신전들을 재건할 때 엘레우시스산産 석회암들을 부적처럼 아크로폴리스 입구의 성벽 측면과 아테나 폴리아스(도시의 수호신) 신전의 프리즈에 사용했다. 또 파르테논 신전 프리즈에는 엘레우시스 비의의 환생 교리를 담았다. 같은 시기에 엘레우시스에서는 텔레스테리온을 확장하고 신역 주변에 외벽을 쌓았다.

엘레우시스 비의는 날로 융성했다. 기원전 4세기에는 프리네Phryne라는 고급 매춘부가 정화 의식 중에 바다에서 알몸으로 몸을 씻어 소동을 일으킨 적도 있었다. 로마제국 시절에 엘레우시스 비의에 입문하는 것은 지식인과 상류계급 사이에서 '관례'로 여겨졌다. 키케로Cicero는 이 입문 의식이 '아테네인의' 제도들 중에 가장 신성하고 좋은 것이라고 찬미하면서 "우리는 그 의식으로부터 자족하며 살아가는 법뿐 아니라 더 나은 희망을 품고 죽음을 맞이하는 능력을 얻었다"고 선언했다.

엘레우시스 : 신비로운 의식의 양면성

하드리아누스 황제는 엘레우시스의 위상을 높이고 더욱 발전시켰다. 파우사니아스는 꿈에 엘레우시스의 신전에 대해 기록하지 말라는 경고를 받았다고 한다. 서기 170년, 코스토보크족Costoboc이 엘레우시스에 침입해 노략질하고 신역을 대부분 파괴했지만, 로마의 마르쿠스 아우렐리우스 Marcus Aurelius 황제는 곧바로 성소를 재건했다. 하지만 기독교도인 테오도시우스Theodosius 황제는 392년에 마침내 엘레우시스 비의를 금지하기에 이른다. 4년 뒤에는 고트족 왕 알라리크 1세가 엘레우시스를 구석구석 약탈했고, 도시는 쇠락의 길을 걸었다.

엘레우시스는 18세기 후반에 골동품 전문가들과 도굴꾼들의 사냥감이 되면서 다시 한 번 유명세를 치렀다. 19세기 초 고고학자이자 화가인 에드워드 도드웰Edward Dodwell이 기록한 대목을 보자.

현지 주민들은 케레스 [데메테르]가 사라진 사실에 비탄에 빠져 있다.
1802년 [에드워드] 클라크 박사가 여신의 거대한 흉상을 옮겼기 때문이다.
내가 그리스를 처음 여행할 때만 해도 이 수호신은 위용을 자랑하며
신전의 폐허 속 타작마당 가운데 있었다.
마을 사람들은 지금까지 수확을 풍성히 거둔 것은
여신의 너그러움 덕분이라고 굳게 믿었으며,
내게 장담하기를, 여신이 사라진 뒤로는 그 풍요로움이 사라졌노라고 했다.

신화의 배경: 엘레우시스

주요 연대와 유적지

BC 15세기	엘레우시스에 사람들이 정착했다.
BC 7세기 후반	《호메로스 찬가》데메테르 편이 쓰였다.
BC 6세기 초	엘레우시스가 아테네에 병합되었다.
BC 6세기 중반	페이시스트라토스가 엘레우시스 비의를 국제적인 제전으로 발전시켰다.
BC 480년	페르시아가 엘레우시스를 약탈했다.
BC 449년 이후	페리클레스가 성소를 재건했다.
BC 360년경	아테네인이 리쿠르고스Lycurgus의 지도 아래 방어벽을 추가로 건설했다.
AD 170년	엘레우시스가 코스토보크족에 약탈당했으나 마르쿠스 아우렐리우스가 재건했다.
AD 392년	테오도시우스 황제가 엘레우시스 비의를 금지했다.
AD 396년	알라리크 1세가 엘레우시스를 약탈했다.
AD 1875년	엘레우시스에 최초로 공장(하릴라오스 비누공장)이 세워졌다.

엘레우시스(혹은 엘레프시나)는 공업 지대에 있지만 산뜻한 카페들도 많이 들어서 있으며, 영락한 신전 곳곳에 들꽃이 자라는 봄에는 더욱 신비하고 고즈넉한 풍광으로 관광객을 맞이한다. 입구에 난 길을 따라가면 서기 2세기의 출입문인 **대관문 Greater Propylaion**(프로필라이온은 신전 입구를 뜻함)이 나온다. 여기서 기원전 5세기에 지어진 성벽을 통과하면 데메테르 여신이 쉬어간 우물을 볼 수 있다. 그리고 기원전 1세기의 **소관문 Lesser Propylaion**을 지나면 성소로 이어진다. 오른쪽에는 하데스(혹은 플루토)를 숭배했던 성소인 **플루토네이온 Plutonion**이 있다. 이곳은 지하 세계로 이어지는 동굴로 페르세포네가 귀환한 장소라고 한다. 그 앞쪽으로 보이는 유적은 여러 차례 확장 공사를 거치면서 다양한 시대의 건축 기법이 혼재된 **텔레스테리온 Telesterion**이다. 전성기에는 무려 3000명의 입문자들을 수용했다.

신전 터 위쪽 바위 언덕에 세워진 **박물관**에는 신비의식과 관련한 유물이 전시되어 있다. 대리석으로 조각한 **새끼 돼지**, 성물을 담는 데 쓰는 그릇인 **케르노스 Kernos**, 하데스의 손아귀에서 벗어나려고 하는 페르세포네를 표현한 유명한 작품 '**도망치는 소녀상 Fleeing Kore**' 등이 있다. 데메테르로 추정되는 **머리가 없는 여신상**도 있다. 그리고 머리에 곡식과 양귀비, 케르노스를 얹은 왕관을 쓰고 있는 여인상은 하반신이 유실되었지만, 소관문 기둥을 장식했던 카리아티드에서 나온 것으로 역시 데메테르로 추정된다. 또 데메테르, 페르세포네, 트립톨레모스가 함께 있는 **대리석 부조**도 있다. 이곳에는 복제품들이 전시되어 있고, 아테네 국립 고고학 박물관에 진품들이 전시되어 있다. 원래 카리아티드가 하나 더 있었는데(앞서 도드웰이 언급한 데메테르의 '거대한 흉상'), 이는 현재 영국 케임브리지의 피츠윌리엄 박물관 Fitzwilliam Museum에 전시되어 있다.

엘레우시스 : 신비로운 의식의 양면성

4

델로스 섬:
밝게 빛나는 쌍둥이 신의 탄생

레토 여신이 델로스 섬을 찾아와 중차대한 질문을 던졌으니,
"델로스여, 그대는 내 아들 포이보스 아폴론을 받아 부요한 신전에 그를 모시고 싶은가?
어느 누구도 그대를 원치 않는다는 사실을 그대도 모르지 않을 터!
풍요로운 소 떼도 양 떼도 염소 떼도 그대는 결코 누리지 못하리라.
포도를 무성하게 생산할 수도 곡식을 풍성하게 수확할 수도 없으리라.
하지만 먼 곳에서 활을 쏘는 아폴론을 위한 신전을 그대가 짓는다면,
모든 사람이 그들의 소산을 들고 그대를 찾을 것이며, 기름진 제물의 향기가 끊이지 않고
하늘로 오르리라. 그대는 불모의 땅이므로 이제부터는 다른 사람들의 손을 빌려
여기서 살아가는 모든 이들의 배를 채우리라."

레토가 이렇게 말을 마치자 델로스는 기쁘게 화답했다.
"레토여, 위대하신 코이오스의 가장 영예로운 따님이시여,
내 기꺼이 당신의 아드님을 곧 멀리서도 활을 쏘는 주님으로 모시리다.
여태껏 내 이름은 인류에 아무 기쁨도 안겨주지 못했으나,
이제 내 이름은 더없이 칭송받게 되리라."

─《호메로스 찬가》, 델로스의 아폴론 편, 49~65행

델로스 섬은 한눈에 봐도 메마른 땅이다. 나지막이 웅크린 듯한 자세로 바다를 바라보는 이곳 항구는 옛날에 순례자들이 찾던 성지였다. 방파제에 파도가 세차게 부딪히며 흩어지고, 회갈색의 척박한 대지에 뿌리 내린 앙상한 관목들이 짠바람에 몸을 떨었다. 난데없이 굴러 떨어진 돌멩이들에 메추라기들이 겁을 집어먹고 부리나케 산비탈로 종종거리며 올라간다. 그것들을 따라서 나지막한 킨투스 산Mount Cynthus에 오르면 정상에서 바라보는 전경이 일품이다. 호를 그리며 펼쳐진 섬들을 둘러보면 북쪽에 티노스Tinos 섬이 보이고, 시계 방향으로 돌아가며 미코노스Mykonos 섬과 남쪽으로는 파로스Paros 섬과 낙소스 섬Naxos, 그리고 서쪽으로는 나직한 레니아Rhenea 섬과 시로스Syros 섬의 비좁은 거리와 부산한 항구가 눈에 들어온다. 200여 개의 크고 작은 섬들이 한 덩어리로 동그랗게 모여 있는 키클라데스(바퀴라는 뜻의 그리스어 키클로스에서 유래한 지명 - 옮긴이) 제도에 속하는 이들 섬은 기원전 4000년부터 고유한 미술과 문명을 발전시켰고, 그 중심에 델로스가 있다. 고대 그리스인에게 델로스는 지상에서 가장 중요한 성지로 꼽혔다. 바로 이곳에서 레토 여신이 아폴론과 아르테미스Artemis를 낳았기 때문이다.

위대한 어머니, 레토의 출산

레토는 티탄 신족으로 아스테리아Asteria와 자매지간이다. 아스테리아는 헤카테를 낳은 신탁과 꿈의 여신이다. 헤카테는 망자와 마법을 관장하는 여신으로 사람들은 갈림길에 개들을 놓아 헤카테에게 제물로 바쳤다. 아스테리아는 바람기 있는 제우스의 눈에 들었으나 그의 뜻에 굴복하지 않고 메추라기로 변신해 바다에 뛰어들었다가 물위에 떠다니는 오르티기아 섬(메추라기 섬)으로 다시 모습을 바꿨다. 헤시오도스에 따르면 뜻을 이루지 못한 제우스는 "올림포스 여신들 가운데 가장 온화한 여신"인 레토에게 눈을 돌렸다. 제우스는 언니보다 고분고분한 레토와 동침했고 레토는 쌍둥이를 낳았다. 하지만 헤라는 남편이 바람을 피운 사실에 분노해 모든 수단을 동원해 레토의 출산을 지연시키며 괴롭혔다.

헤라는 출산의 여신 에일레이티아Eileithyia에게 레토를 돕지 말라고 엄명을 내리고, 아레스Ares와 이리스Iris에게 지상의 어느 곳에서도 레토에게 몸 풀 자리를 제공하지 못하게 하라고 일렀다. 레토는 흉포한 괴물 피톤Python에게 쫓겨 그리스 본토에서 내몰려 아시아 연안으로 도망쳤다. 무거운 몸을 이끌고 도망 다니던 레토는 리키아Lycia에서 물이 솟아나는 샘을 보고 갈증을 풀려고 했지만, 그곳 목동들은 여신을 쫓아내려고 했다. 이에 분노한 여신은 그들을 개구리로 만들어버렸다. 지금도 일부 침수된 레톤Letoön의 성소(오늘날 터키의 크산토스 근처)에서는 그들의 후손들이 개골개골 울어댄다고 한다. 절박해진 레토는 결국 바다에 떠다니는 오르티기아 섬, 한때는 자신의 언니였던 아스테리아에게 몸을 맡겼다. 이 섬은 육지라고 볼 수 없어 헤라의 명령을 비켜간 곳이었다. 게다가 헤라는 제우스를 퇴짜 놓았던 아스테리아를 존중했다.

레토는 오르티기아 섬의 둥근 호수 근처에서 야자나무를 붙들고 앉아 진통을 겪었다. 끝나지 않을 것 같은 진통 후에 레토는 딸을 낳았고, 딸 아르테미스는 곧 야생동물과 사냥뿐 아니라 산파의 여신으로 숭배되었다. 아르테미스는 신이었으므로 태어나서 곧바로 어머니가 쌍둥이 동생인 빛의 신 아폴론을 낳는 과정을 옆에서 도왔다. 그때 한 무리의 백조들이 아시아의 팍톨로스 강에서 하늘로 날아올라 "섬을 일곱 바퀴 돌았고, 하늘을 나는 그 어떤 새보다 음악 재능이 뛰어난 무사이의 새들이 아폴론 신의 탄생을 노래하였고 …… 동시에 이 섬의 님프들이 신의 탄생을 찬미하는 소리가 널리 울려 퍼졌다. 찬란히 빛나는 하늘에 그 노래가 메아리치며 제우스가 여신의 분노를 누그러뜨려준 덕분에 헤라는 더는 분노를 느끼지 않았다. 그 순간 [섬의] 지반이 황금으로 바뀌고, 둥근 호수에서는 황금이 흘렀으며, 야자나무 잎들도 황금으로 변하고, 소용돌이치는 이노포스 시내는 황금 물줄기를 쏟아냈다."

그때부터 오르티기아 섬은 대양의 바닥에 단단히 고정되었고, 이름도 오늘날 우리가 알고 있는 델로스('밝게 보이는')로 바뀌었다.

델로스 섬 외에 레토의 출산과 관련이 있다고 여겨지는 곳이 최소

한 두 군데 더 있다. 크레타 섬의 남쪽 연안에서 떨어진 팍시마디아 제도 Paximadia islands(고대에는 레토아이Letoai로 불렸던 섬)와 이집트의 나일 강 삼각주에 위치한 부토Buto라는 도시다. 헤로도토스에 따르면 기원전 5세기에 이곳에도 물에 떠다니는 섬이 있었다. 이집트와 델로스의 연관성은 이뿐만이 아니다. 델로스 섬의 "소용돌이치는 이노포스"는 (사실 물이 순환하지 않는 하천이며) 나일 강의 한 지류로서 이집트에서 홍수가 나면 이곳 강물도 불어났다고 한다. 이보다 더 설득력 있는 증거는 레토 여신의 문화적 연관성을 보여주는 대목이다. 리키아에서 '레토Leto'는 그저 '부인'이라는 뜻이지만, 근동 지방에서 라트Lat(또는 알라트Allat)는 위대한 어머니 신을 가리킨다.

하지만 레토 여신을 가장 열렬하게 숭배한 지역은 여신이 쌍둥이 남매를 낳은 '신성한 호수'가 있는 델로스 섬이었다. 레토 여신은 델로스 섬에서 아르테미스와 아폴론과 함께 신전에 기거했다. 신화에서도 이 가족은 돈독한 유대관계를 보여주었다.

어머니의 명예를 지키기 위한 복수

테베의 니오베 여왕이 레토 여신 면전에서 여신은 자녀가 둘뿐이지만 자신은 열둘(다른 판본에서는 열넷)이나 낳았으니 자기가 더 우월하다며 뽐내는 소리를 했을 때, 아폴론과 아르테미스는 주저 없이 응징에 나섰다. 남매는 독이 묻은 화살을 시위에 걸고 니오베의 자녀들에게 차례로 죽음을 선사했다. 아폴론은 여왕의 아들들을, 아르테미스는 딸들을 살육했다. 호메로스에 따르면, 니오베 여왕의 자랑으로 그 자녀들이 "그들 자신이 흘린 피에 잠겨 아흐레 동안 누워" 있었으며 여왕은 동쪽 리디아로 도망치게 되었다고 한다. 그리고 니오베는 시필로스Sipylos 산에 올라가 "신들이 자기에게 내린 고통을 곱씹으며" 밤낮으로 통곡하다가 끝내 그 산의 바위가 되었다. 오늘날 터키의 마니사Manisa 근처에서는 오늘날에도 '흐느끼는 바위' 형상의 니오베를 볼 수 있다.

아폴론은 아르테미스(델로스 섬에 있는 킨토스 산의 이름을 따서 킨티아라고

기원전 5세기의 아테네 적화식 항아리에 새겨진 그림.
아르테미스와 아폴론이 니오베의 자녀들을 향해
치명적인 독화살을 쏘아대고 있다.

불리기도 한다)와 마찬가지로 항상 젊음을 유지하며 황금빛 머릿결에 탄탄
한 육체를 지녔으며, 무엇보다 무척 신경질적이었다. 그리고 두 신은 활의
대가였으며, 아폴론은 리라의 대가이기도 했다. 리라는 현이 일곱 개인 악
기인데 이는 그가 태어날 때 백조가 델로스를 일곱 바퀴 돌았던 것과도 관
련이 있다. 쌍둥이 남매는 팽팽하게 당겨진 활이나 리라의 현처럼 일순간
에 폭발할 수 있었고, 특히 자신들의 명예가 걸려 있을 때면 상대를 남김없
이 파멸시켰다.

　델로스 동부 프리기아Phrygia에서 사티로스(반인반수의 정령)인 마르시
아스Marsyas가 자신의 '아울로스aulos'(오보에처럼 생긴 목관악기) 연주 솜씨
를 뽐내자 아폴론이 대결을 신청했다. 양쪽 모두 흠이 없는 연주를 펼쳐 승
부가 나지 않자 리라 연주가인 아폴론이 연주와 동시에 노래 대결을 제안
했고 결국 승리를 차지했다. 이 대결은 애초에 마르시아스에게 불가능한
일이었고, 아폴론은 산 채로 사티로스의 가죽을 벗겼다. 손에 닿으면 모두
금으로 바뀌는 것으로 유명한 미다스 왕은 그나마 운이 좋은 편이었다. 그
가 아폴론의 연주보다 판의 피리 연주가 더 낫다고 평가했을 때 아폴론은
미다스에게 징벌을 내려 그의 귀를 나귀 귀로 바꾸어버렸다.

아폴론의 분노는 전염병 형태로 인간들에게 쏟아지기도 했다.《일리아스》초반부에 보면, 트로이에서 자신을 섬기는 사제가 그리스인들에게 모욕을 당하자 아폴론이 분노하는 장면이 나온다. 아폴론은 "등에 화살과 전통을 메고 올림포스 산을 내려왔다. 맹렬한 기세로 하강하는 모습이 마치 어두운 밤이 대지를 덮어오는 기세였고, 어깨에서는 화살들이 요란하게 소리를 냈다. 그가 함선들 근처에 서서 활을 쏘자 은으로 만든 화살이 오싹한 소리를 내며 날아갔다. 그는 먼저 노새를 쏘았고, 다음에는 개를, 다음에는 사람을 쏘았다."

다른 신들도 그렇지만 아폴론 역시 양면적인 가치를 구현한다. 소포클레스의《오이디푸스 왕》에는 테베인들이 (델포이 신탁을 잘못 이해한 탓이기도 한데) 기이한 전염병에 쓰러졌을 때, 시민들이 '델로스의 치료자'인 아폴론에게 치료해줄 것을 간구하는 장면이 나온다. 실제로 아폴론(아폴론은 그리스어에서 '내가 파괴한다apollumi'는 말과 관련 있다)에게 바치는 가장 일반적인 찬미 중 하나가 '파이안paean'이었고, 이는 '치유의 노래'라는 의미다.

사형도 멈추게 한 아폴론 축제

아폴론은 델로스 섬에서 숭배의 대상이었으며, 특히 아테네 및 주변의 여러 섬과 서아시아 연안 도시의 수많은 이오니아계 그리스인들을 불러 모았다. 아폴론 신을 기리는 축제는 4년마다 열리는 델리아제祭와 해마다 여는 소小 델리아제祭가 있었다. 후자의 경우 아테네인은 아폴론의 월계수 잎으로 치장한 성스러운 삼단노선을 델로스로 보내 그곳에서 제의를 올려 아테네를 정화하는 의식을 치렀다. 이 기간에는 사형도 집행하지 않았다. 기원전 399년 사형 선고를 받았던 소크라테스도 자신의 목숨을 앗아갈 독극물을 마시기 전에 이 삼단노선이 귀환할 때까지 기다려야 했다.

4년마다 열리는 델리아제는 장관이었다.《호메로스 찬가》델로스의 아폴론 편에서는 이렇게 찬미한다.

델로스는 그대에게 더없이 큰 기쁨이라. 그대에게 영광을 돌리고자

기다란 예복을 입은 이오니아인들이 그 자녀와 현숙한 아내들을
데리고 이곳에 함께 모였나니, 권투와 춤과 노래 경연을 펼칠 때마다
그대의 이름을 부르며 그대를 기쁘게 하였다.
이곳에 모여든 이오니아인들을 보면 누구나 그들을 불로불사의 존재로
여길 법하니, 남자들과 어여쁜 여인들, 그들의 날렵한 함선,
그들이 가져온 온갖 보물들의 아름다움을 살피고 또 즐기노라.
그리고 그 명성이 결코 시들지 않을 또 다른 경이로움이 있으니
멀리서도 활을 쏘는 아폴론 신의 시녀들! 바로 델로스의 소녀들이라.
소녀들은 먼저 아폴론 신에게, 그리고 레토 여신과 궁술의 여신
아르테미스에게 바치는 찬가를 불렀고, 먼 옛날 살았던 남자들과
여자들의 위업을 상기시키며 군중을 즐겁게 하였으니,
소녀들은 모든 지방의 억양과 목소리를 흉내 내었기에
거기 모인 이들은 모두 제 언어로 노래하고 있다고 생각할 만큼
소녀들이 부르는 찬가를 훤하게 이해하였다.

델리아 제전에서 행해지는 음악과 춤에서 아폴론의 역할은 무사이의 지도자를 의미하는 '무사게테스mousagetes'로서 대단히 중요했다. 델로스의 전성기가 시작되는 기원전 6세기부터 지금까지 예술가들은 리라를 든 아폴론을 묘사할 때면 두 명 이상의 무사이가 그를 뒤따르는 장면을 자주 그린다. 델리아 제전에서 춤추는 소녀들은 무사이를 상징함과 동시에 여러 지역의 언어와 사투리로 불린 노래들을 통해 그리스어권 세계를 통합하는 역할을 담당했다.

태양신의 아들이 추락하다
'밝게 보이는' 델로스 섬에서 태어난 포이보스('빛나는 자') 아폴론은 세월이 흐름에 따라 태양신 헬리오스와 동일시되었고, 나중에는 이 둘을 구분하기가 불가능해졌다. 로마의 시인 오비디우스Ovid는 《변신 이야기》에서 두 신을 하나로 융합해 불운한 파에톤Phaethon('불')을 포이보스의 아들이

라고 부른다. 파에톤은 태양의 수레를 몰아보고 싶어 아버지에게 간청했던 젊은이다. 결국 허락을 받아 고삐를 부여잡긴 했지만 말을 제어하지 못했다. 파에톤이 대지에 너무 가깝게 수레를 모는 바람에 아프리카 대륙이 뜨거운 태양에 그을려 사막이 되었고, 에티오피아 사람들의 피부는 검게 변했다. 바닷물까지 증발할 위태로운 상황이 발생하자 제우스(오비디우스의 시에서는 '유피테르')가 벼락으로 수레를 내리쳤다. 이에 파에톤은 에리다노스 강(로마인은 포Po 강과 동일시했다)에 빠졌다. 그의 누이들인 헬리아데스Heliades는 검은 포플러나무로 변했고, 그녀들이 슬픔에 젖어 떨구는 눈물은 영롱한 호박 구슬이 되었다고 한다.

델로스의 과거와 현재

델로스는 아폴론의 탄생지로서(아르테미스의 탄생지에 관해서는 이견이 있다) 신성시되었고 거대한 신역을 갖추었었다. 기원전 700년경 낙소스 섬에 거주하는 이오니아인은 '신성한 호수'가 바라다보이는 길가에 스핑크스상에서 영감을 받은 것으로 보이는 9~12개의 대리석 사자 조각상(룩소르 시와 카르나크 신전을 이어주는 연결고리)을 세웠다.

그로부터 60~70년 뒤에 페이시스트라토스는 이오니아계 그리스인에 대한 아테네의 지배권을 강화하며 델로스 섬을 정화하는 작업에 들어갔다. 그 일환으로 델로스의 '신성한 호수' 근처에 있었던 무덤을 멀리 다른 곳으로 이장하고 신성한 항구를 바라다보는 위치에 아폴론 신전을 짓기 시작했고, 내부 성소에는 거대한 아폴론 신상을 세웠다. 그 기간에 사모스 섬의 참주 폴리크라테스Polycrates는 델로스 섬 지근의 훨씬 더 큰 레니아 섬을 아폴론 신에게 봉헌하고 델로스 섬과 쇠사슬로 연결해 '신성성'을 잇도록 만들었다.

기원전 490년 페르시아가 침공했을 때, 페이시스트라토스의 아들 히피아스Hippias는 페르시아가 전쟁에 이겨 자신의 지배권을 되찾길 기원하며 델로스 섬에서 아폴론 신에게 아낌없이 제물을 바쳤다. 하지만 히피아스의 반역은 실패로 돌아갔다. 기원전 478년 페르시아를 격파한 후 그리스인들은 델로스에 그리스 동맹(혹은 델로스 동맹)을 위한 본부를 두고 동맹의 금고를 설치했다. 이오니아 도시국가의 대사들은 '신성한 항구'에서 엄숙하게 의식을 치르고, 맹주인 아테네에 충성을 서약하며 그들의 서약을 봉인하는 뜻으로 시뻘겋게 달군 쇠막대기를 바다에 떨어뜨렸다.

페이시스트라토스가 세운 신전 남쪽으로 열주가 늘어선 아폴론 신전을 짓는 공사가 시작되었는데, 신전 앞에는 기원전 7세기에 낙소스 섬 사람들이 봉헌한 높이 9미터에 달하는 거대한 아폴론 신상이 있었다. 이 신전은 기원전 4세기 말까지도 완공되지 못했다. 동맹 본부가 기원전 454년에 아테네로 이전한 후에도 아테네인은 줄곧 델로스 섬에 대한 지배권을 행사했다. 펠로폰네소스 전쟁 중인 기원전 426~425년 아테네는 델로스 섬에 있는 모든 무덤을 레니아 섬으로 이장하면서 섬을 정화하고, 이후로는 아무도 델로스 섬에서 태어나거나 죽을 수도 없으며 개를 키울 수도 없다고 선언했다. 또한 아테네인은 기존에 있던 신전 사이에 아폴론에게 바치는 세 번째 신전을 건설했다.

로마 지배 초기에 델로스는 사람들이 북적대는 자유무역항으로서 2만 명이 넘는 대규모 공동체를 이루었으며 노예 시장이 번창했고, 다른 신들을 섬기는 수많은 참배객들이 찾는 섬이었다. 이시스 신전과 바알 신전이 세워졌을 뿐 아니라 역사상 가장 오래된 유대교 회당도 있었다. 하지만 델로스는 본토와 떨어져 있어 공격에 취약했다. 기원전 1세기 말에는 쇠락의 길로 들어섰고, 농경지가 부족했기 때문에 세월이 흐르면서 차츰 황폐해졌다.

오늘날 델로스에 남아 있는 것이라고는 도마뱀과 벌레, 그리고 대리석 유적들 주변을 바삐 돌아다니는 메추라기들뿐이다. 고대 그리스 신전들의 토대와 일부 기둥, 헬레니즘 시대의 극장 터와 로마 및 이집트 시대의 신당 터 그리고 벽화와 모자이크가 그려진 로마의 주택들이 지금도 남아 있지만, 이 섬의 전성기 때 누렸던 영광이 어떠했는지는 대부분 상상에 의지할 수밖에 없다. 전염병을 퍼뜨린 아폴론의 화살처럼 수면 위에서 춤을 추던 모기들이 병을 옮기기 때문에 지금은 '신성한 호수'의 물을 모두 빼

기원전 5세기에 세워진 올림피아 제우스 신전 서쪽 페디먼트에 새겨진 부조.
고요하지만 무자비한 아폴론 신이 전투를 끝낼 것을 지시하는 모습을 그리고 있다.

버렸지만, 바싹 말라 갈라진 호숫가에 야자나무 한 그루가 서 있고, 낙소스
인이 봉헌한 다섯 마리의 사자를 모각한 조각상들이 위에서 이를 지켜보
고 있다. 그리고 무엇보다 빛의 신인 아폴론이 눈도 깜빡이지 않고 내려다
보고 있다.

신화의 배경: 델로스 섬

주요 연대와 유적지

BC 1200년 전	그리스 청동기 시대의 종교적 중심지.
BC 700년	이오니아인의 참배 중심지가 되었다. 낙소스 주민들이 사자 조각상과 아폴론 거신상을 봉헌했다.
BC 546년 후	페이시스트라토스가 델로스를 정화하고 첫 번째 신전을 세웠다.
BC 530년경	폴리크라테스가 레니아 섬과 델로스 섬을 쇠사슬로 연결했다.
BC 490년	페르시아인들이 그리스를 침략했지만, 델로스 섬은 온전히 보존했다.
BC 478년	델로스 동맹 결성. 아테네인이 두 번째 신전을 착공했다.
BC 426~425년	아테네인이 다시 델로스 섬을 정화하고 세 번째 신전을 착공했다.
BC 166년	로마의 '자유무역항'이 되었다.
BC 2세기 말	노예무역과 상업의 중요한 중심지가 되었다.
BC 88년	폰토스 왕 미트리다테스Mithridates의 공격을 받아 주민 2만 명이 학살당했다.
BC 69년	해적들에게 약탈당했다.
BC 1세기 말	인구가 줄어들고 쇠퇴기에 접어들어 황폐화되었다.

델로스는 주로 크루즈 여행을 하는 사람들에게 인기가 있지만, 근처 30분 거리에 있는 미코노스 섬에서 수시로 운항하는 선박이 있어 자유여행을 즐기는 사람들도 많이 방문한다. 델로스 섬에는 그늘을 기대할 만한 데가 없으므로 뜨거운 뙤약볕에 대비해야 한다.

신성한 항구는 폭이 좁은 곳을 사이에 두고 고대의 국제 **무역항**과 분리되어 있으며, 기원전 6세기와 5세기에 지어진 3개의 아폴론 신전들을 마주 보는 위치에 있다. 현재는 주로 관광객들이 선착장으로 이용한다. 아폴론 신전의 출입구들은 고대 청동기 시대에 먼저 지어졌던 제단에 맞춰 서쪽을 향해 정렬되어 있다. 작은 길(왼쪽) 하나는 **레토 신전**, **사자상** 거리, 그리고 지금은 말라버린 **신성한 호수**로 이어진다. 열정적인 도보 여행객이라면 섬의 외진 곳에 있는 **경기장**과 **회당**까지 가도 좋다. 또 다른 작은 길(오른쪽)은 근사한 **극장** 터로 이어지는데, 그 위쪽에 있는 거대한 주거지 유적에는 제대로 보존된 모자이크와 벽화들이 있다. 여기에는 **시리아**와 **이집트** 신들의 신전 유적도 있다. 포장도로는 키클라데스 제도를 한눈에 둘러볼 수 있는 **킨투스 산**의 정상으로 이어진다.

소규모의 **고고학 박물관**에는 **낙소스 사자상** 진품, 멧돼지 엄니로 만든 투구를 쓴 전사를 새긴 미케네 시대의 **상아 장식판**, 아르카이크 시대의 **젊은 여인 조각상**, 인상적인 **디오니소스 청동 가면**, 그리고 기원전 2세기의 **아폴론 신상**을 비롯해 델로스에서 발굴한 유물들이 전시되어 있다. 또 헤라클레스와 두 명의 권투 선수, 그리고 음악가를 묘사한 근사한 프레스코 벽화와 다양한 **도기류**도 볼 수 있다.

5

델포이 : 신과 인간,
하늘과 지하가 공존하는 곳

아폴론 신이 여러 산봉우리를 넘어 눈 덮인 파르나소스 산 서쪽 산자락에
자리 잡은 델포이에 비호같이 내려오셨다.
델포이 위로는 절벽이 솟아 있고, 아래로는 바위투성이 골짜기에 나무들이
무성하도다. 이곳에 포이보스 아폴론께서 그의 화려한 신전을
정하시고는 말씀하셨다. "이곳은 내가 나의 빛나는 성소로 삼은 곳이며,
내게 흠 없는 제물을 바치러 올 모든 인류, 곧 비옥한 펠로폰네소스에서 온 모든 자들과
유럽 대륙과 파도가 넘실대는 섬들에 사는 모든 이들이 나를 찾아와 물을 때
그들을 위해 내가 신탁을 내릴 장소다. 내 호화로운 신전에서
그들에게 가르침을 줄 터이니 결코 틀림이 없으리라."

— 《호메로스 찬가》, 델포이의 아폴론 편, 281~293

델포이는 마치 대지와 저 하늘 사이에 매달려 있는 모양새를 갖추고 있다. 동이 트고 파르나소스 산의 험준한 바위들을 넘어 눈부신 태양 광선이 물밀 듯 밀려들어 절벽('빛나는 암벽'이라는 뜻의 파이드리아데스)을 씻어 내리고, 보물창고와 신전들이 연이은 거리를 황금빛으로 물들이면, 델포이 신역은 저 아래 계곡의 고요함 위로 떠오르는 듯 보인다. 시간이 흘러 그림자가 짧아지고, 백리향 향기 가득한 메마른 하늘에 매미들의 울음소리가 요란하게 진동하면 상승 기류를 타고 가뿐히 하늘을 나는 독수리도 이따금 볼 수 있다.

　독수리는 제우스의 신조神鳥다. 전설에 따르면 제우스가 세상의 중심을 알아보려고 두 마리 독수리를 지상의 양쪽 끝에서 각각 풀어놓고 똑같은 속도로 날아오게 했다고 한다. 독수리들이 만난 곳이 바로 델포이였다. 고대에는 원뿔 모양의 돌 제단을 세워 그 위치를 표시했는데, 일설에 따르면 크로노스가 삼켰던 돌이 바로 그 돌이라고 한다. 아폴론 신전에서 가장 신성한 물건, 그 돌은 세계의 배꼽이라는 의미로 옴파로스Omphalos라고 불렸다.

첫 번째 신탁의 장소

옴파로스 근처에는 지진으로 인해 크게 벌어진 암반 틈이 있었다. 거기서 흘러나온 증기를 들이마신 사람은 일시적으로 광기와 무아경에 빠져 종종 두서없이 떠들어댄다. 뜻을 알기 힘든 말일지는 몰라도 그 말이 중요하다는 사실을 모르는 이는 없었다. 신접한 상태에서 화자가 신의 대변인이 되었기 때문이다. 세상의 이쪽 끝과 저쪽 끝의 한가운데 위치한 델포이에서 인간은 신과 소통할 수 있었던 것이다.

　고대에 그리스인은 아폴론이 델포이를 지배한다고 믿었지만, 신탁의 기원을 더 오래전 일로 얘기하는 이들도 있었다. 신화에 따르면 옴파로스 근처의 벌어진 틈에서 영험한 능력을 처음 경험한 사람은 염소지기였다. 염소가 틈에 빠져 몸을 심하게 떨고 있는 모습을 본 염소지기는 염소를 구하려고 아래로 내려갔다. 그러다가 솟아나는 뿌연 증기를 들이마시고는 놀랍게도 과거와 미래를 내다볼 수 있게 된 것이다. 이윽고 사람들은 소녀를 뽑아 무녀로 봉사하게 했고, 그곳을 델포이 신탁의 장소로 삼았으며, 신탁의 날에는 아폴론에게 염소를 제물로 바쳤다. 한편 일찍이 이곳이 지진을 일으켜 그 틈을 만든 포세이돈의 소유였다는 이야기도 있고, 또 어떤 이들은 원래 모든 신들의 어머니인 대지의 신 가이아에게 속한 곳이었다고도 말한다 (아마도 델포이라는 지명이 '델포스', 즉 자궁에서 파생되었다고 생각한 듯하다).

> 내 기도를 올릴 때, 가장 먼저 신들 중에 최초의 예언자이신
> 가이아를 찬미하고, 그 다음으로 테미스를 찬미하노니
> (전통에 따라) 어머니의 뒤를 이어 두 번째로 예언자 자리에
> 앉으셨도다. 그리고 세 번째로는 완력을 쓰지 않고 평화롭게
> 또 다른 티탄 신족인 포이베, 곧 가이아의 자손이 그 자리를 계승하니
> 가이아께서 포이보스께 생일 선물로 주셨도다.

이는 아이스킬로스가 쓴 《에우메니데스Eumenides》에서 아폴론의 무녀가 기도하는 내용이다. 하지만 델포이 신탁 의례에서 재현된 이야기이자 로마 시대로 전해지는 판본들에는 아폴론이 어떻게 델포이에 왔는지에 대해 가장 잔혹한 이야기가 널리 알려져 있다.

피톤의 무덤 위에 신전을 세운 아폴론

델로스 섬에서 태어난 직후 아폴론은 어머니 레토를 괴롭혔던 괴물 피톤을 벌하러 찾아 나섰다. 가이아의 신탁이 거행되는 파르나소스 산 기슭의 틈바구니에 이르자 머리가 셋 달린 뱀이 똬리를 튼 채 그를 맞이했다. 피톤은 이미 근방의 마을을 쓸어버리고, 사람이건 동물이건 가까이 접근하는 모든 것을 죽이고 있었다. 하지만 '멀리서도 활을 쏘는' 궁술의 신 아폴론에게는 가까이 다가갈 수 없었다. 머리를 쳐들고 혀를 날름거리는 뱀을 향해 아폴론은 연이어 활을 쏘았다. 각각의 머리에 화살촉 100개가 깊숙이 박히자 시커멓고 끈끈한 액체가 흘러내렸고 결국 피톤은 숨이 끊어져 바닥에 고꾸라졌다. 태양이 높이 솟아오르자 시체는 썩기 시작했고, 점액에

서 태어난 피톤은 다시 점액이 되어 대지의 갈라진 틈 속으로 흘러 들어갔다. 아폴론 신을 대변하는 무녀의 명칭인 '피티아Pythia'는 바로 피톤이 죽어 썩은(피테스타이pythesthai는 '썩다'라는 뜻) 사건에서 비롯하고, 델포이의 또 다른 이름인 '피토Pytho'도 여기에서 유래한다.

그리스인은 살인죄를 범하면 속죄를 받아야 한다. 설령 그 대상이 괴물 피톤일지라도 마찬가지였다. 아폴론은 죽은 피톤이 썩은 대지의 틈바구니 위에 자신의 신전을 세우고 피톤의 뼈를 수습해 솥에 담아 봉헌했다. 그 죽음을 애도하는 제례와 대회도 제정했다. 이 제전은 4년마다 한 번씩 열렸고 음악과 춤뿐 아니라 육상 경기도 치러졌으며, 피톤에 경의를 표하는 의미에서 '피티아 제전'이라 불렸다.

기원전 420년의 은화로 이탈리아 남부
크로토네에서 출토되었다. 신탁의 위력을
나타내는 세발솥을 차지하기 위해 아폴론이
피톤과 겨룬 사건을 기념하고 있다.

하지만 이것만으로는 아폴론의 살인죄를 속죄하기에 부족했다. 제우스는 아폴론에게 살인죄를 정화하는 의식을 지시했다. 지역 설화들에 따르면 제우스가 아폴론에게 템페 계곡Vale of Tempe에서 몸을 씻으라고 했으나 아폴론은 시키온Sicyon 혹은 크레테Crete를 선택했고, 그곳의 왕이 주재하는 의식을 치렀다고 한다. 그런 다음 아폴론은 델포이로 돌아와 그곳을 자신의 거처로 삼았다. 아폴론은 염소를 연상시키고 사람이나 짐승에게 공포심을 심어주는 목신牧神 판Pan을 설득해 신탁을 주재하기 위한 예언 기술을 배웠다. 그런 다음 지역 주민들에게 유실수 심는 법을 가르치며 문명화된 삶을 살도록 인도했고, 그의 어머니 레토와 누이인 아르테미스를 델포이로 초청해 승리를 자축했다. 피톤은 사라졌지만, 파르나소스 산기슭은 여전히 위험한 곳이었다. 레토는 델포이 신역을 향해 가는 도중에 가이아의 아들인 거인족 티티오스Tityos의 공격을 받았다. 한편 아직도 연적을 시기하던 헤라의 사주를 받은 티티오스가 레토의 가리개를 찢으며 겁탈하려 하자, 아폴론과 아르테미스가 치명적인 독화살을 연달아 쏘았다. 거인은 지하세계로 끌려가 두 팔과 다리가 바닥에 못 박힌 채 독수리 두 마리에게 간을 뜯기고 창자를 파 먹혔다.

아폴론은 크레타 섬의 뱃사람들을 자신의 신전을 지키는 사제로 선택했다.《호메로스 찬가》에서는 아폴론이 멀리 바다에서 필로스를 향해 항해하던 뱃사람들을 주의 깊게 살펴보다가 그들의 고결함에 깊은 인상을 받았다고 기록한다.

바다 가운데서 그들을 만나셨으니,
돌고래로 둔갑한 그는 빠르게 나아가는 배의 갑판 위로 뛰어오르셨다.
누워 있는 돌고래는 거대하고 무서웠다. 아무도 그를 알아보지 못하였고,
뱃사람들은 돌고래를 배 밖으로 들어내려고 안간힘을 썼다.
하지만 돌고래가 몸부림치니 검은 배의 선체가 여기저기 흔들렸고,
선원들은 말문이 막혀 어찌할 바를 모르고 두려워했다.

뱃사람들은 아무리 애를 써도 그들이 배를 제어할 수 없다는 것을 깨달았다. 배는 델포이 아래 크리사Crisa로 흘러 들어가 해변에 정박했다. "그리고 멀리서도 활을 쏘는 아폴론께서 한낮에도 빛나는 별처럼 배에서 뛰어오르자 번개가 치고, 그 찬란함이 하늘에 널리 퍼졌다. 그리고 호화찬란한 세발솥이 늘어선 거리를 성큼성큼 지나 성소로 들어가셨다."

마침내 선원들은 아폴론 신을 알아보았고, 그의 신전을 지키는 사제가 되어야 한다는 신의 뜻을 받아들였다. 이 판본에 따르면 델포이라는 지명은 아폴론이 '델피노스delphinos'(돌고래)로 변신한 것을 기념하는 것이라고 설명한다. 1000년이 넘게 신탁을 듣기 위해 델포이를 찾았던 수많은 그리스인은 신탁을 전하는 사제들의 술책을 조심하고, 애매모호한 해석에 늘 경계했다고 한다. 이렇듯 크레타 사람들이 거짓말쟁이라는 좋지 않은 평판을 얻은 것이 우연의 일치만은 아닌 듯하다.

하지만 거짓말 혹은 거짓말로 간주되는 행위는 아폴론의 분노를 사기 십상이었다. 전령인 까마귀로부터 자신의 아이를 밴 코로니스Coronis가 바람을 피우고 있다는 말을 들은 아폴론은 이를 의심하며 까마귀를 벌했다. 그전까지 새하얗던 까마귀는 이때부터 검은 새가 되었다. 나중에 진실을 확인한 아폴론은 코로니스를 죽이고 까마귀를 죽음의 전령으로 만들었다. 이 이야기는 이것으로 끝나지 않았다. 코로니스의 아버지가 자신의 딸을 죽인 아폴론의 델포이 신전을 불태운 것이다.

소란스러운 자, 관대한 해방자

델포이는 주로 아폴론의 신역이었지만, 디오니소스도 이곳을 거처로 삼고 있었다. 하늘과 지하 세계를 품은 델포이의 양면성에 걸맞은 신 디오니소스는 문명의 질서를 대변하는 아폴론과는 가장 거리가 멀다고 볼 수 있다. 해마다 10월 말에 플레이아데스Pleiades 성단이 처음으로 보이고 파르나소스 산에 눈보라가 치기 시작하면 거무스름한 암벽이 더욱 거칠고 사나워진다. 이때 아폴론은 델포이를 떠나 히페르보레오이(북쪽의 땅, 어떤 그리스 지리학자는 이곳을 브리튼 섬이라고 주장한다)에서 겨울을 보냈다고 한다. 그러

기원전 6세기경의 포도주 잔. 자신을 납치한
뱃사람들을 돌고래로 둔갑시킨 디오니소스가
검은 배에 비스듬히 기대 앉아 있고,
돛대를 감고 있는 포도 넝쿨에는
포도송이가 주렁주렁 달려 있다.

니까 한 해에 석 달 동안은 디오니소스가 델포이를 지배한 것이다.

　고대 그리스인들은 디오니소스가 텁수룩한 수염에 표범 가죽을 두르고 마법의 지팡이 '티르소스thyrsos'를 가지고 있다고 생각했다. 티르소스는 디오니소스 신에게 바쳐진 지팡이로, 회향목 줄기에 사철 내내 푸른 덩굴손이 감겨져 있고, 상단에 솔방울이 달려 있었다. 기원전 5세기경에는 수염은 없고 포도나무 잎과 포도 넝쿨로 만든 화관을 쓰고 있는 여성스러운 청년의 모습으로 그려지기도 했다. 사실 디오니소스는 변신술에 능했

　　　　　　　　　　　　　델포이 : 신과 인간, 하늘과 지하가 공존하는 곳

으므로 어떤 모습도 가능했다. 게다가 포도주나 극적인 사건을 이용하지 않더라도 사람들의 인식 감각을 바꿀 수 있었다.

심지어 델포이라는 지명에 걸맞게 남자들을 돌고래로 둔갑시킨 일도 있었다. 《호메로스 찬가》 디오니소스 편에는 "황량한 바다 쪽으로 뻗어 있는 곳" 위에 서 있던 청년 디오니소스가 해적들에게 포로로 잡힌 이야기가 등장한다. 그들은 디오니소스를 잡아 배에 태운 뒤에야 자신들이 곤란에 처하게 되었음을 깨달았다.

> 곧 기적이 나타나기 시작했다. 맛도 향도 달콤한 첫 포도주가
> 검은 배 가득히 쏟아져 내리는가 하면 신성한 향이
> 하늘로 솟아오르니 선원들은 깜짝 놀랐다.
> 그러다가 활대 꼭대기에서 굵직굵직한 포도송이가
> 달린 포도 넝쿨이 양쪽에서 솟아나기 시작하고,
> 짙은 담쟁이 넝쿨이 돛대를 휘감았고, 꽃들이 활짝 피어나더니
> 산딸기 열매가 주렁주렁 달렸다 …… 뱃머리에서 디오니소스 신께서
> 무서운 사자로 둔갑해 천둥처럼 으르렁대시니 ……
> 이것을 본 뱃사람들이 그들의 암담한 최후를 모면하려
> 반짝거리는 바닷물 속에 모조리 뛰어들었고,
> 그들은 돌고래로 바뀌었더라.

디오니소스는 '브로미오스Bromios'(거칠고 소란스러운 자)이자 '엘레우테리오스Eleutherios'(관대한 해방자)였다. 주로 자신을 알아본 자들에게는 관대하여, 자신이 납치될 때 이를 막으려 했던 인정 많은 키잡이만은 해치지 않고 살려두었다고 한다.

디오니소스의 신도들도 친절하게 대하는 쪽이 신상에 이로웠다. 델포이의 사제였던 플루타르코스의 기록에 따르면, 도시국가들이 델포이를 장악하려고 싸운 신성전쟁(기원전 356~346년) 중에 아테네와 포키스Phocis에서 온 광적인 여신도들이 파르나소스 산에서 길을 잃고 무아경 상태에서

적지인 암피사Amphissa(델포이에서 약 4~7킬로미터 떨어진)의 시장으로 흘러들어갔다. 그러자 새벽에 그들을 발견한 이 지역 여인들이 그들 주위에 빙둘러서서 신도들의 정신이 돌아올 때까지 보호했다고 한다. 여신도들이 깨어나자 여인들은 남편들을 설득해 안전하게 국경까지 호위했다.

플루타르코스와 동시대를 살았던 파우사니아스는 또 이렇게 기록했다. "파르나소스 산 정상은 신체가 건강한 남자라도 오르기 쉽지 않다. 정상은 구름 위에 있다. 발광한 티아데스Thyades(아테네에 사는 광적인 디오니소스 여신도 '집단'으로 추정)만이 디오니소스와 아폴론을 찬미하며 이곳까지 한달음에 뛰어온다." 그들이 두 신을 모두 찬미했다는 사실로 미루어보건대 특별한 제전이 열리는 기간이었음을 알 수 있다. 아마도 델포이의 '소유권'이 아폴론에서 디오니소스에게 이양되는 동절기에 열린 제전이었을 것이다.

델포이 사람들은 디오니소스의 무덤도 델포이에 있다고 주장했다. 옴파로스 근처에 위치한 이 무덤은 디오니소스의 죽음과 부활을 숭배하는 밀교 의식의 중심지였다. 아폴론 신전 내에 있는 이 무덤은 아폴론이 직접 지었다고 하는 초기 신전 터에 위치하며, 신화에 등장하는 여러 사건들의 무대가 되었다.

델포이가 무대로 등장하는 신화

파르나소스 산은 제우스가 홍수로 인류를 거의 멸한 뒤 데우칼리온의 '방주'가 머무른 곳이지만, 호메로스의 저작에서는 멧돼지 사냥터로만 언급되었다. 오디세우스Odysseus는 파르나소스 산에서 사냥하다가 멧돼지에게 물려 흉터가 생겼고, 훗날 오디세우스가 고향 이타카Ithaca에 돌아왔을 때 그의 유모는 이 흉터를 보고 오디세우스를 알아봤다.

기원전 5세기경 델포이와 이곳의 신탁은 문학과 신화에서 갈수록 중요한 위치를 차지했다. 소포클레스의《오이디푸스 왕》에서는 오이디푸스 왕이 신탁을 오해한 탓에 비극이 발생했다. 한편 아이스킬로스의《에우메니데스》에서는 모친을 살해한 오레스테스Orestes가 죄를 씻기 위해 미케네에서 델포이로 달아나지만 뜻대로 되지 않았다. 복수의 여신들이 그를 추적했던 것이다. 섬뜩한 프롤로그 장면에서 아폴론의 무녀는 신전 내원에서 목격한 장면 때문에 분노와 공포에 휩싸여 몸서리를 치며 기어 나온다. 내용인즉 피에 흠뻑 젖은 오레스테스가 한 손에는 칼을 잡고, 다른 손에는 올리브 가지를 들고 탄원자로서 옴파로스에 앉아 있었던 것이다. 그의 주위에는 복수의 여신들이 누워 잠들어 있었는데, "시커먼 차림의 흉측한 모습인 데다 코를 골며 불쾌한 숨을 내쉬는데 눈에서는 흉측한 독액이 뚝뚝 떨어졌다."

결국 오레스테스는 아테네에서 무죄를 선고받았지만, 신 앞에 경건하게 살지는 않았다. 에우리피데스의 《안드로마케Andromache》에서 오레스테스는 델포이로 돌아가 자신이 연모하던 헤르미오네(헬레네와 메넬라오스의 딸)의 남편인 네오프톨레모스(아킬레우스의 아들)를 죽이기 위한 음모를 꾸민다. 에우리피데스는 델포이 사람들을 설득해 네오프톨레모스를 죽음에 몰아넣은 오레스테스에 대해 생생하게 읊고 있다. 네오프톨레모스는 사흘 동안 신전을 구경하며 감탄하고 있었다. 그는 "황금으로 가득 찬 신전 지하실 이곳저곳을 둘러보며 사람들이 바친 보물들 사이를 돌아다녔다." 하지만 오레스테스는 그가 신전의 보물을 훔치려 했다고 주장한 것이다. 극 중에서는 네오프톨레모스가 신전에서 도망칠 때의 일을 사자使者가 이렇게 전한다.

델포이 사람들이 닥치는 대로 온갖 무기를 던졌어요.
화살과 창들, 가벼운 쇠꼬챙이들과 제물을 손질하던 칼들……
그들이 주인님을 궁지에 몰았어요. 숨 돌릴 틈도 주지 않았죠.
그러자 주인님은 사람들이 제사를 올리는 제단을 벗어나,
그들을 향해 훌쩍 뛰어올랐죠. 델포이 사람들은 매를 본 비둘기 떼처럼
등을 돌려 달아나기 시작했고, 비좁은 출구를 향해 몸을 밀치며
달려가느라 서로 짓밟고 부상을 입었죠. 그때 몹시 두렵고
섬뜩한 비명이 경외감을 불러일으키는 신전 성벽과 신전 밖의

절벽에 메아리쳤어요. 그리고 침묵 속에 네오프톨레모스 주인님은
가만히 서 계셨고 그분의 무기는 빛 속에서 춤을 추었어요.
그리고 간담을 서늘하게 하는 으스스한 외침이 신전 맨 안쪽에서 들렸어요.
그 소리에 자극받은 델포이 사람들은 몸을 돌려 싸우기 시작했어요.
그렇게 아킬레우스의 아드님께서는 날카로운 검에 가슴을 깊이 찔리셨고
그곳에서 살해되셨어요. 수많은 델포이 사람들 중에 하나가 ……
그들은 제단 곁에 쓰러진 주검을 끌고나와 성소 밖으로 던졌답니다.

한편, 파우사니아스는 아폴론 신전 근처에 묻혀 있다는 네오프톨레모
스의 무덤을 돌아보고 기록을 남겼다.
에우리피데스의 또 다른 비극《이온Ion》의 무대 역시 델포이다. 이 작
품은 앞서 소개한 비극보다 전반적으로 분위기가 밝은 편이다. 극 중에는
영혼을 각성시키는 델포이 신역을 생생하게 묘사한 대목이 있다. 아폴론
신과 크레우사Creusa(아테네의 왕 에렉테우스의 딸) 사이에 태어난 이온은 태
어나자마자 버려졌으나 목숨을 건져 델포이 신전으로 오게 되었고, 거기
서 시종으로 일했다. 도금양 잔가지로 만든 빗자루를 들고 신전을 청소하
려던 그는 암벽 위로 비치는 아침 햇살을 묘사하며 그의 동료들에게 이렇
게 말한다.

몰약沒藥 연기가 피어올라 신전 지붕에 닿는구나.
델포이의 무녀는 신성한 세발솥에 앉아
아폴론께서 알려주시는 말씀을 노래로 전하는구나.
이제 아폴론을 섬기는 델포이 사람들은
소용돌이치는 카스탈리아 샘물로 가서
신성한 물로 목욕재계하고 나서,
신전으로 들어가시오. …… 나는 어릴 적부터 해오던
일을 할 것이오. 신성한 노끈으로 묶은
파릇파릇한 월계수 가지들로 아폴론 신전 입구를 쓸고,

델포이 : 신과 인간, 하늘과 지하가 공존하는 곳

땅바닥에는 물을 뿌릴 것이오.

그리고 신성한 제물을 더럽히는 새 떼를

내 화살들로 쫓아버릴 테요.

이온은 훗날 어머니와 재회하고, 아테네로 돌아가 터키 서부 지방에 정착한 이오니아인들의 조상이 된다.

이 세 편의 비극을 통해 신화뿐 아니라 델포이의 지형지세와 제전에 서로 밀접하게 연관된 정보를 얻을 수 있다.

델포이의 과거와 현재

델포이에는 일찍부터 성소가 있었지만, 국제적인 종교 중심지로 떠오른 것은 석조 신전이 처음 지어진 기원전 6세기경부터였다. 이 석조 신전은 얼마 후 불타서 없어졌지만, 아테네의 페이시스트라토스 가문이 신전을 다시 호화롭게 재건해 기원전 4세기에 완공되었다. 오늘날 우리가 관람하는 신전 유적은 이 마지막 신전이다.

델포이는 그리스인에게 매우 중요한 회합의 장소였다. 먼저 피티아 제전에 참가하거나 관람하기 위해 온 이들이 많았다. 이때 육상 경기는 서기 2세기에 헤로데스 아티쿠스Herodes Atticus가 재건축한 스타디움에서 치러졌으며, 예술 경연은 극장에서 치러졌고, 전차 경주는 훨씬 아래쪽에 있는 크리사Crisa에서 열렸다. 신의 뜻을 구하기 위해 모여드는 이들도 많았다. 신탁은 아폴론이 주재하는 아홉 달 중 매달 7일에 내려졌다. 사람들은 자식을 가질 수 있는지부터 전쟁에 이길 수 있는지, 식민지를 차지한다면 그곳이 어디인지까지 매우 다양한 질문을 했다. 델포이 신탁 중에서는 알려진 일화가 많다. 기원전 6세기 리디아의 왕 크로이소스Kroisos는 인접한 페르시아 제국을 침공하면 결과가 어찌될지 물었다. 그러자 두 국가의 경계가 되는 할리스 강(현재 터키의 키질이르마크 강 - 옮긴이)을 건넌다면 제국을 멸망시킬 것이라는 신탁이 내려졌다. 크로이소스 왕은 전쟁을 시작했다. 하지만 멸망한 제국은 페르시아가 아니라 바로 자신의 나라였다. 기원전 5세기 말에는 소크라테스가 살아 있는 사람들 중에 가장 현명하다는 신탁이 내려졌고, 소크라테스는 신탁이 틀렸음을 입증하기 위해 자칭 전문가라는 자들을 찾아가 질문을 던졌으나 지혜로운 자를 찾지 못해 실패하고 말았다. 그런가 하면, 알렉산드로스 대제는 신탁을 구하는 날이 아닌데도 불구하고 출정 전에 당당하게 델포이를 찾아 자신이 무적임을 다시 확인하고자 했다. 로마 시대에는 당시 30세였던 네로가 "73세 나이를 주의하라"는 신탁을 받고는 자신이 죽을 나이로 생각하며 안도했을 것이다. 하지만 곧 그는 자신의 오판을 깨닫고는 73세의 갈바 장군에게 충성을 서약한 적들에게 맞서지 않고 자결을 선택했다.

신탁을 듣는 과정은 명확하게 밝혀져 있지 않다. 우선 신탁을 청원하는 자는 제물을 바치고 나서 카스탈리아 샘에 가서 목욕재계를 한 뒤 사제를 통해 무녀에게 질문을 전달했을 것이다. 무녀는 대지의 갈라진 틈에서 증기가 올라오는 곳에 놓인 세발솥에 앉아 무아경에 빠져 알아듣지 못할 말을 한다. 그러면 사제들이 무녀의 말을 해석해서 육보격六步格 운문으로 정리한 후 청원자에게 제시한다. 신탁의 내용은 알쏭달쏭한 내용들이 있어 청원자가 만족하지 않는 결과가 나오더라도 얼마든지 비난을 피할 수 있었다. 아폴론의 수많은 별명 중 하나도 '록시아스Loxias'(애매모호하다)였다.

델포이는 고대의 역사 속에서 그리스 세계의 중심지 역할을 해왔고, 가장 부유한 성소로 손꼽혔다. 이오니아에서는 황금과 상아로 만든 아폴론 신상을 봉헌했고, 낙소스에서는 높은 기둥 위에 웅크리고 앉은 스핑크스상을 봉헌했고, (기원전 479년 페르시아에 맞서 플라타이아이에서 승리한 기념으로 그리스 도시국가들은) 머리 셋 달린 왕뱀 피톤이 기둥을 감싸고 상단에는 황금 세발솥을 올린 높이 8미터의 청동 기둥을 세웠다. 이뿐만 아니라 아폴론을 비롯해 다른 많은 신들과 그리스의 위대한 인물들의 수많은 신상이 있었다. 세계 각지의 여러 도시와 가문들이 그들의 부를 노골적으로 과시하며 보낸 제물들은 제단과 신전을 새로 짓고 증축하는 데 쓰이거나 델포이의 보물창고를 가득 채웠다. 세월이 흐르면서 델포이에서는 거의 모든 신들이 숭배되었으며, 특히 톨로스(원형 신전)가 중심에 있는 아테나 프로나이아('신전 앞'이라는 의미) 신역은 압도적인 위용을 자랑했다.

빛나는 황금과 우뚝 솟은 기둥으로 장식한 여러 신전과 수많은 보물과 조각상 때문에 델포이에는 일확천금을 꿈꾸는 약탈자들이 끊이지 않았다. 일설에는 아폴론 신이 두 차례나 개입해 침략군들을 공격했다고 한다. 기원전 480년에 페르시아인이, 기원전 279년에 골족Gauls이 침략했을 때 바위를 굴려 보내 이들을 압살했고, 마지막에는 가이아도 직접 개입했다고 하고, 포세이돈도 힘을 썼다고 한다. 지진으로 인해 신탁소의 갈라진 틈이 막히고 나서부터는 신탁도 함께 사라졌다.

신탁의 소멸에 관해서는 유명한 이야기가 몇 가지 전해진다. 기독교 저술가들은 서기 15년이 되기 직전에 마지막 신탁이 내려왔다고 (잘못) 기술했다. "한 히브리인, 즉 죽은 자들을 다스리는 신이 내게 명하시니 이 집을 영원히 떠나 저승으로 돌아가라. 너는 조용히 내 제단을 떠나라." 그리스 문명에 심취해 '배교자'로 낙인 찍힌 로마의 마지막 황제 율리아누스가 신탁을 구했을 때 마지막으로 내려온 답변에 대한 이야기도 알려져 있다. "이 말을 황제께 전하라. 공들여 지은 신전은 땅에 스러졌노라. 이제 성소에는 아폴론 신도 없고, 예언의 월계수도, 그의 목소리도 사라졌노라. 그의 샘물도 말랐노라."

오늘날 아폴론 신전에는 거대한 신전 터에 복원한 기둥 다섯 개만 남았으며, 기원전 4세기의 찬란한 위용을 찾아볼 수 없다. 아폴론 신전 내부 벽에 새겨져 있었다는 신탁('너 자신을 알라', '지나친 것은 모자람만 못 하다', '확신은 재앙을 불러온다')도 모두 사라졌다. 하지만 고대의 지혜는 우리 곁에 영원히 남을 것이다. 델포이가 지닌 양면성을 적절하게 표현했던 신전의 페디먼트도 지금은 파편으로만 남아 있을 뿐이다. 동쪽 페디먼트에는 자신의 세발솥에 앉은 아폴론과 레토, 아르테미스, 무사이가 조화롭게 새겨져 있으며, 서쪽 페디먼트에는 디오니소스와 광적인 여신도들이 새겨져 있었다. 그리스인들은 대조적 가치를 조화시키는 것이 완벽이라고 생각했다. 그런 점에서 델포이 신전은 완벽에 가장 근접해 있다.

신화의 배경: 델포이

주요 연대와 유적지

BC 7세기	델포이 신탁이 국제적 명성을 얻기 시작했다.
BC 582년	피티아 제전이 제정되었다.
BC 6세기 후반	신역을 확장하고 열주로 둘러싸인 아폴론 신전을 세웠다.
BC 373년	아폴론 신전이 지진으로 파괴된 후 재건되었다.
BC 1세기	델포이 신탁이 영향력을 잃는다.
BC 1세기 ~ AD 3세기	관광 명소가 되면서 델포이가 다시 각광받는다.
AD 391년	기독교도인 로마의 테오도시우스 황제가 델포이의 신탁을 비롯한 이방 종교를 금지했다.
AD 424년?	피티아 제전이 마지막으로 열렸다.

오늘날 델포이 신역은 여러 구역으로 나뉜다. 현재의 마을에서 국도를 따라 동쪽으로 800미터가량 들어가면 왼편으로 난 오르막길이 보이는데, 이 길은 재건된 **아테네인의 보물창고**를 비롯해 여러 개의 보물창고가 남아 있는 **신성한 길**이다. 지금은 볼 수 없지만 과거에는 화려한 보물창고와 조각상들이 양옆에 즐비했다. 이 길은 모두 사라지고 일부 복원된 **아폴론 신전**으로 이어지는데 그 앞에는 웅장하고 정교한 **제단**이 있으며 고대의 청동 뱀 기둥을 근처에 복원할 계획이라고 한다. 청동 뱀 기둥의 진품은 이스탄불의 히포드롬Hippodrome에서 볼 수 있다. 아폴론 신전 위쪽으로는 비교적 제대로 보존되어 있는 고대 극장이 위치해 있다. 더 위로 올라가면 서기 2세기에 석재로 재건한 인상적인 **스타디움**(출입 금지)이 있다.

국도 왼편으로 그늘진 **카스탈리아 샘**이 있다(출입 금지). 오른쪽으로 더 나아가면 과거의 영화를 짐작하게 하는 복원된 **톨로스**를 비롯해 다수의 신전 터를 포함한 **아테나 프로나이아** 신역으로 이어진다. 근처에는 김나지움 터가 있다.

풍성한 유물이 전시된 델포이 **고고학 박물관**에서는 기원전 4세기의 **옴파로스** 복제품과 각기 다른 시대의 건축 양식을 볼 수 있는 아폴론 신전 유물(4세기의 **페디먼트 조각** 포함)과 시프노스인의 보물창고에서 나온 여러 **조각상** 그리고 고전 시대에 여러 국가에서 바친 수많은 봉헌 작품을 소장하고 있다. 이들 소장품 가운데는 클레오비스Cleobis와 비톤Biton을 묘사한 두 개의 **쿠로이상Kouroi**(기원전 580년, 청년 조각상), **낙소스 스핑크스상**(기원전 560년), 기원전 6세기경 이오니아에서 바친 황금과 상아로 제작한 **아폴론, 아르테미스, 레토의 신상** 유물, 같은 시기에 금과 은으로 제작된 실물 크기의 **황소**, 그리고 청동으로 매우 정교하게 제작된 **전차를 모는 마부 동상**이 있다. 이 청동상은 피티아 제전에서 승리한 기념으로 기원전 478년경에 시칠리아 젤라의 참주 폴리잘로스가 봉헌했다고 알려져 있다. 또 연회용 술잔인 '**킬릭스Kylix**'에는 아폴론이 리라를 들고 앉아 있고 그 맞은편에는 아폴론의 신조인 까마귀가 그려져 있다.

6

에페소 :
모신 숭배와 혼합주의

황금 화살의 여신이자 성스러운 처녀의 여신인
아르테미스를 찬미하노라. 황금 칼의 신 아폴론께는 혈육이신
여신께서 사냥 나팔을 불고 화살들을 쏘아대면 수사슴들은
속절없이 쓰러진다. 그림자 드리운 깊은 산속을 달리고
강풍이 몰아치는 산봉우리들을 넘어, 즐거이 짐승들을 추적하며,
황금 시위를 힘껏 당겨 고통을 안겨주는 화살을 날린다.
높은 산봉우리들이 흔들리고 숲속의 무성한 관목 사이로
짐승들이 울부짖는 소리가 울려 퍼진다. 대지가 흔들리고 물고기가
득실대는 바다도 요동친다. 여신께선 용맹스럽게 넓은 천지를
달리며 대대로 짐승들을 사냥하신다.

– 《호메로스 찬가》, 아르테미스 편, 1~11행

두루미 한 마리가 비스듬한 돌기둥 위의 둥지에 앉아 날개를 펼치더니 느긋하게 햇빛을 쐬고 있다. 돌기둥은 전경을 바라보기에 더할 나위 없이 좋은 위치에 있다. 동쪽으로는 먼지가 자욱한 도시 셀축Selçuk이 있고, 나지막한 언덕 위로 아야솔루크 성Ayasuluk Castle의 성벽이 높게 솟아 있다. 셀축에는 햇빛에 찬란하게 빛나는 성 요한 교회 유적도 있다. 교회의 새하얀 돌기둥들이 초저녁 햇살에 반짝인다. 아래쪽 이사 베이Isa Bey 모스크 유적지의 뾰족탑에는 까마귀들이 내려앉아 쉬고 있다. 남쪽으로는 목화밭과 포도밭, 그리고 오렌지와 레몬이 주렁주렁 달린 과수원들과 올리브 숲이 펼쳐져 있다. 평평한 농경지 너머로 우뚝 솟아오른 산등성이를 바라보며 두루미가 목을 길게 뻗는다. 두리번거리던 두루미의 시선이 자신이 앉아 있는 돌기둥 가까운 쪽에 머문다. 서쪽으로는 짙푸른 거목들이 서 있고, 무너진 신전의 잔해가 여기저기 흩어져 있고 갈대가 무성한 아래쪽 습지대에는 두루미에게 손쉬운 먹잇감인 개구리들이 많다.

비록 돌기둥은 하나만 복원되었고, 신전의 토대는 물에 잠겨 있으며, 대리석 파편은 사방에 흩어져 있지만, 이곳을 찾아오는 대부분의 사람들에게 아르테미시온Artemision은 각별한 의미를 지닌다. 이곳은 에페소의 아르테미스 신전, 즉 고대에 가장 강력했던 한 여신의 성소로서 고대 세계의 7대 불가사의 중 하나이기 때문이다. 경이롭고 웅장하며, 찬란히 빛나는 신전에는 신을 찬미하는 노랫소리와 제물의 향기가 진동했다. 지금은 모기들이 우글대는 습지에 불과하지만, 어찌 보면 아르테미스 여신은 여전히 이곳에 살아 있다. 자연의 여신, 야생의 여주인, 갓 태어난 생명의 자유로운 힘을 상징하는 아르테미스 여신이 자신의 신역을 되찾아 무성한 갈대와 습지 속에서 생명을 이어가고 있기 때문이다.

순결하고 자유분방한 여신, 아르테미스

아르테미스는 가장 복잡하고 흥미로운 그리스 신이다. 쌍둥이 동생인 아폴론과 마찬가지로 아르테미스는 양면성을 지니고 있다. 어린 동물의 수호신이면서 동시에 사냥을 즐긴 신이었다. 험준한 산봉우리에 오르는 것을 몹시 즐겼지만 동시에 축축한 습지대와도 관련이 깊다. 아르테미스에 대해 호메로스는 "활을 들고 타이게토스의 높은 산등성이를 배회하는" 여신으로 묘사했고, 에우리피데스는 "습지대와 바다의 모래톱, 그리고 소용돌이치며 거품이 이는 파도 위를 배회하는" 여신으로 묘사했다. 또한 아르테미스는 출산하는 여인들이 가장 많이 도움을 구하는 여신이다. 어머니 레토가 델로스 섬에서 동생 아폴론을 낳을 때 산파 노릇을 했던 경험을 통해 출산의 수호 여신이라는 자격을 얻었기 때문이다. 아르테미스보다 격이 낮은 에일레이티아 여신이 돕긴 했지만, 아르테미스는 이 과정을 보면서 자신은 절대 아이를 낳지 않고 처녀로 살겠다는 서약을 한다.

헬레니즘 시대의 시인 칼리마코스Callimachos는 《아르테미스 찬가》에서 아버지 제우스의 무릎에 앉아 자신이 원하는 것들을 말하는 여신의 어린 시절을 이렇게 묘사했다.

> 아버지, 제가 영원토록 처녀성을 지킬 수 있게 허락해주시고,
> 아폴론이 넘어서지 못할 만큼 많은 수의 칭호를 제게 주세요.
> 그리고 활과 화살을 주세요. 잠깐만요, 아버지! 저는 아버지께
> 화살통과 강력한 활을 달라는 게 아니에요. 지금 당장 키클롭스가
> 저를 위해 화살들과 유연한 시위를 만들기를 바라는 거예요!
> 아니, 저를 '빛을 가져다주는 자'로 만들어주시고, 테두리에 수를
> 놓은 무릎까지 내려오는 튜닉을 입고 허리띠를 두르게 해주세요.
> 그러면 짐승들을 죽일 수 있을 거예요! 그리고 모두 아홉 살로
> 아직 어린아이여서 지금도 어린 소녀의 옷을 입는 오케아노스의
> 딸 육십 명을 제게 주셔서 제가 그들과 함께 춤출 수 있게 하시고,
> [크레타 섬] 암니소스 강의 님프 스무 명을 제게 주세요.
> 그들을 시종으로 삼아 제가 살쾡이나 수사슴 사냥을 마치고 돌아오면
> 신발을 관리하고, 제 사냥개들을 보살피게 할 거예요.
> 그리고 제게 모든 산들과 아버지 마음대로 아무 도시든 제게 주세요.
> 이리 청한 것은 아르테미스가 도시에 내려가는 일이 드물었기 때문이다!

제우스는 마법에 걸린 듯 딸의 요구를 들어주었다. 서른 개의 도시를 딸에게 주며 수많은 길거리와 항구들의 수호자로 정했다. 여기서 칼리마코스가 수호자로 쓴 '에피스코포스Episkopos'는 훗날 '주교bishop'를 의미하게 된다.

칼리마코스에 따르면, 아르테미스는 시칠리아로 가서 키클롭스로부터 크레타 양식의 활과 화살과 화살통을 건네받았고, 아르카디아에 가서 판으로부터 사냥개들을 받았다. 그러고는 목초지에서 풀을 뜯고 있는 황금뿔을 지닌 거대한 암사슴 다섯 마리를 발견한다. 아르테미스는 활로 쏘아 죽이고 싶은 본능을 억누른 채 사슴들을 모아 길들인 뒤 자신의 전차에 비끄러맸다. 훗날 사슴 중 한 마리가 달아나고 헤라클레스는 자신에게 크나큰 고뇌를 안길 사슴 포획의 과업을 부여받는다.

아르테미스는 느릅나무와 떡갈나무, 멧돼지에 화살을 쏘며 궁술을 완벽하게 익힌 후에 '불의한 자들의 도시'를 향해 활을 쏘았다. 그리하여 도시의 노부들은 아들의 죽음을 애도하였고, 여인들은 출산 중에 죽었으며, 가축이 죽고 곡식이 시들었다. 아르테미스는 또한 자신의 분노를 사 징벌을 받은 이들을 향해 활을 겨누었다.

여신의 분노

영원히 젊은 처녀로 지내는 아르테미스는 모욕을 느끼면 가차 없이 응징했다. 시종 중 하나인 님프 칼리스토에게도 그랬다. 아르테미스의 다른 신도들과 마찬가지로 칼리스토도 평생 순결을 지키기로 맹세했다. 하지만 이런 순결 서약은 제우스에게는 아무 의미도 없었다. 그는 아르테미스로 둔갑해서 칼리스토를 유혹했다. 아르테미스는 함께 목욕을 하던 중 칼리스토의 배가 불러오는 것을 알아차렸다. 여신의 분노는 자비를 허하지 않았다. 헤시오도스의 작품으로 추정되는 고대의 시 한 편에서 여신이 칼리스토를 곰으로 둔갑시킨 이야기를 들을 수 있다. 또 다른 설에 의하면 제우스가 칼리스토를 둔갑시켰다고 하고, 헤라가 둔갑시켰다고도 하고, 아르테미스가 임신한 시종을 활로 쏘아 죽였다고도 한다. 다행히 제우스가 칼

시칠리아 셀리눈테에 있는 신전 'E'의 메토프에
새겨진 조각. 악타이온이 자신의 사냥개들에게 물려 갈기갈기
찢기는 모습을 아르테미스가 지켜보고 있다.

리스토의 아들 아르카스Arcas를 구해 안전한 곳으로 대피시켰고, 칼리스
토를 별자리로 만들어 큰곰자리가 되게 했다. 곰은 고전 시대의 아르테미
스 숭배 의식에서 중요한 역할을 했다. 아테네 근처 브라우론Brauron 습지
대에 있는 아르테미스의 신역에서 여신을 섬기는 소녀들은 '암곰'으로 알
려졌다. 그리고 이곳에는 여신을 달래기 위해 제물로 바쳐진 이피게네이
아를 기리는 영웅 사당도 있다.

테베의 왕자 악타이온Actaeon도 아르테미스의 분노를 샀다. 친구들과
사냥하던 중 그는 길을 헤매다 우연히 아르테미스 여신과 님프들이 벌거
벗은 채 목욕하는 샘에 이르렀다. 그가 여신을 겁탈하려고 했다는 설도 있

고, 아르테미스가 그를 보고 몹시 당황했다는 설도 있다. 젊은 악타이온이 친구들에게 가서 여신의 벗은 몸을 묘사하며 자랑할 것을 염려한 아르테미스는 그를 수사슴으로 둔갑시켰다. 악타이온은 당황해 껑충껑충 뛰어 달아났지만, 자신들의 사냥개들에게 추격당하고 사지를 물어뜯겨 버린다. 파우사니아스의 기록에 따르면, 악타이온의 혼백이 돌아다니며 마을 전체를 두려움에 떨게 만들었다고 한다. 사람들은 그의 뼈를 묻고 그를 기린 청동상을 바위에 쇠로 고정한 뒤에야 그의 넋을 달랠 수 있었다고 한다.

혼합주의의 흔적들

그리스 세계에서는 아르테미스를 처녀 사냥꾼으로 상상했지만 에페소에서는 달랐다. 현존하는 여신상(복제품)들이 보여주듯 에페소 사람들이 숭배했던 아르테미스 여신은 독특했다. 여신상마다 조금씩 다른 모양을 갖추었지만, 대체로 머리에는 날개 달린 짐승 모형으로 장식된 커다란 왕관을 쓰고, 목에는 과실로 만든 화환을 걸치고 있다. 상단에는 도시나 신전의 모형이 세워져 있다. 또 여신이 어깨에 걸친 짧은 망토 위에는 12황도 상징물이 있고, 몸에 착 달라붙은 긴 드레스에는 사자, 그리핀, 표범, 염소, 황소, 벌 같은 다양한 동물이 돋을새김으로 조각되어 있다. 하지만 무엇보다 시선을 사로잡는 것은 가슴부터 허리까지 뒤덮고 있는 알처럼 생긴 수많은 원형 장식들이다. 그것들이 무엇을 상징하는지는 분명치 않다. 유두가 없는 유방이라고도 하고, 박이라고도 하고, 심지어 황소의 고환이라고 주장하는 이들도 있다. 그것이 무엇이든 간에 에페소에서 아르테미스를 풍요의 본질로 인식하고 있었다는 것은 틀림없다.

왜 이런 차이가 생겼을까? 고대 문명이 조우할 때 사람들은 자신들이 섬기는 신들 사이에 존재하는 유사점들을 찾아내 가능한 한 여러 요소들을 혼합시키길 좋아했다. 이런 태도를 혼합주의라고 한다. 이렇게 탄생한 신은 양쪽 문명에서 쉽게 알아볼 수 있지만, 에페소에서는 그렇지 않았다. 고대 아시아인들은 대모신大母神 키벨레로 추정되는 짐승들의 여신을 숭배하고 있었다. 에페소 원주민들이 숭배하던 여신의 신상은 그리스인들이

오기 이전부터 에페소에 이미 세워져 있었을 것이다(이 신상이 하늘에서 떨어진 것으로 제우스의 선물이라고 주장하는 이들도 있다). 한편 이곳으로 이주해 온 그리스인들은 자신들이 숭배하던 야생의 여신 아르테미스와 겉모습이 유사한 여신을 발견했을 것이다. 그리고 그리스 정착민들은 그곳 여신의 신체적 특징은 유지하되 자신들에게 익숙한 아르테미스라는 이름을 그대로 사용했다.

내시 사제들이 키벨레를 섬기는 독특한 숭배 의식 역시 토착민의 신앙 형태를 채택한 것으로 보인다. 처녀 사제만 허용했던 그리스 신앙과는 달리 에페소의 아르테미스는 예외적으로 '메가비시Megabyzi'라는 내시 사제가 처녀 사제들과 더불어 여신을 섬기게 했다. 흥미롭게도 여자 신도들이 신전 지성소에 들어가는 것을 허용했는지에 대해서는 문헌마다 의견이 분분하다. 서기 2세기의 에페소 출신 작가로 꿈에 관해 글을 썼던 아르테미도루스Artemidorus('아르테미스가 주신 재능')는 성인 여성의 출입이 허용되지 않았으며 이를 어길 경우 죽음을 면치 못했다고 기록했다.

에페소에서 숭배하는 아르테미스에게는 고유한 신화도 있었다. 지역 설화에 따르면 아르테미스 여신은 델로스가 아니라 에페소에서 태어났다고 한다. 또한 칼리마코스는 아르테미스 여신 신상과 숭배 의식에서 '야만적' 습속을 확인했다.

전쟁을 몹시 좋아하는 아마조네스가 그대 [아르테미스]를 위해
나무로 만든 형상을 에페소 바닷가 떡갈나무 아래 세우고
히포 [그들의 여왕]가 신비한 의식을 수행한다.
신상 주위에서 아마조네스는, 먼저 갑옷을 두르고
방패를 들었으며, 이어서 널찍이 원을 그리며
무희들과 함께 출전의 춤을 추었다.
그러자 파이프 소리가 우렁차게 울리고 날카로운 외침이 뒤따랐다.
…… 발을 구르고, 화살통을 흔들어 소리를 냈다.
이후에 위대한 신전이 목각 신상 주위에 세워졌으니,

세상이 태어나고 생겨난 그 어느 신전보다 강렬하고 신성하였다.

이 신전은 델포이 신전도 능가하고 남음이 있다.

에페소의 아르테미스 신전을 보며 아마조네스를 연상하는 것은 지극히 타당한 일이다. 호전적인 여전사로 구성된 전설의 아마조네스 역시 종족 유지의 목적을 벗어난 성행위를 일절 금지했다. 또한 키벨레와 마찬가지로 아마조네스는 문명화된 (그리스) 세계 너머에 속한 사람들이었다. 기원전 5세기의 그리스인들은 아마조네스가 오늘날의 크림 반도에 해당하는 스키타이에서 왔다고 믿었다.

'아마조네스'라는 이름은 '가슴이 없다'는 의미의 그리스어 '아-마조스a-mazos'에서 유래한 것으로 알려져 있다. 로마의 역사가 유스티누스는 "이 처녀들은 사냥을 나가 말을 달리며 무기를 쓰는 훈련을 했다. 그들은 어린 소녀들이 자라 화살을 쏠 때 방해되지 않도록 오른쪽 유방을 태워 없애버렸다. 이런 이유로 그들은 아마조네스라 불린다"고 전한다. 하지만 그리스의 조각가들과 화가들은 그의 말처럼 훼손된 육체를 묘사한 적이 없다. 따라서 이 이름은 '전사들'을 의미하는 인도유럽어 '하마잔hamazan'에서 유래했을 가능성이 더 높다.

그리스 문명과 아마조네스가 조우한 자리에서는 연애와 죽음이 결합된 흥미로운 이야기들이 종종 등장했다. 아마조네스의 여왕 히폴리테의 허리띠를 훔쳐오라는 명을 받은 헤라클레스는 조력자인 테세우스와 함께 아마조네스를 찾아갔다. 그런데 테세우스가 여왕의 자매인 안티오페에게 반한 나머지 여인을 납치해 아들 히폴리토스를 낳았고, 히폴리토스는 훗날 아르테미스 여신의 열렬한 신봉자가 된다. 아마조네스는 이에 대한 보복 조치로 아티카를 침공해 아테네를 거의 함락할 뻔했지만 결국 패배하고 말았다. 예술가들에게 아마조네스의 패배는 단골 소재였다. 핀다로스에 따르면, 아마조네스는 이 원정 기간에 에페소에 신전을 세우고 그 신역을 망명 장소로 삼았다고 한다.

아마조네스가 소아시아를 공격했던 적도 있다. 에페소 남쪽 리키아를

기원전 6세기의 도공 엑세키아스의 작품.
아킬레우스가 아마조네스 여왕
펜테실레이아를 찌르는 모습을 그리고 있다.

침공했다가 벨레로폰에게 패했고, 프리기아를 침공해 훗날 트로이의 왕이
되는 프리아모스Priamos와 전쟁을 벌였다. 하지만 트로이 전쟁에서는 아마
조네스가 트로이 편에 서서 그리스에 대적했다. 당시 여전사들은 호메로
스가 칭송했듯 "사내들 못지않게" 싸웠다. 아킬레우스는 트로이 전쟁에서
아마조네스의 여왕 펜테실레이아Penthesilea에게 치명적인 부상을 입혔지
만, 젊고 아름다운 여왕의 미모를 확인하고는 반했다고 한다. 기원전 6세
기 말 그리스의 도공 엑세키아스Exekias는 그 장면을 작품 속에 담았고, 서
기 4세기 스미르나 출신의 시인 퀸투스Quintus는 아킬레우스가 펜테실레
이아의 주검 위에 서서 그녀를 바라보는 장면을 이렇게 그렸다.

갑옷을 입은 모습이 마치 사냥의 여신이자 제우스의 따님이신
아르테미스께서 굽이굽이 산등성이를 넘어 화살통을 메고

사자들을 추격하다가 지쳐 곤히 누워 잠든 모습 같았다.

아레스의 신부, 곧 빛나는 왕관의 아프로디테께서

임종을 맞은 이 여인을 아름답게 하셨으니 아킬레우스는 쓰라린 사랑의

화살을 맞고 한탄하였노라. …… 이 여왕을 자신의 신부로 삼아

호화로운 전차에 태워 고향 땅 프티아에 데려갔어야 하건만

어찌하여 이토록 아름다운 피조물을 살해하였는가 하는

후회가 밀려와 그의 마음은 산산이 부서졌도다.

신들의 딸이라고 할 만큼 이 여인은 완벽하였나니

신처럼 훤칠하고 신처럼 아름다웠도다.

아마조네스와 에페소의 아르테미시온은 관련이 깊은 만큼 위대한 조
각가 폴리클레이토스Polykleitos와 페이디아스Pheidias의 작품을 비롯해 아
마조네스 전사들과 여신을 새긴 수많은 조각상이 이곳에 봉헌되었다.

신화와 기독교의 충돌

로마 시대에 아르테미스 신전의 중요성은 커졌고, 에페소는 소아시아에서
가장 분주한 상업 중심지가 되었다. 이곳에서 번성한 유대인 공동체는 그
리스-로마 세계에 복음을 전파하며 여행 중인 급진적 기독교 전도자 바울
의 관심을 끌었다. 한편 서기 54~57년에 바울의 열정적인 설교를 들었던
그곳 사람들(마술을 하던 자 - 옮긴이)이 '은돈 5만 냥'의 가치에 해당하는 수
많은 책을 불태우는 일이 생긴다. 이 일로 인해 바울은 아르테미스 신전과
신상 모형을 만들어 돈을 버는 에페소 은장이들과 충돌하게 되었다. 사도
행전에서는 그 사건을 이렇게 기록하고 있다(킹제임스King James 성경은 아르
테미스를 로마식 이름인 디아나Diana로 표기했다.)

데메드리오라는 은장이가 은으로 여신 아르테미스의 신당 모형들을

만들어 직공들에게 큰 돈벌이를 시켜주고 있었는데,

하루는 자기 직공들과 동업자들을 한자리에 불러놓고 이런 말을 하였다.

에페소 : 모신 숭배와 혼합주의

"여러분, 여러분도 알다시피 우리는 이 사업으로 잘 살아왔습니다. 그런데 그 바울로라는 자가 사람의 손으로 만든 것은 신이 아니라고 하면서 이 에페소에서뿐만 아니라 거의 아시아 전역에서 많은 사람들을 설득하여 마음을 돌려놓았다는 사실을 여러분은 보고 들었을 것입니다. 이대로 가다가는 우리의 사업이 타격을 입게 될 뿐만 아니라 위대한 여신 아르테미스 신당이 괄시를 받게 되고 마침내는 온 아시아와 온 세계가 숭상하는 이 여신의 위신이 땅에 떨어지고 말 터이니 참으로 위험합니다." 이 말을 들은 사람들이 격분하여 "에페소의 여신 아르테미스 만세!"하고 아우성쳤고, 그 소리와 함께 온 도시가 소란해졌다. 사람들은 바울로의 동행인 마케도니아 사람 가이오와 아리스타르고를 붙들어가지고 떼를 지어 극장으로 몰려갔다. (사도행전 19장 24~29절, 공동번역 참조 - 옮긴이)

소요를 일으킨 이들이 바울의 동료 두 명을 붙잡아 연극장으로 끌고 오자, 유대인 중 한 명이 조용히 해달라고 호소하고 군중을 진정시키고자 입을 열었다. 그러나 그가 유대인임을 알아챈 그들은 모두 한목소리로 "에페소 사람들의 디아나 여신은 위대하다!"라며 두 시간 동안이나 외쳤다. 마침내 에페소 시청 서기관이 사람들을 진정시키고 말했다. "에페소 시민들이여, 이 에페소 도시가 위대한 디아나 신전과 하늘에서 내려온 그 신상을 지키고 있는 것을 온 세상이 다 알지 않습니까?"(사도행전 19장 34~35절, 공동번역 참조 - 옮긴이)

서기장이 가까스로 군중을 해산시키고 소요를 가라앉혔으며, 바울은 자의든 타의든 그 자리에 가지 않고 신중하게 행동하며 가능한 한 조속히 에페소를 떠났다.

동정녀 마리아의 도래

은장이들이 두려움을 느낀 데에는 그만한 이유가 있었다. 아르테미스가 아시아의 모신 키벨레를 대체했듯, 기독교의 동정녀 성모 마리아가 에페소의 아르테미스를 대체하리라 여긴 것이다. 서기 431년 에페소에서 열린 제3차 공의회에서 주교들은 마리아에게 '성모(하느님의 어머니)'라는 칭호를 부여한다. 그리고 사도 요한이 마리아를 에페소로 모셔와 지금의 뷜뷜 다이Bülbüldağı('휘파람새 산')인 코레소스 산에 있는 한 집에서 살 수 있도록 조치했다는 내용의 전승을 채택한다. 오늘날 요한의 무덤은 셀축의 아야 솔루크에 있는 바실리카 유적지에 있다.

19세기 초반 병석에 있던 독일인 앤 캐서린 에머리히Anne Catherine Emmerich 수녀는 환시를 통해 마리아와 에페소의 연관성에 대한 믿음을 강화시켰다. 그녀의 환상 속에서 마리아가 나타나 십자가 처형 장면과 이후 에페소에서 보낸 삶은 물론, 그곳에서 머물던 집을 묘사했던 것이다. 이후 에머리히 수녀의 환시 내용은 책으로 발행되었다. 1881년 프랑스의 아베 줄리앙 구예Abbé Julien Gouyet 신부는 그 기록에 따라 집을 찾기 시작했고 에페소의 외진 곳에서 현지의 기독교도들이 숭배하는 유적지를 발견했다. 놀랍게도 수녀의 환시에 나타난 모습과 완벽하게 일치했다. 10년 뒤에 스미르나 출신의 신부 두 명도 동일한 장소에 도달했다. 그때부터 메리엠 아나Meryem Ana, 곧 '마리아의 집'은 순례자들의 성지가 되었다. 지금은 교회로 쓰이고 있는 그 집은 작고 소박하지만, 이곳을 찾는 사람들은 종교를 막론하고 누구나 경건하게 만드는 숭고미를 간직하고 있다.

잠자는 7인과 또 한 명의 잠자는 영웅

에페소는 기독교의 유명한 전설, '잠자는 7인'의 배경이 되는 땅이기도 하다. 서기 3세기 중반 로마 데키우스 황제의 기독교 박해를 피해 열성적인 기독교 청년 7명이 한 동굴에서 숨어 지내다 입구가 막혀 갇히게 되는 일이 벌어진다. 기도를 드리고 잠이 들었던 어느 날, 그들은 동굴 입구에서 돌을 옮기는 소리를 듣고 깨어났다. 동굴을 빠져나온 그들은 한 사람을 정해 돈을 쥐여주며 식량을 사오되, 에페소에서 들키지 말라고 신신당부했다. 그런데 청년들은 에페소에서 돌아온 이에게 놀라운 소식을 듣게 된다. 거리마다 십자가를 세운 건물들이 넘쳐나고, 가게에선 어째서 지금 통용되지 않는 주화를 쓰려는 것인지 묻더라는 것이다. 이후 청년들은 믿기지 않는 사실들을 확인했다. 기독교인이 황제의 보위에 올랐고, 기독교가 그리스-로마 세계의 공식 종교가 되었으며, 무엇보다 자신들이 무려 200년이나 잠들어 있었다는 사실이다. 청년들은 영문도 모른 채 주교 앞에 서게 되었고, 자신들의 경험을 모두 전한 뒤에 숨을 거두었다.

고대 그리스 신화에도 이와 유사한 이야기가 있다. 그리스인은 에페소 남쪽 라트모스 산 동굴에 한 영웅이 영원히 잠들어 있다고 믿었다. 그는 달의 모양이 바뀌는 것을 처음으로 쫓았던 양치기 청년 엔디미온Endymion이었다. 달의 여신 셀레네는 하늘을 응시하는 아름다운 양치기를 연모하게 되었다. 여신은 제우스에게 엔디미온을 영원히 죽지도 늙지도 않게 만들어 자기에게 달라고 간청했다. 그러자 제우스는 양치기를 동굴 속에서 영원히 잠들게 했다. 매일 밤 셀레네는 양치기의 곁에 찾아와 그와 사랑을 나누었고, 엔디미온은 자신도 모르는 사이에 쉰 명의 딸을 둔 아비가 되었다. 아르테미스의 또 다른 일면이기도 한 셀레네(둘 모두 달의 여신)의 이야기는 아르테미스 신전을 장식하는 다산의 상징인 모신상母神像을 떠올리게 한다.

에페소와 아르테미스 신전의 과거와 현재

본래 연안에 인접한 아야솔루크 구릉에는 신석기 시대부터 사람들이 거주했으며, 청동기 시대에는 그 수가 점점 늘어났다. 고전 시대 작가들에 따르면, 에페소와 아야솔루크 그리고 아르테미스 신전을 세운 시조는 이 지역 출신의 코레소스Coresos와 토속신인 카이스트로스Kaystros(강의 신)의 아들인 에페소스였다고 한다. 일설에는 아마조네스가 신역을 세워 도망자들과 죄인들에게 피난처를 제공했다고도 한다. 또 기원전 10세기에 추방당한 안드로클로스Androklos 왕자와 아테네인들이 세웠다는 설도 있다. 아테네 왕자는 물고기가 튀어 오르고 멧돼지가 달려오는 것이 보이는 곳에 도시를 세우라는 델포이의 신탁을 받았다. 어느 날 그의 부하들이 요리를 하던 중 냄비를 엎으면서 물고기를 쏟았고, 관목에 기름이 튀고 불이 옮겨 붙었다. 이에 근처에서 잠을 자던 멧돼지 한 마리가 뛰쳐나왔다. 안드로클로스는 멧돼지를 죽이고, 그곳에 도시를 세웠으며 신탁을 상기시키며 이곳에서 영광스러운 미래를 누릴 것이라고 기쁜 마음으로 추종자들에게 선포했다. 그리고 과연 도시는 번창했다.

에페소가 상업의 요충지로 번성할 수 있었던 데에는 해안에서 가까운 습지에 세워진 아르테미스 신전도 한몫했다. 대부분의 그리스 신전들은 동쪽을 향하는데 아르테미스 신전 중 일부가 서쪽을 향하고 있었던 것이다. 아르테미시온도 그중 하나였다. 첫 번째로 지은 신전은 기원전 650년경 흑해 너머에서 이주해온 킴메르족에게 파괴되었지만, 곧 재건되었다. 그리고 한 세기가 지나 크로이소스 왕이 이끈 리디아 군에게 도시가 포위되었다. 헤로도토스의 기록에 따르면 아르테미스 신전의 신성한 힘을 이용하기 위해 "에페소인들이 성벽에서 신전까지 밧줄을 둘러쳐서 도시를 아르테미스 여신께 봉헌했다"고 한다. 비록 에페소는 함락되었지만, 크로이소스 왕은 부유하고 어진 사람이었다. 그의 후원 덕분에 새로 건설된 아르테미스 신전은 그리스 세계에서 가장 빼어난 신전 중 하나다. 거대한 열주가 이중으로 세워져 있으며, 기둥을 구성하는 맨 아래쪽 석재에는 순례자들의 행렬이 부조로 새겨져 있다.

기원전 499~493년, 페르시아에 대항하여 일어난 이오니아 반란에 에페소인들이 가담했음에도 페르시아 대왕은 이 도시와 신전을 파괴하지 않고 보존했다. 그럼에도 불구하고 기원전 478년에 이오니아가 해방되자 사람들은 크게 기뻐했다. 이오니아 땅에서 벌어진 첫 번째 전투 격전지가 바로 에페소였기 때문이다. 기원전 411년에 스파르타와 페르시아는 조약을 맺었고, 기원전 386년에 그리스의 나머지 국가들이 비준을 함으로써 에페소는 다시 한 번 페르시아의 수중에 들어갔다. 이로부터 30년 뒤 수단과 방법을 가리지 않고 이름을 떨치고 싶어 하던 방화범 헤로스트라토스 Herostratos가 아르테미스 신전을 불태웠다. 스트라본의 기록에 따르면 화재 이후 에페소인들은 전혀 흔들리지 않고 "가재를 내놓고 여인들의 장신구들을 모으고, 옛 신전의 기둥들을 팔아" 신전을 새로 짓는 비용을 충당했다고 한다. 기원전 334년 알렉산드로스 대제가 에페소를 '해방'시켰는

데 이때까지도 신전을 완공하지 못하고 있었다. 하지만 에페소 시민들은 알렉산드로스 대제가 공사를 마무리하도록 도와주겠다는 것을 거절했다. 그들은 신이 또 다른 신에게 제물을 바치는 것은 옳지 못하다고 설명했다.

기둥이 127개나 되며 돋을새김으로 수많은 조각을 아로새긴 아르테미스 신전은 고대 세계 7대 불가사의 중 하나다. 기원전 2세기에 시돈의 안티파트로스 시인은 아르테미스 신전을 이렇게 극찬했다.

> 나는 전차 여러 대가 지나갈 수 있는 바빌론의 높은 성벽과
> 올림피아의 제우스 신상을 보았고, 또 공중정원과 로도스에 있는
> 태양신의 거상, 위대한 피라미드들, 그리고 높이 치솟은 마우솔로스의
> 영묘를 보았다. 하지만 구름까지 닿을 아르테미스의 신전을 바라본 순간
> 다른 불가사의들은 빛을 잃었다. 감히 말하건대
> 올림포스 산을 제외하면 태양 아래 이와 견줄 만한 곳은 없다.

서기 1세기 로마의 관리이자 학자인 대 플리니우스Pliny the Elder는 이 신전을 그리스 세계에서 가장 훌륭한 신전으로 평가했다. 그의 기록에 따르면 습지대에 세워진 이 신전은 지진으로부터 보호하기 위해 정교하게 지어졌으며, 특히 안정성을 확보하기 위해 목탄을 층층이 채워 넣고 그 위에 양모를 깔았다고 한다. 이는 현대 건축가들이 지진 위험지역에서 사용하는 '면진' 설계 기법과 크게 다르지 않다.

기원전 4세기 초, 카이스터Cayster 강의 퇴적물 때문에 에페소 항구를 이용할 수 없게 되자 기원전 290년경 알렉산드로스 대제의 후계자들 가운데 하나인 리시마코스Lysimachos는 도시를 서쪽으로 이전시켰다. 에페소인들이 고향을 떠나지 않겠다고 버티자 그는 폭우가 내리는 기간에 배수로를 막아버렸다. 에페소인들은 이주 명령을 따르지 않을 수 없었다. 새 도시는 번창했으나 기원전 133년 페르가몬 왕 아탈로스 3세 때 로마에 복속되었다. 이후 한 세기에 걸쳐 과중한 세금에 시달리고 약탈당하고, 에페소의 로마 시민과 동조자들을 살해한 피에 굶주린 폰토스의 왕 미트리다테스와

동맹을 맺는 판단 착오로 로마의 술라 장군에게 보복 당했다.

기원전 1세기 에페소 시민들은 마르쿠스 안토니우스에 환호했다(그의 계략으로 기원전 41년 클레오파트라의 여동생이자 아르테미스 신전의 여사제로 있던 아르시노에가 신전 계단에서 암살당했다). 그럼에도 아우구스투스는 기원전 27년에 로마 황제가 되었을 때 에페소를 아시아 속주屬州의 주도로 삼았다. 스트라본에 따르면 에페소의 부와 인구는 나날이 증가했으며, 극장과 셀수스 도서관을 비롯해 사람들이 가장 많이 찾는 다수의 유적지들이 역사적으로 이 시기에 지어졌다.

서기 263년에 고트족이 도시와 신전을 약탈했지만, 에페소의 중요성과 명성에는 큰 변화가 없었다. 하지만 자연재해에는 버틸 재간이 없었다. 카이스터 강의 토사가 계속 흘러들어 서기 7세기경에는 헬레니즘 시대의 항구가 갈수록 쓸모없어졌다. 지진에 치명타를 입은 데다 아랍족과 튀르크족의 약탈과 학살로 인해 인구도 급격히 줄었다. 셀축 제국이 이곳을 지배하면서 사람들이 다시 아야솔루크에 정착했을 때 그들은 고전 시대의 건축물들에 쓰인 석재들을 강탈해갔고, 석회를 얻으려는 자들 때문에 아르테미스 신전의 토대에 쓰인 대리석들도 무사하지 못했다. 오늘날 에페소는 에게 해에서 5킬로미터가량 떨어진 곳에 있으며, 도시가 서 있는 구역은 비옥한 농경지다.

다시 찾은 아르테미스 신전

19세기 영국의 엔지니어 존 터틀 우드John Turtle Wood는 잃어버린 아르테미스 신전의 위치를 찾아내겠다고 굳게 결심했다. 1866년 그는 아르테미스의 탄신을 축하하기 위해 극장에서 신전까지 이동하는 행렬을 묘사한 글을 발견했다. 기록에 언급된 주요 지형지물을 찾아내면 신전도 발견할 수 있으리라고 판단한 우드는 작업에 착수했다.

숭배 행렬이 지나간 길은 극장에서부터 도시에 들어설 때 통과하는 마그네시아 문(위쪽 정문)까지 이어졌다. 극장에서 출발한 우드는 안드로클로스 영웅의 사당을 지나 마그네시아 문을 통과해 북동쪽으로 다미아누스 주랑Stoa of Damianus에 이르렀다. 우드는 이 기둥이 아르테미스 신전을 향해 걸어가는 사람들에게 쉼터를 제공하기 위해 지어진 사실을 알고 있었다. 아르테미스 신역의 경계를 표시한 글귀를 발견했을 때 그는 목적지에서 멀지 않다는 사실을 깨달았다. 1869년 12월 31일, 지표면에서 거의 6미터 아래인 곳에서 아르테미시온의 대리석 토대를 발견했다. 그의 말을 빌리자면 "오래도록 잊혔던, 오래도록 찾아 헤맸던, 거의 포기할 뻔했던" 신전을 찾은 것이다. 우드는 펌프를 이용해 습지대의 물을 뽑아내고, 발굴 작업을 완결했다. 세월이 흘러 무너진 건물 더미에서 나온 드럼drums(신전의 기둥을 구성하는 석재 조각 ─ 옮긴이)을 가지고 복원한 기둥 위에는 해마다 두루미가 둥지를 튼다.

신화의 배경: 에페소

주요 연대와 유적지

BC 6000년경	사람들이 아야솔루크 구릉과 주변 지역에 거주했다.
BC 1500년	아야솔루크에 미케네인이 정착지를 형성하고 무덤들을 세웠다.
BC 10세기	전통적으로 이 시기에 아테네인이 에페소를 건립했다고 여겨진다.
BC 650년경	킴메르족이 공격해 첫 번째 신전을 파괴했다.
BC 560년경	크로이소스 왕이 에페소를 격퇴하고 고대 신전의 재건 비용을 지원했다.
BC 499~493년	이오니아 반란이 일어났다.
BC 478년	에페소가 페르시아에서 해방되었다.
BC 411년	페르시아의 에페소에 대한 권리 주장을 스파르타가 인정했다.
BC 386년	본토의 그리스 도시국가들이 페르시아의 권리 주장을 수용했다.
BC 356년	헤로스트라토스가 아르카이크 시대의 신전을 불태웠다.
BC 334년	알렉산드로스 대제가 에페소를 '해방'하고 새 신전의 건축 비용을 후원하겠다고 제안했다.
BC 290년경	리시마코스가 에페소를 이전시켰다.
BC 133년	에페소가 로마에 복속되었다.
BC 88년	에페소가 폰토스의 미트리다테스 왕과 연합해 로마에 맞섰다.
BC 86년	로마의 술라 장군이 에페소를 함락했다.
BC 27년	에페소가 아시아 속주의 주도가 되었다.
AD 54~57년	바울의 전도로 소요가 일어났다.
AD 100년경	마리아를 에페소에 데려온 것으로 보이는 요한이 죽었다.
AD 263년	고트족이 도시와 아르테미스 신전을 파괴했다.

AD 431년	에페소에서 열린 제3차 공의회에서 마리아를 '하느님의 어머니'로 선포했다.
AD 654년	아랍인들이 에페소를 약탈했다.
AD 1819~1824년	앤 캐서린 에머리히 수녀가 환시를 보았다.
AD 1869년	존 터틀 우드가 아르테미시온의 위치를 찾아냈다.
AD 1881~1891년	두 탐사 팀이 마리아의 집을 찾아냈다.

아르테미스 신전은 셀축의 서쪽, 볼품없는 습지대에 누워 있다. 셀축에서 나와 계속 나아가면 왼쪽으로 난 도로 하나가 헬레니즘 시대와 로마 시대의 도시로 이어진다. 남쪽으로 난 길 하나는 열주가 늘어선 '항구 거리'와 이어지는데, 이 길은 다시 항구에서 웅장한 극장(수용 인원 2만 4500명)으로 이어진 길과 만난다. 여기서 '대리석 거리 Marble Street'를 따라 남쪽으로 내려가면 아래쪽 아고라Lower Agora와 거의 복원이 끝난 서기 2세기의 셀수스 도서관Library of Celsus을 지난다(1만 2000권의 필사본 두루마리를 소장하고 있다). 그다음엔 언덕 위쪽으로 '쿠레테스 거리Street of the Curetes'가 오르막을 형성하고 있다. 오른쪽에는 복원 중인 로마 주택이 있는데 벽화가 일품이다. 왼쪽에는 로마 시대 공중 화장실이 있다. 하드리아누스 신전과 트라야누스의 샘을 지나면 오데온과 위쪽 아고라, 마그네시아 문이 나온다. 한편, 주차장에서 오른쪽으로 난 길을 따라가면 코레소스 문, 스타디움, 잠자는 7인의 동굴이 나온다.

에페소는 터키에서 가장 인기 있는 관광지 중 하나다. 인파 속에서 세계 각지의 언어를 듣고 있노라면 에페소가 상업 요충지로서 전성기를 구가할 때 거리에 북적대는 인파의 모습이 어떠했을지 어느 정도 짐작이 간다. 이곳의 정취를 만끽하고 싶은 이들은 비수기의 이른 아침이나 늦은 오후에 방문할 것을 권한다.

메리옘 아나, 그러니까 동정녀 마리아의 집을 방문하려면 셀축 남쪽으로 마그네시아 문 근처까지 유적지를 두르고 있는 D550번 도로에서 오른쪽으로 길을 벗어나서, 크로이소스 산 정상을 향해 구불구불 나 있는 길을 몇 킬로미터는 더 가야 한다. 근방에 샘이 흐르고 큼직한 나무들에 둘러싸여 있어 공기가 맑은 곳에 위치한 마리아의 집은 아래쪽 유적지에서는 좀처럼 느낄 수 없는 평온함과 영적인 위안을 주기 때문에 수고할 가치는 충분하다.

최근 새로 단장한 셀축의 고고학 박물관에는 위쪽 아고라에서 발굴된 로마 시대의 에페소 아르테미스 신상들, 아르테미시온의 세부 장식물과 신전 모형이 전시되어 있다. 또 트라야누스 황제의 파르티아 원정을 기념한 상아 프리즈와 안드로클로스를 비롯해 섬세하게 조각된 다양한 인물상이 있다. 오디세우스와 그 동료들이 동굴 속에서 폴리페모스를 만났을 때 이야기를 표현한 유물은 과거에 폴리오 분수를 장식하던 부분이었는데, 지금은 박물관에 전시 중이다.

에페소 : 모신 숭배와 혼합주의

7

파포스 :
사랑과 욕망의 정원

황금 왕관을 쓰신 여왕처럼 아름다운 아프로디테 여신을 나는 노래하리라.
단단한 요새에 둘러싸인 여러 도시와 바닷물이 밀려와 부딪히는 키프로스 섬은
아프로디테 여신의 것. 촉촉하고 따스한 서풍께서 솜털 같은 거품에 싸인
아프로디테를 일렁이며 신음하는 바다 건너 이곳으로 모셔왔음이라.
황금 리본을 두른 계절의 신은 아프로디테를 영접해 천상의 옷을 입히고,
불멸의 머리 위에 정교하고 아름다운 황금 왕관을 올렸다. 양 귓불에는
황금과 구리로 만든 장신구를 걸고, 부드러운 목과 빛나는 가슴 위로
황금 목걸이를 걸었다. 이는 황금 리본을 두른 계절의 신이 다른 신들과 함께
춤을 추기 위해 부친의 집을 방문할 때 입는 그 차림이었다. 옷 입히기를
끝마친 신들은 아프로디테를 인도해 다른 신들께 데려갔으니 첫눈에 여신에게 반한
남신들이 모두 여신을 향해 손을 뻗었고 여신의 미모에 숨을 죽이며
부디 이 여신을 자기 신부로 삼아 고향에 갈 수 있기를 염원하였다.

− 《호메로스 찬가》, 아프로디테 편, 1~18행

키프로스 섬 서해안, 나지막하게 돌출한 파포스Paphos 해변이 뜨거운 태양 아래 신기루처럼 어른거린다. 움직이는 생명체는 눈에 띄지 않지만, 혹독한 더위 속에서 짝을 유인하기 위해 점점 더 필사적으로 소리를 높이는 매미 소리가 공기를 따라 바위를 깎아 만든 무덤 속에도, 먼지가 수북이 쌓인 원형 극장에도 퍼져 나간다. 고대의 텅 빈 길거리와 무너져 내린 이정표, 무성한 야자나무에도 그리고 바스락거리는 마른 풀들 사이에도 퍼져 나간다.

태양이 무자비하게 내리쬐는 이곳에서는 오래 머무르기 힘들다. 화려한 주점과 시끄러운 나이트클럽으로 즐비한 현대의 파포스 시를 벗어나 차라리 남쪽으로 차를 모는 것이 낫다. 콘크리트 건물들로 가득한 예로스키포Yeroskipou를 통과하고, 코우클리아Kouklia를 지나 조금 더 내려가면 하얀 조개로 덮인 해변에 다다르고 이내 청록색 바다가 펼쳐진다. 저 멀리 수평선에서 느긋하게 밀려오는 너울은 가까이 다가올수록 곡선을 그리다가 크게 호를 이루더니 마침내 가벼운 한숨을 내쉬며 흩어지고 잔물결만이 물가를 적신다. 파도에도 바위가 꿈쩍 않고 버티고 있는 그곳 들쭉날쭉한 바위 아래에서 바다 거품이 발효하듯 일기 시작한다. 이곳은 마법 같은 일이 벌어졌던 무대다. 많은 그리스인은 바로 이곳의 하얀 포말 속에서 아프로디테 여신이 파도에 젖은 물방울을 떨구며 몸을 일으켰다고 믿는다.

거품에서 태어난 욕정과 애욕의 여신

욕정과 애욕의 여신 아프로디테('거품에서 태어난')는 크로노스가 자기 아버지 우라노스를 거세했을 때 탄생했다. 잘려나간 남근이 바다에 빠지자 그 주위에서 거품이 부글부글 일었고, 아프로디테가 실오라기 하나 걸치지 않은 아름다운 몸을 일으켜 가리비 껍데기 위에 섰다. 어떤 이들은 그 껍데기가 여신을 그리스 남서쪽 키테라Cythera 섬에 모셔갔으나 섬이 너무나 보잘것없어 키프로스 섬까지 이동했다고 말한다. 여신이 육지에 발을 디딘 '페트라 투 로미우Petra tou Romiou'('그리스의 바위')라는 해변은 현대의 파포스 남쪽으로 수 킬로미터 떨어진 팔래파포스Palaepaphos 근처에 있다. 기원전 6세기의 시인 아나크레온Anacreon은 아프로디테가 헤엄을 치기 위해 이

곳으로 돌아오는 모습을 이렇게 그렸다.

제비꽃 화환 속 한 송이 백합처럼, 반짝거리는 해면 위에서
여신이 빛을 발산하는 동안 술책에 능한 에로스와
자유분방한 히메로스는 돌고래 등에 올라타 은빛 나는 물결 위를 질주했고,
파포스의 여신이 헤엄을 치자 물고기들이 재주를 부리고
바닷물 속에서 여신 주위를 맴돌며 우아하게 포물선을 그렸다.

호메로스는 조금 다르게 전하고 있다. 우선 아프로디테는 에페이로스
의 도도나에서 태어났으며, 그 지역의 여신 디오네Dione와 제우스 사이에
서 태어난 딸이다. 디오네라는 이름도 제우스의 소유격에 해당한다.《일리
아스》에서 전쟁 중에 손목을 다친 아프로디테가 어머니 디오네에게 위로
받으려고 달려왔을 때 제우스는 딸에게 말했다. "내 딸아, 전쟁은 네 소관
이 아니란다. 너는 사랑과 결혼에 관한 일들을 맡아보고 싸움은 날랜 아레
스와 아테나에게 맡겨라!"

아프로디테의 이중성

아프로디테가 사실은 두 명이라고 주장하는 설도 있다. 플라톤의《향연》에서 법률가인 파우사니아스(지리학자 파우사니아스와는 동명이인)는 파도에서 태어난 '천상의' 아프로디테가 있고, 제우스와 디오네 사이에서 태어난 '평범한' 혹은 '세속의' 아프로디테가 있다고 주장했다. 어머니 없이 크로노스의 남근에서 태어난 '천상의' 아프로디테는 순수한 사랑을 고취해 동성애적 욕망을 드러낸다. 반면에 남자와 여자가 결합해 낳은 '세속의' 아프로디테는 이성애를 주관하고, 전자보다 어리고 미성숙한 탓에 제멋대로이고 피상적인 사랑을 상징한다는 것이다.

아프로디테의 이중성은 동행하는 욕정의 신 에로스Eros(복수형은 에로테스Erotes)에게도 영향을 미쳤다. 헤시오도스에 따르면 에로스는 올림포스 신들이 태어나기 전에 가이아와 함께 태어났고, 오르페우스 비의에서는 밤의 여신과 에레보스(어둠)가 낳은 아들로 나온다. 하지만 일반적인 설에서 에로스는 아프로디테의 아들이면서, 도덕관념이 없고 방긋 웃는 얼굴에 날개 달린 미소년으로 등장한다. 또 손에는 활과 화살을 들고 다니면서 언제든 상대에게 연심을 불러일으킬 수 있다고 한다. 한편 어머니인 아프로디테는 전쟁의 신 아레스와 불륜 관계에서 에로스를 낳았다.

폼페이의 '비너스의 집'에 있는
아프로디테의 탄생을 그린 프레스코 벽화.
여신이 가리비 껍데기 위에 비스듬히 기대고
누워 있고 에로테스가 주변에 뛰어다닌다.

파포스 : 사랑과 욕망의 정원

신조차 거부하지 못한 욕정의 화신

아프로디테는 문학과 미술에서 강렬한 에로티시즘을 보여주는 욕정의 화신이다. 주로 벌거벗은 채 참새, 비둘기 혹은 백조들이 이끄는 황금 전차를 타고 있는 모습으로 그려지곤 한다. 아프로디테의 매력에 저항할 수 있는 이는 극히 드물었다. 서기 5세기 그리스 시인 논노스는 아프로디테가 파포스에 도착하자마자 제우스가 겁탈하려 한 이야기를 전했다. 서기 10세기 비잔티움 제국의 한 백과사전에 따르면 아프로디테와 제우스 사이에서 거대한 남근을 지닌 풍요의 신 프리아포스가 태어났다고 한다(프리아포스가 아프로디테와 디오니소스의 아들이라고 주장하는 이들도 있다).

제우스(혹은 헤라)는 남신들이 아프로디테를 차지하려고 싸우는 것을 방지하기 위해 절름발이 대장장이 헤파이스토스와 서둘러 결혼시켰다. 헤파이스토스는 누구나 착용하면 상대를 유혹할 수 있는 허리띠를 비롯해 직접 만든 선물들을 바쳤지만 아프로디테는 수많은 염문을 뿌리고 다녔다. 그녀와 동침한 신들 중에는 헤르메스(둘 사이에서 남녀 양성을 지닌 헤르마프로디토스가 태어났다)와 포세이돈도 있었다. 하지만 아레스와 함께 가장 악명 높은 불륜을 저질렀다. 이 이야기는 《오디세이아》에 등장하는 음유 시인 데모도코스Demodocos가 작품 속에서 읊은 시의 주제이기도 했다.

아프로디테와 아레스가 사랑을 나누는 장면을 목격한 헬리오스 신은 즉시 헤파이스토스에게 알렸다. 이에 분개한 헤파이스토스는 거미줄처럼 가늘지만 절대 끊을 수 없고 '신들에게조차 보이지 않는' 그물로 된 덫을 그들의 신혼 침대 주위에 씌워 놓았다. 그러고는 장기간 렘노스Lemnos(헤파이스토스 숭배 의식의 주요 성지)로 떠나는 척했다. 아프로디테에게 접근할 기회만 엿보던 아레스는 헤파이스토스가 떠나자마자 집에 몰래 들어가서 아프로디테를 침대에 눕혔다. 그러자 헤파이스토스가 놓은 그물이 닫히며 그들을 단단히 옥죄었다. 집으로 돌아온 헤파이스토스는 성을 내며 고함을 쳤다. 아프로디테와 아레스가 불륜을 저지르다 '현장에서' 붙잡힌 '꼴 사나운' 모양새로 붙들려 있는 동안 다른 신들은 앞다퉈 달려와 둘을 보고 비웃었다. 아레스가 더는 불륜을 저지르지 않을 것이라고 포세이돈이 중재하고 나서야 헤파이스토스는 그들을 풀어주었다. 그 즉시 아레스는 야만족이 사는 북쪽으로 물러났고, "웃음을 좋아하는 아프로디테는 파포스로 달아났다." 일설에는 그러한 일이 있은 후에 헤파이스토스가 아프로디테와 이혼했으며, 아프로디테는 아레스와 결합해 두 자녀, 에로스와 하르모니아(조화와 일치)를 낳았다고도 한다.

이런 이야기에 별다른 재미를 느끼지 못하는 이들도 많았다. 대표적으로 플라톤은 위대한 문학은 대체로 부도덕하고, 감수성이 풍부한 사람들에게 치명적인 해악을 끼친다고 말했다. 그는 이상적인 국가라면 이러한 글을 검열해야 하고 나아가 시인들을 추방하는 것이 옳다고 생각한 것이다. 이론의 여지는 있지만 가장 위대한 서사시인 《일리아스》도 따지고 보면 결국 아프로디테의 음란한 행실에 기초해 전체 이야기가 구성되어 있다. 헬레네가 남편을 버리고 파리스와 눈이 맞아 트로이로 도망간 것도 아프로디테 덕분이었다.

트로이 왕자와의 위험한 사랑

아프로디테는 오랫동안 트로이에 지대한 관심을 보였다. 특히 트로이 왕국의 시조인 일로스Ilos의 아들 안키세스Anchises 왕자에게 호감을 가졌다. 《호메로스 찬가》에는 제우스가 아프로디테로 하여금 이다 산에서 가축을 몰고 있는 안키세스를 본 순간 사랑에 빠지도록 만든 이야기를 그리고 있다.

웃음을 좋아하는 아프로디테 여신은 그를 보자마자 욕망이
꿈틀거렸다. 여신은 욕정에 사로잡혔다.
그래서 키프로스 섬 파포스에 있는 자신의 신역,
향료 그윽한 제단이 있는 곳인 감미로운 자신의 신전 안으로 들어가
재빨리 문을 닫았다. 그러자 삼미신三美神이 여신을 목욕시키고,
신들이 불멸의 몸에 바르는 천상의 향유를 부었다.
그러자 사방이 향기로 진동했다. 웃음을 좋아하는 아프로디테는
화려한 옷을 차려입고 황금 목걸이를 걸친 뒤

향기로운 키프로스를 떠나 구름 위를 가볍게 달려
서둘러 트로이로 향했다.

그러고 나서 아프로디테는 안키세스에게 마법을 걸어 자신을 인간 처
녀로 받아들이게 했다고 한다.

처녀가 입은 드레스는, 정교한 솜씨로 짠 아름다운 황금 옷으로
그 어떤 빛보다 환했다. 처녀의 보드라운 가슴이 달덩이처럼 빛나니,
보기에 참으로 경이로웠다! 처녀는 손목에 꼬임 팔찌를 차고
반짝반짝 빛나는 꽃 모양 귀걸이를 걸었고,
부드러운 목에는 섬세하게 조각한 목걸이를 걸쳤다.

안키세스는 저항할 수 없었다. 그는 아프로디테를 동굴로 데려가 옷
을 벗기고 곰과 사자 가죽 위에 누워 사랑을 나눴다. 이후 아프로디테는 자
신이 안키세스의 아들, 아이네이아스Aeneas를 낳을 것이라고 예언하며 자
신의 진짜 신분을 밝혔다. 아이네이아스는《일리아스》에서 트로이의 위대
한 전사 중 하나로 등장하고, 훗날 로마의 서사시인 베르길리우스Vergil의
《아이네이스Aeneid》에서는 트로이 난민의 신분에서 로마의 건국자가 되
는 영웅담의 주인공으로 등장한다.

아프로디테는 자신에게 들은 얘기를 누설하면 제우스가 벼락을 내
릴 것이라고 안키세스에게 경고했다. 하지만 로마의 한 신화 수집가는 안
키세스가 술에 취해 아프로디테의 경고를 잊고 자신의 아들과 미래에 대
해 떠벌리다가 제우스에게 벼락을 맞았다고 한다. 비록 목숨은 건졌지만,
벼락의 위력이 워낙 강력했던 나머지 그는 불구가 되고 말았다. 아프로디
테가 사랑했던 인간은 안키세스 외에 또 한 명이 있었다. 어떤 이들은 그가
파포스에서 태어났다고 한다. 그의 이름은 바로 아도니스Adonis다.

바람 불면 떨어지는 꽃, 아네모네

스미르나로도 알려진 미르라Myrrha는 자신의 아버지이자 파포스의 왕인 키니라스Cinyras를 속여 동침했다. 키니라스 왕은 자신이 저지른 일을 뒤늦게 깨닫고 딸을 죽이려 했으나 신들은 미르라를 나무로 둔갑시켰다. 미르라(몰약) 나무가 지금도 수액을 눈물처럼 흘리는 것은 그 때문이라고 한다. 시간이 흘러 나무껍질이 벌어지자 그 안에서 아도니스라는 사내아이가 태어났다. 아프로디테는 그의 잘생긴 외모에 반하고 말았다. 여신은 다른 신들이 보지 못하게끔 그를 상자에 담아 페르세포네에게 맡겼다. 하지만 페르세포네는 상자 안에 누워 있는 잘생긴 아기에게 마음을 빼앗긴 나머지 아프로디테에게 되돌려주지 않으려고 했다. 이에 아프로디테는 제우스에게 중재를 요청했다. 제우스는 아도니스가 일 년을 삼분의 일로 나눠 각각 여신과 함께 살되, 나머지 삼분의 일은 아도니스가 원하는 여신과 함께 시간을 보내야 한다고 판결을 내렸다. 아도니스는 결국 아프로디테를 선택했다.

아프로디테는 아도니스에게 늘 조심하라고 간곡히 당부했다. 아도니스의 아름다움에 지나치게 집착한 아프로디테는 그가 산에서 사냥할 때조차 혹시 짐승에게 공격을 당할까 싶어 따라다니며 전전긍긍했다. 어느 날 아도니스가 홀로 사냥에 나섰다. 그의 사냥개들이 잠자는 멧돼지를 깨웠고, 아도니스는 의기양양하게 창으로 멧돼지를 찔렀지만 그의 일격은 그리 매섭지 못했다. 상처를 입은 멧돼지는 아도니스에게 사납게 달려들어 사타구니를 깊숙이 물었다.

한편 아도니스가 피를 흘리며 죽어갈 무렵 아프로디테는 백조가 끄는 전차를 타고 하늘을 날고 있었다. 여신은 아도니스의 생명을 구하지 못했고, 그의 피를 아네모네 꽃으로 만들었다. 그토록 짧았던 아도니스의 생처럼 아네모네는 살짝 부는 바람에도 꽃잎이 떨어지곤 한다. 아프로디테는 두툼하게 깐 양상추 잎들 위에 아도니스의 주검을 내려놓고서 머리카락을 뽑으며 슬피 울었다.

나의 아프로디테여, 다정한 아도니스의 숨이 끊어지려 합니다.

우리가 어찌해야 하나요? 가슴을 치고, 옷을 찢어라!
그를 위해 통곡하라!

그리스의 시인 사포Sappho가 이 시를 썼던 기원전 6세기 말 무렵에 아도니스 숭배 의식은 에게 해 지역에 널리 퍼져 있었다. 아도니스는 파포스와 밀접한 관련이 있지만, 본래는 근동에서 숭배하던 식물의 신으로서 현대의 시리아에 해당하는 우가릿에서 그리스로 넘어온 것으로 보인다. '아돈Adon' 혹은 '아도나이Adonai'라는 이름은 '주님Lord'을 의미했다. 초여름에 축제가 열리면, 그리스 여인들은 아도니스의 죽음을 애도하며 양상추와 회향처럼 빨리 자라고 빨리 시드는 식물을 작은 단지의 얕은 흙속에 심어 키우다가 지붕 위에 올려놓고 뜨거운 햇볕에 말라죽도록 놔두었다. 아도니스 숭배 의식은 부활이 아니라 죽음에 의미를 두지만, 희망의 씨앗도 함께 포함하고 있다. 이는 아도니스가 아기였을 때 저승에서 페르세포네와 함께 일 년 중 삼분의 일을 지냈고, 자연에 생명력을 불어넣기 위해 해마다 이승으로 돌아와 나머지 삼분의 이를 보냈기 때문이다.

정원은 아프로디테 숭배에서도 중요한 역할을 했다. 아테네의 아크로폴리스에는 아프로디테에게 봉헌한 정원이 있고, 파포스 시에서 조금 떨어진 지금의 예로스키포라는 지명은 '히에로스 케포스Hieros Kēpos', 즉 성스러운 정원에서 유래했다. 오비디우스에 따르면, 이곳에는 '황금 가지에 황금 잎사귀'가 달린 나무가 있었다고 한다. 예로스키포는 매년 숭배자들이 새 파포스에서 아프로디테 신전이 있었던 옛 파포스(현재의 코우클리아)까지 행진할 때 거치는 중요한 거점이었으며, 이 제전은 육상 경기와 예술 경연으로 절정을 이루었다.

조각상과 사랑에 빠진 파포스의 왕

아도니스의 할아버지는 파포스의 왕 피그말리온Pygmalion이었다. 알렉산드리아의 교부 클레멘트는 피그말리온을 이야기하면서 그가 "상아로 된 아프로디테 조각상과 사랑에 빠졌고", "벌거벗은 몸"이었다며 못마땅해

기원전 450~400년에 만들어진 아티카의 적화식 물항아리 그림.
아도니스의 어깨에 조신하게 손을 올린 아프로디테와
그 주변을 날아다니는 에로스를 보여주고 있다.

했다. 한편 오비디우스는 왕의 딸들이 거리낌 없이 매춘을 받아들이는 것
을 보고 피그말리온이 여자를 멀리하게 되었다며 속사정을 들려준다. 조
각가인 피그말리온은 여자를 가까이 하는 대신 상아로 아름다운 처녀를
조각했고, 조각상과 사랑에 빠져 마치 살아 있는 사람마냥 쓰다듬고 선물
을 갖다 주었다. 아프로디테 제전 기간에 피그말리온은 유향이 가득한 제
단에 서서 진짜 소원은 수줍어 아뢰지 못하고 자신이 만든 조각상처럼 아
름다운 아내를 맞게 해달라고 기도했다.

　아프로디테는 조각상과 결혼하고 싶어 하는 피그말리온의 속마음을
알았기에 그의 은밀한 소원을 들어주었다. 피그말리온은 집에 돌아와 조
각상에 팔을 두르고 열정적으로 입을 맞췄다. 그러자 조각상이 생기를 띠
기 시작했다. 혈관을 타고 피가 흐르기 시작했고, 창백하던 뺨이 불그레해

　　　　　　　　　　　　　　　　　　　　　파포스 : 사랑과 욕망의 정원

지더니 이내 눈을 뜨고는 그와 눈을 마주쳤다. 오비디우스는 이로부터 아홉 달이 지나서 피그말리온의 새 신부가 아들을 낳았다고 전한다. 아들의 이름은 파포스. 파포스라는 지명은 이 이름에서 연유한 것이다.

파포스의 과거와 현재

기원전 3000년경부터 옛 파포스의 평평한 석회암 언덕에서는 다산의 여신을 숭배했다. 기원전 1200년경에는 신전을 위시해 제단과 주랑을 건설하고, 그 둘레에는 거석으로 벽을 쌓고 성화의 뿔로 벽을 장식하는 등 아프로디테 신역을 조성했다. 《오디세이아》에서 아프로디테는 아레스와 충돌한 뒤 이 "향기 가득한 제단"으로 도망쳤다. 그러자 삼미신이 영접해 아프로디테를 목욕시키고 "불사의 신들에게 바르는 불멸의 향유를 붓고, 아름다운 옷을 입혔다."

다른 지역에 있는 아프로디테 신전에는 아름다운 여인의 나체로 표현된 유혹적인 여신상이 있었지만, 옛 파포스에 있는 신전에는 아프로디테가 하얀 원뿔형 돌의 모습을 하고 있다. 흥미로운 것은 이 지역 박물관에 보관하고 있는 돌이 검은색이라는 점이다. 서기 1세기에 지진으로 피해를 겪은 후, 청동기 시대에 조성되었던 신역의 여러 건축물을 포함해 훨씬 더 큰 규모로 신역을 재건했고 화려하게 모자이크로 장식한 연회실들을 부설했다.

아프로디테 숭배 의식에는 성행위가 포함되었다. 심지어 신전에서 봉사하는 신성한 매춘부들이 있었다. 헤로도토스에 따르면 자유인으로 태어난 모든 여성은 신전에서 매춘을 하는 것이 통과의례였다고 한다. 또한 "바빌로니아의 가장 부도덕한 전통"을 기술하면서 머리띠를 두른 여자들이 신역에 줄지어 앉아 있으면 남자들이 걸어와서 원하는 여자를 골랐다는 기록을 남겼다. 어떤 여자도 "여신에 대한 의무에서 벗어나기" 전에는 이곳을 떠나지 못했고, 그래서 "늘씬하고 아름다운 여자는 신전을 금방 떠났으며, 매력적이지 않은 여자들은 …… 때로는 3, 4년씩 머물기도 했다. 키프로스 섬의 일부 지역에도 이와 유사한 관례가 있다." 그 일부 지역이란 십중팔구 옛 파포스를 의미한 것일 테다.

옛 파포스는 기원전 498년에 페르시아와 그리스가 키프로스 섬 지배권을 놓고 다투는 과정에서 포위당했다. 고고학 자료들에는 당시의 전투 규모가 어떠했는지에 대한 기록이 남아 있다. 페르시아 군은 200년이나 된 성벽을 공략하기 위해 흙으로 거대한 성루를 쌓아올렸고, 공성무기를 투입했다. 옛 파포스인들은 페르시아 군대가 쌓은 토성 밑으로 굴을 파서 공성탑들을 공략했지만, 끝내 성을 방어하는 데 실패했다. 페르시아 군대에서 쌓아올린 성루가 워낙 거대했던 나머지, 전쟁이 끝나고 한 세기 뒤에 성벽을 새로 쌓을 때 성루를 이용해 성벽을 쌓았다고 한다.

옛 파포스는 아프로디테 숭배의 중심지로 명맥을 이어갔지만, 북쪽으로 12킬로미터 지점의 해안가에 새로 생긴 이민지, 즉 현재의 파포스에 밀려 갈수록 쇠퇴했다. 이 새로운 이민지는 기원전 294년에 이집트 프톨레마이오스 1세가 설립한 것으로 보인다. 파우사니아스는 현재의 파포스가 처음 건립된 시기를 그보다 이른 시기, 다시 말해 트로이 전쟁 후 아르카디아의 왕 아가페노르Agapenor가 탄 배가 태풍을 만나 방향을 잃었을 때로 추정한다. 새로운 이민지는 좋은 항구와 튼튼한 요새를 갖춘 아크로폴리스가 형성되어 있어 모두가 탐낼 만한 곳이었다. 기원전 3세기에서 서기 4세기까지 사용되었던 화려한 공동묘지("왕들의 무덤"이라고 불리지만, 사실 왕들이 묻혔던 곳은 아니다)는 현재의 파포스가 과거에 얼마나 많은 부를 지닌 도시였는지 입증해준다. 지하 무덤으로 조성된 묘지는 중앙의 안뜰을 중심으로 일반 주택의 방처럼 무덤이 배치되어 있고, 도리아 양식의 정교한 기둥이 지붕을 받치고 있었다.

기원전 58년에 키프로스는 로마의 속령이 되었다. 위대한 번영의 시기가 시작된 것이 바로 이 무렵이다. 키프로스 섬의 수도인 현재의 파포스는 당시 많은 부를 누렸고, 정교한 모자이크 작품을 많이 탄생시켰다. 잠시나마 권력의 중심지(로마 속주 총독의 관저가 있었다 - 옮긴이)이자 이방 종교의 중심지였던 파포스는 기독교 전도자인 바울의 관심을 끌었다. 서기 45년 그가 이곳에서 선교 활동을 했을 때 로마 총독 세르기우스 파울루스Sergius Paulus도 그의 설교를 들었다. 한편 바울은 이곳의 사제와 사소한 언쟁을 벌

이곤 했다. 바울이 그 사제(킹제임스 판본에는 마술사로 나옴)와 총독을 어떻게
대했는지 기록한 사도행전을 보자.

> 그러나 바울로라고도 하는 사울은 성령으로 가득 차서
> 그 마술사를 쏘아보며 "기만과 죄악으로 가득 찬 이 악마의 자식아,
> 너는 나쁜 짓만 골라가면서 하는 악당이다. 언제까지 너는 주님의 길을
> 훼방할 셈이냐? 이제 주님께서 손으로 너를 내리치실 것이다.
> 그러면 너는 눈이 멀어 한동안 햇빛을 보지 못하게 될 것이다."하고
> 꾸짖었다. 이 말이 떨어지자 안개와 어둠이 내리 덮쳐 그는 앞을 더듬으며
> 손을 잡아줄 사람을 찾았다. 이 광경을 처음부터 보고 있던 총독은
> 주님께 관한 가르침에 깊이 감동되어 신도가 되었다.
>
> (사도행전 13장 10~12절, 공동번역 참조 - 옮긴이)

이 지역에 전해지는 이야기로는 바울이 총독 혹은 부총독을 개종시키
긴 했지만 그 대가도 치러야 했다. 12세기에 세워진 파포스의 아기아 키리
아키Agia Kyriaki 교회 터전에 있는 기둥에 바울이 묶인 채 과격한 전도행위
에 대한 징벌로 채찍을 39대나 맞았다고 한다.

파포스는 서기 4세기까지 번창하다가 심각한 지진 피해와 이방 종교
를 금하는 테오도시우스 로마 황제의 칙령으로 인해 경제적으로나 종교적
으로나 힘을 잃게 되었다. 게다가 서기 653년에는 사라센족의 침입을 맞아
최후의 일격을 당했다. 이후 파포스는 조용한 정박항으로 머물다가 1983년
에 국제공항이 들어서면서 관광 도시로 급변했다. 또 키프로스 섬 사람들
은 런던 북부에 가족을 둔 경우가 많아 키프로스 섬에 가면 그리스어만큼
이나 영어로 말하는 사람들을 흔히 볼 수 있다.

주요 연대와 유적지

BC 2800년경	옛 파포스에서 아프로디테에 대한 숭배가 처음으로 시작되었다.
BC 1200년경	옛 파포스에 아프로디테 신역이 처음으로 생겼다.
BC 498년	페르시아가 옛 파포스를 포위했다.
BC 340년경	옛 파포스에 성벽이 새로 건설되었다.
BC 294년(?)	이집트의 프톨레마이오스 1세 소테르가 현재의 파포스에 도시를 세웠다는 설이 있다.
BC 58년	로마에서 키프로스 섬을 속령으로 삼았다.
AD 45년	바울이 파포스에서 선교활동을 했다.
AD 653년	사라센족이 파포스를 침략했다.
AD 1983년	파포스 국제공항이 개항했다.

파포스는 유네스코 세계문화유산 등록지이기도 하다. 파포스 유적지에는 감성을 자극하는 왕들의 무덤도 있고, 아고라 광장과 오늘날의 등대 아래쪽에 마치 둥지를 튼 듯한 오데온 극장을 비롯해 헬레니즘 시대와 로마 시대의 마을 유적이 기다란 띠 모양을 이루고 있다.

가장 눈에 띄는 것은 3~4세기 주택 안에 그대로 보존되어 있는 모자이크 장식들이다. 제우스와 가니메데스Ganymedes, 페드라Phaedra와 히폴리토스Hippolytos, 펠레우스와 테티스, 나르키소스 같은 전설적인 연인들을 비롯해 신화 속 장면을 묘사한 작품들이 많다. 파포스의 고고학 박물관에서는 묘석, 석관, 대리석으로 된 아프로디테 흉상을 비롯해 신석기 시대, 고전 시대, 비잔틴 시대의 유물들을 소장하고 있다.

코우클리아 파포스의 남쪽으로 12킬로미터 지점에 위치한 옛 파포스는 도로를 이용하면 쉽게 갈 수 있다. 아프로디테 신역에는 레다와 백조를 묘사한 모자이크 장식을 제외하면 유적이 거의 남아 있지 않다. 십자군 장원영주의 대저택을 복원해 그 안에 들어선 코우클리아 박물관에는 아프로디테를 상징하는 것으로 보이는 검은 돌(인간의 형상이 아닌 물신物神 형태 숭배)이 전시되어 있다. 코우클리아를 벗어나는 도로 곁에는 기원전 498년에 페르시아 군이 도시를 포위하면서 쌓아올린 인상적인 성루와 파포스 사람들이 뚫은 굴의 유적이 남아 있다. 몇 킬로미터 더 가면 조약돌 해변에 인상적인 모양의 페트라 투 로미우(아프로디테 바위라고도 한다 - 옮긴이)가 보이고, 주변에는 편의시설도 있다. 아프로디테가 된 것처럼 파도 속에서 몸을 일으켜 보고 싶은 유혹이 들지 모르지만, 파도가 거세기 때문에 주의해야 한다.

좀 더 많은 고고학 유물을 보고 싶다면 동쪽에 있는 쿠리움Curium을 방문할 것을 권한다. 그곳에는 거대한 극장과 아폴론 신전이 있다. 상대적으로 역사적 중요도는 낮지만, 매력적인 두 개의 유적이 파포스 북쪽에 놓여 있다. 킬리Kili에 있는 아도니스의 목욕소 주변으로 폭포와 연못이 펼쳐져 있고, 아프로디테와 아도니스의 신상이 있다. 특히, 아도니스 신상의 남근을 만진 여성은 아이를 임신하게 된다는 미신이 전해지고 있다. 좀 더 북쪽으로 가면 랏시Latchi 해안 근처에 **아프로디테의 목욕소**가 나오고, 이런 표지판을 만나게 될 것이다. "사랑과 미의 여신 아프로디테는 이 자연 동굴의 작은 연못에서 자주 목욕했다고 한다. …… 수영하지 마시오."

8

필로스 : 현자의 땅에서
사기꾼이 태어나다

태양신 헬리오스가 맑은 연못을 떠나 황동색 하늘에 오르니
이는 여러 신들과 비옥한 농경지 위의 필멸할 인간들에게 빛을
비추기 위함이었다. 그러자 사람들은 넬레우스의 잘 지은 요새, 곧 필로스로 왔다.
여기 해변에서 사람들은 모두 검은 머리의 대지를 뒤흔드는 신,
포세이돈께 검은 소들을 죽여 희생제를 드렸다. 사람들은 각각 오백 명씩
아홉 무리를 지어 앉았고, 각 무리는 아홉 마리의 소를 가졌다.
필로스 사람들이 내장을 맛보았고 포세이돈 신을 위해서는 넓적다리 살을 불태웠고,
다른 이들은 재빨리 해안으로 진입해, 배를 멈추고, 돛을 접고, 닻돌을 내리고 상륙했다.
텔레마코스도 상륙했고, 그와 더불어 아테나 여신도 내렸다.

– 호메로스, 《오디세이아》, 3권 1~12행

한낮에 뜨거운 태양이 구름 한 점 없는 하늘에 걸려 있다. 관목과 마른 풀들의 향기 가득한 하늘에 벌레들의 울음소리가 울려 퍼진다. 저 아래 파도가 바위에 부딪혀 철썩대는 리듬에 맞춰 벌레들도 소리를 높인다. 관목이 우거진 모래톱에 둘러싸인 석호 너머, 비바람이 들이치지 않는 나바리노 Navarino 만의 수면에 아지랑이가 아른거린다. 만 입구에 물도 없고 가늘고 길쭉하게 생긴 바위투성이 스팍테리아 Sphacteria 섬이 방파제처럼 가로놓여 있기 때문이다. 멀리 아늑한 항구 옆으로 예쁜 집들이 가득한 필로스 시가 보인다. 잎사귀 무성한 나무 그늘 아래 카페 의자들과 탁자들이 놓여 있고, 건조시키기 위해 널어 놓은 그물들이며, 부둣가에서 쉬고 있는 선박들이 보인다. 저 멀리 작은 물고기 떼가 맑은 물속에 미끄러지듯 움직인다.

너른 지평선 위로 푸르스름하게 빛나는 산들과 조각보처럼 펼쳐진 농경지도 보이고, 북쪽으로 죽 펼쳐진 해안선을 따라 파도가 일렁이며 밀려온다. 내 눈길을 사로잡는 것은 더 가까이에 있는 말굽 모양 해안이다. 양쪽에 가파른 언덕이 서 있는 좁은 입구를 따라 해안으로 들어가면 청록빛 바다를 품은 고운 백사장이 펼쳐져 있고, 모래 언덕 위로 백합들이 피어 있다. 아마도 그리스 전체에서 가장 평화롭고 정감을 불러일으키는 해변이 아닐까 싶다. 베네치아 요새의 사각 탑들과 허물어진 회색 성벽들 아래 서쪽 방향으로 돌출한 코리파시온 Coryphasion (필로스의 다른 이름 - 옮긴이)에는 고대의 역사로 진입하는 동굴이 하나 있다. 동굴의 높은 천장에는 빛바랜 붉은 색 가죽처럼 생긴 종유석들이 매달려 있다. 바로 이 동굴이 갓 태어난 헤르메스가 아폴론의 소 떼를 훔쳐 숨겼던 곳이고, 전설에 따르면 이 동굴이 위치한 해변에서 과거 네스토르가 다스리던 필로스인들이 희생제를 올리곤 했다. 오늘날 그리스인들은 이 말굽 모양의 만을 가리켜 '보이도킬리아 Voidhokiliá'(황소의 배)라 부른다.

교활한 소도둑의 탄생

《호메로스 찬가》 헤르메스 편에 따르면, 다른 많은 신과 영웅처럼 헤르메스도 제우스의 불륜으로 탄생했다. 제우스는 아르카디아의 국경 지역 킬레네 산중의 동굴에 살던, 아름다운 머릿결을 지닌 검은 눈의 님프 마이아 Maia에게 반해 "흰 팔을 지닌 헤라가 잠든 사이 한밤중에 마이아와 관계를 맺었다."《호메로스 찬가》에서는 헤르메스를 이렇게 그리고 있다.

> 약삭빠르고, 교활하고, 도둑질에 능한 소몰이꾼, 꿈을 심어주는 자,
> 한밤의 파수꾼, 문 곁에 선 도둑으로, 이제 곧 불멸의 신들에게
> 자신의 경이로운 업적을 보여줄 것이다. 새벽에 태어난 그는
> 오후가 되니 리라의 대가가 되었고, 저녁이 되자
> 멀리서도 활을 쏘시는 아폴론의 소 떼를 훔쳤다.

헤르메스는 태어난 지 몇 시간 만에 요람에서 뛰쳐나왔고, 동굴 밖 입구에서 먹이를 오물오물 씹고 있는 거북이를 죽여(찬가에서 묘사한 이야기는 이보다 훨씬 섬뜩하다) 그 껍데기로 자신의 발명품인 리라를 만들었다. 그러고 나서 자신의 탄생에 대해 노래했다. 하지만 불과 몇 시간 전에 태어난 사기꾼 신에게는 이런 오락거리는 만족스럽지 않았다. 이내 시장기를 느낀 헤르메스는 허기를 달래고자 소도둑으로 변신했다.

필로스와 아폴론의 협상

헤르메스는 신들이 소 떼를 기르고 있는 피에리아로 향했다. 그곳에서 가장 좋은 소들을 50마리 추려서 남쪽으로 재빨리 몰고 떠났다. 그러면서 피에리아로 들어오는 것처럼 보이기 위해 소들을 뒷걸음질치게 했다. 헤르메스는 또 하나의 꾀를 내어 추적자들의 혼란을 가중시켰다. 소 떼를 몰고 떠나기 전에 자신의 발자국을 가리려고 에셀나무와 도금양의 잔가지들을 엮어 샌들을 만들어 신은 것이다.

"어두운 산들을 넘고, 바람소리 요란한 골짜기들을 통과하고, 꽃들이 만개한 목초지를 지나" 헤르메스는 소 떼를 몰고 새벽녘이 되어서야 필로스에 도착했다. 하지만 필로스의 위치에 대해서는 논란이 있었다.《호메로스 찬가》에서는 그 위치를 올림피아 근처 알페우스Alpheus 강 주변으로 언

필로스 : 현자의 땅에서 사기꾼이 태어나다

급한 대목이 있다. 그곳에는 한때 필로스라는 이름의 마을이 있었다. 하지만 같은 작품에서 헤르메스가 소 두 마리를 죽여 요리한 뒤 "소가죽들을 단단한 바위에 펼쳐놓았는데, 그것들은 오랜 세월이 흐른 뒤에도 남아 있다"라는 대목이 있다. 이에 대해 많은 사람들이 보이도킬리아의 동굴에 있는 소가죽 같은 종유석들을 지칭한 것으로 해석함에 따라 후대에는 보이도킬리아 근처의 필로스로 보는 설이 정착했다.

한껏 배를 채운 헤르메스는 킬레네의 요람으로 돌아갔다. "늦여름의 안개가 흩어지듯 닫힌 동굴 입구의 틈새로 미끄러지듯 통과했다." 하지만 오래지 않아 모든 것을 꿰뚫어 보는 아폴론 신이 동굴 속에 숨겨진 소 떼를 발견했고 헤르메스를 찾아냈다. 아직 아기인 헤르메스가 항의했지만, 아폴론은 헤르메스와 마이아를 데리고 올림포스 산으로 갔다. 두 신은 다른 신들 앞에서 재판을 받았다. 당연히 제우스는 속아 넘어가지 않았고, 소 떼를 아폴론에게 돌려주라고 헤르메스에게 명했다.

필로스로 함께 돌아온 후 아폴론은 소 떼를 풀어주고 나서 헤르메스를 버들가지로 결박하려 했다. 하지만 헤르메스는 버들가지의 뿌리를 내리게 해 싹을 틔우고 소 떼를 둘러싸버렸다. 그러고는 리라를 퉁기며 신들의 탄생과 대지의 창조에 대한 긴 노래를 매혹적으로 불렀다. 아폴론은 이 노래에 매료된 나머지 타협안을 제시했다. 리라를 자신에게 넘기고 연주법을 알려주면, 도둑질을 눈감아주고, 양 떼와 소 떼를 포함해 목초지까지 지배할 수 있도록 해주겠다는 것이었다. 덧붙여 헤르메스에게 전령의 지팡이 '케리케이온kerykeion'(라틴어로는 '카두케우스caduceus')을 주겠다고 했다. 《호메로스 찬가》는 이 지팡이를 '세 갈래의' 황금 마법 지팡이로 묘사했지만, 보통은 두 마리의 뱀이 서로 뒤엉켜 있고 지팡이 상단에는 양쪽으로 활짝 펼친 날개가 달려 있는 모습으로 그려진다. 헤르메스는 아폴론의 제안을 거절할 수 없었고, 이렇게 두 신은 필로스에서 화해하고 돈독한 우정을 맺었다.

도둑의 신이자 보안의 신

헤르메스는 자신이 발명한 악기인 목동의 피리 소리가 들리는 시골 지역과도 관련이 있지만, 무엇보다 으뜸가는 도둑이자 거짓말쟁이로서의 권모술수와 영악함을 마음껏 발휘할 수 있는 무역이나 상업에 더욱 관련이 있다. 직관적으로 볼 때 제우스의 전령이라는 직책에 어울리지 않지만, 전령의 지팡이 케리케이온을 소유한 탓에 어쩔 수 없이 수행해야 했다. 한편 그는 전령의 책무를 다하는 과정에서 의사소통에 큰 도움이 되는 문자를 발명하는 데 기여했다. 또 전령관 역할을 하는 사람들의 후원자이자, 여행자들의 수호신이기도 했다. 헤르메스를 그린 미술 작품에서 챙 넓은 모자와 날개 달린 샌들을 신은 모습이 자주 묘사되는 것도, 전령의 역할을 수행하려면 여행을 많이 다녀야 했기 때문이다.

헤르메스가 주관하는 여행은 육신에 한정되지 않는다. 헤르메스는 프시코폼포스Psychopompos(영혼의 안내자)로서 죽은 자들의 영혼을 저승까지 안내하는가 하면, 오네이로폼포스Oneiropompos(꿈의 안내자)로서 마법 지팡이로 잠에 빠지게 만든 다음 진실하거나 거짓된 꿈을 가져다준다. 망자의 신이기도 한 헤르메스는 마법 및 주술과도 관련이 깊다. 헬레니즘 시대 이집트에서는 헤르메스 트리스메기스투스Trismegistus(세 배 위대한 헤르메스라는 뜻 – 옮긴이)를 숭배하는 의식이 신비주의자들 사이에서 널리 확산되기도 했다.

그리스의 많은 신들은 상반되는 가치를 상징한다. 헤르메스 역시 도둑의 신이자 보안의 신이었다. 경비견들이 그의 보호 아래에 있었고, 고대에는 악인들을 쫓는 의미에서 '헤르마이hermai'라는 헤르메스 주상을 대문 현관에 세우곤 했다. 단순한 사각형 기둥인 헤르마이에는 간혹 꼭대기에 턱수염을 기른 헤르메스 두상을 장식하기도 했지만, 대개는 발기한 남근을 올려두었다. 기원전 415년 그리스인들이 시칠리아 원정을 떠나기 바로 전날에 아테네의 거의 모든 '헤르마이'가 부서지자, 사람들은 불길한 징조로 받아들였다. 집이 안전하다는 것은 곧 행복하다는 뜻과도 일맥상통한다. 그런 의미에서 헤르메스는 네스토르가 보이도킬리아의 해변에서 열었던 것과 같은 연회를 주재하는 신이기도 했다. 사람들로 가득한 연회장에 갑자기 정적이 찾아오면 사람들은 "헤르메스께서 방에 들어오셨구나"하고 주변을 둘러보는 것이 흔한 반응이었다.

필로스의 왕이 된 현명한 노인

호메로스 서사시에서 필로스를 다스린 이는 연로하지만 현명한 (그래서 말이 많을 수도 있지만) 네스토르 왕이었다.《일리아스》에서는 네스트로의 모습을 이렇게 묘사하고 있다.

> 목소리 달콤하며 또박또박 분명히 말하는 필로스인들의 웅변가,
> 그가 말할 때 혀에서 흘러나오는 말은 꿀보다 감미로웠다.
> 신성한 필로스에서 그와 더불어 태어나서 성장했던 두 세대의
> 사람들이 그의 생전에 시들었고, 이제 그는 세 번째 세대를 다스렸다.

젊은 시절의 네스토르는 수많은 모험에 뛰어들었다. 칼리돈Calydon에서 곰 사냥을 했고, 그의 부친 넬레우스Neleus의 고향인 이올코스Ioclos에서 출발한 '아르고Argo' 호의 항해에 동참하기도 했다. 한편 넬레우스는 형제인 펠리아스와 말다툼을 벌인 뒤 이올코스를 떠나 필로스에 정착해 왕이 되었고, 그곳에서 열두 명의 아들을 두었다. 하지만 올림피아 근처 엘리스 왕국과 헤라클레스 사이의 전쟁에서 편을 잘못 든 것에 대한 보복으로 필로스를 공격한 헤라클레스에게 아들들을 모두 잃었다. 다만 게레니아에 있었던 네스토르만은 목숨을 건졌다(그래서 호메로스 작품에서는 '게레니아의'라는 수식어가 늘 따라다닌다). 이후 사태가 정리되고 나자 헤라클레스는 네스토르의 친구가 되어 주었고, 그를 메세니아Messenia의 왕으로 삼았다.

넬레우스 왕은 아들들을 잃고서 위세가 약화되었지만 꿋꿋이 필로스를 다스렸다. 그는 올림피아 제전에 보냈던 경주용 전차를 도난당하자 네스토르에게 국경을 넘어 엘리스로 쳐들어가 소 떼를 공격할 것을 요청했다.《일리아스》에는 네스토르가 부하들을 이끌고 소 떼를 공격하는 장면

이 등장한다.

> 소 떼가 쉰 마리나 되었고, 양 떼와 돼지 떼와
> 멀리 배회하는 염소 떼가 또 그만큼 많았으며,
> 밤색 말들이 일백오십 필이나 되었는데 모두 암말이었고
> 그중에는 어미의 젖을 빨고 있는 망아지들도 수두룩했소.
> 밤이 되어 우리는 이것들을 넬레우스의 도성 필로스로
> 몰고 들어갔소.

이에 엘리스인들이 알페우스 강을 건너 넬레우스의 영토로 쳐들어오자 네스토르는 군대를 이끌고 맞섰다. 선봉에 섰던 그는 가장 먼저 적군의 전차에 뛰어올랐다.

> 선두 대열에 버티고 서자…… 그러나 나는
> 시커먼 먹구름처럼 돌진했소. 전차 쉰 대를 빼앗았는데
> 전차마다 두 명의 전사가 내 창에 쓰러져 목숨을 잃었고
> …… 제우스께서 필로스인들의 손에 큰 힘을 부여하셨소.
> 너른 평원을 가로질러 우리는 그들을 추격해 죽였고,
> 그들의 몸에서 갑옷을 벗겨냈소. …… 그러자 신들 중에서
> 제우스를 모두 찬미했고, 인간들 중에서는
> 네스토르를 찬미했소.

네스토르는 빼어난 전사였을 뿐 아니라 육상선수이기도 했다. 추모장례 경기에 참여해 권투와 레슬링, 달리기, 투창 경기에서 우승했고, 전차 경주에서만 우승을 놓쳤다고 회고하는 장면도 있다. "한때는 내가 그랬소. 하지만 이제는 젊은이들이 그런 도전에 맞서야 하고, 가혹하지만 나는 노령의 나이에 순응해야만 하오. 한때는 위대한 영웅들의 반열에 올랐던 나라도 말이오."

필로스 : 현자의 땅에서 사기꾼이 태어나다

기원전 13세기에 그려진 것으로 추정되는
필로스 궁전의 프레스코 벽화. 투구를 쓴 전사들과 경무장한 군사들이
강을 건너 전투하는 장면을 묘사했다.

넬레우스의 뒤를 이어 필로스를 다스린 네스토르는 트로이 전쟁에 참전해 많은 조언을 했다. 멤논은 네스토르와 같은 고문이 열 명만 있으면 트로이를 "머지않아 손에 넣고, 점령하고, 무너뜨릴 것"이라고 언급했다. 한편 고령의 나이에도 불구하고 네스토르는 직접 전투에 참여하고 싶은 마음이 간절했다. 그리스의 시인 핀다로스에 따르면, 네스토르의 전차를 끌던 말 한 마리가 화살에 맞아 쓰러지는 바람에 네스토르가 오도 가도 못하고 있었다고 한다. 그런 그를 본 트로이 동맹국 에티오피아의 멤논Memnon이 위협하며 달려들었고, 이때 네스토르의 아들 안틸로코스Antilochos가 아버지를 구하고 대신 목숨을 잃었다. 네스토르는 트로이 전쟁에서 무사 귀환해 부귀를 누렸던 몇 안 되는 그리스 장군 중 하나다.

오디세우스의 아들, 텔레마코스

그런가 하며 이타카의 오디세우스는 무사히 귀환하지 못했다. 전쟁이 끝났는데도 10년이 되도록 행방이 묘연하자 그의 아들 텔레마코스Telemachos는 살아 돌아온 아버지의 동료들을 찾아다니며 아버지의 소식을 수소문했다. 제일 먼저 필로스로 향한 그는 네스토르가 자신의 신하들과 해변에서 연회를 열고 있는 것을 발견했다. 텔레마코스의 신분을 알게 된 네스토르는 트로이 전쟁과 아가멤논의 살육에 관한 추억을 꺼냈고, 자신이 고국에 돌아온 얘기를 들려주었다("바람은 우리를 실망시키지 않았지만, 한 신께서 거센 바람을 일으키셨지"). 그러고는 텔레마코스를 자신의 왕궁으로 초대했다.

> 게레니아의 기병 네스토르는 아들들과 사위들을 데리고
> 아름다운 왕궁으로 돌아갔다. 반짝이는 왕궁에 도착한 그들은
> 순서대로 안락의자와 왕좌에 앉았다. 그들이 도착하자 노인이
> 희석용 술동이에다 달콤한 포도주와 물을 채우니 이 포도주로 말하면
> 하녀가 십 년 만에 마개를 풀고 개봉한 것이었다. …… 그들이
> 만족할 만큼 취하고 나자 각 사람은 집으로 돌아가 잠을 잤지만,
> 게레니아의 기병 네스토르는 신과 같은 오디세우스의 사랑스런 아들

텔레마코스에게 메아리치는 주랑 아래 끈으로 묶은 침대에서 잠을 청하라고 했다.

이튿날 네스토르는 가장 어린 딸을 시켜 텔레마코스를 씻기고 몸치장을 돕게 했다. 또한 전차를 제공하고 자신의 아들 페이시스트라토스를 마부로 동행시켰으며, 스파르타의 메넬라오스 왕궁으로 향하는 텔레마코스를 배웅했다.

오늘날의 코라Chora에서 가까운 보이도킬리아에서 청동기 시대의 왕궁이 발굴된 후 이런 서사시 속 묘사들은 더욱 생생하게 다가온다. 1939년에 칼 블레겐Carl Blegen이 전례 없이 많은 선형문자 B 점토판을 발굴함으로써 이 지역이 청동기 시대의 필로스였음이 확인되었다. 이 밖에도 제대로 형태를 갖춘 메가론megaron과 정교한 프레스코 벽화로 장식된 성벽, 그리고 (텔레마코스가 목욕한 장소로 믿고 싶은 낭만이 투영된) 화려하게 채색된 목욕탕도 찾아냈다.

필로스의 과거와 현재

네스토르의 왕궁 위치와 관련 있는 장소는 적어도 (펠로폰네소스의 서해안을 따라 북쪽에 있는) 두 곳이었다. 하나는 《일리아스》와 《호메로스 찬가》의 헤르메스 편에 나온 지리적 표현과 일치하는 곳으로, 알페우스 강과 엘리스 가까이에 있다. 하지만 블레겐이 코라의 왕궁에서 발굴한 선형문자 B 점토판에서 필로스Pylos라는 지명을 확인한 뒤, 오늘날 이 왕궁 유적지는 "네스토르 왕궁"으로 표기되고 있다.

기원전 1700년경부터 이미 왕궁을 중심으로 성벽을 두른 마을이 존재했고, 사람들은 마을을 중심으로 넓은 지역에 걸쳐 주민이 5만 명에 달하는 공동체를 형성하고 있었다. 선형문자 B 점토판에 따르면 이곳이 매우 발달된 법률 체계에 따라 관리들이 행정을 처리하는 국가였음을 보여준다. 관리들은 양 떼의 규모, 왕실 소유 토지 안에 있는 포도나무와 무화과나무 수량(각각 1000그루가 있었다)과 수리가 필요한 고장 난 바퀴의 수량 같은 세세한 사안들을 면밀히 감시했다. 왕궁 주변에서는 향수 제조를 비롯한 제조업이 성장했다. 한편, 왕궁 유적에서 나온 프레스코 벽화는 현실과 상상 속의 자연(사슴, 개, 사자, 그리핀 등)을 표현한 작품은 물론, 필로스와 연관된 신화를 다룬 작품도 두 점이 있다. 하나는 한 청년이 리라를 연주하는 모습이고 다른 하나는 강을 가로질러 전투를 치르는 장면이다.

또한 점토판 기록을 보면, 필로스인의 신앙에 대해 일부나마 배울 수 있다. 경전 관련 문헌은 발견된 것이 없지만(전무할 수도 있다) 모신母神인 포트니아, 제우스, 헤라, 포세이돈, 그리고 헤르메스에게 제물을 바쳤다는 기록이 있다. 엄청난 양의 황금과 황금 잎이 출토된 네스토르 왕궁 주변과 보이도킬리아 만 부근에서는 원추형 왕릉이 발굴되었다. 보이도킬리아 주변에 있는 동굴에서 출토된 항아리 파편들은 이곳이 청동기 시대의 종교적 중심지였음을 암시하고 있다.

필로스는 기원전 1200년경에 침략을 받았다. 고전 시대에 필로스가 속한 메세니아 지방은 스파르타에 병합되었고, 그 거주민들은 노예가 되었다. 기원전 425년 펠로폰네소스 전쟁 중에 아테네의 데모스테네스 Demosthenes 장군은 스파르타 영토를 공격하고, 스파르타에 불만을 품은 노예들을 되찾았다. 그리고 코리파시온Coryphasion이 훌륭한 거점이라고 판단한 장군은 그곳을 차지하고 요새를 구축하기에 이른다. 이에 스파르타는 인접한 스팍테리아 섬에 부대를 주둔시키고 육로로 코리파시온을 포위했다. 아테네 해군은 스파르타 군을 차단해 최초로 항복을 받아냈고, 군인 계급에 속한 스파르타 시민 120명을 포로로 잡아들였다.

1827년에는 그리스, 영국, 프랑스, 러시아 연합함대가 펠로폰네소스에서 오스만 제국의 연합함대를 철수시킬 목적으로 나바리노 만에 진입했다. 오스만의 이브라힘 파샤Ibrahim Pasha 장군이 저항하자 영국, 프랑스, 러시아 함대는 일제히 대포를 발포했다. 당시 오스만 제국 함선 53척이 침몰했는데 오늘날까지도 많은 잔해들을 볼 수 있다. 그리스는 이로부터 5년 뒤에 독립했다.

신화의 배경: 필로스

주요 연대와 유적지

BC 5000년경   신석기 시대에 보이도킬리아에 주거지가 형성되었다.

BC 1700년경   네스토르 왕궁이 건설되었다.

BC 1200년경   네스토르 왕궁이 파괴되었다.

BC 425년   아테네가 코리파시온을 점령하고 스팍테리아 섬에서 스파르타인들을 격퇴했다.

AD 1204년   십자군이 제4차 원정에서 필로스를 함락했다.

AD 1572년   오스만 제국이 필로스를 점령하고 네오카스트로 요새를 구축했다.

AD 1939년   칼 블레겐이 처음으로 '네스토르 왕궁'을 발굴했다.

'네스토르 왕궁'은 코라 마을에 인접한 지금의 필로스에서 북동쪽 방향으로 18킬로미터 떨어진 곳에 있다. 왕궁 터는 볼품없는 지붕으로 덮여 있었는데, 복원 공사를 위해 관람이 중지된 상태다. 유적지 입구에서 길을 따라 들어가면 '프로필론 Propylon'(전실)을 지난다. 왼쪽에는 문서실이 있는데, 대부분의 선형문자 B 점토판들이 이곳에서 발견되었다. 프로필론을 통과하면 정원이 있다. 길을 따라가면 전실 前室이 여러 개인 메가론이 나온다. 메가론의 중앙에는 지름 4미터의 원형 난로가 있으며, 본래 위층 회랑을 지탱했던 기둥 4개의 기반이 남아 있다. 전실을 통과해 복도를 지나면 저장실과 테라코타 욕조와 물주전자들이 구비되어 있는 욕실이(오른쪽) 나온다. 남서쪽에는 초기 왕궁의 유적들(대부분 차단막으로 가려져 있다)이 있으며, 북동쪽에는 작업장, 포도주 저장고, 복원된 톨로스 무덤(원형 묘실)이 있다.

보이도킬리아 해변은 필로스에서 나바리노 만을 가로질러 보이도킬리아 습지 보호지구의 석호에 인접해 있다. 필로스-키파리시아 도로에서 난 비포장 길을 하나 따라가면, 나바리노 만 뒤쪽의 코리파시온 언덕 비탈에 동굴이 위치한다. 그 위쪽으로 기원전 5세기에 데모스테네스가 요새를 세운 터 위에 베네치아 요새인 팔라이카스트로가 세워져 있다(언덕에 오르는 것이 생각보다 쉽지 않다). 보이도킬리아 만에서 가까운 쪽 곳(찾기가 쉽지 않을 것이다)에는 톨로스 무덤이 있다. 백사장 해변은 수영을 즐기기에 안성맞춤이다.

필로스에도 작은 규모의 박물관이 있긴 하지만, '네스토르 왕궁'과 주변 지역에서 출토된 유물들은 아테네 국립 고고학 박물관으로 보내진 것들을 제외하면, 대부분 네스토르 왕궁에서 북쪽으로 4킬로미터 지점에 있는 코라 박물관에 소장되어 있다. 네스토르 왕궁에서 나온 유물들에는 프레스코 벽화, 황금 장신구, 선형문자 B 점토판들이 포함된다. 이 글을 집필하던 시점에 이 박물관은 보수 공사를 위해 잠시 휴관한 상태였다.

9

올림피아:
제우스 숭배와 제전의 발상지

그의 무덤에 바쳐진 영광스러운 피의 제물이 [펠롭스의] 영예를 드높이니,
이곳은 알페이오스 강이 가로놓여 있고 수많은 순례자들이 모여드는 제단이 있는 신역.
올림피아 제전 – 펠롭스의 경주 – 그 명성은 너른 대지 위에
찬란히 빛난다. 이곳에서 승리한 자는 누구든 평생 달콤한 평온을 얻으리라.

– 핀다로스, 《올림피아 송가》, 1권, 90~99행

올림피아 : 제우스 숭배와 제전의 발상지

크로노스 산 위의 나무들이 찬란한 햇빛에 반짝였다. 알페이오스 강가에 조각보처럼 펼쳐진 농경지를 자욱하게 뒤덮고 있던 안개가 걷히고 희미한 자취만 남았다. 마을에 들어서니 열린 창문으로 요란한 음악 소리가 흘러나오고, 개 짖는 소리가 들리고, 차량에 시동을 거는 소리가 들리고, 철제 격자창이 열리고, 상점 문이 열리고, 좁은 골목에 탁자들이 자리를 잡고, 커피 끓는 향기가 코끝을 자극한다.

도로를 따라 다리를 가로질러 골풀 사이로 클라데오스Kladeos 강물이 유유히 흐르는 곳에 있는 신들의 성역도 잠에서 깨어난다. 참새들이 지저귀고 매미들이 울어대는 소리가 길쭉한 소나무들 사이로 울려 퍼진다. 한 신상의 받침대에는 도마뱀붙이가 햇볕을 쬐며 하루를 맞이하고, 향기로운 대지 위에 우뚝 선 커다란 신전 기둥의 그림자들이 길게 누운 가운데 고대의 헤라 신전과 제우스 신전과 그 주변의 보물창고, 김나지움, 우물, 헬레니즘 시대의 호화로운 귀빈관도 햇빛을 받아 잠에서 깨어난다. 우아한 아치형 통로를 지나 스타디움으로 들어가니 가을을 맞아 분홍색과 흰색 시클라멘 꽃들이 피었다. 올림포스의 주신主神 제우스를 기리는 뜻에서 이름 지은 올림피아는 그리스 전역을 통틀어 자연 경관과 인간의 창조물이 가장 아름답게 조화를 이룬 신비로운 곳이 아닐까 싶다.

제우스의 올림피아, 쿠레테스의 올림피아

올림피아의 중요성을 설명하는 신화는 많지만 왜 중요한지에 대해서는 의견이 분분하다. 올림피아를 행정적으로 관리했던 도시 엘리스의 '박식한 고고학자들'에게 올림피아의 가치는 분명했다. 제우스가 아버지 크로노스를 물리치고 하늘의 왕이 된 곳이 바로 올림피아였다는 것이다. 하지만 이곳을 답사한 파우사니아스에 따르면, 엘리스 사람들 사이에도 서로 이견이 있었다고 한다.

제우스가 왕국을 차지하기 위해 크로노스와 씨름했던 곳이
올림피아라고 변함없이 믿는 이들도 있었지만, 제우스가 그 승리를

자축하는 경기를 올림피아에서 개최했다고 주장하는 이들도 있었다.

이 대회에서 우승한 이들 중에는 아폴론도 있었다. 아폴론은 달리기에서 헤르메스를 이겼고, 권투에서는 아레스를 꺾었다고 한다.

두 주장을 종합하면 제우스 숭배와 올림피아 제전의 발상지였다는 두 가지 점에서 올림피아가 지니는 역사적 가치를 찾아볼 수 있다. 게다가 피를 흘리는 전투가 아니라 스포츠 경기에서 제우스가 크로노스를 이긴 사건을 축하한다는 이야기는 올림피아에서 패자인 크로노스도 숭배했다는 사실을 이해할 수 있는 기반이 된다. 해마다 엘리스에서는 새해 첫날로 지정한 춘분이 되면 이른바 '왕-제사장King-Priests'이 올림피아 위쪽 나무가 우거진 비탈길을 올라가 산 정상에서 크로노스에게 희생 제물을 바쳤다고 파우사니아스는 전한다. 그 산이 곧 신의 이름을 딴 크로노스 산이다.

파우사니아스가 엘리스에서 수집한 올림피아 제전의 기원에 관한 신화 중에는 제우스와의 연관성이 더 희박한 이야기도 있다. 이 신화에 따르면 크레타 섬의 이다 산에 있던 어린 제우스를 즐겁게 해주기 위해 쿠레테스Curetes 혹은 다크틸로이Daktyloi가 달리기 경주를 열어 승자에게 올리브 관을 수여했다고 한다. 쿠레테스 중에 가장 연장자인 헤라클레스(위대한 영웅과 동명이인)가 나중에 육상 경기를 그리스 본토에서도 개최했는데, 육상 경기는 쿠레테스의 다섯 신을 기리는 뜻에서 5년마다 경기가 열리는 올림피아 제전의 근간을 이루었다(그리스인은 대회를 개최한 해도 포함해 계산했다. 대회를 개최한 해를 빼면 4년마다 열린 것이다).

생사가 달린 전차 경주와 속임수

올림피아 제전의 기원에 관해선 잔혹한 사연이 담긴 이야기도 있다. 제우스의 손자인 펠롭스는 본래 리디아 태생이었다. 펠롭스의 아버지인 탄탈로스는 신들에게 사랑을 받아 정기적으로 신들과 어울려 식사를 했다. 하지만 탄탈로스는 더 많은 것을 바랐다. 자신이 고기를 먹는 동안 암브로시아와 넥타르를 먹고 마시는 신들을 시샘한 탄탈로스는 잔혹한 계략을 꾸몄다. 어린 펠롭스를 죽인 뒤 신체를 토막 내고 스튜에 넣어 신들에게 대접한 것이다. 페르세포네가 납치된 것 때문에 슬픔에 빠져 있던 데메테르만이 이를 눈치채지 못하고 펠롭스의 한쪽 어깨를 먹어 버렸다. 한편 탄탈로스에게 분노한 신들은 영원한 갈증과 허기를 느끼는 형벌을 내렸다. 그리고 펠롭스를 다시 살려내기 위해 그의 토막 난 시체 조각들을 모아 씻은 후 다시 조립했다. 데메테르가 먹어버린 어깨 부분은 상아로 대신했다. 생명을 되찾은 준수한 펠롭스를 보고 한눈에 사랑에 빠진 포세이돈은 그에게 직접 전차 모는 법을 가르쳤다. 이 기술은 곧 펠롭스에게 크게 쓸모가 있었다.

기원전 5세기 아티카의 적화식 항아리에
그려진 그림. 전차에 오른 히포다메이아와
승자의 올리브관을 쓴 펠롭스가
말을 몰고 있다.

한편 엘리스의 왕 오이노마오스Oenomaus에게는 히포다메이아 공주라는 아름다운 딸이 있었다. 사위에게 죽임을 당할 것이라는 예언 때문에 딸의 결혼을 두려워했던 오이노마오스는 딸을 원하는 사람들에게 자신과 전차 경주를 치러야 한다는 조건을 걸었다. 대부분의 구혼자들이 전차 경주에서 패했고, 목숨을 잃은 열여덟 명의 머리가 말뚝에 꽂힌 채 오이노마오스의 왕궁을 장식했다. 펠롭스도 히포다메이아에 대한 소문을 접했지만, 그들의 전철을 밟을 생각은 추호도 없었다. 이에 포세이돈은 날개 달린 날쌘 말들을 내주었다. 하지만, 펠롭스는 운에 맡기기보다는 만전을 기하고 싶었다. 그는 히포다메이아 공주에게 승낙을 얻어 오이노마오스 왕의 전차 기술자인 미르틸로스Myrtilos를 구슬렸다. 만약 왕이 쓰는 전차 바퀴에 사용되는 철제 비녀장을 밀랍으로 만들어 바꿔주면 왕국을 나눠가지는 것은 물론, 히포다메이아와 동침할 수 있게 해주겠다고 제안한 것이다. 미르틸로스는 기꺼이 동의했다. 전차 경주가 시작되자, 펠롭스와 오이노마오스는 어느 때보다 빠르게 전차를 몰았고, 바퀴에서 열이 나자 밀랍이 녹기 시작했다. 결국 바퀴가 빠지면서 멀리 날아갔고, 오이노마오스의 전차는 주저앉았다. 오이노마오스 왕은 말들에게 질질 끌려가다가 목숨을 잃었다.

경주는 승리로 끝났지만, 펠롭스는 거래를 맺은 상대에게 신의를 지키지 않았다. 그 대신 미르틸로스를 바닷속에 던져버렸다. 미르틸로스는 절벽에서 떨어지면서 펠롭스와 그의 가족을 저주했고, 이로 인해 펠롭스 가문에는 대대로 불운이 찾아들게 된다. 이후 펠롭스는 늦게나마 미르틸로스의 유해를 찾아 올림피아에 묻고, 오이노마오스의 화난 영혼을 달래기 위해 죽은 왕의 영광을 기려 육상 경기를 개최했다. 이것이 바로 올림피아 제전의 전신이라고 알려져 있다. 한편, 히포다메이아는 결혼의 여신 헤라에게 감사하며 육상 경기를 포함한 여성들의 축제 '헤라이아Heraia'를 제정했다.

헤라클레스와 올림피아 제전

핀다로스는 올림피아 제전이 그리스의 영웅 헤라클레스에 의해 제정되었다며 또 다른 설을 언급했다. 엘리스의 아우게이아스Augeas 왕은 자신의 축사를 청소한 헤라클레스에게 약속했던 대가를 주지 않았다. 이에 헤라클레스는 왕의 조카들인 크테아토스Cteatus와 에우리토스Eurytus의 목숨을 빼앗았다(둘은 그림 속에서 몸이 달라붙은 쌍둥이로 자주 등장한다). 아우게이아스와 헤라클레스 사이에 전면전이 벌어졌고, 이 전쟁은 헤라클레스가 승리해 아우게이아스의 땅을 차지하고 나서야 끝이 났다. 그리고 헤라클레스는 승리를 선포하며 제우스의 영광을 기리는 의미로 올림피아 제전을 제정한 것이다.

> 비할 데 없이 위대한 아버지를 위해 성스러운 숲을 측량해
> 나누었다. 그는 알티스Altis[올림피아 신역]의 경계를 정하고,
> 속된 곳으로부터 성스러운 곳을 구분했고, 성전 주변의 모든 공간을
> 쉬고 맘껏 먹을 수 있는 곳으로 지정했다. 그는 세상을 지배하는
> 열두 신 외에도 알페이오스 강에 경의를 표하였고,
> 산에는 '크로노스 산'이라는 이름을 붙였다. 과거 오이노마오스 왕이
> 지배할 때에는 이름도 없이 그저 눈만 두텁게 덮인 산이었다.

핀다로스는 최초의 올림피아 제전을 묘사하며 레슬링, 전차 경주, 원반던지기 같은 경기에서 승리한 사람들의 이름을 열거했고, 파우사니아스는 대회에 참가한 이들이 헤라클레스에게 감사해야 할 또 다른 이유를 기록했다.

> 전설에 따르면, 헤라클레스가 올림피아에서 제사를 드릴 때
> 파리 떼가 성가시게 굴었다. 이에 헤라클레스는
> 자신의 생각이었는지 아니면 다른 이의 조언 때문이었는지
> 제우스 아포미오스[파리 떼를 퇴치한 제우스]에게 제사를 올렸고,

그러자 파리 떼가 알페이오스 강 반대편으로 사라졌다.

사람들이 말하기를, 엘리스인들이 그를 본받아

올림피아에서 파리 떼를 쫓아내기 위해

제우스 아포미오스에게 제물을 바쳤다고 한다.

올림피아의 과거와 현재

최초의 올림피아 제전은 그리스인이 자신 있게 기원전 776년이라고 명시하는, 역사상 가장 오래된 사건이다. 올림피아 제전의 기원에 관해 파우사니아스는 또 다른 신화를 기록한 바 있다. 빈번한 내전과 전염병으로 고민하던 이피토스 왕이 델포이로 갔고, 오래전에 중단된 올림피아 제전을 재개하라는 신탁을 받았다고 한다. 이후 52년 동안 치러진 제전에서 실시한 육상 경기는 '스타데stade'('스타디움'의 어원), 즉 180미터가량의 단거리를 질주하는 종목뿐이었다. 최초의 올림피아 제전의 모체는 육상 대회가 아니라 종교 의식이었다. 5일에 걸쳐 열리던 제전의 절정인 셋째 날을 8월 보름달이 뜨는 날로 정하고 의식을 거행했다. 둘째 날 밤에는 펠롭스의 무덤에서 의식을 행하고, 셋째 날 아침 제우스에게 제물로 소 100마리를 바치는 제사와 함께 그날 오후에 육상 경기가 열렸다.

초기의 올림피아 제전은 4년마다 거행되었고, 도시에서 멀리 떨어진 신역神域이 속한 지방에 국한되었다. 기록에 따르면 육상 경기에서 최초로 우승한 이들은 모두 엘리스 출신이었다. 이후 여러 종목이 추가되고 대회의 명성이 높아지면서 그리스 전역에서 점점 더 많은 선수들이 출전해 자웅을 겨루게 되었다. 기원전 6세기경에는 그리스 전체의 제전으로 확대되었고, 휴전 기간을 선포해 대회에 출전하는 선수들을 보호했다. 하지만 아무나 참여할 수 있는 것은 아니었다. 제전에 참여하는 선수들과 청중은 그리스 시민권이 있는 사람으로, 살인죄를 저지른 적이 없고 남성이어야 했다. 한편 여성들을 위한 '헤라이아' 제전도 열렸다.

기원전 6세기 초 경기 종목이 늘어나 권투, 레슬링 및 5종 경기뿐 아니라 경마와 전차 경주도 포함되었다. 올림피아 신역도 확대 조성되었다. 기

올림피아 : 제우스 숭배와 제전의 발상지

원전 700년에 처음 목재로 건축했던 헤라 신전을 석재로 재건하고, 기원전 5세기에는 피사Pisa와의 전쟁에서 엘리스가 얻은 전리품으로 비용을 충당해 화려하고 장대한 올림피아 제우스 신전을 대리석으로 건설했다. 제우스 신전에는 올림피아의 기원을 설명하는 제우스, 펠롭스, 헤라클레스를 묘사한 조각상을 비롯해 황금과 상아로 표면을 장식한 높이 12미터의 제우스 좌상이 있었다. 페이디아스Pheidias가 제작한 이 조각상은 고대 세계 7대 불가사의 중 하나였다. 로마의 철학가 에픽테토스Epictetos는 이런 말을 남겼다. "올림피아를 여행해 제우스 신상을 보고 나면 다들 이것을 보지 못하고 죽는 것이야말로 크나큰 불행이라는 생각을 하게 될 것이다."

엄청난 수의 사람들이 올림피아 제전에 모여든 탓에 제전 기간에는 생활하는 데 불편함이 많았다. 에픽테토스는 '사람들이 너무 많이 모여들어, 밀치고, 부딪히고, 소란하고, 요란한 소음이 끊이지 않는 것'에 대해 불평하며 이렇게 말했다. "뙤약볕에 그을리고, 군중에 떠밀려 짓눌리고, 씻지도 못하고, 비에 젖고, 소음과 소동, 온갖 불쾌한 일들을 견뎌야만 하지 않는가?" 그럼에도 불구하고 그는 이렇게 결론지었다. "영광스러운 장관들을 생각하면 이 모든 불편함은 기꺼이 참을 수 있다고 생각한다."

올림피아 제전은 선수들에게만 기회를 제공하는 것이 아니었다. 헤라 신전 근처에 늘어선 보물창고들은 주로 도리스 지방(고대 그리스 중부 지역-옮긴이)의 도시들이 그들의 풍요를 자랑하는 수단이기도 했다. 시민들도 화려하게 몸치장을 하고 자기 재주를 알렸다. 자신의 이름을 황금 글자로 새긴 망토를 걸친 화가 제욱시스Zeuxis는 자신이 제작한 작품들을 가져와 알렸다. 헤로도토스는 올림피아 제우스 신전 서쪽 주랑에서 자신의《역사》를 낭독했고, 제전 우승자들의 목록을 최초로 작성했던 엘리스의 철학자 히피아스Hippias는 자신의 수사학과 금속세공 기술을 과시했다. 경기에서 우승한 육상 선수들과 전차 팀은 조각상을 제작해 우승을 기념하곤 했는데, 조각가들은 이 주문을 따내기 위해 경쟁했고, 정치인들 역시 제전을 정치적으로 이용했다. 기원전 416년 아테네의 알키비아데스Alcibiades는 전차 일곱 대를 경기에 출전시켜 1등, 2등, 4등(어떤 기록에는 3등)을 혼자 석권

기원전 530년경 판아테나이아 육상 경기의
승자에게 상으로 수여한 항아리의 그림.
수염 기른 성인 네 명과 젊은이 한 명이
알몸으로 달리고 있다.

했으며 모든 관중에게 자비를 들여 향연을 베풀었다. 기원전 338년에는 카
이로네이아Chaeronea에서 승리를 차지한 마케도니아의 필리포스 2세가 자
신과 가문의 영예를 기리기 위해 원형 신전을 건립했고, 서기 67년에 네로
황제는 직접 전차 경주에 참가했다. 경주 도중에 전차에서 떨어졌다가 도
움을 받아 다시 전차에 오르긴 했지만 제대로 완주하지도 않고 우승을 거
머쥐었다.

부유한 도시였던 올림피아는 적들의 공격을 자주 받았다. 서기 267년
에 헤룰리Heruli족의 침략을 받았고, 397년에는 고트족의 알라리크 왕에게
약탈당했다. 당시는 이미 많은 보물이 서쪽 로마로 옮겨진 상태였다. 거대
한 제우스 신상도 없었다. 서기 40년경에 제우스 신상을 옮기려던 일꾼들
이 섬뜩한 신음 소리를 들었다며 놀라 도망가는 바람에 실패했지만, 390년
에 로마는 신상을 해체한 후 선박에 실어 콘스탄티노플로 옮겼다. 제우스
신상은 하느님의 얼굴을 표현하려고 했던 기독교 성상 화가들에게 영감을
주었다.

올림피아 : 제우스 숭배와 제전의 발상지

서기 391년에 이방 종교를 법으로 금했음에도 불구하고 올림피아 제전은 425년까지 지속된 것으로 추정된다. 이후 올림피아 제전을 박탈당한 올림피아는 아무것도 아니었다. 서기 522년과 551년에는 강력한 지진으로 신전들도 무너졌다. 이후 알페이오스 강의 물길이 바뀌고 이후 수백 년간 유적지에 퇴적토가 쌓이면서 1766년 영국의 골동품상 리처드 챈들러 Richard Chandler가 이곳을 발견하기 전까지 올림피아는 미지의 장소였다. 첫 발굴 작업은 1829년에 시작되었고, 1875년에 독일 고고학회가 철저한 조사를 수행했다. 경마장 터는 2008년이 되어서야 발견되었다.

1896년 프랑스의 쿠베르탱 남작이 고대 올림피아 제전과 영국 사립학교의 정신에 영감을 받아 근대 올림픽 대회를 출범시켰지만, 올림피아가 아닌 아테네에서 개최되었다. 현재 올림픽은 세계 각국에서 개최되고 있으며, 대회에 앞서 고전 시대와 유사한 드레스를 입은 사람들이 올림피아의 헤라 신전 앞에서 성화를 채화하는 의식을 진행한다. 성화 봉송은 고대의 종교 의식과는 아무 연관성이 없다. 이는 아돌프 히틀러 집권 당시 1936년도 베를린 올림픽 대회를 영광스럽게 선전하고 싶었던 영화감독 레니 리펜슈탈Leni Riefenstahl이 고안한 의식이었다.

신화의 배경: 올림피아

주요 연대와 유적지

BC 10세기	이 시기에 신에게 제물을 바치고 불태운 흔적이 발견되었다.
BC 776년	이때 최초로 올림피아 제전이 개최되었다는 것이 전통적인 견해다.
BC 700년	목조 건축물인 헤라 신전이 건설되었다.
BC 458년	제우스 신전이 완공되었다.
BC 430년	제우스 신상이 완성되었다.
BC 416년	알키비아데스가 전차 7대를 경주에 출전시켰다.
BC 338년경	필립페이온이 건설되었다.
AD 67년	AD 65년에 열렸어야 할 올림피아 제전이 연기된 덕분에 네로 황제가 경기에 참여할 수 있었고, 우승을 차지했다.
AD 267년	헤룰리족이 올림피아를 습격했다.
AD 397년	고트족이 올림피아를 습격했다.

AD 425년(?)   마지막 올림피아 제전이 열렸다.

AD 1766년   리처드 챈들러가 올림피아를 발견했다.

AD 1896년   쿠베르탱 남작이 (아테네에서) 근대 올림픽 대회를 출범시켰다.

평지에 위치하고, 수목이 우거진 올림피아 유적지는 규모가 커서 수많은 이들이 몰려들어도 쾌적한 편이다. 유적지 입구에서 길을 따라 알티스Altis(신역)를 향해 걸어가다 보면 오른쪽에 팔라이스트라Palaestra(고대의 운동 연습장)와 왼쪽에 프리타네이온Prytaneum(행정기관 건물)이 보이고 이어서 일부 복원된 필립페이온이 나온다. 여기서 시계 방향으로 헤라 신전(왼쪽)과 헤로데스 아티쿠스 관람석(분수), 그리고 펠롭스의 무덤(오른쪽)과 제우스 제단을 돌아보는 것이 제일 좋다. 다음으로 오르막길 왼쪽에 보물창고들이 있고, 아치형 통로를 지나면 스타디움(육상 경기장)이 나온다. 계속해서 시계 방향으로 에코의 주랑Stoa of Echoes(헬레니즘 시대에 나팔을 부는 경연이 벌어졌던 곳)이 왼쪽에 있다. 더 나아가면 불레우테리온Bouleuterion(시의 회 회의실. 운동선수들은 이곳에서 공정히 경쟁할 것을 서약했다.) 근처에 네로의 주택 유적이 있다. 또 근처에는 올림피아 제우스 신전 유적들이 있고, 기둥이 하나 서 있는데 과거에는 이 기둥 위에 파이오니오스Paionios가 제작한 승리의 여신상이 놓여 있었다. 더 나아가면 왼쪽에 레오니다이움Leonidaeum(기원전 4세기 후반의 숙박시설)과 오른쪽에 페이디아스의 작업실이 있다. 이 작업실의 크기는 제우스 신전의 켈라(신상이 놓여 있는 곳)의 크기와 동일한데, 이곳에서 페이디아스가 직공들과 함께 신상을 제작했다. 나중에 교회로 쓰였는데 이곳에서 발굴된 잔에는 '페이디아스의 것이다'라는 문구가 새겨져 있었다.

올림피아의 고고학 박물관에서 가장 볼 만한 것들을 소개하자면, 제우스 신전에서 나온 조각상들(펠롭스, 제우스, 아폴론이 등장하는 페디먼트 조각과 헤라클레스의 과업이 등장하는 메토프 조각), 파이오니오스의 승리의 여신상, 기원전 5세기의 제우스와 가니메데스 테라코타, 기원전 490년 마라톤 전투 이후에 헌정된 밀티아데스Miltiades의 투구, 그리고 프락시텔레스가 제작한 헤르메스의 청동상을 로마 시대에 대리석으로 모방한 작품이 있다.

IO

테베:
비극과 광기, 자기애의 도시

눈부신 빛줄기여, 과거 일곱 성문의 테베를 비추던 햇살보다도 아름답다!
새벽녘 동이 틀 때 퍼지는 황금빛이 디르케의 시냇물 위에 반짝였고,
그대는 아르고스 군대가 등을 보이고 달아나는 것을, 그들의 흰 방패며, 갑주며,
굴레들이 빛나는 것을 보았소! …… 승리의 여신께서 자신의 전차와 테베를 향해
미소 지으시고 우리와 함께 승리를 기뻐하셨소. 이제 우리는 싸움을 끝내고
모든 것을 잊었소! 다들 신전을 방문해 밤새도록 노래하고, 춤을 춥시다!
그러면 디오니소스께서 황홀한 춤을 추며 테베의 땅을 밟으시리니
그분께서 우리의 지도자가 되실 테요!

— 소포클레스, 《안티고네》, 100~109행, 147~154행

테베는 큰 기대 없이 찾아가는 여행자에게도 실망을 안길지 모르겠다. 한때 위용을 자랑하던 고대 도시의 풍모는 거의 남아 있지 않다. 과거 왕궁이 서 있던 가파른 산등성이 아래에는 시골 마을 하나만 볼품없이 자리를 지키고 있을 뿐이다. 현대에 들어와 무분별하게 도시 외곽 지역을 확장하면서 좁은 일방통행로를 어지럽게 놓았고, 하얀 회반죽이 벗겨지고 주황색 지붕에 먼지가 쌓인 주택들은 마을 도랑을 따라 줄줄이 서 있다.

운이 좋으면 이따금 예기치 못한 곳에서 역사적인 유적지를 마주치기도 한다. 잡초가 무성한 고대의 성문 토대, 청동기 시대에 지어진 왕궁의 흔적, 다닥다닥 붙어 있는 주택들 너머 나무가 우거진 언덕 위에 있는 아폴론 이스메니오스Apollo Ismenios 신전의 유적. 산에 올라 소나무들 사이에 서서 나뭇가지 사이로 쏟아지는 따스한 해를 느끼며 송진 냄새를 맡다 보면 도시 생활의 분주함을 잊고 고대 유적지에서 발산되는 고요함에 잠길 수 있다.

어머니가 둘인 자

테베는 수많은 신화의 무대로 등장하지만 무엇보다도 디오니소스의 도시였다. 바로 이곳에서 그가 태어났기 때문이다. 하지만 세멜레Semele 공주가 디오니소스를 수태하고 해산하는 과정에는 우여곡절이 많았다. 제사에 쓰인 황소의 피가 몸에 묻어 세멜레 공주가 이를 씻어내려고 알몸으로 아소포스 강에서 목욕할 때 공주의 빛나는 육체를 엿보던 제우스는 욕정을 느꼈다. 그는 공주를 유혹할 목적으로 잘생긴 사내로 변신했고, 곧 세멜레의 침실을 은밀하게 주기적으로 찾았다. 제우스의 아내 헤라는 이 사실을 알아내고 복수를 가했다.

제우스와 마찬가지로 변신에 능했던 헤라는 노파로 위장해 세멜레에게 접근해 신뢰를 쌓았다. 공주는 헤라에게 자신의 애인에 대해 털어놓았고 헤라는 남자가 미심쩍다고 말했다. 그 젊은이가 누구인지 아는가? 그가 자신에 대해 말한 것이 조금이라도 있는가? 세멜레는 임신까지 한 마당에 그에 대해 모든 사실을 알아야 할 때가 되었다고 생각했다. 그날 밤 세멜레는 자신을 열렬히 흠모하는 사내에게 자신의 청을 무조건 들어달라고 졸

랐다. 그가 천진스레 승낙하자 세멜레는 그에게 진짜 정체를 밝히라고 요구했다. 제우스는 깜짝 놀랐다. 제우스의 진정한 정체는 흰 빛줄기의 벼락이었고, 그의 진짜 정체를 경험하고 살아남은 이는 아무도 없었기 때문이다. 하지만 이미 세멜레의 청을 들어주기로 맹세한 터였다.

세멜레의 비할 데 없는 아름다움을 마지막으로 감상한 제우스는 유황색 화염을 내뿜었고, 불길은 순식간에 방 안을 휘감았다. 하지만 제우스는 세멜레가 한 줌의 재로 변하기 전에 자궁 속에 손을 집어넣어 아기를 꺼냈다. 그러고는 자신의 넓적다리를 갈라 그 안에 태아를 집어넣고 달수를 채울 때까지 기다렸다. 제우스가 낳은 아들이 디오니소스였다. 이후 세상에 나온 디오니소스는 저승에서 세멜레를 구해 올림포스 산으로 데려갔다. 파우사니아스는 테베를 답사할 당시 세멜레가 살았다는 집을 돌아보았다고 한다. 그리고 신성한 장소로 여겨져 사람들이 쉬이 출입할 수 없는 분위기였다고 파우사니아스는 전한다.

두 번 태어난 자

디오니소스는 크레타 섬에서 쿠레테스의 손에 자랐다. 이곳에서 그는 자
그레우스Zagreus로 알려져 있었다. 사생아를 두고 볼 수 없었던 헤라는 티
탄들에게 지시를 내려, 디오니소스를 꾀어내어 그의 사지를 찢고 가마솥
에 끓여 먹으라고 했다. 티탄들이 무자비하게 헤라의 지시를 이행하고 있
을 때, 보복에 나선 제우스는 티탄들에게 벼락을 내리쳤다. 아테나 여신은
아직 멈추지 않은 디오니소스의 심장을 구해서 석고 인형 안에 집어넣었
고, 다시 생명을 얻은 디오니소스는 '두 번 태어난 자'라는 칭호를 얻었다
(또 다른 신화에 따르면, 자그레우스라는 연로한 신이 있었고, 앞서 말한 이야기처럼 갈
가리 찢긴 그의 사지에서 제우스가 심장을 꺼내어 이제 막 수태한 세멜레의 태아 디오
니소스 몸에 집어넣었다고 한다). 그러고 나서 디오니소스는 니사Nysa 산(아프
리카인도 아시아인도 자신들의 땅이라고 주장하지만 그 위치는 불분명한 산)의 험준
한 고개에서 사는 님프들의 손에 자라게 된다. 니사라는 이름 앞에 '디오스
Dios'('제우스의'라는 뜻)라는 접두사가 붙어 디오니소스가 되었다고도 한다.

아폴론과 마찬가지로 디오니소스에게도 상대를 홀리고 예언하는 능
력이 있지만, 그의 기질은 더 어둡고 저속했다. 디오니소스는 야성적인 자
연의 힘을 상징하고, 또 포도주와 약물 혹은 연극을 통해 사람들의 인식을
왜곡시키는 능력이 있어 신도들이나 적들이 온전한 정신으로는 절대 하지
않을 일을 서슴없이 저지르게 만들 수 있었다. 또한 디오니소스는 포도나
무와 포도주를 주관하는 신이었으며, 어렸을 때 헤라 여신에게 시달리다
못해 미칠 지경이 되어 멀리 인도까지 떠돌아다니며 인간들에게 포도밭
을 경작하고 포도를 재배하는 기술을 가르쳤다. 언제나 그의 뒤에는 술에
취해 흥청거리는 '티아소스Thiasos' 무리, 곧 사티로스Satyros(절반은 사람이
고 절반은 염소)와 실레노이Silenoi(절반은 사람이고 절반은 말), 그리고 님프들과
광적인 여신도들인 '마이나데스Maenades'가 따라다녔다. 신이 들려 무아
경에 빠지면 마이나데스('마이네스타이mainesthai'는 '미치다'는 뜻)는 몹시 야
만적인 짓을 저지르기도 했다. 이들은 흥분해서 '스파라그모스Sparagmos'
의식, 곧 생명체의 사지를 갈가리 찢는 의식을 수행했다.

테베 : 비극과 광기, 자기애의 도시

때로 인간들도 디오니소스의 분노를 사는 바람에 광기에 사로잡혔다. 디오니소스는 자신을 박대했던 트라키아의 왕 리쿠르고스Lycurgos를 미치게 만들었다. 왕은 자기 아들을 포도나무로 착각해서 나뭇가지 자르듯이 사지를 도끼로 잘라버렸다. 이에 신들은 리쿠르고스 왕의 땅에 저주를 내려 어떤 수확물도 거두지 못하게 했다. 리쿠르고스 왕은 결국 사람을 잡아먹는 말들에 의해 산비탈에서 사지가 찢겨 죽임을 당했다.

테베를 향한 디오니소스의 분노

디오니소스는 주유周遊를 마치고 테베로 돌아왔다. 디오니소스를 기쁜 마음으로 반기는 이들도 있지만, 사촌지간인 펜테우스Pentheus 왕은 디오니소스 숭배를 배척했다. 디오니소스는 테베의 여인들을 미치게 만들었고, 실성한 여인들은 근처에 있는 키타에론Cithaeron 산을 헤매고 다녔다. 한편, 자진해서 붙잡혔다가 간단히 풀려나온 디오니소스는 펜테우스에게 최면을 걸어 자신의 여신도들을 염탐하게 만들었다. 펜테우스는 커다란 나무 꼭대기에 숨어 있다가 (그의 어머니인 아가베Agavë와 이모인 이노Ino와 아우토노에Autonoë를 비롯한) 여신도들의 눈에 띄었고, 이들은 펜테우스를 짐승으로 인식해 일제히 공격했다. 에우리피데스가《박코스의 여신도들》에서 사자使者의 입을 빌려 펜테우스의 죽음을 묘사한 대목은 머리카락이 쭈뼛 설만큼 소름이 끼친다.

> 모든 박코스 여신도들이 한 덩어리가 되어 손을 뻗더니
> 그 소나무를 땅에서 뽑아버렸어요. 왕은 높고 높은 나무 위에서
> 한참 동안 떨어졌어요. 영원히 끝나지 않을 것 같은
> 비명 소리가 들렸어요. 그리고 살육 의식이 이어졌습니다.
> 왕은 어머니가 죽이려고 다가오자 자신을 알아보면 설마 죽일까 싶어
> 머리에 두른 리본을 벗어 던지고, 공포에 싸여 어머니의 두 볼을 감싸며
> 소리를 질렀어요. …… 그러나 아가베 님은 입에 거품을 물고,
> 두 눈동자는 어지럽게 흔들리고, 제정신이 아니었습니다.

신께서 장악하고 있었기에 아드님의 비명 소리도 들리지 않았어요.

아가베 님은 왕의 가슴팍을 발로 세게 밟고, 왼쪽 팔을 붙잡고는 ……

팔을 비틀어서 쑤욱 뽑아버렸답니다. 아가베 님에게 그럴 만한 힘은

없었을 테지만 신께서 힘을 주셨기 때문입니다. 그러자 곁에 있던

이노 님께서 몸을 웅크리며 그분에게 달려들어 살을 찢으셨고,

아우토노에 님도 가세하셨어요. 그리고 박코스 여신도들이

몹시 흉포한 짐승처럼 덤벼들어 그분의 몸을 갈가리 찢어버렸어요.

처절하게 울리는 소리에 귀가 먹먹할 정도였어요.

펜테우스 님은 비명을 질러댔고, 마침내 신음이 그치고 조용해지자

박코스 여신도들은 승리에 취해 으르렁거렸습니다.

연로한 아버지 카드모스의 개입으로 딸인 아가베는 이성을 되찾았다. 하지만 디오니소스의 분노는 가라앉지 않았다. 그는 카드모스를 도시에서 추방했고, 그와 그의 아내를 뱀으로 만들어버렸다. 테베를 건국한 위대한 영웅 카드모스에게는 수치스러운 종말이었다.

암소가 머문 땅, 테베의 카드모스

카드모스의 누이동생 에우로페는 황소로 둔갑한 제우스에게 납치되어 크레타 섬으로 가서 훗날 크노소스의 왕이 되는 미노스를 낳았다. 소는 카드모스의 인생에서도 중요한 역할을 했다. 카드모스는 사라진 에우로페를 찾아다니다가 델포이에서 신탁을 구했다. 그랬더니 누이동생 찾기를 중단하고 양쪽 옆구리에 달 모양의 표식이 있는 암소를 따라가 그 암소가 지쳐서 눕는 곳에 도시를 세우라는 신탁이 주어졌다.

카드모스가 따라간 암소가 쓰러진 곳이 테베였다. 그는 기쁜 마음으로 아테나 여신께 암소를 바치고는 부하들을 보내 물을 길어오게 했다. 하지만 그 지역의 샘은 용이 지키고 있었다. 많은 병사들이 용에게 죽임을 당하자 카드모스는 직접 나서서 용을 죽였다. 그가 싸움의 충격에서 벗어나지 못하고 있을 때 아테나 여신이 나타나 그에게 용의 이빨을 뽑아 씨를 심

기원전 480년경 두리스Douris의 작품으로
추정되는 적화식 포도주 잔에 새겨진 그림. 표범
가죽을 둘러쓴 박코스 여신도들이 펜테우스로
보이는 한 남성의 사지를 갈가리 찢고 있다.

듯 땅에 뿌리라고 지시했다. 카드모스는 여신의 명령을 따랐고, 땅에서는
즉시 무장한 사내들이 솟아났다. 이빨을 뿌린 자리에서 나온 남자들, '스
파르토이Spartoi'는 매우 호전적이어서 서로 싸우다가 다섯 사람만이 살아
남았다. 살아남은 이들은 카드모스에게 충성을 맹세하고 테베 주변에 성
채, 즉 카드메이아Cadmeia를 건설하는 일을 도왔다. 적잖은 테베인들이 이
빨에서 나온 남자들을 자신들의 조상이라고 주장했다.

신들은 카드모스를 사랑했다. 그가 아레스와 아프로디테가 낳은 딸
하르모니아와 결혼하자 신들은 테베에서 열린 결혼식에 참석해 카드모스
의 아내에게 선물 공세를 퍼부었다. 하지만 왕의 자리가 영 불편했던 카드
모스는 결국 손자인 펜테우스에게 왕위를 물려주었으며, 그 이후 일어난
참담한 결과는 앞서 살펴본 대로다.

제토스와 암피온, 그리고 일곱 성문이 달린 도시

여러 세대가 지나 아래쪽 도시에도 성벽이 세워졌다. 지역 하천의 님프인 안티오페Antiope는 (변신한 모습 중에서 가장 매력이 떨어지는 사티로스로 변한) 제우스의 유혹에 넘어가 쌍둥이를 낳았다. 안티오페의 숙부인 탐욕스러운 리코스Lycos가 이 사실을 알고서 키타이론 산에 쌍둥이를 내다버리고, 자신의 아내인 디르케에게 지시해 안티오페를 마음껏 징벌하라고 했다. 학대를 견디지 못한 안티오페는 탈출해 산으로 도망쳤고, 디르케는 추격에 나섰다. 안티오페는 산에서 소를 치던 건장한 체격의 젊은이 두 명을 만났다. 그들은 처음에는 안티오페를 도우려 하지 않았다. 이 젊은이들과 함께 살던 노인이 뒤늦게나마 진실을 털어놓았다. 그들은 바로 안티오페가 오래전에 잃어버린 쌍둥이 암피온Amphion과 제토스Zethos였다. 노인이 쌍둥이를 거두어 제 자식처럼 키웠던 것이다. 이야기를 듣고 자신의 진짜 어머니를 알게 된 쌍둥이는 안티오페를 구하고 디르케의 머리채를 소뿔에 묶은 뒤 소가 껑충껑충 뛰며 달려가게 만들었다. 디르케는 목숨을 부지하지 못했다. 만신창이가 된 시신은 샘물에 떨어졌고, 이 샘은 디르케라는 이름으로 불린다.

복수심에 불탄 형제들은 카드모스의 증손자 라이오스Laios를 대신해 나라를 섭정하고 있던 리코스를 살해했다. 라이오스가 달아나 유배생활을 하는 동안 두 형제는 테베의 성벽을 강화했다. 제토스는 힘들여 거석을 쌓았지만 암피온은 힘들이지 않고 성벽을 쌓아올렸다. 리라 연주의 달인 암피온이 리라를 켜면 바위들이 성벽을 향해 저절로 움직여 미끄러지듯 제자리를 찾아 들어갔다. 성벽은 곧 완성되었으며, 성벽 위를 톱니 모양으로 정교하게 처리한 이 성벽은 거대한 성문이 일곱 개나 되었다.

훗날 암피온의 아내 니오베는 레토 여신에게 자신이 더 많은 자식을 낳았다고 뽐내다가 아폴론과 아르테미스에게 그 자식들이 전부 몰살당하는 비극을 겪는다. 이에 암피온이 슬픔에 잠겨 자살했다고도 하고, 로마의 히기누스Hyginus에 따르면 눈이 뒤집힌 암피온이 델포이에 있는 아폴론의 신전을 공격하다가 신에게 죽임을 당했다고 한다. 제토스 역시 불운했다.

하나뿐인 아들이 죽자(사고사라고도 하고, 어머니의 손에 죽었다고도 한다) 제토스는 스스로 목숨을 끊었다. 서기 2세기 후반 사람들은 암피온과 제토스의 유해가 묻혀 있다고 생각하는 봉분에 신묘한 기운이 깃들어 있다고 믿으며 철저히 보호했다.

아버지를 죽인 자

암피온과 제토스가 죽자 라이오스가 테베로 돌아와 자신이 정통성 있는 후계자임을 주장했다. 그는 예의 바른 사람이 아니었다. 후대의 자료에 따르면 엘리스에서 망명 생활을 하는 동안 그는 펠롭스 왕의 아들인 크리시포스Chrysippos를 납치해 겁탈했다. 인간의 동성 간에 이루어진 강간 사건으로는 그리스 신화에 처음으로 등장한 것이었다. 신들은 이에 대한 징계로 라이오스만이 아니라 그의 후손들까지 고통을 겪도록 만들었다.

　라이오스 왕은 이오카스테Jocaste 왕비에게서 자식을 얻지 못하자 인접한 델포이에 찾아가 어떻게 해야 자식을 얻을 수 있는지 물었다. 무녀가 들려준 신탁의 내용은 섬뜩했다. 라이오스 왕에게는 자녀가 없는 편이 훨씬 나은데, 이는 그의 아들이 아비를 죽이고 어미와 결혼할 운명이기 때문이라는 것이었다. 고향으로 돌아온 라이오스는 현명하게도 이오카스테와의 잠자리를 기피했지만, 불만을 품은 왕비는 왕을 술에 취하게 만들어 동침했다. 왕비의 배가 불러오자 라이오스는 신탁의 내용을 밝혔다. 아이가 태어나자 두 사람은 기구한 운명을 피하려고 아기의 양발에 못을 박아 넣고 시종에게 키타이론 산에 버리고 오라고 시켰다. 하지만 아기는 살아남았다. 인정에 끌린 시종은 코린토스 출신의 친절한 목동에게 아기를 건넸다. 목동은 아기의 상처를 치유하고 돌보았다. 겨울이 다가오자 목동은 가축을 데리고 코린토스로 돌아갔다. 거기서 그는 폴리보스Polybos 왕과 메로페Merope(어떤 자료에는 페리보에아Periboea라고 불림) 왕비에게 아기를 바쳤다. 슬하에 자녀가 없던 그들은 그 아기를 양자로 키우기로 했고, 아기의 기형적인 특징을 담아 오이디푸스Oedipus('부어오른 발')라고 이름을 붙였다.

　오이디푸스는 폴리보스와 메로페가 자신의 부모인 줄로 믿고 자랐지만, 그가 성년이 되었을 때 연회에 참석한 어떤 사람이 술에 취해 오이디푸스를 조롱하며 폴리보스의 친자식이 아니라 주워온 아이라고 말했다. 부모에게 재차 확인했음에도 오이디푸스는 본능적으로 의문을 품고 진실을 알아낼 요량으로 모든 지식의 샘인 델포이 신탁소를 찾았다. 델포이 무녀는 그의 물음에 속 시원하게 대답하는 대신 충격적인 예언을 들려주었다. 그가 자신의 아버지를 살해하고 어머니와 결혼하리라는 것이었다.

오이디푸스는 코린토스로 돌아가지 않기로 결심하고 동쪽 산을 넘어 떠났다. 그러다가 갈림길에 맞닥뜨렸다. 소포클레스의 《오이디푸스 왕》을 보면 오이디푸스가 어느 길로 갈지 망설이고 있을 때 테베로 이어지는 길에서 수망아지들이 끄는 마차 행렬과 마주쳤다. 그 마차에는 고뇌에 찬 노인이 앉아 있었다. 그들이 다가왔을 때였다.

맨 앞쪽에 있던 사내와 그 노인이 나를 억지로 길에서 비켜서게
만들었소. 마부가 나를 밀치려 하자 화가 난 나는 주먹으로 가격했지.
그 노인은 나를 보고 기회를 엿보더니 내가 지나가는 순간 마차 위에서
두 갈래로 튀어나온 막대기를 들고 내 얼굴을 내리쳤소. 나는 멋지게
응수했소. 아니, 몇 배로 더 되갚아주었지. 나는 주저하지 않았다오.
장대를 들어 그의 등짝을 후려쳤더니 마차에서 떨어져 데굴데굴 구르더군.
그 뒤에 나머지 녀석들도 숨통을 모조리 끊어놓았지.

그 노인이 라이오스 왕이었다. 오이디푸스에게 내려진 예언의 첫 부분이 맞아떨어진 것이다. 오이디푸스는 그날 마주친 일행의 숨통을 모조리 끊어놓은 줄 알았지만 사실은 생존자가 한 명 있었다.

어머니와 결혼한 자

오이디푸스가 도착한 테베는 혼란에 빠져 있었다. 신들이 내린 징계로 인해 이 땅은 스핑크스('목 졸라 죽이는 자')에게 유린되고 있었다. 스핑크스는 사자의 몸과 독수리의 날개, 그리고 아름다운 여인의 머리와 가슴을 지닌

괴물이었다. 파가Phaga 산의 높은 계곡 위에 (혹은 다른 판본에 의하면 기둥 위에) 앉아서 지나가는 사람들에게 수수께끼를 던졌다. 만약 정답을 맞히지 못하면 순식간에 내리 덮쳐 목을 조이고는 통째로 잡아먹었다.

오이디푸스가 다가오자 스핑크스가 물었다. "아침에는 네 발로, 정오에는 두 발로, 저녁에는 세 발로 걷는 것은 무엇이냐?" 지략이 풍부한 오이디푸스는 한 치의 망설임 없이 정확히 대답했다. "사람이오." 인생의 아침에 해당하는 아기는 두 손과 두 발로 기어 다니고, 건장한 성인은 허리를 꼿꼿이 세우고 걸으며, 노년에 이르면 지팡이를 이용한다. 지혜를 겨루는 싸움에서 패한 스핑크스는 분을 참지 못하고 뛰어내려 죽었다.

파우사니아스가 들려주는 또 다른 설에 따르면, 스핑크스는 본래 테베의 왕 라이오스의 딸이었다고 한다(이때는 사람이었다고 한다). 한편 과거 카드모스 왕이 받은 신탁, 즉 옆구리에 달 모양 표식이 있는 소에 관한 비밀을 아는 사람은 테베의 왕위를 이어받을 후계자와 스핑크스뿐이었다. 따라서 자신이 테베의 왕위를 물려받을 사람이라고 주장하는 이가 나타나면 스핑크스는 그 비밀이 무엇인지 밝혀 후계자로서 정통성을 입증할 것을 요구했고, 그러지 못한 사람들을 전부 죽였다. 오이디푸스는 꿈에서 그 비밀에 대해 들었기 때문에 제대로 답할 수 있었다.

테베의 시민들은 오이디푸스를 구세주라고 부르며 환호했고, 그를 왕으로 삼고 라이오스의 아내였던 이오카스테를 아내로 삼게 했다. 두 사람은 슬하에 네 명의 자녀를 두었는데 아들이 두 명(에테오클레스와 폴리네이케스), 딸이 두 명(안티고네와 이스메네)이었다. 테베는 날로 번성했다. 그런데 전염병이 불어 닥쳤다.《오이디푸스 왕》에서 한 사제는 이렇게 얘기한다.

땅은 소산을 내놓지 않습니다. 옥수수는 껍질째 썩었고,
목초지에서는 우리의 가축들이 굶주리며 죽어갑니다.
여인네들은 고통스럽게 경련과 수축을 한 끝에 사산아를 낳습니다.
그리고 이제 모든 전염병 중에 가장 치명적인 열병의 신께서
갑자기 우리를 덮쳐 도시에 재앙이 내렸습니다.

테베는 텅 비었고 검은 집, 곧 하데스 신께서 머무시는
죽음의 집에 신음과 곡소리가 넘쳐납니다.

오이디푸스는 해결책을 찾기 위해 델포이에 사람을 보냈다. 신탁이
전달되었다. "라이오스 왕을 살해한 자를 찾으라." 오이디푸스는 자신이
그 살인자임을 알지 못하고 살인 사건을 조사하기 시작했고, 선왕이 공격
당했을 때 살아남은 생존자를 소환해 증거를 찾았다. 소포클레스는 이 수
사가 코린토스에서 온 전령에 의해 중단되었다고 말한다. 전령은 폴리보
스 왕이 붕어했다는 슬픈 소식을 전했다. 잠깐 사이 오이디푸스 왕은 깊이
안도했다. 폴리보스(그가 아직도 믿기로는)는 그의 아버지였는데 그가 자연
사했으니, 자신의 친부를 살해하리라는 신탁은 믿을 것이 못 된다고 생각
한 것이다!
    하지만 알고 보니 이 전령은 오이디푸스가 갓난아기였을 때 그를 구
해 코린토스로 데려간 바로 그 목동이었다. 그리고 오이디푸스가 라이오
스와 수행원들을 공격했을 때 살아남은 유일한 생존자는 그 목동에게 갓
난아기인 오이디푸스를 맡긴 시종이었다. 그들이 내놓은 증거들은 끔찍한
진실을 밝혀냈다. 이오카스테는 자신이 오이디푸스와 함께 인류가 아는
거의 모든 금기를 범한 사실을 깨닫고 두려운 나머지 목을 매달아 자결했
다. 어머니를 발견한 오이디푸스를 묘사한 대목을 보자.

그녀의 옷에 달린 황금 브로치 핀을 떼어내
그것을 높이 들어 올리더니 자신의 눈동자를 향해
세게 내리쳤다. …… 한 번도 아니고 찌르고 또 찌를 때마다
눈동자에서 터져 나온 피가 뺨을 적시며 흘러내렸다.
천천히 조금씩 흘러내린 것이 아니다! 폭발하듯이, 제멋대로,
검붉은 핏줄기가 꾸역꾸역 쏟아져 내렸다.

《콜로노스의 오이디푸스》에서 소포클레스는 오이디푸스가 망명해

세상을 주유하다가 아테네 근교, 복수의 여신들이 머무는 숲에 이르게 된 사연을 설명한다. 여기서 그는 아테네의 왕 테세우스에게 환대를 받았고, 콜로노스의 땅속으로 빨려 들어가는 기이한 죽음을 맞이했다. 고대에 이 곳에서는 오이디푸스 왕을 영웅으로 숭배했다.

오이디푸스가 스스로 징벌을 가해 장님이 된 이야기는 유명하지만, 이는 소포클레스가 독자적으로 지어낸 사연이었을지 모른다. 호메로스가 전한 이야기는 달랐다. 《오디세이아》에서 "아름다운 에피카스테"(호메로스가 이오카스테를 부르는 이름)는 자신의 아들인지 모르고 오이디푸스와 결혼했고, 신들이 "이 같은 일을 세상에 드러내자마자" 목을 매달아 자결했다. 그리고 《일리아스》에서는 오이디푸스 왕이 적군의 공격에 맞서 왕으로서 테베를 용감하게 방어하다가 전사했고, 그를 추모하는 화려한 장례 경기가 열렸다. 소포클레스가 전해오는 신화에 변화를 줬던 이유 중 하나는 눈은 멀쩡하지만 진실을 보지 못하는 영웅과, 비록 눈은 멀었지만 진실을 꿰뚫어보게 된 영웅을 대비시키려는 의도였다. 이런 점에서 오이디푸스는 테베의 또 다른 신화적 인물, 곧 장님 예언자 테이레시아스Teiresias를 떠올리게 만든다.

눈을 잃고 진실을 꿰뚫어 보는 자

테이레시아스의 모험은 아르카디아의 킬레네 산에서 처음 시작한다. 그는 교미 중인 두 마리 뱀과 맞닥뜨리곤 그들을 몽둥이로 내리쳤다. 이 행동에 몹시 화가난 헤라 여신은 그를 여자로 바꿔버렸다. 여자의 몸이 된 테이레시아스는 문란한 성행위를 하면서 일곱 해를 보냈고, 어느 날 또다시 뱀 두 마리가 짝짓기를 하는 것을 보고는 몽둥이로 내리쳤다. 이번에는 제우스가 그를 남자로 바꿔놓았다. 훗날 제우스와 헤라는 남자와 여자 중에 성행위에서 어느 쪽의 쾌락이 더 큰지 다투다가 직접 경험한 테이레시아스에게 물어보기로 했다. 이에 테이레시아스는 여자가 느끼는 쾌락이 남자의 것보다 아홉 배는 크다고 답했고, 논쟁에서 진 헤라는 화가 난 나머지 그의 눈을 멀게 만들었다. 제우스는 이에 대한 보상으로 테이레시아스에게 일곱 세대를 더 살게 하고 예언하는 능력을 주었다.

일설에는 테이레시아스가 자신에게 허용된 수준 이상으로 천기를 누설하다가 신에게 보복을 당해 눈이 멀었다고 한다. 또 다른 설에서는 그가 미래를 내다보는 능력을 갖기 전에 우연히 목욕하는 아테나 여신의 알몸을 보았다가 여신의 분노를 샀기 때문이라고 한다. 여신은 뒤늦게 이를 후회하며 자신의 아들 에리크토니오스(하반신이 뱀 모양)에게 테이레시아스의 눈꺼풀을 핥게 하여 예언하는 능력을 부여했다. 그런가 하면, 아프로디테가 다른 여신들과 미를 놓고 경쟁하다가 테이레시아스에게 심판을 요청했는데, 그가 아프로디테의 손을 들어주지 않자 아프로디테가 그를 늙은 여자로 변신시켰다고 하는 이야기도 전해진다.

《오디세이아》에서 예언자 테이레시아스는 오디세우스가 저승을 찾아가 자문을 구하는 인물로 나온다. 한편 그에 대한 이야기는 대체로 테베의 신화와 더 관련이 깊다. 테이레시아스가 새들의 지저귐을 들으며 미래를 점치던 장소인 '천문대'는 카드메이아 언덕에 있었다. 그리고 그는 인근의 할리아르토스Haliartos 마을 외곽에 있던 샘의 물을 마시고 죽었다고 한다. 또 그리스 비극에서 테이레시아스는《박코스의 여신도들》의 펜테우스,《오이디푸스 왕》의 오이디푸스,《안티고네》의 크레온과 같은 영웅들이 잘못된 판단을 내릴 때, 그들의 실수를 경고하는 역할로도 등장한다.

안티고네와 테베에 대항한 14인

에테오클레스와 폴리네이케스가 그들의 아버지인 오이디푸스를 고통 속에 방치한 대가로 저주를 받아 서로 다투다가 죽자 그들의 숙부인 크레온이 테베를 매섭게 통치했다. 처음에 형제들은 해마다 돌아가며 테베를 다스리기로 동의했지만, 폴리네이케스의 차례가 되었을 때 에테오클레스는 왕위를 이양하지 않았다. 이에 분노한 폴리네이케스는 아르고스에 몸을 피했고, 거기서 아드라스토스Adrastos의 딸과 결혼한 뒤 자신의 정당한 왕위를 되찾게 도와달라며 장인을 설득했다.

여섯 명의 장군들과 함께 폴리네이케스는 테베를 향해 진군했다. 도시가 함락되기 직전 장님 예언자 테이레시아스가 왕족 중에 누군가 기꺼이 자기 목숨을 희생한다면 신들이 도시를 구해줄 것이라고 예언했다. 크레온의 아들 메노이케우스가 자신의 목숨을 테베의 운명과 맞바꿨다. 침략군의 하나인 카파네우스Capaneus가 성벽을 오를 때 제우스가 벼락으로 그를 멸했고, 결국 양측에 많은 사상자가 발생한 가운데 폴리네이케스와 에테오클레스가 일대일 결투를 벌였다. 형제간에 치열한 혈투가 벌어지고 두 사람이 서로를 찔러 죽이자 침략군은 물러났다. 하지만 테베는 위기를 가까스로 모면했을 뿐 모든 것이 온전치 못했다.

지휘권을 물려받은 크레온은 조카인 에테오클레스가 생전에 바라던 대로 쓰러진 적군의 시신을 매장하지 말라는 포고령을 내렸다. 이는 신들의 불문율에 명백히 위배되는 행위였다. 일설에는 안티고네가 여동생 이스메네의 반대에도 불구하고 포고령을 어기고 에테오클레스를 이미 화장한 곳에 가서 오빠인 폴리네이케스의 시신을 함께 화장했다고도 하고, 또 오빠의 영혼을 달래기 위해 주검 위에 봉분을 쌓았다고도 한다. 소포클레스의 비극에서는 분노한 크레온이 안티고네를 동굴에 가두고 죽도록 내버려둔다. 하지만 그의 아들 하이몬Haemon(안티고네의 약혼자)은 그런 야만적인 짓을 용납하지 못해 약혼녀를 풀어주려고 달려갔다. 이후 크레온 역시 테이레시아스에 의해 자신의 방식이 잘못되었음을 깨닫고 동굴로 달려갔다. 하지만 안티고네는 이미 목을 매고 죽은 뒤였고, 크레온을 본 하이몬이 칼을 들고 달려들었으나 크레온을 죽이지 못했다. 그러자 하이몬은 칼날 위로 자신의 몸을 던져 자결했다. 크레온은 자신의 아내인 에우리디케 Eurydice마저 목을 매달고 목숨을 끊었다는 소식을 전해 들었다. 크레온은 이것으로 테베의 비극이 그치기를 간절히 바랐을 것이다. 하지만 그의 바람대로 되지는 않았다.

이후 크레온의 불경함에 분노한 테세우스가 아테네에서 군대를 이끌고 와서 위협하자 테베인들은 침략군들의 주검을 장사 지내도록 허용하지 않을 수 없었다. 비극은 다시 찾아왔다. 한 세대가 지나고, 이번에는 테베를 침공했던 일곱 장군의 아들들이 테베로 쳐들어왔다. 테이레시아스는 이른바 '에피고니Epigoni'(후손들)가 승리할 운명임을 알고 테베인들에게 밤을 도와 도시를 떠날 것을 조언했다. 이튿날 아침 침략군이 들어와 건물들을 샅샅이 뒤져 약탈하고 테베를 철저히 파괴했다.

오늘날 연극을 즐겨 보는 이들에게는 이미 익숙한 내용일 테지만, 소포클레스의 안티고네 이야기는 대부분 그의 창작물이다. 더 오래된 전설에 따르면 안티고네가 폴리네이케스를 장사 지내자 크레온은 하이몬에게 약혼녀를 죽이라고 명령을 내려 그의 충성심을 시험했다. 하이몬은 사형 집행을 이행하는 척하고서 목동들에게 안티고네를 맡겨 안전하게 지키도록 했다. 훗날 두 사람이 낳은 아들이 테베에 돌아와 제전에 참여했다. 크레온은 몸에 난 점을 보고 하이몬의 아들을 알아보았고, 헤라클레스가 말렸지만 하이몬을 벌하기로 결심했다. 하지만 하이몬이 먼저 안티고네를 죽이고 스스로 목숨을 끊었다. 그 후 크레온은 자신의 딸 메가라Megara를 헤라클레스에게 주었다.

헤라클레스의 탄생과 광기

헤라클레스의 고향 역시 테베였다. 미케네의 공주이자 헤라클레스의 어머니인 알크메네는 남편인 암피트리온이 실수로 장인을 살해하자 테베로 함께 도망쳐 왔다. 그들이 테베에 도착한 직후 제우스는 암피트리온이 원정을 떠나 부재한 틈을 타서 밤에 알크메네를 찾아갔다. 그날 밤은 여느 날과 달랐다. 암피트리온으로 변신한 제우스는 오래오래 쾌락을 즐기려고 태양신 헬리오스를 설득해 사흘이 지나도록 떠오르지 말라고 설득했고, 달의 신 셀레네에게는 하늘에서 천천히 지나가라고 부탁했다. 남편이 돌아오고 서야 알크메네는 제우스의 속임수에 속아 넘어간 사실을 알아차렸다.

헤라는 늘 그랬듯이 제우스의 불륜에 분개했다. 알크메네가 진통을 느끼자 제우스는 그날 태어날 미케네 왕족의 아들이 헤라의 특별한 영지인 아르골리스를 지배하게 될 것이라고 선포했다. 하지만 제우스는 너무 일찍 샴페인을 터뜨린 것이었다. 이를 가만히 두고 볼 수 없었던 헤라는 먼저 티린스Tiryns로 갔다. 그곳에서 스테넬로스Sthenelos의 아들 에우리스테우스

Eurystheus가 아직 덜 자랐음에도 출산을 촉진했고, 테베로 돌아가서는 날이 밝도록 알크메네의 출산을 지연시켰다. 알크메네는 모진 고통 끝에 쌍둥이를 낳았다. 하나는 암피트리온의 아들 이피클레스Iphicles였고, 다른 하나는 제우스의 아들이었다. 여신의 분노를 누그러뜨리기 위해서였는지는 알 수 없지만, 얄궂게도 헤라클레스('헤라의 명성')라고 이름을 지었다.

헤라의 계획은 틀어졌지만 제우스도 헤라의 의표를 찔렀다. 그는 알크메네에게 헤라가 테베를 지나갈 즈음에 맞춰 아기를 밖에 홀로 놔두라고 지시했다. 헤라는 누구의 아기인지도 모른 채 울음소리에 끌려 모성애를 느꼈다. 헤라가 아기를 안아 올려 젖을 물렸을 때 헤라클레스가 너무 힘차게 젖을 빤 나머지 헤라는 가슴에서 아기를 떼어냈다. 이때 흘러나온 하얀 젖이 하늘 높이 뿌려지면서 은하수가 되었다고 한다. 그제야 여신은 헤라클레스의 정체를 알아차렸지만, 이미 늦었다. 여신의 젖을 먹은 아기는 이미 불멸의 존재가 되었기 때문이다.

헤라는 헤라클레스를 끈질기게 괴롭혔다. 그가 아직 갓난아기였을 때 여신은 쌍둥이가 지내는 방에 큰 뱀을 두 마리나 풀어놓았다. 이피클레스의 비명을 듣고 부모가 뛰어들어와 보니 어린 헤라클레스가 조그맣지만 강한 두 손으로 태연히 뱀의 목을 조르고 있었다. 성인이 된 헤라클레스는 테베와 이웃한 오르코메노스족을 용맹하게 물리쳤고, 그 공로로 크레온 왕의 딸인 메가라와 결혼했다. 두 사람은 아들을 차례로 낳으며 자랑스러운 부모가 되었다.

하지만 분이 풀리지 않은 헤라는 헤라클레스를 일순간 광기에 사로잡히게 만들었다. 자기 자식과 이피클레스의 자식 들을 자신의 적, 곧 티린스의 에우리스테우스로 착각한 그는 자식들을 도륙하기 시작했다. 에우리피데스의 《헤라클레스의 광기The Madness of Heracles》(에우리피데스는 이 일화를 헤라클레스의 삶에서 후반부에 배치했다)에 나오는 한 대목을 보자.

그는 한 아이를 뒤쫓았다. 무서운 기세로 뒤쫓던 그는 기둥을 빙 돌아서 시야가 환하게 트이자 아이를 향해 활을 쏘아 아이의 심장을 꿰뚫었다.

이탈리아 남부에서 발견된
기원전 4세기 중엽의 포도주 항아리. 실성한
헤라클레스가 자기 아들을 땅바닥에
내동댕이치려고 하는 순간 그의 가족과 아내인
메가라가 무기력하게 지켜보고 있다.

소년은 뒤로 쓰러지며 돌기둥에 피를 뿌렸고, 몸에서 생기가 빠져나갔다.
…… 그러자 헤라클레스는 자신의 자식들 중 하나를 또다시 겨냥했다.
그 아이는 제단 뒤에 웅크리고 앉아 몸을 숨겼다. 화살을 날리자
가엾은 아이는 아버지 앞에 몸을 던지며 간청했다. "제발, 사랑하는 아버지!
살려주세요! 저는 에우리스테우스의 자식이 아니라 아버지 자식이에요!"
하지만 헤라클레스는 고르곤처럼 무섭게 노려보았고, ……
대장장이가 망치로 무쇠를 내려치듯
소년의 아름다운 머리를 방망이로 내리쳐 두개골을 부스러뜨렸다.
그런 뒤 셋째 아들을 향해 몸을 돌렸다. 그가 아이에게 도달하기 전에
메가라가 아들을 낚아채 밖으로 달아나 문을 힘껏 닫았다.
실성한 헤라클레스는 키클롭스가 지은 [티린스의] 성벽에 서 있다고
착각했다. 그는 뒤틀린 문을 부숴버리고, 문설주와 문틀까지 깨뜨린 뒤
화살 하나로 아내와 자식을 꿰뚫어 죽였다.

그제야 헤라클레스는 정신을 차렸다. 죄를 씻는 정화 의식은 허락되
었지만 처자식을 죽인 죄를 속죄하기 위해서는 징벌을 받아야 했다. 그는
티린스로 가서 에우리스테우스를 섬기며 12가지 과업을 수행하게 된다.

자기애에 빠진 청년

헤라 여신은 테베 근처를 무대로 하는 비극적인 사랑 이야기와도 관련이
있었다. 제우스가 정체를 숨긴 채 키타이론 산에서 님프들과 어울린다는
사실을 알게 된 헤라는 제우스의 정체를 까발리려고 떠났지만, 산에 접근
할 때마다 수다스러운 어린 님프 에코Echo가 자꾸 불러 세웠다. 급기야 에
코의 수다스러움에 짜증이 난 헤라는 가여운 님프를 저주했다. 이후로 에
코는 더는 말을 걸지 못하고 다른 사람의 마지막 말을 되풀이할 뿐이었다.
하루는 에코가 산비탈에서 길을 잃은 사냥꾼 나르키소스를 보고 한눈
에 반하고 말았다. 나르키소스는 에코에게 집으로 돌아갈 길을 물었지만,
혀가 묶여 있던 에코는 제대로 답을 해줄 수 없었다. 나르키소스는 아름답

지만, 무정한 청년이었다. 에코가 나르키소스의 말을 되풀이만 하는 탓에 서로 실망감만 커지던 중, 화가 난 청년은 여인을 쫓아버리고 연못가에서 주저앉아 자기 연민에 빠졌다. 그런데 그는 유리 같은 수면에서 자신을 응시하는 얼굴을 발견했다. 아름답지만 무정한 얼굴, 여태껏 보았던 얼굴 중 가장 아름다운 얼굴이었다. 얼굴을 만지려고 할 때마다 얼굴이 산산이 흩어졌다가 천천히 다시 되돌아왔다. 완전히 넋을 잃은 나르키소스는 자신의 반영에서 잠시도 눈을 떼지 못하다가 끝내 숨이 끊어졌다. 그가 쓰러져 죽은 곳에서 피어난 꽃이 바로 오늘날까지도 나르키소스라 불린다. 에코 역시 나날이 몸이 쇠하여 결국 목소리만 남게 되었다.

일설에 따르면, 전원의 신 판이 에코의 달콤한 노랫소리를 선망하고 강렬한 욕정을 품었다고 한다. 그런데 자신의 집요한 구애에 에코가 거절한 것을 괘씸하게 여겨 에코의 사지를 찢어 죽였다. 비록 에코의 육신은 여

키프로스 섬의 파포스Paphos 때의
모자이크 작품으로 나르키소스가 연못에 비친
자신의 반영을 응시하고 있다.

테베: 비극과 광기, 자기애의 도시

기저기 흩어졌어도 전과 같이 노래할 수 있었기에 에코는 소리가 들릴 때마다 그 소리를 되풀이했다. 오늘날에도 판은 에코의 목소리를 들으면 욕정을 느껴 에코를 찾으러 돌아다닌다고 한다.

파우사니아스는 나르키소스 신화를 묵살했다. 그 대신 테베 근처에 있는 나르키소스라는 이름이 붙은 샘에 대해 언급하며 나르키소스에게 쌍둥이 누이가 있었다고 설명했다. 오누이는 서로 헌신적이어서 똑같은 옷을 입고, 똑같은 형태로 머리를 자르고, 모든 면에서 구분할 수 없었다. 누이가 죽자 나르키소스는 물에 비친 자신의 반영에서 누이의 생각을 떠올리며 더욱 집착하게 되었다. 파우사니아스는 나르키소스 신화의 비합리성을 지적하며 한마디로 이렇게 결론지었다. "전해오는 신화는 얼토당토않은 소리다. 사랑에 빠질 만큼 다 큰 청년이 물에 비친 반영과 인간의 존재를 분간하지 못했다니!"

테베의 과거와 현재

테베는 역사적 상황을 고려하더라도 자세한 고고학 문헌 자료를 발굴하기가 어려운 형편에 놓여 있다. 고대의 도시가 대부분 현대의 테베 도심 아래 놓여 있어 유적 발굴 자체가 쉽지 않을뿐더러, 신화 속에서는 물론, 역사 속에서도 두 번 이상 철저히 파괴되어 제대로 된 유물을 발굴할 수 있을지 미지수이기 때문이다. 우리가 이 도시에 대해 알고 있는 지식은 문헌에 남은 기록과 이따금 우연히 발굴된 유물에서 나온 것이 전부다.

청동기 시대의 테베는 그리스 본토에서 가장 강성한 도시로 꼽혔다. 남서쪽 4분면에 위치한 카드메이아 산에는 왕궁의 유적이 남아 있다. 고고학 연구에 따르면 테베는 역시 부유했던 오르코메노스는 물론 크레타, 이집트, 소아시아의 서해안에 위치한 밀레토스와도 무역을 하거나 사회적 교류가 있었다. 미케네 문명의 여러 도시와 마찬가지로 테베도 기원전 12세기가 끝나갈 무렵 적들의 침략을 받아 파괴되었다.

기원전 6세기경 풍부한 농산물 덕분에 보이오티아 지방에서 가장 강력한 도시로 성장한 테베는 지리적 위치 때문에 국경에 위치한 플라타이

아이에서 아티카 지방과 여러 번 부딪혔다. "적의 적은 곧 아군"이라는 원칙을 받아들여 테베는 페르시아 전쟁 중에 페르시아 편에 서서 아테네와 맞섰고, 승리를 차지한 그리스인들로부터 맹비난을 들어야 했다. 기원전 5세기 펠로폰네소스 전쟁이 발발했을 때에도 테베는 또다시 아테네의 적과 연합했다. 이번에는 스파르타였다. 이 전쟁의 첫 작전 중 하나가 바로 테베 군이 플라타이아이를 포위 공격하는 것이었다. 그러다 기원전 403년에는 테베가 아테네 편에 서서 펠로폰네소스 전쟁이 끝나고 스파르타가 임명해 놓은 30인의 참주들을 전복시키는 데 동참했다.

　기원전 382년 이후 스파르타의 지배를 받던 테베는 정치가인 펠로피다스Pelopidas와 에파미논다스Epaminondas 장군의 통치 하에 그리스 무대에서 강력한 도시국가로 부상하며 전성기를 누렸다. 기원전 371년 에파미논다스 장군은 레욱트라Leuctra 전투에서 스파르타를 격퇴시키고 펠로폰네소스와 그리스 전역의 힘의 균형을 바꿔놓으며 '그리스의 해방자'라는 칭호를 얻었다. 하지만 기원전 362년 만티네아Mantinea 전투에서 에파미논다스가 죽으면서 테베의 황금기도 짧게 끝났다.

　기원전 338년 테베 군은 아테네를 포함한 동맹국들과 더불어 카이로네이아Chaeronea 전투에서 마케도니아 군에 패했다. 연인 관계의 동성애자들로 구성된 유명한 신성대神聖隊는 이 전투에서 거의 전멸했다. 그들을 묻은 공동묘지와 함께 세워진 사자상이 아직도 카이로네이아로 가는 길을 수호하고 있다. 2년 뒤 테베인들은 알렉산드로스 대왕이 죽었다고 오판하여 마케도니아의 통치에 반기를 들었다. 알렉산드로스 대왕의 대응은 매서웠다. 기원전 5세기의 테베 출신으로는 가장 유명한 시인 핀다로스의 집과 신전들만 남겨두고 도시를 모조리 쓸어버린 것이다.

　기원전 316년 알렉산드로스의 뒤를 이은 카산드로스 장군은 테베를 재건했다. 그 후 수십 년이 지나 테베를 찾은 여행가 헤라클레이데스는 "초목이 무성하고, 물이 넉넉하며, 그리스의 다른 어느 도시보다 정원이 많다"고 묘사했다. 하지만 테베는 무법한 곳이라는 평판을 얻었다. 사람들이 성급해 다툼이 잦고, 극히 사소한 일에도 살인을 저질렀다는 것이다. 여자들에 대해서는 이렇게 묘사했다.

그들은 그리스 전역에서 가장 키가 크고, 아름답고, 우아하다.
천으로 얼굴을 가리기 때문에 눈밖에 볼 수 없고, 다들 흰색 드레스에
자주색 신발을 신었는데 발을 돋보이기 위해 끈으로 묶는다.
그들은 금발을 정수리까지 묶어 올렸고, 귀에 거슬리는 테베 남자들의
저음과는 달리 여자들의 목소리는 간장을 녹이듯 매혹적이다.

기원전 146년에 로마가 그리스를 복속시킨 후 테베가 폰토스의 미트리다테스 왕과 연합해 로마에 대항하자 술라 장군이 이들을 가차 없이 응징했다. 기원전 86년 술라 장군은 도시를 점령하고 토지를 재분배했다. 이후 테베는 다시 일어서지 못했다. 파우사니아스가 답사했을 때 테베는 시골 마을에 불과했다. 서기 12세기에는 견직물 제조 덕분에 짧게나마 부흥을 이루었지만, 제조지가 시칠리아로 옮겨가면서 테베는 다시 쇠락의 길을 걸었다. 멋진 볼거리는 부족하지만 오늘날의 테베(테바이)는 다시 한 번 부흥을 꿈꾸고 있다.

주요 연대와 유적지

BC 1300년경	테베가 번영했다.
BC 1200년경	테베가 화재로 파괴되었다.
BC 480년	테베 군이 그리스 군과 연합해 테르모필레Thermopylae에서 페르시아 군과 싸웠다.
BC 479년	테베 군이 페르시아 군과 연합해 플라타이아이에서 싸웠다.
BC 457년	테베가 스파르타와 동맹을 맺었다.
BC 431년	테베 군이 플라타이아이를 포위 공격하며 펠로폰네소스 전쟁이 가열되었다.
BC 403년	테베가 아테네를 도와 30인의 참주를 전복시키고 민주주의를 재도입하는 데 기여했다.
BC 371년	에파미논다스가 레욱트라에서 스파르타 군을 격퇴시켰다.
BC 362년	에파미논다스가 만티네아에서 사망했다.
BC 338년	테베의 신성대가 카이로네이아에서 전멸했다.
BC 336년	알렉산드로스 대왕이 테베를 황폐화시켰다.
BC 316년	카산드로스가 테베를 재건했다.
BC 86년	술라 장군이 미트리다테스 왕과 연합한 테베를 침공했다.
AD 2세기	파우사니아스가 답사했을 당시 테베는 시골 마을에 불과했다.
AD 1146년	노르만족이 테베를 침공했다.
AD 12세기	테베가 견직물 제조 중심지로서 번영했다.

테베가 당한 수많은 침공에도 불구하고 살아남은 고대의 건물들은 대부분 도시 아래 묻혀 있다. 드문드문 일부 유적과 유물을 만날 수 있는데, 마을 시장 인근에는 청동기 시대 테베의 카드메이아 왕궁 터가 있다. 이곳에서 선형문자 B 점토판들이 발굴되었다. 또 카스텔리 산에 아고라와 극장 유적이 있고, 이스메니오스 산에 아폴론 이스메니오스 신전 터가 있으며, 오도스 암피오노스(암피온 거리)에 엘렉트라 성문Electra Gate의 무너진 파편들이 흩어져 있다.

박물관(현재 무기한 휴관 중)에는 비통에 잠겨 머리를 쥐어뜯는 여인 다섯 사람이 그려진 기원전 13세기의 인상적인 '라르낙스'(유해를 보관하던 상자)를 비롯해 청동기 시대의 통도장, 비문, 갑옷, 상아 세공품 같은 정교한 유물이 소장되어 있다.

19세기 초만 해도 테베 평야에는 고대 유적들이 풍부했지만, 이후 도굴꾼들과 도시개발자들이 극성을 부린 탓에 불행히도 유물은 찾아보기 힘들다. 테베와 인접한 곳에 카이로네이아(테베의 신성대를 추모하는 사자상과 바위를 깎아 만든 극장)와 오르코메노스(정교하게 지은 극장과 '미니아스인의 보물창고'로 불리는 톨로스가 있다)가 있고, 북쪽으로 미케네 시대의 글라Gla 요새가 있으며, 남쪽으로는 전쟁에서 승리를 차지했던 자랑스러운 곳 플라타이아이와 레욱트라가 있다.

II
티린스 :
헤라클레스의 12가지 과업

고대 티린스 사람들을 깨워 전투태세를 갖춘 이는 다름 아닌 헤라클레스였다.
티린스에는 도시가 낳은 위대한 아들의 명성에 걸맞게 용맹한 전사들이 없지 않으나
재물에서 나오는 권세가 없었기에 혹독한 시절을 겪었다.
텅 빈 들판에는 사람이 거의 살지 않지만, 그들은 전과 같이 키클롭스의 이마에서
흘러내린 땀방울로 지은 성채를 바라본다. 티린스는 여전히 용맹한 전사 300명을
길러낼 수 있었으니 비록 군사 훈련도 받지 못했고, 창에 묶는 가죽 끈이나 빛나는 검을
갖고 있지 않아도, 전사의 후예답게 머리와 어깨에는 사자 가죽을 걸치고,
손으로는 소나무 몽둥이를 휘둘렀으며, 그들의 화살통에는 화살이 셀 수 없이
가득하다. 그들은 수많은 괴물들을 제거한 헤라클레스의 전투를 찬미하고,
멀리 숲이 우거진 오이타 산에 사는 신들도 그들의 노래를 듣는다.

– 고대 로마의 시인 스타티우스Statius, 《테바이스》, 4권 145행 이하

나플리오Nafplio 동쪽 아르고스에서 곧게 뻗은 분주한 도로 옆으로 회색의 티린스 성채가 웅크리고 있다. 첫눈에 우리를 사로잡는 매력은 없다. 유적지를 두르고 있는 철책 너머 평지에는 캔과 비닐봉지 들이 여기저기 널려 있고, 남쪽으로는 교도소가 자리하고 있으며, 길 건너에는 마을이 늘어서 있다. 볼품없는 풍경에 시끄러운 자동차 소음까지 더해지면 실망감은 더 깊어진다.

거칠지만 따뜻한 느낌의 거대한 석조물인 성벽을 따라 걸어가면 오르막 위로 무너진 성문의 흔적이 나타난다. 이곳을 지나 위쪽 성채에 서면 감귤 과수원 너머 나플리오의 동쪽으로 푸른 산들이 펼쳐진다. 그리고 아름다운 마을 위로 우뚝 솟은 고대의 요새가 보인다. 뒤로 돌아서면 아르고스의 라리사Larissa 산 정상에 있는 성채가 보이고, 바다 쪽으로 시선을 돌리면 바다 건너 푸른 안개 속에 희미하게 빛나는 아르카디아의 산 능선이 보인다. 눈을 반쯤 감은 채로 가까운 해안가를 바라보자. 북적대는 선창가에 닻을 내린 청동기 시대의 선박들을 떠올려보자. 목재의 삐걱거리는 소리와 선채에 부딪히는 파도 소리, 항만 노역자들의 외침과 누군가 빠르게 명령을 내리는 소리, 멀리 시리아나 크레타 섬에서 배운 뱃노래를 한바탕 불러 젖히는 소리가 들리는가. 이곳에 깃들어 있는 전설들을 떠올려보고, 헤라클레스를 생각해보자. 그러면 티린스가 살아난다. 한때 위용을 자랑했던 이 성채는 미케네 시대에 교역의 중심지였을 뿐 아니라 그리스 신화를 풍성하게 만든 주요 무대였다.

겁쟁이 왕과 최고의 영웅의 만남

아르고스의 아크리시오스Acrisios 왕에게는 자궁 속에서부터 다퉜던 쌍둥이 형제 프로이토스Proetos가 있었다. 성인이 되어 두 사람은 해마다 돌아가며 나라를 다스리게 되었으나, 아크리시오스는 왕좌를 넘겨주지 않았다. 그러자 분개한 프로이토스는 동쪽 리키아Lycia로 달아나 그곳 왕의 딸 안테이아Anteia(혹은 스테네보이아Stheneboea라고도 함)와 결혼했다.

강력한 장인의 지원을 업고 프로이토스는 일곱 명의 키클롭스와 리키아 군대를 이끌고 아르고스로 돌아왔고, 왕위를 차지하기 위해 아크리시오스와 싸웠다. 승부가 분명히 가려지지 않아 형제들은 왕국을 나눠가졌다. 아크리시오스는 아르고스를 차지했고, 프로이토스는 티린스 항구를 포함해 북쪽과 동쪽 지역을 차지했다. 여기서 그는 키클롭스를 시켜 거대한 바위를 잘라 난공불락의 요새를 쌓게 했다. 오늘날에도 그들의 작품은 경외의 대상이다. 돌의 무게는 최대 14톤에 육박하며, 성벽의 둘레는 750미터가 넘는다. 장소에 따라서 성벽의 두께가 8미터에 달하고, 높이가 거의 10미터에 이르는 곳도 있는데, 이는 본래 높이의 절반에 해당한다.

아크리시오스 왕의 4대째에 이르러 티린스는 페르세우스의 손자들 중에서 겁 많은 에우리스테우스의 차지가 되었다. 그는 머나먼 사촌지간인 헤라클레스와는 정반대의 인물이었다. 헤라클레스는 자신의 고향 테베에서 위대한 행적을 보였지만, 에우리스테우스는 아무런 업적도 성취하지 못했다. 이런 배경으로 볼 때 헤라클레스가 헤라 여신 때문에 잠시 실성해 아내와 자식을 죽인 죄를 씻기 위해 에우리스테우스를 10년간 섬기며 그가 부여하는 과업을 수행해야 한다는 판결을 받은 것은 엄청난 모욕이었음을 알 수 있다.

이때도 헤라 여신을 제외한 나머지 신들은 헤라클레스에 대한 애정을 거두지 않았다. 그리고 장차 헤라클레스에게 닥칠 위험에서 그를 구하기 위해 각자 자신을 상징하는 갑옷이나 무기를 선물했다. 포세이돈은 여러 마리의 말을, 아폴론은 활을, 헤르메스는 검을, 헤파이스토스는 섬세하게 주조한 흉갑을, 아테나는 베틀로 짠 옷 한 벌을 주었다. 그리고 아버지인 제우스는 고대 신화의 장면들을 섬세하게 새겨놓은 방패를 주었다. 제우스의 방패에 달린 뱀 머리는 제우스가 전투에 나섰을 때 아가리를 쩍쩍 벌리며 적군을 물어뜯곤 했다. 헤라클레스는 이렇게 무장을 하고 티린스에 찾아가 사촌이 내리는 명을 받들었다.

헤라클레스는 12가지 과업을 수행하느라 티린스를 떠나 기괴한 곳까지 오가며 위험천만한 일을 겪게 된다. '헤라클레스의 과업'의 수와 내용에 대해서는 전설들마다 조금씩 차이가 있지만, 헬레니즘 시대에는 12가지 과업이라는 설을 정설로 받아들였다.

1. 네메아 사자

첫 번째 과업은 달의 여신 셀레네가 낳은 무시무시한 사자를 죽여 그 가죽
을 벗겨오는 것이었다. 사자는 산속에 있는 동굴에 살며 네메아(티린스와 코
린토스 사이) 일대의 여러 마을을 쑥대밭으로 만들고 수많은 가축을 잡아먹
는 존재였다. 더구나 가죽이 어찌나 튼튼한지 창과 화살 공격에도 끄떡없
었다. 에우리스테우스는 헤라클레스가 사자의 적수가 되지는 못할 것이라
생각하며 느긋하게 미소를 지었다.

　　헤라클레스는 유혈이 낭자한 파괴의 흔적을 따라 사자의 은신처를 찾
아내고, 사자를 향해 연이어 활을 쏘았다. 하지만 아폴론의 화살조차 사자
의 가죽에 맞고 튕기며 아무 상처도 입히지 못했다. 사자의 성질만 돋운 격
이었다. 사자는 포효하며 헤라클레스를 덮쳤고, 날카로운 발톱이 흉갑을
할퀴며 챙, 하고 소리를 냈다. 이제 싸움의 묘미를 즐길 겨를도 없이 힘겨
루기가 시작되었다. 헤라클레스는 무기를 버리고 두 팔로 사자의 목을 껴

기원전 500~470년의 아테네
포도주잔에 새겨진 조각.
헤라클레스가 네메아의 사자
가죽을 뒤집어 쓴 채 울퉁불퉁한
몽둥이를 휘두르고 있다.

티린스 : 헤라클레스의 12가지 과업

안고는 사자의 숨통이 끊어질 때까지 사정없이 조였다.

혜라클레스는 사체를 들어 올려 티린스로 가져갔고, 사자 발톱을 하나 뽑아 가죽을 벗겨냈다. 그리고 사자의 아래턱을 투구처럼 머리에 둘러 쓰고, 창과 검에도 뚫리지 않는 사자 가죽을 어깨에 걸치고, 올리브나무로 만든 방망이를 그러쥔 채 에우리스테우스를 찾아갔다. 왕은 공포에 사로 잡혔다. 그는 두려움에 떨며 대장장이들에게 청동 항아리를 만들어 땅속에 고정해놓으라고 지시했다. 그러고서 헤라클레스가 그를 찾아올 때마다 그 안에 숨어버렸다. 이때부터 그는 전령을 통해서만 지시를 내렸다.

2. 히드라

서쪽에 인접한 습지대 레르나Lerna에는 무시무시한 히드라Hydra가 살고 있었다. 몸통은 개이고, 아홉 개의 머리(그중 하나는 불멸의 존재)는 뱀인 히드라가 독을 머금은 숨을 내뿜으면 주변에 있는 무엇이든 죽음을 면치 못했다. 바로 이 괴물을 죽이는 것이 헤라클레스의 다음 과업이었다. 헤라클레스는 이번 과업을 완수하는 것이 불가능하다고 여겨 조카인 이올라오스Iolaos와 함께 해안을 따라 길을 나섰다. 습지대에 도착한 헤라클레스는 히드라에게 불화살을 쏘아댔지만 아무 소용이 없었다. 그는 심호흡을 한 뒤 진창 속에 뛰어들어 똬리를 틀고 있는 히드라의 목을 베고, 뱀 머리를 하나하나 잘라버렸다. 하지만 그 즉시 뱀 머리가 새로 자랐고, 오히려 그 수가 늘어나 아가리를 쩍 벌리고는 목구멍으로 치명적인 입김을 내뿜는 것이었다. 깜짝 놀란 헤라클레스는 어찌할 바를 몰라 일단 후퇴했다.

그때 헤라클레스를 유독 편애하던 아테나 여신이 조용히 다가왔다. 그녀는 히드라의 목이 잘려 피가 흐를 때 불로 지져놓아야 머리가 새로 돋아나는 것을 차단할 수 있다고 알려주었다. 헤라클레스는 이올라오스에게 횃불을 들게 하고 다시 한 번 악취가 진동하는 진창 속에 뛰어들었다. 그리고 헤라클레스가 황금 칼로 목을 하나씩 자르고 나면 이올라오스가 잘린 목을 불로 지졌다. 마침내 불멸의 머리 하나만 남자, 헤라클레스는 마지막 일격을 가해 머리를 잘라내고, 재빨리 바위로 깔아뭉개 버렸다. 그다음 자

신의 화살촉을 꺼내 히드라의 독액에 하나씩 적셨다. 그 독은 누구도 살아
남지 못할 만큼 치명적이었다. 헤라클레스는 의기양양하여 티린스로 돌아
갔다.

3. 케리네이아의 암사슴

헤라클레스의 세 번째 과업은 코린토스 서쪽 케리네이아Ceryneia 산에 사
는 신비한 야생 사슴을 붙잡아오는 것이었다. 청동 발굽과 황금 뿔을 가진
이 암사슴은 모든 암사슴 중에 가장 날렵으며, 아르테미스가 사슴들을 수
레에 비끄러맬 때 무리에서 달아난 유일한 사슴이었다. 하지만 이 사슴은

기원전 6세기 아테네의 항아리에 그려진 그림.
겁을 먹고 청동 항아리 속에 웅크리고 있는 에우리스테우스에게
헤라클레스가 에리만토스의 멧돼지를 바치는 모습을
아테나(오른쪽) 여신이 지켜보고 있다.

여신의 소유였던 까닭에 헤라클레스는 감히 사슴을 다치게 하지 못했다.

여신의 사슴을 붙잡는 과업은 지구력을 시험하는 일이었다. 헤라클레스는 1년 동안 사슴을 뒤쫓으며 북쪽 이스트리아Istria와 트라키아를 지나 히페르보레오이 땅에 도착했다. 그곳에서 햇빛에 반사된 황금 뿔을 발견한 헤라클레스는 자신이 제대로 추적하고 있음을 깨달았다. 결국 사슴도 지치고 말았다. 헤라클레스 역시 탈진했지만, 나무 밑에 쓰러져 있는 사슴을 보고 마지막 남은 힘을 다해 그물을 던졌다. 헤라클레스는 사슴을 어깨에 둘러메고 티린스를 향해 다시 먼 길을 떠났다. 그리고 잔뜩 겁을 먹은 에우리스테우스에게 과업을 완수했음을 알린 뒤 황금 뿔 달린 사슴을 자유롭게 풀어주었다. 사슴은 청동 발굽에서 불꽃을 튀기며 산속으로 달아났다.

4. 에리만토스의 멧돼지와 켄타우로스의 비극

헤라클레스의 다음 과업은 비교적 쉬웠다. 아르카디아 북서쪽 에리만토스 Erymanthos 산에 사는 크고 사나운 멧돼지를 잡는 것이었다. 헤라클레스는 눈 더미가 쌓인 곳으로 멧돼지를 몰았고, 눈 더미 속으로 뛰어든 멧돼지는 그 안에서 꼼짝달싹하지 못했다. 헤라클레스는 여느 사냥꾼처럼 생포한 멧돼지를 어깨에 둘러메고 티린스로 돌아왔다.

하지만 이번에 달성한 성과는 비극적 사건으로 얼룩졌다. 에리만토스로 가는 길에 헤라클레스는 폴로스Pholos라는 이름의 켄타우로스에게 접대를 받았다. 수년 전 디오니소스는 이 만남을 예견하고 폴로스에게 포도주를 담은 부대를 건네주며 헤라클레스가 찾아오거든 포도주를 개봉하라고 지시했다. 헤라클레스가 포도주를 마시려 하자 달콤한 포도주 향기를 맡고 다른 켄타우로스들이 몰려왔다. 주향에 정신이 나간 켄타우로스들은 한 모금이라도 더 맛보려고 나무와 바위로 무장하고 필사적으로 폴로스의 동굴로 돌진해왔다. 헤라클레스는 보복하지 않을 수 없었다. 그는 맹독이 묻은 화살을 연이어 쏘아댔다. 적잖은 수의 켄타우로스가 쓰러져 고통스럽게 경련을 일으켰고, 그보다 더 많은 수의 켄타우로스들은 목숨을 부지하기 위해 전속력으로 달아났다. 화살에 맞은 켄타우로스 중에는 연로하지만 현명한 케이론Cheiron도 있었다. 그는 본래 불사의 몸인 까닭에 죽지도 못하고 화살에 묻은 맹독 때문에 영원히 고통 받을 처지에 놓였다. 결국 자신의 운명을 피할 수 없음을 깨닫고는 제우스를 설득해 프로메테우스에게 자신의 영생을 양도할 테니 죽을 수 있게 해달라고 했다. 한편 티탄인 프로메테우스는 인간에게 불을 건네준 대가로 아침마다 독수리에게 간을 쪼이는 형벌을 받았지만, 이튿날이면 간이 다시 자라났다. 폴로스도 헤라클레스의 학살에서 살아남지 못했다. 화살의 효력에 호기심을 느낀 그는 가까이서 살펴보다가 화살을 다리에 떨어뜨리는 바람에 그 자리에 숨이 끊어지고 말았다.

5. 아우게이아스의 외양간

다섯 번째 과업을 수행하기 위해 헤라클레스는 펠로폰네소스로 돌아갔다. 이번에는 아우게이아스의 축사를 청소하는 일이었다. 좀 더 정확히는 외양간이었다. 엘리스를 다스리는 아우게이아스 왕은 번식용 수소 500마리와 그 소 떼를 보호하는 수소 12마리를 포함해 수많은 가축을 소유하고 있었다. 따라서 가축들이 배설하는 양도 엄청났다. 아무리 노력해도 아우게이아스는 그의 농장과 들판을 뒤덮는 배설물을 청소하지 못했고, 그 악취가 수십 리 떨어진 곳까지 퍼졌다.

이번에도 이올라오스와 동행한 헤라클레스는 사자 가죽을 걸치고 아우게이아스와 거래를 맺었다. 그가 하루 만에 이 과업을 완수하면 소 떼의 10분의 1을 대가로 받기로 한 것이다. 헤라클레스가 접근하자 소 떼를 보호하는 수소들 중 한 마리가 그를 사자로 여기고 돌진해 왔다. 헤라클레스는 즉시 그 소와 맞붙어 땅에 쓰러뜨린 뒤 뿔을 비틀어 복종시켰다.

이윽고 두 사람은 청소 작업에 들어갔다. 외양간의 똥을 일일이 퍼내는 방법보다는 고약한 냄새를 맡지 않고 해결하는 방법을 떠올렸다. 그 지역에 흐르는 알페이오스 강과 페네이우스 강의 물줄기를 바꿔놓아 들판과 농장을 물로 쓸어버리는 것이었다. 그렇게 모든 배설물을 치우고 나자 외양간이 깨끗해졌고 심지어 향기로운 냄새가 났다. 하지만 아우게이아스는 헤라클레스가 속임수를 썼다고 비난했고, 에우리스테우스가 시킨 과업을 수행해야만 하는 헤라클레스의 사정을 알고 나서 본래 합의했던 대가도 지불하지 않았다. 이에 헤라클레스는 전쟁을 벌였으며, 이때 아우게이아스에게 승리한 기념으로 올림피아에서 처음으로 육상 대회를 열었다고도 한다.

6. 스팀팔로스의 새들

이번에 헤라클레스는 네메아의 북쪽에 위치한 스팀팔로스 호수로 떠났다. 이곳의 거대한 습지대에는 청동 부리와 청동 날개를 지닌 악명 높은 새 떼가 살고 있었다. 새들은 면도날처럼 날카로운 깃털을 떼어내 공격 도구로 쓰기도 하고, 접근하는 포식자들을 겨냥해 산성 배설물을 떨어뜨리기도 했다. 헤라클레스의 임무는 이 새 떼를 습지대에서 쫓아내는 것이었다. 워낙 늪이 질어서 이곳을 그냥 헤쳐 나가려 하면 꼼짝달싹할 수 없고, 갈대가 너무 많아서 배를 타고 지날 수도 없기에 꽤나 까다로운 문제였다.

헤라클레스는 이번에도 꾀를 냈다. 손에 딸랑이를 들고 요란한 소음을 내자 호수 한가운데에서 새 떼가 꽥꽥 소리를 내고 몹시 어지럽게 날개를 퍼덕이며 한꺼번에 날아올랐다. 헤라클레스는 그 즉시 화살을 날렸고 새들이 하늘에서 툭툭 떨어지기 시작했다. 살아남은 새들은 큰 무리를 지어 방향을 선회하더니 북동쪽으로 날아갔고, 아레스에게 봉헌된 북해의 한 섬에 내려앉았다. 오늘날 스팀팔로스 호숫가에는 아직도 시끄러운 소리가 들리는데, 그것은 새들이 아닌 물뱀들과 이 습지대를 공유하고 있는 수많은 개구리들이 내는 소리다.

7. 크레타 섬의 황소

헤라클레스의 12가지 과업 중 앞에서 다룬 과제는 대체로 티린스에서 그리 멀지 않은 내륙에서 해결할 수 있는 문제였다. 하지만 이후의 과업을 수행하기 위해서는 아주 먼 곳까지 여행을 떠나야만 했다 실제로 이번 과업

기원전 560~530년경 아티카의 흑화식 항아리.
헤라클레스가 활이 아닌 새총으로 스팀팔리아의
습지대에서 날아오르는 새들을 겨냥하고 있다.

을 위해서는 항해가 불가피했다. 헤라클레스는 크노소스의 미노스 왕이
포세이돈에게 희생제를 드리기로 맹세했던(하지만 실행에 옮기지 않은) 흰 황
소를 잡기 위해 크레타 섬으로 떠났다. 한편 이 황소는 섬을 돌아다니며 사
람들에게 극심한 피해를 끼치고 있었다. 헤라클레스는 격렬한 싸움 끝에
황소를 쓰러뜨렸고, 다리를 결박한 뒤 배에 실어 티린스로 돌아왔다. 에우
리스테우스는 아르고스 근처 헤라 신전에서 여신에게 그 소를 제물로 바
치려 했지만 황소는 달아나버렸고, 그리스 내륙을 배회하며 난동을 부렸
다. 결국 아테네 근처 마라톤에서 테세우스에게 제압되었다.

8. 디오메데스의 암말

다음으로 에우리스테우스는 헤라클레스를 저 멀리 북쪽에 있는 트라키아

티린스 : 헤라클레스의 12가지 과업

에 보내 흉포한 디오메데스 왕의 암말들을 훔쳐오라고 했다. 불을 뿜는 네 마리의 암말들은 청동 마구간에 묶여 인육을 먹고 살았다. 헤라클레스는 한 무리의 동지를 이끌고 떠났다. 그가 암말들을 포획해 돌아오면서 트라키아인들의 추격을 받을 때를 대비한 책략이었다.

헤라클레스는 마부인 압데로스Abderus에게 말들을 맡긴 채 몸을 돌려 적과 맞섰다. 하지만 그의 부대는 수적으로 절대 열세였던 탓에 그대로 전투를 치렀다가는 많은 피해가 예상됐다. 이에 헤라클레스는 아우게이아스의 외양간을 청소할 때 썼던 전략을 다시 이용했다. 그는 바다로부터 길을 내어 바닷물을 끌어왔고, 디오메데스의 군대가 집결한 저지대를 쓸어버렸다. 당황한 트라키아인들은 후퇴했다. 디오메데스 왕은 뒤쫓아 온 헤라클레스에게 일격을 맞아 쓰러졌고, 헤라클레스는 말들을 세워둔 곳으로 왕을 질질 끌고 돌아갔다.

그런데 압데로스가 보이지 않았다. 암말들의 입가에 흥건히 묻은 핏자국이 진실을 알려주고 있었다. 말들은 여전히 허기를 채우지 못한 듯 눈알을 번득였다. 마음이 심란해진 헤라클레스는 디오메데스 왕을 그것들 앞에 던졌고, 말들은 주린 배를 마저 채웠다. 말들이 얌전해진 틈을 타서 헤라클레스는 입마개를 씌운 다음 말들을 몰아 티린스로 돌아갔다. 에우리스테우스는 현명하게도 헤라클레스가 암말들을 풀어주기 전에 멀리 올림포스 산으로 보냈다.

9. 히폴리테의 허리띠

이번에는 에우리스테우스가 헤라클레스를 북단에 위치한 머나먼 미지의 세계로 보냈다. 바로 여전사들로 구성된 아마조네스가 사는 흑해 연안이었다. 그의 이번 임무는 히폴리테 여왕의 허리띠를 훔쳐오는 것이었다. 이는 기나긴 항해를 떠나야 함을 의미했다. 헤라클레스는 함께 항해를 떠날 영웅들을 모집했고, 거기에는 아테네인 테세우스와 아킬레우스의 아버지 펠레우스도 있었다.

위험천만한 여정이었지만 마침내 그들은 아마조네스가 사는 테르모돈Thermodon 강가에 도착했다. 일설에 따르면 여기서 히폴리테 여왕이 신하들과 함께 나와 헤라클레스를 접견하고, 그의 남자다움에 반해 기꺼이 허리띠를 빼서 그에게 주었다고 한다.

또 비극적 결말을 이야기하는 전설도 있다. 히폴리테가 납치되었다고 믿은 아마조네스 전사들이 갑옷으로 무장하고 말을 타고 추격해 헤라클레스와 배를 공격했다. 이에 그리스인들이 반격에 나섰고, 난전을 치르는 과정에서 히폴리테 여왕과 수많은 아마조네스 전사들이 사망했다. 또 일설에는 헤라클레스가 멜라니페Melanippe 공주를 사로잡자 아마조네스가 몸값으로 허리띠를 건넸다고 한다. 테세우스가 히폴리테 여왕을 사로잡아 헤라클레스에게 허리띠를 넘겼고, 여왕을 자유롭게 풀어주는 대신 안티오페 공주를 노예로 삼았다는 설도 있다(테세우스는 공주를 연모했다). 연인 간의 사랑 이야기를 다루기에 적절한 소재가 풍부한 만큼 이 일화가 수많은 고대 신화 기록자들의 상상력을 자극했다는 사실은 어쩌면 당연하다.

티린스로 돌아간 헤라클레스는 허리띠를 에우리스테우스에게 건넸고, 에우리스테우스는 그것을 자신의 딸 아드메테Admete에게 주었다. 후대의 전설에는 공주가 헤라클레스를 따라 흑해까지 갔다고 한다. 공주는 확실히 거침없는 성격이었다. 헤라 신전에서 여사제가 되어 여신을 섬기던 공주는 나중에(아버지가 헤라클레스의 후손들과 전쟁을 벌이다 사망하자 더는 아르고스에 있을 수 없었다 – 옮긴이) 여신상을 운반해 사모스 섬으로 피신했다. 여신상을 되찾기 위한 배가 파견되었을 때 헤라 여신은 신상을 무겁게 만들어 배가 출항하지 못하게 만들었다. 결국 신상과 아드메테 공주는 그 섬에 남았다.

10. 게리온의 황소

다음 과업을 수행하기 위해 헤라클레스는 해가 지는 서쪽, 죽은 자들이 머무는 머나먼 땅으로 향했다. 지구 서쪽 끝에 있는 오케아노스 강 근처에 에리테이아Erytheia라는 붉은 섬이 있다. 이 섬에는 게리온Geryon(몸통 세 개가 하나로 결합되어 머리가 셋이고 손이 여섯 개인 무시무시한 괴물)이 살았다. 헤라클레스의 과업은 게리온이 소유한 좋은 품종의 소 떼를 훔쳐서 티린스로 돌아오는 것이었다.

한편 헤라클레스는 지중해가 대서양으로 흘러들어가는 곳에 두 개의 거대한 바위를 놓았는데, 고대로부터 이 바위들을 '헤라클레스의 기둥'이라고 불렀다. 오늘날 우리는 세우타(아프리카 쪽)와 지브롤터(유럽 쪽)라는 이름으로 알고 있다. 헤라클레스가 일렁이는 바다를 바라보며 어떻게 바다를 건널지 고민하고 있을 때, 헬리오스가 거대한 황금 잔을 주어 배로 삼게 했다. 그리고 헤라클레스는 사자 가죽으로 돛을 삼아 황금 잔을 타고 목적지에 도착했다. 진즉 이를 파악하고 목동과 머리가 둘 달린 경비견 오르토스를 파견한 게리온은 여섯 손에 무기를 쥐고 흔들며 헤라클레스를 죽이기 위해 평원을 달려왔다. 헤라클레스는 한 치의 흐트러짐도 없이 활에 시위를 메긴 뒤 괴물을 거꾸러뜨렸다. 결국 그는 이번에도 소 떼를 황금 잔에 몰아넣고 유럽으로 항해를 떠날 수 있었다.

이후 티린스로 향하는 여정은 신화 기록자들(및 헤라클레스와 어떻게든 연결고리를 만들고 싶어 하는 여러 도시)에게는 상상의 나래를 펼칠 수 있는 소재였다. 여러 전설에 따르면, 헤라클레스는 스페인을 통과해 프랑스 남부를 지나 알프스 산맥을 넘고 이탈리아의 서부 해안(훗날 로마가 건국되는 지역을 포함)을 따라 남하해 시칠리아에 도착한 뒤, 동부 해안을 따라 북상해 에페이로스, 트라키아, 스키타이를 지나 티린스 남쪽으로 향했다고 한다.

11. 헤스페리데스의 사과

헤라클레스는 얼마 후 해가 지는 곳을 향해 다시 한 번 여행길에 올랐다. 이번엔 헤라 여신에게 봉헌된 황금 사과를 가져와야 하는 과업이었다. 이 사과는 헤스페리데스Hesperides('밤의 딸들')가 가꾸는 마법의 정원에서 자라고 있었고 머리가 100개나 되는 용, 라돈Ladon이 지키고 있었다. 헤라클레스는 사과를 직접 따서는 안 되고 아틀라스Atlas(올림피아 신들과 싸운 죄로 어깨로 하늘을 떠받치고 있어야 하는 징계를 받은 티탄 신족)의 도움을 얻어야 한다는 경고를 들었다. 이에 아틀라스를 설득해 자신이 멀리서 라돈을 화살로 쏜 뒤에 하늘을 떠받칠 테니 과수원에 들어가 황금 사과를 따오게 했다.

하지만 사과를 따온 아틀라스는 하늘을 떠받치는 형벌을 다시 받고 싶지 않았다. 그러고는 자신이 대신 티린스에 사과를 돌려주고 오겠노라 제안했다. 놀랍게도 헤라클레스가 그 제안을 순순히 받아들였다. 다만 잠시만 임무를 교대해주면 하늘을 떠받치기 편하게끔 어깨에 부드러운 방석이라도 올려놓고 싶다는 말을 했다. 아틀라스는 그렇게 하라며 헤라클레스의 말을 들어주었다. 하지만, 아틀라스는 곧 후회하고 만다. 짐을 던 헤라클레스가 황금 사과들을 집어 들고는 아틀라스를 뒤로하고 의기양양하게 떠나버린 것이다.

고향으로 돌아가는 길은 이번에도 지난하고 길었다. 해안선을 따라 서쪽으로 간 그는 시와에서 이집트의 제우스 신관을 만났고(훗날 이곳 신관은 헤라클레스의 후손 알렉산드로스 대왕을 신으로 인정했다), 이집트에 자신이 태어난 그리스의 고향 이름과 똑같은 테베(지금은 룩소르로 불림)를 건설하고, 티린스로 돌아와 마지막 과업을 부여받았다.

12. 케르베로스의 포획

에우리스테우스는 헤라클레스에게 마지막으로, 말 그대로 지옥에 떨어질 수 있는 과업을 부여했다. 하데스의 경비견 케르베로스를 티린스로 데려오도록 한 것이다. 케르베로스는 머리가 셋이고, 갈기와 꼬리에 뱀들을 달고 있는 지옥의 개였다. 다시 한 번 아테나 여신의 보호를 받은 헤라클레스는 스파르타 남쪽 타이나룸 곶Cape Taenarum의 수중 동굴을 통해 지하세계로 내려가 스틱스 강을 건너(그는 뱃사공 카론Charon을 위협해 배를 타고 강을 건넜다) 하데스와 페르세포네의 궁전에 도착했다. 여기서 헤라클레스는 자신의 곤란한 처지를 설명했다. 특별히 연민을 느낀 하데스는 상처를 남기지 않고 제압해야 한다는 조건 아래 헤라클레스가 잠시 케르베로스를 데려가는 것을 허락했다.

헤라클레스는 케르베로스를 제압하기 위해 맞붙었다. 케르베로스는 꼬리를 채찍처럼 휘두르며 반격했지만 소용이 없었다. 그 무엇도 헤라클레스의 사자 가죽을 뚫지는 못했다. 지쳐버린 케르베로스는 얌전히 지상으로 따라 나왔고, 익숙하지 않은 밝은 빛에 눈을 깜빡이며 움찔거렸다. 케르베로스는 티린스에 도착할 때까지 헤라클레스의 발걸음 속도에 맞춰 저항하지 않고 얌전히 따랐다.

이로써 헤라클레스는 모든 과업을 완수했고, 속박에서 벗어났다. 하지만 고통스러운 일은 이것으로 끝나지 않았다.

살인과 또 다른 노예생활

에우리토스의 아들 이피토스Iphitos 왕자는 꾐에 넘어가 헤라클레스를 고소했다. 자신이 차지해야 할 말들을 헤라클레스가 훔쳐갔다는 것이 이유였다. 이피토스 왕자가 티린스에 도착하자 헤라클레스는 왕자를 붙들고 가장 높은 탑으로 데려가 평원을 둘러보며 말들이 눈에 보이느냐고 물었

기원전 530년경의 흑화식 항아리. 이탈리아 에트루리아의 체르베테리에서 출토되었다. 헤라클레스가 청동 항아리에 숨어 나오지 않는 겁 많은 에우리스테우스에게 머리가 셋 달린 케르베로스를 바치고 있다.

다. 왕자는 자신의 말들을 찾을 수 없었다. 왕자가 정중하게 사과했지만 너무 화가 난 헤라클레스는 분을 참지 못하고 어린 왕자를 집어 던져 죽여 버렸다. 하지만 이 같은 불경한 행위는 죗값을 치러야만 했다.

절망한 헤라클레스는 델포이로 달아났지만, 신관은 그를 접견하지 않았다. 이번에도 광기가 영웅을 사로잡았다. 헤라클레스는 신역에 쳐들어가 아폴론 신전에 있는 신성한 세발솥을 강탈하고 닥치는 대로 신전을 파괴했다. 이를 보고 아폴론이 나섰다. 아폴론과 헤라클레스는 신성한 기물을 차지하기 위해 오래도록 씨름했다. 결국 제우스가 나서서 벼락을 내리쳤고, 눈부신 섬광이 터지며 헤라클레스는 비로소 정신을 차렸다.

제우스는 헤라클레스에게 벌을 내려 이번엔 리디아의 옴팔레Omphale 여왕 밑에서 일 년 동안 노예생활을 하도록 지시했다. 혈기왕성한 헤라클레스에게는 이 형벌이 에우리스테우스를 섬긴 것보다 더 끔찍했다. 여왕은 헤라클레스에게 사내답지 못한 일을 시켰다. 그의 몽둥이와 사자 가죽을 몰수했을 뿐 아니라 여자 옷을 입히고, 장신구를 착용하게 하고, 분칠을 했으며, 여왕과 시녀들을 도와 물레를 돌리게 했다.

헤라클레스의 죽음

마침내 노예생활을 끝낸 헤라클레스가 그리스로 돌아왔다. 그는 엘리스, 필로스, 트로이 같은 도시들을 상대로 수많은 전쟁을 치른 뒤 칼리돈의 데이아네이라Deianeira와 결혼했다. 멜레아그로스Meleagros의 여동생인 데이아네이라는 자신도 모르게 남편을 살해하게 된다. 헤라클레스가 아내를 데리고 칼리돈을 떠나 에베노스 강에 이르렀을 때 강물은 바르두시아 산정상에서 녹은 눈 때문에 불어나 요란한 소리를 냈다. 이윽고 네소스Nessos라는 켄타우로스가 두 사람에게 접근해 자신을 신이 지정한 뱃사공이라고 소개한 뒤, 자기가 에베노스를 건너게 해줄 테니 헤라클레스에게는 헤엄쳐 건너오라고 제안했다. 하지만 그것은 술책이었다. 네소스는 이 여인을 겁탈할 생각뿐이었다.

반대편 강가에 도착한 네소스는 겁에 질려 자신의 등에 바짝 달라붙은 데이아네이라를 데리고 전속력으로 달렸다. 헤라클레스는 멀리 달아나려는 켄타우로스를 활로 쏘아 쓰러뜨렸다. 네소스는 쓰러져 죽어가면서도 데이아네이라에게 자신의 피를 조금 가져가서 만약 헤라클레스가 바람을 피우는지 의심이 들거든 그 피를 남편의 옷에 묻혀 두라고 했다. 그 피가 옷에 마법을 걸어 헤라클레스가 다시는 바람을 피우지 않을 것이라고 했다.

수년 뒤에 전쟁터에서 돌아온 헤라클레스는 이올레Iole라는 아름다운 노예 소녀를 정부로 삼으려고 트라키스(델포이의 북쪽)에 있는 자기 집으로 데려왔다. 이때 데이아네이라는 네소스의 말을 떠올렸다. 그래서 남편의 예복 안쪽에 켄타우로스의 피를 묻힌 뒤 승리를 축하하는 의식 때 입으라며 헤라클레스에게 주었다. 하지만 헤라클레스의 화살을 맞고 흘린 네소스의 피에는 히드라의 독액이 섞여 있었다. 예복을 입은 헤라클레스의 살에는 물집이 생기고 기포가 올라오기 시작했다. 그는 옷을 찢어버리려 했으나 소용이 없었다. 근처에 있는 샘물에 뛰어들기도 했으나 독이 더 빨리 퍼지도록 만들었을 뿐이다. 이에 이 샘물은 유황 냄새를 내며 끓어올랐고, 그 때문에 테르모필레Thermopylae('뜨거운 문')라는 이름이 붙었다.

극도의 고통 속에서 헤라클레스는 오이타 산을 기어올랐다. 정상에 도달한 그는 떡갈나무와 올리브나무 가지로 더미를 쌓아 그 위에 누운 뒤 아들 힐로스에게 (일설에는 자신의 친구인 필록테테스에게) 불을 붙여 자신을 산 채로 화장하라고 지시했다. 그런데 나무에 불이 완전히 붙기 전에 제우스가 나타나 벼락을 내리쳐 영웅의 육체를 태워버리고 그 영혼을 올림포스 산으로 데려갔다. 헤라클레스는 불사신이 되어 거기서 젊음의 여신 헤베와 결혼했다. 한편 데이아네이라는 트라키스에서 목매달아 죽었다.

에우리스테우스와 헤라클레스의 자녀들

헤라클레스가 죽자 에우리스테우스는 자신이 그토록 증오하던 사촌의 자식들에게 복수할 기회를 붙잡았다. 헤라클레스의 어머니 알크메네는 자식이 여행 중에 얻은 손자들과 함께 티린스에서 줄곧 살고 있었다. 에우리스테우스는 그들을 헤라클레스의 다른 자식들과 함께 그리스에서 추방하기로 결심했다. 아테네의 테세우스 왕은 이 불공정한 처사를 듣고 아티카에 도피처를 제공했고, 헤라클레스의 아들들은 이곳에서 곧 군대를 조직했다. 그러자 에우리스테우스는 서툴지만 분발하여 티린스로부터 군대를 이끌고 진군했다. 양측 군대는 코린토스 지협 북쪽 연안에서 격돌했다. 치열한 전투 속에서 겁을 먹은 에우리스테우스는 스키론 바위Scironian Rocks 근처 길을 따라 남쪽으로 전차를 몰아 꽁무니를 빼고 달아났다. 하지만 헤라클레스의 아들들이 그를 추격해 붙잡아서는 참수했다. 그들은 참수한 머리를 알크메네에게 가져갔고 여인은 브로치 핀을 가지고 에우리스테우스의 두 눈동자를 파내버렸다.

왕을 잃은 티린스는 인접국인 미데아Midea에 합병되었고, 미데아를 지배하던 아트레우스Atreus와 티에스테스Thyestes 형제가 미케네마저 장악하게 되면서 티린스는 아르골리스의 주요 항구가 되었다.

티린스의 과거와 현재

티린스에는 기원전 5500년경부터 사람들이 거주했다. 그때는 평지에서 28미터가량 불쑥 솟아오른 암석지대 가까이에서 바닷물이 찰랑거렸지만, 해안선이 차츰 멀어지더니 기원전 2000년경에는 해안선에서 암석지대까지 거리가 1킬로미터나 떨어져 있었다(지금은 그 거리가 거의 두 배나 멀다).

티린스는 기원전 2500년대 중반에 첫 번째 번영기를 누렸는데, 성채는 물론 성벽 외곽에도 비교적 넓은 지역에 걸쳐 튼튼한 주택이 지어졌음을 보여주는 흔적이 남아 있다. 성채에서 가장 높은 지대(위쪽 성채)에는, 지금은 그저 밋밋한 원형 구조물Round Building로 불리지만, 과거에는 지름 28미터의 인상적인 건축물이 있었다. 현재까지 남아 있는 보루들은 이 건축물이 멀리서도, 심지어 바다에서도 분명히 보일 만큼 상당히 높았음을 보여준다. 하지만 이 구조물의 용도는 확인되지 않았다. 적을 막기 위한 요새였는지 아니면 신전이었는지, 왕궁이었는지 그것도 아니라면 곡창이었는지 확실치 않다. 기원전 3000년대 후반에 원형 구조물을 비롯해 티린스의 건축물은 대부분 불에 타서 없어졌고, 기원전 1400년경에 다시 이전의 번영을 회복했다. 위쪽 성채는 '키클롭스' 성벽에 둘러싸여 있으며, 회반죽을 바르고 섬세하게 벽화를 그려놓은 전실들을 갖춘 화려한 왕궁이 세워졌다.

부강했던 아르골리스의 중요한 항구로 부상한 티린스는 국제 무역항으로서 부를 누렸다. 여러 자료에 따르면 식료품, 직물, 귀금속 등을 가득 실은 상선들이 이집트에서 출발해 시리아와 크레타를 경유해 이곳 티린스에 도착했다. 기원전 13세기 말경에는 '키클롭스' 성벽이 추가로 아래 성채Lower Citadel 주변에 세워졌다. 이때 재건한 왕궁의 바닥은 돌고래들이 물 위로 뛰어오르는 모습을 표현한 모자이크로 장식되어 있다. 또 회반죽을 바른 성벽에는 두건을 쓰고 행진하는 여인들, 전차를 모는 젊은이들, 멧돼지를 공격하는 사냥개들 그림이 그려져 있었다. 도시 규모가 커졌고, 과거 북부 지역을 자주 침수시켰던 인근의 강물을 비축하거나 유용하기 위한 댐이 건설되었다. 하지만 기원전 1200년경 지진이 발생해 도시와 성채가 대부분 파괴된 듯 보인다.

미케네 시대 왕궁과 취락으로서는 드문 일인데, 티린스에서는 기원전 12세기에 왕궁과 가옥을 재건했다. 그들은 지진으로 피해를 본 건물들을 철거하고, 위쪽 성채에 있는 왕궁에 새로운 연회실을 지었고, 대략 24헥타르(약 7만 3000평)를 추가로 조성해 도시를 확장했다. 그런데 이렇게 번영하던 티린스가 기원전 1060년 무렵에 아직까지 밝혀지지 않은 어떤 이유로 갑작스럽게 주민들이 떠나고 황폐화되었다.

위쪽 성채에는 일부 사람들이 거주했지만, 티린스는 결코 이전과 같은 지위를 회복하지 못했다. 기원전 494년 세페이아 전투Battle of Sepeia에서 아르고스가 스파르타에 패한 뒤 도망친 노예들에게 망명을 허용했고, 기원전 479년에는 400명의 중무장 보병을 파병해 싸웠다. 이는 인근의 미케네에서 파병한 수의 5배였다. 이렇듯 티린스가 타국의 전투에 개입해 투지 넘치는 활약상을 보여주었기 때문인지 로마의 시인 스타티우스는 그의 서사시 《테바이스》에서 상상력을 발휘해 일곱 장군의 테베 원정에 티린스 군대가 적극 참전한 것으로 그렸다.

기원전 468년 아르고스가 티린스를 복속시켰다. 일부 유민들은 아르고스에 그대로 정착했고, 일부는 수 킬로미터 동쪽으로 이동해 할리에이스Halieis(지금의 헬리 항구)를 건설했다. 파우사니아스가 티린스를 답사했던 시기에 도시는 이미 황폐화된 상태였지만 그는 이렇게 경탄했다.

> 그 성벽, 키클롭스가 만든 작품이며 지금까지도 남아 있는 성벽은
> 모두 가공을 거치지 않은 거대한 암석으로
> 돌 하나하나가 워낙 거대해서 노새 두 마리가 끌어당겨도
> 지금 놓인 자리에서 한 치도 꿈쩍하지 않았다.

또 이렇게 덧붙였다.

> 그리스인은 자국의 것보다 외국의 명소를 찬미하는 경향이 있다.
> 저명한 역사가들도 이집트의 피라미드는 장황하게 묘사하지만
> [테베와 인접한 오르코메노스에 있는] 미니아스 보물창고나
> 티린스의 성벽은 둘 다 놀랍기만 한데 간략하게라도
> 언급한 사람이 아무도 없다.

워낙 성벽이 눈에 띄었기 때문에 티린스의 위치가 역사에서 사라진 적은 없었다. 1876년 하인리히 슐리만Heinrich Schliemann이 그 지역에서 본격적으로 발굴 작업에 들어갔다. 유적 발굴은 독일 고고학협회와 그리스의 문화부 산하 고고학부가 지속적으로 수행하고 있다.

신화의 배경: 티린스

주요 연대와 유적지

BC 5500년경	최초로 주거지가 형성되었다.
BC 2500년경	최초의 번영기. 위쪽 성채에 원형 구조물이 세워졌다.
BC 2200년경	티린스의 대부분이 화재로 파괴됐다.
BC 1400년경	위쪽 성채에 새로 세워진 왕궁 주변에 성벽이 축조되었다.

티린스 : 헤라클레스의 12가지 과업

BC 1225년경	아래 성채 주변에 성벽이 축조되었다. 위쪽 성채에 왕궁을 재건하고, 댐을 건설했다.
BC 1200년경	대규모 지진 피해가 발생한 이후 위쪽 성채 일부와 아래쪽 마을 대부분이 새로 건축되었다.
BC 1060년경	티린스에 거주하던 주민들이 대부분 떠났다.
BC 494년	아르기브 노예들이 티린스로 망명했다.
BC 479년	티린스가 400명의 중무장 보병을 플라타이아이 전투에 파병했다.
BC 468년	티린스가 전투에 패해 아르고스에 복속되었고, 인구가 감소했다.
AD 1876년	슐리만이 발굴 작업을 시작했다.

첫눈에 보면 그리 매력적이지 않은 티린스 유적은 아르고스에서 8킬로미터, 나플리오에서 4킬로미터 떨어진 도로 옆에 위치한다. 너른 주차장에서 시작되는 길을 따라 동쪽 성벽을 끼고 남쪽으로 가면 가파른 오르막길이 이어진다. 그 정상에는 지금은 흔적만 남은 기념문이 있는데, 문을 여닫기 위해 석벽에는 구멍이 뚫려 있다. 그 너머에 위쪽 성채가 있었다. 복원도로 유추할 때, 안뜰에 들어서면 왼쪽으로 멋진 회랑들이 늘어서 있었고(여섯 개의 아치형 방들이 외부 성벽까지 이어지고), 현재는 기둥 하나와 터만 남았는데 왼쪽에 프로필라이온(입구)이 있었다. 복원도상 이 입구를 통과하면 다시 안뜰이 나온다. 왼쪽에 지붕 덮인 계단을 통해 출입할 수 있는 회랑들이 성벽에 붙어 있었다. 기둥이 늘어선 안뜰을 지나면 오른쪽에 전실들을 통해 메가론에 도달한다. 그리고 더는 볼 수 없는 원형 구조물의 터가 자리하고 있다. 오른쪽에는 여인들만의 공간으로 추정되는 더 작은 규모의 메가론이 있었다. 왼쪽에는 어전 후문이 있었고, 작은 성문으로 이어지는 비밀 계단도 있었다. 아래쪽 성채에는 용도를 확인할 수 있는 건물 유적이 훨씬 적다. 이곳에는 성벽 밖에 위치한 저수조로 이어졌던 지하 계단이 두 개 있었다.

티린스를 비롯해 그리 멀지 않은 곳에 미데아 성채가 자리한 언덕과 덴드라에 있는 미케네 시대 묘지(두 곳 모두 돌아볼 가치가 있다)에서 나온 많은 유물들은 나플리오 고고학 박물관에 소장되어 있다. 멧돼지 엄니 투구를 갖춘 놀라운 미케네 갑옷과 프레스코 벽화 및 바닥 장식 유물도 전시되어 있다. 아테네 국립 고고학 박물관에도 이곳에서 발굴한 다른 공예품(프레스코를 비롯해)이 전시되어 있다. 나플리오는 1829년부터 1834년까지 독립국 그리스의 첫 수도였는데, 이탈리아 냄새가 물씬 풍기는 매력적인 해변 도시다. 언덕에 보이는 성채, 기분 좋은 해변, 섬의 요새, 아름다운 베네치아 건축물, 관광객의 눈을 사로잡는 아기자기한 상점들, 그리고 동의하지 않을 사람들도 있겠지만 그리스 최고의 아이스크림 가게인 안티카 젤라테리아 디 로마Antica Gelateria di Roma가 있다.

이올코스와 펠리온 산:
반인반마와 영웅 원정대의 탄생

펠리온이나 그곳 풍습에 관한 이야기는 들어도 지겹지 않을 것이오.
그곳 물푸레나무 이야기도 피곤치 않을 테요.
산들바람을 맞으며 튼튼히 자란 물푸레나무는 선봉에 서서 싸울 때도
결코 부러지지 않는 곧은 창을 만드는 재료가 된다오.
몹시 아름답다던 그곳 동굴이나 샘물 혹은 그 주위에서 모이는 여성 켄타우로스 이야기는
들어도 지치지 않을 테요. 말의 형상을 띤 신체 부위만 제외하면 그들은
물가의 님프들과 비슷하며, 곰곰이 생각해보면 아마조네스와 흡사하다오.
말의 몸통과 결합되어 있어 그들의 여성스럽고 아름다운 미모가 더욱 돋보이니……
그들은 정말로 아름답다오.

– 그리스의 철학자 필로스트라토스, 《이마기네스》, 2권 3행

이올코스와 펠리온 산: 반인반마와 영웅 원정대의 탄생

아침부터 푹푹 찌고 시야는 뿌옇다. 현재의 볼로스Volos는 나지막한 디미니Dimini 산 아래 평야에 자리한 항구 도시로 외곽으로 몸집을 불리고 있으며, 교외에는 녹음이 짙푸른 소나무들과 싱싱한 감귤나무가 자라는 과수원들이 바둑판처럼 펼쳐져 있다. 멀리 고속도로에서 자동차 엔진 소리와 이따금 집요하게 울려대는 경적 소리가 베이스음처럼 낮게 깔린 가운데 근처 농장에서 어린 수탉들이 협주를 하듯 열정적으로 목청을 높인다.

과거에는 이곳 고지에서 훨씬 가까운 지점까지 파도가 찰랑거렸다. 3500년 전에 떠올랐던 태양은 저기 아래 파가사이(지금의 파가시티코스) 만의 일렁이는 파도 위로 반짝반짝 빛났을 것이다. 또 그 너머 펠리온 산 굽이굽이에는 우뚝 솟은 나무들이며 향기로운 관목의 그림자가 스며들어 점점이 그림을 그렸을 것이다. 바다가 가까운 이 펠리온 산 중턱에는 군데군데 동굴이 있는데, 과거 그리스인은 이곳에 켄타우로스들이 살았다고 믿었다. 지적이고 수줍음 많은 이들 반인반마는 산양처럼 의연하게 바위투성이 길을 달렸다고 한다. 또 그리스인은 바로 저 아래 부두에서 흰 돛을 단 아르고호가 줄을 풀고 동쪽으로 안개 낀 대양을 가로질러 세계 끝까지 항해했다고 믿었다. 켄타우로스들과 아르고호는 이제 사라졌지만, 현대 들어 바삐 성장하고 있는 볼로스 혹은 신화 속의 이올코스는 뜻밖의 유적이 발굴되고 진기한 장신구들이 출토되어 오늘날에도 우리에게 고대의 신비를 전한다.

영웅들을 가르친 켄타우로스 케이론

펠리온 산의 켄타우로스들은 익시온Ixion의 아들인 켄타우로스가 낳은 반인반마의 후손들이었다. 디아Dia 공주와 결혼하고 싶었던 익시온은 자신의 궁으로 공주의 아버지를 초대한 뒤 자신이 파놓은 구덩이에 빠지게 만들어 왕을 산 채로 불에 태워 죽였다. 존속살해는 중죄였지만 흥미롭게도 제우스는 익시온의 죄를 사해주고 올림포스 산에서 열린 만찬에 초대했다.

신들을 만나게 된 익시온은 거기서 헤라를 유혹할 궁리를 했다. 하지만 이를 간파한 제우스는 그의 불경함을 드러낼 요량으로 구름을 이용해

가짜 헤라를 만들었고, 익시온은 자신의 음흉한 수작을 거부하지 않는 이 대체물과 사랑을 나눴다. 현장에서 발각된 익시온은 헤르메스에게 체포되어 불타는 수레바퀴에 묶인 채 영원토록 형벌을 받게 되었다. 한편, 제우스는 디아를 유혹해 정을 통하고, 디아는 나중에 라피타이Lapithes를 지배할 페이리토오스Peirithous를 낳았다.

　구름으로 만든 헤라의 모조품인 네펠레Nephele도 켄타우로스라는 아들을 낳았다. 켄타우로스는 관습에 얽매이지 않았다. 이올코스 근처에서 풀을 뜯는 한 떼의 암말들에게 정욕을 품은 그는 말들과 차례로 교접했다. 그들이 낳은 자녀들이 켄타우로스다. 인간의 상반신과 말의 하반신이 결합된 켄타우로스들은 화가 나거나 술에 취하면 몹시 야만적이고 사나운 존재로 돌변한다.

　켄타우로스들 중에서도 예외적인 존재가 한 명 있었으니 케이론이다. 불멸의 존재이면서 연로한 그는 검은 종마로 둔갑한 크로노스가 물의 님프 필리라Philyra를 겁탈했을 때 태어난 자식이었다. 케이론은 그 외모도 남

달랐다. 인간의 온전한 신체에 말의 몸통과 뒷다리가 결합된 형태였다. 켄타우로스족에서 가장 현명하며 의술에 밝은 케이론은 펠리온 산 들판에서 위대한 영웅들(테세우스, 페르세우스, 아킬레우스, 이아손 등)의 가정교사 노릇을 했다.

형제를 몰아낸 왕 그리고 샌들 한 짝을 신은 사내

아이손Aeson은 이올코스를 세운 크레테우스Cretheus의 아들이기에 정통성을 지닌 후계자였다. 하지만 그의 어머니 티로Tyro가 낳은 이부 형 펠리아스Pelias는 더 고귀한 신의 혈통이었다. 한편 티로가 어린 아가씨였을 당시, 아버지인 살모네우스Salmoneus는 테살리아를 떠나 남쪽에서 엘리스를 지배했다. 그는 마치 자기가 제우스인 양 행세하며 무척 오만했다. 횃불을 마치 벼락인 양 내던지고, 청동 북을 매달고 천둥처럼 요란한 소리를 내며 전차를 몰기도 했다. 그러자 제우스가 벼락을 내리쳐 살모네우스의 목숨을 빼앗았다.

　계모에게 괴롭힘을 당하던 티로는 풀이 죽어 강가를 배회했고, 포세이돈이 이 여인을 눈여겨보다 어떤 짓을 저질렀는지는 불을 보듯 뻔했다. 그는 거대한 파도를 일으켜 티로를 집어삼켰고, 아홉 달 뒤 티로는 쌍둥이를 낳았다. 펠리아스와 넬레우스였다. 수치심에 어찌할 바를 모르던 티로는 쌍둥이를 산기슭에서 죽도록 내버려두었다. 하지만 목동이 쌍둥이를 발견하여 성인이 될 때까지 길렀다. 쌍둥이는 자신들의 혈통에 대해 알게 된 후 티로를 구해 이올코스로 돌아왔다. 여기서 티로는 크레테우스 왕과 결혼해 아이손을 낳았다. 훗날 아이손은 아들이 태어나자 펠리온 산의 케이론에게 보내 교육을 맡겼다. 아이손의 아들이 떠나 있는 동안 노령의 크레테우스가 죽자 펠리아스가 본색을 드러냈다. 그는 아이손을 감금하고 넬레우스를 추방한 뒤(펠로폰네소스 남서쪽으로 달아나 망명생활을 하던 그는 필로스를 건설한다) 왕권을 차지했다. 하지만 펠리아스는 마음을 놓을 수 없었다. 델포이 샌들 한 짝을 신은 사내에게 죽임을 당할 것이라는 델포이의 신탁을 들은 후 두려움에 떨며 살았던 것이다.

한편, 펠리온 산에 들어간 아이손의 아들은 의술에 통달하여 이아손 Iason('치료사')이라는 이름을 얻었다. 스무 살이 되어 아버지의 복위를 바랐던 이아손은 이올코스를 향해 길을 떠났다. 이아손 앞에는 물이 불어난 아나우로스 강이 가로놓여 있었다. 그가 여울을 건널 준비를 할 때 한 노파가 다가와 자신도 건너게 해달라고 간청했다. 그는 조금도 주저하지 않고 노파를 등에 업고 불어난 여울을 건너기 시작했다. 두 사람이 무사히 여울을 건너고 나자 노파는 자신의 정체를 드러냈다. 바로 헤라 여신이 변장을 한 것이었다. 헤라는 이아손이 기꺼운 마음으로 자신을 도왔기 때문에 그에 대한 보답으로 이아손을 돕겠다고 약조했다.

용기를 얻은 이아손은 왕위를 찾기 위해 이올코스로 당당하게 걸어갔다. 핀다로스는 그를 이렇게 묘사했다.

참으로 준수한 외모를 지닌 청년은 두 자루의 창을 들고
두 겹으로 된 튜닉, 곧 자신이 태어난 고향의 의복을
건장한 몸에 착 달라붙게 입고, 표범 가죽을 둘러
얼음처럼 차가운 빗물이 스며들지 못하게 막았으며,
자르지 않은 긴 머리카락은 물결처럼 등 뒤로 흘러내리게 두었다.
확고부동한 자신의 결심을 다지며 뚜벅뚜벅 발걸음을 재촉한 그는
어느덧 시장에 도착해 왁자지껄한 군중 속에 섰다.

노새가 끄는 윤기 나는 전차를 몰고 달려 나온 펠리아스가 공포에 질린 눈으로 청년의 발을 바라볼 때 사람들은 이아손이 혹시 신일지도 모른다고 생각하였다. 이아손은 소용돌이치는 강물 속에서 샌들 한 짝을 잃는 바람에 한쪽 발이 맨발 상태였기 때문이다. 신탁에서 언급했던 펠리아스를 응징할 자가 도착한 것이다.

이아손은 펠리아스에게 아버지 아이손의 복위를 요구했다. 펠리아스는 거짓으로 요구에 응하면서 이아손에게 먼저 "죽은 사람의 분노를 달래줄" 것을 요청했다. 그의 말에 따르면 이올코스의 프릭소스 왕자가 혼령이

이올코스와 펠리온 산 : 반인반마와 영웅 원정대의 탄생

되어 자주 출몰한다는 것이다. 그 왕자는 신비한 황금 숫양을 타고 동쪽으로 멀리 도망쳤다고 한다. 한편 신탁소는 펠리아스에게 황금 양모와 불운한 프릭소스의 혼백을 모두 그리스로 되찾아오라고 지시했다. 그렇게 하면 프릭소스의 혼백이 고향에서 영원히 안식을 누리게 될 것이라고도 덧붙였다. 그리하여 펠리아스는 이아손이 황금 양모를 빼앗아오는 과업을 완수하면 왕위를 이양하겠노라고 약속했다.

계모에게 쫓겨난 남매

한편 프릭소스는 이올코스의 왕족과 깊은 인연이 있었다. 프릭소스와 헬레Helle는 보에티아의 아타마스Athamas 왕(살모네우스와 형제)과 구름의 여신 네펠레 사이에서 태어났다. 아타마스 왕은 네펠레를 버리고 이노(테베의 공주이자 카드모스의 딸)와 재혼해 두 명의 자녀를 더 두었다. 바로 레아르코스Learchos와 멜리케르테스Melicertes였다.

전처의 자식들을 시샘한 이노는 그들을 죽일 계획을 꾸몄다. 이노는 종자가 싹을 틔우지 못하도록 종자를 밭에 뿌리기 전에 불에 볶으라고 여인들에게 지시했다. 아타마스는 곡식을 생산하지 못하게 된 이유를 밝히기 위해 델포이에 전령을 보냈다. 하지만 이미 이노에게 뇌물을 받은 신관들은 신들이 노여워하신다는 신탁을 보내왔다. 그리고 신들의 노여움을 풀려면 헬레와 프릭소스를 제물로 바쳐야 한다는 거짓 해결책을 제시했다 (프릭소스의 숙모, 곧 이올코스의 왕 크레테우스의 아내는 거짓말로 프릭소스가 자신을 강간하려 했다고 무고했다).

결국 프릭소스와 헬레는 산으로 압송되었다. 하지만 희생제를 올리기 전 그들의 어머니인 네펠레가 개입했다. 네펠레는 날개 달린 황금 숫양을 보내 그들을 구해오라고 시켰다. 두 자녀가 양의 등에 오르자 양은 하늘로 날아올랐다. 그런데 에게 해를 가로질러 동쪽으로 날아가는 동안 지친 헬레가 손아귀에 힘이 빠져 그만 바다에 떨어지고 말았다. 그리스인은 헬레를 기리는 뜻에서 해협에 헬레스폰토스('헬레의 바다', 지금의 다르다넬스 해협)라는 이름을 붙였다. 한편 프릭소스를 태운 숫양은 가장 멀리 있는 흑해 연안에 도착했다. 북쪽으로 눈 덮인 코카서스Caucasus 산과 경계를 이루고, 파시스Phasis 강물이 흐르며 초목이 무성한 평원에는 태양신 헬리오스의 아들이자 여자 마법사 키르케의 남동생인 아이에테스Aeëtes 왕이 콜키스 Colchis(지금의 조지아)를 다스리고 있었다. 그는 프릭소스를 극진히 대접하고, 그 숫양을 함께 제물로 바치고 나서 황금 양모를 높은 나무에 걸어 놓고 절대로 잠들지 않는 뱀을 두어 그 양모를 지키도록 했다.

그리스에서는 분노한 헤라 여신이 아타마스와 이노를 실성하게 만들었다. 아타마스는 자기 아들 레아르코스를 수사슴으로 여겨 활로 쏘아 죽였다. 이노는 자신의 아들 멜리케르테스를 구하는 데 실패한 후 함께 바다에 몸을 던졌으며, 레우코테아Leucothea('하얀 여신')로 변신해 곤경에 처한 선원들을 돕는 수호신이 되었다. 호메로스는 이 여인을 묘사하며 복사뼈가 아름답다고 언급하기도 했다.

빼앗긴 왕권을 되찾기 위한 원정대의 출정

콜키스로 항해하기 위해 이아손은 아르고스Argus에게 배의 건조를 의뢰했고, 펠리온 산의 소나무들을 베어 건조한 선박을 그의 이름을 따서 '아르고호號'라 명명했다. 한편, 아테나 여신은 도도나에 있는 신성한 떡갈나무로 사람의 말을 하는 널빤지를 만들어 뱃머리에 끼워 넣었다. 선원들(아르고나우타이, 즉 '아르고호 원정대')을 모집하기 위해 이아손은 자신 또래의 용맹한 영웅들을 불러 모았다. 이들 중에는 스파르타의 카스토르Castor와 폴리데우케스Polydeuces, 칼리돈의 멜레아그로스, 북풍의 신의 아들 제테스Zetes와 칼라이스Calaïs, 티린스의 에우리스테우스 왕의 형제인 이피토스, 펠리아스의 아들 아카스토스Acastos, 오르페우스, 헤라클레스가 있었다. 또 이들 가운데 헤라클레스가 가장 용맹했지만 그가 이아손에게 대장 자리를 양보했다는 것은 문헌마다 대체로 일치하고 있다.

아르고호가 맨 먼저 들른 렘노스 섬에서는 적의를 품은 군대가 그들을 맞이했다. 다행히 이곳을 다스리던 힙시필레Hypsipyle('높은 성문') 여왕이 나서서 그들 사이의 경계심이 생긴 이유를 설명하자 그들 사이의 긴장

감이 해소되었다. 힙시필레 여왕의 설명에 따르면, 렘노스 섬 여자들의 몸에서 냄새가 난다는 이유로 남자들이 아내들을 무시하고 그리스 본토의 여자들과 바람을 피웠으며, 그런 남자들을 여자들이 모조리 추방(사실은 모두 살육)했다는 것이다. 한편 여인들의 몸에서 진한 향기를 맡은 아르고호 대원들은 열정적으로 그들을 품었고, 달이 차자 렘노스 섬에는 신생아들의 울음소리가 가득 울려 퍼지게 되었다. 이아손조차 섬을 떠날 줄 모르자 결국 헤라클레스가 원정대를 잡아끌어 아르고호로 돌아갔다.

아르고호는 헬레스폰토스를 통과해 프로폰티스(지금의 마르마라) 해의 남부 해안 쪽으로 항해했다. 키지코스Cyzikos의 왕국에 도착한 그들은 왕의 환대를 받아 결혼식에 참석했다. 이후 항해를 재개한 아르고호 원정대는 너른 곳을 선회하다가 폭풍을 만나 어쩔 수 없이 육지에 내렸다. 어둠에 휩싸인 대지에서 그들은 갑자기 공격을 받았고, 혈전을 치르며 적군을 물리쳤다. 날씨가 쾌청해지자 사태의 전말이 드러났다. 공교롭게도 키지코스는 지협에 세워진 도시였고, 원정대는 역풍을 만나 건너편 해안가 기슭에 다시 상륙했던 것이다. 게다가 원정대를 적으로 오인해 공격한 이들은 바로 전날의 친구들이었고, 새신랑이 된 왕도 죽은 전사들 사이에 주검으로 누워 있었다. 비통에 잠긴 어린 신부는 목매달아 자결했다. 아르고호 원정대는 자신들이 저지른 잘못을 한탄하며 배로 돌아갈 수밖에 없었다. 그들은 노를 저어 동쪽으로 항해를 계속했다.

권투의 왕과 부딪히는 바위들

아르고호 원정대의 모든 이들이 콜키스 땅을 밟을 운명은 아니었다. 헤라클레스의 노가 부러졌을 때 그들은 해변에 배를 대고 헤라클레스가 나무를 뽑아 노를 새로 만들 시간을 주었다. 하지만 출항할 시간이 다 되었는데도 헤라클레스의 친구(혹은 애인) 힐라스가 돌아오지 않았다. 헤라클레스가 그 지역을 샅샅이 찾으러 나섰지만, 결국 발견하지 못했다. 때마침 불어오는 미풍을 놓칠 수 없었던 아르고호 원정대는 힐라스와 그를 포기하지 않은 헤라클레스를 남겨둔 채 출항했다. 힐라스는 끝내 발견되지 않았다.

사랑에 빠진 님프가 연못 속으로 그를 끌고 들어가 영원히 곁에 붙잡아 두었기 때문이다.

한편 아르고호 원정대는 헤라클레스 없이도 잔인한 아미코스Amykos 왕을 물리칠 수 있었다. 아미코스 왕은 자신의 나라를 방문한 이방인들에게 목숨을 건 권투 시합을 강요해 목숨을 빼앗곤 했었다. 원정대와의 시합에서 패배한 아미코스 왕이 죽음에 이르자 원정대는 무사히 위험천만한 보스포러스Bosphorus 해협을 지나 흑해의 동쪽 연안(지금의 키이코이Kiyiköy, 중세에는 '메디아'로 불렸음)에 있는 살미데소스Salmydessus 섬에 상륙했다. 여기에는 본래 테베의 예언자였으나 허락된 것 이상의 천기를 누설한 죄로 신들에게 벌을 받은 피네우스Phineus가 살고 있었다. 피네우스는 자신을 괴롭히는 괴물이 늘 골칫거리였다. 그 괴물은 앞을 보지 못할 뿐 아니라 절반은 새이고 절반은 여인인 끔찍한 하르피아이Harpies였다. 피네우스가 음식을 먹으려 할 때마다 하르피아이는 괴음을 지르며 커다란 날개를 펼치며 내려와 음식을 가로챘고, 낚아채지 못한 음식은 분뇨를 배출해 못 먹게 만들었다.

이아손이 피네우스에게 원정에 필요한 조언을 구하자 그는 아르고호 원정대가 하르피아이를 쫓아버리면 청을 들어주겠다고 했다. 피네우스의 청을 받아들인 원정대는 이내 군침이 도는 만찬에 초대되었다. 곧바로 하르피아이가 나타났다. 그러자 북풍의 신의 아들들인 칼라이스와 제테스가 재빨리 칼을 뽑아 들고 하늘로 날아올라 하르피아이를 향해 휘둘렀다. 깜짝 놀란 하르피아이는 괴음을 지르며 서쪽으로 달아났다. 칼라이스와 제테스가 집요하게 쫓아갔으나 괴물이 이오니아 해까지 달아나자 형제들은 추격을 멈추고 몸을 돌려 아르고호로 돌아왔다. 두 형제가 발을 돌린 섬 근처에는 '스트로파데스Strophades'('되돌아간 장소')라는 이름이 붙었다.

피네우스는 매우 기뻐하며 배를 채운 후 이아손에게 유용한 정보를 들려주었다. 먼저 아르고호가 반드시 통과해야만 하는 비좁은 해협의 양쪽에는 심플레가데스Symplegades('충돌하는 바위들')라는 높은 절벽이 있었다. 이 절벽은 대지에 고정되어 있지 않아 배가 접근하면 마치 한 벌의 심벌즈처럼 서로 맞부딪쳐 배를 침몰시키고 선원들의 목숨을 빼앗았다. 피네우스는 바위 사이로 비둘기를 날려 보내고서 비둘기가 바위 사이를 무사히 빠져나가는지 눈여겨보라고 조언했다. 만약 비둘기가 살아남으면 아르고호도 무사할 것이라는 얘기였다.

아침 안개 속에서 심플레가데스가 모습을 드러냈을 때 아르고호는 조언대로 비둘기를 날려 보냈다. 비둘기가 다가가자 두 절벽은 쾅하고 달라붙으며 차디찬 물보라를 만들었다. 하지만 비둘기는 꼬리 깃털만 몇 개 뽑혔을 뿐 무사히 비상했다. 선원들은 비둘기를 확인하자마자 노를 세차게 저어 앞으로 나아갔다. 곧 그들의 코앞에 물기 가득한 험준한 바위들이 나타났다. 처음에는 아무 움직임이 없는가 싶더니 점차 빠른 기세로 그들을 향해 돌진해왔다. 두 바위가 충돌하면서 소름끼치는 굉음이 울렸으나 아르고호를 해치기에는 이미 늦은 것 같았다. 선원들이 전력을 다해 노를 저은 데다 이아손이 위기에 처할 때마다 돕기로 맹세한 아테나 여신의 가호로 선미의 널빤지 몇 개만이 떨어져나갔을 뿐 아르고호는 무사했다. 이후로 심플레가데스는 그 자리에 뿌리를 내리고 다시는 움직이지 않았고, 아르고호는 콜키스를 향해 달렸다.

오랜 항해 끝에 마침내 아르고호는 파시스 강의 어귀로 천천히 들어섰다. 로도스 섬의 시인 아폴로니우스Apollonius가 묘사한 바에 따르면, 다음 날 아침 이아손은 동료 몇 명과 함께 아이에테스 왕궁을 향해 출발했다.

그들은 키 큰 갈대밭에 배를 숨겨두고 강을 떠났다.
해안에 상륙한 그들이 향해 나아간 곳은 키르케의 평원이었다.
여기에 고리버들과 버드나무가 줄지어 늘어서 있었고,
맨 꼭대기의 가지가 나무마다 밧줄로 이어져 있는데
거기에는 시체들이 매달려 있었다.

왕궁에서 아이에테스와 그의 가족들을 접견한 이아손과 선원들은 자신들이 이곳을 방문한 이유를 설명했다. 아이에테스는 분개했으나 그 자리에서 바로 그들을 죽이려하지는 않았다. 그 대신 왕은 이아손에게 그리스인들은 결코 목숨을 부지하지 못하리라 확신하는 과업을 제안했다.

아이에테스에게는 콧구멍에서 불길을 내뿜는 청동 발굽의 황소 두 마리가 있었다. 왕이 말하길, 자신이 아침마다 황소에 멍에를 지워 5000평가량의 땅을 일군 뒤 씨를 뿌리듯 용의 이빨을 뿌리고, 밭고랑에서 무장한 병사들이 솟구쳐 나오면 그들을 모두 죽일 때까지 밤이 이슥해지도록 싸운다고 했다. 만약 이아손이 그를 대신해 자신의 가치를 입증한다면, 황금 양모를 넘겨주겠다는 것이었다. 이아손은 죽음을 두려워하면서도 아이에테스 왕의 제안을 받아들였다.

아버지를 배신하고 황금 양모를 내어준 마법사

아프로디테 여신은 이아손의 편에 서서 벌써 대비책을 마련해 두었다. 아이에테스의 딸 메데이아는 적군을 능히 파괴할 힘을 지닌 마법사였음에도

기원전 470~460년경
아티카의 적화식 항아리.
나약한 모습으로 그려진
이아손이 아테나 여신 덕분에
용기백배하여 황금 양모를
훔치려 하는 가운데 뱀이
사납게 머리를 쳐들고 있다.

이올코스와 펠리온 산 : 반인반마와 영웅 원정대의 탄생

불구하고, 이아손 앞에서는 그저 사랑에 빠진 한 여자일 뿐이었다. 헤시오도스는 이아손을 바라보는 메데이아의 눈동자에 "수줍음이 가득했다"고 기록했다. 또 아폴로니우스에 따르면, 메데이아가 "베일을 들어 올려 눈을 살짝 치켜뜨고 이아손을 쳐다보는데 마치 심장이 뜨겁게 불타오르는 듯했고, 이아손이 자리를 뜨자 꿈을 꾸듯 몸에서 슬며시 혼이 빠져나와 그를 뒤따랐다." 한편, 핀다로스는 고대 그리스의 마술을 엿볼 수 있는 한 구절에서 아프로디테 여신이 이아손에게 메데이아의 마음을 사로잡는 방법을 가르쳤다고 묘사했다.

> 무시무시한 화살의 여왕, 키프로스 태생의 아프로디테께서
> 개미잡이를 바퀴살이 네 개인 바퀴에 단단히 묶으시고
> (인류가 미쳐버린 새를 목격한 것은 이때가 처음이었으니) 영리한
> 이아손에게는 메데이아를 유혹할 부적과 주문을 가르치셨으니
> 설득의 신이 휘두른 막대기에 맞은 메데이아는 자신의 부모도 잊고
> 그리스를 향한 욕망에 불타올랐도다.

부모의 뜻을 따르는 길과 이아손을 구하는 길 사이에서 괴로워하던 메데이아는 살그머니 빠져나와 마법의 연고를 만들기 위해 죽음의 여신 헤카테 신전으로 갔다. 이아손은 신들의 인도를 받아 이곳에서 메데이아와 만났다. 마음의 결정을 한 메데이아는 그에게 무엇을 해야 하는지 서둘러 설명했다. 반드시 자정에 헤카테 여신께 양을 제물로 바친 뒤 연고를 자신의 몸과 무기에 발라야 어떠한 피해도 보지 않을 거라고 당부했다. 그리고 무장한 전사들이 밭고랑에서 솟아났을 때 그들 사이에 바위를 던져 자기들끼리 서로 싸우도록 유도하라는 조언도 잊지 않았다.

이아손은 자신을 돕는 메데이아를 바라보면서 사랑에 빠졌다. 그는 만약 자신이 살아남는다면 메데이아를 이올코스로 데려가 아내로 삼아 그리스 전역에서 칭송을 받고, 모든 여자들의 동경을 한몸에 받는 여인이 되게 해주겠노라고 약속했다. 메데이아는 이 제안을 열렬히 반겼다. 핀다로스의

표현을 빌리자면, "그들은 달콤한 부부의 연을 맺기로 기꺼이 동의했다."

메데이아의 묘약과 조언 덕분에 이아손은 아이에테스 왕이 제안한 시험을 무탈하게 완수했지만, 왕은 합의했던 상을 수여하지 않고 아르고호 원정대를 제거할 계략을 꾸몄다. 메데이아는 이러한 왕의 의도를 알아챘다. 아폴로니우스가 묘사한 바에 따르면, 공주는 맨발로 궁전을 빠져나와 한 손으로는 다른 사람들이 알아보지 못하게 베일을 붙잡고, 다른 손으로는 더 빨리 달리기 위해 치맛단을 움켜쥐고 비좁은 뒷골목을 내달렸다. 아르고호에 당도한 공주는 선원들에게 전속력으로 노를 저어 신성한 숲으로 가서 황금 양모를 훔쳐야 한다고 설득했다.

해안에 뛰어내린 이아손과 메데이아는 떡갈나무를 향해 뛰었다. 이미 떠오르기 시작한 햇빛에 황금 양모가 반짝이고 있었다. 하지만 잠들지 않는 뱀의 노란 눈동자도 보였다. 두 사람이 다가가자 그들의 머리 위쪽으로 뱀이 모습을 드러냈다. 고개를 쳐든 뱀의 송곳니에서는 침이 흘러내렸다. 메데이아는 이에 굴하지 않고 부드럽고 나직하게 자장가를 불렀고, 괴물의 머리에 잠들게 하는 약을 뿌렸다. 무거운 눈꺼풀이 닫히며 뱀의 목이 땅바닥에 떨어졌다. 잠이 든 것이다. 이아손과 메데이아는 황금 양모를 손에 넣어 아르고호로 달려갔다. 이윽고 동이 터왔다. 원정대는 밧줄을 풀고 세차게 노를 저어 거울같이 잔잔한 흑해의 수면을 갈랐다.

친족 살해도 불사한 원정대의 귀항길

상황을 보고 받은 아이에테스 왕은 해안으로 달려가 병사들에게 함대를 출항시켜 공주와 황금 양모를 훔쳐간 도적들을 추격하라고 지시했다. 콜키스 병사들은 점차 간격을 좁혀 흑해 서해안 부근에서 아르고호를 거의 따라잡았다. 어떻게든 추격을 늦추고 싶었던 메데이아는 배에 몰래 태웠던 자신의 동생 압시르토스Apsyrtos를 살해한 후 시신을 절단해 바다에 뿌렸다. 바닷물에 떠다니는 손가락과 다리, 팔, 머리를 본 아이에테스 왕은 병사들에게 배를 멈추고 수거하라고 명했다. 그는 아들을 해안가에 장사 지낸 후 도시를 세우고 사지가 절단된 아들을 추모하기 위해 토모이(현재

토미, '템노temno'는 '내가 잘랐다'는 뜻)라는 이름을 붙였다.

아르고호의 귀향 경로에 대해서는 고대의 저자들 사이에 이견이 많았다. 일설에는 도나우 강을 타고 북쪽으로 올라갔다가 론 강을 타고 남쪽으로 내려온 뒤, 저승과 관련이 있는 서쪽 땅까지 이동한 경로를 언급했다. 아르고호 원정대가 이동한 경로는 오디세우스가 자신의 고향 이타카로 돌아가는 항해 경로와 유사하다. 아르고호는 키르케를 찾아 압시르토스의 살인죄를 정화하는 의식을 치렀고, 세이렌들의 바위를 지났다. 이때 오르페우스가 요정들보다 더 아름다운 노래를 불러 원정대가 세이렌들의 노래에 미혹되는 것을 막았다. 그리고 크레타 섬에서는 청동 거인 탈로스의 발목에서 나사를 뽑아 그의 혈관에서 흐르는 용액을 모두 쏟아내어 그를 물리칠 수 있었다.

이올코스로 돌아온 이아손은 펠리아스에게 프릭소스의 혼백을 담고 있는 황금 양모를 건넸다. 하지만 펠리아스는 왕위를 이양하지 않았다. 그러자 이번에도 메데이아가 손을 썼다. 일설에는 이아손이 도착했을 때 아버지인 아이손이 아들의 임무가 실패로 돌아갔다는 펠리아스의 말에 넘어가 황소의 피를 마시고 자진했다고 한다. 또 다른 설에는 아이손이 살아 있었지만 나이가 많아 매우 노쇠한 상태였고, 메데이아가 마법을 부려 아이손을 다시 젊어지게 만들었다고 한다. 메데이아가 주문을 건 뒤 아이손의 목에 구멍을 내고는 그의 몸을 끓는 가마솥에 집어넣어 그 안으로 마법의 즙을 부었다는 것이다. 그리고 나서 아이손은 팔팔하고 잘생긴 청년이 되어 다시 인생의 봄을 맞았다고 한다. 한편 아이손이 이미 죽었다고 하는 설에서도 방법은 다르지만 메데이아가 늙은 숫양으로 마법을 써서 아이손을 청년으로 부활시켰다고 한다.

펠리아스의 딸들도 제 아버지를 회춘시키고 싶어 메데이아에게 사정했다. 메데이아는 딸들에게 자신이 마법을 부릴 것이니 펠리아스의 목에 구멍을 내라고 지시했다. 하지만, 메데이아는 우쭐거리며 약속을 지키지 않았다. 그러자 백성들은 이국에서 온 공주가 왕을 시해했다며 모두 들고 일어나 이아손과 메데이아를 추방했다. 두 사람의 사랑은 멀리 코린토스에서 피로 얼룩지며 불행하게 끝났다. 그리고 이올코스에서는 펠리아스의 아들 아카스토스(그 역시 아르고호 원정대의 일원이었다)가 왕위를 계승했다.

인간과 여신의 결혼, 그리고 불화의 여신

파가사이 만에서 남쪽에 위치한 프티아의 왕자 펠레우스 역시 아르고호 원정대의 일원이었다. 아카스토스의 아내 크레테이스Cretheis는 자신이 연모하던 펠레우스가 퇴짜를 놓자 도리어 그가 자신을 겁탈하려 했다고 무고했다. 그러나 아카스토스는 그를 처형하는 대신 펠리온 산에서 함께 사냥을 하며 그를 죽일 구실을 찾으려 했다. 두 사람은 치열히 경쟁하며 동물을 잔뜩 사냥해 포대에 담았다. 해 질 무렵이 되자 아카스토스는 펠레우스가 노획한 짐승들을 자기 것이라고 주장하며 시비를 걸었다. 마침 펠레우스는 자기가 잡은 동물들의 혀를 잘라두었는데, 그것들을 증거로 내보이며 항변했다. 껄끄러운 만찬을 마치고 펠레우스는 잠이 들었다. 하지만 그가 깨었을 때는 아카스토스가 펠레우스의 무기를 가지고 사라진 뒤였다. 숲에 남겨진 펠레우스는 전날 밤 사냥으로 살육당한 동물의 원수를 갚으려는 켄타우로스 무리에 포위되어 죽을 위기에 처했다. 하지만 이때 케이론이 나타나 사태를 수습한 덕분에 펠레우스는 가까스로 목숨을 건졌다.

한편 케이론은 제우스가 바다의 님프 테티스와 펠레우스를 결혼시키려 한다는 사실을 알고 있었다(제우스가 아름다운 테티스와 동침하지 않은 유일한 이유는 장차 테티스가 낳을 아들이 아버지를 능가할 것이라는 예언이 있었기 때문이다). 테티스는 필멸의 인간과는 짝이 되고 싶어 하지 않았지만, 동굴에서 쉬고 있다가 펠레우스에게 붙들리고 말았다. 그녀는 처음에는 불로, 다음에는 물로, 뱀으로, 사자로, 오징어로 변신하며 있는 힘껏 저항했다. 하지만 펠레우스는 테티스가 지쳐서 포기할 때까지 절대 놓아주지 않았다.

그들의 결혼식은 케이론의 동굴 근처에서 성대하게 열렸다. 무사이가 노래하고 네레이데스가 춤을 추는 장면을 켄타우로스들이 감탄하며 지켜보았다. 그런데 연회가 정점에 이르렀을 때 별안간 얼음처럼 차가운 기운을 내뿜으며 검은 옷을 입은 형상이 연회장으로 성큼성큼 걸어 들어왔다. 불화

기원전 5세기에 세워진 아테네 파르테논 신전 남쪽 입구의
메토프 부조. 켄타우로스족과 라피타이족의
전투 장면을 묘사하고 있다.

의 여신 에리스였다. 에리스는 펠레우스가 깜빡하고 초대하지 않은 것에 대
해 복수를 감행했다. 망토 안에서 황금 사과를 꺼낸 여신은 연회장 한가운
데로 사과를 굴렸다. 그러고는 아무 말도 하지 않고 뒤돌아서 가버렸다.

사과에는 이런 글귀가 새겨져 있었다. '가장 아름다운 자에게.' 사과를
본 모든 여인과 님프와 여신이 나서서 사과가 자신의 것이라고 주장하면
서 연회장 분위기는 험악해졌다. 사과의 주인은 이로부터 한참이나 지난
뒤에 가려졌다. 제우스는 이다 산에 살고 있던 파리스 왕자에게 사과의 주
인을 결정할 권한을 부여했고, 그의 판결로 장차 트로이가 몰락하게 된다.

켄타우로스족과 라피타이족의 전투

라피타이족의 지배자 페이리토오스(제우스와 익시온의 아내 디아 사이에 태어
난 아들)가 히포다메이아('말을 길들이는 자')와 결혼했을 때, 펠리온 산의 동
굴에서 치러진 이 결혼식은 켄타우로스족에게 엄청난 파국을 촉발하게 된
다. 아테네의 왕 테세우스는 칼리돈의 멧돼지 사냥을 비롯해 페이리토오
스와 수많은 모험을 함께한 친구였다. 그러므로 테세우스가 신랑인 페이
리토오스의 들러리를 서는 것은 자연스러운 일이었다. 지방 고위 관리들
과 페이리토오스의 켄타우로스족 사촌들을 비롯해 신들까지도 대거 결혼
식에 참석했다.

연회장에는 포도주가 넘쳐났는데 평소 술을 절제하던 켄타우로스들
에게는 재앙과도 같은 것이었다. 금세 술에 취한 켄타우로스족들은 사나
운 짐승처럼 날뛰었다. 켄타우로스 하나가 히포다메이아를 납치하려 했
고, 다른 켄타우로스들도 하객들의 아내를 추행하려고 했다. 그러자 테세
우스와 라피타이족이 페이리토오스를 돕기 위해 일어섰다. 켄타우로스들
은 나무를 뽑아 무기로 삼거나 바위를 던지며 연회를 주최한 사람들을 공
격했다. 격렬한 전투를 벌이며 수많은 사상자를 냈지만, 결국 라피타이족
의 승리로 끝났다.

이후 이웃들로부터 외면당한 켄타우로스족은 펠리온을 영원히 떠났
다. 일부는 서쪽으로 이동해 핀도스 산맥에 도달했고, 케이론을 비롯한 무
리는 남쪽으로 이동해 펠로폰네소스에 도착했다. 하지만 펠로폰네소스에
정착한 켄타우로스족은 폴로스가 포도주를 헤라클레스에게 대접했을 때
또다시 술로 인해 파멸을 자초했다.

죽음의 신도 막지 못한 헌신적 사랑

이올코스나 그 인근에서 결혼식을 치르면 재앙이 따라다녔던 모양이다.
이올코스에서 내륙으로 몇 마일 떨어진 페라이의 왕 아드메토스Admetos
가 펠리아스의 딸 알케스티스Alcestis에게 청혼을 했을 때도 피해갈 수 없었
다. 펠리아스는 딸의 구혼자들에게 불가능한 과제를 제시했다. 사자와 멧

돼지에게 멍에를 씌워 전차를 끌게 하고 그 전차를 몰아 이올코스의 경기장을 도는 것이었다. 하지만 아드메토스는 아폴론과 헤라클레스의 도움으로 과업을 완수했음에도 불구하고, 일을 서두르다가 아르테미스에게 희생제 올리는 것을 잊고 말았다. 그가 신방에 들어갔을 때 방 안에는 뱀들이 우글거리고 있었다. 두려움에 싸인 그는 아폴론에게 아르테미스의 분노를 막아달라고 기도했고, 아드메토스를 아끼던 아폴론이 그를 위기에서 구해주었다. 게다가 아폴론은 아드메토스가 명이 다해 죽을 때 가족 중 누구든지 그를 대신해 자기 목숨을 희생한다면 아드메토스를 살려줄 것이라고 약속했다.

　세월이 흘러 죽은 자의 영혼을 저승으로 데려가는 임무를 맡은 헤르메스가 페라이에 도착해 아드메토스의 죽음을 선포하려고 할 때였다. 아드메토스는 깜짝 놀라 그를 대신해 죽을 사람을 수소문했다. 하지만 그를 대신해 기꺼이 죽겠다고 한 이는 알케스티스 왕비뿐이었다. 결국 왕비는 자신의 목숨을 내놓았고, 홀로 살아남은 아드메토스는 자책감에 시달렸다. 에우리피데스는《알케스티스》에서 이때 헤라클레스가 도움을 주었다고 기록했다. 장례식에서 죽음의 신과 맞닥뜨린 헤라클레스는 알케스티스를 구해내고, 그녀의 얼굴을 베일로 가린 채 아드메토스에게 인도했다. 헤라클레스는 왕에게 왕비의 정체를 밝히지 않고 아내로 맞으라고 제의했다. 아드메토스는 그러한 제의에 분개했으나, 마침내 진실이 드러났다. 죽음의 신이 알케스티스를 되돌려준 것이었다. 지극한 사랑의 승리였다. 다른 신화들과 달리 이 신화에서만큼은 사랑하는 남녀가 행복한 결말을 맞는다.

이올코스의 과거와 현재

20세기 말, 볼로스와 인접한 디미니에서 미케네 시대의 유적이 최초로 발굴되었다. 도로망을 갖춘 도시이자 테살리아 지역의 유일한 미케네 시대 왕궁이 자리한 디미니의 가치는 곧 주목을 받게 되었다. 시리아와 소아시아에서 건너온 최고급 수입품 목록을 통해 디미니가 물물교역의 중심지였음을 확증할 수 있었고, 덕분에 고고학자들은 신화 속의 이올코스도 확인할 수 있었다. 한편 디미니의 역사는 그보다 훨씬 과거로 거슬러 올라간다. 신석기 시대 후기인 기원전 5000년대 초, 당시 파가사이 만 북부 연안의 작은 만에서 위쪽으로 위치한 언덕에 마을이 세워졌다. 이 정착촌은 서쪽으로 몇 마일 떨어진 거리에 있는 농경 마을 세스클로Sesklo와 교류가 있었던 것으로 보인다. 세스클로는 디미니보다 훨씬 이른 시기인 기원전 6850년경에 세워졌으며, 번영기에는 인구가 3000명가량 되었다. 아마도 디미니는 세스클로 연안에 세워진 식민도시였던 것 같다. 두 도시에 사람들이 함께 거주했던 시기는 400년 정도였고, 기원전 4400년경에 세스클로는 황폐화되었다.

신석기 시대 후기에 디미니는 번영했다. 개방된 공공장소들이 발견되어 공동체 활동이 활발했음을 유추할 수 있다. 그리고 돌로 쌓은 토대 위에는 최대 50채의 진흙벽돌 집을 지었고, 주거지 옆으로는 골목길을 내고, 마을 외곽으로는 성벽을 쌓았다. 도자기를 굽는 가마의 온도는 섭씨 850도(화씨 1562도)까지 올릴 수 있었다. 세월이 흘러 마을은 쇠퇴했고, 기원전 3000년경에는 대가족 한 가구 정도가 거주했을 뿐 그마저도 곧 떠나버렸다. 기원전 2000년에는 공동묘지로 사용되었다.

기원전 14세기 들어 산 아래 남동쪽 방향으로 미케네 왕궁과 마을이 건설되고 나서야 이 지역은 다시 주민들로 가득 찼다. 지금까지 발굴된 두 개의 원형 무덤 중 한 곳은 신석기 시대의 유적지에 지어졌고, 두 번째 원형 무덤은 마을 서쪽으로 조금 떨어진 곳에 위치한다. 한편 왕궁 내의 메가론 바닥과 벽은 하얀색 회반죽을 발라서 마무리했고, 메가론 양옆에는 복도를 두고 두 개의 부속 건물(북쪽 부속 건물은 숙소이고 남쪽 부속 건물은 작업장과 저장실이다)이 있었다. 이들 건물은 기원전 13세기 후반에 아마도 사고로 파괴된 듯하다. 이후 건물 두 개로 구성된 새 왕궁이 지어졌는데, 벽에는 점토 줄무늬가 있었고 입구 근처에는 점토로 건설한 제단이 있었다. 이 왕궁은 기원전 1200년경 화재로 소실되었다. 두 시기 가운데 어느 시기에도 방어벽이 존재하지 않았던 것으로 보이며, 그 때문에 특히 바다로부터 침입해온 적들의 공격에 취약했던 듯싶다.

이올코스와 펠리온 산 : 반인반마와 영웅 원정대의 탄생

이후로 디미니에 다시 정착하는 사람들은 없었다. 과거에 비해 지금은 해안선이 내륙에서 남쪽으로 여러 마일 물러나 있으므로 기원전 4세기 말 데메트리오스 1세 폴리오르케테스(포위자)가 건설한 데메트리아스를 비롯해 후대에 생긴 마을은 현재의 볼로스나 그 인접한 지역에 세워졌다. 현재 디미니의 위치는 볼로스 근교에 해당한다.

1886년에 고고학자들이 '라미오스피토Lamiospito'('귀신이 출몰하는 집')라는 원형 무덤을 시작으로 유적을 발굴하게 되었다. 미국 언론에서는 출토된 황금 장신구에 대해 "그 크기가 못의 머리만큼이나 작은 데도 불구하고 매우 아름답고 마감 처리가 흠잡을 데 없다"며 극찬하는 기사들을 쏟아 냈다. 또 발굴된 유물들로 미루어 볼 때 "지역 거주민들이 해양 관련업에 종사한 것으로 추정 가능하다"고 덧붙였다. 그리고 불과 6년 뒤 역사학자들은 이렇게 썼다. "여기 파가사이 만의 고요한 물가에서, [미케네인은] 항해술을 처음으로 익혔다. 이후 그들은 머나먼 원정길에 올라 모험을 떠났고, 그 기억은 아르고호 원정대 신화 속에 고스란히 남아 있다."

오늘날 볼로스는 번화한 항구 도시로서 영웅 이아손을 자랑스럽게 추억하고 있다. 부두에는 고증으로 재연한 아르고호가 손님을 맞이하고 있으며, '아르고 박물관'을 새로 짓는 계획도 추진 중이다.

신화의 배경: 이올코스

주요 연대와 유적지

BC 6850년경	세스클로에 주거지가 형성되었다.
BC 4800년경	디미니에 주거지가 형성되었다.
BC 4400년경	세스클로 주민들이 마을을 버리고 떠났다.
BC 15세기	최초로 미케네인의 주거지가 형성되었다.
BC 14세기	디미니에 최초로 미케네 왕궁이 건설되었고 '라미오스피토' 원형 무덤이 지어졌다.
BC 13세기	두 번째 미케네 왕궁이 축조되었다.
BC 1200년경	디미니 주민들이 마을을 버리고 떠났다.
AD 1886년	'라미오스피토' 원형 무덤이 발견되었다.
AD 1997년	디미니에서 미케네 도시와 왕궁이 처음으로 발굴되었다.

디미니는 볼로스 근교에 위치하며, 볼로스 시로 향하는 분주한 E92번 고속도로에서 유적지까지는 도로 표지가 잘 정비되어 있다. 아직도 발굴 중이고 대중에게 공개되지 않은 탓에 미케네 유적지는 주변에 둘러쳐진 울타리 너머로 구경할 수밖에 없다. 하지만 좁다란 골목길과 주거지를 여섯 구역의 낮은 성벽으로 둘러싸고 있는 **신석기 시대의 디미니 마을**은 한번 돌아볼 가치가 있다. 가장 북쪽에는 일부 붕괴된 미케네 시대 '**라미오스피토**' 원형 무덤이 있다. 여기서 길을 따라 서쪽으로 가면 두 번째 원형 무덤이 있다(출입 금지).

나지막한 산등성이에 아름답게 자리하고 있는 디미니 마을에서 서쪽으로 국도를 따라 이동하면 **세스클로**가 나온다. 돌과 점토, 진흙벽돌로 지어진 주거지 유적이 넓은 지역을 차지하고 있으며 안내방송으로 관련 정보를 자세히 제공하고 있다.

내륙으로 더 들어가면 **페라이**(지금의 벨레스티노Velestino)가 나오는데, 이곳에는 **제우스 타울리오스의 신전 터**는 물론, **히페레이아 샘**Hypereia Fountain이 현재 발굴 중이며 **주랑**, **성벽**, **탑**, 그리고 **헤라클레스 신전**이 있다.

볼로스 고고학 박물관에는 **황금 장신구**, 점토로 재현한 **말 두 필이 끄는 전차**를 포함해 신석기 시대의 유물과 청동기 시대 무덤에서 나온 유물이 소장되어 있다. 당시의 매장 방식을 따라 무덤을 재현한 전시물도 있다. **미케네 시대 선박**이 그려진 도자기 파편도 전시되어 있다. 가장 놀라운 유물은 기원전 3~2세기의 **채색 묘비**라고 할 수 있다. 죽은 자가 살아 있는 자와 이별하는 장면을 표현한 것으로, 신기하게도 선명하게 채색이 보존되어 있다. 한 묘비에는 저승의 재판관들인 미노스와 라다만티스를 언급하는 슬픈 비문이 보인다. 알케스티스의 죽음을 애통해하는 아드메토스를 누군가는 떠올릴지도 모르겠다.

미노스와 라다만티스여! 만약 당신께서 다른 여인의 품행이 단정하다고
판단하셨다면 아리스토마코스의 따님 역시 품행이 단정하다고 판결하소서.
아름답고 경건하신 따님을 축복 받은 자들의 섬으로 데려가소서.
크레타의 틸리소스에서 그대는 성숙한 여인이 되셨고
이제 이 땅에 고이 잠들었도다.
그대는 아르키디케처럼 불사의 존재가 되리라.

13

코린토스 :
거짓된 사랑의 약속들

코린토스에 대해서는 한 치도 거짓을 말하지 않으리라. 거짓은커녕
신처럼 행세하며 속이기를 좋아했던 시시포스에 대해, 친부의 바람을 저버리고 결혼한
메데이아에 대해 …… 그리고 여기 코린토스에서 홀을 들고 왕궁과 영지를 소유했던
이[벨레로폰]에 대해 얘기하리라. 그는 한때 뱀이 머리카락처럼 달린 고르곤의 소생,
곧 [날개 달린 말] 페가소스를 다루기 위해 엄청난 역경을 견디었으니 처녀 여신
아테나께서 그에게 황금 가죽으로 된 말고삐를 주셨다. 그렇게 꿈은 현실이 되었다.

어둠 속에 잠들어 있던 벨레로폰은 어스레하게 빛나는 아이기스를 든 처녀 여신
아테나께서 자기에게 말씀하셨다고 믿었다. 그는 벌떡 일어나 마법의 말고삐를
손에 붙잡고 기쁜 마음으로 허둥지둥 발걸음을 재촉해 왕궁 제사장을 찾아가
그에게 모든 사실을 얘기했다. …… 제사장은 즉시 꿈에서 들은 조언대로 실행할 것을
지시했다. 즉, 정강이 튼튼한 황소를 대지를 흔드시는 포세이돈께 제물로 바치고,
지체 없이 말의 여신 아테나께 제단을 쌓으라. 신들의 힘은 인간의 기대와 맹세를
간단히 꺾을 수 있노라. 그러므로 위대한 벨레로폰은 흥분된 마음으로
날개 달린 말을 붙잡고 그 턱 사이에 말을 길들이는 재갈을 끼워 넣었다.
그런 뒤 청동 갑옷과 투구로 무장하고 말 위에 올라탔으니……

– 핀다로스, 《올림피아 송가》, 13권 72행 이하

관광버스 행렬이 요란한 소리를 내며 좁은 도로로 몰려들기 전, 태양이 고대 코린토스 위로 떠오르고 고요한 마을이 깨어난다. 그림자들이 나른하게 늘어지고, 아폴론 신전은 황금빛으로 빛난다. 항구에서 이어지는 포장도로는 고대의 모습을 간직하고 있으며, 페이레네 샘터 옆에서 폭이 넓은 계단을 통하면 햇빛을 받아 꿀처럼 노랗게 빛나는 시장 유적지로 들어선다. 유적지 뒤로 초목이 무성한 고원에 우뚝 솟은 아크로코린토스는 은은히 빛나는 잿빛 절벽에 세워진 요새다. 바위 언덕에는 중세 시대 요새의 성벽이 둘러져 있는데, 성벽 맨 위쪽에는 톱니 모양의 총안이 눈에 띈다. 아크로코린토스는 태양신 헬리오스의 성지였으나 이미 고대에 패권을 잃었고, 언덕 정상에는 헬리오스에게 지배권을 양도 받았던 여신의 석조 신전이 세워져 있었다. 그러나 현재는 햇빛을 받아 온기를 뿜고 있는 요새의 성벽 근처에 흔적 없이 사라진 신전의 돌무더기만이 바람에 흔들리는 잡초 사이사이에 흩어져 있다. 그 여신은 바로 사랑과 성욕의 신이자 달콤한 유혹의 신인 아프로디테였다.

불을 훔쳐 인간에게 건넨 선지자와 최초의 여성

수많은 코린토스(초기 문헌에서는 에피라Ephyra로 불렸음) 신화의 중심에 놓여 있는 주제는 '유혹'이다. 유혹을 이기지 못하고 비극을 맞이한 판도라 이야기가 대표적이다. 서쪽으로 20킬로미터 떨어진 시키온, 그러니까 신과 인간 사이에 발생한 분쟁을 조정하고자 티탄 신족 프로메테우스가 제물을 바쳤던 일로부터 이야기는 시작된다. 프로메테우스는 황소 한 마리를 도살한 후 살코기는 가죽으로 덮고 뼈다귀는 윤기가 흐르는 비계로 포장해 제우스에게 어느 제물을 흠향할지 선택하라고 했다. 제우스는 덩치가 더 큰 제물, 즉 기름덩어리에 덮인 뼈다귀를 선택했다. 자신이 실수를 한 것을 알아챈 제우스는 분노로 이글거렸다. 게다가 자신이 분별력 없음을 드러낸 꼴이 되었을 뿐 아니라 신에게 바칠 제물에 대해 잘못된 선례를 남겼기 때문이다. 이후로 인류는 자신들의 만찬을 위해 살코기를 남겨 두고 동물의 뼈와 비계를 태워 신들에게 바쳤다. 프로메테우스가 여기서 그치지 않고 하늘에서 불을 훔쳐다 인간에게 건네자 제우스는 분노를 참지 못하고 프로메테우스를 응징하는 데 나섰다. 제우스는 이 괘씸한 티탄을 바위에 묶어 두고 독수리로 하여금 간을 쪼아 먹게 했다. 하지만 프로메테우스의 간은 밤새 새로 자라났다. 그리고 자신이 속임을 당한 것처럼 제우스도 선물 아닌 선물을 하나 준비했다. 외모는 아리땁지만 파멸을 부르는 '잔혹한 미인', 바로 최초의 여성 판도라였다.

헤시오도스는 헤파이스토스가 판도라를 빚는 장면을 이렇게 묘사했다.

> 흙으로 정숙한 처녀의 몸을 만들었고, 회색 눈동자의 아테나는
> 옷과 허리띠를 주었고, 설득의 여신과 삼미신은 황금 목걸이를
> 주었으며, 계절의 여신들은 봄에 핀 꽃들로 화관을 만들어 머리에
> 꽂아주었다. 헤르메스는 이 처녀의 가슴에 설득력 있고 교묘한
> 거짓말을 심었고, 판도라['모든 선물']라는 이름을 붙여주었으니
> 이는 신들이 이 여자에게 인류를 고통에 빠뜨릴 수많은 선물을
> 주었기 때문이다.

제우스는 프로메테우스의 아둔한 동생 에피메테우스Epimetheus에게 결혼 선물과 함께 판도라를 주어 아내로 삼게 했다. 한편 판도라에게는 커다란 항아리(판도라의 상자는 항아리를 뜻하는 그리스어 '피토스pithos'가 상자를 뜻하는 라틴어 '픽시스pyxis'로 오역된 것이 그대로 정착된 표현임 – 옮긴이)를 주면서 절대 열어보지 말라고 당부했다. 타고난 성정이 거짓된 판도라는 당연히 제우스의 말을 따르지 않았고, 그로 인해 발생한 결과는 돌이킬 수 없었다. 항아리의 뚜껑을 열자마자 온갖 재앙과 슬픔의 화신들이 떼를 지어 빠져나왔다. "오직 희망만이 항아리 입구 가장자리 아래에 남아 날아가지 못했다. 아이기스를 지니시고 구름을 모으시는 제우스의 뜻에 따라 항아리 뚜껑이 희망의 탈출을 가로막았다. 하지만 이때부터 수천 가지 병폐가 퍼져 인간들을 괴롭혔다. 지상은 슬픔으로 가득했고, 바다 역시 마찬가지였다." 코린토스를 창건하고 왕이 된 전설의 인물 시시포스는 사라지지 않은

희망을 진심으로 반겼을 것이다.

죽음으로부터 돌아온 자

본래 트라키아 태생이었던 시시포스는 동생인 살모네우스와 함께 펠로폰
네소스로 여행을 떠났다. 두 형제는 서로 원수 보듯 했고, 둘 모두 오만했
다. 시시포스가 살모네우스의 딸이자 자신의 조카인 티로를 유혹한 것도
순전히 두 사람의 결합으로 태어날 아들이 살모네우스를 죽일 것이라는
신탁을 들었기 때문이다. 나중에 티로는 그 예언을 알고 나서 시시포스에
게 절망한 나머지 자기 자식들을 모두 죽여 버렸다. 결국 시시포스는 살모
네우스를 죽이려던 계획을 포기했다(앞에서 살펴보았던 신화에서 티로는 이올
코스의 왕 크레테우스와 결혼해 아이손을 낳았다. 이아손의 배우자인 메데이아는 코린
토스의 신화에서 중요한 역할을 한다).

시시포스의 간계는 형제 살해 시도로 끝나지 않았다. 그는 죽음의 신조
차 속이려 들었다. 제우스가 독수리로 변신해 그 지방의 님프인 아이기나
Aegina를 납치해 지금은 이 여인의 이름으로 불리는 섬으로 데려갔을 때였
다. 아크로코린토스(코린토스의 아크로폴리스)에서 모든 것을 지켜보던 시시
포스는 님프의 아버지이자 하신河神인 아소포스에게 만약 아크로코린토스
에 샘을 만들어주면 딸의 소재를 알려주겠다고 제안했다. 곧 땅에서 물이
콸콸 솟아나며 페이레네 샘이 생겼고(현재 아크로폴리스 아래쪽 도시, 고대의 코
린토스에 동일한 이름의 샘이 있다), 제우스의 불륜 행각도 만천하에 알려졌다.

한편 제우스의 명령을 받고 죽음의 신이 시시포스를 저승으로 압송하
기 위해 발에 족쇄를 채워 코린토스를 찾았다. 하지만 시시포스가 한 수 위
였다. 시시포스는 죽음의 신에게 먼저 족쇄를 제대로 착용하는 시범을 보
이라고 요청하고선 죽음의 신을 쇠사슬로 결박해 감금해버렸다. 죽음의
신이 힘을 쓸 수 없게 되자 지상에서는 아무도 죽을 수가 없었다. 하지만
이는 결코 축복이 아니었다. 전장에서 사지 불구가 된 전사들도, 노쇠한 이
들도, 병세가 심한 이들도 모두 죽을 수 있게 해달라고 간청하기 시작한 것
이다. 마침내 신들은 아레스를 보내 죽음의 신을 결박에서 풀어주고 시시

코린토스 : 거짓된 사랑의 약속들

포스를 저승에 데려가도록 했다. 이번에도 시시포스는 순순히 따라가지 않았다. 그는 죽기 전에 아내에게 자신의 주검을 코린토스의 아고라에 그냥 방치해두라고 지시했다. 시시포스의 혼백이 아레스와 함께 저승 입구에 도착하자 저승에는 장사를 지낸 자들만 들어갈 수 있으므로 자신이 받아들여져서는 안 된다고 (지극히 합리적으로) 주장했다. 그러고는 이승으로 돌아가 불경한 죄를 저지른 아내를 꾸짖고, 장사를 제대로 치러야 한다고 덧붙였다. 결국 시시포스는 자신의 계략대로 코린토스에 돌아왔지만, 저승에는 되돌아가지 않았다. 하지만 제우스의 화를 자초한 꼴이었다. 제우스는 헤르메스를 보내어 시시포스를 저승으로 압송했고, 이 사기꾼에게 영원히 끝나지 않을 형벌을 내렸다. 시시포스에게 내려진 형벌은 가파른 산꼭대기 정상에 무거운 바위를 굴려 올리는 것이었다. 물론 다들 알다시피 정상 근처에 다다르면 바위는 아래로 다시 굴러 떨어질 뿐이었다.

　시시포스가 늘 불손하고 무례한 것만은 아니었다. 이노가 헤라의 저주로 실성해 아들인 멜리케르테스와 함께 바다에 몸을 던지자 돌고래가 멜리케르테스의 주검을 해안가로 가져왔다. 조카의 주검을 발견한 시시포스는 멜리케르테스를 코린토스 근처 이스트미아에 장사 지내고, 그를 기념해 추모 장례 경기를 제정했다. 고대에 포세이돈에게 헌정된 이 제전은 2년마다 이스트미아에서 행해졌다.

신들에게 닿고자 했던 영웅의 최후

시시포스는 적자와 서자를 비롯해 여러 아들을 두었다. 일설에 따르면, 글라우코스Glaucos는 적자였고, 오디세우스는 서자였다. 한편 글라우코스의 아들 벨레로폰에 관한 전설들은 상충되는 부분이 너무 많아 합리적으로 연결하기가 힘들지만, 호메로스를 제외한 대다수의 이야기에서 페가소스를 길들인 주인으로 알려져 있다. 벨레로폰은 날개 달린 페가소스, 즉 메두사의 피에서 태어난 천마가 아크로코린토스의 페이레네 샘가에서 풀을 뜯어 먹고 있을 때 아테나와 포세이돈의 도움으로 굴레를 씌우는 데 성공했다. 그리고 얼마 지나지 않아 벨레로폰은 페가소스에게 목숨을 빚지게 된다.

벨레로폰이 실수로 사람을 살해하고서 티린스로 추방을 당했을 때의 일이다. 그를 연모하던 티린스의 젊은 왕비 안테이아(스테노보이아 Sthenoboea로 불리기도 함)는 자신의 구애를 거부한 벨레로폰에게 복수를 감행했다. 호메로스는 다음과 같이 전한다.

왕비는 왕에게 거짓말을 했소. "당신이 죽든지 아니면
벨레로폰을 죽이세요. 그자는 내가 싫다는데도 나와
동침하려 했어요." 이 말을 듣고 왕은 분노에 사로잡혔지만
경건한 사람이었던 왕은 그분을 죽이는 것을 꺼렸소.
그 대신 벨레로폰을 리키아로 보냈고, 그의 목숨을 앗아갈 만한
재앙의 기호들을 새긴 두 겹으로 접은 서신을 그에게 건네며
그것을 자기 장인에게 보이라고 하였으니
그는 틀림없이 죽임을 당할 것이었소.

편지의 내용을 전혀 알지 못했던 벨레로폰은 속 편하게 페가소스를 타고 동쪽으로 갔다. 리키아 왕 이오바테스Iobates는 안테이아의 요청에 따라 벨레로폰에게 키메라Chimaera를 죽이라는 치명적인 임무를 부여했다. 불을 내뿜는 이 괴물은 머리가 셋이나 되었다. 하나는 사자의 머리이고, 다른 하나는 등에 솟아난 염소의 머리이고, 마지막 하나는 꼬리에 달린 뱀의 머리다. 벨레로폰은 페가소스를 타고 키메라의 불길이 해를 입히지 못할 만큼 높이 날아올라 화살을 비처럼 꽂았다. 일설에는 그가 납이 달린 긴 창을 사자의 턱주가리에 찔러 넣자 키메라의 불길에 납이 녹으며 목구멍으로 흘러내려 키메라가 질식해 죽었다고 한다. 키메라를 무찌르고 나서 벨레로폰은 이오바테스 왕에게 돌아갔다.

왕은 당황했다. 어째서 신들은 저런 악인을 보호했을까? 왕은 연이어 벨레로폰에게 아마조네스를 비롯해 무시무시한 부족들과 맞서 싸우는 임무를 부여했지만 벨레로폰이 계속 적들을 이기고 돌아오자 당혹감은 점점 커졌다. 결국 이오바테스는 안테이아가 보낸 편지를 꺼내 보여주었다. 벨

레로폰이 진실과 허위를 밝히자 이오바테스는 그에게 자신의 젊은 딸을 주어 사위로 삼았다.

하지만 벨레로폰에게 장밋빛 결말이 기다리고 있지는 않았다. 거듭되는 성공에 오만해진 벨레로폰은 페가소스를 타고 올림포스 산에 오르려고 했다. 이는 신들이 허락하지 않는 범죄 행위였다. 제우스는 즉시 등에를 보내 페가소스의 옆구리를 물어뜯게 했다. 페가소스가 깜짝 놀라며 앞다리를 번쩍 들어 올렸고 벨레로폰은 땅바닥에 처박혔다. 호메로스의 표현을 빌리면, "신들에게 미움을 받은 그는 자신을 학대하며, 사람들이 다니는 길을 피해 알레이오스Aleios 평원을 홀로 떠돌았다." 한편 페가소스의 말굽(페가이pegai는 '샘'을 의미함)에 패인 곳마다 샘이 만들어졌다. 또 페가소스는 여기저기 돌아다닌 끝에 올림포스 산에 이르렀고, 제우스의 벼락을 운반하다가 별자리가 되었다.

메데이아의 복수에 관한 변주들

황금 양모를 회수하기 위해 이올코스에서 파견된 이아손과 그의 아내 메데이아의 이야기는 코린토스에서도 전개된다. 가장 널리 알려진 신화에 따르면, 그리스에 돌아온 직후 이아손의 아내 메데이아는 이아손의 숙부 펠리아스를 속이고 그의 두 친딸을 이용해 살해했다. 그리고 이아손과 메데이아는 두 아들을 데리고 코린토스로 도망치는 신세가 되었다.

그런데 코린토스의 크레온 왕은 이아손에게 자신의 딸 글라우케 Glauce를 아내로 삼을 것을 제안했다. 피신 중이던 이아손에게는 황금 같은 기회나 마찬가지였다. 에우리피데스는 그의 비극《메데이아》에서 코린토스 노인네들이 페이레네 샘가에서 주사위 놀이를 하며 이아손의 결혼 얘기를 쑥덕거렸다고 묘사한다. 이에 격분한 메데이아는 독약을 바른 옷을 선물해 글라우케를 살해했다. 독이 염산처럼 글라우케의 살을 파고들었고, 글라우케를 구하기 위해 뛰어온 크레온에게도 화를 입혔다. 메데이아는 자기 아들들까지도 도륙했다. 이아손이 자식들을 구하려고 달려왔으나 이미 손을 쓸 수가 없었다. 메데이아는 자신의 조부 헬리오스에게 받은, 뱀들이 끄는 전차를 타고 하늘로 솟아올랐다. 한편 그녀는 이아손에게 죽은 자식들을 장사 지낼 기회조차 허락하지 않고(코린토스 만의 저편 페라코라 곳에 있는 헤라의 신역에 직접 장사 지내려 했기에) 아테네로 떠나 아이게우스 왕에게 보호를 요청했다.

코린토스의 고대 설화 중에는 메데이아가 티로와 마찬가지로 연쇄 아동살인범으로 등장하는 것들이 종종 있다. 파우사니아스는 코린토스에 왕이 없었던 때의 일을 이렇게 기록했다.

> 코린토스인은 이올코스에서 메데이아를 초대해 왕위를
> 내주었다. 이아손은 자신의 아내 덕분에 코린토스를 다스렸다.
> 아이들이 태어나자마자 메데이아는 헤라 신전에 데려가 자식들을 묻었다.
> 그곳에 묻으면 불사의 존재가 되리라고 믿었던 것이다.
> 결국 자신의 바람이 근거 없는 믿음이었음을 깨달았고,

자식들을 살해한 현장을 이아손에게 들키고 말았다.

메데이아는 용서를 구했지만 그는 청을 들어주지 않고

배를 타고 이올코스로 돌아갔다.

메데이아 역시 시시포스에게 왕위를 양도하고 배를 따고 떠났다.

여기서 나타난 메데이아의 살해 동기는 앞서 소개한 신화와는 다르다. 이는 그리스 신화가 매우 다양하게 변주되는 것을 상기시켜주는 대목이다. 사실 두 개의 설이 매우 상충됨에도 불구하고 공존했다. 파우사니아스도 코린토스를 답사하며 글라우케 샘을 보았고, 글라우케 공주가 메데이아의 독극물을 해독할 요량으로 이 물에 뛰어들었다는 전설이 내려온다고 기록했다. 근처에는 메데이아의 아들들을 추모하는 비가 있었다. 파우사니아스에 따르면, 그들은 친모의 손에 죽은 것(이는 십중팔구 에우리피데스가 창작한 이야기)이 아니었다. 메데이아의 아들들은 "글라우케 공주에게 전한 선물(독약을 바른 옷) 때문에 코린토스 사람들에게 맞아죽었다고 한다. 하지만 두 아들을 불법적으로 잔인하게 살해한 탓에 코린토스 사람들의 신생아들이 죽어나가기 시작했다. 신탁에 따라 공포의 여신을 상징하는 여신상을 세우고, 해마다 메데이아의 두 아들을 추모하는 제사를 올리고 나서 비로소 재앙이 그쳤다. 무시무시하고 소름끼치게 생긴 이 신상은 오늘날까지 존재한다."

코린토스의 과거와 현재

코린토스가 그리스 본토에서 가장 부유한 도시 중 하나가 된 것은 지리적 이점 덕분이었다. 코린토스 지협 남쪽에 위치한 코린토스는 항구가 두 개였다. 하나는 코린토스 만과 서쪽 아드리아 해로 이어지는 입구였고, 다른 하나는 동쪽의 에게 해로 이어지는 입구였다. 기원전 8세기경 코린토스는 대담하게 해양 식민지 건설에 나섰고, 코르푸의 케르키라 섬과 시칠리아의 시라쿠사 섬 등에 도시를 건설했다. 기원전 7세기 중엽 선견지명이 있던 키프셀루스Cypselus 참주는 코린토스의 무역 기반을 강화했다. 키프셀루스와 그의 아들 페리안드로스Periandros의 통치 기간에 아폴론 신전과 페이레네 샘, 디올코스Diolcus를 건설하기 시작했다. 포장도로인 디올코스는 코린토스 지협의 반대쪽으로 배를 운반하는 데 이용되었다. 또 같은 시기에 코린토스는 삼단노선이라는 형태의 새로운 군선을 건조했다.

코린토스에서는 미술이 융성했다. '원元 코린토스 양식의' 도자기는 당대에 가장 정교한 예술품 가운데 하나였고, 코린토스 미술 학교와 인근의 시키온 미술 학교는 그리스 미술을 선도한 학교로 꼽혔다고 알려져 있다. 한편 페리안드로스의 재위 기간에는 궁정 시인 아리온Arion이 이탈리아 남부에서 코린토스로 배를 타고 돌아오는 길에 죽을 고비를 모면한 사건이 있었다. 선원들이 그의 물건들을 강탈하고 그를 바다에 던져 버린 것이다. 하지만, 돌고래가 그를 구해 해안가에 데려다주었고, 살인미수범들은 아리온에게 신원 확인을 받아 코린토스에서 처형되었다.

기원전 5세기 코린토스는 아테네와 경제적 패권을 놓고 경쟁을 벌였다. 이 역시 펠로폰네소스 전쟁(기원전 431~404년)이 발발한 원인 중 하나였다. 기원전 415년에 아테네는 시칠리아와 전쟁을 벌이면서 코린토스의 식민도시였던 시라쿠사까지 공격했으나 아테네의 패배로 끝났다. 전쟁이 끝나고 채 10년이 되지 않은 기원전 395년에는 코린토스가 아테네와 동맹을 맺고 스파르타와 맞서 싸웠다. 하지만, 이렇다 할 소득을 얻지 못한 가운데 내전이 발생하고 동맹국 간에 갈등을 빚으면서 코린토스는 약화되었다. 코린토스는 마케도니아의 지배하에 들어간 이후 다시 부흥기를 맞았다. 기원전 146년에는 아카이아 동맹이 로마에 저항하자 로마의 루키우스 뭄미우스Lucius Mummius 장군이 동맹의 맹주였던 코린토스를 처절하게 응징했다. 뭄미우스 장군은 예술 작품을 모조리 약탈하고 도시를 초토화시켰으며, 수많은 시민을 학살하고, 남은 사람들은 노예로 삼았다.

기원전 46년에 율리우스 카이사르는 퇴역 군인이 거주할 식민 도시를 건설할 부지를 찾던 중 한 세기가량 버려졌던 코린토스를 선택했다. 코린토스는 이내 활기를 띠었고 전성기의 명예를 되찾아 부와 사치를 누렸다. 기원전 5세기와 4세기에 코린토스는 매춘의 도시로도 유명했다. 그리스의

코린토스 : 거짓된 사랑의 약속들

지리학자 스트라본은 아크로코린토스를 돌아보며 아프로디테 신전의 규모와 엄청난 부를 보고 크게 놀랐다. 신전에는 부유한 남자들과 여자들이 바친 1000명이나 되는 성창聖娼도 상주했다. 서기 51년경 18개월 동안 체류했던 사도 바울이 코린토스의 기독교인들에게 진정한 사랑의 의미를 설명하는 편지를 보낸 것은 그저 우연의 일치가 아니었다.

사랑은 오래 참습니다. 사랑은 친절합니다. 사랑은 시기하지 않습니다.
사랑은 자랑하지 않습니다. 사랑은 교만하지 않습니다. 사랑은 무례하지
않습니다. 사랑은 사욕을 품지 않습니다. 사랑은 성을 내지 않습니다.
사랑은 앙심을 품지 않습니다. 사랑은 불의를 보고 기뻐하지 아니하고
진리를 보고 기뻐합니다. 사랑은 모든 것을 덮어주고 모든 것을 믿고
모든 것을 바라고 모든 것을 견디어냅니다.

코린토스는 네로와 하드리아누스를 비롯한 로마 황제들의 후원에 힘입어 새롭게 단장되는 듯했지만, 서기 4세기 중엽부터 여러 차례 발생한 지진과 고트족 알라리크 왕의 약탈까지 겹치면서 쇠락의 길을 걸었다. 서기 11세기에 들어 코린토스는 잠시 부흥기를 맞았으나 1147년에는 십자군에 의해 약탈당했다. 1858년에 또다시 지진이 발생해 큰 피해를 보고 도시를 해안가로 이전하게 되었다. 고대 코린토스가 고대 아테네보다 유적지로서 볼거리가 풍성하지 않은 것은 지진과 쇠락을 겪은 탓에 고전 시대 건축물 가운데 상당 부분이 오늘날의 주택 지구 아래 묻혀 있기 때문이다. 하지만, 고대에 번화했던 도시의 향수를 느끼기에는 부족함이 없다.

신화의 배경: 코린토스

주요 연대와 유적지

BC 6500년(?)   초기의 부락이 형성되었다(코린토스라는 이름은 그리스 이전 시대의 것이다).
BC 8~7세기   코린토스가 시라쿠사를 비롯해 식민도시를 건립했다.
BC 658~628년   키프셀루스가 코린토스를 경제적으로 강력한 도시국가로 변모시켰다.

BC 581년	이스트미아 제전이 처음으로 제정되었다.
BC 480~479년	코린토스가 페르시아 전쟁에 참전했다.
BC 433년	코린토스가 식민도시인 케르키라의 주도권을 두고 아테네와 다투었다.
BC 431~404년	코린토스가 아테네에 맞서 펠로폰네소스 전쟁에 참여했다.
BC 395~387년	코린토스와 동맹국들(아테네 포함)이 스파르타에 맞서 코린토스 전쟁을 치렀다.
BC 338년	마케도니아의 필리포스 2세가 페르시아에 대적해 코린토스 동맹을 결성했다.
BC 243년	코린토스가 아카이아 동맹에 가담해 스파르타와 (이후) 로마에 맞섰다.
BC 146년	로마의 루키우스 뭄미우스 장군이 코린토스를 파괴했다.
BC 46년	율리우스 카이사르가 로마의 퇴역 군인을 위한 식민도시로서 코린토스를 재건했다.
AD 51년경	바울이 코린토스의 기독교도들과 함께 지냈다.
AD 68년	네로 황제가 이스트미아 제전에서 노래를 부르고 나서 그리스의 자유를 선포했다.
AD 2~3세기	도시의 확장 및 개량 사업이 이루어졌다.
AD 4세기 중엽	대규모 지진이 발생했고, 이후로 6세기까지 간간이 지진이 발생했다.
AD 1147년	십자군 원정대가 코린토스를 약탈했다.
AD 1858년	코린토스를 해안가로 이전시켰다.

유적지 입구에서 길을 따라가면 서기 1세기의 옥타비아누스 신전 터를 지나 장엄한 아고라가 나온다. 북쪽에는 기원전 6세기의 아폴론 신전이 위용을 자랑한다. 아폴론 신전은 기둥 7개와 그 위에 엔타블러처(그리스, 로마 건축에서 기둥에 의해 떠받쳐지는 부분을 가리킴 - 옮긴이)가 일부 남아 있다. 근처에는 글라우케의 샘이 있다. 아고라 저편에는 서기 2세기 아테네의 대부호였던 헤로데스 아티쿠스가 현재의 형태로 축조한 페이레네 샘(출입 금지)이 고요하게 자리를 지키고 있다. 입구에서 가깝지만 울타리 너머에는 보존 상태가 좋은 오데온(출입 금지)이 있다. 도로를 가로질러 길을 따라가면 극장 유적이 희미하게 남아 있다.

아크로코린토스로 이어지는 가파른 오르막길을 따라가면 인상적인 프랑크 왕국 시대의 성벽이 보인다. 성채 위쪽에는 페이레네 샘과 아프로디테 신전 유물이 남아 있다. 과거의 찬란했던 모습은 거의 남아 있지 않지만, 정상에 올라가면 멀리 북쪽으로 중앙그리스와 남쪽으로 펠로폰네소스 반도의 풍광이 눈앞에 장엄하게 펼쳐진다. 또한 코린토스 주변에는 시키온과 이스티미아(이스트미아 제전이 열린 장소) 유적지가 있어 극장, 포세이돈 신전, 그리고 경기장을 볼 수 있다. 보존 상태가 좋은 편은 아니다. 멀리 바다 건너 터키를 여행하는 사람들이라면 키메라 신화의 발원지를 방문해도 좋다. 안탈리아의 남서쪽 연안 80킬로미터 부근 지하에서 메탄가스가 새어나와 불길이 꺼지지 않고 타오르는 광경을 구경할 수 있다. 영웅 벨레로폰이 최후를 맞이했다고 전해지는 틀로스Tlos의 페티예 근처에는 벨레로폰과 페가소스의 조각상이 있는 무덤이 있다.

14

아르고스 :
헤라의 땅, 영웅들의 고향

아르고스 사람들이 헤라 축제를 개최했을 때, 여사제를 소달구지에 태워
속히 신전으로 데려가야만 했다. 그러나 들판에 나갔던 황소들이 아직 돌아오지 않았다.
시간이 촉박해지자 여사제의 두 아들 클레오비스와 비톤이 직접
어깨에 달구지 멍에를 지고 어머니를 태워 8000미터를 달려 헤라 신전에 도착했다.

그들의 어머니는 두 아들이 보여준 노고에 기뻐했다.
여사제는 신상 앞에 서서 클레오비스와 비톤이 어머니를 영광스럽게 하였으니
두 아들에게 인간이 누릴 수 있는 가장 큰 축복을 내려달라며 헤라 여신께 기도했다.
여사제가 기도를 마치고 나자, 사람들은 희생제를 올리고 만찬을 즐겼다.
두 형제는 신전에서 잠이 들었는데 다시 깨어나지 못했다. 그들의 생명이 다한
것이었다. 아르고스인은 두 형제의 조각상을 만들어 델포이에 봉헌했으니
그들이 인간들 중 최고의 인간임을 보여주기 위함이었다.

– 헤로도토스, 《역사》, 1권 31절

암석을 깎아 만든 야외극장의 관중석 꼭대기에 앉아 있으면 (고대와 현재의) 아르고스 시가지가 눈앞에 펼쳐진다. 높이가 있어서 시야가 꽤 아찔하다. 잿빛 객석에는 듬성듬성 빛바랜 잡초들이 삐져나와 있으며, 수세기 동안 겨울 비바람을 맞은 계단식 좌석 사이사이에는 흉터마냥 깊고 거칠게 틈이 패었다. 극장의 양쪽 측면으로는 하늘로 쭉 뻗은 나무들이 무리를 이루어 비탈을 따라 사선으로 늘어서 있다. 우선 합창단이 서는 '오케스트라'와 공연이 펼쳐졌던 무대가 눈에 띄고, 이어서 장밋빛 벽돌로 지은 로마 시대의 목욕탕 유적, 그리고 그 너머 아고라 광장으로 향하는 현대의 도로를 가로지르면 짙푸른 평원이 펼쳐지고, 아르골리스 만과 나플리오 시가 눈에 들어오고, 마지막으로 저 멀리 나지막한 푸른 산들에 눈길이 미친다. 분주하고 어지러운 일방통행로 옆으로 음산하고 볼품없는 콘크리트 건물이 가득한 현대의 아르고스 시보다는 아무래도 북쪽에 있는 산악 지대에 더 시선이 오래 머문다. 고대인들도 마찬가지였을 것이다. 말라버린 이나코스 강을 가로질러 들판과 포도밭 너머로 북쪽 산자락 아래 나지막한 언덕에 아르고스 전역에서 가장 거룩한 성지가 자리하고 있기 때문이다. 거기에는 바로 '황소 눈을 지닌 여신' 헤라의 신전이 있었고, 여신의 보호 아래 아르고스 대지의 만물이 번창했다.

암소로 변신한 여사제, 눈이 백 개 달린 거인

아르골리스 Argolis (펠로폰네소스 북동부 지역에 있는 현으로 아르고스에서 그 이름이 유래함)는 헤라에게 행복한 추억만 깃든 곳이 아니다. 사실, 헤라가 처음으로 자신의 동생인 제우스에게 구애를 받은 곳이 이곳이다 (물론, 크노소스를 배경으로 한 설화들도 있다). 크로노스를 꺾고 올림포스 산을 차지한 제우스는 아르고스 동쪽에 있는 토르낙스 산 Mount Thornax에서 헤라를 보고, 집요하게 구혼했다. 마음이 내키지 않았던 헤라는 퇴짜를 놓았다. 뇌우가 쏟아지던 어느 날 헤라는 헤르미오네 Hermione 해안에서 뻐꾸기 한 마리가 몸을 떨며, 헝클어진 날개를 둔하게 퍼덕이는 것을 보았다. 여신은 그 새를 부드럽게 감싸 안아 가슴에 품었다. 그러자 섬광이 비추며 별안간 뻐꾸기가 제우스로 변하더니 헤라를 겁탈했다. 헤라는 수치스러웠으나 어쩔 수 없이 현실을 받아들였다. 제우스와 결혼한 헤라는 해마다 나우플리온 Nauplion의 샘에서 몸을 씻고 처녀성을 회복했다.

　제우스는 자신의 신전인 아르고스 헤라이온에서도 평소 버릇처럼 한 처녀에게 얼이 빠져 있는 바람에 헤라를 속상하게 했다. 상대는 바로 헤라의 여사제이자 강의 신 이나코스의 딸 이오Io였다. 이오는 곧 유혹에 굴복했고, 헤라가 불륜을 알아차리자 제우스는 자신의 잘못을 감추려고 했다. 제우스는 임신 중이던 이오를 암소로 변신시켰지만 헤라는 속아 넘어가지 않았다. 헤라는 암소를 자신의 신전으로 데려가 올리브나무 아래 묶어두고 파수꾼을 붙였다. 대지에서 태어난 거인 아르고스 파놉테스Argos Panoptes('모든 것을 보는 이')는 눈이 100개나 달려 있어 24시간 이오를 감시할 수 있었다.

　암소가 된 이오를 마냥 두고 볼 수 없었던 제우스는 헤르메스를 보내 이오를 납치해 오게 했다. 염소지기로 변신한 헤르메스는 파놉테스의 비위를 맞추며 피리로 세레나데를 연주했다. 마음을 진정시키고 최면을 거는 곡조에 파놉테스의 눈들이 감기기 시작했고, 마침내 파놉테스 생애 처음으로 눈 100개를 모두 감고 잠이 들었다. 헤르메스는 그 순간을 놓치지 않고 파놉테스의 목을 치고 고삐에 묶인 이오를 풀어주었다.

　그 광경을 전부 지켜본 헤라는 등에를 보내 이오를 끊임없이 괴롭혔고, 이오는 껑충껑충 뛰며 도망 다녔다. 오랜 세월 등에를 피해 다니던 이오가 이집트에 당도했을 때에야 제우스는 이오를 여자의 몸으로 되돌려놓았다. 이곳에서 이오는 제우스의 아들을 낳고, 이집트 왕과 결혼했으며, (그리스인이 주장하는 바에 따르면) 훗날 이시스 여신으로 숭배되었다. 한편, 헤라는 죽임을 당한 아르고스 파놉테스의 이름을 따서 그 지방 이름으로 삼았고, 100개의 눈을 빼서 자신이 좋아하는 공작새의 꼬리 깃털에 달아주었다. 이후 공작의 꼬리 깃털에는 감시하는 모양의 눈동자가 달리게 됐다. 이타카에서 오디세우스가 키우던 개를 포함해 그리스의 경비견들은 대개 아르고스 파놉테스의 이름을 따서 아르고스로 불리곤 했다.

기원전 5세기 아티카의 적화식 항아리.
헤라의 명령을 받은 아르고스 파놉테스가 암소로 바뀐
이오를 감시하고 있었고, 헤르메스는 눈이 100개 달린
아르고스 파놉테스를 죽이려 하고 있다.

다나오스의 50명의 딸과 아이킵투스의 50명의 아들

이오가 쫓겨난 사건은 아르고스에서 추방되거나 아르고스로 도피하는 일
련의 신화 가운데 첫 번째 사건이었다. 세월이 흘러 이오의 후손들이 배를
타고 이집트에서 아르고스로 도망쳐왔다. 이오의 현손玄孫인 이집트 왕 아
이집투스Aegyptus는 자신의 숙적이자 쌍둥이 동생인 다나오스의 딸 50명
과 자신의 아들 50명을 짝으로 맺어주려 했다. 하지만 다나오스와 그의 딸
들은 왕이 자신들을 죽이려 한다고 생각해 제안을 받아들이지 않았다. 그
러고는 배를 건조해 최초로 바다를 건너 아르고스로 달아났다.

　　아르고스에 도착한 다나오스와 딸들은 (아이스킬로스의《탄원하는 여인
들》에 묘사된 이야기 속에서) 펠라스고스 겔라노르Gelanor('웃는 사람') 왕에게

　　　　　　　　　　　　　　　　아르고스 : 헤라의 땅, 영웅들의 고향

망명을 신청했다. 펠라스고스는 아르고스인들에게 의견을 물었고 투표를 통해 다나오스의 딸들을 보호하기로 뜻을 모았다. 그리스의 지리학자 파우사니아스에 따르면, 아르고스인들은 왕을 추대하는 문제로 논쟁이 벌어졌을 때 어떤 전조를 접하고 투표를 거쳐 다나오스를 왕으로 추대했다고 한다. 다나오스가 망명해 올 무렵, 아르고스인들은 산에서 내려온 한 늑대가 목초지에 있던 황소를 죽이고 있다는 소식을 들었다. 아폴론이 보낸 전조가 바로 늑대의 신인 리카온(늑대의 신)이며, 다나오스가 이곳에서 태어난 펠라스고스를 대신해야 한다는 의미로 해석한 것이다. 또한 사람들은 이를 기념해 아폴론 신전을 지었다. 이 신전은 로마 시대까지 보존되었다.

한편, 아이깁투스의 아들 50명은 아르고스까지 쫓아와 결혼을 요구했다. 다나오스는 그들을 무찌르고 싶었으나 아르고스인은 전투에 참여하기를 꺼렸다. 그는 화해를 신청한 후 딸들의 결혼식을 한날에 치르기로 했다. 하지만, 이것은 끔찍한 계략이었다. 첫날밤 다나오스의 딸들은 각자의 머리핀을 새신랑의 심장 깊숙이 찔러 넣어 살해했다. 단, 히페름네스트라Hypermnestra만은 동침을 원치 않았던 자신의 간청을 존중한 린케우스Lynceus를 죽이지 않았다.

이후 신랑을 살해한 49명의 딸들은 사면 받고, 정화 의식을 치르고 나서 새로 신랑을 구했다. 그들이 살인을 저질렀음에도 불구하고 구혼자들이 몰려들었다. 이에 다나오스는 신부를 두고 다툼이 벌어지는 것을 막기 위해 육상 대회를 개최했다. 그리고 우승자가 가장 먼저 신부를 선택하고, 준우승자가 그다음으로 신부를 선택하는 방식으로 짝을 맺게 했다. 이렇게 짝을 지은 이들 사이에서 태어난 자손들이 바로 호메로스가 그리스인을 지칭할 때 사용하는 다나오스인Danaans의 조상이다.

물론 행복한 결말만 있는 것은 아니었다. 일설에 따르면, 린케우스는 장인 다나오스를 살해하고 아르고스의 왕이 되었으며, 다나오스의 딸들은 저승에서 죗값을 치렀다. 그들은 금이 간 항아리에 물을 길어 구멍 뚫린 솥에 채워야만 했다. 이는 절대 완수할 수 없는 가사 노동이었으니 아내답지 못한 여인들에게 내리는 적절한 징벌이었다.

죽음을 면하고 계략에 말려든 왕자

린케우스와 히페름네스트라의 손자는 친족의 손에 죽임을 당할까 봐 두려워했다. 아르고스의 왕 아크리시오스는 델포이 신탁소로부터 자신의 딸이 낳은 아들의 손에 죽임을 당하리라는 예언을 들었던 것이다. 아크리시오스는 하나뿐인 딸 다나에Danaë에게 아직 자식이 없으니 앞으로 임신하지 못하게 막으면 된다고 생각했다. 그러고는 딸을 창문이 하나밖에 달리지 않은 청동 감옥에 가두었다. 하지만 창문을 남겨둔 것이 패착이었다. 창문을 통해 다나에를 엿본 제우스가 황금 빗물로 변신해 감옥 안으로 들어갔고, 신성한 물기에 젖은 다나에는 잉태했다. 그렇게 페르세우스가 태어난 것이다.

아크리시오스는 다나에의 해명을 믿지 않았지만 그렇다고 자식을 죽일 수는 없었다. 결국 딸과 갓난아기를 나무 상자에 가둬 바닷물에 던져버렸다. 상자에 갇힌 두 모자는 파도에 떠밀려 세리포스 섬으로 떠난 피난민들의 대열에 합류하게 되었다. 두 모자를 발견한 어부 딕티스Dictys('그물')는 페르세우스를 자기 자식처럼 키웠다. 한편 딕티스의 형인 폴리덱테스Polydectes 왕은 다나에의 미모에 반한 나머지 자신의 욕정을 채우기 위해 페르세우스를 제거하고자 했다. 폴리덱테스 왕은 엘리스의 공주 히포다메이아에게 구혼할 것이라는 소문을 내고는 세리포스 섬의 훌륭하고 선한 주민들에게 구애 선물로 쓸 말을 한 마리씩 바치라고 요구했다. 물론, 이것은 계략이었다. 페르세우스에게는 말도 없을뿐더러 말을 살 돈도 없었다. 그래서 폴리덱테스에게 말 대신 다른 것을 바칠 수 있도록 해달라고 간청했다. 왕의 계략에 걸려든 것이다. 폴리덱테스는 능글맞게 웃으며 대답했다. "내게 고르곤, 곧 메두사의 머리를 가져오라."

고르곤 자매와 맞닥뜨린 영웅

날개가 달린 무시무시한 괴물인 고르곤 자매는 세상의 서쪽 끝 오케아노스 강 근처에 살았다. 그들은 흉측하게 큰 머리, 멧돼지의 엄니, 축 늘어진 혀를 가졌으며, 그리고 무엇보다 머리카락이 있어야 할 자리에 뱀들이 꿈

아르고스 : 헤라의 땅, 영웅들의 고향

틀댔다. 그들과 눈이 마주친 생물은 무엇이든지 모두 돌로 변했다. 헤시오 도스는 이렇게 묘사했다. "자매들의 허리띠에는 뱀 두 마리가 앞으로 머리를 내민 채 매달려 있었다. 그것들은 혀를 날름거렸고 날카로운 이빨을 사납게 갈았으며 눈동자를 어지러이 번뜩거렸다. 무시무시한 머리 위로는 공포의 신께서 나부끼고 있었다." 두 자매는 불사신이었지만, 셋째인 메두사는 아니었다. 폴리덱테스는 바로 셋째의 머리를 베어오라고 한 것이었다. 사실, 메두사이든 아니든 문제가 아니었다. 사람들은 모두 페르세우스가 결코 돌아오지 못하리라는 것을 알았다.

페르세우스에게 내려진 임무에 대해 알게 된 아테나 여신은 그를 돕기로 결심했다. 먼저 여신은 다른 신들을 설득해 그가 임무를 달성하는 데 필요한 장비를 제공해줄 것을 요구했다. 그러자 헤르메스는 날개 달린 샌들을 주었고, 제우스는 금강석 같은 낫을 주었고, 하데스는 개의 가죽으로 만들어져 머리에 쓰면 투명인간으로 변하는 투구를 주었다. 아테나 여신은 거울처럼 빛나는 방패를 주었다. 하지만 페르세우스는 한 가지 도구가 더 필요했다. 고르곤의 머리를 담았을 때 독이 새어나가는 것을 막아주는 배낭 '키비시스kibisis'였다. 이것만큼은 해가 지는 땅의 서쪽 끝에 사는 헤스페리데스에게서 그가 직접 얻어야만 했다.

먼저 페르세우스는 이 땅에 가는 방법을 찾기 위해 그라이아이Graeae를 찾아갔다. 고르곤과 마찬가지로 포르키스의 딸들이었던 그라이아이 역시 흉측하게 생겼다. 그리스의 비극 작가 아이스킬로스는 그들을 이렇게 표현했다. "백조의 형상을 한 노파 세 자매, 셋이 번갈아 눈 하나와 이빨 하나를 나눠 쓴다. 햇빛도 그들에게 비추지 않으며, 밤의 달빛도 비추지 않는다."

페르세우스는 계략을 써서 세 자매가 굵고 쭈글쭈글한 손으로 하나뿐인 눈알을 주고받을 때 그 눈알을 가로채 필요한 정보를 얻어냈다. 그러고는 서쪽으로 빠르게 달려갔고, 황금 과수원에서 헤스페리데스로부터 '키비시스'를 건네받았다. 그 후 페르세우스는 날개 달린 샌들을 신고 하늘을 날아 고르곤의 소굴로 향했다.

목적지에 다다르자 페르세우스는 하데스의 투구를 머리에 썼다. 이로써 눈에 띄지 않게 된 그는 낫을 꺼내 들고 아테나의 방패를 앞으로 비스듬히 기울인 채 은밀하게 접근했다. 고르곤을 맨눈으로 쳐다보지 않는 한 방패에 비친 반영은 아무 해를 끼칠 수 없었기 때문이다. 마침내 뱀들이 그의 주변에서 쉭쉭 날카로운 소리를 냈고, 목을 내려칠 수 있는 거리만큼 접근한 페르세우스는 냉큼 메두사의 목을 내리쳤다. 그는 메두사의 머리를 서둘러 키비시스에 머리를 집어넣고 개선장군처럼 공중으로 뛰어올랐다. 헤시오도스는 그 장면을 이렇게 그렸다.

> 페르세우스는 생각만큼 빠르게 날아가고 있었다.
> 그의 등에는 무시무시한 괴물 고르곤의 머리가,
> 보기에도 불가사의한 키비시스 안에 들어 있었다.
> …… 다나에의 아들 페르세우스는 급해서인지
> 겁에 질려서인지 전력을 다해 달렸고, 그의 뒤에서는
> 누구도 가까이 다가서지도 못하고, 형언할 수도 없는
> 고르곤 자매들이 쫓아와 그를 붙잡으려고 손을 뻗쳤다.

고르곤 자매들도 빨랐지만, 페르세우스가 더 빨랐다. 그는 곧 추격을 따돌리고 해가 떠오르는 동쪽을 향해 바다 위를 스치듯 날았다.

안드로메다를 구출한 페르세우스

페르세우스는 에티오피아를 지날 때 해안가 바위에 알몸으로 묶여 있는 아름다운 처녀를 보았다. 그가 다가가자 바닷물이 거품을 내며 갈라지면서 처녀 앞에 괴물이 나타났다. 페르세우스는 신속하게 움직였다. 그는 하늘에서 빠르게 하강하면서 처녀에게 눈을 감으라고 외치고, 얼굴을 옆으로 돌린 다음 메두사의 잘린 머리를 끄집어냈다. 괴물은 이내 돌로 변했다. 조심스럽게 머리를 집어넣은 페르세우스는 처녀를 풀어주고 사연을 들었다.

처녀의 이름은 안드로메다Andromeda였고, 케페우스Cepheus 왕과 카시오페이아Cassiopeia 왕비의 딸이었다. 왕과 왕비가 자신의 딸이 바다의 님프

기원전 550년경 시칠리아 셀리눈테의 신전 C(이곳엔 신전 5개가 있는데 각각
A, B, C, D, O로 분류되어 있다 – 옮긴이)의 메토프 부조.
아테나 여신 덕에 용기백배한 페르세우스가 메두사의 목을 베고 있으며,
메두사가 죽는 순간 태어난 페가소스를 움켜잡고 있다.

들보다 더 아름답다고 자랑하는 데 분노한 포세이돈이 그 나라를 바닷물
로 휩쓸어버리고 괴물을 보내 그 땅을 유린한 것이었다. 이윽고 안드로메
다를 괴물의 먹이로 바치고 나서야 포세이돈의 분노를 달랠 수 있었다. 이
러한 사연을 들은 페르세우스는 기뻐하는 군중들 사이에 서서 안드로메다
를 자신의 신부로 요구했고, 안드로메다와 함께 세리포스로 돌아갔다.

  한편 페르세우스가 돌아오자, 폴리덱테스 왕은 사람들이 운집해 있는
연회장에서 페르세우스를 향해 과업을 완수했는지 비웃듯이 물었다. 그러
자 페르세우스는 폴리덱테스를 똑바로 쳐다보며 말없이 메두사의 머리를
꺼내 들어올렸다. 메두사의 머리가 지닌 위력은 즉각적이며 피할 수 없는

것이었다. 폴리덱테스와 그의 시종들은 대리석 조각상들처럼 얼어붙고 말았다. 이에 다나에와 딕티스는 몹시 기뻐했다. 자신들을 구해준 어부 딕티스와 어머니가 결혼하는 것에 찬성한 페르세우스는 안드로메다를 데리고 아르고스를 향해 떠났다.

이즈음 페르세우스의 할아버지 아크리시오스는 테살리아의 라리사에 살고 있었다. 아르고스를 향하던 페르세우스와 안드로메다는 할아버지를 만나기 위해 길을 우회했다. 파우사니아스는 이렇게 기록했다.

혈기 왕성한 나이의 페르세우스는 원반을 갓 발명해놓고
몹시 흥분해 있었다. 자신의 발명품을 많은 사람들에게 과시할 수 있는
기회가 주어졌는데, 그가 던진 원반은 공교롭게도 아크리시오스를
맞히고 말았다. 산책을 하던 아크리시오스가 날아오는 원반을
보지 못했던 것이다. 이렇게 해서 신탁은 이루어졌다.
그의 딸과 손자에 대해 주의를 기울였음에도 운명을 피할 수는 없었다.

페르세우스는 비탄에 잠겨 아르고스로 돌아왔다. 아르고스에 전해지는 설화에 따르면 그는 메두사의 머리를 아고라 아래에 묻고 그 위에 봉분을 쌓았다. 또 다른 설화에서는 그가 메두사의 머리를 아테나 여신에게 바쳤다고도 한다. 이에 아테나 여신은 뱀으로 장식한 자신의 방패인 아이기스에 메두사의 머리를 장착했다. 고전 시대에는 적에게 공포를 심어주려고 전사들의 방패에 메두사의 머리 그림을 자주 그렸고, 또 사악한 기운을 막기 위해 모자이크 장식이나 조각상에 사용하기도 했다. 기원전 6세기 초 코르푸의 케르키라에 있는 아르테미스 신전 서쪽 페디먼트 중앙에는 달려가는 고르곤의 형상이 새겨져 있다.

아르고스 왕위를 물려받기가 꺼림칙했던 페르세우스는 사촌인 메가펜테스Megapentes와 왕국을 서로 바꿔 다스리기로 하고 그에게서 티린스와 미케네를 건네받았다.

테베 원정과 트로이 원정

테베 원정과 트로이 원정도 그 시발점은 아르골리스였다. 두 원정 모두 티데우스Tydeus라는 영웅의 가문과 관련이 있다. 멜레아그로스의 동생 티데우스는 혈육의 피를 흘린 죄로 칼리돈에서 추방되어 아르고스의 성전을 찾았고, 그가 없는 사이에 그의 아버지 오이네우스Oineus가 폐위되었다. 아르고스의 아드라스토스 왕은 티데우스의 잠재력을 알아보고, 그를 사위로 삼고 그가 왕국으로 돌아올 수 있도록 돕겠다고 맹세했다. 그는 폴리네이케스가 자신의 형제인 에테오클레스에 의해 테베에서 쫓겨났을 때에도 똑같은 약속을 했다.

대군을 일으킨 폴리네이케스는 일곱 장군들 가운데 하나인 티데우스와 함께 테베로 진군했다. 티데우스는 매복해 있다가 그를 습격한 50명의 테베인을 격퇴해 크나큰 영예를 얻었다. 그러나 테베의 멜라니포스Melanipos를 죽인 뒤 쓰러진 그의 뇌를 게걸스럽게 먹어치웠고, 이 같은 만행에 역겨움을 느낀 아테나 여신은 티데우스를 불사의 존재로 만들려던 마음을 접었다. 티데우스는 이로부터 얼마 지나지 않아 죽음을 맞이했다.

테베 전쟁에서 쓰러진 아르고스인의 후손들은 10년 후 다시 테베와 전쟁을 일으켜 승리를 차지했다. 그들 중에는 티데우스의 아들 디오메데스Diomedes도 있었다. 테베를 정복한 디오메데스는 칼리돈까지 진군해 할아버지 오이네우스를 복위시킨 후 아르고스에 돌아와 왕이 되었다. 헬레네의 구혼자 중 한 명이었던 디오메데스는 트로이 전쟁에 나가 그리스의 용맹한 전사들 사이에서 지혜로운 참모이자 믿음직한 장교로서 높은 명성을 얻었다. 그는 전쟁에 개입한 신들과의 싸움에서도 물러서지 않았고(아프로디테의 손목에 부상을 입혔으며, 아폴론과도 대결했다), 마력을 지닌 트로이의 아테나 신상을 훔쳐오기 위한 기습 작전에 참여하기도 했다. 또 트로이 목마에 몸을 숨긴 정예병 중의 한 사람으로 도시를 함락하는 데 중요한 역할을 했다.

트로이 전쟁이 끝나고 무사히 귀향길에 올랐지만 고국에서는 환영받지 못했다. 남편이 없는 사이 수없이 불륜을 저질렀던 아내가 가장 최근에 만난 애인과 함께 디오메데스가 아르고스에 입성하지 못하도록 흉계를 꾸였기 때문이다. 디오메데스는 배를 타고 이탈리아로 떠났고, 거기서 지금의 브린디시를 비롯해 많은 도시를 건설했으며, 그 지방을 다스리던 왕의 딸과 결혼했다. 일설에는 신비하게도 그가 죽지 않고 지상에서 모습을 감췄으며, 그의 동료들은 새로 변신했다고 한다. 이후 디오메데스는 신으로 숭배되었다.

아르고스 왕들이 연이어 비극을 맞이한 끝에 아르고스는 아가멤논의 아들 오레스테스에게 복속되었고, 이후 신화 속에서 자취를 감췄다.

아르고스의 과거와 현재

아르고스는 그리스 역사에서 중요한 무대였다. 코린토스와 스파르타 사이에 위치한 아르고스가 아르골리스 현에서 가장 강력한 도시였다는 것은 끊임없이 전쟁에 휩싸였다는 의미이기도 하다. 그리스 역사가들은 페이돈Pheidon 왕을 그리스에 주화와 도량형을 도입한 신화적 인물로 평가하는데, 실제로 존재했는지 혹은 어느 시기에 살았는지는 확실치 않다. 시기적으로는 기원전 668년경 아르고스의 남서쪽 히시아이Hysiae에서 스파르타와 전투를 벌였을 당시에 페이돈이 아르고스의 왕이었을지도 모른다고 추측된다. 이 전투를 시작으로 아르고스는 스파르타와 갈수록 치열하게 맞붙었다. 아마도 가장 잔혹했던 전투는 기원전 494년에 치른 세페이아Sepeia 전투일 것이다. 이 전투에서 승리한 스파르타 군은 아르고스 포로들을 아르고스 근처 신성한 숲에 모아놓고, 불을 놓아 산 채로 태워 죽였다. 한편 아르고스의 서정시인 텔레실라Telesilla가 여인들과 노예들에게 무기를 나눠주고 여자의 몸으로 성벽에서 끝까지 저항한 덕분에 아르고스는 겨우 성을 지킬 수 있었다. 여자들에게 패배해 성을 함락하지 못했다는 가능성 자체를 용납하기 싫었던 스파르타 군은 전략상 철군했다. 아르고스 극장 근처에는 텔레실라를 추앙하는 기념비가 세워졌다.

페르시아 전쟁 기간에는 아르고스가 그리스 군에 힘을 보태지 않고 중립을 지켜 논란이 되었다. 아마도 그리스가 패하더라도 자기들만큼은 계속 번영하기를 바랐던 듯하다. 펠로폰네소스 전쟁 중에는 아르고스가 처음에는 아테네와 동맹을 맺고, 이후 정권이 바뀐 뒤에는 스파르타와 동맹을 맺으며 갈팡질팡하는 모습을 보였다. 이 기간에 폴리클레이토스가 황금과 상아로 제작한 거대한 헤라 여신 좌상을 아르고스 헤라이온에 봉헌했다. 기원전 4세기 아르고스는 다시 한 번 편을 바꿔 테베를 도와 레욱트라(기원전 371년)와 만티네아(기원전 362년)에서 스파르타를 격퇴했다. 이후 수십 년간 아르고스는 스파르타와 힘을 겨루는 과정에서 마케도니아에 지원을 요청했다.

기원전 3~2세기에 간헐적으로 발발한 전쟁 때에도 아르고스는 교전 지역이었다. 기원전 272년 에페이로스의 왕 피로스Pyrrhos도 아르고스에서 시가전이 벌어졌을 때 한 노파가 던진 기와에 머리를 맞아 죽었다(이는 늑대가 황소를 공격하는 장면이 새겨진 다나오스 기념비를 피로스 왕이 보고 자신이 죽임을 당할 전조라고 해석한 직후에 벌어진 일이었다고 한다). 기원전 146년에 로마가 그리스를 복속하면서 아르고스는 중요한 지방 도시가 되었다. 기원전 50년에는 네메아 제전(이전에는 수세기에 걸쳐 네메아와 아르고스에서 번갈아가며 제전을 열었다)의 영구 개최지로 선정되었다. 알라리크가 이끄는 고트족에게 약탈을 당했지만(서기 396년), 비잔틴 제국의 지배 하에서 번창했다. 1397년에 아르고스는 튀르크족의 지배를 받으며 고초를 겪었다. 튀르크족은 아르고스 주민의 대부분을 노예로 삼았고, 1500년에는 남은 주민들을 학살하고 그 대신 튀르크계 알바니아인들을 아르고스에 이주시켰다. 그리스 독립 전쟁(1821~1829년) 중에 아르고스는 사실상 폐허로 변했다. 지금과 같이 콘크리트 건물들이 마구잡이식으로 발전한 것은 1960년대 이후의 일이다.

신화의 배경: 아르고스

주요 연대와 유적지

BC 4000년경	아르고스 헤라이온 주변에 신석기 시대 주거지가 형성되었다.
BC 1600년경	주거지 주변에 마을을 방어하기 위한 성벽이 건설되었다.
BC 1350~1200년	추가로 성벽을 강화했다. 미케네 문명의 아르고스가 전성기를 맞았다.
BC 1200년경(?)	아르고스가 적의 공격을 받아 함락된 것으로 추정된다.
BC 7세기 초(?)	페이돈 왕이 통치한 시기로 추정된다.
BC 668년	히시아이 전투에서 스파르타에 맞서 승리했다.
BC 494년	세페이아 전투에서 스파르타에 패배했다.
BC 490~479년	페르시아가 그리스를 침공했을 때 아르고스는 중립을 지켰다.
BC 431~404년	펠로폰네소스 전쟁 기간에 아르고스는 편을 오갔다.
BC 272년	이피로스의 피로스 왕이 아르고스를 공격했고, 피로스가 사망했다.
BC 146년부터	로마에 복속된 후 번영기를 맞았다.
AD 396년	알라리크가 이끄는 고트족이 아르고스를 약탈했다.

고대 아르고스 시는 대부분 현대 아르고스 시 아래에 묻혀 있다. 트리폴리스Tripolis 도로가 지나는 곳에 고대 아르고스의 가장 중요한 유적지가 있다. 이곳에는 기원 전 4세기 말 혹은 3세기 초의 극장(도로 서쪽)이 있으며, 돌을 깎아 만든 계단식 관중석이 지금까지 남아 있다. 이 극장은 본래 양쪽으로 더 넓었고, 돌로 쌓은 기슭막이가 측면을 지탱했던 구조로 2만 명을 수용할 수 있었다. 과거에는 전체는 아니더라도 관중석을 가리는 덮개가 있었다. 인근에 이보다 더 작은 기원전 5세기의 극장(약 2500명 수용)이 있었는데 서기 2세기 들어 오데온(실내 음악당)으로 전환되었다. 인접한 곳에 아프로디테 신역이 있었지만 지금은 기단 정도만 남아 있다. 극장 앞에는 로마 시대의 목욕탕이 있는데 서쪽 벽은 2층의 지붕 높이까지 보존되어 있다. 도로 동쪽에는 아고라가 있다. 남은 것이라곤 토대뿐이지만, 안내판이 정비되어 있어 님파이아Nymphaia(샘), 불레우테리온(시의회 회의실), 신전과 무덤을 비롯해 다양한 건축물이 있었음을 확인할 수 있다.

북쪽의 아스피스 산Aspis Hill에 있는 피티아의 아폴론 신전과 아테나 옥시데르케스('예리한 눈') 신전 기단에 올라서서 멀리 전경을 바라보면 근처 라리사 언덕 위의 중세 시대 요새(미케네 시대와 고전 시대의 건축물 유적들도 있음)와 암굴의 성모 수녀원Convent of Virgin of the Rock이 잘 보인다. 나무가 우거진 아스피스 산 정상에는 미케네 시대의 주택들과 그 이전 시대의 주택 유적이 남아 있다.

아르고스 헤라이온은 아르고스에서 북동쪽으로 약 8킬로미터 지점에 있다. 주변 풍광이 참 아름답다. 에우보에아 산Mount Euboea 위의 가장 높은 지대에 '옛 신전'이 있었는데 이 신전은 여사제의 부주의로 인해 기원전 423년에 화재로 파괴되었다고 한다. 그 아래 산등성이에는 조각가 폴리클레이토스가 황금과 상아로 제작한 신상이 모셔졌던 '새 신전'(기원전 420~410년), 그리고 주랑이 있었다. 가장 아래

아르고스 : 헤라의 땅, 영웅들의 고향

쪽 지대에는 또 다른 주랑(기원전 5세기) 유적이 존재한다. 또 미케네 시대의 톨로스 무덤도 있다.

　아르고스 고고학 박물관(현재 휴관 중)에는 신석기 시대 초기(기원전 3000년경의 테라코타 인물상을 포함)에서 로마 시대에 이르는 유물들이 소장되어 있다. 기원전 8세기 후반의 청동 투구와 갑옷, 기원전 7세기의 도자기 파편(그리스 신화를 표현한 가장 초기의 작품 중 하나)에 그려진 오디세우스가 키클롭스의 눈을 멀게 하는 장면, 그리고 테세우스와 미노타우로스를 묘사한 기원전 5세기의 항아리가 대표적이다. 디오니소스와 계절의 신을 표현한 서기 5세기의 모자이크 작품도 있다.

　클레오비스와 비톤의 조각상은 델포이의 박물관에 소장되어 있다.

15

아테네 : 아테나 여신의 영지,
테세우스의 왕국

반짝이는 제비꽃 화관을 쓰신 이여, 수많은 노래의 주제이며,
그리스 전역의 여신이신 고명한 아테나여 그대의 신성한 아크로폴리스 ……

올림포스 신들이시여, 이곳에 내려와 춤을 추소서! 향내 가득한 이 도시의
거룩한 심장에 오셔서 우리에게 지고한 은혜를 베푸소서. 이곳으로 오는 길은
판판하게 다져져 있답니다! 실로 고결하고 유명한 저 아고라 광장이 자리한
이곳 아테나 여신의 신성한 영지에 속히 오소서! 봄의 이슬을 맞은
제비꽃으로 엮은 화관과 같은 우리의 노래에 귀를 기울이소서.

– 핀다로스, 64편과 63편 (바우라Bowra 편집)

1959년에 피레아스Pireas에서 발견된 기원전 360~340년경의 청동 조각상. 전사이자 도시의 수호자로 표현된 아테나 여신의 손바닥 위에는 날개 달린 승리의 여신이 놓여 있었을 것이다.

날이 더워지고 사람들이 몰려들기 전, 이른 시간에 아크로폴리스에 방문한다면 수고한 보람을 누릴 것이다. 황금빛 아침 햇살에 둘러싸인 채 파르테논 신전의 거대한 기둥들이 만들어낸 그림자가 반들반들하게 빛나는 대리석 위로 길게 퍼져나간다. 그리고 에렉테이온Erechtheion 신전 입구에 세워진 카리아티드 여인상들은 보이지 않는 두 눈으로 앞을 응시한 채 따스한 햇살이 뺨에 닿기를 기다리고 있다.

아크로폴리스에서 언덕 아래쪽으로 시선을 돌리면, 한때는 농가가 다닥다닥 붙어 있었으나 지금은 콘크리트 건물들이 무수히 뒤덮고 있는 아티카 평원 한가운데 고대의 시장, 아고라가 눈에 들어올 것이다. 그 옆에는 나무가 우거진 나지막한 언덕에 헤파이스토스 신전이 분홍바늘꽃에 둘러싸여 화려한 자태를 뽐내고 있다. 그리고 북쪽으로 시선을 돌리면 원추형 모양의 리카비토스 언덕 정상이 보이고, 저 멀리 펜텔리콘Pentellicon 산줄기도 보인다. 파르테논 신전에 쓰인 대리석을 이 펜텔리콘 산에서 채취했다고 한다. 그리고 다시 동쪽으로 시선을 돌리면 지금도 양질의 천연 꿀을 생산하는 히메투스Hymettus 산이 보인다. 언덕 남쪽으로는 디오니소스 극장과 무사이의 언덕(필로파포스 언덕 - 옮긴이) 너머로 거대한 선박들이 정박해 있는 바다가 보인다. 아이기나 섬의 그림자처럼 불쑥 솟아오른 바위와 그 옆으로 펠로폰네소스의 산등성이가 이른 아침 안개 속에서 마치 유령처럼 어른거린다. 말하자면, 아크로폴리스 정상을 중심축으로 주변의 산과 농지와 바다가 모두 하나의 거대한 바퀴 모양을 그리는 셈이다. 아테네의 아크로폴리스는 화합의 장이자 권력의 중심이었다. 신들이 아테네를 차지하려고 그토록 치열하게 싸웠던 이유가 가히 짐작이 간다.

제우스의 머리에서 탄생한 여신

아테네는 제우스의 딸이자 이 도시의 후원자인 처녀 여신, 아테나의 이름을 따서 붙여진 지명이다(리비아인은 여신이 바다처럼 푸른 눈빛을 지녔으며 아버지는 포세이돈이라고 주장한다). 여신의 어머니인 메티스Metis('영리함')는 처음엔 형체를 바꿔 제우스의 마수에서 벗어났지만, 오래 버티지는 못했다.

아테네 : 아테나 여신의 영지, 테세우스의 왕국

메티스가 임신하자 대지의 여신 가이아는 그 아이가 딸일 것이라 했고, 만약 딸이 아닌 아들을 낳는다면, 그 아이가 아비를 물리칠 것이라고 예언했다. 권력에 몹시 집착했던 제우스는 자신의 아버지 크로노스의 전철을 밟아 메티스를 통째로 삼켜버렸다.

얼마 지나지 않아 제우스는 심한 두통을 앓기 시작했고, 마침내 두개골이 깨질 듯한 고통을 참을 수 없는 지경에 이르렀다. 리비아의 트리톤 호숫가에서 올림포스 산까지 울려퍼지는 그의 비명소리를 들은 신들이 달려왔다. 모두 속수무책인 가운데, 헤르메스만이 해결 방법을 알고 있었다. 그는 헤파이스토스에게 도끼로 제우스의 머리를 쪼개라고 조언했다. 도끼날이 파고들자 두개골이 깨지며 열렸다. 그러자 안에서 성년의 모습을 한 아테나가 갑옷을 차려입고 무장한 채 튀어나왔다. 여신은 염소가죽으로 덮인 마법의 방패인 '아이기스Aegis'를 들고 있었다. 테두리를 뱀으로 장식한 이 방패는 적들에게 공포심을 심어주어 여신을 보호했다(아이기스가 아테나의 적들 가운데 염소처럼 생긴 티탄 신족 아익스Aex의 가죽을 벗겨 만든 것이라는 설도 있고, 거인족 팔라스Pallas의 가죽을 벗겨 만든 것이라는 설도 있다. 이 거인족을 죽인 후 아테나는 팔라스라는 별명을 얻게 되었다). 헤시오도스의 말에 따르면 "다른 어떤 신이나 필멸의 인간보다 영리한" 메티스는 제우스의 배 속에 그대로 남아 있으면서 수시로 그에게 유용한 조언을 제공했다.

도시의 수호신, 지혜의 여신, 직물의 여신
《호메로스 찬가》의 아프로디테 편에서는 '예리한 눈'을 지닌 아테나 여신의 특징을 이렇게 요약한다.

> 아테나께서는 황금빛 아프로디테의 품행에서는 아무 즐거움도
> 느끼지 못하지만 전쟁이나 아레스의 품행, 곧 투쟁과 전투,
> 그리고 섬세한 손길로 정교한 물건을 만드는 장인의 일에서
> 즐거움을 느끼신다. 아테나께서는 땅에 사는 필멸의 장인들에게
> 청동으로 전차를 제작하는 법을 가장 먼저 가르치셨다.

그리고 아테나께서는 그들의 회당에 있는 부드러운 살결의 아가씨들을 가르치며 예술을 이해하는 마음을 그들에게 심어주셨다.

아테나 여신은 융화되기 어려워 보이는 극과 극의 관심사들(전쟁과 사회적 화합)에 흥미를 갖고 있었다. 하지만 아레스와 달리 아테나는 다툼을 일으키는 행위 자체에서 쾌감을 느끼지는 않았다. 그보다는 도시의 수호신(아테나 폴리아스)으로서 그리스 전역을 보호하는 역할을 수행하며 필요할 경우 전쟁이라는 수단을 마다하지 않는 쪽이었다. 아테나 여신은 '프로마코스Promachus'('앞장서서 싸우는 전사')라는 별칭에서 알 수 있듯이 가차없이 맹렬한 기세로 선봉에 나섰으며, 니케('승리')라는 별칭에서 알 수 있듯이 전투에서 승리를 거두었다.

도시를 견고하게 수호하는 아테나는 도시 안에서는 장인들의 기술과 기예를 주관할 뿐 아니라, 베 짜기와 같은 여자들의 집안일도 관장했다. 신도 아닌 아라크네Arachne가 베 짜는 일이라면 자기가 아테나 여신보다 한수 위라고 자랑하자, 아테나는 변장을 하고서 아라크네에게 접근해 자웅을 겨루었다. 아라크네의 작품은 여신도 탄복할 만큼 정교하고 아름다웠다. 하지만, 아라크네가 아테나 여신에게 어떤 영감도 받지 않았다고 말하자 이에 격노한 아테나가 아라크네의 옷감을 갈가리 찢어버리며 자신의 진짜 정체를 드러냈다. 두려움에 사로잡힌 아라크네는 스스로 목을 맸고 아테나는 죽은 아라크네를 거미로 둔갑시켰다. 오늘날에도 거미의 길쌈 솜씨는 감탄을 자아낸다.

아테나는 회색빛 눈('글라우코피스')을 지닌 지혜의 여신이었고, 여신의 화신은 올빼미(그리스어로 '글라욱스')였다. 한편 아테네 시에서 통용되던 주화에는 올빼미와 함께 올리브 가지도 새겨져 있었다. 올리브나무 덕분에 아테나 여신이 아테네를 차지할 수 있었기 때문이다.

포세이돈의 삼지창, 아테나의 올리브 나무

아테나와 포세이돈은 아름다운 경관과 천연 자연을 자랑하는 아테네와 인근 아티카 지역을 마음에 들어 했다. 두 신은 서로 아티카가 자신의 땅이라고 주장했다. 그들은 주인을 가리기 위해 아크로폴리스까지 전차를 타고 경주를 벌였고, 바위 언덕에서 뛰어내렸다. 포세이돈이 삼지창으로 땅을 내리치자 땅 밑에서 바닷물이 샘솟았다. 이에 맞서 아테나는 잎사귀가 은빛으로 반짝이며 미풍에 흔들리는 올리브나무를 땅에서 자라나게 했다. 두 신이 소유권을 다투며 파괴적인 힘을 사용하자, 제우스가 벼락을 내리쳐 둘을 떼어놓았다. 그런 다음 사람의 모습으로 나타나 둘 사이의 문제를 해결하기 위해 법정에서 다른 신들을 배심원으로 앉혀 놓고 판결해야 한다고 명했다. 아테네의 케크롭스 왕은 증인으로 불려와서 아테나 여신의 선물인 올리브나무의 유용함을 찬미했다. 투표 결과 남신들은 포세이돈을 지지했고, 여신들은 아테나를 지지했다. 하지만 아테나가 다수표를 획득했기에 그 땅은 여신에게 돌아갔다. 포세이돈은 화가 난 나머지 성큼성큼 걸어서 법정을 떠났다. 그러고는 트리아시오 평원을 물에 잠기게 만들었다. 세월이 흘러 포세이돈은 아테나와 화해했고, 그 덕분에 아테네는 강한 해군을 육성했다.

올리브나무는 아티카 전역과 아크로폴리스 언덕에서 무성하게 자랐으며 고대에는 숭배의 대상이었다. 기원전 480년, 그리스를 침략한 페르시아 병사들이 신성한 올리브나무 한 그루를 불태워버린 일이 있었는데, 다음 날이 되자 불타버린 나무에서 새 순이 45센티미터나 자라났다고 한다. 헤로도토스는 이것을 아테네가 결국 승리하리라는 것을 보여주는 징조로 해석했고, 핀다로스는 이 나무를 가리켜 이렇게 묘사했다. "누구도 정복할 수 없고, 스스로 부활하니 창을 휘두르는 적군에게 공포심을 불러일으킨다. 아티카에서 무성하게 자라는 회색 잎사귀의 이 나무는 우리나라를 돌보는 올리브나무다. 나이가 많건 적건 누구든 이 나무를 해칠 수 없으니, 이는 모든 것을 지켜보시는 제우스께서 회색빛 눈을 지닌 아테나 여신과 함께 이 나무를 수호하시기 때문이다."

기원전 5세기에 사람들은 파르테논 신전에 있는 두 개의 페디먼트에 각각 아테나의 탄생 설화와, 포세이돈과 벌인 시합 이야기를 새겨 기념했다.

기원전 540~530년경
아티카의 흑화식 항아리에
그려진 그림. 아테나
여신이 뱀으로 테두리를
장식한 아이기스를 들고
포세이돈과 대결하고 있다.

아테네의 왕들과 딸들

케크롭스는 아테네를 다스린 최초의 왕이었다(그의 장인 악타이오스Actaeos
는 아티카의 다른 지역에 수도를 갖고 있었다). 그의 몸통과 팔, 머리는 인간의 형
체를 하고 있었지만, 대지에서 태어난 하반신은 뱀의 형체를 하고 있었다.
현명하고 덕이 많은 케크롭스는 백성들에게 문학뿐 아니라 장례와 결혼
의식을 가르쳤고, 제우스를 독실하게 섬겼다. 하지만 그는 유혈 제사를 거
부했으며, 제단에 고기 대신 케이크를 올려놓고 태우는 방식을 선호했다.
이 같은 전통은 아테네인이 보존해온 제례 의식의 한 형태로 남아 있다.

케크롭스의 왕위를 계승한 이는 에리크토니오스Erichthonios였다. 그
역시 인간과 뱀의 잡종이었으나 수태된 사연은 범상치 않았다. 헤파이스
토스는 아테나 여신이 조신하게 아크로폴리스 위를 걷는 모습을 보고는
여신을 겁탈하려고 했다. 처녀 여신이 그를 거부했지만, 그는 자제하지 못

아테네 : 아테나 여신의 영지, 테세우스의 왕국

하고 그만 여신의 허벅지에 사정을 하고 말았다. 아테나는 한 줌의 양모로 정액을 닦았고, 그 양모를 땅에 던져버린 뒤 이내 잊어버렸다. 하지만 정액이 흙으로 스며들어 가이아를 임신시켰고, 그렇게 해서 나온 아기가 에리크토니오스('양모-대지')였다.

에리크토니오스의 외모에 놀란 아테나는 아기를 상자에 넣어 케크롭스의 세 딸에게 건네며 절대 열어보지 말라고 지시했다. 하지만 두 딸은 호기심을 참지 못하고 뚜껑을 열어 안을 들여다보았다. 뱀의 형상을 한 아기를 본 그들은 놀라서 비명을 지르며 상자를 떨어뜨렸고, 아크로폴리스 언덕으로 달려가 몸을 던져 죽었다. 케크롭스의 셋째 딸인 판드로소스('온통 이슬에 젖은')만 살아남았다. 고대인들은 아테나 아크로폴리스의 포세이돈 샘과 아테네 여신의 올리브나무 가까이에 판드로소스에게 바치는 정원을 짓고 여신으로 숭배하였다.

케크롭스의 두 딸이 자신의 말을 거역한 것에 화가 난 아테나는 아크로폴리스를 확장하는 데 쓰려고 가져오던 바위를 대지에 떨어뜨렸다. 이 때문에 대지가 불쑥 솟아올랐고, 리카비토스Lycabettos 언덕이 되었다. 한편 에리크토니오스는 훗날 장성해서 아테네를 통치했다. 고전 시대에 들어와 사람들은 마치 뱀의 허물을 벗기듯 에리크토니오스의 인간적 요소를 제거하고 그를 신성한 뱀으로 숭배했으며, 벌꿀 케이크를 제단에 바쳤다.

판디온, 프로크네, 필로멜라, 에렉테우스

아테네를 무대로 하는 신화에는 추잡하거나 참혹한 결말을 맞는 딸들을 둔 현명한 왕들의 이야기가 넘친다. 에리크토니오스에 이어 아테네를 다스렸던 온화한 성품의 판디온Pandion 왕도 그런 경우다. 그는 첫째 딸인 프로크네Procne를 트라키아의 테레우스Tereus 왕에게 시집보냈다. 그런데 둘째 딸인 필로멜라Philomela가 언니를 방문했을 때 야만적인 테레우스 왕이 처제를 겁탈하고 그 혀를 잘라버린 것이었다. 말을 하지 못하게 된 가여운 필로멜라는 융단을 짜서 자신이 겪은 끔찍한 사연을 폭로했다. 프로크네는 복수를 결심하고 필로멜라와 함께 테레우스의 아들 이티스Itys를 죽여

사지를 절단해 요리한 뒤 왕에게 바쳤다. 연회가 끝나자 두 여인은 뚜껑으로 덮은 접시를 가져와서 이티스의 머리를 드러내보였다. 테레우스는 도끼를 휘두르며 자매를 뒤쫓았다. 이에 신들이 개입해 세 사람을 새로 변신시켰다. 프로크네는 참새가 되었고, 필로멜라는 달콤한 목소리의 나이팅게일이 되었으며, 테레우스는 날카로운 부리를 지닌 매(혹은 후투티)가 되었다.

아테네에서는 판디온의 뒤를 이어 (에리크토니오스처럼 절반은 뱀의 몸인) 에렉테우스Erechtheus가 왕위를 계승했다. 그는 아테네 시민들을 위해 훌륭한 축제들을 다수 제정했다고 한다. 도시를 수호하는 마력을 지닌, 올리브나무로 된 아테나 여신상이 그의 통치 시기에 기적처럼 하늘에서 떨어졌다는 전설이 있다. 한편 엘레우시스와 전쟁을 치르던 중 에렉테우스는 자신의 세 딸 가운데 하나를 희생한다면 아테네의 승리를 얻을 수 있을 것이라는 신탁을 받았다. 에렉테우스가 신탁에 따라 자기 딸을 희생시키자 다른 두 딸도 스스로 목숨을 끊었다고 한다. 예언대로 에렉테우스는 엘레우시스 왕의 목을 베었지만, 그의 영광은 오래가지 못했다. 그의 손에 죽은 자가 바로 포세이돈의 아들이었던 것이다. 복수심에 불타는 바다의 신은 에렉테우스를 삼지창으로 찔러 죽였다. 이 이야기는 소름끼치는 내용에도 불구하고 시민들에게 자기희생을 보여주는 모범적 사례로 전해져 고전 시대에 아테네 사람들에게 인기를 누렸다.

아테네의 마지막 왕이라고 전해 내려오는 코드로스Codros의 신화에도 이와 비슷한 소재가 등장한다. 아테네를 침략한 스파르타인들은 아테네 왕에게 아무 해를 입히지 않는다면 아테네를 함락할 것이라는 신탁을 믿고 있었다. 이 소식을 들은 코드로스 왕은 자신을 희생하기로 결심했다.

그는 적을 속이기 위해 거지로 위장하고서 성문을 빠져나와
외곽에서 장작을 모으기 시작했다. 적군 진영에서 두 사람이
접근해 아테네 도성 내의 사정을 탐문하려 하자 그는 낫을 들어
한 명을 살해했다. 코드로스를 거지로 여긴 다른 병사는 분노하며

칼을 빼들어 왕을 찔러 죽였다. 아테네인들은 적에게 사신을 보내 진실을 알리고, 그들의 왕을 장사 지낼 수 있게 돌려달라고 요청했다. 펠로폰네소스인들은 더는 아테네를 함락시킬 희망이 없다는 사실을 깨닫고 왕의 주검을 돌려주고 아티카를 떠났다.

위대한 영웅 테세우스의 아버지

아테네의 가장 위대한 영웅은 테세우스였다. 여러 해 동안 자식을 얻지 못했던 테세우스의 아버지, 곧 판디온의 아들 아이게우스는 온갖 방법을 시도했다. 심지어 출산의 여신 아프로디테를 숭배하는 의식을 아테네에 도입하기도 했다. 하지만 소득이 없었다. 그는 자신의 누이인 프로크네와 필로멜라가 저지른 살인죄 때문에 저주를 받은 것 같다고 짐작했다. 이에 그가 델포이의 신탁소를 찾아가 자문을 구하자 수수께끼 같은 신탁이 돌아왔다. "아테네에 돌아올 때까지 부풀어 오른 포도주 부대자루의 마개를 뽑지 마라."

　도무지 신탁의 의미를 파악할 수 없었던 아이게우스는 친구인 트로이젠 왕, 곧 펠롭스의 아들 피테우스Pittheus를 찾아가 조언을 듣고자 했다. 그리고 그는 메데이아가 이아손에게 버림받은 사실을 갓 파악했을 즈음에 (에우리피데스의 설명에 따르면) 코린토스에 들렀다. 메데이아는 자신의 매력을 최대한 활용해 자신이 아테네에 망명할 수 있게 도와달라고 아이게우스를 설득했다(하지만 그는 메데이아가 복수를 꾸미고 있는 줄 몰랐다).

　한편 트로이젠의 피테우스 왕은 신탁을 듣고 아이게우스가 아테네를 다스릴 왕을 얻게 될 것임을 알아차렸다. 아이게우스가 집에 돌아가기 전까지 여인과의 잠자리를 자제해야 한다는 해석에도 불구하고 그는 되레 아이게우스를 취하게 만들어 침실에 돌려보낸 후 자신의 딸 아이트라Aethra와 동침하도록 일을 꾸몄다. 그날 밤엔 사건도 많았다. 아이트라는 아이게우스와 동침한 직후 인접한 히에라Hiera 섬에서 제사를 올렸고, 그곳에서 (아테나 여신의 제안을 받은) 포세이돈에게 겁탈 당했다. 이튿날 아침, 아이게우스는 자신의 칼과 샌들을 거대한 바위 밑에 숨겼다. 그리고 지난밤에 맺은 인연으로 낳은 아들이 바위를 들어 올릴 만큼 강하게 자라거든 바위를 들어 자신의 물건들을 찾아내어 자신의 핏줄임을 증명하도록 아이트라에게 지시했다. 아테네로 돌아간 아이게우스는 이미 이곳에 거주하고 있는 메데이아를 발견했다. 미모에 넋을 잃은 그는 메데이아와 결혼하고, 아들이 태어나자 메도스Medos라 이름 짓고 자신의 후계자로 양육했다.

그리스의 악당들을 물리친 영웅의 모험

아이트라 역시 아들을 낳았고 그 이름을 테세우스라 지었다. 피테우스는 테세우스의 탄생에 아이게우스가 관련된 사실을 감추기 위해 그의 아버지가 포세이돈이라는 소문을 퍼뜨렸다. 하지만 테세우스가 장성하자 아이트라는 아이게우스의 징표들을 숨겨둔 바위로 아들을 데려가 테세우스에게 진실을 들려주고는 아테네로 떠나라고 말했다. 테세우스는 바다 대신 육로로 여행하며 자신의 남성다움을 시험했다. 아테네로 가는 여정에서 테세우스는 그 지방의 악명 높은 산적들을 제거(헤라클레스의 위대한 행적과 흡사하지만 보다 문명화된 형태로)하며 나아갔다.

먼저 에피다우로스 지방에서는 눈이 하나뿐인 절름발이 거지, 곧 헤파이스토스의 아들 페리페테스Periphetes를 만났다. 그 악당은 청동 곤봉을 휘두르며 지나가는 여행자들을 공격하고 있었다. 이에 테세우스는 페리페테스에게 곤봉의 장식이 정말로 청동인지 살펴봐도 되느냐고 물어본 후 그가 우쭐대며 무기를 건네는 순간 곤봉으로 그의 머리를 으깨어버렸다. 그러고 나서 그 곤봉을 챙겨 들고 여정을 이어갔다.

코린토스 지협에서는 소나무들을 이용해 여행자들의 목숨을 빼앗는 시니스Sinis라는 악당을 만났다. 그에게는 두 가지 수법이 있었다. 하나는 여행자들에게 소나무 가지를 휘어서 땅바닥에 닿게 해야 하니 나무 꼭대기의 줄기를 붙잡아달라는 것이었다. 그러고는 결정적인 순간에 소나무를 힘껏 붙들고 있던 손을 놓아 도움을 주던 사람을 멀리 날려 보내 땅에 고꾸라져 죽게 만들었다. 또 하나의 수법은 소나무 두 그루를 활처럼 구부려 미리 밧줄로 고정해둔 다음에 여행자를 힘으로 제압해 사지를 소나무에 각각 묶고, 고정해 둔 밧줄을 끊는 것이었다. 그러면 구부러져 있던 줄기가 꼿꼿이 일어서면서 나무에 묶인 사람의 사지가 갈가리 찢어졌다. 테세우스는 시니스의 두 번째 방법으로 그를 처치했다. 이로써 코린토스 지협은 안전 지대가 되었다.

해안가의 높은 절벽 정상 부근에 이르자 스키론이 테세우스를 가로막았다. 덩치가 거대했던 스키론은 바위에 앉아 길을 지나가는 사람들을 겁박해 강제로 자신의 발을 씻게 만들었다. 그러고는 사람들이 그의 발을 씻기려 상체를 수그릴 때 벼랑 아래로 걷어 차버리곤 한 것이다. 절벽 아래로 떨어진 사람들의 시신은 그곳에 살고 있던 거북이가 먹어치웠다. 테세우스는 그가 사람들을 괴롭히던 방식 그대로 그를 언덕 아래로 떨어뜨려 거북이의 밥이 되게 만들었다.

테세우스는 아테네로 들어가기 위한 마지막 산길에서 저녁을 맞게 되

기원전 425년경 아티카의 적화식 항아리에 새겨진 그림.
테세우스가 프로크루스테스를 향해 도끼를 세우고 있고, 도끼의
주인인 프로크루스테스는 그의 악명 높은 침대에 누워 저항하고 있다.

어 한 여인숙에 들어갔다. 여인숙 주인이었던 프로크루스테스Procrustes는 자신의 쇠침대가 모든 손님에게 완벽하게 들어맞는다고 주장했다. 만약 손님이 너무 작으면 침대 크기에 맞춰 손님의 사지를 늘어뜨렸고, 손님이 너무 크면 침대 크기에 맞춰 사지를 잘라냈던 것이다. 하지만 실상은 달랐다. 그는 키가 작은 사람에게는 큰 침대를 내놓고, 키가 큰 사람에게는 작은 침대를 내놓았다. 이에 테세우스는 이 사악한 주인도 똑같은 방식으로 침대에서 죽게 함으로써 그리스의 불한당을 하나 더 제거했다.

아테네에 도착한 테세우스는 자신의 신분을 드러내지 않았다. 하지만 메데이아가 먼저 그의 정체를 알아보았다. 왕비는 이 침입자가 자신의 아들에게서 왕위를 빼앗아가도록 놔두면 안 되겠다고 결심했다. 아이게우스에게는 테세우스가 적이라고 속이고는 독약이 든 술을 준비한 것이다. 그런데 테세우스가 술을 마시려던 찰나, 아이게우스 왕이 테세우스의 허리에 있던 자신의 칼을 알아봤다. 그 즉시 아이게우스는 테세우스의 입에서 술잔을 밀쳐냈고, 아버지와 아들은 쏟아진 포도주가 거품을 내며 석조 바닥을 녹이는 장면에 경악하고 말았다.

이후 아이게우스는 희생제를 올리고 호화로운 연회를 열어 아테네 사람들에게 테세우스를 자신의 후계자로 선포했다. 한편 메데이아는 자신의 아들 메도스와 함께 멀리 동쪽으로 달아났다. 메도스는 지금의 이란인 이곳의 메데Medes족 사람들에게 자신의 이름을 남겼다. 헤로도토스의 기록에 따르면 메데족은 그전까지 아리아인Aryans이라 불렸고, 고대에는 많은 그리스인들이 페르시아인을 메데인으로 지칭했다.

테세우스는 아테네가 분쟁에 휩싸여 있다는 사실을 알게 된다. 아티카는 내전이 발발하기 직전이었다. 에렉테우스 가문의 또 다른 분파인 팔라스의 아들 50명이 아이게우스의 통치에 도전하고 있었던 것이다. 이에 테세우스는 능숙한 협상술을 발휘해 평화를 이끌어냈다. 물론 이는 한시적인 평화에 불구했고, 어쩔 수 없이 전쟁에 가담해 팔라스의 아들을 전부 죽이게 된다. 한편 테세우스는 내전을 해결하기 전에 먼저 외부의 위협에 눈을 돌렸다. 헤라클레스가 티린스로 데려왔다가 풀어주었던 크레타 섬의

아테네 : 아테나 여신의 영지, 테세우스의 왕국

황소를 테세우스가 죽인 것으로 인해 아테네가 크노소스의 미노스Minos 왕에게 정기적으로 인신조공을 바치고 있었기 때문이다. 테세우스는 이같은 관행을 없애기 위해 동료 13명과 함께 크레타 섬으로 떠났다. 그의 임무는 바로 미노타우로스를 죽이는 것이었다.

아테네의 기틀을 닦은 위대한 영웅

미노타우로스를 제거한 테세우스는 의기양양하여 귀향했지만 아테네는 비통에 잠겨 있었다. 자신의 아들이 죽었다고 확신한 아이게우스 왕이 아테네의 아크로폴리스나 수니온 곳 중 한 곳에서 몸을 던져 목숨을 끊었기 때문이다. 이후 왕위에 오른 테세우스는 아테네를 아티카의 수도로 삼고, 여러 가지 법률을 제정해 위대한 아테네의 기틀을 세웠다고 한다. 하지만 이는 아테네 헌법의 기원을 고대로 소급시키려는 아테네 역사가들의 주장일지도 모른다. 기원전 5세기에 활동했던 적지 않은 비극 작가들 역시 테세우스를 최초의 열정적인 민주주의자로 묘사하는 시대착오적인 실수를 태연하게 저질렀다.

한편 고대 그리스인들은 테세우스의 활약상 중 특히 두 가지 일화를 중요하게 여겨 파르테논 신전의 메토프 부조에 새겨놓았다. 그중 하나가 아마조네스와의 전투였다. 테세우스는 히폴리테 여왕의 허리띠를 훔치기 위해 헤라클레스와 함께 테르모돈에 갔을 때 안티오페 공주와 사랑에 빠져 히폴리토스라는 아들까지 낳았다. 하지만 아마조네스는 안티오페 공주가 납치되었다고 믿고 아티카를 침공해 아크로폴리스 서쪽 바위투성이 언덕을 점령했다. 이후 이곳은 아레스의 언덕(아레오파고스)이라 불린다. 수개월간의 전투 끝에 결국 아마조네스는 심각한 손실을 입고 철수했으며, 안티오페도 목숨을 잃었다.

테세우스의 아들 히폴리토스 이야기

안티오페가 죽고 나서 테세우스는 크레타 섬의 파이드라Phaedra 공주와 결혼했다. 테세우스는 자신의 사촌들, 곧 팔라스의 아들들을 살해한 뒤 추방당했을 때, 파이드라와 함께 트로이젠에서 지냈던 적이 있었다. 이곳은 열렬한 아르테미스 신도로서 평생 순결을 지키고자 육체적 쾌락을 거부했다가 아프로디테의 진노를 샀던 그의 아들 히폴리토스의 터전이기도 했다. 한편 파시파에Pasiphaë(미노스 왕의 소에 욕정을 품었던 여인)의 딸이자 아리아드네Adriane(테세우스의 사랑을 얻고자 크레타를 배반한 여인)의 자매인 파이드라는 정열적인 여인이었다. 파이드라는 이미 엘레우시스 비의에서 히폴리토스를 만난 적이 있었고, 첫눈에 반한 상태였다. 이렇게 그와 가까이 지내게 되자 파이드라의 열병은 점차 깊어갔다. 때마침 테세우스가 신탁을 듣기 위해 델포이로 여행을 떠나자, 히폴리토스를 향한 욕정을 참지 못한 파이드라는 그에게 잠자리를 요구했지만, 퇴짜를 맞았다. 에우리피데스가 자신의 작품에서 상상한 바에 따르면, 히폴리토스를 향한 파이드라의 마음을 알아챈 보모가 파이드라를 대신해 연모의 마음을 전했다고 한다. 반면 히폴리토스는 이 사실을 테세우스에게 알리겠다고 위협했다. 그러자 파이드라는 오히려 히폴리토스가 자신을 겁탈하려고 했다는 유서를 남긴 채 목을 매고 자결했다. 테세우스는 아들을 저주하며 포세이돈에게 그를 죽여 달라고 간청했다. 그러자 포세이돈은 히폴리토스가 전차를 몰고 길을 나섰을 때 뿔이 달린 황소를 내보내었고, 히폴리토스는 겁을 먹고 달아나는 말에 질질 끌려 다니다가 죽고 말았다. 아르테미스는 뒤늦게 이런 진실을 테세우스에게 알리고, 아프로디테가 총애하는 아도니스를 죽여 복수하기로 맹세한다.

하지만 히폴리토스에게 죽음은 끝이 아니었다. 아르테미스는 모든 치료사들 중 가장 뛰어난 아스클레피오스Asklepios를 설득해 그를 되살렸다(하지만 제우스는 아스클레피오스가 자연의 법칙을 거슬렀다는 이유로 그를 죽이고 만다). 히폴리토스는 부활한 후 도망친 노예들을 보호하며 이탈리아에서 살았으며, 라티움에서는 비르비우스Virbius라는 이름의 신으로 숭배되었다. 그의 신역이었던 아리키아Aricia는 그의 아내 이름에서 유래했다고 하니, 평생 동안 순결을 지키려 했던 자신의 맹세가 잘못되었음을 깨달았던 듯싶다.

테세우스와 페이리토오스의 우정과 이별

테세우스의 절친한 친구 페이리토오스는 아마조네스에 맞서 함께 싸웠을 뿐 아니라 다른 전투에서도 활약이 컸다. 이올코스에서 발생한 라피타이 족과 켄타우로스족 간의 이 전투는 아테네인의 마음에 깊은 인상을 남겨 파르테논 신전의 부조로도 새겨졌다. 페이리토오스는 북부 아티카와 인접한 라피타이족의 왕으로서 한때는 테세우스의 적이었다. 페이리토오스가 마라톤에 있는 테세우스의 소 떼를 훔쳤을 때 두 사람은 처음으로 맞닥뜨렸다. 당시 서로에게 좋은 인상을 받은 두 사람은 변치 않는 우정을 나누기로 맹세했다. 이후 테세우스는 페이리토오스의 결혼식에 참석했고, 술에 취한 켄타우로스족이 라피타이인들의 여인들을 겁탈하려고 하자 함께 켄타우로스족에 맞서 싸웠다.

두 사람은 영웅적인 모험뿐 아니라 무모한 모험도 함께했다. 하지만, 두 사람을 결국 파멸로 이끈 선택의 순간이 찾아왔다. 그들은 스파르타의 헬레네 공주가 어린아이였을 때부터 눈독을 들이고 있었던 것이다. 때마침 에우로타스 강가에 있는 아르테미스 오르티아의 성전에서 제사를 올리는 헬레네를 발견한 두 사람은 공주를 유괴해 서둘러 아티카로 돌아왔고, 제비를 뽑아 공주를 차지할 사람을 결정하기로 했다. 제비뽑기에 이긴 테세우스는 아티카 북동쪽에 있는 아피드나이 마을에 공주를 숨기고 자신의 어머니 아이트라에게 공주를 보호하게 했다.

제비뽑기에서 진 페이리토오스는 자기도 제우스의 딸들 가운데 하나를 데려와야 한다고 주장했다. 그래서 두 친구는 위험천만한 모험을 감행하게 된다. 바로 저승에서 페르세포네를 납치하기로 한 것이다. 타이나로스 곶에서 저승으로 통하는 문을 찾은 그들은 이내 하데스의 앞에 도착해 아내를 포기하라고 요구했다. 하데스는 아내를 데려올 테니 돌의자에 앉아 잠시 쉬라고 말한 뒤 자리를 비웠다. 하지만 그 돌의자는 망각의 의자였다. 그들의 몸은 돌의자에 들러붙기 시작했고 너무나 단단히 들러붙어 옴짝달싹할 수 없었다. 모든 것을 망각하고 몸이 마비된 채 그곳에 앉아 있은 지 4년째 되던 해에 케르베로스를 데려가려고 저승에 내려온 헤라클레스가 구원의 손길을 내밀었다. 헤라클레스가 테세우스를 억지로 바위에서 떼어내는 과정에서 살점이 떨어져 나갔고, 이어서 페이리토오스를 구하려는데, 땅이 흔들리고, 천둥소리가 요란하게 울려 퍼지기 시작했다. 헤라클레스는 페이리토오스의 탈출을 신들이 금하고 있음을 깨닫고는 그를 저승에 남겨둔 채 떠났다. 결국 페이리토오스는 영원토록 저승에서 자신의 운명을 감내할 수밖에 없었다.

테세우스의 죽음과 유해 발굴

테세우스가 자리를 비우고 있는 사이 헬레네의 오빠인 카스토르와 폴리데우케스가 아티카를 침공했다가 아카데모스Academos의 조언 덕분에 헬레네가 있는 곳을 찾게 된다(아카데모스에게 바쳤던 신성한 숲에는 훗날 플라톤의 아카데미아가 들어서게 된다). 이윽고 아테네인들에 대한 복수가 단행됐지만, 아테네는 에렉테우스의 증손자 메네스테우스Menestheus의 외교술 덕분에 겨우 재앙을 면할 수 있었다. 그는 디오스쿠로이(카스토르와 폴리데우케스를 지칭함)를 귀빈으로 맞이하고, 명예시민의 자격을 부여했으며, 엘레우시스 비의에 입문시킨 뒤 헬레네와 함께 스파르타에 돌려보냈다. 한편 헬레네는 테세우스의 어머니 아이트라를 자신의 시종으로 삼아 데려갔다.

저승에서 돌아온 테세우스는 메네스테우스의 권위에 도전할 만한 힘도 동맹군도 없었다. 어쩔 수 없이 현실을 받아들인 테세우스는 아테네를 영원히 떠났다. 스포라데스 제도의 최남단에 위치한 스키로스 섬을 지배하던 리코메데스Lycomedes 왕이 그를 친절히 맞이했지만 내심으로는 그를 죽일 계획이었다. 메네스테우스의 협력자였던 리코메데스는 높은 절벽에서 테세우스를 떠밀어 살해했다.

테세우스는 고대 상고기Archaic period(기원전 750년경~480년경 - 옮긴이) 내내 영웅으로서 별로 조명을 받지 못했다. 기원전 490년 마라톤에서 전투를 벌이던 아테나 병사들이 테세우스가 자기들 편에서 싸우는 것을 보았노라고 주장한 일이 있었다. 그로부터 14년 뒤 델포이 신탁소에서 아테네인들에게 테세우스의 유해를 찾아 안장하라고 지시했다. 키몬Cimon 장군은 스키로스 섬을 정복하고 영웅의 무덤을 찾기 위해 섬 안을 샅샅이 뒤졌다. 그러던 중에 독수리 한 마리가 부리로 땅바닥을 열심히 쪼고 있는 모습을 보고 그 자리에서 청동 검과 창날, 그리고 크기가 엄청난 유골을 찾아냈다. 키몬은 성대한 의식을 거행하고 유골 행렬과 함께 아테네로 돌아와 테세우스를 기리는 신전을 세웠다.

아테네의 과거와 현재

아테네에는 기원전 5000년부터 사람들이 거주했으며, 기원전 4000년의 것으로 추정되는 주거지 유적이 아고라와 아크로폴리스 주변에서 발굴되었다. 이 주거지는 청동기 시대 후기에 번성하기 시작했다. 기원전 1600년경 아크로폴리스 언덕에 왕궁이 건설되었고, 양쪽 가파른 측면에는 거대한 돌덩이를 이용한 '키클롭스' 성벽이 축조되었다. 이 건축물은 기원전 10세기에 지진이나 화재로 파괴되기 전까지 온전한 상태로 보존되었던 것으로 보인다. 왕궁이 있던 아크로폴리스는 이 지역에 살았다고 여겨지는 에렉테우스와 케크롭스를 비롯해 왕들을 숭배하는 중심지로 자리 잡기 시작했다.

기원전 7세기에 아크로폴리스는 아테네인의 종교적 중심지가 되었다. 기원전 632년 쿠데타에 실패한 정치가들은 아테나 폴리아스 신전을 찾아와 망명을 신청했다. 기원전 594년경에는 파벌을 없애고 해안가와 시골, 그리고 도시 지역의 사람들을 하나로 통합하는 개혁 작업이 솔론의 주도 아래 진행되었다. 또 6세기 후반에는 어진 '참주' 페이시스트라토스의 지배 아래 판아테나이아 제전과 엘레우시스 비의를 증진하고, 새로운 연극 축제를 제정하고, 대규모 건축 사업을 통해 아테네의 '쿠도스'(영광)를 드높였다. 페이시스트라토스의 아들 히피아스가 기원전 510년에 추방된 후에는 클레이스테네스Cleisthenes가 '이소노미아Isonomia'(법 앞에 평등) 사상을 도입했고, 이로써 아테네의 정치는 차츰 '민주정Demokratia'(일반 평민들이 지배하는 방식)으로 발전했다.

기원전 490년, 아테네는 페르시아의 침공으로 존망의 위기에 처했다. 마라톤 전투의 승리로 잠시 숨통을 돌렸지만, 기원전 480년 아테네는 페르시아 병사들에게 점령당했고, 신전들은 불에 탔다. 하지만 며칠 후 그리스 해군(수니온 곶 근처 라우리움 은광에서 얻은 수익으로 창설됨)이 살라미스 해전에서 대승을 거두었다. 기원전 479년 아테네는 페르시아 군을 플라타이아이에서 궤멸시킨 후 그리스 도시국가들이 페르시아의 위협을 상쇄하기 위해 결성한 델로스 동맹을 이끌었다. 곧 아테네 제국으로 발전했고 아테네 함대가 에게 해를 순찰했다. 기원전 454년에는 동맹국의 보물창고를 델로스에서 아테네로 이전했다.

페리클레스('참주'나 다름없는) 치하에서 아테네는 호전적인 팽창정책을 실시했다. 이것은 아테네 제국과 스파르타가 이끄는 동맹국들 간의 펠로폰네소스 전쟁으로 이어졌다. 전쟁의 결과는 아테네의 패배였다(기원전 404년). 이로써 아테네는 한때 '고대 그리스 세계의 교육 중심지'를 표방하던 페리클레스의 자부심에 부응하며 탁월한 철학가와 작가, 예술가 들을 배출하던 한 세기를 불명예스럽게 마감했다.

아테네는 곧 명성을 회복했다. 기원전 4세기 아테네에서는 철학적 논쟁이 곳곳에서 벌어졌다. 플라톤은 아카데미아를 세웠고, 아리스토텔레스는 리카이온을, 에피쿠로스는 '정원' 학교를 세웠다. 한편, 아테네의 어느 '스토아'(주랑)에서 학생들을 가르쳤던 제논을 기리는 뜻에서 그의 추종자들을 '스토아'라고 불렀다. 바로 스토아 철학자들Stoics이다. 아테네는 다른 모든 동맹국들과 마찬가지로 기원전 338년 카이로네이아 전투에서 마케도니아의 필리포스 2세에게 패했지만, 알렉산드로스 대왕에게 비교적 후한 대우를 받았고, 그가 죽은 뒤에 반란을 일으켰을 때에도 전반적으로 별다른 피해를 보지 않았다.

기원전 86년에는 아테네가 폰토스의 미트리다테스 6세를 지지하며 로마에 대적했다가 술라 장군이 이끄는 로마군에 함락되었다. 이후 도시를 복구해 지난날의 영광을 회복하면서 아테네는 '대학'의 도시가 되었고, 오랜 역사와 아름다운 건축물로 명성을 얻었다. 서기 2세기에는 하드리아누스 황제나 헤로데스 아티쿠스 등의 부유한 후원자들이 문화와 예술 사업을 지원했다. 3세기에는 헤룰리족에게 그리고 396년에는 알라리크 왕이 이끄는 고트족에게 약탈당하면서 아테네는 여러모로 약화되었다. 하지만 9세기부터 15세기까지 이탈리아와의 무역을 통해 아테네는 다시 한 번 부흥기를 맞았고, 제4차 십자군 원정 이후 1205년에는 공국(베네치아 공화국의 영토)이 되었다. 하지만 1458년 오스만 제국의 수중에 떨어지면서 아테네는 장기간에 걸쳐 쇠락의 길에 접어들었다. 이 기간에 파르테논 신전은 탄약 창고(1687년 베네치아 공화국의 집중 포격으로 대규모 피해를 보았다)로 이용되거나 이슬람교의 모스크로 쓰이기도 했다. 1801년에는 엘긴 경Lord Elgin이 신전의 조각상들을 뜯어내 반출했으며, 반환 여부를 두고 오늘날까지도 논쟁이 이어지고 있다.

그리스는 독립 후 1834년에 국가의 수도를 나플리오에서 당시 작은 마을에 불과하던 아테네로 이전했다. 1896년에는 우아한 신고전주의적 양식의 건물이 즐비한 아테네에서 새롭게 부활한 올림픽 대회가 열렸다. 아테네는 1922년에 있었던 터키와의 주민 교환(터키와의 전쟁에 패한 후 터키 영토 내 그리스인들과 그리스 영토 내 터키인들 간의 강제 이주가 이루어진 사건 - 옮긴이), 그리고 제2차 세계대전과 그리스 내전을 겪으며 1950년대 후반 이후 급속히 확장했다. 아테네는 2004년 올림픽 대회 개최지로 선정된 뒤 기반 시설을 새로 건설하거나 정비하고 도심 개발에 나섰다.

신화의 배경: 아테네

주요 연대와 유적지

BC 5000년경	최초로 아테네에 인간이 살기 시작했다.
BC 3500년경	아크로폴리스와 아고라 지역에 주거지가 형성되었다.
BC 1600년경	아크로폴리스에 미케네 시대의 왕궁과 성벽이 건설되었다.
BC 1000년경(?)	미케네인들이 세운 아테네 주거지가 화재 또는 지진으로 파괴되었다.
BC 650년경	아크로폴리스에 아테네 폴리아스 신전이 세워졌다.
BC 594년경	솔론이 개혁 정책을 펼쳤다.
BC 556년	판아테나이아 대제전이 제정되었다.
BC 534년	연극 축제(디오니소스 축제)가 제정되었다.
BC 507년	클레이스테네스의 개혁으로 '이소노미아'(법치주의)가 도입되었다.
BC 490년	1차 페르시아 침공. 마라톤 전투에서 그리스 군이 승리했다.

BC 480년	2차 페르시아 침공. 신전들이 불에 탔고, 살라미스 해전에서 그리스 군이 대승을 거두었다.
BC 478년	델로스 동맹을 결성했다(이는 아테네 제국의 토대가 되었다).
BC 476년	키몬이 스키로스 섬에서 테세우스의 유해를 발견했다.
BC 449년	페리클레스가 파르테논 신전(기원전 438년에 봉헌됨)을 비롯한 대규모 건축 사업을 추진했다.
BC 431~404년	아테네의 패배로 펠로폰네소스 전쟁이 종식되었다.
BC 393년	아테네가 방호 시설을 강화했다.
BC 338년	필리포스 2세가 카이로네이아에서 아테네와 그리스 도시국가들을 격퇴했다.
BC 86년	로마의 술라 장군이 아테네를 함락했다.
AD 120년	하드리아누스 황제가 올림피아 제우스 신전을 완공하는 등 건축 사업을 추진했다.
AD 150년경	헤로데스 아티쿠스(아티카 출신의)가 오데온을 건축하는 등 아테네를 후원하고 도시를 단장했다.
AD 267년	헤룰리족이 아테네를 약탈했다.
AD 396년	알라리크의 고트족이 아테네를 약탈했다.
AD 529년	유스티아누스 황제가 철학 학교들을 폐쇄시켰다.
AD 1205년	제4차 십자군 원정 이후 아테네 공국이 건설되었다.
AD 1458년	아테네가 오스만 제국에 복속되었다.
AD 1687년	파르테논 신전 일부가 베네치아 공화국의 포격으로 파괴되었다.
AD 1801년	제7대 엘긴 백작인 토머스 브루스가 파르테논 신전 내의 '오래된 비문이 새겨진 돌이나 조각물을 가져가도' 된다는 허가를 터키 당국으로부터 받았다.
AD 1834년	아테네가 신생 독립국 그리스의 수도가 되었다.
AD 1896년	아테네에서 제1회 근대 올림픽 대회가 개최되었다.

아테네는 고고학의 산실이다. 그 중심에 아크로폴리스가 있다. 가파른 계단을 오르면 보루 위에 우아한 아테나 니케 신전(오른쪽)과 프로필라이온(입구)이 보인다. 신성한 문지방은 잿빛 엘레우시스산 석회암으로 제작되었다. 아크로폴리스에는 두 개의 신전이 우뚝 서 있다. 하나는 파르테논 신전으로 본래 고대 그리스의 조각가 페이디아스가 황금과 상아로 제작한 아테나 신상이 놓여 있었다. 다른 하나는 에렉테이온 신전(혹은 아테나 폴리아스 신전)으로 여러 채의 부속 예배실이 딸려 있었고, 포티코(현관)의 지붕은 여섯 처녀의 조각상(주물로 제작됨), 곧 카리아티드가 지탱하고 있다. 고대에는 에렉테이온 신전이 파르테논 신전보다 종교적으로 더 큰 중요성을 띠었다. 기원전 480년에 페르시아 군에 의해 불타버린 초기 아테나 폴리아스 신전의 토대가 파르테논 신전과 에렉테이온 신전 사이에 놓여 있다.

아크로폴리스의 남쪽 디오니시우 아레오파기투Dionysiou Areopagitou 거리에는 매우 인상적인 아크로폴리스 박물관이 있다. 서쪽으로 이 거리를 쭉 따라가면 하드리아누스 개선문이 나오고, 인근에 **올림피아 제우스 신전**이 나오는데 이곳에서 바라보는 아크로폴리스 전경이 환상적이다.

아크로폴리스의 남쪽 경사지에는 **디오니소스 극장**과 지금도 공연장으로 이용되는 **헤로데스 아티쿠스의 오데온**이 있다. 아크로폴리스 서쪽에는 **아레오파고스**(아레스의 언덕)가 있다. 경사가 가파르고 바닥이 미끄러워 아무나 쉽게 오를 수 있는 언덕은 아니다. 이곳 아래에도 아고라가 있는데 동쪽으로 **아탈로스의 스토아**(미국 고고학협회에 의해 복원, 현재 **아고라 박물관**으로 사용)가 있고, 서쪽으로 **헤파이스토스 신전**(테세우스 신전과 자주 혼동하는 곳)이 있다. 동쪽으로 더 나아가면 **로마 아고라**와 **바람의 탑**이 있다.

아고라 서쪽에는 **케라미코스**가 있다. 고전 시대에 아테네의 묘지였던 이곳의 경계 내에는 고대 성벽이 일부 남아 있다. **신성문Sacred Gate**(디필론 성문이라고도 함 - 옮긴이)에서 한쪽 길은 엘레우시스로 이어지고, 또 다른 길은 플라톤의 아카데미아로 이어진다. 거북이와 나비를 흔하게 볼 수 있는 케라미코스는 바쁜 일정에 시달린 여행자들에게는 안식처가 되어준다. 케라미코스 **박물관**에도 볼거리가 풍부하다.

아테네 국립 고고학 박물관에는 아테네와 그리스 전체에서 발굴된 유물들이 소장되어 있다. 수많은 보물들 중에는 미케네 유물인 **아가멤논의 황금 가면**, **키클라데스의 조각상**들, 그리고 정교한 **청동 포세이돈**(혹은 제우스)상을 비롯한 고전 시대의 조각상들, **바르바케이온 아테나**Varvakeion Athene(파르테논에 있던 페이디아스의 조각상을 모방한 작품) 그리고 기원전 2세기에 제작된 실물 크기의 아름다운 **청동 경주마**가 있다.

아테네의 유적지와 박물관을 대충 훑어보기만 해도 며칠은 걸린다. 유적지 중에는 일찍 폐관하는 곳이 많고, 버스를 대절한 단체관광이 주로 이루어지는 만큼 아침 일찍 유적지를 방문할 것을 권한다. 무리하게 일정을 진행하지 말고 자주 쉬면서 신선한 공기를 마시고 사색에 잠기는 시간을 갖는 것이 좋다.

크노소스:
사라진 문명의 중심지

포도주처럼 어두운 바다 한가운데 크레타라는 나라가 있는데
아름답고 기름진 그 땅에서는 샘물이 솟아나 흘렀다지요.
헤아릴 수 없이 많은 사람들이 살았는데, 도시가 아흔 개나 되었지요.
그들이 전부 같은 말을 사용하는 것은 아니어서
다양한 언어가 존재했소. 아카이아족, 대범한 원주민인 크레타족,
키도니아족, 도리아족, 그리고 고귀한 펠라스기족이 있었소.
여기에 위대한 도시, 크노소스가 있었으니 이곳을 다스리던
미노스는 아홉 해마다 전능한 제우스와 대화를 나눴다오.

― 호메로스, 《오디세이아》, 19권 172~179행

한 무리의 암컷 공작들이 우아한 자태를 뽐내며 왕궁의 서쪽 뜰을 미끄러지듯 이동한다. 빛의 굴절에 따라 색이 바뀌는 푸른 깃털을 두른 수컷 공작 한 마리가 암컷들을 향해 꼬리 깃털을 부챗살처럼 펼친 채 가슴을 한껏 부풀려 앞으로 내밀고, 대자석 안료를 칠한 갈색 기둥 아래에서 정교한 기하학적 모양의 춤을 추었다. 키 큰 나무들 사이에서 들려오는 산비둘기 울음소리가 초목이 무성한 골짜기 아래에서 들려오는 암탉들의 다투는 소리와 대조를 이루고, 개들이 소란스럽게 짖어대는 소리가 이따금 끼어든다.

햇빛이 강하다 보니 건물의 모서리와 가장자리가 날카롭게 도드라져 보였다. 나지막한 직사각형 형태의 현대적이면서도 원시적인 왕궁 건물은 햇살을 받아 반짝거렸고, 짙고 또렷한 그림자를 드리웠다. 직사각형 건물 내부에 드리운 짙은 그림자들이 풍성한 볼거리를 감추고 있었다. 벽면에는 아름다운 프레스코와 부조 들이 펼쳐져 있었다. 붉디붉은 배경 속에서 도드라지는 상상의 동물 그리핀, 파란색과 주황색 물고기 떼 속에서 뛰어노는 푸른 돌고래, 옅은 하늘색 하의만 걸친 채 각양각색의 항아리를 들고 걸어가는 구릿빛 피부의 청년들, 또 구불구불하게 틀어 올린 머리, 검은 눈 화장에 새빨간 입술이 인상적인 허리가 잘록한 여인들.

또 다른 벽면에는 뿔을 앞세우고 돌진하던 황소가 뒷발굽이 공중에 뜬 채 그대로 얼어버린 듯한 모양새로 그려져 있다. 황소 왼쪽과 오른쪽에 각각 서 있는 여인은 머리카락을 등 뒤로 길게 늘어뜨리고, 양팔에 팔찌를 차고 가슴을 드러낸 채 종아리까지 올라오는 부츠를 신고 있다. 황소를 가운데 두고 앞쪽에 있는 여인이 황소의 뿔을 붙잡고 있고, 뒤쪽에서는 또 한 여인이 두 팔을 벌리고 서 있다. 한편, 유연하게 휘어진 황소의 등 위에선 한 청년이 뒤쪽의 여인을 향해 공중제비를 돌고 있다. 인물마다 동작마다 의미가 있을 텐데, 도대체 어떤 이야기가 숨어 있는지 궁금증이 일지 않을 수가 없다. 어쩌면 이 장면에서 미노타우로스 신화가 탄생했을지도 모르겠다.

크레타 섬의 세 아들

미노스 가문에는 황소의 피가 흐른다. 티레Tyre의 에우로페 공주는 해안가를 거닐다가 아버지의 소 떼 가운데서 잘생긴 황소 한 마리를 보고 눈이 휘둥그레졌다. 기원전 2세기 그리스의 시인 모스코스Moschos는 이렇게 묘사했다. "그것의 몸뚱이는 황갈색이었다. 이마 한가운데 하얀 고리가 눈부시게 빛났고, 회색빛 눈동자가 욕정으로 번득였다. 뿔은 하늘을 향해 뻗으며 곡선을 이루었는데, 각각의 뿔은 거울에 반사된 반영처럼 정확히 대칭을 이루었다. 마치 초승달이 반으로 쪼개져 두 개의 원호가 생긴 듯했다."

넋을 잃은 에우로페가 다가와 자신을 어루만지다가 등에 올라타도 황소는 가만히 있었다. 에우로페를 태운 소는 물가로 느긋이 걸어가더니 바다로 뛰어들어 헤엄을 치기 시작했다. 그제야 두려움을 느낀 에우로페는 황소를 되돌리려고 노력했으나 허사였다. 황소는 머리를 돌려 사람이 알아들을 수 있는 말로 사실을 털어놓았다. 그 황소는 에우로페의 애인이 되고 싶은 제우스가 변신한 것이었다.

둘은 크레타 섬 해변에 도착했고, 고르틴Gortyn 근처의 푸른 플라타너스 아래에서 사랑을 나눴다. 에우로페가 세 아들을 낳았으니, 라다만투스 Rhadamanthus, 사르페돈Sarpedon(트로이의 영웅과 이름이 같다), 미노스였다. 제우스와 결혼할 수는 없었기에 에우로페는 크레타의 아스테리오스Asterios 왕과 결혼했다. 왕은 세 아들을 자기 자식처럼 거두었다. 하지만 미노스가 한 청년의 사랑을 얻기 위해 사르페돈과 다툰 후 사르페돈을 추방했고, 라다만투스는 친족의 피를 흘린 뒤 강제로 추방당했기에 오만한 미노스가 절대적인 힘을 지닌 왕이 되었다.

자신이 무엇을 원하든 신들이 들어줄 것이라고 자부한 미노스는 포세이돈을 위해 제단을 세우고 제사를 올릴 수 있게 바다에서 소를 보내달라고 기도했다. 그러자 군중이 지켜보는 가운데 몸에서 빛을 내뿜는 흰 소가 물속에서 나와 당당하게 제단으로 걸어왔다. 숨이 멎을 만큼 아름다운 소를 본 미노스 왕은 차마 소를 죽이지 못하고는 자신의 소 떼 가운데 두라고 지시한 뒤 다른 소를 도축했다. 제물을 빼앗긴 포세이돈은 화가 났다.

크노소스 : 사라진 문명의 중심지

반은 인간, 반은 소인 미노타우로스의 탄생

헬리오스의 딸 파시파에를 아내로 삼은 미노스는 아들인 안드로게우스Androgeus와 두 딸 아리아드네와 파이드라를 비롯해 많은 자녀를 두었다. 하지만 미노스는 지칠 줄 모르는 바람둥이였다. 뛰어난 마법사이기도 했던 파시파에는 빈번한 간음행위에 진저리를 느끼며 그에게 마법을 걸었다. 이때부터 미노스는 애인과 사랑을 나눌 때마다 정액 대신 노래기와 전갈이 몸에서 나와 상대를 이루 말할 수 없는 고통에 빠뜨렸다.

미노스 왕이 받은 저주를 유일하게 피해갈 수 있는 이가 있었으니 아테네의 프로크리스Procris 공주였다. 한때 새벽의 여신의 애인이었던 남편 케팔로스에게 버림받은 혈기왕성한 여자 사냥꾼 프로크리스는 미노스의 매력도 매력이지만 그가 사냥감을 절대 놓치지 않는 마법의 사냥개 라이라프스Laelaps를 선물로 주겠다는 말에 현혹되었다. 미노스와 관계를 갖기 전에 프로크리스는 미노스에게 해독제를 주어 저주를 무력화시켰다. 나중에 프로크리스는 라이라프스를 데리고 그리스 본토로 돌아왔다. 프로크리스와 케팔로스는 화해하고 사이좋게 지냈으나, 나중에 케팔로스가 실수로 아내를 죽이고 만다. 슬픔에 잠겨 있던 케팔로스는 라이라프스를 데리고 테베를 방문했다. 마침 테베 사람들은 절대로 붙잡히지 않는 사나운 암여우가 퍼뜨린 전염병으로 괴로워하고 있었다. 해결책은 분명해 보였다. 라이라프스를 풀어 암여우를 뒤쫓게 하는 것이었다. 그러자 큰 문제가 발생했다. 절대로 붙잡히지 않는 운명의 여우가 사냥감을 절대로 놓치지 않는 운명의 개에게 쫓기게 된 것이다. 신들은 이 문제를 해결하기 위해 암여우와 사냥개를 모두 돌로 둔갑시켰다.

한편 미노스의 품에서 싫증을 느낀 파시파에는 포세이돈이 바다에서 보내준 흰 황소에 욕정을 품었다. 왕비는 자신이 들어갈 수 있게 속이 텅 빈 암송아지를 궁정 기술자인 다이달로스Daedalus에게 만들게 하고는 들판에 가져다놓게 했다. 파시파에와 흰 황소 사이에서는 인육을 좋아하는 반인반수의 사나운 잡종이 태어났다. 파시파에는 자식에게 할아버지 아스테리오스의 이름을 붙여주었지만 우리에게는 미노타우로스라는 이름으로 더 알려져 있다. 미노스는 파시파에가 낳은 자식의 존재를 감추고, 이 식인 괴물로부터 크레타 백성들을 보호하기로 결심하고 다이달로스에게 괴물을 가둘 형옥을 짓도록 지시했다. 이에 다이달로스는 한 번 들어가면 절대 빠져 나올 수 없는 복잡한 미로의 형옥을 설계했다. 이 미궁은 크노소스 궁전 아래 숨겨져 있었다.

테세우스와 미노타우로스의 대결, 그리고 아리아드네의 실뭉치

포세이돈의 흰 소는 어찌 되었을까? 자유롭게 풀려나 난동을 부리던 흰 소는 12가지 과업을 수행하던 헤라클레스에게 붙잡혀 그리스 본토로 끌려갔고, 이후에 황소는 아테네 인근의 마라톤에 정착했다. 이 황소가 계속해서 사람들에게 해를 가하자 아테네의 왕 아이게우스가 황소를 죽이는 자에게 큰 상을 내리겠노라고 약속했다. 이 도전에 뛰어든 자들 중에는 미노스의 아들 안드로게오스도 있었다. 하지만 황소와 맞붙어 정작 목숨을 잃은 것은 황소가 아니라 안드로게오스였다(안드로게오스의 죽음에 관해서는 그가 아테네에서 열리는 대회에 참가해 아이게우스의 적과 내통한 까닭에 아이게우스가 사람을 시켜 그를 살해했다는 설도 있다).

공교롭게도 같은 시기에 미노스는 막강한 해군을 이끌고 그리스 본토를 공격하고 있었다. 아들이 죽었다는 비보가 전해지자 그는 아테네에 천벌을 내려달라고 신에게 빌었다. 그러자 즉시 지진이 일어나 농작물이 피해를 보았고, 사람과 동물 들이 기근으로 죽어 나가기 시작했다. 다른 그리스 도시들은 신들을 달랠 수 있었지만, 아티카의 상황은 갈수록 악화되었다. 아이게우스는 급히 델포이 신탁소에 사람을 파견해 신의 뜻을 물었고, 신탁소는 9년마다 일곱 명의 청년과 일곱 명의 처녀를 크레타 섬에 보내 미노타우로스에게 공물로 바쳐야 아테네의 저주를 풀 수 있을 것이라고 선언했다.

아테네에 와서 자신의 정당한 권리를 주장하려던 테세우스는 마라톤의 황소를 죽여 아크로폴리스로 끌고 와서 포세이돈에게 제물로 바쳤다. 때마침 제물로 선정된 아테네의 젊은이들을 크노소스에 보내려 하자 테세우스는 자신도 그 젊은이들과 함께 떠나겠다고 선언했다. 그리고 신들의 도움을 받아 미노타우로스를 죽였다. 크레타 섬에 도착한 테세우스를 마중 나온 미노스 왕은 그가 아이게우스의 아들일 뿐 아니라 포세이돈의 아들임을 증명할 것을 요구하며, 자신이 멀리 바다에 던져버린 황금 반지를 찾아내 오라고 했다. 테세우스는 즉시 부둣가에서 뛰어내려 물속으로 사라졌다. 한참 후 물 위로 떠올라 해안가로 걸어 나오는 그의 손에는 반지가 들려 있었다. 모든 이가 테세우스에게 경탄했지만, 아리아드네는 그 이상의 감정을 품었다. 미노스의 딸은 테세우스를 처음 본 순간부터 사랑에 빠졌던 것이다.

그날 밤 공주는 테세우스와 만났다. 다이달로스에게 미궁의 비밀에 대해 들어 알고 있던 공주는 테세우스가 자신을 아내로 삼아 아테네로 데려간다면 그 비밀을 알려주겠노라고 했다. 왕자는 이 제안을 받아들였고, 그들은 미노스의 경비들을 피해 미궁의 입구로 기어들어갔다. 여기서 아리아드네는 테세우스에게 칼과 실 뭉치를 건넸다. 그리고 실의 한쪽 끝을 자신이 붙든 채 테세우스에게는 실을 조금씩 풀어가며 복잡하게 얽힌 미로를 통과하라고 지시했다. 풀어진 실을 되감으면 돌아오는 길을 쉽게 찾을 수 있을 터였다.

이윽고 테세우스는 천장이 낮고 칠흑같이 어두운 통로 속으로 사라졌다. 그의 유일한 길잡이는 미노타우로스에게서 나오는 고약한 악취와 점점 크게 들리는 고함소리였다. 마침내 그가 소굴에 당도하자 미노타우로스가 포효하며 공격해왔다. 테세우스는 치명적인 두 개의 뿔 사이에 난 미노타우로스의 털을 움켜쥐고 칼로 찌르며 포세이돈에게 자신이 바치는 제물을 받아달라고 외쳤다. 칼날이 깊숙이 박혔다. 미노타우로스는 숨을 헐떡이며 땅에 쓰러졌다. 테세우스는 피를 흘리며 몸부림치는 괴물을 남겨둔 채 실 뭉치를 되감으며 입구를 찾아 나왔고, 마침내 달콤한 밤공기를 마실 수 있었다.

테세우스와 아리아드네는 함께 끌려왔던 아테네 청년들을 풀어주고, 나지막한 언덕들을 넘어 바다로 달아났다. 그들은 미노스 왕의 추격을 막

기원전 5세기 아테네 적화식 포도주 잔에 새겨진 그림.
싸움에 이긴 테세우스가 죽은 미노타우로스를 끌고
미궁을 벗어나고 있다.

기 위해 서둘러 미노스 전함들에 구멍을 뚫고, 자신들이 타고 왔던 배에 올라탔다. 해가 뜰 무렵 그들은 디아Dia 섬에 당도했다. 하지만 여기서(일설에는 낙소스에서) 테세우스는 약속을 저버리고 잠을 자고 있는 아리아드네를 버려두고 떠났다. 공주는 자신을 떠난 테세우스를 저주했지만, 오랫동안 슬퍼하지는 않았다. 디오니소스가 공주를 보고 사랑에 빠져 (별자리로 만들었다고도 하고) 자신의 신부로 삼았다고 한다. 버림받은 여주인공을 디오니소스가 구원해 변신시킨 이 이야기에서 죽음과 부활의 순환이라는 주제를 탐구한 페르세포네 신화나 아도니스 신화를 떠올리며 유사성을 발견하는 이들도 있다. 아리아드네에 관해서는 여러 가지 전설이 있다. 호메로스는 '테세우스가 공주를 좋아하기 전에' 아르테미스 여신이 디아에서 아리아드네 공주를 죽였다고 했고, 플루타르코스는 키프로스 섬에서 아리아드네

크노소스 : 사라진 문명의 중심지

가 아이를 낳다 죽은 것으로 기록했다.

한편 델로스 섬에 상륙한 테세우스는 아폴론 신에게 제사를 드렸다. 그리고 구불구불한 미궁을 빠져나오던 때를 회상하며 크노소스에서 보았던 무도장 바닥의 복잡한 무늬를 떠올리며 춤을 추었다. 이후로 고대인들은 이 두루미 춤Crane Dance을 공연했다. 그리고 호메로스에 따르면 이 무도장은 "다이달로스가 크노소스의 너른 빈 터에 사랑스러운 머릿결의 아리아드네를 위해 지었던" 것이라고 한다. 그리고 테세우스는 아테네를 향해 출항했지만 아리아드네의 저주 때문에 검은 돛을 흰 돛으로 교체하는 것을 깜박하고 말았다. 아이게우스는 이 검은 돛을 보고는 아들이 죽었다고 여긴 나머지 바다에 뛰어들어 목숨을 끊은 것이다.

이카로스의 추락, 미노스의 최후

미노스의 기술자 다이달로스는 본래 아테네에 살았으나 견습생을 살해하고 나서 크노소스로 피신한 몸이었다. 그런데 테세우스에 의해 미궁의 보안이 뚫렸으니 디아달로스는 어떻게든 크레타 섬에서 벗어나야만 했다. 테세우스가 도망치며 구멍을 뚫었던 미노스의 전함들은 이미 수리를 마친 상태여서 뱃길로 탈출하는 것은 불가능했다. 하늘을 날아 도망가기로 결심한 다이달로스는 밀랍으로 이어붙인 깃털들을 이용해 하나는 자신을 위해, 다른 하나는 아들 이카로스Ikaros를 위해 날개를 만들었다.

날개를 활짝 편 아버지와 아들은 높은 벼랑 위에서 뛰어내렸고, 곧 광활한 바다 위를 스치듯 지나며 북동쪽 방향으로 날아갔다. 하지만 고집이 센 이카로스는 자신의 역량을 시험해보고 싶었던 나머지, 태양에 너무 가까이 가지 말라는 아버지의 조언을 무시했다. 그가 높이 날아오를수록 태양의 열기도 강렬해졌다. 날개에 붙은 깃털들을 고정하던 밀랍이 녹기 시작했고, 깃털이 우수수 빠지면서 이카로스는 바다에 떨어져 죽었다. 오늘날 그가 떨어진 곳 근처에 있는 섬은 이카리아Icaria라 불린다.

다이달로스는 도중에 멈출 수가 없었기에 서쪽으로 방향을 선회했다. 시칠리아 남쪽 카미코스Kamikos에 착륙한 그는 코칼로스Cocalus 왕을 위해 튼튼한 성벽을 짓고, 공주를 위해 정교한 인형들을 만들었다. 한편 미노스는 다이달로스를 찾기 위해 군대를 출동시키며 기지를 발휘했다. 항구마다 들러 소라 껍데기 안의 구불구불한 통로로 실을 관통시키는 사람에게 포상하겠다고 제안한 것이다. 미노스가 알기로는 이 문제를 해결할 수 있는 사람은 다이달로스밖에 없었다. 이윽고 미노스는 카미코스에 이르렀다.

포상금에 욕심이 났던 코칼로스 왕은 궁에 돌아와 다이달로스에게 답을 찾아내게 했다. 다이달로스는 소라 껍데기 끝에 조그만 구멍을 내고, 꿀을 몇 방울 떨어뜨렸다. 그런 다음 개미 몸통에 실을 묶어 아래쪽 넓은 입구로 집어넣었다. 개미는 꿀에 이끌려 소라 껍데기의 나선형 미궁을 통과해 구멍으로 빠져나왔다. 코칼로스 왕은 득의양양했다. 미노스 왕도 뜻한 바를 이루었다. 다이달로스가 어디에 있는지 알아냈기 때문이다.

코칼로스와 딸들이 다이달로스를 포기할 리 없었다. 그들은 미노스를 왕궁으로 초대해 극진하게 대접했다. 그리고 미노스가 욕조에 들어가 몸을 담근 순간 공주들은 욕조 위에 설치한 배관의 밸브를 열었다. 그러자 펄펄 끓는 물이 쏟아져 내려 미노스 왕을 집어삼켰다. 코칼로스 왕은 짐짓 안타까워하는 얼굴로 배관이 고장 난 것을 탓하며 미노스 왕의 시신을 배로 돌려보냈다.

미노스 왕이 죽자 크노소스는 무너졌다. 하지만 미노스 왕의 혼백은 살아남았다. 저승에서 미노스 왕은 죽은 자를 심판하는 세 명의 재판관 중 하나가 된 것이다. 나머지 두 재판관은 그와 관계가 소원했던 형제 라다만티스와 한때 아이기나 섬을 지배했던 아이아코스Aeacus였다.

크노소스의 과거와 현재

고고학 증거를 보면 크노소스가 부유한 도시였음은 분명하다. 물론, 발굴된 많은 증거들을 어떻게 해석하느냐에 대해선 이론이 있을 수 있다. 기원전 1400년경 크노소스 왕궁은 에게 해에서 가장 크고 부유했으며, 크레타(혹은 '미노스') 제국의 중심지 역할을 했을 것으로 추정된다. 출토된 미술품과 공예품을 보면, 남부 에게 해와 근동 지역(기원전 18세기 초에 시리아의 우

크노소스 : 사라진 문명의 중심지

가리트에서는 미노스어를 통역할 사람을 고용했을 것이다), 서쪽으로 시칠리아와 북쪽으로는 사모트라케Samothrace 섬까지 크노소스의 영향력이 미쳤음을 알 수 있다. 또 이집트와도 상당한 교류가 있었다. 크레타 미술을 보면 이집트 미술에 자주 등장하는 주제가 담겨 있다. 기원전 15세기 하트셉수트Hatshepsut와 투트모세 3세Thutmose III가 통치하던 시기의 이집트 무덤 벽화 중에는 크레타인들이 파라오에게 선물을 바치는 모습이 등장한다. 또 나일 삼각주의 아바리스Avaris에서 발견된 프레스코 벽화는 크레타 섬에서 출토된 황소 벽화를 연상시킨다.

인구 8000명가량의 도시에 둘러싸인 크노소스 왕궁은 효율적인 공무 수행을 자랑했다. 선형문자 A와 선형문자 B 점토판들을 보면, 크노소스의 행정가들이 인사人事 문제에서 양모의 수익에 이르기까지 참으로 다양한 사안을 중요하게 다뤘음을 알 수 있다. 무기들도 발견되었지만 대개 무덤과 관련해서 출토되었을 뿐 크레타의 군사력이 강했음을 보여주는 증거는 거의 없다. 대륙의 미케네 문명과는 대조적으로 크노소스에는 별다른 방비 시설을 찾아보기도 어렵다. 기원전 14세기에 미케네는 크레타 섬을 점령해 크노소스를 제외한 다른 왕궁들을 파괴했으며, 크노소스는 13세기 초까지 살아남았던 것으로 추정된다. 과거에는 북쪽으로 150킬로미터 떨어진 산토리니(티라) 섬의 화산이 폭발해 발생한 화산재와 대형 쓰나미로 인해 토양이 오염된 탓에 미노스 문명이 멸망한 것으로 받아들여졌다. 하지만 지금은 이 화산 폭발이 기원전 17세기 말에 발생했다고 확실시되고 있다. 오늘날 일부 학자들은 기후 변화가 크레타 섬이 멸망한 요인이라고 설명한다.

여러 서사시와 서정시에서 미노스 문명의 크레타를 다루고 있긴 하지만, 역사적 기록에서 최초로 언급된 것(이것도 명백한 증거라기보다는 신화에 근거한 기록이지만)은 기원전 5세기 말의 일이다. 헤로도토스에 따르면 미노스는 해군을 창설한 최초의 왕이었다. 그리스의 역사가 투키디데스도 이 의견에 동의하며 미노스가 어떻게 해상 제국을 건설해 키클라데스 제도를 지배하고 아들들을 보내 식민지를 건설했는지 기록했다. 하지만 몇 가지 단편들을 제외하고 로마 시대 이전까지는 미노스, 미노타우로스, 혹은 다이달로스의 이야기가 온전히 보전된 기록은 전무하다.

그리스 미술에서 미노타우로스가 인기를 누렸던 주된 이유는 기원전 5세기 초 테세우스가 아테네의 중요한 영웅으로 부상했기 때문이다. 아테네에 있는 테세우스의 신전 벽에는 그의 신화에 나오는 장면을 묘사한 부조들이 있다. 전해오는 이야기로는 델로스 섬에 해마다 순례를 떠나던 신성한 배sacred ship가 테세우스가 크레타에 타고 갔던 바로 그 배였다고 한다. 그리고 이 배를 지속적으로 보수해야 할 필요성을 놓고 철학적 논쟁이 불거졌다. 세월이 흘러 배에 사용된 목재들이 모두 교체될 텐데, 그러면 이 배를 최초의 그 배라고 말할 수 있는가? 어느 시점부터 이 배는 원래의 배가 아니게 되는가?

진품에 관한 논쟁은 크노소스에서도 발생했다. 20세기 초에 영국의 고고학자 아서 에번스 경Sir Arthur Evans은 콘크리트를 사용해 유적지의 건축물을 다수 재건하고, 벽을 장식했던 프레스코 벽화와 부조 들을 복원했다. 일각에서는 이런 식의 복원은 기물 파손과 다르지 않다고 비판한다. 반면, 크노소스 왕궁이나 크레타 문명의 왕궁처럼 미궁처럼 얽혀 있었을 수많은 건물들(3층 높이의 건물을 비롯해 행정기관, 상가, 주택가)이 어떻게 배치되어 있었는지 보여주는 유익한 표본이라고 생각하는 이들도 있다.

왕궁 생활에 관해서는 알려진 바가 많지 않다. 남녀가 따로 무리지어 계단이나 발코니에서 구경하는 모습이 담긴 프레스코 벽화를 보면, 왕궁의 안뜰뿐 아니라 '극장'처럼 보이는 공간(다이달로스가 아리아드네를 위해 지었다는 무도장과 비슷할 것이다)에서도 야외 축제가 열렸음을 짐작할 수 있다. 깨진 조각상을 비롯해 벽화 중에는 황소 뛰어넘기를 묘사하는 장면이 등장한다. 아마도 미노타우로스 신화는 이 벽화에서 영감을 받았을지도 모른다. 황소 뛰어넘기가 행해진 장소나 그 목적은 알려진 바 없다. 아마도 종교 의식의 일부였을 것이다. 황소 숭배 신앙의 중심지인 크노소스에는 점토로 제작한 작은 황소 모형들이 봉헌되었고, 초승달을 재현한 듯한 '신성한 황소 뿔' 조형물로 장식한 건물도 많았다. 이 황소 뿔은 '수평선'을 뜻하는 이집트의 상형문자와도 분명 관련이 있는 것으로 보인다. 또한 이 뿔들은 양날 도끼 또는 '라브리스labrys'('양날 도끼의 장소'라는 의미를 지닌 고대 그리스어 '라브린토스'(미궁)의 어원)와도 관련이 있는 듯하다. 소형의 양날 도끼 모형은 황소 숭배 의식에서 흔히 바쳐지던 성물이었고, 신전에는 이보다 크게 제작한 도끼 조형물이 성물로 쓰였을 것이다.

딕티 산과 이다 산의 동굴 같은 여러 동굴과 크노소스에서 분명히 보이는 기욱타스Giouchtas 산 같은 산봉우리는 미노스 문명의 종교에서 중요한 요소였다. 크레타 왕궁들은 모두 동굴이나 산봉우리가 보이는 곳에 위치한다. 선형문자 B 점토판에 따르면 최고의 신은 포트니아Potnia('여왕')라고 불린다. 따라서 크레타 문명은 모계 사회였던 것으로 추정할 수 있다. 그런가 하면 '미궁의 여왕'이란 뜻으로 추정되는 '다부린토이오 포트니아이Daburinthoio Potnia'에게 꿀을 바쳤다는 기록도 있다. 만약 이 해석이 옳다면 미궁을 언급한 가장 오래된 기록일 것이다. 하지만 이 단어가 이 문맥 속에서 무엇을 의미하는지는 미루어 짐작하는 수밖에 없다. 크레타(와 이집트) 미술에 미궁이 등장하지만 크노소스에는 미궁이라 할 만한 건물이 존재하지 않기 때문이다.

신화의 배경: 크노소스

주요 연대와 유적지

BC 7000년경	가장 이른 주거지가 형성되었다.
BC 1900년경	최초의 왕궁이 건설되었다.
BC 1700년경	큰 화재로 궁전이 불탔고, 2만 평방미터에 달하는 부지에 두 번째 왕궁이 건설되었다.
BC 1628년(?)	산토리니 화산이 폭발한 것으로 추정된다.
BC 1450년경	크레타 섬의 왕궁들이 대규모로 파괴되었으나 크노소스 왕궁은 피해를 보지 않았다. 아마도 대륙의 미케네인들이 침략한 것으로 추정된다.
BC 1370년경	크노소스 왕궁이 화재로 파괴되었다.
AD 1900년경	아서 에번스 경이 크노소스에서 유적을 발굴하기 시작했다(단순히 발굴에 그치지 않고 인위적으로 건물을 복원하기도 했다).

헤라클레이온Herakleion 남쪽 1마일 지점에 위치한 크노소스는 자동차나 대중교통 이용이 편한 곳이다. 매점에서 그늘진 길을 따라 걸으면 세 개의 **쿨루레스 kouloures**(저장실로 보이는 토광)를 지나 **서쪽 뜰**에 당도한다. 왕궁 남쪽 측면을 돌아서 보도를 따라 이동하면 **남문South Propylaion**에 다다른다. **트리파르티테 사원Tripartite Shrine**과 **왕좌의 방Throne Room** 동쪽에 **안뜰Central Court**이 있다. 큰 계단을 따라 위층에 오르면(근처의 저장실과 남쪽으로 저 멀리 기욱타스 산이 보인다) 왕좌의 방 위쪽에 복원된 채광정에 들어갈 수 있다. 제례에 쓰이는 **대계단Grand Staircase**은 안뜰을 가로질러 동쪽 측면에 있다.

북문을 통과하면 **북쪽 주랑North Pillar Hall**이 나온다. 여기서 왼쪽으로 난 길을 따라가면 **북쪽 정화의식 예실North Lustral Basin**을 지나 극장이 나온다. 이곳은 계단이 있는 작은 뜰로 왕궁에서 이어진 **왕의 길**이 이곳에서 끝이 난다. 북쪽 주랑에서 오른쪽으로 난 길을 따라가면 화덕과 작업장을 갖춘 직공들의 숙소와 **왕비의 방Queen's Megaron**이 나오고, 그 너머로 **성단House of the Chancel Screen**이 보인다. 신성한 **황소 뿔Horns of Consecration** 조형물이 잘 보이는 길을 따라 걸어가면 공작들의 쉼터인 소나무들을 지나 **남쪽 주택**이 나오는데, 여기서 서쪽 뜰과 유적지 입구로 나갈 수 있다.

크노소스와 기타 지역에서 발굴된 유물들은 **헤라클레이온 고고학 박물관**에 전시되어 있다. 지나치게 인위적으로 복원된 **프레스코 벽화**와 채색된 부조뿐 아니라 '**라르나케스larnakes**'(관), '**라브리스-도끼**'(양날 도끼), 신도들을 표현한 **점토 인물상**, 점토 또는 철로 제작한 황소 조각상 등의 유물이 있다. 또 인상적인 유물로는 황금 뿔이 달린 **황소 머리 석상**(뿔 모양의 술잔), 금은 잎사귀와 수정과 청금석으로 무늬를 새긴 **놀이판**, **파이스토스 원반Phaistos Disk**(나선형 무늬 속에 기호들이 찍혀 있는 작은 원형 점토판), 그리고 두 개의 소형 **뱀 여신상**이 있다(일각에서는 원반과 뱀 여신상 모두 20세기 초의 위작으로 의심한다). 전성기 시절을 재현한 **크노소스 모형**도 유용한 정보를 담고 있다. 또 기원전 7세기의 **프리니아스 신전 A**에서 나온 프리즈를 포함해 전성기 이후 시대의 조각상들도 눈길을 끈다.

크레타 섬의 남쪽 **파이스토스Phaistos**와 **아기아 트리아다Aghia Triadha**에 있는 크노소스의 '자매' 격인 유적지도 돌아볼 가치가 있다. 로마의 속주였던 **고르틴 Gortyn** 역시 돌아볼 만하다. 제우스가 에우로페와 사랑을 나눌 때 그늘을 제공했던 플라타너스나무의 후손들을 이곳에서 감상할 수 있다. 크노소스 인근의 기욱타스 산에 오르면 멋진 전경이 펼쳐진다.

17

칼리돈 :
멧돼지 사냥과 황금 사과 이야기

지상에 사는 인간들이 신들의 마음을 움직이기란 여간 어려운 게 아니니,
그렇지 않다면, 말들을 향해 세차게 채찍을 휘두른 나의 부친 오이네우스는
수많은 염소와 등이 붉은 소 떼의 희생제와 기도로써, 꽃망울로 엮은 화관을
머리에 쓰신 희디흰 팔의 아르테미스 여신의 진노를 달랬을 터이다.
처녀신은 한번 분노하면 끝을 모르셨으니, 여신께서는 아름다운 춤으로
유명한 고장 칼리돈에 두려움을 모르는 사나운 멧돼지를 보내셨다.
엄청난 힘을 지닌 멧돼지는 해일이 덮치듯 미친 듯 날뛰었으니, 그 엄니로
포도밭을 망쳐놓고 가축들을 도륙하고 만나는 사람마다 쓰러뜨렸다.
그리고 모든 그리스인들 중에 가장 뛰어난 우리는 그 짐승과 싸우며 엿새 동안 버텼다.
마침내 신들 중에 한 분께서 우리에게 승리를 허락하셨다.
우리는 멧돼지가 괴성을 지르며 무자비하게 공격해 도륙한 자들을 장사 지냈고
…… 그들을 죽인 것은 파멸의 운명이었다. 그러나 호전적인 아르테미스,
곧 레토 여신의 길들지 않은 따님이 품은 분노는 조금도 수그러들지 않았으니……

– 바킬리데스, 《송시Ode》, 5권 95행 이하

음울한 하늘이 칼리돈 위로 무겁게 걸렸다. 짙은 먹구름이 계단식 언덕 위로 낮게 깔리고 북쪽과 동쪽의 산들을 뒤덮었다. 두 신전의 유적지로 곧 폭우가 쏟아질 기세다. 아래 도로에서 정상까지는 그리 높지 않기에 폭우가 멈추고 고요한 틈을 타서 꽤나 멀리 올라왔다. 아래쪽 고속도로에서는 트럭들이 요란하게 오가고, 극장에 올라오니 길쭉한 직사각형 모양의 석조 계단이 주변의 진흙과 다를 바 없는 황토색으로 변한 채 촉촉한 습기를 머금고 있다. 극장을 지나면 영웅들의 사원과 디오니소스 신역이 나온다. 하늘로 뻗은 나뭇가지에서는 빗방울이 떨어지고, 폐허가 된 교회 건물이 검은 딸기나무 사이에 허물어져 있었다. 위로 난 길을 따라 윤기 나는 올리브나무 숲을 통과하면 과거 라프리온Laphrion이라 불렸던 언덕이 펼쳐진다. 이 언덕에 올라서면 서쪽으로 메솔롱기Messolonghi 시와 남쪽으로 파트라Patras 만이 한눈에 보이고, 그 너머 펠로폰네소스 반도가 보인다. 라프리온에는 신전들의 토대만 남아 있을 뿐이다. 고대에는 열주가 늘어선 아폴론 신전이 위풍당당하게 라프리온을 지키고 있었고, 아폴론의 누이인 아르테미스의 신전은 언덕 가장자리에 살짝 그늘에 가려진 채 수줍게 몸을 낮추고 있었다. 하지만 칼리돈에서 아르테미스 여신이 맡은 역할은 주인공이나 다름없었다. 왜냐면 그리스 신화에서 칼리돈이라는 무대를 강렬하게 각인시킨 이가 바로 이 처녀 사냥꾼 여신이기 때문이다.

젊은 영웅 멜레아그로스와 세 가지 예언

칼리돈의 왕 오이네우스Oineus의 아들이자 티데우스의 형인 멜레아그로스가 태어났을 때, 어머니 알타이아Atheia의 침실에는 운명의 세 여신이 모습을 드러냈다. 첫째 여신은 멜레아그로스가 강한 사내아이로 태어날 것이라 약속했고, 둘째 여신은 아기가 고귀하게 자랄 것이라고 말했으며, 셋째 여신은 난로에서 타고 있는 장작개비가 모두 타 재로 변하면 아기도 죽으리라고 예언했다. 알타이아는 서둘러 장작개비의 불을 끄고 그 장작개비를 상자 안에 감췄다. 첫째 여신의 약속대로 멜레아그로스는 용감무쌍한 청년으로 자라난다.

　여러 해가 지나 아버지 오이네우스 왕이 신들에게 차례로 제사를 드
리던 중 깜빡하고 아르테미스에게만 제사를 드리지 않았다. 그러자 여신
은 그의 나라에 엄청나게 크고, 힘도 세며, 포악한 멧돼지를 보냈다. 호메
로스는 그 멧돼지가 "우뚝 솟은 나무들을 뿌리째 뽑아버리고 날뛰니 나무
뿌리와 사과꽃들이 사방에 어지럽게 흩어졌다"고 전한다. 오이네우스의
아들 멜레아그로스는 그 멧돼지를 기필코 죽이겠노라 맹세했다. 그는 당
대의 위대한 영웅들을 사냥에 초청했고, 그 멧돼지를 죽인 자에게 가죽을
줄 것이라고 약속했다. 그들 중에는 아테네의 테세우스, 이올코스의 이아
손, 아킬레우스의 아버지 펠레우스가 있었고, 아탈란테Atalante라는 젊은
여성도 있었다.

　아탈란테는 아들이 아니라는 이유로 태어나자마자 버려졌으나 아르
테미스를 섬기는 암곰의 보호를 받으며 사냥하는 법과 인내하는 법을 배
웠다. 매력적이면서도, 탄탄한 몸매를 지닌 아탈란테는 평생 순결을 맹세
했으므로 자신이 사냥에 참가하지 못할 이유가 전혀 없다고 여겼다. 하지
만 사냥에 여자가 참가하는 것을 불편하게 여기는 남자들이 많았다. 특히
멜레아그로스의 외삼촌들은 이처럼 위험한 과업에 여자가 끼는 것을 못마

기원전 6세기의 프랑수아François(도자기를 발굴한 알레산드로 프랑수아의 이름을 땄다 – 옮긴이) 도자기에 그려진 그림. 가장 왼쪽의 아탈란테와 그 앞의 멜레아그로스가 칼리돈의 멧돼지를 공격하고 있다.

땅하게 여겼지만, 다른 이들은 치명적 매력을 지닌 아탈란테를 거부할 수가 없었다. 멜레아그로스도 예외는 아니었다.

마침내 사냥에 나선 이들은 물가에서 느긋하게 쉬고 있는 멧돼지를 발견했다. 인기척을 느낀 멧돼지가 갑자기 돌진하는 바람에 두 사람이 죽었고, 일행 중 삼분의 일이 부상을 당했다. 펠레우스는 멧돼지에게 쫓겨 나무 위로 간신히 몸을 피했다. 멧돼지는 아탈란테가 쏜 화살에 맞아 처음으로 피를 흘렸고, 그리스의 영웅들에게 수없이 베이고 찔렸지만 끄덕도 하지 않았다. 하지만 멜레아그로스가 창으로 몸통을 꿰뚫자 결국 숨통이 끊어졌다. 멜레아그로스는 아직도 따뜻한 피가 뚝뚝 떨어지는 멧돼지 가죽을 전리품으로 가져갈 수 있었지만, 아탈란테에게 선물했다. 이를 본 멜레아그로스의 외삼촌들은 격분했다. 결국 싸움이 발생했고, 외삼촌 두 명이 살해되었다. 또 다른 외삼촌 두 명은 복수를 맹세하고 군대를 소집하기 위해 서둘러 고향으로 돌아갔다.

칼리돈 밖에서 전투가 발생하자 멜레아그로스는 외삼촌 두 명을 마저 살해했다. 알타이아는 오빠들을 잃게 되자 상자에 보관해두었던 장작개비를 꺼내 화로에 던져버렸다. 시커멓게 탄 장작개비는 붉게 타오르다가 잿

칼리돈 : 멧돼지 사냥과 황금 사과 이야기

더미로 부서져 내렸고, 젊은 영웅 멜레아그로스는 죽음을 맞이했다. 동생을 잃고 슬피 우는 그의 누이들을 본 아르테미스 여신마저 연민을 느낀 나머지 누이들을 호로새로 변신시켰다. 그리스인들은 이 새들을 '멜레아그리데스meleagrides'라 부른다.

전투를 거부한 영웅들

《일리아스》에서 그리스 군의 한 사자는 아킬레우스를 전투에 복귀시키기 위해 칼리돈의 전투를 상기시킨다. 당시 아킬레우스는 계집종을 빼앗긴 것 때문에 마음이 상해 있던 상태였다. 이 사자가 들려주는 이야기에 따르면, 멜레아그로스는 어머니 알타이아 때문에 화가 나서 성 밖에서 벌어지고 있는 전투에 나가지 않고 집 안에 머물렀다. 그러자 그의 아내인 클레오파트라가 "그의 가슴 저미는 분노를 달래려 했으니, 그의 분노는 어머니가 오라비의 죽음을 슬퍼한 나머지 신들께 호소하며 자기 아들에게 저주를 퍼부은 사실에 분통이 터진 것이었다. 어머니는 눈물에 젖은 가슴을 부여잡고 풍요로운 대지 위에 몸을 활짝 펴고 누워, 두 주먹으로 반복해서 땅을 두드렸고, 하데스와 존경받는 페르세포네의 이름을 부르며 아들에게 죽음을 내려달라고 부르짖었다. 그러자 어둠 속을 거니시며, 마음이 무자비하기 이를 데 없는 복수의 여신께서 그 기도를 들으셨다."

멜레아그로스가 없는 틈을 타서 적들은 우위를 점했다. 전세가 악화되자 칼리돈의 원로들은 멜레아그로스가 전투에 복귀하도록 엄청난 선물들을 제안했다. 다음으로 부친과 누이들, 심지어 어머니인 알타이아마저 아들에게 나가서 싸울 것을 간청했다. 하지만 아내인 클레오파트라의 말을 듣고 나서야 멜레아그로스는 갑옷을 입고 평원으로 나가 적군을 격퇴했다. 하지만 선물을 약속했던 사람들은 아무도 약속을 이행하지 않았다.

《일리아스》에 나오는 멜레아그로스의 이야기는 분명 트로이에서 아킬레우스가 처한 상황과 유사하다. 멜레아그로스의 아내 클레오파트라('조상의 명성')라는 이름도 아킬레우스의 동료 이름인 파트로클로스Patroclus의 변이형이다. 그러나 칼리돈의 신화는 트로이의 아킬레우스를 설득하는 데 도움이 되지 못했다. 끝까지 전투 참여를 거부한 아킬레우스의 결정은 그 자체로 전설이 되었다.

뒷이야기: 아탈란테를 유혹한 황금 사과

아탈란테는 어떻게 되었을까? 아탈란테가 아르고호 원정대에 합류했다는 설도 있고, 멜레아그로스의 아들을 낳았다는 설도 있으나, 처녀의 몸으로 임무를 성공적으로 완수하고 아르카디아 본토로 돌아왔다는 설이 가장 일반적이다. 아탈란테의 아버지는 딸을 반겼지만, 더는 지체하지 말고 시집을 보내야겠다고 결심했다. 아탈란테는 절대로 결혼하지 않겠다며 완강하게 버텼다. 두 사람은 한 가지 절충안에 합의했다. 아탈란테와 구혼자들을 육상 경기에서 겨루게 한 것이다. 아탈란테는 경기에서 자신을 이긴 사람과 결혼할 테지만, 경기에 진 사람은 죽이겠다고 했다.

　살아 있는 인간 중에 아탈란테보다 더 빨리 달리는 사람은 없었다. 곧 그리스 전역에 죽은 구혼자들을 장사 지낸 무덤이 늘어나기 시작했다. 아프로디테 여신은 히포메네스Hippomenes라는 왕자를 가엾이 여겨 그가 경주에서 이길 수 있도록 도와주기로 했다. 그리고 그에게 황금 사과를 세 개 주었다. 경주가 시작되자 아탈란테는 여느 때처럼 힘들이지 않고 앞서나갔다. 그런데 그녀 앞에 황금 사과 하나가 햇빛을 받아 찬란하게 빛을 내며 떨어져 있었다. 아탈란테는 달리기를 멈추고 사과를 주워들고는 아름다움에 감탄했다. 그러다 정신을 차려 보니 히포메네스가 자기보다 앞서 달리고 있었다. 이윽고 두 번째 황금 사과가 그녀 앞에 떨어졌고, 또 세 번째 사과가 떨어졌다. 아탈란테가 넋을 잃고 사과를 바라보느라 시간을 지체한 탓에 결국 히포메네스가 승리를 차지했다. 두 사람은 결혼한 뒤에도 순결을 지키며 살았으나, 어느 날 제우스의 신역에서 욕정에 사로잡혀 사랑을 불태우는 불경을 저지른다. 이에 분노한 제우스는 두 사람을 사자로 둔갑시켰다. 그래서 고대인들은 사자는 표범과만 짝을 맺을 뿐, 사자끼리 짝을 맺지 않는다고 착각했다.

숭고한 사랑이 깃든 샘

칼리돈 지방에는 사랑의 위험성을 상징하는 또 다른 신화가 전해 내려온다. 파우사니아스는 디오니소스의 신관 코레소스Coresos가 아름다운 칼리로에Callirhoe에게 반해버린 이야기를 기록했다. 코레소스 신관이 매달릴수록 칼리로에는 쌀쌀맞게 퇴짜를 놓았다고 한다. 그러자 신관은 디오니소스에게 도와달라고 기도했다. 이후 칼리돈 지방의 사람들이 술에 크게 취한 듯 발광한 증세를 보이며 죽어 나가기 시작했다. 도도나의 무녀는 이 질병이 디오니소스의 저주임을 밝히고는, 코레소스가 직접 칼리로에를 디오니소스에게 제물로 바치거나 아니면 죽음을 대신할 다른 사람을 제물로 바쳐야 저주가 끝날 것이라고 선언했다. "칼리로에는 자신을 구하려는 사람이 아무도 없자 부모에게 달려갔으나 그들마저도 딸을 구하려 하지 않았다. 이제는 죽음을 받아들이는 수밖에 없었다. 무녀가 지시한 대로 제사준비가 진행되었다. 코레소스가 제사를 주관하는 가운데 칼리로에가 제단에 끌려나왔다. 하지만 코레소스는 자신을 퇴짜 놓은 여인을 미워하기보다는 끝까지 사랑하기로 선택했다. 그는 칼리로에를 대신해 목숨을 끊음으로써 진정한 사랑을 보여주는 숭고한 전범으로 남았다. 코레소스에게 연민을 느낀 칼리로에는 그를 함부로 대했던 것에 수치심을 느껴 칼리돈 항구 근처에 있는 샘에서 제 목을 찔러 목숨을 끊었다. 이후 사람들은 이 샘에 그녀의 이름을 붙여 추모했다." '칼리로에'라는 이름에 담긴 '공정한 물길'이라는 뜻도 어쩌면 샘터에 적절했는지도 모른다.

칼리돈의 과거와 현재

칼리돈은 유명한 멧돼지 사냥 신화의 무대로 등장함에도 불구하고 폐허가 되도록 세상에 거의 알려지지 않았다. 기원전 11세기부터 사람들이 거주한 흔적이 있으며, 상고기 시대에 종교의 중심지였던 아르테미스 라프리아Artemis Laphria 신역을 중심으로 주거지가 발달한 것으로 보인다. 기원전 4세기 초, 고전기와 헬레니즘 시대에 아르테미스 신전(황금과 상아로 된 신상을 모시고 있던)과 아폴론 신전을 차지하려는 다툼이 있었고, 이후 신전의 주랑과 보물창고가 확장되었다. 기원전 3세기는 아크로폴리스에 새롭게 요새를 짓고, 도시 주변에 4킬로미터에 달하는 성벽을 축조했다. 다음 세기에는 그 지방의 영웅 레온Leon에게 바치는 화려한 사원이 지어졌다. 사원 안뜰 주변으로는 열주가 세워졌으며, 부속 예배당이 건설되었고, 아치형 지하실에는 정교하게 깎아 만든 석조 침대가 두 개 놓여 있었다.

그리 멀지 않은 북쪽 해상에서 일어난 악티움 해전(기원전 31년) 이후 옥타비아누스(이후 아우구스투스)는 칼리돈 사람들을 인근의 니코폴리스Nicopolis로 강제 이주시켰다. 옥타비아누스는 안토니우스와 클레오파트라를 상대로 쟁취한 승리를 기념하고자 니코폴리스라는 도시를 지었다. 고대 그리스의 지리학자 스트라본이 '그리스의 장식품'이라 불렀던 칼리돈은 유령 도시가 되었다. 칼리돈에서 모시던 신상들도 배에 실어 남쪽으로 가져와 파트라로 이전시켰으며, 신관들은 그곳에서 제례 의식을 집행했다. 한편 파우사니아스는 파트라에서 이틀간 열린 아르테미스 라프리아 제전을 목격했다. 첫 번째 날에는 젊은 여사제가 사슴 네 마리가 끄는 전차를 타고 제단에 가서 마른 장작으로 단을 높이 쌓았다. 이튿날 행사는 훨씬 열광적이었다.

공동체와 주민들은 하나같이 이 제전에 대단한 긍지를 품고 있다. 그들은 살아 있는 사냥감 새와 여러 짐승(멧돼지, 사슴, 가젤―개중에는 어린 것도 있고 다 자란 것도 있었다)을 제단에 던졌다. 과수원에서 따온 과일들을 제단에 쌓기도 했다. 그러고서 장작에 불을 붙였다. 간혹 의식 중에 곰 한 마리를 비롯해 살아 있는 짐승들이 불길을 피하기 위해 달아나려고 버둥거렸지만, 사람들이 다시 그 짐승들을 제자리로 돌려놓았다. 이 짐승들에게 사람들이 해를 당했다는 기록은 존재하지 않는다.

한편, 칼리돈의 멧돼지 사냥은 예술가들에게 인기 있는 주제여서 수많은 조각, 도자기 그림, 모자이크에 영감을 주었다. 기원전 6세기의 프랑수아 도자기(현재 피렌체 국립 고고학 박물관 전시)에는 아탈란테가 사냥꾼들과 함께 창을 휘두르는 모습이 담겨 있고, 파트라 박물관Patras Museum에 있는 서기 2세기 로마의 모자이크에는 멧돼지를 공격하는 개들 뒤로 다부진

칼리돈 : 멧돼지 사냥과 황금 사과 이야기

몸매의 아탈란테가 활시위를 당기는 모습이 담겨 있다.

서기 2세기까지만 해도 칼리돈의 멧돼지 유물을 구경할 수 있었다고 한다. 로마의 황제 정원에 있는 디오니소스 신역에 약 90센티미터 길이의 엄니가 온전히 보존된 멧돼지가 있었고, 테게아Tegea의 아테나 알레아Athene Alea 신전에도 멧돼지 유물이 있었다. 파우사니아스가 방문했을 때 신관들은 그들이 멧돼지 엄니를 보유하고는 있지만 불행히도 부러졌다고 설명했다. 그 대신 그들은 멧돼지 가죽을 보여주었다. 파우사니아스의 기록에 따르면 "바싹 말린 가죽에는 뾰족한 멧돼지 털이 하나도 남아 있지 않았다."

신화의 배경: 칼리돈

주요 연대와 유적지

BC 8~7세기	라프리온에 아르테미스 목조 신전과 아폴론 목조 신전이 세워졌다.
BC 6세기	축대 벽을 새로 쌓아 라프리온을 확장했다.
BC 460년	황금과 상아로 된 아르테미스 신상을 설치했다.
BC 4세기	아르테미스 석조 신전과 아폴론 석조 신전이 새로 지어졌다. 극장이 세워졌다.
BC 391년	아카이아족이 아이톨리아족에게서 칼리돈을 한시적으로 빼앗았다.
BC 367/366년	에파미논다스Epaminondas가 아이톨리아족을 도와 칼리돈을 수복했다.
BC 3세기	도시의 성벽이 축조되었다.
BC 219년	마케도니아의 필리포스 5세와 전쟁을 치르며 칼리돈이 대규모 피해를 보았다.
BC 2세기	영웅 사원이 건축되었다.
BC 30년	칼리돈의 시민들이 니코폴리스로 강제 이주되었다. 신상들과 제전 행사가 파트라로 이전되었다.

첫눈에도 볼품없어 보이는 칼리돈은 안티리오Antirrhio와 메솔롱기를 잇는 분주한 고속도로가 지나는 곳에 위치한다. 주차장에서 멀지 않은 곳에 무대 건물의 기단과 직사각형의 오케스트라와 관중석을 갖춘 극장이 있다. 여기서 길을 따라가면 울타리가 쳐진 **영웅 사원**이 있다. 그곳엔 아름답게 깎아놓은 석조 침대가 놓여 있고, 베개와 그 밖의 섬세한 조각 작품도 함께 볼 수 있다. 더 나아가면 **디오니소스 신전**으로 여겨지는 신전의 토대가 있고, 여기서 오른쪽 길을 따라가면 곧 라프리온에 이른다. 이곳에는 **아르테미스 신전**과 **아폴론 신전**의 토대가 있다. 디오니소스 신전에서 왼쪽 길을 따라 올라가면 칼리돈의 **아크로폴리스**가 나오고, 그 주변을 두르고 있는 도시의 **성벽** 흔적이 보인다. 이 글을 쓰던 시점에는 유적지에 안내판도 없고 여행 안내책자도 그리스어뿐이었다. 심지어 박물관도 없다.

18

스파르타 : 미녀를 둘러싼 구혼자들의 혈투

스파르타 여인들 중에 제일가는 미녀가 과거에는 제일가는 추녀였다.
이것이 어찌된 영문인가 하면, 부모가 헬레네의 외모[아기였을 때]를 재앙으로
여기는 것을 보고(양친은 부유했으며, 아기는 흉하게 생겼다) 헬레네의 보모는
혐오스러운 외모에 대해 곰곰이 생각한 끝에 일을 꾸몄다.
보모는 날마다 아폴론 신전이 내려다보이는 테라프네의 헬레네 신전에 아기를 데려가서
신상 곁에 내려놓고 여신께 아기의 외모가 추해지지 않도록 해달라고 기도했다.

하루는 보모가 신전을 떠나려 하는데 한 여인이 다가와 보모더러
두 팔로 안고 있는 것이 무엇이냐고 물었다. 보모가 아기라고 대답하자
그 여인은 얼굴을 볼 수 있느냐고 물었다. 보모는 거절하며 부모가 아기를 아무에게도
보이지 말랬다고 변명했다. 하지만 여인이 계속해서 요구하자 보모는 여인의 요구가
매우 중요하다고 여겨 부탁대로 아기를 보여주었다. 그러자 그 여인은 아기의 머리를
어루만지며 스파르타에서 가장 아름다운 여인이 되라고 말했다.
그날 이후로 아기의 외모가 바뀌었는데 ……

― 헤로도토스, 《역사》, 6권 61절

과거 헬레네 신전이 있었던 풀빛 고원에는 야생화가 만발하고, 그 아래로 펼쳐진 기름진 평원은 에우로타스 강물에 반사된 황금빛 햇살에 물들어 있다. 올리브 숲과 과수원, 소규모 농작지와 농장들, 북적거리는 전사들의 도시, 바다로 향하는 남쪽 도로, 이 모든 풍경이 석양에 하나가 되어 은은히 빛난다. 그러나 시가지 너머 우뚝 솟아오른 거대한 타이게토스Taigetos 산맥에 비하면 왜소하기만 하다. 용의 등뼈마냥 들쭉날쭉 솟은 타이게토스 산맥은 초여름에도 흰 눈에 덮여 반짝인다. 수정처럼 맑은 하늘에는 온갖 소리가 막힘없이 전달되고 있었다. 개들이 컹컹 짖는 소리, 트랙터의 털털거리는 소리, 대나무가 우거진 곳에 강물이 지나며 철썩이는 소리. 그리스 전역에서 가장 신비로운 요지라고 봐도 좋은 이곳은 더할 수 없는 기쁨과 슬픔이 고귀하게 어우러지는 신화를 품고 있다. 이곳에 서면 신을 마주하게 된다.

꽃잎에 새겨진 아폴론의 눈물

에우로타스 강이 흐르는 계곡과 산속에 있으면 언제라도 신을 만날 수 있을 것만 같다. 신화에 따르면, 아폴론 신이 아름답고 젊은 육상 경기 선수인 히아킨토스Hyakintos와 사랑에 빠져 이곳 아미클라이Amyclae(오늘날의 스파르타 남쪽)를 함께 걸었다고 한다. 서풍의 신 제피로스Zephyros 역시 히아킨토스를 사랑했으나 외면을 받아 질투심에 사로잡혔다. 그래서 아폴론과 히아킨토스가 육상 경기에 참가해 경쟁을 벌이고 있을 때 제피로스는 아폴론이 던진 원반을 경로에서 벗어나게 만들었고, 히아킨토스는 원반에 맞아 치명상을 입어 목숨을 잃었다. 아폴론은 애인을 구하지 못했지만 애도하는 의미에서 죽은 애인의 피로 꽃을 피웠다. 그 꽃이 바로 히아신스다. 그리스인들은 '아이 아이'(AI AI)라는 글자처럼 보이는 꽃잎의 무늬를 보며 아폴론이 자신의 눈물을 영원히 기억한다는 의미로 애도하는 소리를 아로새긴 것이라 생각한다.

고대에는 해마다 초여름이면 아미클라이에서 사흘간 제전이 열렸다. 이 제전의 주요 무대는 히아킨토스의 무덤이었다. 이 무덤은 높이 14미터에 달하는 아폴론 거상으로 장식한 제단 안에 있었다. 죽음 뒤의 부활을 기약하는 히아킨티아Hyacinthia 제전에서는 죽은 영웅에 대한 추도 의식에 이어 아폴론-히아킨토스로서 새로 부활한 히아킨토스를 기리는 의식이 행해졌다.

백조로 변신한 제우스, 알을 낳은 레다

스파르타를 무대로 하는 신화에서는 인간과 신의 경계를 넘나드는 이야기가 적지 않다. 레다Leda의 자녀들과 관련한 신화도 그중 하나다. 레다는 스파르타의 왕 틴다레오스Tyndareos의 아내였다. 한편 레다를 탐내면서도 혹시나 구애했다가 거절당할까 봐 걱정하던(평소답지 않게) 제우스는 레다가 에우로타스 강가에서 산책하기를 기다렸다. 기회를 엿보던 제우스는 백조로 변신해 자신이 부리는 독수리 중 한 마리에게 쫓기는 것처럼 꾸미고는 깃털을 어지럽게 흩날리며 땅으로 곤두박질쳤다. 레다는 몸을 떨고 있는 새를 본능적으로 보호하려 들었다. 레다가 두 팔로 백조를 보듬자 제우스는 기회를 놓치지 않고 왕비를 겁탈했다.

순결을 잃은 왕비는 어찌할 줄을 몰라 집으로 돌아왔으며, 틴다레오스 왕은 아내를 위로하며 동침했다. 시간이 지나 레다는 알을 두 개 낳았다. 한 개의 알에서 쌍둥이 여자아이(헬레네와 클리템네스트라)가 나왔고, 나머지 알에서 쌍둥이 남자아이(카스토르와 폴리데우케스)가 나왔다. 부계의 핏줄이 뒤섞인 까닭에 두 명(카스토르와 클리템네스트라)은 필멸의 인간으로 태어났고, 다른 두 명(헬레네와 폴리데우케스)은 불사신으로 태어났다.

쌍둥이자리가 된 제우스의 아들들

디오스쿠로이(제우스의 아들들)로 알려진 카스토르와 폴리데우케스는 뛰어난 기수이자 대담한 모험가로 장성해 칼리돈의 멧돼지 사냥에 참여했고, 이올코스에서 황금 양모를 찾기 위해 이아손과 항해를 떠났다. 하지만 그들은 포이베Phoebe와 힐라에이라Hilaeira라는 두 자매(페르세우스의 증손녀들)를 향한 몹쓸 욕망에 사로잡혀 결국 파국을 맞은 것으로 더 잘 알려져 있다. 두 자매는 디오스쿠로이의 사촌들, 곧 테베 사람 린케우스와 이다스Idas의 약혼녀들이었다.

스파르타 : 미녀를 둘러싼 구혼자들의 혈투

키프로스 파포스에 있는 로마 시대의 모자이크
장식. 레다와 백조의 신화가 묘사되어 있다.

　납치된 약혼녀들이 스파르타에 끌려가 거기서 각각 아들을 낳았다는
사실을 알게 된 린케우스와 이다스는 복수를 결심했다. 그들은 사촌들의
소 떼를 모두 빼앗아 명예를 회복하려고 마음먹었다. 그들은 우정을 가장
해 디오스쿠로이와 함께 소 떼 사냥에 나섰고, 자신들에게 유리한 빨리 먹
기 내기를 한 끝에 모든 노획물을 차지했다. 이후 싸움은 격화되었다. 카스
토르와 폴리데우케스가 빼앗겼던 소 떼를 되찾아왔을 뿐 아니라 사촌들의
가축까지 훔쳐 속이 빈 떡갈나무 안에 숨긴 것이었다. 하지만 린케우스가
타이게토스 산에 올라 천리안 같은 눈으로 그들을 찾아냈고, 이다스가 한
치의 오차도 없이 정확히 창을 던졌다. 카스토르가 창에 맞아 죽자 폴리데
우케스가 뛰어나와 린케우스에게 치명타를 날렸다. 이때 제우스가 개입해

벼락으로 이다스를 내리쳤다. 슬픔에 잠긴 폴리데우케스가 카스토르와 함께 죽기를 간청했지만 불사신의 몸이라 이는 실현 불가능한 요청이었다. 그 대신 제우스는 이렇게 말했다.

'네가 진정 형제를 지키며 모든 것을 그와 공유하기 원한다면,
네 시간의 절반은 땅 밑에서 숨 쉬고, 나머지 절반은 황금빛으로
빛나는 천상에서 숨 쉬어도 좋다.' 이 말을 들은 폴리데우케스는
조금도 망설이지 않았다. 그는 청동으로 덮은 카스토르의 눈을 열었고,
카스토르의 목소리를 해방시켰다.

이로써 형제는 하루는 하늘의 신으로 살고, 하루는 스파르타에서 가장 신성한 곳 중 하나인 테라프네 묘지에서 저승의 신으로 숭배되었다. 머리에 달걀 모양의 투구를 쓰고 새하얀 종마에 올라탄 디오스쿠로이는 항해자들의 수호신이며 성 엘모의 불길로 자신들을 드러냈다. 레스보스 섬의 시인 알카이오스Alkios는 그들을 이렇게 찬미했다.

펠로폰네소스를 떠나 여기 제가 있는 곳으로 오소서.
카스토르와 폴리데우케스여, 제우스와 레다의 용맹한 아드님이시여!
부디 자비를 베푸소서! 너른 대지와 바다를 날랜 말을 타고
전속력으로 오셔서 튼튼한 배의 이물에서 뛰어내리는 사내들을
비통한 죽음에서 건지시고 돛과 삭구를 높이 달아 올리시며,
절망의 어둠 속에 광명을 비추소서.

스파르타 사람들은 나무 기둥 두 개를 수직으로 세우고 가로장 두 개를 결합한 조형물을 놓고 디오스쿠로이를 숭배했다. 두 형제는 사람들에게 사랑을 받았을 뿐 아니라 두려움의 대상이기도 했다. 한번은 나그네로 위장한 그들이 자신들의 옛집을 찾아가 하룻밤을 보낼 수 있겠느냐고 물으며 집주인을 시험했다고 한다. 집주인은 자신의 어린 딸이 그 방에 잠들

스파르타 : 미녀를 둘러싼 구혼자들의 혈투

어 있으니 안 된다고 거절했다. 파우사니아스는 이 사건을 이렇게 기록했다. "아침에 디오스쿠로이의 형상이 그 방에서 발견되었지만, 소녀와 시종들은 모조리 사라지고 없었다." 오늘날 우리는 쌍둥이자리에서 가장 빛나는 두 개의 별로 디오스쿠로이를 기억한다. 제우스가 그들을 기리는 뜻에서 별로 둔갑시켜 그곳에 두었다고 한다.

헬레네의 결혼, 구혼자들의 서약

헬레네의 유년기는 파란만장했다. 뛰어난 미모 때문에 이미 뭇 사내들의 욕망을 자극하기도 했지만, 복수의 여신 네메시스의 딸이라는 소문도 돌았다. 람누스에서 백조로 변신한 네메시스가 제우스에게 겁탈당한 적이 있었기 때문이다.

테세우스가 불멸의 존재를 아내로 삼겠다고 결심한 후 헬레네를 납치해 아테네로 데려왔을 때 헬레네는 겨우 일곱 살이었다. 비록 디오스쿠로이가 여동생을 구출해냈지만, 헬레네가 결혼 적령기에 도달하자 틴다레오스는 딸의 사랑스러운 미모가 크나큰 재앙을 초래할 수 있음을 다시 한 번 절감했다. 열정적이고 불같은 성질의 구혼자들, 곧 고귀한 신분을 지닌 야망 가득한 영웅들에게 스파르타가 포위되었던 것이다. 그들은 모두 헬레네를 자기 아내로 삼으려고 선물을 가득 들고 왔다. 이들의 구애가 너무 적극적이어서 틴다레오스 왕은 헬레네가 안정된 결혼 생활을 누릴 수 있을지 염려되었다. 마침 이타카의 오디세우스(그는 헬레네의 지혜로운 사촌 페넬로페에게 구혼 중이었다)가 해결책을 제안했다.

틴다레오스는 오디세우스의 조언을 받아들여 구혼자들을 스파르타 북쪽의 평원에 불러 모은 뒤 그들에게 말의 주검 위에 올라서서 한 가지 맹세할 것을 요구했다. 결혼을 위협하는 사람이 있다면 모두 연합해서 헬레네 부부를 지켜주겠다는 서약이었다. 구혼자들의 다짐을 받고 나서 틴다레오스는 딸을 메넬라오스에게 주었다. 일설에는 틴다레오스가 자신의 왕국까지 메넬라오스에게 물려주었다고 한다. 메넬라오스의 형이자 미케네의 왕인 아가멤논에게는 헬레네의 자매인 클리템네스트라를 주었다(다만

기원전 490~480년경 아티카의 적화식 포도주잔.
에로스가 머리 위를 날고, 설득의 여신 페이토가 뒤따르는 가운데
파리스가 헬레네의 손목을 잡고 스파르타 왕궁을 벗어나고 있다.

클리템네스트라를 차지하기 위해 아가멤논은 아내를 먼저 죽여야 했다).

틴다레오스는 오디세우스에게 보답하고자 자신의 형제 이카리오스
Icarios의 딸이자 자신에게 질녀가 되는 페넬로페를 오디세우스가 차지할
수 있도록 도와주었다. 오디세우스가 발이 빠른 줄 알고 있던 틴다레오스
는 이카리오스에게 스파르타의 거리를 완주하는 달리기 경주에서 이긴 사
람을 페넬로페의 사위로 삼으라고 제안했다. 오디세우스가 경주에서 우승
했지만 이카리오스는 행복해하는 이 신혼부부를 떠나보내기가 싫었다. 두
사람이 떠나려고 하자 그는 전차를 타고 뒤따르며 딸에게 부디 떠나지 말
라고 애원했다. 아버지를 사랑하지만 남편과 사랑에 빠진 페넬로페는 마음
이 찢어졌다. 오디세우스가 아내에게 둘 중 하나를 선택해야만 한다고 얘
기하자 페넬로페는 말없이 얼굴을 베일로 가리고 이타카로 가는 여정을 계
속했다. 결국 페넬로페는 이타카에서 오디세우스의 정실한 아내가 되었다.

여러 해가 지나 틴다레오스는 신들에게 제사를 올리다가 아프로디테
여신에게 제사 올리는 것을 깜빡했다. 그러자 아프로디테는 자신을 가장

스파르타 : 미녀를 둘러싼 구혼자들의 혈투

아름답다고 꼽은 트로이의 왕자 파리스에게 약속한 대로 헬레네의 미모에 대한 소문을 듣고 정념에 불탄 그를 스파르타까지 인도했다. 메넬라오스는 어리석게도 파리스와 헬레네를 남겨둔 채 크레타로 여행을 떠났다. 그가 왕궁에 돌아왔을 때는 아무도 없었다. 그는 그리스 전역에 전령을 보내 헬레네의 이전 구혼자들에게 그들의 서약을 지킬 것을 호소했다. 그리스 군대는 트로이를 향해 출항했고, 10년 뒤 트로이를 함락했다. 하지만 헬레네는 남편과 함께 당당하게 다시 스파르타로 돌아왔으며 (텔레마코스가 자신의 아버지 오디세우스를 찾아 이곳을 방문했을 때 목격했듯이) 계속 왕비로서 지배권을 행사했다.

> 헬레네는 지체 없이 그들이 마시고 있는 포도주에다 고통스러운
> 기억을 모두 지우며 마음을 진정시키고 휴식을 취하게 하는 약을 탔다.
> 누구든 이 혼합된 음료를 마신 사람은 그날만큼은 설령 자기 어미나
> 아비가 눈앞에서 죽거나 혹은 자기 형제나 사랑스러운 아들이 눈앞에서
> 도륙당하더라도 눈물을 흘리지 않을 것이다. 그러니까 제우스의 딸이
> 포도주에 탄 이 약은 그만큼 유익한 물건이었는데, 이집트에서 온
> 톤Thoön의 아내 폴리담나Polydamna가 선물한 것이었다.

메넬라오스는 죽어서 에우로타스 강이 내려다보이는 테라프네 고원에 묻혔고, 스파르타인은 그를 영웅으로, 헬레네를 여신으로 숭배했다. 헬레네는 불사의 몸이 되었고, 전설에 따르면 기원전 6세기에 이탈리아 남부 출신의 한 그리스 탐험가가 흑해에 있는 흰 섬White Island에서 아킬레우스와 함께 살고 있는 헬레네 여신을 만났다고 한다. 그는 헬레네에게서 스테시코로스Stesichoros라는 서정시 시인에게 전할 말을 부탁받았다고 한다. 스테시코로스는 파리스와의 불륜을 비난하는 시를 썼다가 갑자기 시력을 잃은 상태였고, 이에 헬레네는 만약 그 시인이 과거에 자신을 비난했던 말을 취소하는 시를 쓰면 시력을 회복해주겠노라고 약속한 것이다. 스테시코로스의《팔리노디아Palinodia》(취소하는 시)는 이렇게 시작한다. "그 이야

기는 사실이 아니었답니다! 당신은 튼튼한 노를 갖춘 배를 타고 항해한 적이 없으며, 트로이 성에 갔던 적도 없습니다." 스테시코로스는 이 구절을 쓰자마자 즉시 앞을 볼 수 있게 되었다고 한다. 그의 설명에 따르면, 신들은 트로이 전쟁을 통해 인류를 벌하려고 했으며, 헬레네의 명예를 지켜주기 위해 헬레네의 환영을 만들어 파리스 왕자가 납치하도록 만들었다는 것이다. 진짜 헬레네는 이집트에 있었고 메넬라오스는 나중에 그곳에서 아내를 찾아 집으로 데려갔다고 한다.

스파르타의 과거와 현재

신화 속의 스파르타는 고전 시대의 스파르타와 다르다. 초창기의 스파르타(하나로 합병된 도시국가가 아닌 촌락들의 연맹)는 문화와 예술이 번창하는 도시였으나 기원전 7세기 말에 사정이 바뀌었다. 적들의 침략이나 노예들의 반란으로 체제가 무너질 수도 있다는 두려움이 커지면서 지배 계층은 극도로 엄격한 제도를 채택했다. 국가에 충성하고 복종하는 것이 가장 중요한 덕목이었다. 소년들은 7세부터 병영에서 기숙하며 용맹한 전사가 되기 위한 군사훈련을 받았고, 소녀들은 튼튼한 아기를 낳을 수 있도록 신체를 단련했다. 군주제(두 명의 왕이 동시에 지배했다)와 과두제와 민주제(투표권은 지배층 전사계급에 한정되었다)가 결합된 혼합정체를 수립했고, 광적인 수준의 다양한 종교 제전을 거행함으로써 이 체제를 지탱했다. 쉽게 예측할 수 있겠지만 스파르타 사람 중에는 반사회적 인격 장애자들이 많았다.

초기에 적잖은 식민지를 건설했음에도 스파르타인은 나라 밖 정세에 개입하려 하지 않았다. 그들은 기원전 490년 페르시아가 그리스를 침공했을 때에도 카르네이아Carneia 제전(풍요를 기원하는 제전)이 더 중요하다며 페르시아 군에 맞서 싸우는 데 아무런 기여도 하지 않았다. 그 때문에 부끄러움을 느꼈던 레오니다스Leonidas 왕은 페르시아가 다시 침공해 왔을 때(기원전 480년) 300명의 스파르타 병사를 이끌고 테르모필레에서 페르시아 군을 저지하고 전사했다. 스파르타는 이후 모든 전투에 앞장섰으나 승리를 차지한 그리스인들은 스파르타 장군들을 따르지 않았고, 지휘권은 아테네에 넘어갔다.

이후 기원전 5세기가 끝나갈 무렵까지 스파르타와 아테네는 줄곧 긴장 관계를 유지하다가 마침내 펠로폰네소스 전쟁이 발발했다. 기원전 404년 스파르타는 펠로폰네소스 전쟁에서 이기고 그리스 패권을 차지했지만 그 국면을 자국에 유리하게 활용하는 데 주춤거리면서 국력이 약해졌다. 스파르타는 그로 인해 오히려 방벽을 쌓고 도시를 방어해야 하는 처지에 놓였으며, 결국 필로포이멘Philopoemen이 이끄는 다른 그리스 동맹국들에게 함락되고 말았다. 스파르타의 성벽은 허물어지고 그들의 헌법도 폐기되었다(기원전 188년).

로마 시대에 스파르타는 여행자들이 즐겨 찾는 관광 명소 중 하나였다. 파우사니아스가 답사했을 당시에는 거의 모든 길모퉁이에 신화와 관련된 곳이 있었다. 한 신전에서는 심지어 리본으로 장식한 알을 천장에 매달아놓고 레다 여신이 낳은 알이라고 주장하기도 했다. 서기 3세기경 아르테미스 오르티아 신전에서는 남성을 단련하는 과거 스파르타의 훈련법을 의식으로 거행하기도 했다. 하지만, 이는 제단에서 채찍질 당하는 소년들을 구경거리로 만든 것에 불과했다. 심지어 소년들은 매를 맞다가 목숨을 잃는 경우도 있었다.

서기 396년에 스파르타는 알라리크가 이끄는 고트족에 짓밟혔고, 이후 다시 일어서지 못하고 쇠퇴의 길을 걸었다. 비잔틴 시대에는 인근의 미스트라Mistra에 있는 타이게토스 산기슭의 낮은 언덕에 새로운 도시가 건설되었다. 1834년 그리스 독립 후 미스트라가 폐허가 되자 고대 스파르타 시의 터전 위에 신도시를 세련되게 건설하면서 고고학적 가치가 있는 많은 유적이 현대 도시의 지반 아래 묻혀버렸다. 오늘날 스파르타를 찾는 여행객들은 2500년 전 그리스의 역사가 투키디데스Thucydides가 보여준 선견지명에 놀라게 될지도 모른다.

스파르타에 사람이 살지 않고 건물들의 토대밖에 남지 않은 모습을 상상해보라. 세월이 흘러 후대의 사람들은 이 도시가 그토록 회자되었던 강성한 도시라는 사실을 믿으려 하지 않을 것이다. 스파르타에는 시선을 사로잡는 거대한 기념비나 건축물이 전혀 없기 때문이다.

만약 1730년에 프랑스 신부 푸르몽Abbé Fourmont이 고대의 비문을 찾을 목적으로 방문하지 않았더라면, 스파르타에는 좀 더 많은 유적이 남았을지도 모른다. 자신을 가리켜 '그리스의 야만인'으로 거리낌 없이 묘사하는 푸르몽 신부의 편지를 읽다 보면 그의 만행에 소름이 돋을 것이다.

이제껏 한 달간 서른 명의 일꾼들과 작업을 하며 나는 스파르타를 철저히 파괴했다. 아무것도 발견하지 못하고 보낸 날은 단 하루도 없었다. 어떤 날에는 20개에 달하는 비문을 발견했다! 수많은 대리석들을 발견했을 때 내가 느낀 희열(과 피로)을 …… 상상해보라. 가장 작은 사원조차도 돌 하나 남기지 않을 정도로 성벽과 신전들을 다 허물었기 때문에 훗날 그 위치를 알아낼 길이 없을 테지만, 적어도 내게는 그 존재를 인정받을 수 있는 증거들이 있고, 그것이 중요하다. 이것만이 펠로폰네소스로 떠나온 나의 여행을 빛나게 만들 수 있는 길이다. 이렇게 하지 않았다면 이 여행은 쓸모없는 짓이 되었을 테고, 프랑스나 내게도 좋을 리가 만무했을 것이다.

신화의 배경: 스파르타

주요 연대와 유적지

BC 1500년경	테라프네에 미케네 문명의 왕궁(호메로스가 노래한 스파르타라고 의심됨)이 세워졌다.
BC 1200년경	미케네 문명의 왕궁이 화재로 파괴되었다.
BC 750년경	스파르타가 확장하며 아미클라이와 펠로폰네소스 남부 지역의 상당 부분을 병합했다.
BC 7세기 후반	스파르타가 정치 제도를 개혁했다. 리쿠르고스Lycurgus의 업적으로 인정하는 것이 일반적이다.
BC 480년	레오니다스가 테르모필레에서 페르시아 군의 진격을 저지했다. 스파르타는 페르시아를 상대로 그리스의 승리를 견인했다.

스파르타 : 미녀를 둘러싼 구혼자들의 혈투

BC 404년	스파르타와 그 동맹국들이 아테네를 격파했다.
BC 371년	테베가 레욱트라 전투에서 스파르타를 격파했다.
BC 331년	알렉산드로스 대제가 스파르타를 코린토스 동맹에 강제로 가입시켰다.
BC 207년경	성벽이 처음으로 구축되었다.
BC 188년	필로포에멘이 스파르타를 격퇴한 뒤 성벽을 허물고 헌법을 폐지했다.
BC 1세기~AD 4세기	스파르타가 로마인들이 찾는 '관광 명소'로 각광받았다.
AD 396년	알라리크가 이끄는 고트족이 스파르타를 유린했다.
AD 1730년	푸르몽 신부가 고대 스파르타의 유적을 대부분 훼손했다.
AD 1834년	현대 스파르타 도시가 고대 스파르타 터전 위에 세워졌다.

고대 스파르타는 여러 촌락의 연합체로 시작되었기에 많지 않은 유적들이 비교적 넓게 흩어져 있다. 차량을 이용하는 것이 좋다. 미케네 문명의 스파르타와 테라프네의 메넬라이온Menelaion은 에우로타스 강의 동쪽 언덕 위에 위치한다. 예라키 Yeraki 도로에 난 이정표를 따라 산길을 걸어가면(도보 15분 거리) 과거 아폴론 신전이 있었던 터 위에 세워진 아기오스 일리아스Agios Ilias 교회가 나온다. 메넬라오스와 헬레네의 스파르타에 버금가는 또 다른 관광지는 지금의 스파르타 북쪽 27킬로미터 지점에 있는 펠라나Pellana다. 이곳에 가면 원형 돌무덤 유적지가 있는데, 과거에는 분명 사자상이 새겨져 있었을 것이다. 2015년에 스파르타 남쪽 크시로캄피 Xirocampi 마을 근처에서 미케네 문명의 왕궁이 추가로 발굴되면서 미케네 시대를 이해하는 데 크게 도움이 되었을 것으로 보인다.

고전 시대와 로마 시대의 스파르타 유적은 대부분 지금의 축구장 뒤편에 있는 나지막한 언덕에 위치한다. 이곳에는 로마 극장과 아테나 칼키오이코스('청동집') 신전 등이 있다. 스파르타에서 북쪽으로 이어지는 다리 근처 에우로타스 강변에는 과거에 석조 좌석이 완비되어 있던 아르테미스 오르티아 신전 터가 있는데, 신전은 사라졌지만 여전히 우리에게 고대의 정서를 전하고 있다.

남쪽 기테이온Gytheion으로 향하는 도로 근처에 있는 아미클라이는 유적은 거의 없지만 운치가 있는 곳이다. 스파르타 서쪽으로 파로리Parori 암벽은 고대에 스파르타인이 원치 않는 아기들을 유기하던 장소였을 것이다. 북쪽에 있는 비잔틴 시대의 도시 미스트라는 프레스코 벽화가 아름다운 교회들과 인상적인 성채로 유명하다. 가파른 비탈길을 올라야 하기 때문에 몹시 괴로운 여정이 될 수 있다.

스파르타의 박물관에 전시된 유물들 중에는 아미클라이에서 나온 상고기 시대의 헬레네와 메넬라오스 부조가 있고, 기원전 5세기의 (세월의 풍파를 견딘 흔적이 보이는) 전사의 토르소 대리석상이 있다. 이 전사는 레오니다스로 여겨진다. 또 기원전 5세기의 아테네 정치인이자 반역적인 인물로 간주되는 알키비아데스 Alcibiades를 묘사한 로마 시대의 모자이크 장식이 있고, 아르테미스 오르티아 신전에서 출토된 가면과 낫 들이 있다.

19

미케네 :
현실에 가장 근접한 신화의 무대

이 합창단은 집을 떠난 적이 없어요. 그들은 한목소리로 노래하죠.
곡조는 불협화음을 이루고. 노랫말은 사악해요. 심지어 그들은 인간의 피를 마셨다죠.
그래서 그들의 힘은 점점 더 세졌고, 이제 유령처럼 타란텔라 춤을 추며 집안 곳곳에
출몰할 수 있고. 아무도 그들을 몰아내지 못해요. 그들은 이 집안의 핏속에 흐르는
선천적인 존재이며 복수의 악령들이죠. 그들은 왕궁에 기거하며,
눈을 멀게 하는 광기의 노래를, 광기를 일으키는 열정을 노래한답니다.
형제의 아내가 타락한 것에 대한 혐오를, 그 여인을 유혹한 사내에 대한 증오를
노래하죠. …… 보세요! 저들이 보이지 않나요? 집 옆에 옹송그리고 앉아 있는
어린 환영들이. 자기 가족의 손에 살해당한 — 아니야! 그럴 리 없어!
— 아이들이 손을 내밀고 있는 모습이. 가족의 손에 붙잡혀 그들의 살점이,
그들의 오장육부가 맛있는 요리가 되어 자기 아비에게 바쳐졌다고요!

— 아이스킬로스, 《아가멤논》, 제2부 1186행 이하

왕족 무덤 유적들이 벌집처럼 여기저기 파헤쳐진 나지막한 산마루에 회반죽을 칠한 '파나기아Panagia'(지극히 거룩한 처녀) 예배당이 고요하게 서 있고, 좌우로 높은 산을 두르고 중앙 산등성이에 미케네 성채가 웅크리고 앉아 있다. 마치 한 마리의 짐승이 새끼를 품고서 서로 노려보듯 마주하고 있는 두 개의 산 사이에 앉아 있는 형상을 닮았다. 산등성이 둘레에는 성채의 잿빛 성벽이 똬리를 튼 뱀처럼 암산을 감싸고 있으며, 높은 산 절벽 아래에는 그리스인들이 카오스 협곡이라고 부르는 깊은 골짜기가 있다. 간혹 사나운 바람이 세차게 불어와 유적지의 건조한 대지를 훑고 다니다가 순식간에 잠이 들고, 하늘로 치솟아 공중에 넘실거리던 황토색 흙먼지도 이내 부슬비처럼 가라앉는다. 지붕이 없는 연회장과 구불구불한 길, 성벽, 열린 무덤 위로 흙먼지가 두텁게 내려앉는다.

바람이 가라앉고 나니 쏜살같이 흘러가는 구름 사이로 햇살이 쏟아져 성채가 뜻밖에도 황금빛으로 뒤덮인다. 그럼에도 신화에 깊이 새겨진 미케네의 과거 때문인지 왠지 불길한 기운을 떨칠 수가 없다. 이곳은 그저 찬란하게만 빛났던 왕국의 무대가 아니었다. 전설에 따르면 이곳을 지배하던 왕가의 사람들은 골육상잔의 끔찍한 짓을 저지르며 미케네의 대지를 자신들의 피로 물들였다.

페르세우스가 세운 미케네 왕국

일가친족의 피를 흘린 역사는 미케네의 건국 시기까지 거슬러 올라간다. 페르세우스는 자기 할아버지이자 아르고스의 왕인 아크리시오스를 실수로 죽인 일 때문에 아르고스를 물려받아야 할 자신의 권리를 차마 주장할 수가 없었다. 그 대신 인접한 티린스의 통치자 메가펜테스와 왕국을 맞교환했다. 새로 얻은 영토에 험준한 바위투성이의 미케네가 포함되어 있었다. 그 지역이 전략적 요충지임을 파악한 페르세우스는 키클롭스들을 고용해 거대한 성벽을 쌓았다(거대한 돌 크기에 감탄한 지역 주민들이 파우사니아스에게 그 같은 전설을 들려주었다고도 한다).

훗날 메가펜테스가 격돌 끝에 페르세우스의 목숨을 빼앗았고, 미케네에는 불안정한 시대가 찾아왔다. 이민족은 미케네를 침략해 소 떼를 약탈해갔다. 멀리 떨어진 이오니아 해의 타포스Taphos 섬에서 적이 침략해왔을 때 페르세우스의 손자 암피트리온은 속임수를 써서 간신히 적들을 물리쳤다. 미케네 왕가에 내린 저주는 쉽게 끝나지 않았다. 암피트리온은 우연히 자기 숙부인 미케네의 왕을 살해하고 아내인 알크메네와 함께 테베로 추방당했다.

페르세우스의 또 다른 아들인 스테넬로스는 왕위에 오른 뒤 나라를 안정시키고 엘리스를 다스리는 펠롭스 왕의 딸과 결혼했다. 하지만 두 사람이 낳은 아들 에우리스테우스가 미케네를 다시 한 번 혼돈 속에 빠뜨렸다. 티린스를 지배하던 에우리스테우스는 숙적 헤라클레스가 죽자 헤라클레스 집안과 전쟁을 선포했고, 헤라클레스의 자식들이 아테네로 도망치자 군대를 이끌고 그들을 추격했다. 이 싸움에서 에우리스테우스가 살해당하면서 왕좌가 비게 되었다. 미케네인은 인접한 미데아를 섭정하고 있던 아트레우스와 티에스테스에게 사신을 보냈다.

미데아 섭정들의 피의 만찬

두 형제는 서로 앙숙이었다. 형인 아트레우스가 왕에 임명되자 티에스테스는 형수인 아에로페Aerope를 유혹해 자신이 왕위를 차지하려는 음모를 계획했다. 아트레우스는 자신이 소유한 동물 중에 최상품을 아르테미스 여신에게 제물로 바치기로 맹세한 적이 있었다. 때마침 아트레우스의 목동들이 뿔 달린 황금빛 어린양을 발견했다. 그들은 이 어린양을 신이 내려준 선물이라고 믿었다. 아트레우스는 맹세한 대로 양을 죽여 제물로 바치고 황금 양모는 자기 소유로 삼기로 했다. 하지만 황금 양모를 가진 자신에게 미케네 왕권의 정당성이 있다고 선포한 사실이 발목을 잡는 결과를 낳게 된다. 아에로페가 황금 양모를 훔쳐 티에스테스에게 건네고 티에스테스는 의기양양하게 왕좌를 차지한 것이다.

제우스는 이 같은 결과를 못마땅하게 여기며 아트레우스에게 왕좌를 되찾을 수 있는 방법을 알려주었다. 그리고 아트레우스는 티에스테스에게 만약 태양이 진로를 바꿔 서쪽에서 뜬다면 왕위를 포기하겠느냐고 물었다. 티에스테스는 절대 그럴 리가 없다고 생각해 그 제의를 받아들였다. 이 사건을 에우리피데스는 이렇게 묘사했다. "제우스께서 별들의 빛나는 길들과, 불타는 태양의 행로와 새벽의 창백한 얼굴을 돌리셨다. …… 그러자 비구름은 북쪽으로 옮겨갔고, 암몬의 사원은 제우스께서 대지를 적시는 비를 거두신 탓에 혹독한 더위 속에 말라버렸다." 티에스테스가 다른 나라로 달아나 망명을 신청하자 아트레우스는 신속하게 복수에 돌입했다. 아에로페를 데리고 멀리 바다로 나간 아트레우스는 아내를 배 밖으로 던져버리고 물에 빠져 죽는 모습을 조용히 지켜보았다. 자기 동생인 티에스테스에게 복수하는 데는 시간이 더 많이 걸렸다. 아트레우스는 여러 해가 지나서야 동생을 찾아냈고, 그에게 용서해주겠다고 말했다. 그러고는 형제가 다시 화목하게 지내자는 의미로 만찬 자리에 티에스테스와 어린 조카들을 초대했다. 안내를 받아 연회장에 들어온 티에스테스는 게걸스럽게 음식을 먹어치우며 아트레우스의 요리사들을 칭찬했다. 얼마 후 새로운 음식을 담은 접시들이 식탁에 올라왔다. 뚜껑들이 열리자 단정하게 정렬해놓은 티에스테스 자식들의 잘린 머리와 손발 들이 모습을 드러냈다. 구역질이 난 티에스테스는 연회장에서 뛰쳐나가며 아트레우스와 그의 집안을 저주했다.

스파르타와 미케네의 동맹

티에스테스에게는 아테나 여신의 여사제인 펠로페이아Pelopia라는 딸이 있었다. 살아남은 유일한 자식을 만나기 위해 코린토스에 인접한 시키온을 찾은 그였지만, 딸을 찾은 동기가 몹시 괴이했다. 딸과 동침해 아이를 낳으라는 신탁이 있었기 때문이다. 티에스테스는 목욕하는 딸을 겁탈한 뒤 자신의 칼을 떨어뜨린 줄도 모른 채 달아나버렸다. 얼마 후 아트레우스가 시키온에서 펠로페이아를 보고 한눈에 반해 아내로 삼아 미케네로 돌아갔고, 펠로페이아는 아들을 낳았다. 펠로페이아는 자신이 임신하게 된 시기를 따져보고는 갓난아기를 산기슭에 내다버렸다. 이 사실을 알게 된 아트레우스는 갓난아기를 찾기 위해 수색대를 파견했다. 수색대는 염소의 젖을 먹고 자라던 아기를 찾아내 미케네로 데려왔다. 아트레우스는 아기의 이름을 아이기스토스Aegisthos('염소 힘')라고 짓고 친자식처럼 길렀다.

그로부터 얼마 후 미케네에 흉작이 들었고 여러 해 동안 기근이 계속되었다. 이윽고 아트레우스에게 지금의 상황을 해결하려면 티에스테스를 불러들이라는 신탁이 내려졌다. 아트레우스는 마지못해 신탁을 따랐지만, 티에스테스가 도착하자마자 그를 감금했다. 이번 기회에 모든 문제를 매듭짓고 싶었던 아트레우스는 아이기스토스를 불러놓고 티에스테스를 죽여 자신의 가치를 입증해 보이라고 명했다. 아이기스토스는 어머니인 펠로페이아에게서 칼을 받아들고 감옥 안으로 들어갔다. 그 순간 티에스테스는 아이기스토스가 들고 있는 칼이 여러 해 전 시키온에서 잃어버린 자신의 무기임을 알아보았다. 이로써 티에스테스가 아이기스토스의 친부임이 밝혀진 것이다. 아버지와 아들은 진실을 알게 된 후 협력해서 아트레우스를 죽였다.

티에스테스가 미케네를 지배하게 되자, 아트레우스의 자식인 아가멤논과 메넬라오스는 그를 몰락시킬 계략을 모의했다. 스파르타의 왕 틴다레오스의 지원을 받은 두 형제는 미케네에 쳐들어가 티에스테스와 아이기스토스를 추방했다. 한동안 모든 일이 순조롭게 돌아갔다. 틴다레오스가 자신의 딸 헬레네와 메넬라오스를 결혼시키고 자신의 왕위를 물려줌으로써 스파르타와 미케네의 동맹 관계도 굳건해졌다. 한편 아가멤논은 피사를 침공해 탄탈로스 왕을 죽인 후 그의 아내이자 틴다레오스의 또 다른 딸인 클리템네스트라를 거친 구애 끝에 자신의 아내로 삼았다.

여신의 진노를 막고자 딸을 바친 아가멤논
아가멤논과 클리템네스트라 사이에는 네 명의 자녀가 있었다. 아들 오레스테스Orestes와 세 명의 딸, 이피게네이아Iphigenia(이피아나사Iphianassa로도 불렸다), 엘렉트라Electra, 크리소테미스Chrysothemis였다. 그리고 미케네는 그리스 전체에서 가장 강력한 도시로 번영했지만, 또다시 존속 살해의 비극에 휘말린다.

파리스가 헬레네를 트로이로 데려가자 헬레네의 옛 구혼자들은 서약을 지키기 위해 트로이에 전쟁을 선포했다. 메넬라오스의 형이자 모든 왕 중에 가장 강력한 왕인 아가멤논이 헬레네를 되찾아오기 위한 원정군의 사령관에 임명되었다. 그는 그리스 군대를 그리스 동쪽 에우보이아Euboea 맞은편에 있는 아울리스Aulis 만으로 집결시켰다. 그곳에서 아가멤논은 그의 신관 칼카스Calchas에게 전쟁이 얼마나 걸릴지 신의 뜻을 물어보도록 부탁했다. 곧이어 하늘에서 독수리 한 마리가 내려와 새끼를 밴 토끼를 날카로운 발톱으로 붙잡고 갈가리 찢어버렸다. 그러자 토끼 배 속에서 새끼 열 마리가 피범벅이 된 채 나왔다. 이는 전쟁이 10년 걸릴 거라는 전조였다. 그런데 그 토끼는 아르테미스 여신의 소유물이었다. 이에 진노한 여신은 트라키아에서 폭풍을 불러왔고, 병사들은 거센 파도가 치는 바닷가에 발이 묶인 채 비바람을 견디고 굶주려야 했다. 차츰 병사들 사이에 원성이 높아지기 시작했다.

아르테미스의 노여움을 풀기 위한 방법을 칼카스가 일러주었지만, 매우 섬뜩한 것이었다. 아가멤논의 딸 이피게네이아를 제물로 바쳐야만 한다는 것이었다. 아가멤논은 딸을 아킬레우스에게 시집을 보낼 것처럼 속이고는 아울리스에 소환했다. 이피게네이아는 기쁜 마음으로 달려왔지만, 제단 앞에 서자 곧 공포에 휩싸였다. 이윽고 아가멤논의 병사들이 그녀를 붙잡아 높이 들어올렸다. 아이스킬로스는 그 장면을 이렇게 묘사했다.

오, 소녀가 얼마나 간절히 기도하고 애걸하며 아비의 이름을
목 놓아 불렀던가. 하지만 그들은 전혀 개의치 않았으니 그만큼
전쟁 야욕에 사로잡힌 장군들이었다. 그들은 이 처녀가 어리고
결백하다는 사실에 전혀 개의치 않았다. 아가멤논은 필요한 기도를
올리고 나자 병사들에게 지시해 짐승을 다루듯 처녀를 굳게 붙잡아
제단 위로 들어 올리게 했고, 얼굴은 땅바닥을 향하게 한 채
긴 예복으로 몸을 칭칭 둘렀다. 또 병사들을 시켜 소녀의 입에

재갈을 물리게 했으니 자기와 자기 집안에 재앙을 불러올지 모를
그 어떠한 저주의 말도 입 밖으로 새어나가지 못하게 하고자
사랑스러운 그 입을 숨이 막힐 정도로 끈으로 틀어막은 것이다.
가장 순결한 사프란으로 짙게 물들인 노란 예복이 무겁게 땅에 떨어졌고
처녀는 희생제에 참석한 뭇 사내들을 한 사람씩 쳐다보며 그들의 마음을
녹이려고 눈길을 던졌다. 마치 사랑스러운 처녀가 그림을 감상하다가
무슨 말을 하고 싶어 하는 모습이었다. 아버지의 연회장에서 열린
만찬 자리에서 처녀의 순결한 목소리로 사랑과 온유함을 담아,
신께 바치는 제삼의 음료인 거룩한 찬가를, 곧 사랑하는 아버지를 위해
희망의 찬가를 자주 노래했던 것처럼.

바람이 잠잠해지자 병사들은 속히 승선했고, 이피게네이아의 어머니

이탈리아 아풀리아에서 출토된 기원전 370~350년경의
포도주 희석용 동이. 이피게네이아가 희생되려는 찰나,
사슴을 제물로 대신 바치는 장면이 그려져 있다.

미케네 : 현실에 가장 근접한 신화의 무대

인 클리템네스트라만 홀로 남아 딸의 피가 따뜻한 바람에 마르는 것을 지켜봐야 했다.

일설에는 아가멤논이 무심코 신성한 사슴을 죽인 탓에 아르테미스가 진노했고, 딸을 희생시키려는 순간에 여신의 진노가 누그러져 이피게네이아 대신 사슴을 제물로 바쳤다고 한다. 그리고 여신은 이피게네이아를 크림 반도의 타우리스Tauris로 데려갔다. 나중에 이피게네이아는 남동생인 오레스테스와 함께 그리스로 돌아와 아테네에서 가까운 브라우론에서 아르테미스의 여사제가 되었다. 브라우론에는 지금도 이피게네이아의 영웅 사원이 있다. 미케네에 홀로 남겨진 클리템네스트라는 분노에 사로잡혀 아가멤논의 숙적에게 지원을 요청했다. 다름 아닌 아이기스토스였다.

총사령관의 죽음

클리템네스트라는 전쟁을 끝내고 귀향하는 아가멤논의 소식을 미리 알 수 있도록 트로이 근처 이다 산에서부터 사모트라키 섬과 아토스 산을 가로질러 미케네 동부 해안에 이르는 봉화 연락망을 구축해두었다. 미케네 왕궁의 위병들은 왕궁 지붕에서 늘 연락망을 주시했다. 마침내 봉화가 솟아올랐다. 클리템네스트라는 승전을 축하하는 의미로 값비싼 융단을 안뜰에 깔아두었고, 얼마 후 아가멤논이 의기양양하게 왕궁 안으로 들어섰다. 왕비는 짐짓 행복한 얼굴로 아가멤논을 치켜세우며 맨땅을 밟지 말고 융단 위를 걸어 입궁하라고 간청했다. 아가멤논은 이러한 허영이 신들을 자극해 천벌을 받게 될까 봐 잠시 망설였지만 아내의 말을 따랐다.

클리템네스트라는 아가멤논을 위해 뜨거운 목욕물을 준비했다. 왕이 욕조에 들어가자마자 왕비는 그에게 그물을 던진 후 발버둥치는 왕을 칼로 수차례 찔렀다. 일설에는 도끼로 그를 내리찍었다고도 한다. 아가멤논은 제물로 바쳐지는 소처럼 괴성을 지르며 쓰러져 죽었고, 욕조 안은 피비린내가 진동했다. 한편 아가멤논은 고향에 돌아올 때 트로이의 카산드라 Cassandra를 첩으로 삼아 데려왔다. 프리아모스 왕의 딸이자 여사제인 카산드라는 과거와 현재는 물론 미래에 미케네에서 일어날 끔찍한 일들을 감지했고, 자신의 죽음도 임박했음을 깨달았다. 카산드라는 아가멤논의 시신 옆에서 죽임을 당했고 그 주검은 카오스 협곡에 버려졌다. 아가멤논의 딸 엘렉트라는 서둘러 어린 동생 오레스테스를 자기가 신임하는 시종에게 맡겨 미케네 왕궁의 북문으로 내보내 포키스로 피신시켰다. 오레스테스는 아낙시비아Anaxibia(아가멤논의 누이)의 남편 스트로피오스Strophius 왕이 다스리는 그곳에서 성장했다.

아버지의 복수를 위해 어머니를 죽인 자

훗날 오레스테스는 변장을 하고서 그의 사촌인 필라데스Pylades와 함께 미케네로 돌아왔다. 오레스테스가 아가멤논의 무덤을 찾아 제를 올리고 있는데, 역시 부친의 혼령에게 제사를 드리려고 찾아온 여인들이 나타나 술렁거렸다. 오레스테스는 그 무리를 이끄는 여인이 누이인 엘렉트라임을 알아보았다. 클리템네스트라가 자신이 낳은 뱀의 송곳니에 가슴을 깨물리는 불길한 꿈을 꾸고선 엘렉트라를 이곳에 보내 아가멤논의 혼을 달래려 한 것이었다. 하지만, 엘렉트라 역시 어머니를 증오한다는 사실을 알게 된 오레스테스는 자신의 정체를 누이에게 밝히고, 함께 복수를 도모했다.

아이스킬로스는 그의 작품에서 아폴론 신의 명령에 따라 부친의 복수를 다짐한 오레스테스가 클리템네스트라를 속여 아이기스토스를 왕궁으로 불러들였고, 그를 도륙한 이후 자신의 어머니에게 칼을 겨누었다고 묘사했다. 오레스테스를 알아본 클리템네스트라는 자신의 가슴을 드러내놓고 그에게 젖을 물렸던 여인을 감히 어떻게 죽일 수 있느냐며 따져 물었다. 하지만 아무 소용이 없었다. 소포클레스가 전하는 이야기는 조금 다르다. 오레스테스는 자신이 전차 경주에서 죽었다는 거짓 소식을 알리고, 클리템네스트라에게 아들의 유해가 담긴 항아리를 전달하겠다고 알리며 왕궁에 들어갔다. 거기서 그는 자신의 어머니를 죽이고 나서 아이기스토스도 왕궁으로 유인해 처단했다.

이 신화를 가장 과격하게 재해석한 작품을 쓴 이는 에우리피데스다. 여기서 엘렉트라는 농부와 결혼했고, 늙은 충복이 오레스테스를 알아보고 아버지의 복수를 부추기자 오레스테스는 마지못해 자신의 정체를 누이에게 밝힌다. 오레스테스는 불경하게도 아이기스토스를 제단에서 도륙한다. 전령은 그 장면을 엘렉트라에게 이렇게 묘사했다.

아이기스토스는 내장을 붙들고 손가락 사이로 그것들이 천천히 쏟아져 내리는 것을 지켜봤어요. 그러고는 몸을 낮게 구부린 채 올려다보았죠. 준비가 된 당신의 동생은 당당히 일어서서 큰 칼로 그의 척추를 세게 내리쳤고, 심하게 얻어맞은 등뼈는 제자리에서 빠져나왔어요. 아이기스토스의 몸은 경련을 일으키며 몸부림쳤고, 심하게 요동치며 꿈틀대더니 마침내 죽음을 맞이했답니다.

엘렉트라는 자신이 딸을 낳았다고 거짓말을 해 클리템네스트라를 먼저 자기 집으로 유인했고, 오레스테스와 함께 어머니를 칼로 찔러 죽였다. 에우리피데스는 엘렉트라와 오레스테스라는 인물에 매료되었다. 그는 존속 살해가 일어난 지 며칠 지난 시점을 배경으로 설정한 그의 비극《오레스테스》에서 오레스테스가 메넬라오스의 딸 헤르미오네를 납치해 헬레네를 살해하려고 시도한 사이코패스로 묘사했다.

오레스테스의 무죄 방면

에리니에스(복수의 여신)는 클리템네스트라를 대신해 오레스테스에게 복수할 혈육이 아무도 남아 있지 않자 신들의 명을 받아 오레스테스를 추격했다. 두려움에 사로잡힌 오레스테스는 델포이로 달아났다가 아테네로 피신했다. 이곳은 아테나가 최초의 법정을 세운 곳이었다. 복수의 여신은 모친 살해범에게 천벌을 내려야 한다고 주장했으나, 아폴론은 부친을 위해 복수하는 것이 오레스테스의 의무였다고 변론했다. 배심원들이 팽팽하게 맞섰지만 결정적 한 표를 가진 아테나가 오레스테스를 무죄 방면했다. 아테나는 어머니보다 아버지에게 우선권이 있다고 주장하며, 자신이 제우스의 머리에서 태어났다는 사실이 이를 입증한다고 했다.

일설에는 오레스테스가 필라데스와 함께 타우리스로 여행을 떠났고, 거기서 희생 제물로 바쳐지려는 순간 누이인 이피게네이아의 도움으로 구조되어 그리스로 함께 탈출했다고 한다. 거기서 오레스테스는 그의 사촌 헤르미오네를 보고 한눈에 반했다. 하지만 헤르미오네가 아킬레우스의 아들 네오프톨레모스와 이미 결혼한 사이여서 뜻을 이루기가 쉽지 않았다. 오레스테스는 델포이의 아폴론 신전에서 그의 연적을 살해했으며, 이후 미케네를 되찾고 스파르타의 왕으로서 펠로폰네소스의 많은 영토를 정복했다. 오레스테스는 테게아 근처에 묻혔고, 기원전 6세기에 스파르타인이 이곳에서 그의 유해를 발견했다. 그 사이 미케네는 신화에서 자취를 감췄다.

미케네의 과거와 현재

기원전 4000년기fourth millennium부터 사람들이 거주하기 시작한 미케네는 기원전 2000년기에 들어 차츰 부를 축적하며 영향력을 넓혔다. 훗날 요새를 강화하면서 성채 안으로 들어오게 된 원형 묘지 A는 왕족 묘지로서 여기서 출토된 부장품 중에는 사자死者의 황금 가면, 장신구, 술잔과 연회용품 들뿐 아니라 그림이 새겨진 단검들도 있다. 이들 단검의 칼날에는 사자 사냥을 비롯해 귀족들이 즐긴 취미활동이 새겨져 있다. 스텔라이stelai(묘지석)에는 창을 든 사람들이 전차를 타고 사냥하는 모습이 조각되어 있다.

기원전 1500년경에는 인접한 여러 언덕에 톨로스 무덤들이 축조되었다. 원형 묘실은 뛰어난 건축 기술을 보여주었다. 빈틈없이 맞춘 석재를 내쌓기 방식으로 높이 쌓아올렸고, 입구에는 긴 통로(드로모이, 출입 통로)가 놓였다. 기원전 1250년경 미케네 왕궁이 확장되고 새롭게 정비되는 가운데 성채의 성벽들 역시 거대한 바위(무려 100톤에 달하는 것들도 있음)를 쌓아 재건했다. 이때 기념비적인 출입문이 건축되었다. 출입문 상인방 위의 삼각형 평판에는 하나의 기둥을 사이에 두고 그 옆에서 앞발을 제단에 올려놓고 있는 두 마리의 암사자(혹은 날개가 없는 그리핀)가 새겨졌다. 유럽에서 역사가 가장 오래된 문장coat of arms으로 추정되고, 현재 그 머리 부분(황금으로 제작되었을 것으로 추정됨)이 소실되었음에도 당시의 웅장함이 느껴진다.

청동기 시대의 미케네는 널리 지중해와 그 너머까지 교역을 확대했고, 이집트와 히타이트 제국과도 교류했다. 선형문자 B 점토판들에 따르면, 미케네는 탄탄한 관료제 사회였다. 미케네는 기원전 14세기와 13세기에 상당 기간 동안 그리스 전역에서 가장 강력한 도시였으며, 많은 역사가들이 미케네 시대Mycenaean Age라 부르는 시기에는 크노소스의 위세를 뛰어넘어 크레타 제국을 지배했다. 이를 고려할 때 미케네를 무대로 하는 그리스 신화는 현실을 반영하고 있는 것일지도 모른다.

기원전 1250년경에 축조된 미케네의 출입문.
현재는 머리가 사라지고 없는,
암사자 혹은 그리핀 두 마리를 새긴 조각이
상인방 위에 얹혀 있다. 유럽에서 가장
오래된 문장으로 추정된다.

기원전 12세기에는 미케네의 위세가 꺾였으며, 기원전 1200년경 왕궁과 성채가 화재로 파괴된 이후 다시 회복하지 못했다. 대략 3만 명의 인구를 자랑하던 도시(성채 아래쪽 마을에 살았던 사람들을 포함)는 거의 아무도 살지 않는 폐허로 변했다. 이곳에 다시 정착하려는 시도는 여러 번 있었으나 크게 성과를 거둔 적은 없었다. 페르시아 침공(기원전 480~479년)에 맞서 80명의 병사를 파견할 정도의 세력을 형성한 적도 있지만, 기원전 468년에는 이웃한 아르고스에서 침공해 미케네를 파괴했다. 기원전 3세기에 지금은 잊힌 톨로스 무덤 위에 극장이 지어졌을 때 사람들이 다시 거주하기 시작했으나, 결국 다시 황폐해졌다. 파우사니아스가 이곳을 방문했을 때도 폐허가 된 도시를 목격했을 뿐이다.

사자상이 새겨진 성문을 비롯해 언덕을 둘러싼 성벽의 일부가 남아 있다.
사람들은 티린스를 세웠던 키클롭스가 이들 성벽을 세웠다고 한다.
유적들 중에는 페르세이아Perseia라는 샘과 지하의 석실들, 그리고
아트레우스와 그의 후손들이 재물을 쌓아두었던 보물창고들이 있었다.
아트레우스의 무덤이 그곳에 있으며, 또한 트로이에서 돌아왔다가
연회장에서 아이기스토스의 손에 죽임을 당한 자들의 무덤들도 있다.

연회장에서 아가멤논이 죽임을 당했다는 파우사니아스의 설명은 이해할 수 없다(신화에 따르면 욕조에서 죽임을 당했다). 파우사니아스가(혹은 그의 여행 가이드가) 톨로스 무덤들을 보물창고라고 말한 것도 잘못이다. 그 실수는 지금까지도 정정되지 않고 있다. 가장 큰 톨로스에는 지금도 "아트레우스의 보물창고"라는 안내판이 붙어 있다. 훗날 영웅들의 모험과 사랑이 펼쳐졌던 미케네의 정취에 빠져들고 싶은 많은 여행객들이 이곳을 찾았다. 서기 1세기의 시인은 이렇게 읊었다.

평원 위쪽으로 일부 남아 있는 흔적을 제외하고 영웅들의 시대를 보여줄
만한 유물은 거의 남아 있지 않았다. 고통 받았던 가여운 미케네는 완전히

폐허가 되어 있었다. 염소들조차 그곳에는 가지 않는다. 나이가 지극한 한 목동이 내게 그 장소를 보여주었다. 그는 이렇게 말했다.

'이곳은 황금이 풍부했던 도시로, 고대에 키클롭스가 건설했다지요.'

1876년 호메로스 신화에 자극을 받은 하인리히 슐리만이 그 신화가 역사적 사실임을 입증하고 싶어 미케네에서 유적 발굴을 시작했다. 유적 발굴 작업은 현재도 진행 중이다.

신화의 배경: 미케네

주요 연대와 유적지

BC 4000년경	신석기 시대 초기의 주거지가 형성되었다.
BC 1750년경	신석기 시대 초기의 원형 성벽과 석관묘가 세워졌다.
BC 1500년경	최초의 톨로스 무덤들이 건축되었다.
BC 1250년경	'키클롭스' 성벽들과 왕궁이 건축되었다.
BC 1200년경	미케네가 불타버렸으며, 외부의 적에게 공격 받은 것으로 추정된다.
BC 480년	미케네가 페르시아의 침공에 맞서 병사 80명을 그리스 군에 지원했다.
BC 468년	아르고스 사람들이 미케네를 파괴했다.
BC 3세기(?)	'클리템네스트라 무덤'이 있던 자리에 극장이 건설되었다.
AD 1841년	그리스의 고고학자 키리아코스 피타키스Kyriakos Pittakis가 사자상이 새겨진 성문을 발견했다.
AD 1876년	하인리히 슐리만이 유적 발굴을 시작했다.

미케네가 가까워지면서 골짜기(오른쪽)에 청동기 시대 다리의 토대가 보인다. 곧이어 암반을 깎아 들어간 수갱식 분묘들이 보인다(왼쪽). 메인 주차장에 못 미쳐 이른바 아트레우스의 보물창고를 관람하려는 관광객들을 위한 간이 주차장(왼쪽)이 나온다. 보물창고라고 안내하지만 조그만 측실이 딸려 있는 장엄한 톨로스 무덤(원형 묘실)이다.

유적지 정문에서 길을 따라 올라가면 사자문이 나온다. 다음은 깔끔하게 포장된 도로 오른편에 원형 무덤 A(출입 금지)가 보이는데, 이곳에서 슐리만이 황금 가면과 부장품을 다수 발굴했다. 길을 따라 위로 올라가면 왕궁이 나오고 여러 전실을 통해 접근할 수 있는 구조의 메가론(출입 금지)이 관광객을 맞이한다. 아르고스 방향으로 펼쳐지는 산맥과 골짜기 풍경이 장관이다. 더 위로 올라가면 목욕 시설을 비롯한 주거 구역과 신전 토대가 있다. 오레스테스가 안전하게 빠져나갔다고 알려진 두 개의 샛문 근처에 있는 석조 계단을 따라 내려가면 지하에 있는 인상적인 우물 혹은 **저수조**로 통한다. 이곳에 내려가려는 이들이 반드시 유념해야 할 주의 사항이 있다. 혼자 가지 말고 일행과 함께하고, 전등을 휴대하고, 적절한 신발을 착용해야 한다.

성벽 밖에도 **톨로스 무덤**이 있으며, **헬레니즘 시대의 극장** 유적과 주택 토대가 있다. 언덕에서 멀리 떨어진 곳(주차장 뒤)에도 톨로스 무덤이 있는데, 이곳에 **파나기아 예배당**이 서 있다. 여기서 보이는 경관도 훌륭하니 수고스럽더라도 들러보자.

미케네에서 발굴된 유물들은 대부분 아테네의 국립 고고학 박물관에 소장되어 있지만, **사자 무덤** Lion Tomb 근처에 있는 **미케네 박물관**에도 인상적인 부장품과 프레스코 벽화를 비롯해 유물 복제품과 유적지 모형이 전시되어 있다.

미케네의 과거로 더 깊이 들어가보고 싶은 여행자들이라면 라벨레헬레네 La Belle Hélène 호텔에 투숙하는 것도 좋다. 이곳은 슐리만이 묵었던 (현재 아가멤논 다시스가 운영하는) '발굴 작업 숙소'로서 수많은 고고학자, 작가(애거서 크리스티와 버지니아 울프 등), 심리학자(카를 융), 작곡가(클로드 드뷔시) 들이 묵었던 곳이다. 슐리만이 썼다는 침대에서 잠을 잘 수도 있다.

미케네 : 현실에 가장 근접한 신화의 무대

20

트로이 :
신들과 인간들의 경쟁

그런데 제우스여, 그대는 배신자가 되어 여기 트로이에 있는 그대의 신전을,
달콤한 향내가 진동하는 그대의 제단을 …… 향기 속에 하늘로 피어오르는
몰약의 연기들을, 신성한 성채를, 페르가몬을, 담쟁이덩굴이 우거진
이다 산의 골짜기를, 눈 녹은 물들을 바다까지 흘려보내는 흰 강물들을,
새벽이 처음 드러내는 어스름한 홍조로 저 멀리 수평선을 물들이는 빛을,
이 신성한 장소를, 이 찬란하고 성스러운 고향을 저버리시나이까?

이제 그대에게 바치던 제물들도 사라졌고,
합창단이 예식을 거행하며 부르던 찬가도 사라졌고,
밤새 어둠 속에서 치르던 신들을 위한 축제들도 모두 사라졌으며,
황금을 칠한 반짝이는 신상들과 조각상들도, 심지어 그 모든 것들 가운데 가장
신성한 유물인 트로이의 황금의 달 열두 개도 사라졌습니다. 나는 알고 싶습니다.
제우스여, 하늘 위의 높은 왕좌에 앉아 내 도시가 파괴되고 불타고 있을 때
그대가 이 모든 일들을 걱정하셨는지 나는 알고 싶나이다.

– 에우리피데스, 《트로이아의 여인들》, 1060행 이하

오늘날 트로이는 신화에 등장하는 위대한 도시들 가운데서도 특히 향수를 진하게 불러일으키는 곳이지만 가장 볼거리가 없는 곳이기도 하다. 관광버스 주차장 너머 나무들 사이에 우뚝 솟은 거대한 목마가 이곳 유적지를 수호하고 있다. 관광객들은 목마 안으로 들어가 측면에 뚫려 있는 네모난 창을 통해 미소 짓고 손을 흔들며 사진을 찍는다. 삭막해 보이는 유적지에 그나마 손님들을 생기 있게 맞이하는 유적으로 보인다. 차단벽이 둘러쳐진 통로, 쓸쓸해 보이는 안내판, 천 년이 넘는 역사를 지나면서 깊이 파인 해자들을 이리저리 건너야 하는 빡빡한 이동경로를 돌아보면 적잖이 실망할 수도 있다.

그럼에도 이곳이 트로이였다는 사실은 변하지 않는다. 한때는 아테나 신전이 햇빛 속에 찬란한 자태를 뽐냈을 나지막한 언덕 위에 서보자. 거기서 멀리 떨어진 다르다넬스 해협을 바라보면 멀리 피어오르는 아지랑이 속에 유령처럼 흐릿하게 가물거리는 대형 선박들이 보일 것이다. 그 사이에 놓인 비옥한 평원이 모두 물에 잠겼다고 상상해보자. 바닷물이 트로이 가까이 내륙으로 들어와 있고, 해안가에는 선박 1000척이 몰려들어 병사들로 시커멓게 뒤덮여 있다고 그려보자. 헥토르의 주검을 아킬레우스가 질질 끌며 가파른 성벽 주위를 지나가는 모습을 그려보자. 그 누구보다 사랑했던 남편을 위해 눈물을 흘렸을 안드로마케를 그려보자. 트로이 신화에 등장하는 인물들, 곧 카산드라, 헤카베, 프리아모스, 파리스, 헬레네를 떠올려보자. 헬레네를 되찾기 위해 10년 동안 싸웠던 그리스인의 열정을 떠올려보자. 트로이의 수많은 돌에 깃들어 있는 전설을 떠올려보자. 그러면 트로이가 생생하게 살아난다.

트로이 건국과 신들의 개입

트로이 건국에 대해서는 여러 가지 상충되는 신화들이 존재한다. 한 신화에 따르면, 기근을 피해 이주해온 크레타인들이 처음으로 이 지역을 점유했다고 한다. 그들이 머물고 있던 천막에 쥐 떼가 들끓자 그들은 '땅에서 태어난 적들'이 공격해오는 곳에 도시를 세우라는 신탁을 상기했다. 이에 크레타 사람들은 아폴론 스민테우스Smintheus('쥐의 신') 신전을 세우고, 트

트로이 : 신들과 인간들의 경쟁

로이를 둘러싼 트로아스Troas 반도를 정복해 그곳 산의 이름을 이다라고 지었다(크레타 섬의 이다 산과 동일한 이름이다). 이들은 테우크로스Teukros 왕의 통치 하에서 번영했다. 다른 설에 따르면 테우크로스는 아테네인이며, 그가 트로아스에 식민 도시를 세운 뒤 왕위를 다르다노스라는 아르카디아 사람에게 넘겼다고 한다. 하지만 로마인은 다르다노스가 이탈리아 태생의 에트루리아 사람이라고 주장했다.

트로이 시와 트로아스 반도의 이름은 다르다노스의 손자 트로스Tros 에서 딴 것이며, 트로이 시의 별칭인 일리온은 트로스의 아들 일로스의 이름에서 유래한 것이다. 테베의 카드모스처럼 일로스는 얼룩무늬 소가 누워 잠드는 곳에 도시를 세우라는 신탁을 들었다. 이 소가 나지막한 아테Atē('파괴적인 열정') 언덕에 쓰러져 눕자 일로스는 그곳에 아테나 신전을 세웠다. 이 신전에는 올리브나무로 만들어진 아테나 신상을 수호신으로 모셨다. 사람들은 신상이 하늘에서 떨어진 것이고, 신상을 지키는 한 수호신께서도 트로이를 지켜주실 것이라고 믿었다.

한편 일로스의 동생 가니메데스Ganymedes는 뛰어난 미모로 신들에게 총애를 받았다. 제우스는 이다 산에서 소 떼를 몰고 있는 가니메데스를 본 후 독수리로 둔갑해 땅으로 내려올 정도였다. 가니메데스를 납치한 제우스는 올림포스 산으로 데려가 술을 따르는 시종으로 삼았다고 한다. 가니메데스의 라틴어 이름은 카타미투스Catamitus(성인 남자가 성욕을 채우기 위해 부리던 '미동'을 뜻함 - 옮긴이)로 이름에서 연상할 수 있듯이 그는 제우스의 침실에서 소년의 의무를 다했다. 그에 대한 보상으로 제우스는 소년의 아버지인 트로스에게 북풍의 신 보레아스의 자식인 백마 열두 필을 선물했다.

트로이의 또 다른 왕자 티토노스Tithonos는 운이 나쁜 편이었다. 장밋빛 손가락을 지닌 새벽의 여신 에오스가 티토노스를 납치해 자기 애인으로 삼은 것이다. 여신은 티토노스에게 영생을 부여해달라며 제우스를 설득했다. 하지만 영생이 아니라 영원한 젊음을 요구했어야 했다. 티토노스가 너무 늙어 더는 움직일 수 없게 되자 에오스는 그를 방에 가두었고, "한때 민첩했던 사지에서 힘이 전부 빠져버린 티토노스가 끊임없이 울어댔다." 이를 불쌍히 여긴 제우스는 그를 매미로 변신시켰다.

신들의 심기를 불편하게 한 트로이 왕도 있었다. 일로스의 아들 라오메돈Laomedon은 트로이의 성채 주변에 성벽을 축조할 때 온종일 일해도 지칠 줄 모르는 일꾼을 두 명 고용했다. 바로, 제우스의 권위에 도전했다가 1년 동안 라오메돈을 섬겨야 하는 징계를 받은 포세이돈과 아폴론이었다. 포세이돈은 노역을 담당했고(아이기나의 아이아코스 왕이 토목 사업을 지원했다고 한다), 아폴론은 트로이의 가축들을 돌봤다. 하지만 라오메돈은 그들에게 대가를 지불하지 않았다. 이에 대한 보복으로 포세이돈은 바다 괴물을 보내 트로아스 지역을 유린하며 라오메돈에게 그의 딸 헤시오네를 제물로 바칠 것을 요구했다.

여기서 헤라클레스가 등장한다. 그는 12가지 과업 중 하나를 처리하고 티린스로 돌아가는 길에 벌거벗은 채 보석으로 화려하게 치장한 헤시오네가 바위에 묶인 채 괴물을 기다리고 있는 광경을 발견했다. 그는 의협심을 발휘해 헤시오네를 풀어주었다. 라오메돈 왕은 괴물을 죽이면 헤시오네를 아내로 줄 뿐 아니라 제우스가 트로스에게 주었던 백마들까지 주겠다고 헤라클레스에게 제안했다. 그러자 헤라클레스는 괴물의 목구멍 속으로 뛰어들어가 괴물이 죽을 때까지 내장을 난도질했다. 하지만 막상 대가를 요구받자 라오메돈 왕은 약속을 저버렸다.

그러자 헤라클레스는 그리스로 가서 군대를 일으켜 여섯 척의 배를 이끌고 돌아와 트로이를 공격했다. 트로이의 성벽을 축조하는 공사에 참여했던 아이코스의 아들 텔라몬Telamon이 이끈 그리스 군이 트로이의 가장 취약한 서쪽 성벽을 공략해 (호메로스의 가슴 저미는 표현을 빌리자면) "인기척 하나 없는 삭막한 거리로 만들었다." 유일한 생존자는 젊은 포다르케스Podarces 왕자였다. 라오메돈 왕이 헤라클레스에게 대가를 지불하지 않았을 때 포다르케스 왕자만 헤라클레스를 편들었던 것이다. 이제 트로이의 왕위에 오른 포다르케스는 프리아모스('구원받은 이')로 이름을 고치고, 도시를 재건했다. 헤라클레스는 백마들만 차지하고 헤시오네는 텔라몬에게 주어 아내로 삼게 했다.

구원받은 이의 기구한 자녀들

프리아모스는 아내 헤카베Hekabe(부모가 누군지는 논란이 많다)와의 사이에 50명의 아들과 50명의 딸을 두었다. 그들 중에는 헥토르와 데이포보스 같은 전사들과 잘생긴 트로일로스, 그리고 쌍둥이 예언자 헬레노스와 카산드라도 있었다.

카산드라는 아폴론에게 구애를 받기도 했다. 아폴론이 자신과 동침하면 예언하는 능력을 주겠다고 약속하자 카산드라는 그 제안을 수락했다. 하지만 아폴론이 그의 능력을 불어넣자 카산드라는 도도하게 굴며 막판에 마음을 고쳐먹고 아폴론에게 몸을 허락하지 않았다. 아폴론은 어쩔 도리가 없었다. 이미 베푼 능력을 회수할 수도 없었다. 그래서 아폴론은 카산드라가 한 예언은 아무도 믿지 못하게 되리라고 저주를 내렸다.

그즈음 트로이에는 재앙이 곧 닥칠 것이라는 예측이 난무했다. 헤카베 왕비가 둘째 아들을 임신했을 때 왕비는 팔이 100개나 달려 있고 각 손에 불이 활활 타오르는 막대기를 쥔 아기를 낳는 꿈을 꾸었다. 그 꿈의 의미는 분명했다. 이 아기를 살려두었다가는 장차 트로이를 멸망시킬 것이므로 아기를 죽이는 것이 곧 도시를 구하는 길이었다. 어쩔 수 없이 헤카베 왕비는 아기를 낳자마자 아름답게 수놓은 강보에 싸서 목동에게 건네고 이다 산에 갖다버리라고 지시했다. 그런데 이 아기가 암곰의 젖을 먹으며 살아남았다. 아흐레가 지나서도 여전히 아기가 살아 있자 목동은 아기를 불쌍히 여겨 배낭(그리스어로 '페라')에 담아 농장으로 데려가 친자식처럼 길렀다. 소년은 잘생기고 씩씩한 청년으로 자랐다. 그리고 소도둑 무리를 물리쳐 목동들 사이에서는 알렉산드로스('인간들의 수호자')라는 이름으로 불렸다. 물론 이 청년에게는 이미 그를 담아온 배낭을 떠올리는 파리스라는 이름이 있었다.

파리스와 헬레네의 도주

파리스는 두 가지 대상에 애정을 품었다. 하나는 산의 님프이자 뛰어난 치료자인 오이노네Oenone였고, 다른 하나는 황소 싸움이었다. 그에겐 어떤 상대라도 꺾을 수 있는 황소가 있었는데, 어느날 사나운 황소 한 마리가 우렁찬 소리를 내며 도전해 왔다. 두 황소는 맹렬하게 격돌을 벌였고 도전한 황소가 승리하자 파리스는 아낌없이 승자의 화관을 그 머리에 씌웠다. 그즉시 황소는 모습을 바꾸고 진짜 정체를 드러냈다. 그 황소는 바로 전쟁의 신 아레스였다. 그는 성가신 논란을 중재할 만한 정직한 판관을 찾고 있었고, 이제 완벽한 후보를 찾은 것이다.

이로써 헤르메스가 '가장 아름다운 자에게'라는 글이 새겨진 황금 사과를 가지고 세 명의 여신(헤라, 아테나, 아프로디테)과 더불어 이다 산에 내려왔다. 그 황금 사과는 에리스가 과거 펠레우스와 테티스의 결혼식에 가져와 소란을 피웠던 물건이다. 여신들은 저마다 그 사과의 소유권을 주장했다. 에우리피데스의 《안드로마케》를 보면 여신들은 "최고의 미인을 위한 상을 차지하려고 전쟁이라도 불사하듯 치열한 전투에 대비한 무구를 갖춘 채, 한 농장의 외딴 집에 머무는 사랑스러운 양치기 소년에게 다가왔다. 숲이 우거진 계곡에 도착한 그들은 산속 시냇물에 눈부신 몸을 담그고 먹을

기원전 440년경 아티카의 적화식 포도주잔에 그려진 그림.
이다 산에서 헤르메스가 파리스의 판결을 듣게 하고자 세 명의
여신, 헤라, 아테나, 아프로디테를 그에게 인도하고 있다.

트로이 : 신들과 인간들의 경쟁

감았고, 프리아모스의 아들을 만나 저마다 (너무 지나치지만 뿌리치기 힘든) 제안을 했다."

파리스는 여신들 가운데 한 명을 고를 수가 없었다. 그래서 각 여신이 제안을 했다. 에우리피데스의 《트로이아 여인들》에서 스파르타의 헬레네는 그들의 조건을 이렇게 요약했다.

아테나가 파리스에게 약속한 선물은 아시아에서 군대를 이끌고 나와 그리스를 멸하는 것이었어요. 헤라는 전 아시아와 유럽을 다스리는 왕권을 약속했죠. 하지만 아프로디테는 내 미모와 몸을 칭송하면서 만약 그가 황금 사과를 자기에게 수여한다면 그에게 나를 주겠노라 약속했답니다.

넋을 잃게 만드는 여신들 때문에 흥분한 파리스는 헬레네를 차지할 수 있다는 말에 넘어가서 한때 오이노네에게 품었던 사랑은 까맣게 잊은 채 아프로디테에게 황금 사과를 넘기고 트로이를 향해 의기양양하게 떠났다.

파리스가 도착했을 때 트로이에서는 20년 전에 이다 산에 버려진 아기를 추모하는 대회가 벌어지고 있었다. 프리아모스는 파리스가 대회에 참가하는 것을 관대하게 허락했고 뭇사람들의 예상과는 달리 파리스가 대회 우승을 차지했다. 이를 분하게 여긴 프리아모스의 아들 데이포보스는 어머니인 헤카베와 더불어 파리스를 제거할 궁리를 했다. 하지만 카산드라가 파리스를 알아보았고(일설에는 목동이 그의 진짜 정체를 밝혔다고도 한다), 헤카베는 자신이 꾸었던 꿈을 미신으로 치부하고 프리아모스와 함께 그들의 아들 파리스를 반기며 트로이 성으로 데려갔다.

곧이어 파리스는 위풍당당한 함대의 선두에 서서 그의 사촌 아이네이아스(아프로디테가 안키세스와 관계를 맺어 낳은 아들)와 함께 아프로디테 여신이 약속한 상을 차지하기 위해 스파르타로 출항했다. 스파르타 항구에 도착한 그는 말을 타고 내륙에 있는 왕궁을 향해 달렸다. 서기 5세기 말 혹은 6세기 초의 서사시인 콜루토스Coluthus는 상상력을 발휘해 헬레네를 이렇게 묘사했다.

> 안락한 침실 문을 모두 열어둔 채 왕궁 뜰로 뛰어나간 여인은
> 그가 왕궁 입구 앞에 서 있는 모습을 보았다. 헬레네는 즉시
> 그의 이름을 부르고는 그를 안내해 내실로 끌어들이고서,
> 은으로 만든 새 의자에 그를 앉혔다. 헬레네는 그에게서
> 눈을 떼지 못했는데 그저 바라만 보는 것으로는 눈이 만족하지 못했다.

헬레네의 남편 메넬라오스는 손님을 성대하게 대접했다. 그런 뒤 메넬라오스는 용무가 있어 크레타 섬으로 떠났다. 몇 시간도 안 되어 파리스와 헬레네는 왕궁에서 몰래 빠져나와 그날 밤 해안에서 돌을 던지면 닿을 거리의 작은 크라나에Cranaë섬에서 정을 통했다. 그러고서 그들은 트로이로 떠났다.

그리스 군의 출정과 아킬레우스의 참전

두 사람이 달아났다는 소식을 들은 메넬라오스는 헬레네의 옛 구혼자들에게 틴다레오스 왕 앞에서 맹세했던 사실을 상기시켰다. 자신을 도와 헬레네를 납치한 자를 처단하는 데 동참하라는 것이었다. 그렇게 해서 대군이 소집되었고, 미케네의 아가멤논 왕이 전군을 지휘했다. 이들 가운데에는 당대의 걸출한 영웅들이 포함되었고, 아킬레우스(이올코스에 인접한 프티아 출신)처럼 마지못해 합류한 이들도 있었다.

아킬레우스의 어머니이자 바다의 요정인 테티스는 아들이 태어난 순간부터 애지중지했다. 테티스는 아킬레우스를 불 속에서 정화하고, (오른쪽 뒤꿈치를 꽉 잡고) 스틱스 강물에 담가 금강불괴의 몸을 만들었으며, 켄타우로스족인 케이론에게 보내 교육을 시켰다. 테티스는 아들이 트로이 전쟁에 참전하면 죽을 수 있음을 알고 스키로스에 있는 리코메데스 왕의 궁전에 숨어 지내라고 설득했다. 하지만 이타카의 오디세우스, 필로스의 네스토르와 텔라몬의 아들 아약스가 아킬레우스의 소재에 관한 풍문을 듣고

스키로스에 도착했다. 그들은 우정의 선물을 가져왔다며 보석 꾸러미를 펼쳐 놓았다. 왕궁에 있던 여인들이 보석을 보고 흥분해 달려들자 오디세우스는 왕궁이 외부의 적에게 습격 받은 것처럼 경보를 울리고 공중에 칼을 던졌다. 그러자 본능적으로 팔을 뻗어 그 칼을 붙잡는 자가 있었다. 그는 여장을 하고 숨어 지내던 아킬레우스였다. 정체가 탄로 난 아킬레우스는 부루퉁한 얼굴로 원정대에 합류했다(아가멤논이 아울리스에서 아킬레우스를 미끼로 이용해 이피게네이아를 불러 제물로 바쳤을 때도 아킬레우스는 이 전쟁이 마음 내키지 않았다).

그리스 함대가 트로이에 인접해 있는 테네도스 섬에 상륙하려 할 때 적의 공격을 받았다. 전투가 벌어지자 아킬레우스는 용맹을 떨치며 활약했고, 테네도스 섬의 통치자인 테네스Tenes 왕을 죽였다. 하지만 테네스의 아버지가 아폴론이라는 사실을 뒤늦게 알게 된 아킬레우스는 아폴론의 아들을 죽인 자는 언젠가 아폴론의 손에 죽으리라고 했던 테티스의 경고를 떠올렸다.

테네도스를 장악한 그리스인들은 헬레네의 반환을 요구했으나 거절당했다. 전쟁은 불가피했다. 마침내 그리스 함대는 트로이의 해안가에 상륙했고, 그곳에서 소규모 접전이 벌어졌다. 트로이 사람들은 성 안으로 후퇴했고, 그리스인들은 함선 주위에 방책을 세웠다. 양측은 장기간 대치상태에 들어갔다. 아가멤논의 신관 칼카스가 트로이의 함락은 10년이 지나서야 이루어질 것이라고 이미 예언했기 때문이다.

9년에 걸친 장기전: 음모와 증오 복수의 전장

트로이의 운명은 몇 가지 전제조건에 의해 좌우되었다. 첫째, 어린 왕자 트로일로스가 스무 살이 되기 전에는 트로이가 망하지 않으리라는 신탁이 있었다. 그래서 아킬레우스는 트로일로스를 죽일 계획을 짰다. 일설에 따르면 트로일로스가 누이인 폴릭세네와 함께 우물에 물을 길으러 왔을 때 매복해 있던 아킬레우스가 공격해 트로일로스를 죽였다고 한다. 비록 폴릭세네는 위기를 모면했지만 그 미모를 보고 반한 아킬레우스가 욕정을 품게 되었고, 이 때문에 폴릭세네는 파멸을 맞게 된다. 또 트로일로스가 아폴론의 신역에서 말을 타고 있을 때 아킬레우스가 그를 죽였다는 설도 있다. 아킬레우스는 이미 아폴론의 진노를 산 터라 더 잃을 것이 없었다. 또 아킬레우스가 트로일로스에게 반해 그와 아폴론 사원에서 만나기로 약속했는데, 자신의 구애를 거부하자 이에 실망한 아킬레우스가 트로일로스를 살해했다는 음침한 이야기도 전해온다. 어떻게 죽었든 여기서 핵심은 트로일로스가 죽었다는 것이다. 이로써 트로이 몰락에 필요한 한 가지 조건이 충족되었다.

그리스인들은 9년 동안 인접한 도시들을 공격하는 데 대부분의 시간을 소비했다. 여기서도 아킬레우스의 활약이 빛났지만, 그리스 군 지도자들 사이에 의견 충돌이 심해지면서 서로 간에 증오심도 깊어졌다. 오디세우스는 나우플리온의 왕 팔라메데스를 몹시 싫어했다. 팔라메데스는 글자와 주사위, 등대를 고안한 발명가로서 매우 영리하고 창의적인 인물이었다. 오디세우스는 죽은 트로이 병사의 시체에 편지를 몰래 넣어놓고, 또 팔라메데스의 천막에는 황금이 든 배낭을 몰래 숨겨두었다. 그러고는 팔라메데스가 적과 내통한 첩자였다고 그리스 군이 믿게 만들었다. 이에 격분한 그리스 군은 무고한 팔라메데스를 돌로 쳐서 죽였다. 이 소식을 전해들은 팔라메데스의 아버지 나우플리오스는 아가멤논에게 복수하기 위해 아가멤논의 아내 클리템네스트라를 부추겨 아이기스토스와 부정을 저지르게 만들었다. 이후 트로이가 몰락한 뒤에 나우플리오스는 귀향하는 그리스 함대를 가짜 등대로 유인해 암초에 부딪혀 침몰하게 만들었다.

아킬레우스의 분노와 프리아모스의 부성애

10년째가 되어서야 본격적인 전투가 시작되었다. 하지만 그리스 진영에는 내부적으로 불화가 생겼다. 아폴론의 사제 크리세이스의 딸을 노예로 삼은 아가멤논이 그 딸을 아비에게 되돌려주기를 거부하자 아폴론이 그리스 군에 역병을 퍼뜨렸다. 역병은 그리스 군이 사제의 요구를 들어주고 나서야 잠잠해졌다. 하지만 자신의 전리품인 여자 노예를 빼앗긴 아가멤논이 아킬레우스의 여자 노예인 브리세이스Briseis를 대신 취했고, 이 때문에 아킬레우스는 트로이와의 전투에 참여하지 않았다. 화가 난 아킬레우스는 자기 동료인 파트로클로스와 함께 자신의 막사에 머물며 영웅들의 위대한 업적을 노래하며 씁쓸한 기분을 달랬다.

아킬레우스의 부재로 트로이 군은 사기가 올랐다. 파리스마저 최전선에 나와 거들먹거릴 정도였다.

어깨에 흑표범 가죽을 걸치고, 칼과 화살통을 단단히 조여 맸다.
그는 청동 날이 박힌 창 두 자루를 손에 쥐고, 그리스 군 가운데
제일 용맹한 자들을 향해 일대일로 겨루자고 소리쳤다.
전쟁의 신 아레스의 총애를 입고 있던 메넬라오스는 파리스가 대열 속에서
당당히 걸어 나오는 모습을 보고 속으로 기뻐했다.
마치 굶주린 사자가 날랜 개들과 사냥꾼들이 몰려들어도
쓰러진 주검— 뿔 달린 수사슴이나 염소 —을 찾고 나서 기뻐하며
그것에 달려들어 게걸스럽게 먹어치우듯이.

파리스와 메넬라오스의 일대일 결투 결과에 따라 전쟁은 종식될 참이었다. 하지만 아프로디테가 개입해 부상을 입은 파리스를 안개로 둘러싸더니 왕궁에 있는 그의 침실로 데려가 버렸다. 전투가 재개되면서 많은 전사들이 부상당하거나 죽어나가자 신들조차 연민을 느꼈다. 결국 트로이를 지지한 아폴론과 그리스를 지지한 아테나의 명령으로 트로이의 가장 위대한 전사인 헥토르가 그리스의 가장 위대한 전사 아킬레우스에게 일대일 결투를 신청했다. 하지만 아킬레우스는 전투에 참여하기를 거부하고 있던 터라 아이아스가 대신 출전했다. 두 사람이 서로 겨뤘으나 끝내 승부를 가리지 못하자 선물을 교환하기로 합의했다. 아이아스는 헥토르에게 검대劍帶를 선물했고, 헥토르는 아이아스에게 칼을 선물했다.

전력은 트로이 군이 우세했지만, 그들의 동맹군인 트라키아의 레소스Rhesos 왕이 지원군을 이끌고 가까이 왔다는 소식이 전해졌을 때, 트로이의

운명에는 어두운 그림자가 드리웠다. 게다가 레소스의 말들이 스카만데르 강의 물을 마시는 한 트로이는 무너지지 않을 것이라는 예언이 있었다. 즉 트로이가 함락되는 데 필요한 전제조건 하나를 더 충족시킬 수 있는 기회 가 온 것이다. 이에 오디세우스와 아르고스의 왕 디오메데스는 야습을 감 행해 레소스를 죽이고 그의 말들을 훔쳤다.

다음 날 헥토르가 이끄는 트로이 군이 그리스 군의 방벽을 뚫고 들어 가 해변에 넓게 산개하며 함선에 불을 질렀다. 아킬레우스도 더는 가만히 지켜보고만 있을 수는 없었다. 그럼에도 직접 전투에는 참가하지 않겠다 고 고집했다. 아가멤논이 그에게 많은 부를 약속했지만 그는 제안을 거절 했다. 그 대신 아킬레우스는 파트로클로스에게 자신의 갑옷을 빌려주며 그에게 자기 휘하의 병사들을 지휘하게 했다. 마음껏 활약을 펼칠 수 있게 된 파트로클로스는 제우스의 아들 사르페돈을 도륙하고 트로이 군을 물리 쳐 그들이 성 안으로 퇴각하게 만들었다. 하지만 이때 아폴론 신이 개입했 다. 파트로클로스의 등을 아폴론이 세게 강타하자 투구가 벗겨지면서 그 의 정체가 드러났다. 파트로클로스가 놀라서 어찌할 바를 모르고 가만히 서 있는 틈을 타서 헥토르가 달려들어 창으로 그의 배를 찔렀다.

마치 사자와 지칠 줄 모르는 멧돼지가 높은 산마루에서
조그마한 샘물을 서로 마시려고 다투다가 사자가 멧돼지를 제압할 때
멧돼지가 사납게 쿵쿵거리더라도 사자가 힘으로 멧돼지를 꺾듯이,
그렇게 프리아모스의 아들 헥토르가 용감한 파트로클로스의
목숨을 빼앗았다. 비록 많은 병사를 죽였으나
파트로클로스는 근접한 거리에서 헥토르의 창에 찔리고 말았다.

헥토르는 파트로클로스의 갑옷을 벗겼다. 곧이어 양측 병사들 간에 파트로클로스의 시신을 차지하려는 싸움이 벌어졌고, 우여곡절 끝에 그리 스 군이 시신을 회수해 아킬레우스에게 가져갔다. 아킬레우스는 심하게 자책했고 친구의 죽음을 애통해하며 복수를 다짐했다.

그날 밤 수면의 신과 죽음의 신이 사르페돈의 주검을 가져가기 위해 트로이에 내려왔다. 사르페돈은 리키아로 운반되어 엄숙한 장례식을 치른 후 땅에 묻혔다. 같은 날 밤에 테티스는 헤파이스토스가 새로 만든 갑옷을 들고 아킬레우스의 막사를 방문했다. 테티스는 아들에게 두 가지 운명 중에 하나가 그를 기다리고 있다고 이미 경고한 바 있다. 하나는 그의 용맹함이 잊히는 대신 프티아에서 늙어 죽도록 오래 사는 것이고, 다른 하나는 '시들지 않는 명성'(클레오스)을 향유하되 트로이에서 죽는다는 것이었다. 만약 헥토르를 죽이면 자기도 곧 죽으리라는 사실을 아킬레우스도 모르지 않았다. 하지만 그는 죽음을 두려워하지 않았다. 오직 파트로클로스를 대신해 복수할 열망으로 타올랐다.

다음 날 아킬레우스가 전장에 뛰어들었다. 그를 제지할 수 있는 사람은 아무도 없었다. 아킬레우스를 만류하려던 하천의 신 스카만드로스 Scamandros도 그의 분노가 얼마나 큰지 실감했을 뿐 아킬레우스를 저지하지 못했다. 마침내 아킬레우스가 헥토르를 찾아냈다. 두 사람은 잠시 서로 마주 보았다. 헥토르가 등을 돌려 달아나자 아킬레우스가 빠르게 그를 추격했다. "마치 새들 중에서 가장 날랜 매가 산중에 하늘 높이 떠 있다가 두려움에 떠는 비둘기를 잡으려고 재빠르게 하강하듯, 비둘기가 달아나도 매는 날카로운 소리를 지르며 바싹 뒤를 쫓으니 이는 매의 심장이 비둘기를 잡을 때까지 충동질하기 때문이다." 신들은 열중하여 이 광경을 지켜보았고, 아테나는 데이포보스로 위장해 헥토르에게 나타나 더 이상 도망치지 말고 맞서 싸우라고 설득했다. 헥토르가 아킬레우스에게 창을 던진 이후의 장면은 이렇다.

그가 흰 방패를 든 데이포보스를 큰소리로 불러 긴 창을 달라고 요청했다.
하지만 데이포보스는 사라지고 없었다. 그제야 헥토르는 마음속으로
깨닫고 이렇게 말했다. "신들께서 나를 죽음으로 불러내셨구나.
데이포보스가 가까이 있는 줄로 알았는데 그는 성 안에 있으니
아테나께서 나를 속이셨구나. 이제 혐오스러운 죽음이 가까이 왔으니

달아날 길이 없구나. 이는 이미 오래전부터 제우스의 뜻이었고
그분의 아드님이시자, 멀리서도 활을 쏘시며 지금까지 기꺼이
나를 도우셨던 아폴론의 뜻이로다.
이제 내 인생은 여기서 끝나는구나.

헥토르는 아킬레우스의 창끝에 목이 관통당한 채 쓰러졌다. 그는 죽어
가면서 자신의 주검을 트로이 군에게 돌려주어 장례를 치를 수 있게 해달
라고 아킬레우스에게 간청했다. 하지만 아킬레우스는 이 요구를 묵살하고
아이아스가 헥토르에게 주었던 검대를 가지고 그를 전차에 매단 뒤 그의
주검을 질질 끌며 트로이 성벽을 돌아 자신의 병영으로 돌아갔다. 아킬레
우스는 친구 파트로클로스의 장례식을 준비했다. 장례식은 제사(트로이 군
포로 열두 명을 포함)와 장례 경기로 구성되었다. 아킬레우스는 헥토르의 주
검을 전차에 매달고 파트로클로스의 무덤 주위를 날마다 세 번씩 돌았다.
　아들 헥토르의 주검이 어떤 대접을 받고 있는지 목격하고 참담한 슬
픔에 빠진 프리아모스 왕은 밤중에 아킬레우스의 막사를 방문했다. 호메
로스의 작품에서 프리아모스는 아킬레우스의 마음을 울리는 부성애와 비
유로 그를 설득하는데, 그 장면은 이렇게 시작한다.

　위대한 프리아모스는 …… 두 팔로 아킬레우스의 무릎을 잡고
　자기 아들들을 수없이 죽이고, 뭇 사내들을 도륙한 그 무시무시한
　두 손에 입 맞추었다. 마치 어떤 사람이 광기 [아테atē]에 사로잡혀
　고향에서 사람을 죽이고 이방의 어떤 부잣집에 피신하게 되면
　그를 본 사람은 누구나 깜짝 놀라듯, 꼭 그처럼 아킬레우스는
　신과 같은 프리아모스를 보고 깜짝 놀랐다.

프리아모스가 수많은 자식을 떠나보내며 느꼈던 적막함을 술회하며
아킬레우스의 아버지 펠레우스 역시 프티아에서 노심초사 아들 소식을 기
다릴 것이라고 얘기하자 아킬레우스는 프리아모스에게 연민을 느꼈다. 전

쟁을 뛰어넘는 숭고한 가치와 인간애에 마음이 통한 두 사람은 전쟁의 비극을 생각하며 함께 울었다. 그리하여 프리아모스는 자기 아들의 주검을 트로이로 가져가 장사 지낼 수 있었다.

아킬레우스의 죽음과 그 이후

아킬레우스는 트로이 군과 그들의 동맹군을 공격하는 등 전쟁을 이어갔다. 그는 일대일 결투를 벌여 아마조네스 왕인 펜테실레이아는 물론, 에오스 여신과 티토노스의 아들이자 에티오피아의 왕인 멤논을 죽였다. 그리고 마침내 아킬레우스에게도 죽음이 찾아왔다. 그것도 위대한 전사의 손이 아닌 궁수인 파리스의 활에 목숨을 잃었다(그리스인들은 활을 겁쟁이들의 무기로 여겼다 - 옮긴이). 화살은 아킬레우스의 금강불괴 같은 몸에서 유일한 약점인 오른쪽 발목을 파고들었다. 그의 주검은 "회오리치는 먼지 속에, 전투력은 더 이상 신경 쓸 수 없지만, 거대하고 영웅다운 모습으로" 쓰러져 있었고, 그리스 군과 트로이 군은 그의 주검을 차지하기 위해 격렬하게 싸웠다.

아이아스가 아킬레우스의 주검을 그리스 함대가 있는 곳으로 운반했

다. 해변에서 테티스와 테티스를 모시는 바다의 님프들이 파도 속에서 몸을 일으키자 "저승에서 애통해하는 곡소리가 파문을 일으키며 수면 위로 퍼졌다." 무사이가 진혼곡을 노래하고, 병사들이 무기를 들어 그들의 방패를 두드리며 망자를 기리는 가운데 아킬레우스의 시신이 화장되었다. 그의 유골은 파트로클로스의 유골과 함께 황금 항아리에 담겼고, 바다가 보이는 땅에 항아리를 매장하고 "바다에서 멀리 떨어진 곳에서도 오늘날 살아 있는 자들과 훗날 이곳을 찾아올 자들의 눈에 또렷하게 보이도록" 봉분을 높이 세웠다. 《오디세이아》에서 이렇게 말했던 아가멤논의 혼백은 이렇게 끝맺음을 했다. "죽었음에도 그대의 이름은 잊히지 않고, 그대의 명성 [클레오스]은 오히려 사람들 사이에서 영원할 것이다."

제우스가 아킬레우스를 불멸의 신으로 만들었다고 주장하는 설도 있다. 고대 그리스의 여행자 크로톤의 레오니모스Leonymus는 도나우 강의 하구에서 가까운 흰 섬에서 헬레네와 결혼한 아킬레우스의 혼백과 다른 그리스 영웅들의 혼백을 보았다고 주장했다. 아킬레우스가 메데이아의 남편이 되어 망자의 섬에서 영생을 누리고 있다는 전설도 있다. 아킬레우스와

기원전 540년경 칼키스의 항아리. 아테나가 지켜보는 가운데 그리스 군과 트로이 군이 '거대하고 영웅다운 모습으로' 쓰러진 아킬레우스 주검을 차지하려 서로 방패를 부딪치며 싸우고 있다.

트로이 : 신들과 인간들의 경쟁

폴릭세네 사이의 로맨스에 관심이 많은 후대의 신화 기록자들은 아킬레우스가 폴릭세네를 신부로 삼기 위해 그리스 군을 배신할 생각을 품었던 것으로 묘사했다.

아이아스는 마땅히 자신이 아킬레우스의 갑주를 물려받아야 한다고 믿었으나, 그리스의 지휘관들은 앙심을 품고(일설에는 아테나 여신에게 현혹되어 그랬다고도 한다) 그 갑주를 오디세우스에게 주었다. 신의 부추김으로 분노에 사로잡힌 아이아스는 자신을 모욕한 자들을 모두 도륙할 생각에 그리스 진영에 몰래 들어갔으나, 날이 밝고 눈을 떠보니 사람들이 아닌 죽은 소 떼에 둘러싸여 있었다. 아테나 여신에게 현혹당한 것을 깨달은 그는 수치스러움을 느껴 헥토르에게 선물 받은 칼로 자결했다. 그의 이복동생 테우크로스(트로이의 헤이오네 공주의 아들)가 아이아스의 주검을 매장해 그의 명예를 지켜주려 했으나, 아가멤논이 막았고 오디세우스가 아가멤논을 설득하고 나서야 아이아스를 장사 지낼 수 있었다.

트로이의 함락에 필요한 마지막 조건

트로이의 운명을 결정 짓는 조건들은 예정대로 갖춰져 갔다. 첫 번째, 용맹하지만 잔혹한 전사이자 아킬레우스의 아들인 네오프톨레모스를 스키로스 섬에서 소환해야 했다(초기의 신화에서는 트로이 포위전이 10년이 아니라 20년으로 기술되었을 가능성도 있다. 그렇게 해야 네오프톨레모스의 나이를 현실성 있게 설정할 수 있기 때문이다).

네오프톨레모스는 두 번째 조건을 충족하는 데에도 기여했다. 트로이가 함락되기 위해서는 헤라클레스의 활과 화살이 있어야만 했다. 헤라클레스의 무구는 트로아스에 오는 길에 뱀에 물린 그리스의 영웅 필록테테스에게 있었다. 그는 상처에서 나는 악취가 너무 독해 렘노스 섬(아르고호 원정대 신화에서도 불쾌한 냄새가 나는 섬으로 언급된다)에 남겨졌다. 오디세우스가 이 섬에 도착해 트로이로 함께 떠나자며 필록테테스를 설득했으나 필록테테스의 마음을 움직이지 못했다. 네오프톨레모스가 간곡히 설득하고 나서야(그리고 헤라클레스의 혼백이 설득하고 나서야) 필록테테스는 그리스 군에 합류했다. 트로이에 도착한 그는 치유의 신 아스클레피오스의 아들 마카온Machaon의 도움으로 치료를 받았다.

필록테테스는 곧 자신의 진가를 유감없이 발휘했다. 그는 활을 쏘아 파리스의 팔목과 발목을 맞췄을 뿐 아니라 한쪽 눈까지 멀게 만들었다. 부상을 입은 파리스 왕자는 이다 산에 기어 올라갔다. 그곳에는 자기가 치명상을 입을 경우 반드시 치유해주겠노라고 한때 약속했던 오이노네가 있었다. 하지만 파리스의 배신(헬레네를 신부로 맞으려고 오이노네의 사랑을 저버렸다)을 불쾌히 여기고 있던 이 님프는 끝내 파리스의 치료를 거부했다. 오이노네는 파리스가 죽고 나자 자신이 내린 결정을 후회하며 스스로 목을 매달았다. 한편, 헬레네는 밧줄로 몸을 묶고 성벽을 내려가 트로이를 탈출하려 했지만, 결국 붙잡혀서 데이포보스의 아내가 되었다.

펠롭스의 유골 하나를 트로이에 가져와야 한다는 세 번째 조건은 쉽게 해결되었다. 하지만 마지막 조건을 충족하는 데는 간교한 계략이 필요했다. 트로이의 수호신인 아테나 여신상을 트로이 사람들이 지키고 있는 한 트로이의 안전은 보장되었다. 오디세우스는 아테나 여신상을 탈취할 계획을 짰다. 동료들에게 일부러 얻어맞아 적군의 의심을 사지 않도록 조치한 그는 정찰 임무를 수행하던 중에 그리스 군을 배반한 것으로 위장하고서 트로이에 모습을 드러냈다. 헬레네는 그를 알아보았지만 데이포보스의 손아귀에서 벗어나고 싶었기 때문에 아무 말을 하지 않았다. 오디세우스는 헤카베에게도 정체를 들켰다. 하지만 오디세우스가 간곡히 빌자 연민을 느낀 헤카베는 그의 정체를 밝히지 않았다. 오디세우스는 그리스 진영으로 달아났고, 그날 밤 디오메데스와 함께 돌아와 아테나 여신상을 훔쳤다.

트로이 목마와 함께 막을 내린 영웅들의 시대

만약 (파르나소스 산에서 온) 에페이오스Epeios가 창의적인 계략을 생각해내지 못했다면 전쟁은 무한정 연장되었을지도 모른다. 에페이오스는 거대한 목마를 만들어 그 안에 엄선한 그리스 병사들을 숨기고 그 목마를 트로이 군이 가져가게 하자고 제안했다. 그리스 군이 철수한 것처럼 보이는 자리에는 병영의 잔해들만 남아 연기가 피어오르고 있었다. 그리고 텅 빈 해안 가에는 그리스 병사들이 숨어 있는 거대한 목마 하나만 덩그러니 서 있었다. 그리스 군이 떠나자 트로이 사람들은 기뻐하며 도시에서 달려와 목마 옆에 새겨진 글귀를 살펴보았다. '무사귀향을 바라는 그리스인들이 아테나께 바치는 감사의 제물'. 하지만 그리스인들의 선물을 의심하는 이들도 있었다. "세 가지 주장이 제기되었다. 청동 무기로 가차 없이 텅 빈 나무를 쪼개버려야 한다는 이도 있고, 제일 높은 곳으로 끌고 가서 바위 아래로 떨어뜨려야 한다는 이도 있었다. 그리고 신들에게 바친 신성한 제물이니 만큼 그대로 놔둬야 한다고 주장한 이들도 있었다."

그들이 논쟁을 벌이고 있을 때 그리스인 한 명이 그들 앞에 불려나왔다. 그리스의 첩자였던 시니스는 거짓말로 사람들을 그럴듯하게 속였다. 시니스의 말인즉, 그리스인들은 전쟁에 지쳐서 고국을 향해 떠났으며, 이 목마를 트로이 성 안으로 가져가면 아테나 여신이 트로이에 호의를 베푸실 것이나, 목마를 해변에 그대로 방치하면 여신의 진노를 사게 될 것이라고 말했다. 트로이의 신관 라오콘Laocoön은 목마를 성 안에 들여서는 안 된다고 경고했던 사람들 중 하나였다. 그즈음 커다란 뱀 두 마리가 테네도스 섬에서 바다를 건너와 그와 그의 두 아들을 칭칭 휘감아 죽여버렸다. 이에 놀란 트로이인들은 삼부자의 주검을 그대로 놔둔 채 목마를 이끌고 트로이의 아크로폴리스로 나아갔다.

신의 뜻을 거역했기 때문에 라오콘이 죽었다고 생각한 트로이인들은 그들의 성벽 일부를 허물어 목마를 도시 안으로 들여 놓았다. 그러고 나서 잔치를 열어 밤늦게까지 진탕 먹고 마셨다. 도시 안의 모든 이들이 잠에 곯아떨어졌을 때 헬레네가 홀로 별빛에 의지해 목마가 있는 곳으로 다가왔다. 그 목마가 그리스 군의 책략임을 일찌감치 파악했던 헬레네는 그 안에 누가 숨어 있는지도 알았다. 헬레네는 교태가 섞인 목소리로 안에 숨은 장수들의 아내 목소리를 차례대로 완벽하게 흉내 내며 그들을 희롱했다. 목마 안에 숨어 있던 그리스인들은 깜짝 놀랐지만 아무 소리도 내지 않았다.

마침내 그리스 정예병들이 작은 문을 열고 밧줄을 내린 뒤 목마에서

조용히 미끄러져 내려왔다. 몇 명은 성문으로 달려가 빗장을 거뒀고, 몇 명은 동료들에게 신호를 보냈다. 테네도스 섬에 숨어 있던 그리스 함대는 신호를 보고 트로이로 되돌아왔다. 트로이의 거리에는 무장한 그리스 병사들로 순식간에 가득 찼다. 네오프톨레모스는 왕궁 계단에서 프리아모스를 도륙했다. 또 다른 장군인 오일레우스의 아들 소小 아이아스는 아테나 제단을 지키고 있던 카산드라를 겁탈하려 했고, 오디세우스와 메넬라오스는 데이포보스를 죽이고 분노에 사로잡혀 그의 시신마저 훼손했다.

메넬라오스는 연기가 시야를 가리고 대학살이 벌어지는 아수라장 속을 활보하며 헬레네를 찾아다녔다. 마침내 눈에 들어온 헬레네가 맨가슴을 드러낸 채 여전히 아름답게 빛나는 얼굴로 자신을 바라보자 그는 다시 사랑에 빠지고 말았다. 그는 칼을 땅에 떨어뜨리고 두 팔로 헬레네를 꼭 껴안았다. 곧이어 두 사람은 배를 타고 그리스로 떠났다. 헬레네가 스파르타에서 데려온 시종이자 테세우스의 어머니인 아이트라도 동행했다(훗날 손자들이 아이트라를 아테네로 다시 데려갔다).

대학살이 끝나자 그리스인들은 트로이 여인들을 노예로 삼았다. 단 아킬레우스의 혼백이 폴릭세네를 제물로 삼을 것을 요구해 그녀만 성에 남겨졌다. 다른 여인들의 운명이라고 나을 것은 없었다. 카산드라는 아가 멤논의 소유가 되었다(카산드라는 미케네에서 아가멤논과 더불어 클리템네스트라의 손에 죽임을 당하리라는 것을 알았다). 헥토르의 아내 안드로마케는 자신의 아버지와 형제, 남편을 모두 살해한 아킬레우스의 아들 네오프톨레모스의 차지가 되었다. 한편 안드로마케의 아들 아스티아낙스Astyanax는 트로이에 복수하려는 네오프톨레모스를 저지하려다가 성벽 아래로 던져져 죽임을 당했다.

오디세우스의 차지가 된 헤카베는 트라키아의 왕 폴리메스토르Polymestor가 자신의 하나뿐인 아들 폴리도로스Polydoros를 살해했다는 소식을 들었다. 헤카베는 아들의 안위와 아들에게 물려줄 유산을 맡기며 성심껏 대접했지만, 폴리메스토르는 황금을 탐내며 그 같은 일을 저질렀던 것이다. 헤카베는 아가멤논의 도움을 받아 자신의 처소로 폴리메스토르를 유혹해 불러들였고, 아들에 대한 복수로 그의 자식들을 죽이고 눈을 뽑아 그의 눈을 멀게 했다. 헤카베가 배를 타고 그리스로 출발하기 전에 개로 변하고 말았다는 설도 있는데 이때 저지른 헤카베의 행위를 고려하면 그리 놀랍지는 않다.

트로이의 아이네이아스 왕자만이 자신의 부친 안키세스를 어깨에 메고 아들 아스카니오스(로마에서는 이울루스로 알려졌다)의 손을 꼭 붙들고 탈출했다. 그들은 트로이의 유민들과 함께 배를 타고 이탈리아로 가서 도시를 세웠고 훗날 이 도시는 로마로 불렸다. 많은 그리스 함선들이 폭풍 속에서 난파되었다는 것은 트로이의 정복자들 역시 대부분 귀향하지 못할 운명이었음을 뜻했다. 트로이와 마찬가지로 그리스 영웅들의 시대도 종말을 고했다.

트로이의 과거와 현재

트로이는 지리적 이점을 누렸다. 오늘날 카라멘데레스 차이 강River Karamenderes Çayi(호메로스가 말한 스카만데르 강으로 추정됨)의 충적층을 살펴보면 청동기 시대 초기(기원전 3000년경) 트로이의 해안선은 거의 6킬로미터나 내륙으로 들어와 있었음을 알 수 있다. 다르다넬스 해협의 입구 남쪽에 얕고 너른 해안가에 인접해 있던 트로이는 에게 해와 흑해 사이의 해상운송로를 장악했다. 게다가 항해하는 배들은 빠른 편서풍 때문에 힘겹게 노를 저어야만 해협의 동쪽을 향해 나아갈 수 있었는데, 이것도 쉽지 않은 일이었다. 서쪽으로 흐르는 해류의 속도가 최대 3노트에 달했기 때문에 동쪽으로 나아가려면 노 젓는 사람들은 적어도 5노트 이상 속도를 유지해야 했다. 바람이 잠잠해지기를 기다리며 쉴 만한 장소로 트로이의 해안가보다 나은 곳이 없었던 덕분에 트로이는 번영을 누렸다. 고고학자들은 트로이가 아홉 시기에 걸쳐 발전했음을 확인했으며, 그중 몇 시기는 더 세부적으로 정밀하게 구분해낼 수 있었다.

기원전 3000년대 초, 트로이 1기는 돌과 흙벽돌로 지은 집들이 마을을 이루고 있었고, 기원전 2550~2300년경(트로이 2기)에는 돌로 방벽을 쌓아올리고, 커다란 성문을 설치한 마을이 등장했다. 마을에는 대중 집회나 종교 모임을 위한 거대한(길이 40미터) 건물들도 지어졌다. 후대에 9만 평방미터에 달하는 아래쪽 마을을 포함시켜 방벽이 추가로 건설되었다. 트로이 2기의 마을은 전쟁에 따른 화재에 파괴된 것으로 추정되고 주민들은 금, 은, 동, 호박색 합금, 홍옥수, 청금석으로 만든 공예품들을 비롯한 그들의 재산을 되찾지 못했다. 하인리히 슐리만은 이 트로이 2기의 화려한 장신구들을 발견하고서 그것들이 '헬레네의 장신구들'이라고 주장했다. 하지만 그 유물들은 신화 속 트로이가 속한 시대보다 1000년은 더 오래된 물건들이었다.

슐리만은 1871년부터 1879년까지 유적을 발굴하면서 트로이 2기의 유적을 '호메로스 시대의 트로이'로 오판하고 상층부에 묻힌 유적들을 대부분 파내버렸다. 이로써 트로이의 역사를 이루고 있던 세 시기의 유적지가 심각하게 훼손됐다. 그렇지 않아도 헬레니즘 시대에 그리스인들이 아테나 신전을 세우기 위해 언덕을 평평하게 깎으면서 이전 시대의 유적지가 훼손되었는데 슐리만이 발굴 과정에서 더 심각하게 유적을 훼손한 것이다.

하지만 기원전 1700년경에 건설된 트로이 6기의 유적은 보존 상태가 좋아서 그 시기의 성채가 웅장한 규모였음을 충분히 확인할 수 있다. 폭이 5미터에 이르는 거대한 석회암 성벽은 위로 올라가면서 성 안쪽으로 살짝 기울어져 있다. 마름돌들의 높이를 미세하게 조정했기 때문에 성벽을 이루고 있는 선은 부드러웠다. 그 주위로는 정교하게 지은 탑들이 솟아 있었다. 배수가 잘 되는 포장도로가 관통하는 도시에는 2층 건물들이 서 있었으며, 그중 많은 건물이 주랑과 1층 높이의 방벽을 갖추고 있었다. 성채 밖에도 30만 평방미터의 면적을 아우르는 마을이 번성했다. 도랑과 방책을 둘러 마을을 방어했고, 수직굴과 평평한 굴로 이루어진 정교한 수로를 통해 물을 공급했다. 트로이 6기의 유적지에서 출토된 유물들을 보면, 이 시기의 트로이는 아나톨리아(지금의 터키)의 히타이트족보다는 그리스 세계와 교류가 잦았음을 알 수 있다. 하지만 기원전 1300년경에 이르러서는 이 같은 사정에 변화가 생겼다. 특히 트로이 6기의 도시가 지진이나 외부의 침입으로 일부 파괴되면서 기반이 더욱 악화되었을 것이다. 이 시기 유적지에서 출토된 유물이 화살촉 하나라서 지나친 추측을 부추겼는지도 모른다.

과거 공터였던 성채 내부에는 소규모 주택들이 들어섰다. 탑들이 추가로 세워졌고, 아랫마을이 확장되었다. 우리는 이 북적거리는 도시를 무미건조하게 트로이 7a기의 도시로 알고 있지만, 히타이트인들은 이곳을 윌루사Wilusa(언어학적으로 본래 '윌리온'이었던 그리스어 '일리온'과 비슷하다)라고 불렀다. 기원전 13세기에 작성된 히타이트 서신에 따르면 남쪽 아나톨리아의 아르자와족Arzawans이 윌루사를 공격하자 알락산두(혹시 '알렉산드로스'가 아닐까?) 왕은 그의 도시를 히타이트에 바쳤다. 13세기 중반 아히야와족Ahhiyawa(호메로스가 그리스인을 가리켜 사용한 '아카이오이'에 상응하는 히타이트어 표현으로 보인다)의 왕에게 보내진 또 다른 히타이트 서신('타와갈라와 편지')은 "우리가 전쟁을 벌이려고 하는 윌루사에 관한 협정"을 언급하며 윌루사의 존재를 확인해주었다. 기원전 1200년경 윌루사의 왈무Walmu 왕이 권좌에서 축출되었을 때 히타이트족이 다시 개입했다. 이후 기원전 1180년경 트로이 7a기의 도시가 화재로 파괴되었다.

이 단편적인 기록들은 긴장 관계나 전쟁이 있었을지도 모른다는 사실을 암시하지만, 이 같은 문서나 고고학 발굴 자료들은 트로이 전쟁의 역사성을 입증해주지 못했다. 놀라운 일도 아니다. 신화나 서사시가 역사를 기록한 것은 아니기 때문이다. 이 두 가지 장르의 문학은 본래 지어내고 과장된 이야기에 의존한다. 그러나 트로이가 헬레네를 차지하기 위해 벌인 10년 전쟁의 실제 무대가 아니라는 실망감은 이 서사시가 지난 3000년에 걸쳐 (《일리아스》는 적어도 기원전 1000년경으로 추정되는 자료도 포함한다) 우리의 상상력과 창작 활동에 긍정적 영향을 미쳤다는 점에서 충분히 상쇄할 수 있을 것이다. 윌루사에서 전쟁이 벌어져 그리스인과 히타이트인 간의 조약으로 전쟁이 곧 종결되었다는 기록이 있는데, 어쩌면 이 전쟁에 영감을 받은 시적 상상력이 위대한 신화를 탄생시켰는지도 모른다.

신속하게 재건된 트로이 7b기의 도시는 앞선 시기의 문화가 그대로 유지된 흔적이 보이지만, 이후의 건축 기술과 도자기 기술은 새로운 이민족이 이주해 왔음을 암시한다. 그리스 본토의 미케네나 티린스와 달리 트로이는 고대로부터 계속해서 사람들이 거주했으며 오랜 기간 황폐한 도시로 버려졌던 적이 없다. 해안선이 내륙에서 멀어지면서 다르다넬스 해협에 진입하기 위해 트로이 해안에서 대기하던 선박들은 트로이를 버리고 테네도스 섬을 이용했다. 이에 따라 트로이 시의 상업적 가치는 줄었지만, 문화적 가치는 증가했다.

기원전 480년 페르시아의 크세르크세스 대왕은 그리스 침공의 실패에 앞서 트로이의 아테나 신전에서 소 1000마리를 제물로 바쳤다(신화 속에서 그리스가 트로이를 침공했던 일을 복수한다는 명분도 일부 작용했다). 기원전 334년에는 《일리아스》를 베개 밑에 두고 지냈던 알렉산드로스 대제가 트로이에 상륙해 그 역시 페르시아를 침공하기 전에 희생제를 올렸으며, 아킬레우스의 봉분이 있는 곳으로 벌거벗은 채 달려갔다. 아테나의 신관들이 트로이 전쟁 시기의 것으로 추정되는 고대의 갑옷을 바치며 알렉산드로스 대제에게 같은 이름(파리스-알렉산드로스)을 지닌 사람의 소유였던 리라를 보여주겠다고 제안하자, 알렉산드로스 대제는 트로이에서 아킬레우스가 위대한 영웅들의 행적을 노래할 때 연주했다고 하는 리라를 더 보고 싶어 했다.

알렉산드로스는 세상에서 가장 큰 아테나 신전을 트로이에 건립할 계획을 품었으나 그 계획은 실행에 옮겨지지 못했다. 그럼에도 불구하고 그의 후계자들은 트로이를 개선하고 확장했으며 기존의 아테나 신전을 복구하고 아테네의 파르테논 신전 조각상들을 모방한 작품으로 신전을 채웠다. 또 극장을 새로 짓고, 종교 제전을 제정했다. 트로이는 율리우스 카이사르와 그가 입양한 아들 아우구스투스를 비롯한 후대의 로마 황제들에 의해 새롭게 조명 받으면서 번성했다. 카이사르의 율리이Iulii 가문은 그들의 선조가 율루스Iulus(또는 아스카니우스Ascanius)를 거슬러 올라가 아이네이아스와 안키세스까지 이어진다고 보았기 때문에 로마의 지배 계층은 조상들의 고향으로 인식했던 트로이에 많은 돈을 투자했다.

콘스탄티누스 황제는 콘스탄티노플로 수도를 정하기 전에 트로이를 후보지로 고려했었다. 비잔티움 제국이 들어선 이후 트로이는 차츰 세력이 약화되었다. 서기 1452년 '정복자'로 불리는 오스만 제국의 메흐메트Mehmet 2세는 십자군 전쟁에서 이긴 후 호메로스의 서사시에 나오는 그리스인들의 후손을 무찌른 승리를 자축하기 위해 트로이를 방문하기도 했다.

400년 동안 트로이는 사람들에게 거의 잊혔다가 1865년 영국 영사인 프랭크 캘버트Frank Calvert가 유적 발굴을 시작하면서 다시 떠올랐다. 그는 히사를리크Hisarlik('요새가 있던 곳') 언덕이 호메로스가 말한 트로이라는 기사를 믿고 부동산을 구매한 뒤 발굴을 시작했다. 고대의 신비에 빠져 있던 독일인 하인리히 슐리만은 6년 후 인근의 차나칼레Çannakale에서 우연히 캘버트와 얘기를 나누다가 그의 말에 솔깃해 유적 발굴 작업을 이어받았다. 유적 발굴에 자신의 많은 재산을 쏟아 부었던 슐리만은 자신도 알지 못하는 가운데 귀중한 고고학 유물들을 훼손했다. 이 지역에서는 그 후로 현재까지 유적 발굴이 진행 중이다.

신화의 배경: 트로이

주요 연대와 유적지

BC 3000년	트로이 1기 유적. 최초의 정착지가 형성되었다.
BC 2550~2300년	트로이 2기 유적. 성채와 아랫마을(화재로 파괴되었음)은 도시가 부유했음을 보여준다.
BC 1750~1300년	트로이 6기 유적. 성채에 정교한 주택들이 들어섰고, 아랫마을 규모가 30만 평방미터에 달했다. 도시가 화재로 일부 파괴되었다.
BC 1300~1180년	트로이 7a기 유적. 성채에 주택들이 추가로 들어섰고, 아랫마을이 확장되었다.
BC 1300년경	윌루사의 알락산두 왕이 히타이트와의 협정에 서명했다.
BC 1250년경	그리스와 히타이트가 트로이를 차지하기 위해 전쟁을 벌인 것으로 추정된다.
BC 1200년경	윌루사의 왈무 왕이 일시적으로 축출 당했다.
BC 1180~950년	트로이 7b기 유적. 다른 민족이 이주해 들어온 흔적이 있다.
BC 480년	크세르크세스 대제가 아테나 신전에서 희생제를 올렸다.
BC 334년	알렉산드로스 대제가 트로이에서 희생제를 올렸다.
BC 85년	로마의 핌브리아 장군이 트로이를 함락했고, 술라 장군이 도시를 복구했다.
BC 48년	율리우스 카이사르가 트로이를 방문하고 토목 사업에 착수했다.
BC 20년	아우구스투스가 트로이를 방문해 아테나 신전과 극장을 재건했다.
AD 318년경	콘스탄티누스가 트로이를 동방의 수도로 삼는 방안을 고려했다.
AD 1452년	오스만 제국의 '정복자' 메흐메트 2세가 트로이를 방문했다.
AD 1865년	프랭크 캘버트가 이 지역 토지를 구입하고 유적 발굴 사업을 시작했다.
AD 1871년	하인리히 슐리만이 유적 발굴 사업을 인수했다.

트로이 유적지는 차나칼레 남서쪽 E87번 도로에서 조금 떨어진 밀밭 사이 평평한 대지에 있다. 주차장(목마 모형이 눈에 띈다)에서 길을 따라 옛 유적 발굴 사무소(지금은 유적지 모형과 사진들을 소장하고 있는 작은 박물관)를 지나면 갈림길이 나오는데 오른쪽으로 가면 멋진 풍경을 감상할 수 있는 곳이 나온다. 계단(왼쪽)을 오르면 정교한 성벽과 동문(트로이 6기 유적지)이 있다. 여기서 지정된 통로를 따라가면 로마 시대의 제단이 있는 아테나 신전이 나오는데, 다르다넬스 해협 방향으로 펼쳐지는 전경이 볼 만하다.

초기의 성벽(트로이 1기 유적지)과 주택(트로이 2기 유적지) 유적들이 나온 뒤 슐리만이 파놓은 도랑을 따라 빙 둘러 가면 거대한 경사로에 이른다. 이곳을 오르면 트로이 2기의 성채 안으로 들어서게 되며, 트로이 6기에 확장된 성벽도 보인다. 성벽 너머에는 신전 터가 있다. 여기서 유적지 입구 쪽으로 되돌아가는 길을 따라가면 로마의 오데온(음악당)과 불레우테리온(시의회 회의실)을 지나치게 된다. 두 건물 사이에는 호메로스의 작품에 나오는 스카이아이 문Scaean Gate으로 보이는 비좁은 성문이 제단을 마주하고 있는 탑처럼 우뚝 솟아 있다. 수풀이 우거진 지역 밑으로는 아킬레우스의 묘로 알려진 봉분을 볼 수 있는 아랫마을 유적지가 있다. 이 글을 집필하고 있던 시점에 주변 자연과 유적지를 조화롭게 개발하기 위한 생태 공원 조성 계획이 추진되고 있었다.

트로이에서 발굴된 일부 유적들은 이스탄불 고고학 박물관에 소장되어 있다. 특히 '헬레네의 보석들'을 비롯한 일부 유물들은 기나긴 여정의 현대판 모험을 거쳤다. 슐리만에 의해 독일로 옮겨진 이 유물들은 베를린의 국립박물관에 보관되었으며, 제2차 세계대전이 발발하자 베를린 동물원 지하 금고에 안전하게 보관되었다. 종전 후에 이 유물들은 종적을 감췄는데, 1993년 붉은 군대가 그것들을 러시아로 가져간 사실이 드러났다. 지금은 모스크바의 푸시킨 박물관에서 관람할 수 있다.

21

이타카 :
오디세우스의 방랑

나는 라에르테스의 아들 오디세우스올시다! 지략으로 모든 이에게 알려졌으며
내 명성은 이미 하늘에 닿았소. 멀리서도 잘 보이는 이타카가 내 고향이오.
이 섬에는 네리톤이라는 산이 하나 있는데 무성한 나무들이 바람에 바스락거리는
이 산은 아주 멀리서도 또렷이 보인다오. 우리 섬 주위에도 여러 섬들이
다닥다닥 붙어 있소. 둘리키온과 사메와 숲이 우거진 자킨토스 말이오.
대체로 야트막한 지형의 이타카 섬은 해가 지는 서쪽으로 가장 멀리 자리 잡고 있고
다른 섬들은 동쪽 떠오르는 태양을 향해 서로 떨어져 있지요.
이타카는 바위투성이 섬이지만 젊은이들에게 좋은 유모지요.

— 호메로스, 《오디세이아》, 9권 21행 이하

선착장에 정박 중인 요트의 삭구가 출렁이는 파도를 따라 요트의 높은 돛대에 부딪히며 리듬을 탄다. 죽 늘어선 항구 카페. 카페의 나무 테이블 위에는 황토색 천이 덮여 있고 그 위에 빳빳하고 하얀 테이블 리넨이 정돈되어 있다. 포크와 칼이 접시에 부딪는 소리가 들린다. 페인트칠을 새로 한 지 얼마 되지 않은 주택들, 연파랑 색깔의 담벼락과 짙푸른 색깔의 셔터, 그리고 정오의 햇살에 은은히 빛나는 주황색 기와들이 눈에 들어온다. 시계탑이 붙어 있는 마을회관에는 따듯한 산들바람에 그리스 국기가 한가롭게 펄럭이고, 관광 상품을 파는 상점의 열린 문으로 흥겨운 음악이 흘러나온다. 이타키(즉, 이타카) 섬의 수도 바티 항구는 고즈넉한 바티 만에 자리 잡고 있으며, 뒤쪽은 숲이 우거진 산들에 둘러싸여 있다.

바닷가에는 너덜너덜한 차림에 볼이 움푹 파인 인물의 조각상 하나가 바티 만 건너 니리토스 산Mount Niritos을 응시하고 있다. 그는 바로 오랜 항해로 지친 오디세우스다. 불굴의 의지로 여기에 도착해 마침내 자신의 고향을 찾았다는 확신에 찬 모습이다. 하지만 이타키와 그리스 신화에 나오는 이타카가 동일한 장소인지는 확실치 않다. 섬의 위치와 지형이 《오디세이아》에 묘사된 내용과 일치하는 대목이 거의 없기 때문이다. 바티 항구의 레스토랑들은 주변 풍경을 감상하며 사색에 잠기기에 좋은 장소이지만, 우리가 진짜로 오디세우스의 이타카에 당도한 것인지 확신하려면 물거품이 이는 바다와 씨름했던 오디세우스처럼 여전히 갈 길이 먼 듯하다.

노여워하는 자

오디세우스는 섬을 다스리던 왕가의 후손으로 이 집안의 왕들은 대대로 외동아들이었다. 그 혈통에 대해서는 대부분 정확하게 알려지지 않았다. 오디세우스의 조부로 추정되는 아르키시오스Arcesius는 제우스의 아들이었다는 설도 있고, 영웅 케팔로스의 아들이었다는 설도 있다. 아테네 사람이었던 케팔로스는 새벽의 여신 에오스의 애인이 되었으나 이를 기뻐하지 않았고 관계는 오래 지속되지 못했다. 비극적이게도 케팔로스는 사냥하던 중 자신이 정말로 사랑하던 애인 프로크리스Procris를 실수로 죽이고 만다

(프로크리스는 크노소스의 왕인 미노스와의 불륜을 끝내고 케팔로스에게 돌아온 터였다). 케팔로스가 애인의 얄궂은 운명을 슬퍼하자 신탁을 전하는 신관이 그에게 처음 만나는 것과 동침하라고 했다. 케팔로스가 처음 맞닥뜨린 것은 암곰이었고, 관계를 맺자마자 암곰은 즉시 아름다운 여인으로 변신했다. 이 여인이 바로 아르키시오스의 어머니다. 훗날 케팔로스가 암피트리온을 도와 미케네를 약탈하던 타포스인들을 물리친 대가로 받은 섬은 그의 이름을 따서 케팔로니아라 불린다. 지금의 이타키 섬 서쪽에 있다.

아르키시오스는 칼코메두사('구리를 잘 다루는')와 결혼해 라에르테스를 낳았다. 라에르테스 왕은 《오디세이아》에서 자신이 "본토의 해안에 있는 튼튼하게 지은 도시" 네리코스까지 점령해 이타카의 영토를 넓혔음을 회상하기도 했다. 라에스테스는 헤르메스의 아들이자 악명 높은 사기꾼이었던 아우톨리코스의 딸 안티클레이아와 결혼했지만, 아내가 다른 사람의 아들을 낳았다는 소문을 들어야 했다. 소문의 근원은 안티클레이아가 아버지인 아우톨리코스와 함께 델포이에 살았을 때 아버지가 코린토스 왕 시시포스의 소 떼를 훔쳤던 사건으로 거슬러 올라간다. 시시포스 역시 상습적인 사기꾼이었는데, 그가 자신의 소 떼를 추적해 아우톨리코스의 외양간을 찾아 교묘한 솜씨로 소 떼를 되찾고 안티클레이아의 동의하에 혹은 강제로 동침했다는 것이었다.

자신의 손자를 보기 위해 배를 타고 이타카로 떠난 아우톨리코스를 호메로스는 이렇게 노래했다.

저녁 식사를 마친 후 에우리클레이아 [아기의 유모]가 그의 무릎에
아기를 올려놓으며 이렇게 말했다.
"아우톨리코스님, 그토록 오랜 세월 기다리시던 손자를 보셨으니
마땅히 아기 이름을 지어주셔야지요. 아우톨리코스가 대답했다.
"내 사위와 딸이여! 이 아기에게 내가 지은 이름을 붙여주도록 하라.
나는 남자든 여자든 풍요로운 대지 위의 많은 사람들을 향해 노여움을
지녔노라. 그런즉 이 아기에게 오디세우스, 즉 '노여워하는 자'라는

이름을 붙여주도록 하라. 이 아기가 성년이 되거든 내가 재산을
축적해 놓은 저기 파르나소스에 있는 제 어미의 고향에 보내거라.
그러면 내가 재산 일부를 그에게 주어 그가 흐뭇한 마음으로
돌아가게 할 것이다.”

때가 되어 오디세우스가 파르나소스 산을 향해 여행을 떠났고, 거기
서 숙부들과 함께 멧돼지 사냥에 나섰다. 하지만 오디세우스가 바싹 뒤쫓
아 창으로 찔렀을 때 죽어가던 멧돼지가 그 엄니로 오디세우스의 다리를
찢어 깊은 상처를 입혔다. 숙부들이 달려와 조카를 도와 상처를 묶고 주문
을 읊으며 집으로 데려왔다. 상처는 치유되었으나 흉터(그리스어로 ‘울레’)
가 남았다. 이 상처 때문에 그에게는 ‘율리시스’라는 별명이 붙었다.

참전을 기피했던 영웅
오디세우스는 머리가 똑똑한 것으로 유명했다. 따라서 호메로스는 ‘지략
이 뛰어난’(폴리메티스)이라는 수식어를 자주 사용했다. 오디세우스의 조언
덕분에 스파르타의 틴다레오스 왕은 구혼자들에게 누가 헬레네의 남편이
되든지 헬레네가 부정을 저지를 경우 그 남편을 도와주기로 맹세할 것을
요구했다. 이 맹세 때문에 트로이 전쟁이 시작되었고, 오디세우스 자신도
오랜 세월 집을 비우게 되었다.
　틴다레오스는 조언을 들려준 대가로 자신의 질녀인 페넬로페를 오디
세우스와 결혼시켰다. 페넬로페 역시 평범치 않은 유년기를 보냈다. 일설
에는 페넬로페가 태어났을 때 아버지인 이카리오스가 딸을 바닷물에 빠뜨
려 죽이려고 했으나 한 무리의 오리들이 딸아이를 구하자 이카리오스는
노여움을 풀고, 딸아이를 구한 새(그리스어로 페넬로페스)의 이름을 따서 딸
아이를 페넬로페라고 불렀다고 한다. 또 다른 설에는 (그의 아들 팔라메데스
가 트로이에서 죽은 것에 앙심을 품은) 나우플리오스에게 오디세우스가 죽었다
는 거짓 소식을 전해들은 페넬로페가 물에 빠져 죽으려고 하자 오리 떼가
구해주었다고 한다.

오디세우스는 축복 받은 결혼 생활을 상상하며 자신의 침대를 만들기도 했다. 생기 넘치는 어린 올리브나무 주위에 황금과 은으로 장식하고, 밧줄로 묶고, 진홍빛 쇠가죽으로 덮은 놀라운 침대를 만들었다. 그는 가지들을 쳐내고 그 줄기를 침대 기둥으로 삼았다. 시간이 지나 부부는 텔레마코스('멀리서 싸우는 이')라는 아들을 얻었다. 하지만 곧 전쟁의 북소리가 그리스 전역에 울려 퍼졌다. 헬레네가 파리스와 함께 트로이로 달아났고, 아가멤논은 헬레네를 되찾기 위해 군대를 소집했으며, 이제 메넬라오스와 아르고스에 인접한 나우플리온의 지혜로운 왕 팔라메데스가 오디세우스를 데려가려고 이타카에 왔다. 오디세우스는 이 전쟁이 오래 걸릴 것을 알았다. 그래서 그는 실성한 사람처럼 행동했다. 그는 소와 당나귀에 멍에를 씌우고 쟁기를 끌게 하여 해변에서 고랑을 파고 거기에 소금을 뿌렸다. 이를 수상쩍게 여긴 팔라메데스는 텔레마코스를 요람에서 빼내 와서 쟁기가 땅을 헤집고 지나갈 길목에 내려놓았다. 오디세우스는 (자식을 죽일 수 없어) 고삐를 잡아당겨 소와 당나귀를 세웠고, 전쟁에 참전해야 하는 것을 피할 수 없는 운명으로 받아들였다. 그가 트로이를 향해 출항할 때 그의 애완견 아르고스는 주인이 떠나는 모습을 보고 칭얼거리며 울었다.

오디세우스가 없는 이타카

트로이 전쟁이 마침내 끝났으나 그리스 군의 귀향, 특히 오디세우스의 귀향은 폭풍과 신들의 방해로 난항을 겪었다. 여러 해가 지나도록 그가 돌아오지 않자 사람들은 대부분 오디세우스가 죽었다고 생각했다. 페넬로페만은 희망을 버리지 않았지만, 구혼자들이 파리 떼처럼 이타카에 몰려들어 자기 신부가 되어줄 것을 요구하자 시험에 들었다. 구혼자들은 게걸스럽게 음식을 먹어치우고 흥청망청 포도주를 마시며 여종들을 희롱하는 끔찍한 행패를 부렸다.

그들의 행패에 시달리며 구애를 전부 거절하던 페넬로페는 마침내 오디세우스의 아버지 라에르테스, 곧 시골 농장에 살고 있는 시아버지를 위해 짜던 수의를 완성하게 되면 누구와 결혼할지 결정을 내리겠다고 선언

이타카 : 오디세우스의 방랑

했다. 페넬로페라는 이름이 지닌 또 다른 의미가 '씨실-얼굴'(pēnē, '씨실'과 ops, '얼굴')이었다. 하지만 수의는 좀처럼 완성되지 않고 시간만 흘렀다. 3년이 지나 한 여종이 그 이유를 폭로했다. 페넬로페가 낮에는 베틀 앞에 앉아 수의를 짜고, 밤이 되면 짜놓았던 옷의 바늘땀을 다시 풀어놓았던 것이다. 재혼해서 망해가는 집안을 구하고 싶은 욕망과 오디세우스가 기억하는 아내의 모습에 충실하고 싶은 바람 사이에서 갈등하던 페넬로페는 이제 될 대로 되라며 체념했다.

여기까지가 호메로스가 우리에게 전하는 이야기다. 하지만 페넬로페의 정숙함에 대해 핀다로스는 조금 다른 견해를 보인다. 그는 페넬로페가 아폴론과 동침해 전원田園의 신인 판을 낳았다고 주장했다. 다른 설에는 헤르메스와 동침해 판을 낳았다고도 한다. 심지어 구혼자들 112명과 동침했다고 주장하는 설도 있다. 이런 까닭에 아들의 이름이 판('전부')이라는 것이다. 이 때문에 이타카에 돌아온 오디세우스는 아내를 그리스 본토에 있는 처가로 추방했다. 하지만 대부분의 신화에서 페넬로페는 정숙함을 상징하는 인물로 묘사되었다.

텔레마코스가 장성하자 이에 위협을 느낀 구혼자들은 그를 살해할 계획을 꾸몄다. 하지만 아테나 여신이 그의 스승 멘토르Mentor로 가장하고 나타나서 텔레마코스에게 오디세우스의 운명을 마지막으로 확인해볼 것을 제안했다. 그래서 텔레마코스는 흰 돛을 달고 바다로 떠났다. "어두운 파도가 용골 주위에서 큰소리로 노래했다." 그는 배를 타고 먼저 필로스로 항해했고, 이어서 스파르타로 향했다. 이타카에 돌아왔을 때 텔레마코스는 과거에 왕족이었기에 상당한 총애를 받고 있던 돼지치기 에우마이오스Eumaeos에게 달려가 소식을 알렸다. 그는 텔레마코스를 껴안았다.

> 그의 머리와 사랑스러운 눈, 그리고 두 손에 입 맞추며
> 눈물을 뚝뚝 흘렸다. 자애로운 아버지가 10년째 되는
> 해에 머나먼 땅에서 돌아온 그의 사랑스러운 아들,
> 그에게 많은 슬픔을 안겨주었던 사랑하는 독자를 반기듯이 그렇게

고상한 돼지치기는 신과 같은 텔레마코스를 껴안고 마치
죽음을 모면하기라도 한 듯 그에게 입 맞추었다.

에우마이오스가 피워놓은 난로 곁에는 갖은 풍상을 겪은 듯 누더기
차림의 한 사내가 앉아 있었다. 그는 텔레마코스를 온전히 신뢰할 수 있게
되고 나서야 자신의 정체를 밝혔다. 바로 오디세우스였다. 아버지가 마침
내 돌아온 것이었다. 그가 집에 돌아와서 벌어진 이야기 역시 유명하다.

오디세우스의 험난한 귀향길

트로이를 약탈한 이후 오디세우스는 열두 척의 배를 이끌고 키코네스인들
이 사는 땅을 향해 떠났다. 거기서 그는 도시를 약탈하고 여인들을 노예로
삼았다. 그런데 (이후에도 반복되는 일이지만) 부하들이 지시한 대로 재빨리
탈출할 생각은 하지 않고 흥청망청 만찬을 즐기며 시간을 끌었다. 그 사이
에 내륙에서 파견된 키코네스 병사들이 새벽에 습격해오자 그리스인들은
심각한 타격을 입고 나서 겨우 달아났다.

남하하던 그리스 군 함선들이 폭풍을 만나 난파되고, 오디세우스의
배들도 어쩔 수 없이 해안에 상륙했다. 다시 항해를 시작한 오디세우스 일
행은 말레아 곶을 지나칠 때 바람과 해류에 떠밀려 항로에서 이탈한 후 현
실계를 벗어난 신화 속 영토에 상륙하게 되었다. 연꽃 열매를 먹고 사는 종
족의 평화로운 영토를 잠시 방문하는 동안 많은 선원들이 "꿀처럼 달콤한
연꽃 열매"의 최면 효과에 취해 얼이 빠져 있자 오디세우스는 강제로 선원
들을 끌고 배가 있는 곳으로 돌아갔다.

그들은 다음으로 이보다 훨씬 운수 사나운 곳인 키클롭스의 영토에
다다랐다. 문명화되고 세련된 그리스인과는 정반대로 키클롭스는 법이
나 의사결정 협의체도 없이 섬에서 그들끼리 모여 살았다. 그들은 고향에
서 멀리 떠나온 이방인들을 우호적으로 접대하는 '크세니아xenia'('손님을
친절하게 대접하기')라는 그리스인의 문화를 존중하지도 않았다. 오디세우
스는 부하 열두 명을 데리고 키클롭스들이 사는 동굴 중 한 곳에 들어갔다.

신속하게 식량만 약탈해서 재빨리 떠나자던 애초의 계획을 무시한 채 오디세우스는 그곳에서 발견한 치즈를 즐기며 꾸물거렸다. 하지만, 그것은 경솔한 판단이었다. 폴리페모스('수다쟁이')라는 키클롭스가 양 떼를 몰고 동굴로 들어온 다음에 거대한 바위로 동굴 입구를 막아버린 것이다. 그런 후 그리스인들이 동굴에 들어온 사실을 알아챈 폴리페모스는 퉁명스럽게 정체를 묻더니 두 명을 붙잡아 머리를 바숴버리고 잡아먹었다. 바위 때문에 탈출이 불가능했던 오디세우스는 속수무책이었다. 이튿날 아침 폴리페모스가 인육으로 아침 식사를 하고 외출한 틈을 타 오디세우스는 한 가지 계략을 세웠다.

그날 밤 폴리페모스가 돌아와 부하 두 명을 더 잡아먹고 나자 오디세우스는 폴리페모스에게 가죽 부대에 담긴 독한 적포도주를 내밀었다. 평소 술을 입에 대지 않던 키클롭스가 포도주를 받아 마시며 오디세우스에게 이름을 물었고, "내 이름은 '아무도 아니다'"라는 오디세우스의 이상한 답변을 듣고도 즐겁게 웃고 더 이상 따지지 않았다. 그러다가 술에 취해 곯아떨어졌다. 다음 날 아침 오디세우스 일행은 한쪽 끝을 날카롭게 깎아서 숨겨 두었던 말뚝을 서둘러 가져와서 그 끝을 불에 달궜다. 그런 뒤 잠들어 있는 폴리페모스의 외눈에 쑤셔 박았다. "그러자 말뚝 주위로 뜨거운 피가 솟구쳐 나왔다. 안구가 터지며 불기운에 눈썹과 눈꺼풀이 타버렸고, 안구는 불 속에서 그 뿌리까지 치직 소리를 내며 탔다."

폴리페모스가 고통스러워하며 비명을 지르자 동굴 밖 멀리서 키클롭스들이 무슨 일이 있는지 물었다. 그러자 그는 "나를 공격하는 놈은 '아무도 아니다'"라고 소리쳤다. 그러자 동굴 밖에서 키클롭스들이 "아무도 그대를 공격하고 있는 게 아니라면, 그대의 고통은 제우스께서 일으키신 게 분명하니 그 고통은 견뎌야만 할 것이네. 우리 아버지이신 포세이돈께 도움을 구하시게!" 오디세우스의 잔꾀로 인해 키클롭스들 간에 대화가 제대로 이뤄지지 않은 것이다. 그리스어로 '아무도 아니다'는 본래 '우티스outis'이지만 간혹 (여기에 사용된 용례처럼) 그 형태가 '메-티스me-tis'로 바뀌기도 한다. 따라서 오디세우스에게 붙는 수식어는 폴리메티스polymētis의 '메티스'

와 어원은 다르지만 소리가 비슷하다. 그러니까 키클롭스의 대답은 "만약 그대가 맞서고 있는 자가 지략이 뛰어난 이라면"으로 해석할 수 있는 여지가 남는다. 이것은 서구 문학에 등장하는 최초의 말장난인 셈이다.

이튿날 폴리페모스가 양들에게 풀을 먹이려고 동굴 밖으로 나서려 하자 그리스인들은 양의 배 밑에 달라붙어 앞이 보이지 않는 폴리페모스의 서투른 손길을 피해 탈출했다. 일단 바다로 나오자 오디세우스는 폴리페모스를 조롱하며 자신을 "이타카에 사시는 라에르테스의 아들, 도시의 파괴자인 오디세우스"라고 소개했다. 현명하지 못하게 상대가 저주를 퍼붓는 데 필요한 정보를 모두 제공한 셈이었다. 폴리페모스는 당연히 포세이돈 신을 부르며 이렇게 간청했다. 오디세우스가 귀향하지 못하게 막든지,

기원전 530~510년경의 흑화식 항아리.
날카롭게 깎은 말뚝을 오디세우스가
폴리페모스라는 키클롭스의 눈에 쑤셔 넣고 있다.

아니면 자기 부하들을 모두 잃고 오랜 세월이 흐른 뒤에 낯선 사람의 배에 실려 이타카에 가게 해 달라고 말이다.

바람의 신과 마법사, 그리고 세이레네스의 유혹

오디세우스 일행은 초현실적인 괴물들과 부딪히며 갈수록 더 악몽 같은 항해를 하게 된다. 바람의 지배자 아이올로스Aeolos를 만난 오디세우스는 모든 바람을 가둬놓은 가죽 부대를 선물로 받았다. 단, 그를 안전하게 고향으로 데려갈 온화한 서풍만은 빠져 있었다. 하지만 섬사람들이 불을 피우고 있는 모습이 눈에 보일 만큼 이타카에 근접했을 때 부하들이 (가죽 부대에 금은보화가 있으리라고 생각한 나머지) 오디세우스가 잠들어 있는 사이에 가죽

기원전 450년경 아티카의 적화식 항아리.
이탈리아 벌치에서 발견되었다. 돛대에 묶인 채
세이렌들의 노래를 듣고도 홀로 살아남은
오디세우스의 모습이 그려져 있다.

부대를 열어버렸다. 그러자 안에 갇혀 있던 돌풍이 빠져나오면서 일행은 다시 멀리 바다 한가운데로 떠밀려갔다.

오디세우스 일행이 다음으로 도착한 곳은 라이스트리고네스족 Laestrygonians이 사는 섬이었다. 한밤중에 태양이 뜨는 기이한 이 섬에서는 무시무시한 거인들이 나타나 높은 절벽으로 둘러싸인 항구에 정박한 오디세우스 일행을 포위했다. 그들은 마치 꼬챙이로 물고기를 꿰듯 오디세우스의 부하들을 작살로 꿰어 "끔찍한 만찬"을 즐기기 위해 가져갔다. 오디세우스와 배 한 척만이 간신히 아이아이에 섬으로 탈출했다. 하지만, 오디세우스는 이 섬이 헬리오스의 딸이자 메데이아의 고모인 마법사 키르케의 고향이라는 것을 알지 못했다. 정찰을 나갔던 부하들 중 돌아온 사람은 한 명뿐이었다. 길들인 사자와 늑대에 둘러싸인 키르케가 오디세우스의 부하들을 돼지로 변신시켜버린 것이다. 오디세우스가 사태를 파악하려고 달려왔을 때 헤르메스가 그에게 키르케의 마법으로부터 보호해줄 '몰리'라는 마법의 약초를 주었다. 헤르메스의 조언에 따라 오디세우스는 자기를 해치지 않고 부하들도 회복시켜주겠다는 약속을 키르케에게서 받아냈다. 그러고 나서 그들은 키르케가 베푼 접대를 만끽했다. 떠날 때가 되자 키르케는 오디세우스에게 저승에 있는 테베의 장님 예언자 테이레시아스의 혼백을 찾아가 신탁을 들으라고 조언했다.

그들은 오케아노스의 경계를 지나서 안개에 둘러싸인 땅으로 항해를 떠났다. 그곳에서 그들은 신에게 바치는 술을 붓고 제사를 올리며 죽은 자들의 혼백을 소환했다. 그러자 테이레시아스가 모습을 드러내어 오디세우스에게 헬리오스의 신역인 트리나키아 섬에 사는 가축을 한 마리라도 죽인다면 무서운 재앙이 닥칠 것이라고 경고했다. 하지만 이 금기사항은 지키기 어려운 조건이었다.

오디세우스는 아이아이에 섬에 잠시 들른 다음 새로운 도전에 맞서 항해를 계속했다. 첫 번째 난관은 절반은 새이고 절반은 여인인 세이렌들과 맞닥뜨려 살아남는 것이었다. 세이렌들은 "사람의 뼈 무더기가 놓인 풀밭에 앉아 있었고, 썩어가는 시체의 뼈에 붙은 살들이 햇볕에 쪼그라들고

　　　　　　　　　　　　　　이타카 : 오디세우스의 방랑

있었다." 세이렌들의 노랫소리는 저항할 수 없는 마력이 있어서 "누구든지 위험한 줄도 모르고 세이렌들에게 다가가 그들의 목소리를 들었다가는 집에 영원히 돌아가지 못할 테니, 아내와 어린 자식들이 그의 곁에 모여 기뻐할 일은 없을 것이다. 세이렌들이 천상의 노래로 그를 현혹하기 때문이다." 키르케의 조언을 따라 오디세우스는 자신을 돛대에 묶으라고 부하들에게 지시했고, 부하들에겐 밀랍으로 귀를 틀어막게 했다. 그렇게 해서 오디세우스의 배는 무사히 그 지역을 통과할 수 있었고, 오디세우스는 세이렌들이 있는 바위에 뛰어내리고 싶은 욕망을 참을 수 없어 몹시 괴로웠지만, 그들이 내는 천상의 노래를 듣고도 살아남은 유일한 사람이 되었다.

다음으로 그들이 도착한 곳은 어느 해협이었다. 이 해협의 한쪽에는 카리브디스Charybdis라는 치명적인 소용돌이가 돌고 있었고, 다른 한쪽에는 흉포한 스킬라Scylla가 있었다. 절벽에 난 은신처에 웅크리고 있던 스킬라는 지나가는 상어, 돌고래, 선원들을 잡아먹는 괴물이었다. 조타수는 카리브디스를 피하려고 방향을 돌렸으나 스킬라의 아가리를 향해 배를 몰아간 격이었다. 갑자기 개의 머리가 여섯 개나 포물선을 그리며 나타나더니 정확히 선원들을 낚아채어 무시무시한 은신처로 데려갔다. 나머지 선원들은 있는 힘껏 계속 노를 저어 달아났다. 그때 저 멀리 트리나키아 섬에서 소의 울음소리가 들려왔다.

지친 선원들은 섬에 상륙할 것을 주장했고, 섬에 상륙하자 그날 밤부터 폭풍이 불어 닥쳤다. 폭풍은 한 달 내내 지속되었고, 보급품은 점점 바닥을 드러내기 시작했다. 결국 오디세우스가 잠들어 있는 동안 부하들이 헬리오스 신의 품질 좋은 소 떼를 도살했다. 그들이 소고기를 요리할 때 "껍질들이 땅을 기어 다니는가 하면, 꼬챙이에 뀐 고기들이 날것이나 구운 것이나 모두 소의 울음소리 같은 큰 소리를 냈다." 한 주가 지나 폭풍이 진정되자 그들은 다시 항해를 떠났다. 하지만 대양 가운데서 제우스가 배 위로 짙은 먹구름을 모으자 폭풍이 맹렬히 불어와 돛대를 부러뜨렸고, 벼락이 떨어져 배를 산산이 부숴버렸다. 오디세우스만이 배의 파편에 매달려 살아남았다. 아흐레가 지나 그는 파도에 떠밀려 님프인 칼립소의 고향인

오기기아 섬에 도착했다.

칼립소와 나우시카와의 만남

아틀라스의 딸인 칼립소('숨기는 자')는 동굴 속에서 베틀을 놓고 천을 짜며 노래 부르는 것으로 나날을 보내고 있었다. 그 동굴 주위에는 온갖 생물들이 평온하게 살아가고 있었다.

> 오리나무, 백양나무, 향기로운 삼나무가 자라고, 부엉이와 매,
> 바다 위에서 부지런히 일하며 지저귀는 바다오리 같은
> 날개가 긴 새들이 둥지를 치고 있었다. 속이 빈 동굴 둘레에는
> 포도나무 덩굴이 무성하게 뻗어 있고, 거기에는
> 포도송이들이 주렁주렁 달려 있었다. 그리고 맑은 물이
> 거품을 일으키며 솟구치는 샘 네 개가 나란히 흐르되 제각기
> 다른 방향으로 흘렀다. 그리고 온통 제비꽃과 셀러리가
> 만발한 부드러운 풀밭으로 둘러싸여 있었다.

칼립소는 이 낙원 같은 섬에 오디세우스를 7년이나 붙들어 두고, 자기만 사랑해준다면 불멸의 젊음을 주겠노라고 제안한다. 하지만 이타카로 돌아가 페넬로페를 만나고 싶은 오디세우스의 마음에는 변화가 없었다. 그는 해변에 앉아 생각에 잠긴 채 많은 시간을 보냈다. 그러던 중 헤르메스가 제우스의 전언을 갖고 도착했다. 칼립소는 오디세우스를 보내주어야만 했다. 이제 오디세우스의 유랑은 막바지에 이르렀다.

오디세우스는 뗏목을 만들어 타고 고향을 향해 출발했고, 포세이돈이 에티오피아 제전에서 돌아오기 전까지는 항해가 순조로웠다. 하지만 오디세우스를 본 포세이돈이 폭풍을 일으켰다. 레우코테아(한때 테베의 공주 이노였던 하얀 여신)만이 오디세우스를 구할 수 있었다. 바닷새로 변신한 여신은 그를 마법의 베일로 감쌌다. 부서진 뗏목에서 뛰어내린 오디세우스는 이틀 밤낮을 헤엄쳐서 해안가에 도착해 백사장 위로 기어 올라갔고, 풀밭

에 들어가 곯아떨어졌다. 그가 도착한 섬은 포세이돈을 섬기며 항해술이 뛰어난 파이아케스족의 왕 알키노오스가 다스리는 평화로운 스케리아 섬이었다.

다음 날 아침 한 무리의 아가씨들이 해변에 와서 옷을 씻고 공을 차며 놀았다. 여자들의 소리에 깨어난 오디세우스는 벌거벗은 몸으로 일어나 아가씨들이 있는 곳으로 다가갔다. 오직 알키노오스('정신력이 강한 자') 왕의 딸 나우시카Nausicaa만이 꿋꿋하게 서 있었다. 오디세우스는 나우시카를 보고는 델로스 섬의 어린 야자수가 떠오른다는 감언을 했고 이에 넘어간 나우시카는 그를 도와주겠다고 했다. 그렇게 왕궁에 도착한 오디세우스는 아직 그의 정체를 알지 못하는 아레테('미덕') 왕비에게 간청한 뒤 음식과 포도주를 제공받았고, 경기에 참여하라는 권유를 받기도 했다. 눈이 먼 궁정시인 데모도코스가 약탈당한 트로이에 대해 노래할 때 이를 듣고 있던 오디세우스가 눈물을 흘리자 알키노오스는 그의 진짜 정체에 의혹을 품고 질문을 던졌다. 그러자 오디세우스는 자신의 모험담을 들려주었다.

나우시카를 신부로 주겠다는 제안도 마다하고 오디세우스가 고향에 돌아가고 싶어 하자 알키노오스는 오디세우스를 위해 배를 준비하고 많은 선물(세발솥 열세 개를 비롯해)을 안겨주었다. 오디세우스는 오랜 방랑을 끝내고 고향으로 돌아가는 마지막 항해를 시작했다. 이타카에 도착하고 나서 선원들은 잠이 든 오디세우스를 해안가에 옮기고, 선물들은 동굴에 감춰 두었다. 그런 뒤 선원들은 다시 스케리아 섬으로 돌아갔는데, 오디세우스를 도운 사실에 분노한 포세이돈이 그들의 배가 항구에 접근하자 돌로 변신시켰다. 한편, 오디세우스는 거지로 변장하고서 돼지치기 에우마이오스의 오두막을 찾아갔고, 거기서 텔레마코스와 상봉했다.

이타카에 도착한 오디세우스

오디세우스는 거지로 변장한 채 왕궁에 들어갔다. 늙고 허약한 아르고스라는 개만이 그를 알아보았다. 아르고스는 마지막으로 주인을 보게 된 반가움에 귀를 눕히고 꼬리를 흔들다가 곧 숨을 거두었다. 한편 오디세우스는 페넬로페의 구혼자들에게 돈을 구걸하다가 얻어맞고 조롱을 들었다. 하지만 페넬로페는 새로 들어온 이 손님에게 흥미를 느끼고 자신의 숙소로 불러들였다. 오디세우스는 당장이라도 자신의 정체를 밝히고 싶은 마음이었으나 이를 꾹 참았다. 페넬로페가 "남편이 곁에 앉아 있는 줄도 모르고 그를 그리워하며" 울자, 오디세우스는 자신을 크레타 섬의 왕자라고 소개하며 트로이 전쟁이 시작되기 전부터 오디세우스를 알고 지낸 사이였다고 말했다. 그러고는 오디세우스가 곧 집에 돌아올 것이라는 말을 덧붙였다.

과거 오디세우스를 길렀던 노쇠한 유모 에우리클레이아는 페넬로페의 지시를 받아 그를 목욕시켰다. 유모는 그를 목욕시키다 오디세우스가 파르나소스 산에서 멧돼지 사냥을 하다가 입은 등의 상처를 알아보았다. 오디세우스는 유모에게 함구령을 내리고 페넬로페를 다시 만났다. 페넬로페는 오디세우스에게 독수리 한 마리가 자신이 기르는 거위들을 죽이는 꿈을 꾸었다고 얘기했다. 오디세우스가 생각하기에 꿈의 의미는 분명해 보였다. 거위들은 구혼자들이고 독수리는 오디세우스였다.

이튿날 구혼자들의 요구에 지친 페넬로페는 누구든지 오디세우스의 활에 시위를 얹어 일렬로 죽 늘어놓은 도끼 손잡이의 구멍들을 단번에 관통시킨 사람과 결혼하겠다고 선언했다. 하지만 구혼자들은 활을 구부려 시위를 얹지도 못했다. 그러자 거지로 위장한 오디세우스가 한번 시도해 보겠노라며 나섰다.

리라를 능숙하게 다루는 가수처럼 전혀 힘들이지 않고
줄감개에 새 현을 감아 돌려서 양의 내장을 잘 꼬아 만든
줄의 양 끝을 팽팽하게 늘이듯 오디세우스는 힘들이지 않고
큰 활의 시위를 얹었다. 그러고서 오른 손에 활을 들고 시위를
당겨보았다. 그러자 시위는 제비 같은 소리를 냈다.

텔레마코스와 에우마이오스 곁에 선 오디세우스는 구혼자들을 활로

쏘아 쓰러뜨렸다. 그러고는 구혼자들과 공모했던 시종들에게 지시해 연회장을 깨끗이 문지르고 닦게 만든 뒤 그들 역시 교수형에 처했다.

페넬로페와 극적인 재회를 나눈 오디세우스는 서둘러 아버지 라에르테스가 계시는 농장으로 갔다. 그런데 오디세우스에게 목숨을 잃은 구혼자들의 일가친척이 이곳을 공격해 전투가 벌어졌다. 《오디세이아》는 이두 집단이 계속 전쟁을 벌이자 아테나 여신이 개입해 강제로 평화 협정을 맺게 하는 것으로 이야기가 끝난다.

오디세우스의 최후

오디세우스의 유랑은 이것으로 끝나지 않았다. 테이레시아스의 예언과 후대의 자료에 따르면 오디세우스가 구혼자들을 살해한 대가로 다시 10년 동안 추방당했으며, 텔레마코스가 이타카를 다스렸다고 한다. 테이레시아스는 이렇게 지시했다.

> 그대는 잘 만든 노를 하나 들고 여행을 떠나야 할 텐데,
> 바다를 모를 뿐 아니라 소금으로 간 한 음식을 맛 본 적도 없고,
> 이물을 붉게 칠한 배도 모르고, 배의 날개나 마찬가지인
> 잘 만든 노도 본 적도 없는 이들을 만날 때까지……
> 또 다른 여행자가 그대에게 다가와 그대가 어깨에 메고 있는
> 곡식을 까부르는 키에 대해 말하거든 잘 만든 노를 땅에 단단히
> 고정하고 포세이돈 신께 숫양과 황소, 그리고 발정이 난 멧돼지
> 한 마리를 제물로 바치시오. 그런 뒤 집으로 돌아가 소 100마리를
> 너른 천상에 거주하시는 불멸의 신들에게 바치되 차례대로
> 각각의 신에게 제사를 드리시오. 바다에서 죽음이 그대를 찾아갈 터이니
> 부유한 백성들에게 둘러싸여 백발이 빛나는 노년의 나이에 그대는
> 평안히 죽음을 맞을 것이오.

일설에는 오디세우스가 아들의 손에 죽을 것이라는 예언 때문에 그가

돌아오기 전에 텔레마코스가 추방당했다고 한다. 그런데 예기치 않게 키르케가 오디세우스와 동침해 낳은 텔레고노스가 자신의 아버지를 찾아다니다가 이타카에 도착했다. 이 사실을 알지 못했던 오디세우스는 텔레고노스를 해적이라고 생각했다. 텔레고노스는 이타카 섬을 코르푸Corfu 섬으로 착각했다(그리고 약탈하기에 만만한 곳으로 여겼다). 두 사람은 주먹다짐을 벌였고, 텔레고노스는 가오리의 등뼈로 오디세우스를 찔렀다. 우리의 영웅 오디세우스는 근육에 경련을 일으키며 바닷가에서 목숨을 잃고 말았다.

이 이야기는 전문이 유실되어 단편만 남은 서사시《텔레고니》에 의해 완결된다. 뒤늦게 잘못을 깨달은 텔레고노스는 페넬로페와 텔레마코스(이때는 유배 생활을 마치고 귀향했다)와 함께 아버지의 시체를 아이아이에 섬으로 실어갔고, 키르케가 그를 불멸의 존재로 만들었다. 이후 텔레고노스는 페넬로페와 결혼하고, 텔레마코스는 키르케와 결혼했다. 그 이후에 벌어진 일들은 다른 신화에도 나타나지 않는다.

이타카의 과거와 현재

두 개의 이타카 섬이 있다. 하나는 현대의 이타키 섬이고, 다른 하나는《오디세이아》에 나오는 이타카 섬이다. 미케네와 트로이가 실제로 존재했다면, 오디세우스의 왕궁도 이타카 섬에 있을 거라고 추측한 많은 이들이 이 두 장소가 동일한 곳임을 입증하려고 시도했다.

고고학 발굴 조사와 지형 조사 결과 호메로스가 묘사한 이타카와 현대의 이타키 섬 사이에 일부 유사성이 보인다. 이타키 섬의 남쪽에서는, 파이아케스인들이 오디세우스를 해안가에 놓고 떠났다는 곳과 덱시아 만 Dexia Bay(바티 만의 서쪽)이 일치하는 듯하고, 돼지치기 에우마이오스의 오두막은 까마귀 바위(스테파니 투 코라쿠Stephani tou Korakou) 너머 마라티아 고원 Marathia Plateau과 비슷해 보인다. 이타키의 북쪽에 있는 두 곳, 아랄코메나이 Alalkomenai(슐리만이 선호했던 자리)와 플라트레이티아스 Platrithias가 오디세우스의 왕궁이라는 주장이 제기되었다. 두 곳에 모두 미케네 양식의 유적이 남아 있지만, 그리스 내륙에서 발굴된 왕궁의 규모에 비견할 만한 유적은 전혀 발견되지 않았다.

1930년대에 이타키 북서쪽에 있는 폴리스 만의 어느 무너진 동굴에서 기원전 9세기 혹은 8세기의 세발솥 12개가 발굴되었다. 기하학적 무늬로 장식된 이 세발솥들의 손잡이에는 조그만 개와 말 조각이 달려 있었다. 이곳에서 60년 전에 또 다른 세발솥이 총 13개나 발굴된 적이 있었다. 이는 알키노오스가 오디세우스에게 선물로 주었다는 세발솥 개수와도 동일하다. 또 "오디세우스에게 기도하는 사람"이라는 글귀가 새겨진 기원전 2세기 혹은 1세기의 테라코타 가면의 파편이 발굴되었다. 아마도 이 동굴은 최소한 기원전 800년부터 이어진 오디세우스 숭배와 관련이 있는 것 같다. 일각에서는 호메로스가 오디세우스에게 헌정된 세발솥에 대해 듣고(혹은 목격하고) 그것들을 서사시에 담았다고 주장한다.

하지만 호메로스의 이타카와 달리 현대의 이타키는 이오니아 섬들 가운데 "해가 지는 서쪽으로 가장 멀리" 떨어져 있지 않다(물론, 특정한 위치에서 보면 이타카 섬이 다른 섬들에 비해 서쪽에 위치해 보인다고 주장하는 이들도 있다). 따라서 다른 섬들이 이타카 섬의 후보지로 거론되기도 한다. 이 중에는 레프카다(현재 그리스 본토와 연결되어 있으나 과거에는 섬이었다. 이 섬을 지지하는 이들은 호메로스가 이타키 섬이 동쪽에 있다고 설명한 것은 '그리스 본토에서 가장 가까운' 섬이라는 의미였다고 주장한다)와 팔리키(지금은 케팔로니아 섬과 연결되어 있으나 과거에는 하나의 섬이었다. 실제로 가장 서쪽에 위치한다)가 있다. 고대에도 이타카 섬의 위치를 정하는 일이 쉽지 않았기에 그리스의 지리학자 스트라본은 그 섬이 이타키인지 레프카다인지 혼란스러워했다.

《오디세이아》에 등장하는 주요 무대를 실제 지도상에서 찾는 작업은 문제의 소지가 더 많았다. 일례로 헤로도토스는 연꽃을 먹고 사는 종족들의 영토를 리비아 서부 지역으로 비정하는 등, 각 이야기의 무대가 되는 실제 위치를 찾아내려고 시도했다. 고대 그리스의 학자 아폴로도로스 Apollodoros는 "일각에서는 《오디세이아》를 시칠리아 주변을 항해한 이야기로 해석한다"고 진술했다. 스킬라와 카리브디스는 메시나 해협에 위치한다는 것이 지금도 공통된 견해이며, 스케리아 섬은 코르푸(케르키라) 섬과 동일시되고 있다. 1980년대에 팀 세버린Tim Severin은 청동기 시대의 함선을 복원해 북아프리카와 크레타 섬, 그리고 이오니아 제도 주변의 많은 섬들을 항해하는 모험을 펼쳤다.

신화의 무대를 지도상에서 찾아내는 놀이가 재미는 있겠지만 이는 《오디세이아》가 역사서가 아닌 신화와 영웅시, 선원들의 허풍이 뒤섞인 이야기라는 점을 간과하는 작업이다. 이 서사시는 삶과 죽음 그리고 부활이라는 주제를 다루는 '우화'로 읽어도 좋다. 지리적 모험만큼이나 영적인 모험도 비중 있게 다루고 있기 때문이다. 20세기 초 그리스의 시인 콘스탄틴 카바피Constantine Cavafy는 그의 시 '이타카'에서 이런 점을 명쾌하게 설명했다.

> 이타카를 늘 기억하게. 그곳에 도달하는 게 그대의 목표이니.
> 항해는 서두르지 마시오. 오랜 세월이 걸린다면 오히려 좋소.
> 나이 들어 경험이 풍부해지거든 닻을 내리되 이타카가 그대에게
> 많은 재물을 안겨 주리라 기대하지는 마시오. 이타카는 이미
> 즐거운 항해를 선사했잖소. 그 섬이 없었다면 그대는 출항조차
> 하지 못했을 터, 이타카가 그대에게 줄 수 있는 것은 다른 것이
> 아니오. 그대가 찾은 이타카의 모습이 초라하더라도 이타카는
> 그대를 속인 것이 아니라오. 그대는 이미 큰 지혜를 얻었고 많은
> 경험을 쌓았소. 이제 그대는 이타카의 가르침을 분명히 알 것이오.

고전 시대에 이타키는 가난하고 별 볼 일 없는 섬이었다. 이 섬은 1185년 시칠리아 왕국의 노르만족이 차지했고, 1479년에 튀르크족에 약탈당했으며, 1504년에는 베네치아인들이 들어와 다시 정착했다. 이오니아 제도의 다른 섬들과 함께 이타키를 50년간 지배했던 영국이 1864년에 이곳을 이양하면서 그리스의 영토에 포함되었다(그리스가 근대 국가로 수립된 지 33년 만의 일이다).

신화의 배경: 이타카(이타키)

주요 연대와 유적지

BC 13세기	이타키 섬 북부에 미케네 양식의 건물들이 건축되었다.
BC 1200년경	미케네인들의 촌락이 파괴되었을 가능성이 있다.
BC 9세기/8세기	폴리스 만에 있는 동굴에 오디세우스를 숭배한 영웅 사원이 존재했던 것으로 추정된다.
BC 2세기/1세기	폴리스 만 동굴에서 발굴된 성물인 테라코타 가면의 파편에 '오디세우스에게 기도하는 사람'이라는 글귀가 새겨져 있었다.
AD 1185년	시칠리아 왕국의 노르만족이 이타키 섬을 점령했다.
AD 1479년	튀르크족이 이타키 섬을 점령했다.
AD 1504년	베네치아인들이 이타키 섬을 점령하고 바티 만 위에 주거지를 형성했다.
AD 1814년	이타키 섬이 영국의 보호령에 편입되었다.
AD 1864년	이타키 섬이 그리스의 영토에 편입되었다.

이타키 섬에는 신화의 역사성을 입증해주는 확실한 고고학 유물이 거의 없다. 하지만 신화의 지명을 연상시킬 요량으로 새롭게 개명한 유적들이 많다. 호메로스 작품에 나오는 무대와 동일한 곳을 거닐고 있다고 상상하며 즐거움을 누리고 싶은 여행자들에게는 좋은 장소가 될 것이다.

바티 만에서 남쪽으로 길을 따라 내려가면 에우마이오스의 오두막이 있었던 곳으로 여겨지는 **마라티아 언덕**이 나온다. 한편, 북쪽으로 길을 따라 올라가면 **멕시아 만**(파이아케스인들이 오디세우스를 내려놓고 떠난 곳이라고 주장하는 사람들이 있다)을 지나 멋진 풍경을 자랑하는 **아랄코메나이**(슐리만은 이곳을 오디세우스의 왕궁이 있었던 자리라고 믿었다)에 이른다. 이어서 스타브로스라는 예쁜 마을이 나오는데 여기서 케팔로니아 섬 쪽으로 아름다운 전경을 감상할 수 있다. 여기서 더 북쪽으로 나아가면 미케네 양식의 **플라트레이티아스**가 나온다. 현재 오디세우스의 왕궁이 있었던 곳으로 알려져 있다. 스타브로스 남동쪽에는 **폴리스 만**이 있는데 그곳에는 (무너진) **세발솥 동굴**이 있다.

22

에피라 : 죽은 자들의 세계를 그리다

그대는 돛대를 세우고 흰 돛을 펼쳐놓고 그냥 앉아 계세요.
그러면 북풍의 입김이 그대의 배를 인도해줄 거예요.
오케아노스의 경계를 건너면 열매 맺는 버드나무들과
키 큰 흑양나무들이 무성한 페르세포네의 숲과 비옥한 육지에 닿을 거예요.
그러면 깊이 소용돌이치는 오케아노스의 해안가에 배를 대고
하데스의 눅눅한 집으로 걸어가세요.
이곳에는 페리플레게톤 강과 코키토스 강이
스틱스 강의 지류인 아케론 강으로 흘러들 텐데,
두 강물이 요란하게 만나는 이곳에는 험준한 바위가 있으며……

– 호메로스, 《오디세이》, 10권 508행 이하

비옥한 경작지 너머 테스프로티아Thesprotia의 푸른 산림 속에 이른 아침의 햇살이 비스듬히 쏟아져 내린다. 저 멀리 나무 숲에서 까마귀들이 한가롭게 울어대고, 목초지에서 풀을 뜯는 양들의 목에 달린 방울 소리가 은은하게 울리고, 인근 마을의 조용한 마당에서 개들이 짖는 소리가 간혹 끼어든다. 북쪽으로 비스듬히 쏟아지는 햇살에 그 모습을 선명히 드러낸 언덕 위에는 무너진 돌무더기들이 보인다. 이곳은 고대에 테스프로티아의 수도였던 키키로스Cichyrus(후대에는 에피라라고 불렸다 - 옮긴이)다. 서쪽으로는 절벽 너머 투명한 바닷물이 저 멀리 수평선까지 펼쳐져 있었다. 내륙에 있는 석호에는 거북이들이 느릿느릿 움직이고 무지갯빛 잠자리들이 교태를 부리며 유리처럼 맑은 수면 위로 스치듯 지나간다. 모든 것이 평화로워 보인다.

하지만 별안간 사냥꾼들의 총소리가 울려 퍼진다. 모든 것이 겉보기와는 다른 법이다. 갈대밭 사이로 흐르는 강물에도 어두운 과거가 깃들어 있다. 아케론 강은 지금도 아케론 강이지만, 마브로스Mavros 강은 과거 페리플레게톤Periphlegethon(또는 플레게톤) 강으로 불렸고, 부보스Vouvos 강은 코키토스Kokytos 강이었다. 고대에는 저승에 들기 위해 이 강들을 건너야 했다. 그리고 이곳 바위산에 세워진 세례 요한의 교회 지하에 미끄러운 철제 사다리를 타고 내려가면 천장이 아치형 구조인 방이 나온다. 그 안에 들어가면 썩은 냄새와 흙냄새를 품은 후끈한 공기가 코끝에 와 닿는데 숨 막힐 만큼 덥다. 사다리를 타고 올라와 햇빛 아래 서면 다시 태어난 기분이 든다. 어쩌면 고대에 이곳에는 '망자의 신탁소'인 네크로만테이온 Necromanteion이 있었을지 모른다. 일설에는 오디세우스가 여기서 혼백들과 대화를 나누었다고 하는데, 그 이유는 그리스의 북서쪽에 자리한 이곳 에피라(키키로스)가 저승으로 들어가는 입구였기 때문이라고 한다.

하데스와 페르세포네

세상을 지배한 막강한 세 명의 신이 있었다. 하데스와 제우스와 포세이돈. 《일리아스》에서 포세이돈은 세 명의 신들 간의 합의 사항을 다음과 같이 요약했다.

우리는 크로노스와 레아께서 낳으신 세 형제이니, 곧 제우스와 나,
그리고 지하세계를 다스리는 하데스다. 그래서 모든 [세계]는
세 영역으로 배분되었고, 우리는 각자 자신이 다스릴 영역을 지정받았다.
제비뽑기를 해서 나는 잿빛 바다를 지배하게 됐고, 하데스는 안개에 싸인
캄캄한 지하세계를, 제우스는 공중의 너른 하늘과 구름을 다스리게 됐다.
그러나 대지와 높은 올림포스 산은 우리가 함께 다스렸다.

하데스라는 이름('보이지 않는 자')을 입에 올리는 것은 매우 불길하다
고 생각되었기에 기원전 5세기경 사람들은 보통 그를 플루톤('부유한 자')
이라고 불렀다. 그의 지하세계 왕국처럼 지하에는 풍부한 광물이 존재하
기 때문이었다.

하데스의 왕궁에는 또 다른 신들도 살고 있었다. 그중 으뜸은 그의 아
내인 페르세포네로, 12개월 중 4개월 동안 그와 함께 지냈다. 하데스는 홀
로 지낼 때 멘테Menthe(코키토스 강의 님프)와 시간을 보냈다. 이 사실을 알아
낸 페르세포네는 연적을 무참히 밟아 죽였고, 불쌍한 멘테는 죽은 후 식물
(민트)로 변신했다. 필로스 근처에는 이 님프의 이름을 딴 산이 있었고, 산
등성이에는 하데스 신전이 있었다. 또 다른 하데스의 애인인 레우케Leuce
는 그래도 운이 좋은 편이었다. 평화로운 죽음을 맞이했고, 백양나무로 변
신했다.

태초부터 힙노스(수면의 신)의 쌍둥이 형제인 타나토스(죽음의 신)는 하
데스의 부하였다. 헤시오도스에 따르면 타나토스는 "강철 심장과 청동처
럼 무자비한 정신을 지녔다. 그가 붙잡은 필멸의 존재는 누구든 그의 소유
였으며, 신들조차 그를 증오했다."

타나토스가 혐오스러울 수는 있겠지만, 그와 하데스는 다른 신과 마
찬가지로 인간사에서 중요한 역할을 차지했다. 선량하거나 사악한 차원을
떠나 누구든 피할 수 없는 존재들이었다. 다만 필멸의 인간들은 선량하거
나 사악한 존재로 구분되었다. 고전 시대의 그리스인은 지하세계에서 각
영혼이 재판을 받고 운명이 결정되며, 생전에 그들이 행한 일에 따라 벌을

에피라 : 죽은 자들의 세계를 그리다

받거나 보상을 받는다고 믿었다. 플라톤이 소크라테스의 입을 빌려 농담 삼아 전한 바에 따르면, 제우스가 이렇게 말했다고 한다.

> 나는 심판관으로 내 아들들을 임명했다.
> 아시아 출신은 미노스와 라다만티스 이렇게 두 명이고,
> 유럽 출신은 아이아코스 한 명이다.
> 그들이 저승으로 넘어가는 갈림길에서 판결을 내릴 것이다.
> 이곳에서 한쪽 길은 축복 받은 자들의 섬으로 이어지고,
> 다른 한쪽 길은 타르타로스로 이어진다.
> 라다만티스는 아시아인을 판결할 테고,
> 아이아코스는 유럽인을 판결할 것인데,
> 두 심판관이 결정하지 못한 사안은 미노스가 맡아
> 최종적으로 결정할 터이다.

플라톤이 이 글을 썼던 기원전 4세기 무렵에는 호메로스가 말하는 저승 세계와는 사뭇 다른 방향으로 저승의 '공식적인' 지형이 변화하고 있었다.

호메로스가 묘사한 저승

《일리아스》에서는 저승에서 아무런 사건도 일어나지 않지만, 그래도 저승에 대해 여러 가지 정보를 얻을 수 있다. 저승은 지하에 위치하며, 스틱스 강의 얼음처럼 차가운 폭포가 옆에 있으며, 험악하게 생긴 개가 입구를 지키고 있다. 포세이돈이 지진을 일으키자 하데스, 곧 "하계의 지배자가 겁에 질려 왕좌에서 벌떡 일어서더니 두려움에 고함을 질렀다. 이는 이승에서 마른 땅을 둘러싸고 있는 포세이돈이 땅을 찢어 틈새가 벌어지자 죽은 자들의 거처가 인간과 불사신들 앞에 드러나게 되지나 않을까 염려했기 때문이다. 썩은 내가 진동하고 흉측하게 생긴 이곳은 신들조차 직접 보면 몸서리치는 곳이었다."

또한 죽음 자체만으로는 곧 저승에 들어갈 수 있는 자격이 되지 않았

다. 죽은 사람의 시체는 땅에 묻히거나 화장되어야만 했다. 이런 까닭에 트로이에서 (신체와 눈, 목소리, 의복이 생전과 동일한 모습을 지닌) 파트로클로스의 혼백은 아킬레스에게 간청했다.

자, 어서 나를 장사 지내 저승의 문턱을 넘게 해주시오.
죽은 자의 형상을 지닌 혼백들이 나를 멀리 내쫓는 바람에
저 강을 건너 그들 틈에 섞이지 못한 채, 그저 문이 넓은
하데스의 집 근처를 나는 정처 없이 헤매고 있소.

《일리아스》에는 저승에 있는 타르타로스라는 특별한 영토에 대한 언급도 있다. 이 영토는 신들의 뜻을 거역한 자들을 위해 마련된 곳이다. 제우스는 자신의 뜻을 거역한 자에게 이렇게 경고했다. "내가 저 아득한 타르타로스의 심연 속에 그를 내던질 터이니, 땅속에서 가장 깊은 구덩이인 그곳은 문이 쇠로 되어 있고, 문턱은 청동으로 되어 있으며, 땅이 하늘에서 떨어진 거리만큼 저승 깊숙이 떨어져 있다." 《오디세이아》에서는 이 지하 세계의 풍경을 더 구체적으로 설명하면서 사람들의 혼백이 그곳을 배회한다고 묘사하고 있다. 헤르메스가 이타카에서 죽은 구혼자들의 혼백을 인도해갈 때 그는 '케리케이온'(황금 지팡이)을 이용한다.

그가 잠든 혼백을 깨우면 혼백들은 찍찍거리며 그를 따른다.
박쥐 떼가 동굴 속 가장 어두운 구석에서 찍찍거리며 이리저리
날아다니듯, 서로 부둥켜 앉거나 바위에 달라붙어 옹기종기 모여
있다가 한 마리가 떨어지면, 다른 것들도 그 한 마리를 따라
찍찍거리며 따라가듯, 자비로운 헤르메스가 물이 뚝뚝 떨어지는
축축한 길로 혼백들을 인도했다. 오케아노스의 지류들을 건너,
흰 바위를 넘고, 태양의 문을 지나 꿈의 나라를 가로질러 그들은
더는 노동하지 않는 사람들의 형상을 그대로 간직한 혼백들이
사는 수선화 밭에 곧 당도했다.

에피라 : 죽은 자들의 세계를 그리다

크레타 섬의 고르티나에서 나온
기원전 1세기의 신상.
머리가 셋 달린 지하세계의 경비견
케르베로스가 주인인 하데스 신의
발치에 앉아 있다.

오디세우스가 죽은 자의 혼백에게 조언을 듣기 위해 찾아간 사건을 설명할 때 호메로스가《오디세이아》에서 묘사한 무대가 에피라의 지형과 꽤 유사하다. 저승을 찾아간 오디세우스는 구덩이를 파서 그 안에 제삿술을 바쳤는데 우유와 꿀, 포도주, 그리고 물을 부었으며, 그 위에 흰 보릿가루를 뿌렸다. 이어서 희생양의 목을 잘라 그 안으로 피를 흘려보냈다. 혼백들은 탐욕스럽게 서로 먹고 마시려고 다투었다. 호메로스는 그들을 몇 가지 범주로 나눠 묘사했다. 첫째, 오디세우스의 어머니, 안티클레이아, 이오카스테(여기서는 '에피카스테'로 불렸다), 레다, 파이드라 등을 포함하는 용감한 여인들이다. 둘째, 아가멤논, 파트로클로스와 아이아스(죽어서도 그는 자신이 자결한 것은 오디세우스 때문이라며 그를 비난했다)를 포함하는 용맹한 전사들이다. 트로이에서 오래 사는 것보다 영원한 명성을 선택했던 아킬레우스는 단호하게 말했다. "죽은 자들 사이에서 최고의 왕이 되느니 차라리 가난한 자의 집에서 품을 파는 일꾼이 되더라도 살아 있는 것이 낫소." 그럼에도 오디세우스가 그에게 네오프톨레모스에 대해 얘기하자 "아킬레우스의 혼백은 자신의 아들이 무용을 과시했다는 소식에 기뻐하며 수선화가 가득 핀 목초지를 가로질러 성큼성큼 떠났다." 꿈속에서 장면이 순식간에 바뀌듯 제삿술 구덩이에서 갑자기 장면이 바뀌더니 오디세우스는 수많은 혼백들 앞에서 저주 받은 자가 고문 받는 모습을 목격하게 되었다. 오디세우스는 그들이 지르는 오싹한 비명 소리를 듣고 "페르세포네가 저승의 집에서 무시무시한 고르곤의 머리를 올려 보낼까 봐 두려운 나머지" 부리나케 달아났다.

　　호메로스가 묘사한 저승은 단조롭고 변화가 없는 장소여서 혼백들은 그들의 과거를 떠올리며 쓰라린 향수에 젖는다. 그리스의 시인 사포는 이렇게 묘사했다. "그대가 죽으면, 그대는 사람들에게 잊힌 채 누워 있게 될 테요. 그대를 위해 울어주는 이도 없고, 피에리아에서 장미꽃을 가져다가 바치는 이도 없을 게요. 생전에 그랬듯이 죽어서도 그대는 이름도 없이, 역시 목적도 없고 이름도 없는 혼백들과 더불어 정처 없이 배회할 것이오."

헤시오도스가 묘사한 저승

호메로스와 같은 시대를 살았던 헤시오도스는 하데스 신이 다스린 저승을 하나의 집이 아닌 하나의 도시로 그렸다. 그러니까 스틱스 강의 여신은 은으로 만든 여러 기둥을 세우고 거대한 바위로 지붕을 덮은 자신만의 처소에 기거했으며, "태곳적부터 시작되어 영원히 흐르는" 스틱스 여신의 강물은 암벽을 뚫고 나와 "높이 치솟은 절벽에서 얼음장 같은 물이 흘러내렸다."

밤의 신(닉스)이 기거하는 처소도 있었다. 그의 집을 묘사한 대목을 살펴보자.

> (그의 집은) 어두운 구름으로 뒤덮여 있었다. 그 집 앞에는
> 아틀라스가 너른 창공을 머리에 이고, 지칠 줄 모르는 두 손으로 떠받친 채
> 미동도 하지 않고 견고하게 버티고 서 있었다. 이곳에 밤과 낮이
> 다가와 서로 인사를 나누고서 단단한 청동 문지방을 넘어간다.
> …… 이곳에는 밤의 자녀들, 곧 무시무시한 신들인 수면과 죽음도
> 그들만의 집을 갖고 있었고 …… 그 앞에는 지하세계의 지배자인
> 강력한 하데스와 무서운 페르세포네의 메아리치는 연회장이 서 있다.

《일리아스》에서는 "혐오스러운 죽음의 신이 부리는 사냥개"가 하데스의 처소를 지켰다. 헤시오도스는 이 개를 더 자세하게 설명했다. "길들일 수도 없고 말귀를 알아듣지도 못하는 괴물이다. 날고기를 먹어치우는 케르베로스, 곧 머리가 쉰 개나 달려 있어 맹렬하게 짖어대는 하데스의 사냥개는 무자비하고 강력하다."

> 그 녀석에게는 음흉한 꿍꿍이가 있다. 안으로 들어오는 사람들에게
> 귀를 뒤로 눕힌 채 꼬리를 흔들며 온갖 아양을 떨지만 그들이 이곳을
> 벗어나는 것은 허락지 않는다. 그 녀석은 사람들을 감시하며 막강한
> 하데스와 무서운 페르세포네의 문을 통해 떠나려는 자가 있다면 그를
> 잡아먹을 것이다.

망자들의 뱃사공

저승에 거주하는 이들 중 가장 기억할 만한 사람이 기원전 5세기에 처음으로 언급된다. 아케론 강을 건너 죽은 자들의 혼백을 실어 나르는 뱃사공 카론Charon이다. 여기서도 저승에 대한 묘사가 에피라의 지형과 유사하다. 고대에 에피라 동쪽에는 아케루시아 호수가 있었고, 그 호수 속으로 아케론 강과 코키토스 강이 흘러들어갔다. 이후로 강물이 말라버렸지만, 일설에는 네크로만테이온을 찾는 순례자들은 저승에 들어가는 사람들처럼 배를 타고 아케루시아 호수를 건너왔다고 한다.

카론('예리한 시력')의 이름을 언급하고 있는 것 중에서 현존하고 있는 첫 번째 작품은 에우리피데스의 《알케스티스Alcestis》다. 자신의 죽음을 예견한 알케스티스는 이렇게 외쳤다. "호수에 떠 있는 노 젓는 배에 앉아 있는 남자가 보여요. 망자들의 뱃사공인 카론이 노 젓는 자리에 앉아 나를 부르고 있어요. '왜 그대는 꾸물대는 게요? 서두르시오. 이러다 늦겠소!' 그는 그렇게 초조해하며 화난 목소리로 나를 재촉하고 있어요." 고대 그리스의 희극작가 아리스토파네스Aristophanes는 《개구리Frogs》에서 카론에 대해 더 자세히 묘사했다. 이 작품에서 헤라클레스는 디오니소스에게 아케론 강을 건너기 전에 카론에게 은전 두 닢(2오볼로스, 오볼로스는 고대 그리스 동전을 말한다 - 옮긴이)의 뱃삯을 지불해야 한다고 귀띔했다. 기원전 5세기 이후 죽은 사람은 저승에 가는 노잣돈의 절반인 동전 한 닢(소액 주화)을 입에 물려 장사 지냈다. 다만 아르골리스의 도시 헤르미오네에서 죽은 사람들은 저승 가는 노잣돈을 면제받았다. 그리스의 지리학자 스트라본은 헤르미오네 사람들이 아케론 강을 우회하여 저승에 들어가는 지름길을 알았기 때문이라고 이유를 설명했다.

기원전 5세기 그리스의 화가 폴리그노토스Polygnotos는 델포이에 있는 '레스케'(사람들이 사교 활동을 위해 모이는 건물)를 장식하는 벽화에 카론을 그려 넣었다. 그는 오디세우스가 지하세계를 방문한 장면을 묘사하면서 (이야기 속에 등장하지 않는 인물임에도) 카론을 포함시키지 않을 수 없었다. 파우사니아스는 이렇게 묘사했다.

에피라 : 죽은 자들의 세계를 그리다

갈대가 무성한 강, 분명 아케론 강일 텐데, 그 안에 보이는
물고기들의 윤곽은 흐릿해서 그대는 그것들이 그림자가 아닌지
의심이 들기도 할 것이다. 강에는 배 한 척이 떠 있고,
노 젓는 자리에는 뱃사공이 있는데 …… 카론, 나이를 가늠하지 못할
사내가 …… 아케론 강가 카론의 배 곁에는 많은 무리가 있는데
그중 한 사람은 생전에 아버지를 공경하지 않다가
그에게 목이 졸려 죽었다 ……

영원한 징벌

착한 사람은 저승에 가서 보상을 받고, 악행을 저지른 사람은 그에 합당한
천벌을 받는다는 개념이 사람들 사이에 갈수록 인기를 끌었다. 반신半神,
곧 '다이모네스daimones'(영어의 'demons'와 달리 그리스어에는 열등한 존재라는
뉘앙스가 없다)가 이 같은 형벌을 감시했다. 폴리그노토스의 삽화에도 다이
모네스가 등장한다. 파우사니아스의 설명을 들어보자.

델포이의 길라잡이들이 하는 말이 에우리노모스는
저승의 '다이모네스' 가운데 하나라고 한다. 그것은 뼈만 남긴 채
시체에 붙은 살점을 모조리 먹어치운다. …… 그것의 피부색은
쉬파리의 색과 같아서 파랑도 아니고 검정도 아닌 그 중간쯤에 해당한다.
그것은 이빨을 드러내놓고 독수리 가죽을 깔고 쭈그려 앉아 있다.

《오디세이아》에서 오디세우스는 이런 형벌을 일부 목격했다. 독수리
두 마리가 (델포이 근처에서 레토를 겁탈하려고 했던) 티티오스 위에 앉아 그의
간을 끊임없이 쪼아 먹었고, (죽음의 신을 속이려 했던) 시시포스는 언덕 위에
도달하기 직전에 원래 위치로 굴러 떨어지는 거대한 바위를 영원히 굴려
올리는 형벌을 받았다. 한편, 신들에게 자신의 아들 펠롭스를 요리해 먹였
던 탄탈로스는 다음과 같은 벌을 받았다.

연못 안에 서 있었는데 물이 거의 턱밑까지 닿았소.

그는 갈증을 느꼈지만 물을 마실 수가 없었소.

노인이 허리를 구부려 물을 마시려고 할 때마다

누군가 통째로 삼킨 듯 물이 사라지고

그의 발아래는 검은 땅바닥이 드러났소.

어떤 신께서 물을 말려버리셨기 때문이지요.

그의 머리 위에는 배나무와 석류나무, 반들반들한 열매가

달린 사과나무, 달콤한 무화과나무, 통통한 올리브나무 같은

잎이 무성한 키 큰 나무들이 모두 과실을 맺고 있었소.

하지만 노인이 과실을 따먹으려고 손을 내밀 때마다

바람이 불어와 그것들을 거대한 뭉게구름 쪽으로 쳐 올리는 것이었소.

호메로스와 헤시오도스는 형벌을 받는 장소를 타르타로스로 알고, 그
곳을 저승과 구분해 티탄들을 위해 특별히 마련된 장소로 그렸다. 헤시오
도스는 그 위치를 이렇게 묘사했다.

하늘에서 청동 모루가 아흐레 동안 밤낮으로 떨어진 끝에

열흘째 되는 날 대지에 닿았고, 이와 비슷하게 땅에서 청동 모루가

아흐레 동안 밤낮으로 떨어진 끝에 열흘째 되는 날

타르타로스에 닿았다. 타르타로스 주위에는 청동으로 된 장벽이

둘러져 있고, 장벽 주위에는 목걸이처럼 어둠이 세 겹으로

펼쳐져 있으니 그 위로는 대지와 황량한 바다의 뿌리가 자란다.

…… 대지의 끝자락에 있는 매우 축축한 곳이었다.

다른 작품에서 헤시오도스는 타르타로스의 청동 문을 통과해 깊은 틈
새로 빠진 사람은 꼬박 일 년을 떨어져 바람에 뒤흔들리면서 땅바닥에 도
달한다고 말했다.

기원전 4세기경 타르타로스는 저승의 영토로 포함되어, 불멸의 티탄

에피라 : 죽은 자들의 세계를 그리다

뿐 아니라 필멸의 범죄자들이 고문당하는 장소로 묘사되었다. 이는 지옥과 연옥 개념의 청사진인 셈이었다. 구제불능인 자들은 타르타로스에 영원히 머물러야 하지만, 그리 흉악하지 않은 자들은 해마다 일시적으로 석방되어 피해자들에게 자비를 구걸할 수 있었다. 만약 용서를 받으면 고통은 끝이 났다. 그러지 못한 범죄자는 다시 돌아와 고문을 받았다.

타르타로스를 묘사한 가장 오래된 문헌 중 하나인 기원전 6세기 후반 혹은 5세기 초 그리스의 시인 아나크레온Anacreon이 쓴 글을 보자. "나는 타르타로스를 생각하며 자주 두려움에 떨었다. 저승에 떨어진 자들은 고문으로 고통을 당했다. 한 가지만은 확실했다. 일단 그곳에 떨어진 자는 다시 돌아오지 못했다."

고통과 노동에서 해방된 평원

타르타로스가 점점 필멸의 '인간들로' 채워지면서, 한때 영웅들만의 영토였던 엘리시움(더 정확히는 엘리시움 평야)도 이승에서 올바르게 살았던 혼백들을 차츰 받아들였다. 그 위치에 대한 묘사도 세월이 흐르며 바뀌었다. 헤시오도스는 이곳을 오케아노스의 해안가에서 가까운 축복받은 자들의 섬에 있다고 보았다.

(그곳에는) 행복한 영웅들이 살았다. 밀을 품고 있는 대지는 그들을 위해
꿀처럼 달콤한 열매를 맺었고, 해마다 세 차례 무르익었으며,
불멸의 신들로부터 멀리 떨어져 있었다. 크로노스께서 그들을
다스렸는데, 이는 신들과 인간들의 아버지 제우스가 그를
쇠사슬에서 풀어주었기 때문이다. 그들은 명예와 영광을 누렸다.

호메로스에게도 엘리시움 평야는 동일하게 현실과 동떨어진 장소였다. "그곳에 사는 사람들은 노동에서 완전히 해방되었다. 눈도 내리지 않고, 폭풍이나 뇌우도 치지 않았다. 또한 오케아노스에서 부드러운 서풍이 불어와 사람들을 시원하게 해주었다." 핀다로스는 이와 비슷하게 그를 후

원한 귀족들이 이승에서 누리던 쾌락을 계속해서 즐기는 한가로운 장면을 그렸다. "도시 밖의 목초지에는 붉은 장미들이 피어 있고, 향기가 그윽한 나무들은 황금 열매들로 인해 가지가 축 늘어졌다. 말을 타거나 씨름을 하며 즐기는 이들도 있고, 음료를 마시고 리라를 타는 이들도 있는데……." 사람들이 비교적 흔하게 받아들이는 윤회(죽은 자가 다시 인간이나 동물로 태어나는 영혼의 전이)라는 개념에서 핀다로스는 착한 사람들이 세 차례 죽음과 환생을 경험한 이후 자동으로 축복 받은 자들의 섬으로 받아들여진다는 생각을 개진했다. 그 같은 생각은 아마도 엘레우시스 비의처럼 비의 종교에서 발전한 것으로 보인다. 실제로, '엘리시움Elysium'과 '엘레우시스Eleusis'는 둘 다 '엘레우소eleusō', 즉 '나는 (고통에서) 풀려났다'라는 동사에서 파생되었다. 아리스토파네스는 그의 작품《개구리》에서 이 주제를 탐구하며 한 무리의 죽은 엘레우시스 교도들이 그들을 엘리시움으로 인도하는 이아코스 신을 찬미하는 장면을 그리기도 했다.

저승에서 벗어나기

플라톤에 따르면, 소크라테스는 영혼불멸설을 믿었다. 그는 선한 삶을 옹호하며 이렇게 얘기했다. "인간의 영혼은 불멸한다. 어느 시점에 이르면 영혼은 결말에 도달하는데, 이것을 우리는 '죽어감'이라 부른다. 또 어느 시점에 이르면 영혼은 환생한다. 영혼은 결코 멸하지 않는다." 하지만 영혼은 환생하기 위해 먼저 저승을 떠나 그곳에서 보낸 시절과 전생의 기억을 모두 지워야만 한다. 이것은 지하세계의 강물 가운데 하나인 레테('망각')의 물을 마시는 것으로 성취된다.

하지만 윤회와 영혼불멸설은 신화보다는 은유와 철학의 영역에 더 어울린다. 그리스 신화에서는 기억을 온전히 유지한 채 저승에서 돌아온 사람이 극소수에 불과하다. 주로 살아 있을 때 지하세계로 여행을 떠났던 영웅들인 헤라클레스, 테세우스, 오디세우스다. 그리고 사람 중에는 오르페우스가 있다. 그는 정상에 눈이 덮인 올림포스 산 아래 헬리콘 강가에서 노래했는데, 이곳은 이 책에서 처음 다루었던 디온에 있다.

에피라 : 죽은 자들의 세계를 그리다

에피라의 지하에서 발견된 석실이 망자의 신탁소와 관련이
있다고 주장하는 의견도 있다.

에피라의 과거와 현재

파우사니아스는 호메로스가 에피라에서 영감을 받아《오디세이아》의 저
승을 묘사했다고 말한다. 파우사니아스는 이렇게 썼다. "이곳에는 아케루
시아 호수, 아케론 강, 그리고 코키토스라는 해로운 강이 있다. 내가 보기
에 호메로스는 분명히 이 지역을 방문했다. 그는 저승을 거침없이 묘사하
며 테스프로티아에 있는 강들의 이름을 사용하고 있다." 만약 호메로스가
실제로 이 지역을 방문했다면, 지형에 얽매이지 않고 묘사할 때도 있었다
고 봐야 할 것이다. 그는《오디세이아》의 다른 대목에서 오디세우스가 "빠
른 배를 타고 청동 화살촉에 묻힐 치명적인 독을 찾아" 에피라 시를 찾아

갔다고 묘사했다.

    테세우스와 페이리토오스가 저승으로 내려가 페르세포네를 납치하려 했다는 전설은 널리 알려져 있다. 파우사니아스는 그 무대를 (에피라라고도 알려진) 키키로스로 설정하고 있다. 반면에 플루타르코스는 이 사건을 아래와 같이 묘사했다(그는 테스프로티아 지역을 묘사할 때 에페이로스Epeiros와 몰로시아Molossia라는 지명을 썼고, 하데스라는 이름 대신 아이도네오스Aidoneus라는 이름을 썼다).

> 테세우스가 페이리토오스와 함께 에페이로스를 찾아갔으니
> 몰로시아의 왕 아이도네오스의 딸을 얻고자 함이었다.
> 이 왕의 아내는 '페르세포네'요, 딸은 '코레'이며,
> 개는 '케르베로스'라고 불렀다. 그는 딸의 구혼자들에게
> 개와 싸울 것을 지시했고, 개를 꺾는 자에게 딸을 주겠노라고
> 약속했다. 하지만 아이도네오스 왕은 두 사람이 딸에게
> 청혼하려고 온 것이 아니라는 사실을 알고 나서 두 사람을
> 붙잡았다. 그는 (개를 풀어서) 페이리토오스를 죽이고
> 테세우스는 독방에 감금했다.

    청동기 시대의 항아리가 에피라에서 발견되었지만, 네크로만테이온('망자의 신탁소')의 기록은 헤로도토스의 저속한 이야기 속에서 처음 언급되었다(아래 인용문에서 매우 저속한 묘사는 생략했다). 헤로도토스는 기원전 6세기 초 코린토스의 '참주tyrannos'인 페리안데로스에 대해 이렇게 기록했다.

> 하루는 그가 자신의 아내 멜리사 때문에 코린토스 여인들을
> 전부 모아놓고 옷을 벗겼다. 테스프로티아의 아케론 강가에 있는
> 네크로만테이온에 전령을 보내 친구가 그에게 남긴 돈이 어디에
> 묻혀 있는지 물었지만, 멜리사의 혼백은 자신이 묻힐 때 함께 묻힌
> 옷가지가 불에 타지 않은 탓에 자신은 저승에서 벌거벗은 채 추위에

      에피라 : 죽은 자들의 세계를 그리다

떨고 있으므로 그 위치를 알려주지 않겠다고 답했다. …… 그래서 페리안드로스의 지시에 따라 모든 코린토스 여인들은 축제에 참석할 때와 마찬가지로 가장 좋은 의복을 차려입고 헤라 신전으로 갔다. 거기서 페리안드로스는 경비병들을 배치해 자유인이나 노예나 가리지 않고 모든 여자들의 옷을 벗겼고, 그 옷가지들을 구덩이에 쌓은 뒤 불태우고는 멜리사에게 기도했다. 그가 두 번째 전령을 보내자 멜리사의 혼백이 그에게 돈이 묻힌 장소를 말해주었다.

에피라는 선박 150~200척을 수용할 수 있는 글리키스 리멘Glykis Limen('달콤한 항구')과 가까운 덕분에 번성했다. 기원전 4세기 혹은 3세기에 는 네크로만테이온 언덕에 있던 건물들이 파괴되면서 그 이전 시기에 세워졌던 건축물의 흔적이 모두 지워졌고, 이때 새롭게 세워진 건물들의 토대가 일부 지금까지 남아 있다. 이 지역의 거주민들은 기원전 168년에 로마인들에 의해 터전이 불타버린 후 거의 대부분 떠났다. 서기 18세기에 들어서야 이곳에 성 요한의 교회와 요새화된 2층 건물이 건축되었다.

이 지역에 대한 고고학 논쟁은 끊이지 않았다. 발굴된 유물들을 놓고 아직 결론을 내지 못했기 때문이다. 중앙의 연회장을 중심으로 전실들이 둘러 있고, 연회장 밑에는 사다리를 통해서만 출입할 수 있는 아치형 천장의 석실이 있다. 그곳이 네크로만테이온이라고 확신한 그리스의 고고학자 소티리오스 다카리스Sotirios Dakaris는 1950년대 후반부터 1970년대 중반까지 유적 발굴 작업을 진행하면서 연회장을 둘러싼 전실들이 제례를 거행하기 전 순례자들이 잠을 자던 숙소였다고 생각했다. (그의 말에 따르면) 유적지에서 출토된 루핀 씨앗과 잠두콩은 환각을 유발하는 것으로, 제례 의식에는 그것들을 먹는 것도 포함되었을 것이라고 한다. 또 다카리스는 입회자들이 안내를 받아 어두운 미로(그 토대가 지금도 남아 있다)를 통과했다고 주장했다. 이 미로를 보면 저승으로 들어가는 길에 대해 플라톤이 묘사했던 글이 떠오른다. "우리가 지상에서 거행하는 것과 다르지 않은 저들의 제례 의식을 보고 추론해 보건대, 수많은 분기점과 굽어진 길들이 있었을 것이다."

이 예비절차가 거행되고 나면 입회자들은 지하 석실로 안내되었다. 기원전 7~5세기의 작은 테라코타 조각상들과 기계 부품들(쇳덩어리, 청동 고리, 톱니바퀴)을 발굴해 한껏 고무된 다카리스는 한 신전을 하데스와 페르세포네의 신전이라고 주장했고, 더 나아가 신관들이 기계를 이용해 무대 위에서 (기계를 이용해 죽은 자를 공중에 들어 올리는 식의) 환상적인 장면을 연출했을 것이라고 주장했다. 그러나 이 주장에 동의하는 이들은 많지 않다. 그들이 보기에 이 건물은 요새화된 농가일 뿐이고, 항아리에서 발견된 곡물은 평소 먹었던 식량이며, 그 기계는 여섯 대의 투석기에서 나온 것이다. 하지만 어째서 농부에게 투석기가 여섯 대나 필요한지 그 이유는 명확히 설명하지 못했다.

에피라: 죽은 자들의 세계를 그리다

—————— 신화의 배경: 에피라 ——————

주요 연대와 유적지

BC 14세기   에피라에 정착촌이 형성되었다.
BC 6세기   페리안데로스가 네크로만테이온에 자문을 구했다.
BC 4세기/3세기   네크로만테이온 언덕의 이전 건물들이 파괴되고, 새로운 건물들이
            지어졌다.
BC 168년   로마인들이 에피라를 불태웠다.
AD 18세기   성 요한의 교회와 농가가 지어졌다.
AD 1958~1977년   다카리스가 에피라의 유적을 발굴했다.

네크로만테이온은 프레베라-이구메니차 간 고속도로가 지나는 메소포타모스 농촌 마을의 위쪽 나지막한 언덕에 자리 잡고 있다. 유적지에서 가장 먼저 눈에 들어오는 것은 세례 요한의 교회다. 지금은 유적을 발굴하느라 다소 불안정하게 지지대를 설치해 놓았다. 매표소가 있는 유적지 입구를 통과하면 18세기에 지어진 2층 건물의 서쪽에 안뜰이 나온다. 아치형 구조물(왼쪽)을 지나면 북쪽 복도가 나온다. 이곳에는 '제례 참석자들의 기숙사'와 '정화 의식의 방'이라고 써놓은 방들의 토대가 남아 있다. 이 복도 끝에서 갈림길로 이어지는 또 다른 복도의 오른쪽으로 가면 곧이어 '미로'가 나온다. 이 미로를 지나면 '성소'가 나오고, 그곳 지하에 아치형 석실이 있다. 심장이 약한 사람은 피하는 편이 좋다. 희미한 조명 아래 가파르고 미끄러운 사다리를 통해서만 출입할 수 있다. 이 성소 옆에는 정교한 암포라 항아리들이 남아 있는 창고들이 있다.

여행자는 연안 마을인 암무디아Ammoudia에서 배를 타고 아케론 강을 거슬러 에피라에 방문해도 좋다. 또는 에피라에 인접한 메소포타모스 마을로 곧바로 와서 고대 유적지에 왔음을 상기시켜주는 '네크로만테이온'이라는 상호의 식당에서 인터넷에 올라온 '스마트 여행 가이드'의 한 대목을 감상해도 좋을 것이다. "아케론 강은 목숨을 잃은 혼백들이 흘리는 눈물과 사랑하는 사람들을 잃은 친척들이 흘린 눈물로 가득하다."

인류 최초의 영웅들과 함께 떠나는 색다른 인문여행

다시, 그리스 신화 읽는 밤

초판 1쇄 2017년 9월 1일

지은이	|	데이비드 스튜타드
옮긴이	|	이주만
발행인	|	이상언
제작총괄	|	이정아
편집·진행	|	김승규
디자인총괄	|	이선정
디자인	|	김진혜
조판	|	김미연
발행처	|	중앙일보플러스(주)
주소	|	(04517) 서울시 중구 통일로 92 에이스타워 4층
등록	|	2008년 1월 25일 제2014-000178호
판매	|	1588-0950
제작	|	(02) 6416-3933
홈페이지	|	www.joongangbooks.co.kr
페이스북	|	www.facebook.com/hellojbooks

© 데이비드 스튜타드, 2017

ISBN 978-89-278-0892-3 03890